10호실

PAST TENSE

10호실

PAST TENSE

잭 리처 컬렉션

리 차일드 지음
윤철희 옮김

오픈하우스

1

메인 주의 바닷가에 있는 자그마한 소도시에서 여름의 마지막 햇볕을 쬔 잭 리처는 머리 위를 날아가는 새들처럼 남쪽을 향한 먼 이동을 시작했다. 그렇지만 바닷가를 따라 곧장 내려가지는 않을 거라고 그는 생각했다. 찌르레기와 멧새와 딱새와 울새와 붉은가슴벌새처럼 이동하지는 않을 것이다. 그는 대각선 경로를 통해 남쪽과 서쪽으로 가기로, 미 대륙의 우측 상단 구석에서 좌측 하단 구석으로 가기로, 시러큐스와 신시내티와 세인트루이스와 오클라호마시티와 앨버커키를 거쳐 샌디에이고까지 가기로 결정했다. 리처 같은 육군 입장에서 샌디에이고는 해군이 지나치게 득실거리는 도시이지만, 그것만 빼면 겨울을 맞기에 좋은 고장이었다.

엄청나게 장대한 여행이, 최근 몇 년간 해보지 못한 여행이 될 터였다.

그는 이 여행을 고대하고 있었다.

그러나 그리 멀리 가지는 못했다.

리처는 내륙으로 1마일쯤을 걷다가 군도^{郡道}에 도착하자 엄지를 치켜들었다. 그는 키가 컸다. 신발을 신고 재면 195센티미터가 넘었다. 육중한 몸에는 뼈와 근육밖에 없었다. 그는 딱히 잘생기지는 않았고 옷을 정말로 잘 차려입는 일은 결코 없었으며 대체로 단정하지 않았다. 보는 사람을 압도할 정도로 매력적인 사람은 아니라는 뜻이다. 늘 그렇듯, 운전자 대부분은 속도를 늦췄다가 그를 훑어보고는 그냥 차를 몰고 지나갔다. 40분이 지나고서야 그를 태워주는 도박을 할 준비가 된 첫 번째 차가 나타났다. 1년 된 스바루 왜건으로, 운전자는 주름을 빳빳하게 잡은 치노 바지와 주름 하나 없는 카키 셔츠 차림의 호리호리한 중년 남자였다. 부인이 입혀준 옷일 거라고 리처는 생각했다. 남자는 결혼반지를 끼고 있었다. 그런데 근사한 옷차림 속에는 노동자의 몸이 있었다. 두툼한 목과 굵고 벌건 손가락 관절들. 어떤 업종에 종사하는 사람이든 간에 급한 상황이 벌어지면 살짝 놀라면서 결정을 내리는 걸 주저하는 유형의 리더일 거라고 리처는 생각했다. 울타리의 말뚝을 박을 구덩이를 파는 것으로 경력을 시작했다가 결국에는 울타리를 치는 회사를 차리게 된 사람 같은 부류의 남자.

리처의 짐작은 옳은 짐작으로 판명됐다. 처음에 주고받은 대화에서, 남자는 아버지가 남겨준 낡은 골조제작용 망치만 가지고 일을 시작했지만 지금은 건축회사를 소유하고 일꾼 40명을, 그리고 많은 고객의 꿈과 희망을 책임지고 있는 사람이라는 게 밝혀졌다. 그는 대수로운 일이 아니라는 표정을 지으면서 얘기를 마쳤는데, 그 표정에는 양키^{미국 북부 뉴잉글랜드 지방 사람을 가리키는 말} 특유의 겸손함이 일부, 진심으로 쑥스러워하는 기색이 일부 섞여 있었다. '내가 어떻게 이런 성공을 거두게 된 걸까?' 하고 의아해하는 기색이 말이다. 꼼꼼한 성격 덕분일 거라고 리처는 생각했다. 남자는 굉장히 체계적인 사람이었다. 개념과 근거 없는 대책과 여기저기서 귀동냥한 격언과 강철 같은 믿음으로 충만한 사람이기도 했는데, 그 믿음 중 하나가 여름휴가철이 끝날 무렵에는 1번 국도와 I-95를 멀리하는 게 낫다는 것, 그리고 되도록 빨리 메인에서 벗어나야 한다는 거였다. 그건 잽싸게 옆으로 빠져나가서 서쪽으로 곧장 뉴햄프셔로 이어지는 2번 국도에 올라야 한 다는 뜻이었다. 남자는 그들을 다른 도로보다 보스턴을 향해 더 빨리 달리게 해줄 그곳 시골길에 빠싹했다. 남자는 주방에 설치할 대리석 조리대에 관한 회의를 하러 보스턴에 가는 중이었다. 리처는 흡족했다. 보스턴을 이여행의 출발점으로 삼는 데 잘못된 건 하나도 없었다. 전혀 없었다. 그곳에서는 시러큐스로 곧장 갈 수 있다. 거기를 지나면 신시내티까지는 쉽다. 로체스터와 버펄로와 클리블랜드를 거치면 된다. 어쩌면 오하이오의 애크런을 거치게 될지도 모른다. 리처는 험한 고장들에 있어 봤는데, 그중 대부분은 그가 복무하던 곳이었다.

그들은 보스턴에 다다르지 못했다.

앞서 얘기했던 뉴햄프셔의 시골길로 남쪽을 향해 달린 지 50분이 지났을 때, 남자의 휴대폰으로 전화가 왔다. 시골길의 상황은 남자가 설명했던 딱 그대로였다. 리처는 남자의 계획만큼은 믿음직했다는 걸 인정해야 했다. 오가는 차는 한 대도 없었다. 막히는 일도, 지체되는 일도 없었다. 그들은 신나게 달리고 있었다. 시속 60마일은 식은 죽 먹기였다. 전화기가 울리기 전까지는. 전화는 카 오디오와 연동되어 있었는데, 내비게이션에 이름 하나가 떴다. 발신자를 파악하는 데 도움을 주려는 섬네일 이미지도 함께 떴는데, 이번에 걸려온 전화에 뜬 이미지는 안전모를 쓰고 클립보드를 든 벌건 얼굴의 남자였다. 건설현장의 현장감독처럼 보이는 남자. 운전대를 잡은 남자가 통화 버튼을 누르자 스피커를 통해 나오는 전화기의 쉭쉭거리는 소리가 서라운드 사운드처럼 차 안을 채웠다.

운전대를 잡은 남자가 앞 유리 옆의 프레임에 설치된 마이크를 향해 입을 열었다. "희소식이었으면 좋겠군."

그렇지 않았다. 시청 건축과에서 파견된 감독관과 관련된, 현관 로비에 있는 벽난로의 상부에 설치한 금속 연통과 관련된 일이었다. 규정에 딱딱 맞춰 적절하게 단열을 한 연통이었다. 문제가 있다면, 석조로 마감한 부분을 제거하지 않고서는 규정에 맞춰 작업했다는 사실을 시각적으로 입증할 도리가 없다는 거였는데, 현재 시점에서 3층 높이의 석조공사는 이미 마무리 직전이었고, 석공들은 다음 주에 시작될 새 작업이 예약된 상태였다. 그쪽을 건드리지 않으려면 굴뚝 반대편에 있는 식당에 설치한 주문제작한 호두나무 목제품을 뜯어내거나 로즈우드로 제작한 위층 벽장을 건드려야 하는데, 그건 훨씬 더 복잡한 일이었다. 그런데 감독관은 그 문제에 대해 벽창호처럼 굴면서 그걸 자기 눈으로 직접 확인해봐야겠다고 주장하고 있었다.

운전대를 잡은 남자가 리처를 힐끔 보고는 입을 열었다. "그 감독관이란 사람, 어떤 작자야?"

전화를 건 남자가 말했다. "신임 감독관이에요."

"추수감사절에는 칠면조를 먹는 거라는 것 정도는 아는 작자야?"

"우리가 모든 작업을 철저히 했다는 얘기를 들려줬는데도 이러네요."

운전대를 잡은 남자가 다시 리처를 힐끔 봤다. 허락을 구하는 것처럼, 또는 사과를 하는 것처럼, 아니면 둘 다인 것처럼. 그러고 나서 다시 얼굴을 전방으로 향하고는 말했다. "돈 좀 찔러줬어?"

"500이요. 그런데 받으려고 하지를 않아요."

그러던 중에 휴대폰 신호가 잡히지 않았다. 소리가 수영장에 잠기는 로봇처럼 이상하게 변했다가 먹통이 돼버렸다. 휴대폰 화면에 신호를 찾는 중이라는 메시지가 떴다.

차는 계속 굴러갔다.

리처가 말했다. "현관 로비에 벽난로를 놓고 싶어 하는 사람은 왜 그러는 걸까요?"

운전대를 잡은 남자가 말했다. "자기 집에 오는 손님을 환대한다는 뜻이겠죠."

"역사적으로 보면, 그런 벽난로는 적을 격퇴하는 용도로 설계된 겁니다. 동굴 입구에 모닥불을 피우는 것처럼요. 그건 약탈자를 궁지에 몰아넣으려는 의도였습니다."

"차를 돌려야겠소." 남자가 말했다. "미안하오."

그가 속도를 늦추다가 자갈이 깔린 갓길에 차를 세웠다. 시골길에는 아무도 없었다. 다른 차도 없었다. 휴대폰 화면에는 여전히 신호를 찾는 중이라는 메시지가 떠 있었다.

"댁을 여기에 내려줘야만 하겠는데." 남자가 말했다. "괜찮겠소?"

"아무 문제없습니다." 리처가 말했다. "여기까지 태워주셨잖습니까. 그것만으로도 정말 감사합니다."

"천만에."

"로즈우드 벽장은 누구 겁니까?"

"건축주 거요."

"거기에 큰 구멍을 뚫어서 감독관이 안을 볼 수 있게 하세요. 건축주한테는 벽에 금고를 설치해야 마땅한 상식적인 이유 500가지를 들먹이고요. 그 건축주는 벽 금고가 필요한 유형의 사람이니까요. 건축주 자신은 그 사실을 아직 모를 수도 있지만, 자기 집 현관 로비에 벽난로를 설치하고 싶어 하는 사람은 침대 벽장에 벽 금고를 놓고 싶어 할 겁니다. 그건 해가 동쪽에서 뜨는 것처럼 확실한 일이죠. 인간의 본성이니까요. 그렇게 하면 선생님은 수익을 낼 수 있을 겁니다. 건축주한테 구멍 뚫는 데 들어간 비용을 청구할 수 있으니까요."

"댁도 이 바닥 사람이오?"

"헌병이었습니다."

남자가 놀란 눈치로 말했다. "뭐라고요?"

리처는 문을 열고 차에서 내린 다음 문을 닫았다. 그러고는 남자에게 스바루를 돌리기에 충분한 공간을 마련해주려고 멀리로, 이쪽 갓길에서 저쪽 갓길로 도로를 가로질러 걸어갔다. 그러고는 남자가 차를 돌리고 나자 원래 있던 길로 돌아갔다. 남자가 한 일은 잠시 제스처를 보인 게 다였는데, 리처는 그 제스처를 여기에 내려줘야 해서 유감스러우며 행운을 빈다는 뜻의 인사로 받아들였다. 그런 후 남자는 멀리로 달려가면서 점점 조그마해졌고, 리처는 몸을 돌려 계속 걸었다. 남쪽으로, 향하던 방향으로. 그는 가능한 곳이면 어디에서건 전진하는 관성을 유지하는 걸 좋아했다. 그가 있는 도로는 2차선이었다. 충분히 넓고 잘 유지된 도로로, 여기저기가 구불구불했고 약간 오르락내리락했다. 최근에 생산된 자동차에는 전혀 문제될 게 없는 도로였다. 스바루는 시속 60마일로 달려왔다. 그런데 여기에는 지나다니는 차가 없었다. 한 대도. 어느 방향에서도 이리로 오는 차가 없었다. 완전한 정적. 바람을 맞은 나무들이 내뱉는 한숨과 아스팔트에서 피어오르는 열기에서 나는 희미한 지직거리는 소리뿐.

리처는 계속 걸었다.

그가 있는 도로는 2마일이 지난 후 완만하게 왼쪽으로 휘어졌다. 그러더니 크기와 생김새가 똑같은 새로운 도로가 오른쪽으로 갈라져나갔다. 정확히 말하면, 원래 도로에서 새로 생겨난 도로로 꺾어져 들어가는 모퉁이가 나타난 건 아니었다. 그건 50대 50의 선택에 더 가까웠다. 전형적인 Y자 모양의 교차로였으니까. 운전대를 왼쪽으로 꺾거나 오른쪽으로 꺾거나, 당신이 직접 결정하라는. 양쪽 대안 모두 도로를 터널로 만들어버리는 엄청난 크기의 숲을 관통하면서 눈 닿는 곳 너머까지 뻗어 있었다.

그리고 도로 표지판이 있었다.

왼쪽으로 기울어진 화살표에는 포츠머스라는 지명이, 오른쪽으로 기울어진 화살표에는 래코니아라는 지명이 붙어 있었다. 그런데 오른쪽 지명을 적은 표지판은 크기도 작고 화살표도 작았다. 래코니아는 포츠머스보다는 덜 중요한 곳이라는 듯. 도로의 크기는 같지만 이쪽은 샛길일 뿐이라는 듯.

뉴햄프셔 래코니아.

리처가 아는 지명. 그는 가족의 이력과 관련된 온갖 서류에서 그 지명을 봤고, 가끔씩 이 지명이 들먹여지는 걸 들었다. 고인이 된 아버지가 태어난 곳이자, 열일곱 살 때 해병대에 입대한 뒤 그곳에서 탈출할 때까지 자란 곳이었다. 그게 그의 가족이 알고 있는 모호한 전설이었다. 아버지가 무엇으로부터 탈출한 것인지는 구체적으로 알려지지 않았다. 그런데 아버지는 결코 이곳으로 돌아오지 않았다. 단 한 번도. 리처는 그로부터 15년이 지난 후에 태어났는데, 그 무렵 래코니아는 아득한 과거의 케케묵은 사소한 사안이 되어 있었다. 아버지 선대의 조상들이 일하면서 살던 곳이라고 들은 다코타 지역만큼이나 아득한 과거가. 가족 중에 두 곳 중 한 곳이라도 찾았던 이는 아무도 없었다. 방문한 적 없음. 가족이 나누는 대화에서 젊은 나이에 타계했다는 조부모님이 거론되는 경우는 거의 없었다. 고모나 삼촌, 사촌, 다른 먼 친척들도 없는 게 분명했다. 이건 통계적으로는 있을 법하지 않은 상황이다. 그러니 가족 내에 어떤 종류의 단절이 있었다는 걸 시사한다. 그런데 가족에 대한 제대로 된 정보를 가진 사람은 아버지 말고는 없었고, 아버지에게서 어떤 정보를 얻어내려고 진지하게 시도해본 사람도 없었다. 해병의 가정에서는 거론되지 않는 일들이 있다. 한참 시간이 흐른 후, 리처의 형인 조가 육군 대위로 북부 지역에 배치됐는데, 형은 가족이 옛날에 살던 농가를 찾아내려 애썼지만 아무 소득도 없었다고 얘기했다. 리처 자신도 이따금 형이 했던 것과 같은 말을 하고는 했다. 그도 그 지역에는 가본 적이 없었다.

왼쪽 아니면 오른쪽. 그가 내려야 할 결정.

포츠머스가 나왔다. 거기에는 고속도로와 도로 위 차량들과 버스가 있었다. 그곳은 보스턴으로 곧장 이어졌다. 샌디에이고가 손짓했다. 미국 북동부는 추워지려는 참이었다.

그런데 하루쯤 딴짓을 하고 가는 건 어떨까?

그는 오른쪽으로 걸음을 내디디며 래코니아로 이어지는 갈림길을 택했다.

그 늦은 오후의 같은 순간, 리처가 있는 길에서 30마일 가까이 떨어진, 남쪽으로 향하는 다른 시골길에 낡아빠진 혼다 시빅이 있었다. 운전자는 스물다섯 살 난 청년 '쇼티'*땅꼬마*라는 뜻 플렉이었고, 조수석에는 동갑내기 아가씨 패티 선드스트롬이 있었다. 연인 사이인 두 사람은 캐나다 뉴브

런즈윅 주의 외딴곳에 있는 작은 소도시 세인트 레너드에서 태어나 자랐다. 그 고장에서 벌어지는 일은 그리 많지 않았다. 두 사람이 기억하는 제일 큰 사건은 10년 전에 벌 1,200만 마리를 싣고 가던 트럭이 커브 길에서 전복된 거였다. 지역신문은 그 사고가 그런 유형의 사고 중에서 뉴브런즈윅에서 일어난 최초의 사건이었다고 자랑스레 보도했다. 패티는 제재소에서 일했다. 그녀는 반세기 전에 베트남전에 투입할 병력자원의 징집을 피해 캐나다로 밀입국한 미네소타 출신 사내의 손녀였다. 쇼티는 감자 농사를 지었다. 그의 가족은 캐나다에서 쭉 살아왔다. 그리고 그는 딱히 키가 작지는 않았다. 한때는, 그러니까 어릴 때는 작았다. 그렇지만 지금 그는 누구라도 자신을 평균적으로 보이는 사내라고 말할 거라고 판단했다.

　　두 사람은 세인트 레너드에서 뉴욕까지 논스톱으로 달리려 애쓰고 있었는데, 그건 어느 기준에서 보더라도 빡빡한 일정이었다. 그렇지만 두 사람은 그렇게 바삐 이동하는 데에는 큰 이점이 있다고 여겼다. 둘은 뉴욕에서 판매하려는 물건을 갖고 있었는데, 호텔에서 하룻밤 묵는 걸 거르면 그들이 챙길 수익이 최대치가 될 터였다. 두 사람은 자신들이 달릴 경로를 꼼꼼하게 계획했다. 바닷가에서 여름휴가를 보내고 귀가하는 사람들을 피하기 위해 서쪽으로 휘어진 고리 모양으로 이동하면서 시골길을 이용하는 경로였다. 패티의 뭉툭한 손가락은 지도 위에 있었고, 시선은 모퉁이와 표지판을 확인하면서 전방을 훑었다. 여행에 걸리는 시간을 일일이 종이에 적어가며 상세하게 측정한 두 사람은 그 경로는 실제로 계획한 대로 운행이 가능한 코스라고 판단했다.

　　두 사람의 출발이 그들이 흡족해했을 시점보다는 늦었다는 사실만 제외하면 말이다. 늦게 출발한 건 이런저런 일이 정리가 되지 않은 탓도 약간 있었지만, 대체로는 혼다의 낡아빠진 배터리가 프린스에드워드아일랜드 주 방향에서 새로 불어오는 상쾌한 가을바람의 온도를 달가워하지 않은 탓이었다. 두 사람은 늦게 출발한 탓에 미국 국경선에 늘어선 긴 대기 행렬에 합류해야만 했다. 그러자 혼다가 과열되기 시작했다. 그래서 한동안은 시속 50마일 아래로 서행해야만 했다.

둘은 피곤했다.

그리고 배가 고프고 목이 말랐다. 화장실에도 가고 싶었다. 출발이 늦은 바람에 계획도 뒤처졌다. 그래서 불만스러웠다. 혼다는 다시 과열되고 있었다. 계기판의 바늘이 빨간 구역에 입을 맞추는 중이었다. 후드 아래에서 나는 소음은 그치지를 않았다. 오일이 간당간당한 것 같았다. 왜 그런지는 알 길이 없었다. 계기판의 모든 라이트는 지난 2년 반 동안 계속 그 상태를 유지하고 있다.

쇼티가 물었다. "앞에 뭐 있어?"

패티가 말했다. "아무것도 없어."

그녀의 손가락 끝은 세 자리 숫자가 붙어 있는, 연한 녹색이 삐죽삐죽한 모양으로 칠해진 구역을 관통하며 북에서 남으로 내달리는 빨간 선 위를 헤매고 있었다. 숲으로 덮인 지역. 창밖으로 보이던 풍경과 일치했다. 나무들이 빼곡했다. 여름의 끝이 남긴 무거운 이파리들이 덮은 그 밑은 고요하고 어두웠다. 지도는 여기저기에 있는, 늙은 여인의 다리에 있는 혈관처럼 가늘고 빨간 거미줄을 보여줬다. 모두가 어딘가로 이어지는 길일 테지만, 그 끝에 큰 고장은 없을 것이다. 정비공이나 윤활유 가게나 엔진 냉각수가 있을 법한 곳으로 이어지지는 않을 것이었다. 그런 곳이 있을 가능성이 제일 큰 곳은 30분쯤 떨어진 곳에 있는, 남쪽에서 약간 동쪽으로 치우친 곳에 있는 소도시였는데, 지명이 너무 작지는 않게, 약간 굵은 활자로 인쇄되어 있었다. 이건 적어도 주유소가 있는 곳이라는 뜻이었다. 그곳의 이름은 래코니아였다.

그녀가 물었다. "20마일쯤 더 갈 수 있을까?"

이제 바늘은 빨간 구역에 완전히 들어가 있었다.

"어쩌면." 쇼티가 말했다. "그중에 19마일을 걸어서 간다면."

그는 차의 속도를 늦추고는 차가 조금씩 주입하는 기름에 의해 굴러가게 만들었다. 그렇게 하면서 엔진 내부에서 새로 발생하는 열기는 줄였지만, 그건 라디에이터의 날개를 통과하는 공기의 흐름도 줄이는 조치이기도 하기 때문에 이전에 생겨난 열기가 엔진을 그리 빨리 벗어날 수는 없었다. 그래서 온도계의 바늘은 단기적으로 계속 올라갔다. 패티는 두 사람의 현재 속도를 그녀가 추정해서 맞춘 속도로 지도에 댄 손가락 끝을 계속 밀고 나갔다. 오른쪽에서 나타날 거미줄 가닥이 있었다. 2센티미터쯤 떨어진 어딘가로 이어지는, 녹색 잉크 부분을 지나는 가느다란 길이었다. 열어놓은 창문으로 쏟아져 들어오는 바람이 없는 상태라 그녀는 엔진에서 나는 소음을 들을 수 있었다. 쾅쾅, 똑똑, 삐걱삐걱. 소음은 갈수록 심각해졌다.

그러다가 그녀는 전방의 오른쪽에서 가느다란 도로의 입구를 봤다. 제시간에 나타난 거미줄 가닥. 그런데 그건 도로라기보다는 터널에 가까웠다. 내부가 어두웠다. 나무들이 머리 위에서 가지들을 맞댔다. 땅이 어는 바람에 지면에서 밀려 올라온 말뚝에 간판 하나가 못 박혀 있었는데, 간판에는 화려한 플라스틱 글자들이 나사로 박혀 있었고 화살표가 터널 안쪽을 가리키고 있었다. 글자들이 모여서 이룬 단어는 '모텔'이었다.

"저기로 갈까?" 그녀가 물었다.

대답은 차가 했다. 온도계 바늘은 정지를 표시하는 구역에서 빠져나올 생각을 않고 있었다. 쇼티는 정강이로 전달되는 열기를 느낄 수 있었다. 엔진룸 전체가 뜨거워지고 있었다. 그는 차를 세우는 대신 계속 몰고 갈 경우에 무슨 일이 벌어질지 잠시 궁금해 했다. 사람들은 자동차 엔진이 폭발하고 녹아내리는 얘기를 해댄다. 분명히 말하는데, 그건 비유적인 표현일 뿐이다. 실제로 녹아내린 금속이 고인 웅덩이는 생기지 않을 것이다. 실제로 폭발이 일어나지도 않을 것이다. 엔진은 그냥 멈춰 버릴 것이다. 평화롭게. 아니면 작동을 안 하거나. 엔진은 완전히 멈출 때까지 부드럽게 작동할 것이다.

그런데 인적이라고는 없는 곳에서, 지나가는 차도 없고 휴대폰 신호도 잡히지 않는 곳에서 그런 일을 당한다면?

"달리 방법이 없어." 그가 말했다. 그는 브레이크를 밟고 운전대를 돌려 터널로 방향을 틀었다. 그러자마자 두 사람은 가느다란 붓을 잡은 손이 이 모텔은 고급 시설이라고 떠들어대는 것처럼, 그렇다고 약속하는 것처럼 단호한 붓질로 간판에 박힌 플라스틱 글자들에 황금빛을 칠했다는 걸 알게 됐다. 거기에는 두 사람의 맞은편 방향에서 오는 운전자들을 향해 똑같은 내용을 보여주는 또 다른 표지판도 있었다.

"오케이?" 쇼티가 물었다.

터널 안의 공기는 서늘하게 느껴졌다. 온도는 도시 번화가보다 족히 5도쯤은 낮았다. 갓길에는 지난가을에 떨어진 낙엽과 지난겨울에 생긴 진창이 한데 뭉쳐져 있었다.

"오케이?" 쇼티가 다시 물었다.

두 사람은 도로를 가로질러 놓여 있는 와이어 위를 지나갔다. 정원용 호스보다 크게 가늘지는 않은, 두툼한 고무 와이어였다. 주유소에서 점원이 손님 온 것을 알 수 있도록 키오스크에 벨을 울리게 만들려고 설치한 것과 비슷한 와이어.

패티는 대답하지 않았다.

쇼티가 말했다. "나빠 봐야 얼마나 나쁠 수 있겠어? 그래도 지도에 표시돼 있는 장소인데."

"지도에는 오솔길도 표시돼 있어."

"간판이 근사했잖아."

"그건 내 생각도 그래." 패티가 말했다. "근사했지."

두 사람은 계속 차를 몰았다.

2

숲은 공기를 서늘하고 상쾌하게 만들었다. 그래서 리처는 흡족한 기분으로 시속 4마일의 보행속도를 계속 유지했다. 그 속도는 그의 긴 다리로 분당 88비트에 해당했고, 그 박자는 많은 걸작 음악의 박자와 정확히 일치했다. 그래서 걸으면서 보내는 시간은 보내기가 쉬웠다. 그는 30분쯤 걸었다. 2마일. 그의 머릿속에서 클래식 음악 7곡이 재생된 참이었다. 그런 후 그는 등 뒤에서 실세로 나는 소리를 들었다. 고개를 돌린 그는 네 바퀴가 각기 딴 방향으로 가고 싶어 하는 것처럼 그를 향해 게걸음으로 다가오는 낡아빠진 픽업을 봤다.

리처는 엄지를 치켜들었다.

트럭이 섰다. 흰 수염을 길게 기른 노인이 안에서 몸을 쭉 뻗어서는 팔을 돌려 조수석 창문을 내렸다.

노인이 말했다. "래코니아로 가는 길이외다."

"저도 그렇습니다." 리처가 대답했다.

"그럼, 타시오."

차에 탄 리처는 손잡이를 돌려 창문을 다시 올렸다. 노인은 차를 출발시켜 뒤뚱뒤뚱 원래 속도를 되찾았다.

노인이 말했다. "지금이 댁이 나한테 새 타이어로 갈아야 할 것 같다는 말을 할 타이밍인 것 같소."

"그래야 할 것 같군요." 리처가 말했다.

"그런데 이 나이가 되니 설비투자에 큰돈을 쓰는 걸 피하게 됩디다. 미래에 투자할 이유가 뭐요? 아니, 나한테 미래가 있기나 한가?"

"그 주장이 어르신 타이어보다 더 둥글둥글하군요."

"사실, 이 차는 프레임이 휜 거요. 폐차 직전까지 갔었거든."

"언제 그런 겁니까?"

"23년이 다 돼가지."

"그래서 어르신께는 지금 이 상태가 정상인 거군요."

"이 차를 타면 정신이 또랑또랑해지는 장점이 있소."

"원하는 방향으로 가려면 운전대를 어떻게 돌려야 하는지를 어떻게 아시는 건가요?"

"익숙해집디다. 보트 모는 거랑 비슷하거든. 래코니아에는 무슨 일로 가는 거요?"

"그냥 지나가는 길입니다." 리처가 말했다. "아버님께서 여기서 태어나셨습니다. 어떤 곳인지 보고 싶어서요."

"성이 뭐요?"

"리처입니다."

노인은 고개를 저었다.

노인이 말했다. "내가 아는 래코니아 사람 중에 성씨가 리처인 사람은 없는데."

앞서 도로가 Y자형 갈림길이었던 이유는 호수 때문인 것으로 밝혀졌다. 호수는 남북으로 달리는 운전자들이 오른쪽 호숫가나 왼쪽 호숫가 중에서 택일하게 만들 정도로 넓었다. 리처와 노인은 오른쪽 호숫가를 따라 덜덜거리면서 꿈틀꿈틀 나아갔다. 기계에는 스트레스를 잔뜩 안겨주는 드라이브였지만, 시각적으로는 아름답기 그지없었다. 풍광이 강렬한 데다, 일몰까지 채 한 시간도 남지 않았기 때문이다. 그러더니 래코니아가 모습을 드러냈다. 소도시였지만 리처가 예상했던 것보다 큰 고장이었다. 인구 15,000명 또는 20,000명. 카운티 청사 소재지. 견실하고 번창한 고장. 벽돌 건물들과 아기자기한 구식 거리들. 낮아진 붉은 태양은 그것들을 옛날 영화에 등장하는 것들처럼 보이게 만들었다.

꿈틀거리는 픽업트럭이 시내 모퉁이에서 덜덜거리며 멈춰 섰다. 노인이 말했다. "여기가 래코니아요."

리처가 물었다. "여기는 얼마나 변한 섭니까?"

"이 근처는 변한 게 많지 않소."

"자라면서 작은 동네일 거라고 생각했었는데, 그때 상상했던 것보다는 큰 고장이군요."

"별난 일이로군. 대부분의 사람들은 세상을 실제보다 더 큰 곳으로 기억하는데 말이오."

리처는 태워줘서 고맙다고 인사했다. 차에서 내린 그는 트럭이 끽끽거리며 떠나는 걸 지켜봤다. 타이어 하나하나가 다른 세 타이어에게 잘못된 방향으로 가고 있다며 언성을 높이고 있었다. 그런 후 몸을 돌린 그는 마음 내키는 대로 블록들을 걸어 다니면서 무엇이 어디에 있을지에 대한 감을 잡았다. 이튿날 작업을 개시하는 데 필요한 구체적인 목적지 두 곳에 대한 감을 잡는 데에는 특히 더 신경을 썼다. 그리고 그날 저녁에 곧바로 신경을 써야 할 두 곳, 그러니까 먼저는 끼니를 때울 곳, 그다음에는 묵을 곳에 대해서도 신경을 썼다.

두 군데 다 찾을 수 있었다. 유서 깊은 시내 특유의 방식으로. 건강에 유익한 식사를 제공하는 식당들. 테이블 두 개 너비 이상이 되는 곳은 없었다. 시내에 모텔은 없었지만, 여관과 민박은 많았다. 그는 좁은 간이식당에서 식사를 했다. 웨이트리스가 창문 너머에서 그를 향해 미소를 지었기 때문이다. 잠시 후 그가 주문한 식사를 그녀가 가져왔을 때에는 잠시 민망했다. 로스트비프가 들어 있는 무슨 샐러드 종류였는데, 제일 영양가 많은 메뉴일 거라고 생각해서 선택한 거였다. 그런데 제공된 식사의 양은 간에 기별도 안 갈 정도였다. 그는 두 번째 주문을 했다. 더 큰 접시에 담아달라고 부탁하면서. 웨이트리스는 처음에는 그가 하는 말을 잘 못 알아들었다. 그녀는 첫 주문이 뭔가 잘못됐다고 생각했다. 아니면 접시의 크기가 잘못됐거나. 그것도 아니면 둘 다거나. 그러다가 깨달았다. 그는 배가 고팠다. 그는 2인분을 원한다. 그녀는 더 필요한 게 있느냐고 물었다. 그는 커피를 더 큰 잔에 달라고 부탁했다.

식사를 마친 그는 앞서 봐둔, 시청에서 가까운 거리에 있는 숙소들이 있는 곳으로 되돌아갔다. 여관에 방이 있었다. 휴가철은 끝났다. 여관주인은 스위트라고 부르지만 그는 소파 딸린 방이라고 부르는 곳을 위해 프리미엄 가격을 지불했다. 방에는 꽃무늬가 많았다. 깃털을 넣은 베개도 너무 많았다. 그는 베개 몇 개를 침대에서 바닥으로 내동댕이치고는 다림질 대용으로 매트리스 아래에 바지를 넣었다. 그러고는 뜨거운 물로 오래 샤워를 한 후 이불 속으로 들어가 잠에 빠져들었다.

숲을 가로지르는 터널은 길이가 2마일이 넘는 것으로 판명됐다. 패티 선드스트롬은 지도에 올린 손가락 끝으로 굽잇길을 따라갔다. 혼다의 바퀴 아래에는 작은 구멍이 나 있는 희끗희끗한 아스팔트가 있었다. 포장 작업이 제대로 마무리된 도로 표면이 땅 위를 흐르는 물 때문에 원래 있던 자리에서 완전히 씻겨나가면서 당구대 크기만 한 얕은 포트홀들이 남았다. 일부는 고랑이 팬 콘크리트를 드러냈고, 일부는 자갈을 드러냈으며, 일부는 머리 위의 캐노피^{숲이 위를 덮은 것을 표현한 말}가 두툼한 데다 빈틈이 없는 탓에 봄부터 만들어져 지금까지도 여전히 축축한 이파리 무더기들로 꽉 차 있었다. 나무가 한 그루도 자라지 않는, 너비가 20미터 남짓한 지점이 한 곳 있었다. 둥그렇고 화사한 분홍색의 광활한 하늘이 거기에 있었다. 그런 공터가 생긴 건 다른 토양으로 이뤄진 가느다란 띠 모양의 지층 때문이거나, 단단한 암석으로 이뤄진 지하에 갑작스러운 급경사면이 있기 때문이거나, 지하수가 전혀 존재하지 않거나 너무 많이 존재하는 수력학적 특이현상 때문일 것이다. 잠시 후, 핑크빛 하늘 조각이 두 사람의 등 뒤로 밀려났다. 두 사람은 다시 터널로 돌아와 있었다. 쇼티 플렉은 천천히 달리고 있었다. 차에 가해질 충격을 피하면서 엔진을 배려하기 위해서였다. 그는 헤드라이트를 켜야 할지 고민했다.

그러다가 캐노피가 두 번째로 얇아지면서 더 많은 것을 약속했다. 더 큰 공터와 가까워지고 있다는 약속 같은 것을, 두 사람이 어딘가에 당도하고 있다는 약속 같은 것을. 두 사람은 전방에 있는 도로가 숲을 빠져나가는 것을, 그러고는 평평한 풀밭 2천 평을 직선을 그리고 내달리면서 가로지르는 것을 봤다. 그리고 그 시선 끝에는 이날의 마지막 햇살을 받은 가느다란 회색 리본 모양의 건물들이 갑자기 알몸을 드러내고 있었다. 이 도로의 종착지는 튼튼하게 지은 목조건물 세 채였다. 건물들은 오른쪽으로 굽은 길에 곡선을 따라 나란히 서 있었는데, 첫 번째 건물과 마지막 건물 사이의 거리는 50미터쯤 됐다. 세 채 모두 칙칙한 빨간색 칠이 되어 있었고, 건물의 가장자리에는 밝은 흰색 칠이 되어 있었다. 푸르른 초원 옆에 있는 건물들은 뉴잉글랜드의 전형적인 건물들처럼 보였다.

제일 가까운 건물이 모텔이었다. 어린애들 그림책에 실린 그림 같은 곳이었다. ABC를 배우는 것 같았다. M은 모텔의 첫 글자. 건물은 낮고 기다랬다. 칙칙한 빨간 판자로 만들어졌고, 회색 아스팔트 널을 올린 지붕은 경사져 있었다. 첫 번째 창문에는 '사무실'이라고 쓴 빨간 네온사인이 있었고, 창고를 위한 미늘판자를 댄 문이 동일한 패턴으로 반복돼 있었다. 난방과 환기와 공기 조절을 위한 안전망이 설치된 폭넓은 창문 하나가 있었고 그 아래에는 플라스틱 접의자 두 개가 있었으며, 숫자가 적힌 문이 있었다. 그러고는 똑같은 안전망이 달린 또 다른 폭넓은 창문과 똑같은 의자, 또 다른 숫자가 적힌 문 등이 내내 끝까지 반복됐다. 전부 객실이 12개 있었는데, 모두 한 줄로 나란히 있었다. 그렇지만 어느 객실 앞에도 차가 주차돼 있지 않았다. 투숙객이 아무도 없는 것 같았다.

"오케이?" 쇼티가 물었다.

패티는 대답하지 않았다. 그가 차를 세웠다. 오른쪽에 떨어져 있는 두 번째 건물은 이 끝에서 저 끝까지 거리가 짧지만, 높이는 훨씬 높고 정면에서 후면까지 거리는 더 깊었다. 헛간 같은 곳일 것이다. 그러나 짐승을 키우는 곳은 아닐 것이다. 출입문으로 이어지는 콘크리트 경사로는 두드러지게 깨끗했다. 대놓고 말하면, 동물의 배설물은 보이지 않았다. 그곳은 작업장 같은 곳이었다. 정면 앞에는 사륜 바이크 ATV 아홉 대가 있었다.

평범한 오토바이처럼 생겼지만, 슬릭 타이어표면이 매끈한 타이어 두 짝 대신 팻 타이어넓고 두꺼워서 고르지 않은 지형에 적합한 타이어 네 짝이 있었다. 한 줄에 세 대씩 세 줄로 정확하게 줄을 맞춰 서 있었다.

"저것들도 혼다에서 나온 바이크일 거야." 패티가 말했다. "이 사람들은 이 차를 고치는 법을 알고 있을 것 같아."

건물들이 이룬 선의 끝에 있는 세 번째 건물은 평범한 주택이었다. 꾸밈없는 스타일의 건물이었지만 크기는 넉넉했다. 현관 베란다가 건물 전체를 에워쌌는데, 그 위에는 흔들의자들이 설치돼 있었다.

쇼티가 차를 서서히 앞으로 몰다 다시 세웠다. 아스팔트가 끝날 참이었다. 모텔의 텅 빈 주차장까지는 10미터 정도 떨어져 있었다. 그의 차가 모텔주인이 잘 관리해온 땅에 털썩 내려앉으려던 참이었다. 그는 감자를 기르는 농부의 선문가나운 눈으로 그 토양에는 자갈과 진흙, 죽은 잡초와 살아 있는 잡초가 비슷비슷한 비율로 섞여 있다는 걸 알아봤다. 그는 자기 땅이라면 결코 자라게 놔두지 않을 식물 종을 적어도 다섯 종은 봤다.

아스팔트의 끝이 한계점처럼 느껴졌다. 결단을 내려야만 하는 지점인 것처럼.

"오케이?" 그가 다시 물었다.

"빈 모텔이잖아." 패티가 말했다. "손님이 아무도 없어. 섬뜩하지 않아?"

"휴가철이 끝났으니까 그렇지."

"스위치를 내린 것처럼?"

"사람들은 항상 그런 얘기를 구시렁대더라."

"여긴 정말로 외진 곳이야."

"사람들은 일상에서 벗어나려고 휴가를 떠나는 거야. 부대낄 일도 없고 북적거리지도 않는 곳으로."

패티는 꽤 오래 입을 다물었다.

그러다가 그녀가 입을 뗐다. "괜찮아 보이는 것 같아."

쇼티가 말했다. "여기는 끝내주는 데거나 꽝인 데거나 둘 중 하나라고 생각해."

그녀는 모텔 건물을 왼쪽에서 오른쪽으로 훑었다. 평범한 크기, 튼튼한 지붕, 육중한 널판, 최근에 생긴 얼룩. 필수적인 보수공사가 행해진 게 분명했지만, 화려하게 튀는 부분은 전혀 없었다. 솔직한 건물이었다. 캐나다에 있는 건물이라고 해도 무방할 정도로.

그녀가 말했다. "둘러보러 가자."

아스팔트에서 땅으로 털썩 내려간 두 사람은 울퉁불퉁한 지표면을 덜컹거리며 가로질러 사무실 앞에 차를 세웠다. 쇼티는 1초쯤 생각하다 엔진을 껐다. 그렇게 하는 게 공회전하게 놔두는 것보다 안전했다. 금속이 녹고 폭발이 일어날 경우에는. 다시 시동이 걸리지 않는다면 무척 속이 상할 것이다. 차 상태는 이미 그렇게 되기에 충분할 정도까지 와 있었다. 필요할 경우, 두 사람은 1호실을 달라고 요청할 수 있었다. 두 사람에게는 팔아치우려고 하는 물건으로 가득한 커다란 여행 가방이 하나 있었는데, 그건 차에 놔둬도 괜찮았다. 그걸 빼면 두 사람이 들고 다닐 소지품은 많지 않았다.

그들은 차에서 내려 사무실로 들어갔다. 리셉션 카운터 뒤에 남자가 있었다. 쇼티와 패티 또래였다. 20대 중반, 아마도 두 사람보다 한두 살 위. 금발의 단발을 단정하게 빗질했고 피부는 보기 좋게 볕에 그을렸으며 눈은 파란색이었고 이빨은 하얬다. 그는 선뜻 미소를 지었다. 그런데 그는 이 상황에 약간 튀어 보이는 사람이었다. 처음에 쇼티는 그를 캐나다에서 여름철에 보는 그런 사람하고 비슷하다고 여겼다. 캐나다에서는 교육을 잘 받은 청년을 허드렛일을 해보라며 시골 지역에 보내고는 한다. 이력서에 쓸 용도거나 견문을 넓히거나 자아를 발견하거나 그와 비슷한 목적에서 말이다. 그런데 이 남자의 나이는 그런 일을 하는 사람들보다는 다섯 살쯤 많았다. 그리고 손님을 맞는 그의 모습 뒤에는 자기가 이곳 주인이라는 분위기가 감돌았다. 그는 분명 어서 오시라고 말하고 있었다. 그런데 그 인사말에는 "우리 집에"라는 말이 생략된 것 같았다. 자기가 이곳의 주인이라는 투의 말이.

그는 아마도 이곳 주인일 것이다.

패티는 방을 달라고 하면서 사륜 비이크를 관리하는 분이 자기들 차를 봐줄 수 있는지 궁금하다고 말했다. 안 되면 솜씨 좋은 정비공의 전화번호를 얻게 되면 정말로 고맙겠다고도 말했다. 견인 트럭은 피했으면 한다는 말도 하고.

남자가 미소를 지으며 물었다. "차에 무슨 문제라도 있는 건가요?"

그의 목소리는 영화에 나오는, 월스트리트에서 정장 차림에 타이를 매고 일하는 젊은 남자들과 비슷했다. 겉모습이 번지르르하고 자신감이 넘쳐나는. 샴페인을 마신 듯한. 탐욕은 좋은 것이라고 주장하는. 감자 농사꾼이 선호할 유형의 사람은 아니었다.

패티가 말했다. "과열됐어요. 후드 아래에서 기괴하게 쿵쾅거리는 소리가 나고요."

남자가 다른 종류의 미소를 지었다. 이번 미소는 겸손하면서도 우주를

26

호령하는 지배자의 후계자가 지을 법한 미소였다. 그가 말했다. "그렇다면 한번 살펴봐야겠네요. 냉각수랑 오일이 간당간당할 때 생기는 증상처럼 들리거든요. 둘 다 쉽게 고칠 수 있어요. 뭔가가 새고 있지만 않으면요. 그건 어떤 부품이 필요하느냐에 달려 있어요. 뭔가를 조정할 수 있을 거예요. 그게 안 되면, 손님 말씀처럼, 우리는 솜씨 좋은 정비공들을 알아요. 어느 쪽이 됐건, 엔진이 식기 전까지는 할 수 있는 일이 하나도 없죠. 밤 동안 두 분 객실 밖에 세워두세요. 그러면 우리가 아침이 되자마자 확인할게요."

"정확히 몇 시에요?" 패티가 물었다. 그녀는 자기들이 계획보다 이미 얼마나 뒤처졌는지 생각했다. 그러면서 남자가 베푸는 호의에 무슨 저의가 깔린 것은 아닐까도 생각하고 있었다.

남자가 말했다. "여기서는 동이 트면 전원 기상이에요."

그녀가 물었다. "숙박비가 얼마죠?"

"노동절⁹월 첫째 월요일이 지났고 단풍관광객은 오기 전이니까, 50달러로 하시죠."

"좋아요." 그녀가 말했다. 진심에서 우러난 말은 아니었지만. 그녀는 남자가 베푸는 호의에 대해 다시금, 그리고 쇼티가 했던 '여기는 끝내주는 데거나 꽝인 데거나 둘 중 하나라고 생각해'라는 말을 떠올렸다.

"10호실을 드릴게요." 남자가 말했다. "모텔을 재단장한 후로 처음 드리는 방이에요. 사실, 공사를 이제 막 끝낸 참이에요. 두 분은 그 방의 첫 손님이 되는 거죠. 두 분께서 저희에게 그런 영예를 주셨으면 해요."

3

리처는 새벽 3시 1분에 깼다. 지독히도 상투적인 표현을 동원하자면, 누가 스위치를 올린 것처럼 순식간에 번쩍 깨어났다. 그는 깨어나서 꿈쩍도 하지 않았다. 사지에 힘을 줘서 근육을 긴장시키지도 않았다. 그냥 누워 있었다. 어둠을 응시하고 귀를 쫑긋 세우고 100퍼센트 집중하면서. 배워서 터득한 반응이 아니었다. 진화에 의해 뇌의 뒷부분 깊은 곳에서 굳어진 원초적인 본능이었다. 언젠가 그가 캘리포니아 남부에 있었을 때였다. 그는 아름다운 밤에 창문을 열어둔 채로 빠르게 잠에 빠져들었다. 그랬다가 누가 스위치를 올린 것처럼 순식간에 번쩍 깨어났다. 자다가 뭔가가 타는 희미한 냄새를 맡았기 때문이다. 담배 연기도, 건물에 불이 난 것도 아니었다. 40마일 떨어진 곳의 산비탈이 불길에 휩싸인 거였다. 원시시대의 냄새. 들불이 유서 깊은 대초원을 내달릴 때 나는 냄새. 들불을 피해 달아나서 목숨을 부지한 조상들은 제일 먼저 깨어나 제일 빨리 출발한 사람들이었다. 그런 일이 반복되고 또 반복되면서 100세대 후손까지 전해진 본능.

그런데 연기는 없었다. 이 특별한 새벽의 3시 1분에는 없었다. 이 특별한 여관방에는 없었다. 그렇다면 무엇이 그를 깨운 걸까? 어떤 광경이나 감촉이나 맛은 아니었다. 그는 눈을 감고 이불을 덮은 채로 입 속에 아무것도 없이 침대에 홀로 있었기 때문이다. 그는 무슨 소리를 들었다.

리처는 소리가 다시 나기를 기다렸다. 그는 그걸 진화의 약점으로 간주했다. 진화가 우리에게 안겨준 산물은 아직은 완벽하지 않았다. 이 본능은 여전히 2단계로 구성되어 있다. 우리를 깨우는 첫 번째 단계, 그리고 우리가 깨운 게 무엇인지를 알려주는 두 번째 단계. 첫 번째 단계를 제외시키면서 두 단계를 한꺼번에 실행하는 편이 나은 건 분명했다.

그는 아무 소리도 듣지 못했다. 뇌에서 위험을 감지하는 부분에 호소하는 소리는 현대에 와서는 많지 않다. 그를 깨운 소리가 원시시대 포식동물의 발소리나 쉿쉿거리는 소리일 것 같지는 않았다. 발로 밟으면 기분 나쁜 소리를 내면서 부러지는 제일 가까운 숲에 있는 잔가지들은 그가 있는 소도시의 가장자리에서 몇 마일은 떨어진 곳에 있었다. 그것 말고 그의 원초적인 대뇌피질을 두렵게 만들 만한 것은 별로 없었다. 소리들로 이뤄진 왕국 내부에서는 그랬다. 새로운 소리들을 다루는 부위는 다른 부위, 그러니까 뇌의 앞부분으로, 그곳은 현대인을 위협하는 긁는 소리나 딸깍거리는 소리들을 바짝 경계했지만, 만족스럽게 숙면을 즐기는 사람을 깨울 정도로 서열이 높은 곳은 아니었다.

그렇다면 무엇이 그를 깨운 걸까? 진정으로 유서가 깊은 유일한 다른 소리는 도와달라는 울부짖음이었다. 비명, 또는 애원. 현대적인 방식으로 내는 고성도 아니고, 함성이나 깔깔거리는 폭소도 아닌 소리. 무엇인가 심하게 원초적인 소리. 공격당하는 인간. 절벽 끝까지 몰린 사람. 멀리서 발령된 조기 경보.

더 이상은 아무 소리도 듣지 못했다. 반복돼서 나는 소리는 없었다. 그는 이불 아래에서 슬그머니 빠져나와 문에 귀를 기울였다. 아무 소리도 들리지 않았다. 깃털베개를 들고 가서 문에 있는 핍홀^{광각 렌즈를 사용하여 현관문의 안에}

위에 갖다 댔다. 반응은 없었다. 눈을 관통하려는 충격은 없었다. 그는 밖을 살폈다. 아무것도 보이지 않았다. 아무도 없는 환한 복도.

커튼을 들추고 창밖을 확인했다. 거리에는 아무것도 없었다. 칠흑 같은 어둠. 무거운 침묵. 그는 침대로 돌아와 베개를 토닥여 모양을 잡고는 다시 잠에 빠져들었다.

패티 선드스트롬도 3시 1분에 깼다. 그녀는 네 시간을 잤는데, 불안감 비슷한 무엇인가가 뇌 깊은 부분에서 바깥으로 힘껏 뚫고 나와서는 그녀를 깨웠다. 기분이 좋지 않았다. 내면 깊은 곳의 기분은 그랬다. 부분적으로는 일정이 지체됐다는 게 께름칙했다. 두 사람은 잘해야 이튿날 오후에야 뉴욕에 노착할 것이나. 거래를 하기에 좋은 시간대는 아니다. 그 문제보다 더 기분 나빴던 건 계획에 없던 숙박료로 50달러를 지출했다는 거였다. 게다가 차가 잡아먹을 돈이 얼마인지는 알 길이 없었다. 큰돈이 깨질 수도 있었다. 부품이 여러 개 필요할 경우에는. 뭔가를 조정해야 할 경우에는. 자동차의 문제는 문제가 발생하기 전까지는 차의 상태가 항상 끝내주게 보인다는 것이다. 그렇기는 해도, 두 사람이 사무실에서 나왔을 때까지만 해도 엔진은 시동이 걸렸다. 모텔 남자는 그 문제는 그리 걱정하지 않는 듯 보였다. 그는 두 사람을 안심시키는 표정을 지었다. 그는 두 사람과 함께 객실에 오지는 않았다. 그것도 좋은 일이었다. 그녀는 사람들이 복작거리는 걸 싫어했다. 전등 스위치는 어디 있고 욕실은 어디 있는지를 보여주고, 팁을 바라면서 그녀의 소지품을 이리저리 재보고 알랑거리는 행동으로 일관하는 사람들을. 그런데 이 남자는 그런 짓은 하나도 하지 않았다.

그런데 그녀는 여전히 기분이 좋지 않았다. 이유는 몰랐다. 객실은 쾌적했다. 남자가 약속한 대로, 객실 전체가 새로 재단장된 곳이었다. 벽판은 새것이었고, 천장과 몰딩과 페인트와 카펫도 새것이었다. 무슨 일이 생길까 싶어 건드리기가 겁나는 건 없었다. 호사스러운 부분이 하나도 없는 건 확실했다. 그 전의 객실 스타일에서 그리 크게 달라지지 않은 스타일로 업데이트한 걸로 보였지만, 깔끔하고 매끈하며 충실하고 견고하게 새로 꾸민 방이기는 했다. 에어컨은 찬바람을 내뿜으면서도 조용했다. 평면 TV가 있었다. 창문은 두툼한 통유리 두 장을 단열 개스킷^{가스·기름 등이 새어나오지 않도록 파이프나 엔진 등의 사이에 끼우는 마개}으로 밀봉한 값나가는 제품이었다. 통유리 두 장 사이의 공간에는 전기로 구동하는 롤러블라인드 세트가 설치되어 있었다. 블라인드를 내리려고 줄을 잡아당길 필요 없이 버튼을 누르면 됐다. 창문과 블라인드에 돈을 아끼지 않은 것 같았다. 유일한 문제는 창문이 열리지 않는다는 거였다. 그래서 그녀는 불이 날 경우가 걱정됐다. 게다가 그녀는 대체로 방에서 밤공기를 호흡하는 걸 좋아했는데 창문 탓에 그럴 수가 없었다. 그렇지만 전체적으로 볼 때 괜찮은 곳이었다. 그녀가 여태껏 보아온 대부분의 곳보다 나았다. 50달러나 냈지만 그 정도 값어치는 하는 것 같았다.

그렇지만 기분이 좋지 않았다. 방에는 전화가 없었다. 휴대폰 신호도 잡히지 않았다. 그래서 30분 후에 두 사람은 유선전화로 뜨거운 음식을, 피자 같은 것을 모텔로 배달시키는 문제를 알아보러 사무실로 걸어갔다. 데스크에 있는 남자는 유감스럽다는 미소를 지으면서 미안하다고, 우리는 배달을 받기에는 너무 외진 곳에 있다고 말했다. 여기 오려는 사람은 아무도 없을 것이다. 그는 손님들 대부분은 식당이나 레스토랑으로 차를 몰고 간다고 말했다. 쇼티는 조금만 있으면 뚜껑이 열릴 것처럼 보였다. 그 남자가 한 말은 손님들 대부분이 문제없이 굴러가는 차를 갖고 있다는 것처럼 들렸다. 그 유감스럽다는 분위기의 미소에는 뭔가가 있는 것 같았다. 그러다가 그 남자가 말했다. "그런데, 저 아래에 있는 우리 집 냉장고에 피자가 있어요. 저희랑 같이 식사하시겠어요?"

기이한 식사였다. 어둡고 낡은 주택에서, 쇼티와 그 남자와 엇비슷하게 생긴 다른 세 명과 함께한 식사는. 같은 나이, 같은 생김새, 그들 사이를 이어주는 같은 종류의 주파수. 그들 전원은 임무를 받고 파견된 사람들 같았다. 그들은 긴장된 분위기를 풍겼다. 몇 마디를 주고받은 후, 패티는 그들 전원이 온 재산을 탈탈 털어 동일한 새 벤처사업에 투자한 투자자들이라는 결론을 내렸다. 그녀는 투자 대상이 모텔일 거라고 추측했다. 그들이 모텔을 매입해서 제대로 운영하려 애쓰고 있는 거라고. 어찌 됐건, 그들은 모두 극도로 예의 바르고 품위 있으며 대화를 좋아했다. 리셉션 데스크에 있던 남자는 자기 이름이 마크라고 말했다. 다른 남자들은 로버트, 스티븐, 피터였다. 그들은 모두 세인트 레너드에서 하는 생활에 대한 지적인 질문들을 던졌다. 남쪽으로 향하는 고된 드라이브에 대해 물었다. 쇼티는 다시금 길길이 뛸 것 같은 모습이었다. 그는 그들이 형편없는 차를 몰고 출발한 자신을 멍청이로 보고 있다고 생각했다. 그런데 사륜 바이크를 관리한다고 말한 남자, 그러니까 피터는 자기가 쇼티 입장이라도 똑같은 일을 했을 거라고 말했다. 순전히 통계학적인 바탕에서 말이다. 그 차는 지금까지 몇 년을 굴러왔다. 그러던 차가 지금 와서 갑자기 퍼질 거라고 가정할 이유가 뭔가? 확률을 놓고 보면 그 차가 계속 굴러간다고 보는 게 맞다. 이전에도 늘 그랬으니까.

식사를 마친 후, 두 사람은 그들에게 잘 자라는 인사를 하고는 10호실로 걸어서 돌아왔다. 그러고는 잠에 빠져들었다. 그녀가 네 시간 후에 다시금 불안감에 깨어난 것을 제외하면. 기분이 좋지 않았다. 그렇지만 이유는 몰랐다. 아니, 아는 것도 같았다. 그 이유를 인정하는 걸 원치 않을 뿐이었다. 그게 문제일지도 모른다. 저 깊은 곳에 있는 진실은 그녀가 쇼티에게 엄청나게 화가 난 것 같다고 생각한다는 거였다. 이건 중요한 여행이었다. 두 사람이 비밀리에 세운 계획의 제일 중요한 부분. 그런데도 그는 형편없는 차를 몰고 출발했다. 멍청했다. 그가 기르는 감자들보다 멍청했다. 사전에 차 상태를 살펴보려고 1달러를 투자할 수는 없었던 걸까? 쿠폰을 들고 윤활유 가게에서 돈을 좀 썼으면 어땠을까? 그게 이 모텔에 지불한 50달러보다 적은 액수인 건 확실하다. 게다가 쇼티는 이곳이 이상한 인간들이 운영하는 이상한 곳이라는 데 동의하라고 그녀를 괴롭히고 있었다. 그녀 입장에서 그건 갈등되는 일이었다. 그녀는 실제로는 예의 바른 젊은 남자들이 반짝거리는 갑옷 차림의 기사들처럼 자신을 구해주고 있다고 느꼈기 때문이다. 뭔가 소중한 것을 트렁크에 싣고 외국으로 1,000마일 거리의 여행을 출발하기 전에 차의 상태를 확인하지도 않을 정도로 멍청한 감자 농사꾼 탓에 생겨난 곤경에서 말이다.

멍청한 남자. 패티는 바람을 쐬고 싶었다. 그녀는 침대에서 슬며시 빠져나와 맨발로 살금살금 문으로 갔다. 손잡이를 돌렸다. 그러면서 균형을 잡으려고 다른 손으로 문틀을 눌렀다. 그렇게 하면 소리를 내지 않고 문을 천천히 열 수 있었다. 쇼티가 계속 자게 놔두고 싶었기 때문이다. 그녀처럼 몹시도 화가 난 그를 바로 그 시점에 상대하고 싶지는 않았기 때문이다.

그런데 문이 꿈쩍도 안 했다. 전혀 움직이지 않았다. 그녀는 문이 안쪽에서 잠겨 있지는 않다는 걸 확인했다. 손잡이를 이쪽저쪽으로 돌려봤지만 아무 일도 일어나지 않았다. 문은 꿈쩍도 안 했다. 문을 설치하고 나서 제대로 나사를 조정한 적이 없었던 것 같았다. 아니면 여름의 열기 탓에 문틀 어딘가가 부풀어 올라서 그런 것이거나.

망할. 정말로 망할. 지금이 그녀가 쇼티를 써먹을 수 있는 기회였다. 그는 힘이 무척 셌다. 45킬로그램들이 감자 포대를 사방으로 던져대면서 기른 힘이었다. 그런데 그를 깨워서 부탁을 해야 할까? 젠장. 그녀는 슬금슬금 침대로 돌아와 그의 옆에 자리를 잡고는 천장을 응시했다. 깔끔하고 매끈하며 충실하고 견고한 천장을.

리처는 아침 8시에 다시 깼다. 깅렬한 대상이 쏘아대는 눈부신 빛이 커튼의 모서리를 통과해 들어왔다. 공중에는 먼지가 부드럽게 떠다니고 있었다. 거리에서 나는 낮은 소리가 들렸다. 차들이 기다리다가 떠났다. 블록 끄트머리에 신호등이 있는 것 같았다. 가끔 둔중한 경적 소리가 났다. 앞에 있는 운전자가 딴 곳을 보다 파란불을 놓친 것 같았다.

샤워를 한 그는 매트리스 아래에서 바지를 꺼낸 후 옷을 입고는 아침 먹을 곳을 찾아 거리로 나왔다. 가까운 곳에서 커피와 머핀을 파는 곳을 발견했다. 그게 긴 정찰을 나서는 동안 그를 지탱해줬다. 그리고 그는 그 정찰 덕에 몇 겹에 걸쳐 덧씌워진 아이러니한 가짜 레트로 분위기 아래에 숨어 있는, 괜찮은 식사를 즐길 곳이라 판단되는 곳을 찾아냈다. 그는 이 소도시의 아이러니를 모두 해독하려면 자기보다 더 영리한 사내가 필요할 거라고 판단했다. 그런 식당을 찾아내는 작업의 바탕이 되는 기초적인 아이디어는 왕년의 벌목꾼들이 식사를 했을 법한 곳이 어디이고 그 사람들이 먹은 식사는 무엇인가를 현대적인 관념으로 해석하는 것이 될 듯 보였다. 그리고 현대시대에 그런 식사는 메뉴판에 있는 모든 튀김음식 중 하나로 해석되는 듯 보였다. 리처의 경험상, 벌목꾼들은 다른 온갖 종류의 일을 하는 근면한 사람들과 똑같았다. 그렇지만 그는 그 사람들이 즐기는 튀김음식에 이념적인 반감은 전혀 품지 않았다. 음식의 양이 넉넉할 때는 특히 더 그랬다. 그래서 그는 시대 분위기에 동조하는 척했다. 그는 식당 안에 들어가 유쾌한 기분으로 자리에 앉았다. 그러면서 희망을 품었다. 자신에게는 벌목 작업에 착수하기까지 시간이 아직 30분이나 남아 있다는 것처럼.

음식의 맛은 좋았고 커피는 계속 제공됐다. 그래서 그는 30분 넘게 머무르며 창밖을 살피고 사람들이 북적이는 시간대를 확인하면서 정장 차림의 사람들이 안전하게 일터에 자리를 잡을 때까지 기다렸다. 그런 후 자리에서 일어난 그는 테이블에 팁과 식대를 남겨뒀다. 그러고는 전날 밤에 정찰했던 블록들 중 두 블록을 걸었다. 출발할 지점으로 마땅한 곳이라고 추측했던 곳을 향해. 그곳은 시청의 기록관리부였다. 벽돌로 지은 다용도 관공서의 건물 밖에 붙은, 여러 줄에 걸쳐 복잡한 내용을 소개하는 층별 안내판에서, 그 부서에는 독자적인 번호가 부여되어 있었다. 리처는 건축 스타일을 바탕으로 이 건물에는 한때 법정이 있었을 거라고 짐작했다. 어쩌면 지금도 있을지 모른다.

그가 찾는 사무실은 웅장한 중이층^{보통의 2층보다는 낮고 단층보다는 좀 높게 지은 2층} 복도로 이어지는 많은 작은 방들 중 하나였다. 고급 호텔의 복도와 비슷했다. 출입문에 부서명이 황금색으로 칠해져 있는, 구식 스타일로 장식된 간유리라는 걸 제외하면. 기록을 관리하는 부서의 경우, 부서명은 두 줄이 넘었다. 사무실 출입문 안쪽은 플라스틱 의자 네 개와 허리 높이의 안내 카운터가 있는 빈방이었다. 세상 어느 곳에나 있는 관청 사무실을 축소해놓은 버전 같았다. 카운터에는 전기 벨이 설치되어 있었다. 그 벨에서 나온 가느다란 전선이 근처의 갈라진 틈으로 이어졌고, '담당자가 자리에 없으면 벨을 울리세요'라고 손으로 쓴 표지판이 있었다. 넉넉한 길이로 붙인 여러 겹의 투명테이프가 세심한 필치로 쓰인 메시지를 보호하고 있었다. 테이프 일부는 모서리가 감겨 올라갔고 지저분했다. 지루하거나 초조한 손가락들에 시달린 것처럼.

리처는 서비스를 받으려고 벨을 울렸다. 1분 후 여성 한 명이 사무실 뒤쪽 벽에 난 문으로 들어왔다. 여자는 그러는 동안에도 뒤를 돌아보고 있었는데, 리처는 그걸 여사가 훨씬 더 넓고 재미있는 공간을 떠나는 중이라 애석해하고 있는 거라고 판단했다. 여자는 서른쯤 되어 보였다. 회색 스웨터와 회색 스커트 차림으로, 날씬하고 단정했다. 여자는 카운터에 발을 올렸으면서도 문을 힐끔 돌아다봤다. 남자친구가 기다리는 중이거나 일하기가 싫어서 그러는 거겠지. 둘 다일지도 모르고. 그렇지만 여자는 최선을 다했다. 여자는 리처를 따스하게 반긴다는 분위기를 풍겼다. '손님이 왕'인 매장의 점원들이 풍기는 분위기와 거의 비슷한 분위기였다. 그녀와 민원인은 유서 깊은 소도시의 행정업무를 놓고 머리를 굴려가면서 반드시 좋은 시간을 보내게 될 거라는 투의 분위기. 그녀의 눈빛을 본 리처는 그녀가 풍기는 분위기 중 적어도 일부는 진심에서 우러난 것이라고 판단했다. 그녀는 자기 일을 끔찍이도 싫어하는 건 아닌 것 같았다.

리처가 말했다. "오래된 부동산 기록에 대해 묻고 싶습니다."

"소유권 분쟁 때문인가요?" 여자가 물었다. "그 경우에는 변호사를 통해서 신청하시는 게 나아요. 그쪽이 훨씬 빠르거든요."

"분쟁 때문이 아닙니다." 그가 말했다. "내 아버지가 여기서 태어났소. 그게 전부요. 오래전에. 지금은 작고하셨소. 나는 그냥 지나는 길이었는데 그곳에 잠깐 들러서 아버지가 자란 집을 봐야겠다는 생각이 들었소."

"주소가 어떻게 되나요?"

"모르겠소."

"대충이라도 어떻게 되는지 기억 못하세요?"

"거기에 가본 적이 없소."

"거기를 방문해본 적이 없으시다고요?"

"없소."

"아버님이 젊었을 때 이사 가셨나 보네요."

"아버지는 열일곱 살 때 해병대에 입대하기 전까지는 이사를 가지 않았소."

"그러면 선생님 조부모님께서 아버님이 분가하기 전에 이사를 가셨기 때문일 거예요. 여기를 방문할 일이 생기기 전에요."

"내가 조부모님에 대해 받은 인상은 그분들이 평생을 여기에 머물렀을 거라는 거요."

"그렇지만 조부모님을 뵌 적은 없으신 거죠?"

"우리는 해병 가족이었소. 늘 어딘가 다른 곳에 살았소."

"유감이네요."

"그쪽 잘못이 아니오."

"그렇지만 국가에 봉사하신 것에는 감사드려요."

"내가 봉사한 게 아니오. 내 아버지가 해병이셨소. 내가 아니라. 나는 아버지에 대한 기록을 찾아볼 수 있기를 바랐소. 출생기록 같은 것에서 말이오. 조부모님의 풀 네임을 확인하기 위해서. 재산세 납부 기록 같은 데에서 그분들의 정확한 주소를 찾아낼 수 있을 거라 생각하오. 그렇게 되면 나는 그곳에 들러서 둘러볼 수 있을 거고."

"조부모님 존함을 모르시는 건가요?"

"제임스 리처와 엘리자베스 리처라고 알고 있소."

"그건 제 이름이네요."

"그쪽 분 성도 리처요?"

"아뇨. 캐슬이에요. 엘리자베스 캐슬."

"만나서 반갑소." 리처가 말했다.

"저도요." 그녀가 말했다.

"잭 리처라고 하오. 내 아버지는 스탠 리처요."

"아버님이 해병대에 입대하려고 여기를 떠난 건 얼마나 오래된 일인가요?"

"살아계셨으면 연세가 아흔쯤이셨을 거요. 그러니까 70년이 넘었소."

"그렇다면 시간을 넉넉하게 잡아서 80년 전부터 시작해야겠네요." 여자가 말했다. "스탠 리처란 분이 열 살쯤일 때 부모님인 제임스와 엘리자베스 리처 부부와 함께 래코니아 어딘가에 있는 집에서 살았을 때부터요. 이렇게 정리하면 문제가 없겠죠?"

"그게 내 전기의 1장 내용이 될 거요."

"지금 우리 컴퓨터에는 80년 이전 기록까지 입력되어 있을 거라고 확신해요." 그녀가 말했다. "그런데 죄송하지만 그렇게 옛날 재산세 기록에는 납세자들 이름만 들어 있을 거예요."

그녀는 열쇠를 돌리고는 책상 뚜껑을 열었다. 그 밑에 키보드와 모니터가 있었다. 사람이 없을 때 도둑맞지 않으려고 그렇게 해둔 것 같았다. 그녀는 버튼을 누르고는 시선을 돌렸다.

"부팅 중이에요." 그녀가 말했다.

그가 전에도 들어본 말. 테크놀로지 분야의 언어이지만, 그에게는 군대 얘기처럼 들렸다. 보병 중대가 행군을 앞두고 빡빡하게 밀집하고 있다는 듯한 얘기로.

그녀는 클릭을 하고 스크롤을 내렸다. 그러고는 스크롤을 내리고 클릭을 했다.

"맞네요." 그녀가 말했다. "80년 전 기록은 파일번호만 보여주는 색인만 있네요. 자세히 알고 싶으시면 기록을 보관하는 부서에 실제 서류를 요청하셔야 해요. 죄송하지만, 그렇게 하시면 보통 시간이 오래 걸려요."

"얼마나 오래?"

"때로는 석 달이요."

"색인에 이름하고 주소가 있소?"

"네."

"그러면 우리한테 정말로 필요한 건 그게 전부요."

"제 생각도 그래요. 선생님이 하고 싶으신 일이 집을 한번 보는 게 전부라면요."

"내 계획은 그게 전부요."

"궁금하지 않으세요?"

"뭐가 말이오?"

"그분들의 삶 말이에요. 어떤 분들이셨고 무슨 일을 하셨는지."

"석 달을 기다릴 정도로 궁금하지는 않소."

"알겠어요. 그렇다면 우리한테 필요한 건 이름하고 주소가 전부로군요."

"집이 지금도 거기에 있다면." 그가 말했다. "누군가가 집을 철거했을 수도 있으니 말이오. 이러니까 갑자기 80년이 정말로 긴 시간처럼 들리는군."

"이 동네는 변하는 속도가 느려요." 그녀가 말했다.

그녀가 다시 클릭을 하고 스크롤을 내렸다. 처음에는 빠르게 알파벳순으로 서둘러 내려가더니 다음에는 느리게 스크린을 응시했다. 리처는 그걸 보면서 R로 시작되는 구역에 들어간 거라고 짐작했다. 그러던 그녀가 다시 위로 스크롤을 올렸다. 느리게, 화면을 뚫어져라 쳐다보면서. 그리고는 다시 위아래로 빠르게 이동했다. 몸에 붙은 무엇인가를 떼어내려고 몸을 마구 떠는 사람처럼.

그녀가 말했다. "리처라는 성함을 가진 분 중에 80년 전에 래코니아에 부동산을 소유하셨던 분은 없네요."

4

패티 선드스트롬도 아침 8시에 다시 깼다. 그녀의 기분이 좋았을 기상 시간보다는 늦은 시간이었다. 기진맥진에 결국 무릎을 꿇은 그녀는 거의 다섯 시간을 죽은 듯이 곯아떨어진 거였다. 그녀는 침대 옆자리가 비어 있는 걸 감지했다. 고개를 돌리자 문이 열려 있는 게 보였다. 쇼티가 밖의 주차장에 있었다. 그는 모텔 남자들 중 한 명과 얘기 중이었다. 그 남자는 피터일 거라고 그녀는 생각했다. 사륜 바이크를 관리하는 남자. 두 사람이 혼다 옆에 서 있었다. 차 후드는 올려져 있었다. 태양은 밝았다.

그녀는 침대에서 미끄러지듯 나와 몸을 굽히고는 슬며시 화장실로 향했다. 그래서 피터나 혼다 옆에 있는 다른 누구도 그녀를 보지 못했을 것이다. 그녀는 샤워를 하고 어제 입었던 옷을 입었다. 하루를 더 보낼 거라는 예상을 못한 탓에 입을 옷을 충분히 가져오지 않았기 때문이다. 그녀는 화장실에서 나왔다. 배가 고팠다. 문은 여전히 열린 채였다. 태양은 여전히 밝았다. 이제 쇼티는 거기에 혼자만 있었다. 다른 남자는 가고 없었다.

그녀는 밖으로 나가면서 인사했다. "좋은 아침."

"시동이 걸리지 않아." 쇼티가 말했다. "저놈이 차를 만지고 나니까 이제는 완전히 퍼져버렸어. 간밤에는 괜찮았는데."

"괜찮지는 않았지. 정확히 말하면."

"간밤에는 시동이 걸렸잖아. 그런데 지금은 아냐. 놈이 망가뜨린 거야."

"저 사람이 무슨 일을 했는데?"

"여기저기를 찔러봤어. 자기가 가진 렌치하고 펜치로. 놈이 차를 더 망가뜨린 것 같아."

"저 사람 이름이 피터지? 사륜 바이크 관리하는 남자?"

"말은 그렇다고 하더라. 그게 참말이라면. 이 사람들 운이 좋기를 바라야지. 이 사람들, 처음부터 바이크가 아홉 대나 필요한 이유가 그걸 거야. 언제든 제대로 굴러가는 한 대는 반드시 있어야 하니까."

"차가 간밤에 시동이 걸린 건 뜨거웠기 때문이야. 지금은 식었잖아. 그래서 차이가 생긴 거라고."

"이제는 정비공이셔?"

"자기는?" 그녀가 말했다.

"저놈이 뭔가를 망가뜨린 것 같아."

"나는 저 남자가 우리를 도우려고 최선을 다해 애쓰고 있다고 생각해. 우리는 고마워해야 마땅하고."

"우리 차를 고장내줘서?"

"차는 이미 고장나 있었어."

"간밤에는 시동이 걸렸다니까. 키를 돌리자마자."

그녀가 물었다. "자기, 방문 열 때 무슨 문제없었어?"

그가 물었다. "언제?"

"오늘 아침에 나올 때."

"어떤 문제?"

"밤에 바람 좀 쐬고 싶었는데 문을 열 수가 없었어. 꿈쩍도 안 하더라고."

"그런 문제는 없었어." 쇼티가 말했다. "바로 열리던데."

두 사람은 50미터쯤 떨어진 곳에서 피터가 갈색 캔버스 가방을 들고 헛간에서 나오는 걸 봤다. 무거워 보였다. 연장일 거라고 패티는 생각했다. 두 사람의 차를 고치는 데 필요한.

그녀가 말했다. "쇼티 플렉, 내 말 잘 들어. 이 신사분들은 우리를 도우려 애쓰고 있어. 나는 자기가 그걸 고마워하면서 처신했으면 해. 지금 이 순간, 나는 자기가 저 사람들이 일을 마무리하기도 전에 우리를 돕는 걸 관둘 빌미를 주는 걸 원치 않아. 내 말 잘 이해했어?"

"맙소사." 그가 말했다. "자기는 이게 다 내 잘못이라는 투네."

"그래, 그런 거지." 그녀가 말했다. 그리고 나서 입을 다물고는 연장 가방을 들고 오는 피터를 기다렸다. 그가 철거덕거리는 소리와 함께 환한 미소를 지으면서 두 사람에게 왔다. 손뼉을 쳐서 손에 묻은 먼지를 털어내고는 곧장 작업에 뛰어들고 싶어 좀이 쑤신다는 것처럼.

그녀가 말했다. "이렇게 도와주셔서 정말로 고마워요."

그가 말했다. "문제될 것 전혀 없습니다."

"너무 복잡한 문제가 아니었으면 싶네요."

"지금 당장은 차가 완전히 맛이 갔어요. 보통은 전기 문제 때문이죠. 전선이 녹아서 그럴 거예요."

"고칠 수 있나요?"

"대체 전선을 이어서 연결할 수 있어요. 고장이 난 부분을 우회하기에 충분할 정도로요. 그런 비상대책을 써서 일단 시동을 걸고 난 다음에, 여건이 괜찮아지면 그 부분을 제대로 수리받아야 할 거예요. 시간이 지나면 진동 때문에 접속이 헐거워지는 식으로 진행되거든요."

"전선을 잇는 데 얼마나 걸리나요?"

"우선은 어디가 녹았는지를 알아내야죠."

"간밤에는 시동이 걸렸어요." 쇼티가 말했다. "그래서 2분간 엔진을 돌리다 다시 껐죠. 엔진은 밤새 식고 또 식었어요. 그런 상황에서 뭐가 녹았다는 거예요?"

피터는 아무 말도 하지 않았다.

"저 사람은 그냥 물어보는 거예요." 패티가 말했다. "녹은 부분을 찾는 게 쓸데없는 짓이 될까 봐서요. 우리는 당신 시간을 필요 이상으로 더 잡아먹고 싶지 않아요. 우리를 도와주시는 건 정말로 고마운 일이지만요."

"괜찮아요." 피터가 말했다. "당연히 들 만한 의문이에요. 엔진을 멈추면 라디에이터 팬하고 물 펌프도 멈추죠. 그러면 강제 냉각도 안 되고 냉각수 순환도 안 되고요. 그러면 자연스레 제일 뜨거운 물이 실린더 헤드 꼭대기로 올라가요. 그러니 표면 온도가 처음 한 시간 동안은 높아질 수 있어요. 그때 전선이 금속에 닿았을 거예요."

그는 후드 아래로 몸을 집어넣고는 잠시 깊은 생각에 잠겼다. 그러다가 손가락으로 회로를 따라가면서 전선을 확인하고 이것저것 잡아당기고 두드렸다. 배터리도 살폈다. 렌치를 써서 클램프_{물건을 조여서 움직이지 못하도록 고정시키는 도구}가 포스트_{케이블을 배터리에 연결하는 지점}에 꽉 조여져 있는지 확인했다.

그가 몸을 빼고 말했다. "시동을 한 번 더 걸어 봐요."

쇼티가 두 발은 땅에 붙인 채로 엉덩이를 의자에 걸쳤다. 얼굴이 앞을 향하게 만들려고 몸을 비틀고 손을 키에 얹었다. 그가 위를 쳐다봤다. 피터가 고개를 끄덕였다. 쇼티가 키를 돌렸다.

아무 일도 일어나지 않았다. 아무 일도. 딸깍거리거나 윙윙거리거나 쿨렁거리는 소리조차 없었다. 키를 돌리나 돌리지 않으나 다를 게 없었다. 힘없는. 완전히 퍼져버린. 세상에서 일어났던 가장 끔찍한 죽음보다 더 심한.

엘리자베스 캐슬은 화면에서 눈을 올렸지만 딱히 어느 곳을 쳐다보지는 않았다. 있었을 법한 시나리오 여러 개를, 그리고 모든 다른 상황에서 연이어 내디딜 다음 행보들을 일일이 헤아리는 것 같은 모습이었다. 리처는 그 헤아림의 출발점은 그를 멍청이라고, 엉뚱한 소도시를 찾아온 거라고 생각하는 것일 거라고 짐작했다. 그럴 경우 다음 행보는 그를 의심의 여지 없이 정중하게, 그러면서도 의심의 여지 없이 신속하게 쫓아내는 것이 될 터였다.

그녀가 말했다. "그분들은 세 들어 사셨을 거예요. 대부분의 사람들이 그랬거든요. 건물주들이 세금을 냈고요. 그분들 존함은 다른 데서 찾아야 할 것 같네요. 농사짓는 분들이셨나요?"

"그렇진 않았을 것 같소." 리처가 말했다. "얼어 죽을 것 같은 새벽에 닭모이를 주느라 밖에 나갔다가 20마일 떨어진 학교까지 양쪽이 다 언덕인 눈밭을 헤치고 걸어가야만 했다는 식의 이야기는 전혀 기억이 나지 않으니까. 농부들은 보통 그런 얘기들을 하잖소. 난 그런 얘기는 들어본 적이 없소."

"그렇다면 선생님이 시작해야 옳은 곳이 어디인지 확신이 서지 않네요."

"괜찮은 출발점인 경우가 잦은 게 출생신고요."

"그건 카운티 청사에 있어요. 시청이 아니라요. 여기서 제법 떨어져 있는 다른 건물이에요. 거기를 가시는 대신에 인구조사 기록에서 시작하셔야 할 것 같아요. 선생님 아버님은 그 기록 두 곳에 이름이 올라 있어야 해요. 그분이 두 살과 열두 살 때 했던 인구조사 기록이에요."

"그 기록은 어디에 있소?"

"그것들도 카운티 청사에 있어요. 하지만 좀 더 가까운 다른 사무실이에요."

"카운티 청사에는 사무실이 얼마나 많소?"

"꽤 많아요."

그녀는 그에게 가봐야 할 특정한 장소의 주소를 건네면서 거기에 가려면 어디서 방향을 꺾어야 하는지 자세히 설명했다. 그는 작별인사를 하고 나서 걷기 시작했다. 지난밤을 보냈던 여관을 지났다. 점심을 먹으러 돌아와야겠다고 생각한 곳을 지났다. 시내 블록들을 남쪽과 동쪽으로 이동하고 있었다. 족히 80년은 된 것 같은, 심지어 100년은 된 것 같은 낡은 벽돌 인도가 가끔 나타났다. 가게들은 산뜻하고 깨끗해 보였는데, 그중 많은 곳이 취사도구와 제빵도구, 식기류, 음식을 장만하고 소비하는 것과 관련된 다른 온갖 도구들을 전문적으로 취급하는 매장이었다. 몇 곳은 신발가게였고, 몇 곳은 가방을 팔았다.

리처가 찾는 건물은 너비가 일반 건물의 부지 두 곳 규모인 게 분명해 보이는 넓고 낮은 현대적인 건물이었다. 관공서라기보다는 컴퓨터실험실들로 에워싸인 공과대학 캠퍼스로 보였다. 어떤 면에서는 그런 셈이지, 그는 생각했다. 리처는 자신이 마음속으로는 끈을 묶어 제본한, 손 글씨의 색이 바래가는 좀먹은 서류를 보관한 책장들을 예상하고 있었다는 걸 깨달았다. 그는 확신했다. 자신이 생각했던 것들은 여전히 모두 존재하고 있을 거라고. 그렇지만 저기에는 없을 거라고. 그건 보관창고에 있었다. 복사하고 목록에 기재하고 컴퓨터에 입력하고 나면 석 달이 홀쩍 지나가 있을 곳에. 그 기록은 풀썩거리는 먼지와 바퀴 달린 카트를 통해 제공되는 것이 아니라, 마우스 클릭과 프린터의 윙윙거리는 소리와 함께 검색될 것이다.

현대의 세상.

안에 들어간 그는 유행을 선도하는 미술관이나 고급 치과병원의 리셉션 데스크라고 해도 무방할 곳으로 향했다. 데스크 뒤에 있는 남자는 형벌의 일환으로 거기에 배치된 것 같은 인상이었다. 리처는 인사를 했다. 남자는 눈을 들었지만 대답은 하지 않았다. 리처는 옛날 인구조사 기록 두 세트를 보고 싶다고 말했다.

"어느 곳 기록을요?" 남자는 그렇게 물으면서도 신경은 전혀 쓰지 않는 눈치였다.

"여기." 리처가 말했다.

남자는 멍해 보였다.

"래코니아." 리처가 말했다. "뉴햄프셔, 미합중국, 북미 대륙, 지구, 태양계, 은하계, 우주."

"왜 두 세트죠?"

"안 될 이유라도 있소?"

"각각 몇 년도인가요?"

리처는 우선은 아버지가 두 살이던 해를, 다음으로는 아버지가 열두 살이던 해를 말했다.

남자가 물었다. "선생님은 카운티 주민이신가요?"

"그걸 왜 알고 싶은 거요?"

"수수료 때문에요. 이 서류는 공짜가 아니에요. 그렇지만 주민들은 무료로 열람할 수 있어요."

"나는 여기 꽤 오래 있었소." 리처가 말했다. "적어도 최근에 살았던 다른 곳들보다 오래."

"그걸 찾는 이유가 뭔가요?"

"그게 중요하오?"

"기재해야 할 칸들이 있어서요."

"가족사." 리처가 말했다.

"자, 선생님 성함을 알려주세요." 남자가 말했다.

"그건 왜 필요하오?"

"그래야 하니까요. 이름을 받아서 기록해야 해요. 그러지 않으면 위에서는 우리가 실직을 부풀리고 있다고 생각하니까요."

"당신이 온종일 이름들을 지어낼 경우 위에서는 그 사실을 어떻게 알 수 있소?"

"저희는 신분증을 확인해야 해요."

"이 서류는 저작권이 풀려 있지 않소?"

"드디어 현실 세계로 오셨군요. 환영합니다." 남자가 말했다.

리처는 그에게 여권을 보여줬다.

남자가 말했다. "베를린(Berlin)에서 태어나셨네요."

"맞소." 리처가 말했다.

"뉴햄프셔 벌린(Berlin)이 아니라요."

"그게 문제가 되는 거요? 나를 이미 90년 전에 일어난 일을 훼방 놓으려고 여기에 파견된 외국 스파이라고 생각하는 거요?"

남자가 서류양식 칸에 '리처'라고 적었다.

"2번 열람칸입니다, 리처 씨." 그가 말하면서 맞은편 벽에 있는 문 너머를 가리켰다. 리처는 조명이 어둡고 조용하고 네모난 공간으로 들어갔다. 똑바로 선 파티션들이 기다란 단풍나무 작업대를 별도의 열람공간들로 갈라놓았다. 각각의 열람공간에는 어두운 계열의 트위드 의자, 작업대에 올려진 평면 스크린 컴퓨터, 갓 깎은 연필, 상단에 카운티의 이름이 호텔 브랜드처럼 인쇄된 얇은 종이뭉치가 있었다. 바닥에는 두툼한 카펫이 깔려 있었고, 사방의 벽에는 직물이 덮여 있었다. 목조가구들은 무척 고급스러웠다. 리처는 그 방 전체를 꾸미는 데 틀림없이 100만 달러는 들었을 거라고 짐작했다.

리처는 2번 칸에 앉았다. 그러자 앞에 놓인 화면이 켜지더니 파란색 단색으로 밝아졌다. 편지에 붙이는 우표처럼 상단 오른쪽 구석에 있는 작은 아이콘 두 개만 제외하고. 그는 숙달된 컴퓨터 사용자는 아니었다. 컴퓨터를 써본 적이 한두 번은 있었다. 그리고 남들이 쓰는 건 무척 많이 봤었다. 요즘에는 싸구려 호텔들도 리셉션 데스크에 컴퓨터가 놓여 있다. 그는 직원이 클릭을 하고 스크롤을 조작하고 타이핑을 하는 동안 기다린 적이 많았다. 손님이 지폐 몇 장을 카운터에 내려놓으면 큼지막한 황동 열쇠를 건네받던 시절은 갔다.

그는 마우스를 움직여 화살표를 아이콘들 위로 올렸다. 그것들이 파일 아이콘 또는 파일 폴더 아이콘이라는 걸 알았다. 그것들을 클릭해야 한다. 그러면 그에 대한 반응으로 그것들이 열릴 것이다. 그는 클릭을 한 번 해야 하는지 두 번 해야 하는지 확신하지 못했다. 그는 양쪽 다 먹히는 걸 봐왔다. 평소 버릇은 두 번 클릭하는 거였다. 그러는 게 도움이 됐던 것 같다.

적어도 컴퓨터를 상하게 만들지는 않는 듯 보였다. 누군가의 머리에 총질을 하는 거랑 비슷했다. 두 발 연속사격에 맞는다고 피해가 더 커질 리는 없다.

화살표의 뾰족한 끝을 왼쪽 아이콘에 올려놓고 두 번 클릭했다. 그러자 스크린이 군함의 갑판 같은 회색으로 다시 칠해졌다. 가운데에는 정부 문서의 제목 페이지를 보여주는 흑백 이미지가 있었다. 지나치게 점잔을 빼는 왕년의 관공서 스타일 활자체로 인쇄된, 밝고 산뜻한 복사물 같은 이미지가. 이미지 상단에는 이렇게 적혀 있었다. '미합중국 상무부/R. P. 레이몬트 장관/국세조사국/W. M. 스튜어트 국장'. 가운데에는 이렇게 적혀 있었다. '미합중국 제15차 인구조사 기록/뉴햄프셔 주 래코니아 시를 위한 발췌보고서'. 하단에는 이렇게 적혀 있었다. '문서관리국 판매용/워싱턴 D. C./가격 1달러'.

리처는 스크린 하단에 살짝 올라와 있는 2페이지의 윗부분을 볼 수 있었다. 스크롤을 내려야 했다. 그건 분명했다. 그는 마우스 위쪽 표면에 설치된 작은 휠로 최상의 실적을 성취해내는 걸 상상했다. 마우스의 어깨뼈들이 있어야 할 곳 사이에 있는 휠로. 집게손가락이 놓인 패드 아래에 있는. 편리하다. 직관적이다. 그는 제14차 인구조사 기록 이래로 적용된 조사방법들의 많고 다양한 개선사항들을 소개하는 내용이 대부분인 도입부를 획획 지나쳤다. 사실, 자랑하는 내용은 아니었다. 심지어 그 시절에도 존재했을 어느 덕후가 다른 덕후에게 알려주는 종류의 내용에 가까웠다. 인구조사 일을 사랑하는 사람이라면 알아둘 필요가 있는 내용들.

그런 후에 명단들이 등장했다. 평범한 이름들과 옛 시절의 직업들, 세상 천지가 개벽하기 전인 거의 90년 전의 세계가. 단추 제조업자들, 모자 제조업자들, 장갑 제조업자들, 테레빈^{소나무에서 얻는 무색의 정유} 농장 관리인들, 막일꾼들, 기관차 엔지니어들, 방적공들, 주석공장 노동자들의 명단. '아동을 위한 특이한 직업들'이라는 제목이 붙은 별도의 섹션도 있었다. 대부분은 수습생이라는, 또는 도우미라는 낙관적인 항목에 분류되어 있었다. 대장장이와 벽돌공과 엔진정비공과 용광로에서 국자로 쇳물을 떠서 붓는 일을 하는 소년들의 명단.

리처라는 이름은 없었다. 아버지가 두 살이던 해의 뉴햄프셔 래코니아에는 없었다.

휠을 돌려 상단으로 돌아간 후 다시 검색을 시작했다. 이번에는 '부양 자식' 칼럼에 특별한 주의를 기울였다. 섬뜩한 사고가 발생하면서 고아가 되어버린 갓난아기 스탠을 친척은 아니지만 다정한 이웃이 거뒀을지도 모른다. 어쩌면 그 가족은 아이의 본명을 망자들을 기리는 이름으로 받아들였을지도 모른다.

별도로 구분된 부양 자식 항목에 스탠 리처는 없었다. 아버지가 두 살이었을 해의 뉴햄프셔 래코니아에는 없었다.

리처는 화면의 왼쪽 상단에 있는 곳을 발견했다. 거기에는 자그마한 교통신호등을 옆으로 누인 것처럼 작은 빨간색, 주황색, 녹색 버튼이 있었다. 빨간색을 두 번 클릭하자 서류가 사라졌다. 그는 오른쪽 아이콘을 열었다. 제16차 인구조사 기록으로, 장관의 이름도 국장의 이름도 달랐지만 지난 인구조사 이후로 상당한 개선이 이뤄진 기록이었다. 그런 후에 명단들이 등장했다. 이제는 90년 전 대신 80년 전이었지만, 그 차이는 거의 구분이 안 됐다. 공장들에 일자리가 더 많았고, 땅의 소유주는 더 적었다는 것만 빼면.

그렇지만 여전히 리처는 없었다.

스탠 리처가 열두 살이었을 해의 뉴햄프셔 래코니아에는 없었다.

작은 빨간색 버튼을 두 번 클릭하자 서류가 사라졌다.

5

쇼티가 다시 한번 키를 돌려봤지만 아무 일도 일어나지 않았다. 기계에서 나는 부드러운 딸깍 소리 말고는 아무 소리도 나지 않았는데, 그건 시동 키 박스 내부에서 열쇠가 돌아가면서 나는 물리적인 소리일 뿐이었다. 부드럽고 작은 그 딸깍 소리는 어느 누구도 들어본 적이 없는 소리였다. 그 소리는 들리자마자 차가 다음번 에너지를 터뜨리면서 내는 소리에 잠겨버리는 게 보통이기 때문이다. 총알이 발사되기 전에 나는 방아쇠 딸깍거리는 소리와 똑같은 운명을 맞는 소리.

그러나 그날 아침은 그렇지 않았다. 혼다는 숨을 거둔 것처럼 느껴졌다. 중병을 앓다 밤중에 무지개다리를 건넌 늙은 개처럼. 완전히 다른 상황. 전혀 보이지 않는 반응. 흥분 같은 게 사라져버린. 패티가 말했다. "정비공을 부르는 게 나을 것 같아."

피터가 그녀의 어깨 너머를 바라봤다. 몸을 돌린 그녀는 다른 남자 셋이 그들 쪽으로 걸어오는 걸 봤다. 집에서, 또는 헛간에서. 주인공은 늘 그렇듯 선두에 서 있다. 간밤에 두 사람을 체크인해준 마크. 두 사람을 저녁 식사에 초대한 남자. 미소 띤 남자. 그 뒤에는 스티븐이, 그 뒤에는 로버트가 있었다. 그들이 도착했고 마크가 입을 열었다. "여러분, 오늘 아침은 어떠신가요?"

피터가 말했다. "그리 좋지 않아."

"뭐가 문제인데?"

"모르겠어. 완전히 퍼졌어. 뭔가가 타버린 것 같아."

"정비공을 불러야겠어요." 패티가 말했다. "우리는 여러분의 시간을 더 이상 잡아먹고 싶지 않아요."

"간밤에는 시동이 걸렸었어요." 쇼티가 말했다. "키를 돌리자마자."

마크가 미소를 지으면서 말했다. "맞아요. 그랬었죠."

"그런데 이제는 맛이 갔어요. 말 그대로요. 나는 이 차를 알아요. 오래 몰았던 차예요. 잘 구르는 날도 있고 그렇지 못한 날도 있었지만, 완전히 퍼진 적은 없었어요."

마크는 오랫동안 말이 없었다.

그러다가 다시 미소를 지으며 입을 열었다. "무슨 말을 하는 건지 잘 모르겠네요."

"저기를 들쑤시는 바람에 상태가 나빠진 것 같다는 말이에요."

"피터가 차를 망가뜨렸다고 생각하는 건가요?"

"뭔가가 망가뜨렸어요. 간밤이랑 지금 사이에. 내가 하려는 말은 그게 다예요. 피터가 그랬을 수도 있고 아닐 수도 있어요. 그런데 그건 더 이상은 중요하지도 않아요. 당신들이 차 내부를 여기저기 쑤시는 건 당신들이 그에 대한 책임을 지는 거나 마찬가지니까요. 당신들은 모텔주인이니까요. 숙박업과 관련된 법이 있을 거라고 확신해요. 손님의 재산을 보호하는 등의 온갖 문제를 다루는 법 말이에요."

마크가 다시 침묵에 빠졌다.

"그가 하는 말은 진심이 아니에요." 패티가 말했다. "욱해서 그러는 거예요."

마크가 고개를 저었지만, 고개는 정말로 미세한 것들을 떼어내려고 어깨를 슬그머니 으쓱이는 것처럼 거의 움직이지 않았다. 그가 쇼티를 보며 말했다. "손님이 감당하기 힘든 스트레스를 받았다는 데에는 나도 동의해요. 우리 모두 다 그걸 알 거라고 생각하고요. 그런데 그와 동시에 여기서 우리 모두는 서로를 대할 때 최소한의 예의를 차리는 게 영리한 처신이라는 것도 알고 있다고 생각해요. 손님 입으로 말하지 않았나요? 약간의 존중. 아마 약간의 겸손도. 약간의 책임 떠맡기도. 손님들 차는 평소에 관리가 잘된 차가 아니었어요. 그렇죠?"

쇼티는 대답하지 않았다.

"시간이 흐르고 있어요." 마크가 말했다. "정오가 찾아오고 있어요. 모텔사업에서는 지난밤이 오늘 밤에 자리를 내주는 시점이 두 분이 우리에게 또다시 50달러를 지불해야 할 때예요. 그런데 여자분 표정을 보면 그걸 지불하고 싶지 않거나 지불할 능력이 안 되거나 하는 것 같군요. 그러니 빨리 대답하는 게 나한테보다는 두 분한테 훨씬 더 도움이 될 거예요. 그런데 빨리 하건 천천히 하건, 선택은 두 분 몫이죠."

패티가 말했다. "그래요. 우리 차는 관리가 잘된 편이 아니었어요."

"야." 쇼티가 쏘아붙였다.

"맞잖아. 그렇지 않은 거." 그녀가 말했다. "내기할까? 자기가 차를 산 이후로 후드를 열어본 건 이번이 처음이라는 데에?"

"산 게 아냐. 받은 거지."

"누구한테?"

"삼촌."

"그러면 다시 내기할까? 저 차가 공장을 떠난 이후로 후드를 열었던 건 이번이 처음이라는 데에?"

쇼티는 아무 말도 없었다.

마크가 그를 처다보며 말했다. "여자분은 제3자의 시각에서 상황을 보는군요. 그건 객관적인 시각이라는 뜻이죠. 그러니 나는 여자분이 100퍼센트 옳다고 확신해요. 굉장히 쉬운 문제라고 확신하고요. 두 분은 바쁜 분들이에요. 세상에 시간이 남아도는 사람이 누가 있겠어요? 살다 보면 무시하고 넘길 일들도 있는 법이에요."

"그렇겠죠." 쇼티가 말했다.

"큰 소리로 말씀하세요. 우리는 손님이 직접 손님 입으로 하는 말을 들어야 하니까요."

"뭐요?"

"그래야 우리 관계를 매끄럽게 다시 시작할 수 있잖아요."

"어떤 관계를 말하는 거죠?"

"우리는 우호적인 관계를 구축해야 해요, 플렉 씨."

"왜죠?"

"흐음. 예를 들어, 간밤에 우리는 두 분께 저녁을 대접했어요. 그리고 또 예를 들면, 지금부터 한 시간쯤 후에 두 분은 우리에게 아침을 달라고 요청할 거예요. 두 분한테 다른 선택은 없을 테니까요. 우리가 그 대가로 요청하는 건 두 분이 받은 만큼 되돌려줘야 한다는 거예요."

"뭘 되돌려줘야 한다는 거예요?"

"두 분이 지금 처한 곤경에서 두 분 탓에 일어난 부분을 솔직히 받아들이는 거요."

"뭐에 대한 걸요?"

"포커판에 칩 몇 개를 올려놓는 거랑 비슷할 거라고 생각해요. 도박을 시작할 때 말이에요. 그건 우리의 우호적인 관계에 거는 감정적인 판돈 같은 걸 거예요. 우리는 두 분한테 마음을 열었어요. 두 분을 우리 식탁에 모셨을 때 말이에요. 이제 우리는 두 분한테 그에 대한 대가를 달라고 요구하는 거예요."

"우리는 아침은 원치 않아요."

"커피조차요?"

"화장실 수돗물을 마시면 돼요. 당신들이 괜찮다면."

"두 분은 우리한테 점심을 달라고 요청할 거예요. 자존심 때문에 한 끼는 거를 수 있겠지만, 두 끼는 못 거를 거예요."

"우리를 그냥 시내로 태워다 줘요. 우리 차를 견인할 트럭을 보낼게요."

"우리 모텔에서 제공하는 서비스에 손님을 시내로 태워다주는 서비스는 없어요."

"그러면 우리를 위해 정비공을 불러줘요."

"그럴 거예요." 마크가 말했다. "손님이 명확하게 얘기를 하면 즉시."

"공개 자백을 원하는 거예요?"

"자백할 게 있나요?"

"내가 차를 더 잘 관리할 수 있었을 텐데 하는 생각이 드네요." 쇼티가 말했다. "누군가 나한테 일제 차는 튼튼하다고 했어요. 1년쯤 점검을 건너뛸 수도 있다는 식으로요. 그런데 내가 점검을 받은 게 언제였는지 기억이 안 나요. 몇 년은 된 것 같아요. 그러니 내가 몇 년을 방치한 거죠. 그러면 안 되는 건데."

"몇 년 만인가요?"

"차를 받은 이후로 내내 그랬을 거예요. 당신 말대로, 나는 시간이 없었어요."

"단기적으로는 좋은 대책이죠."

"그게 제일 쉬운 일이니까."

"그렇지만 장기적으로는 아니죠."

"그런 것 같아요." 쇼티가 말했다.

"제대로 말하면, 실수한 거죠."

"그렇다고 생각해요."

"당신이 큰 소리로 얘기했으면 하는 부분이 바로 그거예요, 플렉 씨. 우리는 당신이 온갖 사람들을 온갖 말썽에 휘말리게 만든 멍청한 실수를 저질렀다는 말을 당신에게서 듣고 싶어요. 그 점에 대해 유감스럽게 생각한다는 말도 듣고 싶고요. 우리 생각에는 감동적일 정도로 당신에게 충실한 여성분에게 특히 유감스럽다는 말을요. 당신은 좋은 분을 애인으로 뒀어요, 플렉 씨."

"그렇다고 생각해요."

"우리는 그 얘기를 큰 소리로 들어야겠어요."

"패티에 대한 얘기요?"

"실수에 대해서요."

반응이 없었다.

마크가 말했다. "조금 전에 당신은 우리에게 책임을 떠맡으라고 요구했어요. 그런데 그렇게 해야 할 사람은 당신이에요. 우리는 당신의 차를 못본 척하지 않았어요. 정교한 기계를 쓰레기처럼 대한 건, 타이어를 발로 차보는 식의 하찮은 점검조차 하지 않으면서 중요한 장거리여행에 나선 건 당신이에요, 플렉 씨. 우리가 아니라요. 우리가 애쓰고 있는 건 그 점을 확실히 하자는 게 다예요."

아무 반응이 없었다.

태양은 밝았다. 패티는 정수리가 뜨거웠다.

그녀가 말했다. "말씀드려, 쇼티. 그런다고 세상이 멸망하지는 않아."

쇼티가 말했다. "좋아요. 나는 온갖 사람들을 온갖 말썽에 휘말리게 만든 멍청한 실수를 저질렀어요. 관련된 모든 분들에게 사과드려요."

"고마워요." 마크가 말했다. "자, 우리는 가서 정비공을 부를게요."

리처는 왔던 길을 되돌아가면서 가방가게를, 신발가게를, 각종 도구를 파는 가게를, 점심을 먹으려고 찜했던 곳을, 밤을 지냈던 곳을 지나쳐 시청에 있는 기록관리부로 돌아왔다. 허리 높이의 카운터에는 다시금 아무도 없었다. 그는 서비스를 받으려고 벨을 울렸다. 잠시 아무 반응이 없더니 엘리자베스 캐슬이 나타났다.

"어머." 그녀가 말했다. "다시 오셨네요."

"그렇소." 그가 말했다.

"운이 좀 있었나요?"

"아직까지는 별로." 그가 말했다. "인구조사 기록에 그분들은 없었소."

"소도시를 옳게 고르신 건 확실한가요? 아니면 주를 옳게 고르신 건요? 어딘가에 래코니아라는 곳이 있을 수도 있어요. 뉴멕시코나 뉴욕이나 뉴저지에요. N으로 시작하는 주는 많아요."

"여덟 개." 리처가 말했다. "뉴(New)와 노스(North)로 시작되는 곳과 네바다와 네브래스카를 합하면."

"그렇다면 선생님이 본 건 N-H가 아닐지도 몰라요. N으로 시작되는 다른 곳일지도요. 옛날 사람들이 손으로 쓴 글씨는 이상할 수도 있으니까요."

"내가 본 건 타이핑된 글씨였소." 리처가 말했다. "대부분은 해병대 행정병들이 친 거요. 그리고 그 사람들은 대체로 일을 제대로 합니다. 아버지께서 하신 말씀을 들었소. 열 번 넘게. 내 어머니는 로맨틱한 제스처가 담겨 있지 않은 일이 생기면 아버지를 놀려먹고는 했는데, 그러면 아버지께서 이렇게 말씀하시고는 했소. '나는 그저 평범한 뉴햄프셔 양키일 뿐이야'라고."

엘리자베스 캐슬은 한숨을 쉬었다.

그러고는 말했다. "제 짐작인데 인구조사는 매번 사람들을 놓쳐요. 온갖 괴상한 이유로요. 당국은 조사 방법을 개선하려고 영원토록 애를 쓰죠. 선생님이 상의해봐야 할 사람이 있어요. 그 사람은 인구조사 덕후예요."

"그게 최근에 등장한 부류의 사람들이오?"

"아마 아닐 거예요." 그녀가 약간 신랄한 투로 말했다. "그건 장기간에 걸친 고결한 역사를 지닌 진지한 취미라고 확신해요."

"미안하오."

"뭐가요?"

"내가 그쪽 기분을 상하게 만든 것 같아서 말이오."

"왜요? 저는 인구조사 덕후가 아니에요."

"예를 들어 그 덕후가 그쪽 남자친구라면."

"그 사람은 제 남자친구가 아니에요." 그녀는 터무니없는 생각이라는 듯, 분한 듯 숨을 몰아쉬며 말했다.

"그 사람 이름이?"

"카터요." 그녀가 말했다.

"어디서 찾을 수 있소?"

"지금 몇 시죠?" 그녀가 갑자기 그 자리에 없는 자기 휴대폰을 찾아 두리번거리며 말했다. 리처는 요즘 세상에는 손목시계를 찬 사람이 얼마 되지 않는다는 걸 감지해왔다. 요즘에는 휴대폰이 만사를 다 처리한다.

"11시 다 됐소." 그가 말했다. "4분하고 몇 초 전."

"진담이세요?"

"내가 왜 농담을 하겠소? 나는 그쪽의 질문을 진지하게 받아들였소."

"4분하고 몇 초 전이라고요?"

"지나치게 정확하다고 생각하오?"

"대부분의 사람들은 5분 전이라고 말할 거예요. 아님 11시쯤이라고 말하거나요."

"나도 그렇게 했을 거요. 그쪽이 몇 시쯤 됐느냐고 물었다면. 그런데 그러지 않았잖소. 당신은 나한테 몇 시냐고 물었소. 지금은 3분 전으로 바뀌었소."

"선생님은 손목시계를 들여다보지도 않았잖아요."

"나는 시계가 없소." 그가 말했다. "당신처럼."

"그렇다면 어떻게 시간을 아는 거죠?"

"그건 나도 알 수 없소."

"진담이세요?"

"지금은 오전 11시의 2분 50초 전이오."

"잠깐만요." 그녀가 말했다. 그녀가 뒤에 있는 벽에 난 문으로 들어갔다. 잠시 후 그녀가 휴대폰을 들고 돌아왔다. 그녀는 그걸 카운터에 올려놨다. 화면은 까맸다.

그녀가 물었다. "지금은 몇 시죠?"

"잠깐만." 그가 말했다.

그러고는 말했다. "3, 2, 1, 정각. 11시 정각이오."

그녀가 휴대폰 버튼을 눌렀다.

화면이 밝아졌다.

휴대폰은 10시 59분임을 보여줬다.

"비슷했어요." 그녀가 말했다.

시간이 11시로 바뀌었다.

"어떻게 아신 거예요?" 그녀가 물었다.

"글쎄." 그가 다시 말했다. "인구조사 덕후인 당신 친구는 어디서 찾을 수 있소?"

"그 사람이 내 친구라는 말은 하지 않았어요."

"그럼 동료요?"

"부서가 완전히 달라요. 그는 민원인을 상대할 일이 없는 부서예요. 요즘 사람들 말로 하면, 민원인을 대면하는 생태계의 일원이 아니에요."

"그렇다면 어떻게 해야 그를 만날 수 있소?"

"그래서 시간을 물어본 거예요. 그는 11시 15분에 커피타임을 가져요. 날마다, 시계처럼 규칙적으로."

"제정신 박힌 사람인 것처럼 들리는군."

"정확히 30분을 쉬어요. 신호등 건너편에 있는 장소에서요. 맑은 날에는 정원에서 쉴 거예요. 오늘은 어떨지 모르겠네요. 여기서는 날이 맑은지 아닌지를 알 길이 없으니까요."

"카터 씨의 이름은 뭐요?" 리처가 손님들의 이름을 외치는 바리스타들을 생각하며 물었다. 그는 휴식시간 30분을 갖는 사무직 노동자들로 붐비는 장소를 떠올렸는데, 거기 있는 사람들은 모두 생김새가 엇비슷할 터였다.

"카터가 이름이에요." 엘리자베스 캐슬이 말했다.

"그럼 성은?"

"캐링턴이요." 그녀가 말했다. "확인하고 돌아와서 일이 어떻게 됐는지 얘기해주세요. 포기하지 마시고요. 가족은 중요해요. 찾으시는 걸 알아낼 다른 방법들이 있을 거예요."

6

패티와 쇼티는 둘이서만 나란히 10호실의 헝클어진 침대에 앉아 있었다. 결국 마크는 두 사람을 아침식사에 초대했다. 그는 두 사람에게서 떠나려고 몸을 돌렸다가, 얼굴 가득 용서한다는 미소를 띠고 다시 두 사람에게로 몸을 돌리고는 우리는 모두 친구이니 멍청하게 굴지 말라는 분위기를 풍겼다. 패티는 초대에 응하겠다고 대답하고 싶었다. 그런데 쇼티는 됐나고 말했다. 두 사람은 객실에 들어가 화장실 세면기 앞에 서서 양치용 컵으로 미지근한 물을 마셨다.

패티가 말했다. "자기가 그에게 점심을 달라고 부탁할 때는 지금보다 기분이 더 나쁠 거야. 자기는 지금 당장 골이 난 걸 풀어야 옳아. 지금은 자기 마음속에서도 그래야 한다는 생각이 쌓이고 있을 걸?"

쇼티가 말했다. "자기는 그게 이상한 상황이었다는 걸 인정해야 해."

"뭐가 이상했는데?"

"방금 전에 일어난 일 전부가."

"그게 뭐였는데?"

"자기도 직접 봤잖아. 그 자리에서."

"자기 입으로 얘기해 봐."

"내 입으로 얘기하라고? 꼭 그놈처럼 말하네. 자기도 무슨 일이 일어났는지 봤잖아. 그놈이 나한테 이상한 앙갚음을 시작하는 걸 말이야."

"내가 본 건 피터가 우리를 돕겠다고 자발적으로 시간을 바친 거였어. 그는 일어나자마자 곧바로 우리 차를 살피러 왔을 거야. 심지어 난 그때까지도 자고 있었는데 말이야. 그러다가 내가 본 건 자기가 그한테 상황을 더 악화시켰다고 험한 말을 해대는 거였어."

"어제 우리 차 상태가 무척 좋지 않았다는 건 나도 동의해. 그런데 지금은 차가 아예 시동조차 안 걸리잖아. 달리 무슨 일이 생길 수 있겠어? 그놈이 무슨 짓을 한 게 분명하다고."

"자기 차에는 문제가 이미 꽤 많았어. 간밤에 시동을 건 게 낙타의 등을 부러뜨린 마지막 지푸라기였을 거야."

"이상했어. 그놈이 나한테 시킨 짓이."

"그는 자기가 진실을 말하게 만든 거야. 애초에 자기가 차에 신경을 더 썼으면 우리는 지금쯤 뉴욕에 있을 거야. 거래는 마무리됐을 거고. 지금쯤이면 무엇이건 거래하는 그런 곳 중 한 군데로 차를 몰고 가는 중일 수도 있었을 거야. 상황을 더 낫게 만들 수도 있었고, 남은 길을 끝내주게 근사하게 갔을 수도 있었을 거야."

"미안해." 쇼티가 말했다. "진심이야."

"정비공이 수리할 수 있을 거야."

"그냥 차를 버리고 걸어가는 게 맞는 건지도 몰라. 숙박비로 다시 50달러를 내야만 하기 전에."

"그게 무슨 뜻이야, 걸어간다는 게?"

"우리 두 발로 가자는 거지. 도로까지 걸어서 가면 차를 얻어 탈 수 있을 거야. 자기 입으로 20마일 전방에 어떤 곳이 있다고 말했잖아. 거기에는 버스가 있을 거야."

"숲으로 뚫린 오솔길은 길이가 2마일이 넘었어. 게다가 우리는 여행 가방을 갖고 가야 해. 크기가 자기보다 큰 가방을. 그걸 여기 놔두고 갈 수는 없어. 그리고 그런 뒤에 우리가 다다를 곳은 시골길이야. 오가는 차가 없는. 우리가 계획을 짰던 거, 기억해? 그런 길에서 히치하이킹을 하려면 온종일을 기다려야 할 수도 있어. 큼지막한 여행 가방을 갖고 있으면 특히 더 그럴 거야. 사람들은 그런 가방을 보면 기겁을 하니까. 그래서 사람들은 차를 세우지 않을 거야. 그 사람들 트렁크에는 우리 가방을 실을 공간이 이미 없을 수도 있으니까."

"좋아. 어쩌면 정비공이 수리를 할 수 있을 거야. 수리를 못하더라도 적어도 우리를 시내까지 태워다 줄 수는 있겠지. 그 사람 트럭에 큰 여행 가방도 싣고. 시내에 가면 뭔가 방법을 궁리해낼 수 있을 거야."

"여기서 다시 50달러를 내는 건 큰 타격일 게 확실해."

"그보다 더 심한 상황일 수도 있어." 쇼티가 말했다. "50달러는 새 발의 피야. 우리는 여기에 일주일 내내 머무르게 될 수도 있어. 그걸 정비공이 청구할 비용하고 비교해 봐. 이놈들은 정비공을 부른 것에 대한 비용을 받으려고 들 거야. 믿어져? 그런 짓은 기본적으로 우리가 아직 살아 있는 것에 대해 비용을 지불하게 만드는 거랑 비슷해. 이건 말이야, 감자를 기를 때랑은 달라. 어쨌든 정비공이 먹는 감자 말이야. 정비공들은 감자라면 사족을 못 쓰지. 프렌치프라이, 해시브라운, 치즈와 베이컨을 넣고 두 번 구운 감자. 내가 정비공들한테 감자 농사에 대한 생각을 해봤다는 이유만으로 돈을 내라고 요구하면 어떻게 될까?"

패티가 갑자기 침대에서 일어나 말했다. "바람 좀 쐬러 갈게."

그녀는 문으로 가서 손잡이를 돌리고 당겼다. 아무 일도 일어나지 않았다. 문이 다시 꿈쩍도 하지 않았다. 그녀는 잠금장치를 확인했다.

그녀가 말했다. "바로 이게 어젯밤에 일어난 일이었어."

쇼티가 침대에서 내려와 걸어왔다.

그가 손잡이를 돌렸다.

문이 열렸다.

그가 말했다. "자기가 손잡이를 틀린 방향으로 돌렸을 거야."

그녀가 말했다. "손잡이 돌리는 방법이 얼마나 많다고 틀린 방향이 있다는 거야?"

그가 문을 닫고 뒤로 물러섰다.

그녀는 앞으로 나가 다시 시도했다. 앞서 했던 것과 똑같은 자세로 손잡이를 잡고 똑같이 돌려서 똑같이 당겼다.

문이 열렸다.

그녀가 중얼거렸다. "희한하네."

태양은 래코니아 시내 위에서 환히 빛나고 있었다. 해는 가을 초입의 며칠과 비슷하게 약간 낮은 하늘에 있었지만, 날씨는 여전히 여름처럼 더웠다. 예정보다 5분 앞선 11시 10분에 신호등 건너편에 있는 커피숍에 도착한 리처는 정원 구석에 있는 작은 철제 테이블에 자리를 잡았다. 거기서는 시청 출입구에서 이어지는 인도를 볼 수 있었다. 카터 캐링턴을 어떤 유형의 사람으로 예상해야 할지 확신이 서지 않았다. 실마리가 제법 많기는 했다. 하나, 엘리자베스는 사람들이 그 남자를 그녀의 남자친구로 상상하는 건 터무니없는 일이라고 생각했다. 둘, 그녀는 그가 그녀와 평범한 친구지간이 아니라는 사실을 지적하면서 힘들어했다. 셋, 그 남자는 민원인과 접촉하지 않는 사무실에 근무했다. 넷, 그는 민원인들과 멀리 떨어져 있다. 다섯, 그는 인구조사 방법들에 열광하는 덕후다.

징후들은 좋은 편이 아니었다.

정원에는 주차장에서 들어올 수 있는 옆문도 있었다. 사람들이 들락거렸다. 리처는 레귤러 블랙커피를 테이크아웃으로 주문했다. 서둘러 정원을 떠날 계획에서 그런 게 아니라 테이블에 서비스되는 잔들의 꼬락서니가 마음에 들지 않아서였다. 그 잔들은 크기와 무게가 요강과 비슷했다. 그의 견해는 커피 맛이 형편없다는 거였지만, 남들은 흡족해하는 게 확실했다. 사람들이 정원을 차곡차곡 채우고 있었으니까. 잠시 후에는 빈자리가 세 자리밖에 없었다. 아니나 다를까, 그중 하나는 리처의 건너편 자리였다. 그의 인생이 어떤지를 보여주는 객관적 사실. 사람들은 그를 말 붙이기 쉬운 사람으로 여기지 않는다.

시청 방향에서 처음으로 나타난 사람은 마흔쯤 되어 보이는 여자였다. 바삐 움직이면서도 효과적으로 몸을 놀리는 걸 보면 큰 부서의 책임자인 듯했다. 그녀는 손님 두어 명에게 인사를 건넸다. 동료들에게 일상적으로 차리는 예의였다. 그런 후 그녀는 리처의 앞자리가 아닌 빈자리에 핸드백을 놓고 원하는 것을 가지러 카운터로 갔다. 리처는 인도를 주시했다. 멀리서 어떤 남자가 시청에서 나와 블록 아래로 걸어오기 시작하는 게 보였다. 먼 거리에서도 키 크고 옷 잘 입는 사람이라는 게 뚜렷하게 보였다. 정장은 고급이었고 셔츠는 하얬으며 넥타이는 단정했다. 금발인 머리는 짧았지만 헝클어져 있었다. 억센 머리를 다듬느라 최선을 다한 것처럼 보였다. 볕에 보기 좋게 그을린 그는 건장하고 튼튼하며 활력과 에너지가 넘치는 사람처럼 보였다. 존재감이 뚜렷했다. 유서 깊은 벽돌건물을 등지고 있는 그는 영화촬영장에 있는 영화배우처럼 보였다.

걸을 때 절뚝거리는 걸 빼면. 왼쪽 다리를 아주 미세하게.

카운터에 갔던 여자가 컵과 접시를 갖고 돌아왔다. 그러고는 맡아놓은 자리에 앉았다. 이제 빈자리는 두 자리뿐이었는데, 하나는 금세 다른 여자가 차지했다. 그녀도 다른 부서의 부서장인 듯했다. 그녀가 인사하는 사람들은 완전히 다른 사람들이었기 때문이다. 이제 정원에 유일하게 남은 자리는 리처의 건너편 자리뿐이었다.

잠시 후 영화배우가 들어왔다. 가까이 온 그는 리처가 멀리서 파악했던 특징들을 고스란히 갖고 있었다. 잘생긴 건 맞는데, 강인한 인상의 잘생김이었다. 대학에 진학한 카우보이처럼. 장신에 팔다리가 길고 유능한. 서른다섯 살쯤으로 보이는. 리처는 속으로 이 남자가 전직 군인이었다는 데 소액의 돈을 걸었다. 만사가 그렇다고 말했다. 그는 순식간에 이 남자의 삶을 다룬 가상의 전기를 써내려갔다. 서부에 있는 대학에서 ROTC에 입단했다가 이라크나 아프가니스탄에서 부상을 당한 것까지, 그러고는 한동안 월터리드 군 병원에서 지내다 제대하고 뉴햄프셔에서 새 직장을, 아마도 임원급 직위를, 시를 상대로 논쟁을 벌이는 역할의 일자리를 구하는 것까지. 남자는 커피가 담긴 테이크아웃 잔과 버터가 발라진 반투명한 종이봉지를 들고 있었다. 정원을 훑어본 그는 유일한 빈자리를 찾아냈다. 그는 그리로 출발했다.

두 부서의 부서장이 동시에 그를 불렀다. "안녕, 카터."

남자가 그들에게 인사를 했다. 그녀들의 숨을 멎게 만들 것만 같은 미소를 띠고. 그러고는 가던 길을 계속 갔다. 그가 리처 건너편에 앉았다.

리처가 물었다. "선생님 성함이 카터인가요?"

남자가 대답했다. "그렇습니다."

"카터 캐링턴이신가요?"

"네. 뵙게 돼서 반갑습니다. 선생님 성함이?"

짜증보다는 궁금증이 더 많이 묻어나는 목소리였다. 말투로 보면 교육을 많이 받은 사람 같았다.

리처가 말했다. "시청 기록관리부 소속인 엘리자베스 캐슬이라는 분이 선생과 상의해보라고 권하더군요. 내 이름은 잭 리처입니다. 옛날에 행해진 인구조사에 대해 궁금한 게 있소."

"법적인 문제 때문인가요?"

"개인적인 관심사입니다."

"확실한가요?"

"여기서 유일한 문제는 내가 버스를 타는 게 오늘이냐 내일이냐입니다."

"저는 이 소도시를 대표하는 변호사입니다." 캐링턴이 말했다. "인구조사 덕후이기도 하고요. 직업윤리상 저는 선생님이 지금 대화하는 상대가 어떤 사람인지를 확실하게 알려드려야 합니다."

"덕후죠." 리처가 말했다. "내가 원하는 건 인구조사의 배경 정보가 전부입니다."

"얼마나 오래전 인구조사인가요?"

리처는 그에게 연도를 말해줬다. 먼저는 아버지가 두 살이던 해, 다음에는 열두 살이던 해.

캐링턴이 물었다. "궁금하신 게 뭐죠?"

그래서 리처는 그에게 가족의 사연과 서류, 2번 열람칸의 컴퓨터 모니터, 리처 가족의 눈에 띄는 부재에 대해 들려줬다.

"흥미롭군요." 캐링턴이 말했다.

"어떤 면에서죠?"

캐링턴은 잠시 입을 닫았다.

그가 물었다. "선생님도 해병이었나요?"

"육군이었소." 리처가 말했다.

"특이하네요. 그렇지 않나요? 해병의 아들이 육군에 입대하는 것 말입니다."

"우리 가족에게는 특이한 일이 아니었소. 우리 형도 그렇게 했으니까요."

"대답은 세 가지로 나뉩니다." 캐링턴이 말했다. "첫째는 온갖 실수가 몽땅 저질러졌다는 겁니다. 그런데 연이어 행해진 두 번의 인구조사에서 그렇게 됐다는 건 통계적으로 있을 법한 일이 아닙니다. 그런 일이 일어날 확률이 얼마나 될까요? 그러니 다음 단계로 넘어가야죠. 이 대답의 두 번째와 세 번째는 어느 쪽도 이론상으로 존재하는 인물의 이론상으로 존재하는 조상들에 썩 잘 적용되지 않습니다. 그러니 선생님은 제가 이론을 바탕으로 말하는 내용을 받아들이셔야 합니다. 일반적으로, 대부분의 사람들이 대부분의 시간 동안에 그러는 것처럼, 방대한 규모의 대중에게는 좋은 자질로 여겨지는 온갖 자질에서 벗어나는 사람들이 많습니다. 그렇죠? 사심이 있어서 하는 얘기는 아니니 기분 나빠 하지 마셨으면 합니다."

"알겠습니다." 리처가 말했다. "그러지 않겠습니다."

"선생님 아버님이 열두 살 때 행해진 인구조사에 집중해보죠. 앞선 인구조사는 무시하고요. 나중 게 더 낫습니다. 그 무렵이면 대공황이 덮친 지도 7년째로 뉴딜정책이 실행되던 시기였습니다. 그 시절에 인구조사는 정말로 중요한 일이었습니다. 인구가 많을수록 연방에서 받는 예산도 많다는 뜻이었으니까요. 주정부와 시정부들이 그해의 인구조사 대상자 중에서 조사에 누락되는 사람이 생기지 않도록 미친 듯이 기를 썼다는 걸 확신할 수 있습니다. 그런데 그렇게 기를 쓰더라도 누락되는 사람들이 있었습니다. 이 대답의 두 번째는 누락된 비율이 가장 높은 부류의 사람들이 세입자들, 다세대주택이나 인구과밀지역 거주자들, 실직자들, 교육수준과 소득수준이 낮은 계층, 생활보호를 받는 이들이었다는 겁니다. 다시 말해, 사회 주변부에서 근근이 살아가는 사람들이었죠."

"선생은 사람들이 자기 조부모에 대한 그런 얘기를 듣는 걸 달가워하지 않는다고 생각하시오?"

"사람들은 그런 얘기를 듣는 걸 이 대답의 세 번째를 듣는 것보다는 더 좋아합니다."

"세 번째는 뭡니까?

"그들의 조부모는 법을 피해 숨어 다니고 있었다."

"흥미롭군요." 리처가 말했다.

"실제로 그런 일이 있었습니다." 캐링턴이 말했다. "연방의 영장이 발부된 사람들 중에서 인구조사 양식을 채운 사람은 아무도 없었을 게 분명합니다. 영장은 아닐지라도 다른 방식으로 법과 껄끄러운 관계에 있는 사람들은 납작 엎드리는 게 훗날에 도움이 될지도 모른다고 생각했고요."

리처는 아무 말도 하지 않았다.

캐링턴이 물었다. "군에서는 무슨 일을 하셨나요?"

"헌병이었소." 리처가 말했다. "선생은?"

"무엇 때문에 제가 군 복무를 했을 거라고 생각하시는 거죠?"

"나이, 외모, 태도와 자세, 결단력과 유능함을 풍기는 분위기, 그리고 절뚝거리는 다리."

"그걸 알아보셨군요."

"그런 능력을 갖도록 훈련을 받았소. 헌병이었으니까. 내 짐작에 선생의 무릎 아래는 의족입니다. 좀처럼 알아차리기 어려운 걸 보면, 꽤나 좋은 제품이겠죠. 요즘에는 육군이 만든 의족이 최고입니다."

"저는 군에 복무한 적이 없습니다." 캐링턴이 말했다. "그리고 싶어도 그럴 수가 없었죠."

"왜죠?"

"희귀질환을 갖고 태어났습니다. 병명은 길고 복잡한데, 병명의 뜻은 저한테는 정강이뼈가 없다는 거죠. 그 외의 것은 다 있고요."

"그렇다면 평생 연습을 했겠군요."

"사람들의 동정을 받고 싶지는 않으니까요."

"사람들은 당신을 동정하지 않습니다. 설령 그렇더라도, 당신은 아무 문제없이 살아가겠죠. 당신의 걸음걸이는 완벽에 가깝소."

"고맙습니다." 캐링턴이 말했다. "헌병 생활에 대한 얘기를 좀 해주시겠습니까?"

"좋은 직업입니다. 견딜 수 있는 동안에는."

"범죄가 가족에 미치는 영향을 직접 보셨겠죠?"

"가끔은."

"선생님 아버님은 열일곱 살에 해병대에 입대했습니다." 캐링턴이 말했다. "그래야만 하는 이유가 있었을 겁니다."

패티 선드스트롬과 쇼티 플렉은 객실 밖 창문 아래에 있는 플라스틱 접의자에 앉았다. 두 사람은 숲 사이로 난 오솔길의 어귀를 주시하면서 정비공이 오기를 기다렸다. 정비공은 오지 않았다. 쇼티는 자리에서 일어나 혼다에 시동을 걸려고 한 번 더 시도했다. 어떤 물건은 가끔은 한동안 꺼둔 채로 놔두기만 해도 저절로 고쳐지고는 한다. 그의 TV가 그런 식이었다. 그 TV는 세 번에 한 번 정도는 소리가 전혀 나지 않았다. 그럴 때면 TV를 껐다가 다시 켜야 했다.

그는 키를 돌렸다. 아무 일도 없었다. 켰다, 껐다, 켰다, 껐다. 조용했다. 달라지는 게 전혀 없었다. 그는 접의자로 돌아갔다. 패티가 일어나 글로브 박스에 들어 있는 지도를 몽땅 챙겼다. 그녀는 그것들을 갖고 자기 의자로 돌아와 무릎 위에 폈다. 그녀는 연녹색 형체의 한가운데에 있는 1인치 길이의 거미줄 가닥의 끝에서 현재 위치를 찾았다. 숲으로 덮인 지역. 가로 길이가 평균 5마일쯤, 세로 길이가 7마일쯤으로 보였다. 거미줄 가닥의 끝은 그 공간의 중심에서 벗어난 위치에 있었다. 그 지역의 동쪽 경계선에서는 2마일쯤 떨어져 있고 서쪽에서는 3마일쯤 떨어진 위치였다. 북쪽과 남쪽에 있는 경계선과 거리는 대략 엇비슷했다. 녹색 형체의 주위를 희미한 선이 에워싸고 있었다. 그 형체 전체가 한 덩어리의 부동산이라는 듯. 그 숲의 소유주는 모텔인 듯했다. 그 숲 너머에는 두 사람이 방향을 꺾었던 2차선 도로를 빼고는 별 게 없었다. 그 도로는 동쪽과 남쪽으로 굽어져 뉴햄프셔 래코니아라는 지명이 세미볼드로 인쇄된 소도시로 이어졌다. 거리는 20마일보다는 30마일에 더 가까웠다. 그녀가 전날에 했던 짐작은 낙관적인 짐작이었다.

그녀가 말했다. "자기가 한 말이 제일 안전하고 확실한 방법인 것 같아.

차는 잊고 견인 트럭을 얻어 타고 가는 게 옳은 것 같다는 뜻이야. 래코니아는 I-93 주간고속도로에서 가까워. 인터체인지까지 히치하이킹으로 갈 수 있을 거야. 상황이 안 좋으면 택시를 타거나. 여기에 하루 더 묵는 것보다는 그쪽이 돈이 덜 들 거야. 내슈아나 맨체스터에 가면 보스턴으로 갈 수 있고, 거기에서는 싼 버스를 타고 뉴욕에 갈 수 있어."

"차 문제는 미안해." 쇼티가 말했다. "진심이야."

"우유 엎어진 다음에 울어봐야 소용없어."

"정비공이 고칠 수 있을 거야. 쉽게 수리할 수 있을 거라고. 차가 어떻게 그렇게 퍼지게 된 건지 이해가 안 돼. 접속이 헐거워졌거나 하는 간단한 문제일 거야. 옛날에 나한테 라디오가 있었는데, 이게 켜지지를 않는 거야. 그래서 그걸 두드리고 또 두드렸어. 그러던 중에 벽에서 플러그가 뽑혀 있는 걸 보게 됐지. 우리 차도 그런 식으로 퍼진 것 같은 느낌이야."

두 사람은 맨땅에서 나는 발소리를 들었다. 스티븐이 모퉁이를 돌아 그들에게로 걸어왔다. 그는 12호실, 11호실을 지나쳐와서는 걸음을 멈췄다.

"점심 드시러 오세요." 그가 말했다. "마크가 한 말, 담아두지 마요. 순전히 속이 상해서 그런 말을 한 거니까요. 그 친구 진심은 두 분을 정말로 돕고 싶은 거예요. 그런데 현실이 마음 같지가 않잖아요. 그 친구는 피터가 그걸 2분이면 고칠 수 있을 거라고 생각했어요. 그래서 낙담한 거예요. 그는 상황이 모두를 위해 옳은 쪽으로 풀리는 걸 좋아해요."

쇼티가 물었다. "정비공은 언제 도착하죠?"

"이런 말씀드리기 그런데, 아직 정비공한테 연락을 못했어요." 스티븐이 말했다. "전화가 아침 내내 먹통이에요."

7

리처는 캐링턴을 정원에 남겨두고 걸어서 시청으로 돌아갔다. 그는 기록관리부의 벨을 눌렀다. 1분 후 엘리자베스 캐슬이 문으로 들어왔다.

그가 말했다. "다시 오라고 해서 왔소."

그녀가 말했다. "카터는 찾으셨어요?"

"멋진 사람처럼 보이더군요. 당신이 왜 그 사람이랑 데이트하고 싶어 하지 않는지 모르겠소."

"지금 뭐라고 하셨죠?"

"그 사람이 당신 남자친구냐고 물었을 때 말입니다. 당신은 믿지 못할 말을 들었다는 투였잖소."

"그 사람이 저랑 데이트하고 싶어 할 거라는 말은 못 믿을 말이니까요. 그는 래코니아에서 제일가는 남편감이에요. 원하는 여자는 누구든 사귈 수 있을 거예요. 그 사람, 나 같은 여자는 있는지도 모를걸요. 그가 선생님 한테 뭐라던가요?"

"우리 조부모님은 가난뱅이거나 도둑이거나, 아니면 가난한 도둑이었을 거라더군요."

"그런 분들이 아니었을 거라고 믿어요."

리처는 아무 말도 하지 않았다.

그녀가 말했다. "그 두 가지가 자주 거론되는 이유들이라는 건 알고 있지만요."

"어느 쪽이건 가능성이 있소." 그가 말했다. "그런 얘기를 하는 걸 지나치게 조심스러워 할 필요는 없소."

"그분들은 유권자 등록도 하지 않았을 거예요. 그분들한테 운전면허가 있었을까요?"

"가난뱅이였다면 없었을 거요. 도둑이었어도 없었을 거고. 어찌됐든, 실명으로 등록은 안 했을 겁니다."

"아버님한테 출생증명서는 분명 있었을 거예요. 어딘가의 서류에는 아버님 성함이 올라 있을 거예요."

복도에서 들어오는 민원실 문이 열리더니 카터 캐링턴이 들어왔다. 정장과 미소와 제멋대로인 머리카락과 함께. 그가 리처를 보고는 말했다. "또 뵙습니다." 그는 다른 사람을 보게 될 거라는 기대를 한 적은 없다는 듯 놀란 기색이 전혀 없었다. 그런 후 카운터로 몸을 돌려 손을 내밀고는 말했다. "캐슬 씨겠군요."

"엘리자베스라고 부르세요." 그녀가 말했다.

"카터 캐링턴입니다. 만나 뵙게 돼서 기쁩니다. 이 신사분을 저한테 보내주셔서 고맙습니다. 이분 상황이 흥미롭더군요."

"저분 아버님이 연달아 두 번의 인구조사에서 누락됐기 때문에 흥미로운 거겠죠."

"맞습니다."

"고의로 그런 것 같은 느낌이에요."

"우리가 저분 아버님이 실제로 살았던 올바른 고장을 살펴보고 있다는 걸 확신할 경우에는 그렇죠."

"우리는 올바른 고장을 살피고 있소." 리처가 말했다. "이 지명이 적혀 있는 걸 열 몇 번은 봤소. 뉴햄프셔 래코니아."

"재미있군요." 캐링턴이 말했다. 그러고는 엘리자베스 캐슬의 눈을 바라보며 말했다. "언제 점심 같이 하시죠. 캐슬 씨가 두 번의 인구조사 기록을 바라보는 방식이 마음에 듭니다. 그 문제를 더 상의해봤으면 해요."

그녀는 대답하지 않았다.

"그건 그렇고, 그사이의 진척 상황을 알려주세요." 캐링턴이 말했다.

그녀가 말했다. "우리는 저분 아버님한테 출생증명서가 발부됐을 게 분명하다고 생각해요."

"100퍼센트에 가까운 일이죠." 그가 말했다. "아버님 생신이 언제인가요?"

리처는 잠시 입을 닫았다가 말했다. "이건 조금 이상한 얘기로 들릴 거요. 이런 상황에서는."

"왜죠?"

"가끔은 아버지 스스로도 확실하게 말을 못했소."

"그게 무슨 뜻인가요?"

"어떤 때는 6월이라고 했다가 어떤 때는 7월이라고 하셨소."

"왜 그런지 설명은 하셨나요?"

"생일은 당신한테는 중요한 게 아니라서 기억을 못하겠다고 하셨소. 아버지는 죽는 데 한 해 더 가까워진 걸 축하해야 하는 이유를 납득 못하셨소."

"암울한 설명이군요."

"해병이셨으니까요."

"서류에는 어떻게 적혀 있었나요?"

"7월이요."

캐링턴은 아무 말도 없었다.

리처가 물었다. "왜 그러시는지?"

"아무것도 아닙니다." 캐링턴이 말했다.

"나하고 캐슬 씨는 우리가 이 문제를 지나치게 조심스럽게 다룰 필요는 없다는 데 이미 뜻을 같이했소."

"생일이 확실치 않은 어린아이는 그 가정이 제구실을 못한다는 걸 보여주는 전형적인 증상이에요."

"이론적으로는 그럴 거요." 리처가 말했다.

"어쨌든, 출생기록은 날짜순으로 정리되어 있습니다. 생일을 확실하게 모르면 시간이 좀 걸릴 거예요. 다른 거리에 있는 관공서를 찾아가는 게 나을 것 같군요."

"예를 들면?"

"경찰의 사건기록부 같은 거죠. 민감한 얘기라는 건 알지만, 이건 순전히 확률이 높은 쪽부터 뒤져가는 식으로 풀어가야 하는 일이잖습니까. 적어도 그런 식으로 확률을 줄여가는 게 좋을 것 같군요. 저는 그분들이 법을 피해 숨은 사람이었을 쪽을 원치는 않습니다. 그것보다는 더 흥미로운 이유를 얻었으면 합니다. 그리고 그걸 알아내는 데에는 오랜 시간이 걸리지 않을 겁니다. 현재, 우리 경찰서는 천 년쯤 전 기록까지 전산화되어 있습니다. 돈을 엄청 들여서요. 우리 돈이 아니라 국토안보부가 준 돈이기는 하지만요. 경찰서는 그 돈으로 초대 서장의 동상도 세웠죠."

"누구를 만나보는 게 좋겠소?"

"제가 먼저 전화를 해놓겠습니다. 데스크에서 담당자가 선생님을 맞아줄 겁니다."

"그 사람들이 얼마나 협조적일 것 같소?"

"저는 시 당국이 경찰 업무에 협조해야 할지 말지를 결정하는 사람입니다. 경찰이 뭔가 잘못을 저질렀을 때 그렇다는 말입니다. 그러니 경찰은 무척 협조적일 겁니다. 그렇지만 점심시간이 끝날 때까지 기다리세요. 그렇게 해야 시간이 절약될 테니까요."

패티 선드스트롬과 쇼티 플렉은 점심을 먹으러 큰 집으로 갔다. 어색하기 짝이 없는 식사였다. 쇼티는 뻣뻣하게 굴었다가 머쓱해 하다가를 반복했다. 피터는 말이 없었다. 기분이 싱했거나 실망했거나 둘 중 하나일 텐데, 패티는 가늠이 되지 않았다. 로버트와 스티븐은 그리 많은 말을 하지 않았다. 마크만 신나게 떠들어댔다. 그는 명랑하고 쾌활하고 수다스러웠다. 무척이나 친화적이었다. 아침에 무슨 일이 있었냐는 듯. 그는 두 사람이 처한 문제들에 대한 해결책들을 찾아내겠다고 단단히 결심한 듯 보였다. 그는 먹통인 전화에 대해 사과하고 또 사과했다. 그는 두 사람에게 수화기가 먹통이 된 걸 직접 확인해보라고 시켰다. 자신이 짊어진 부담감을 공유하자는 투였다. 그는 두 사람의 고향이나 향하는 목적지에 있는 분들이 두 사람을 걱정하는 게 마음이 쓰인다고 말했다. 두 사람은 약속을 놓친 건가요? 두 사람이 반드시 통화해야 하는 사람들이 있나요?

패티가 말했다. "우리가 떠났다는 걸 아무도 몰라요."

"정말이요?"

"알았다면 그러지 말라고 우리를 설득하려 애썼을 거예요."

"뭘 하지 말라는 거죠?"

"거기에 사는 건 지루했어요. 쇼티하고 나는 뭔가 다른 걸 하고 싶었죠."

"어디로 갈 계획인데요?"

"플로리다요." 그녀가 말했다. "거기에서 사업을 시작하고 싶어요."

"어떤 사업을요?"

"바다에서 하는 일요. 아마도 수상스포츠요. 윈드서핑보드 임대 같은."

"그러려면 자본이 필요할 텐데요." 마크가 말했다. "윈드서핑보드를 구입하려면요."

패티는 시선을 다른 데로 돌리면서 여행 가방 생각을 했다.

쇼티가 물었다. "전화를 고치는 데 얼마나 걸릴까요?"

마크가 되물었다. "제가 천리안을 가진 사람처럼 보이세요?"

"내 말은 보통 얼마나 걸리느냐는 거예요. 평균적으로."

"보통은 반나절이면 수리가 돼요. 그리고 정비공은 좋은 친구예요. 우리를 출장자 명단에 1번 타자로 넣어달라고 부탁할 거예요. 두 분은 점심시간쯤에는 도로로 돌아갈 수 있을 거예요."

"반나절보다 더 걸리면 어떻게 되는 거죠?"

"그거야 어쩔 도리가 없죠. 제 마음대로 할 수 있는 일이 아니니까요."

"솔직히 말하면, 제일 좋은 건 우리를 그냥 소도시까지 태워다주는 거예요. 우리한테도 최선이고, 그쪽한테도 최선이고요. 우리가 당신들을 귀찮게 할 일이 없어질 테니까요."

"그렇지만 두 분 차는 여전히 여기에 남게 될 거잖아요."

"견인 트럭을 보낼게요."

"그러실 거예요?"

"견인업자를 보자마자요."

"두 분을 믿어도 될까요?"

"신경 써서 처리하겠다고 약속할게요."

"좋아요. 그런데 두 분도 이건 인정해야 해요. 두 분이 지금까지는 그런 일을 신경 써서 처리한다는 믿음을 주지는 못했다는 걸요."

"트럭을 보내겠다고 약속할게요."

"그런데 그러지 않으면요? 우리는 여기서 사업을 하는 거예요. 두 분이 트럭을 보내지 않으면 우리는 두 분의 차를 처리하는 문제를 떠안게 돼요. 그건 어려운 일일 거예요. 엄밀히 말해, 처리되는 차는 우리 차가 아니니까요. 소유권이 없는 상태에서 할 수 있는 일은 그리 많지 않을 거예요. 어디에 기증할 수도 없고, 심지어 폐품으로 팔아치울 수도 없을 거예요. 그것들 말고 다른 대안들을 찾아서 실행하는 데 시간과 돈이 들 거라는 데에는 의심의 여지가 없고요. 틀림없이 그렇게 되겠죠. 그렇다고 그 차를 영원토록 여기에 둬서 우리 모텔을 지저분하게 만들 수도 없어요. 사적인 감정이 있어서 하는 말은 아니에요. 우리 같은 사업에서는 차에서 모텔을 훑어봤을 때 들어오는 이미지가 전부예요. 그런데 낡고 녹슨 차가 모텔 정면 복판에 떡하니 있으면 손님들이 어떤 생각을 하겠어요? 기분 나빠 하지 마세요. 두 분도 우리 입장을 이해하시리라 믿어요."

"견인업체에 우리랑 같이 가면 되잖아요." 쇼티가 말했다. "우리를 먼저 거기에 태워다줘요. 그러고는 우리가 업체랑 협상하는 걸 지켜보는 거예요. 증인처럼이요."

마크는 눈을 깔고 고개를 저었다. 이제 그는 약간 멋쩍어하는 듯 보였다.

"좋은 대답이네요." 그가 말했다. "진실은 우리가 약간 민망한 상황이라는 거예요. 지금 시점에 시내로 태워다드리는 문제와 관련해서는요. 이 모텔에는 어마어마한 돈이 투자됐어요. 그래서 우리 중 셋이 차를 팔았어요. 피터의 차를 공용으로 쓸 차로 남겨두고요. 그게 제일 낡은, 그래서 제일 값이 안 나가는 차였거든요. 그런데 그 차가 오늘 아침에 시동이 걸리지를 않았어요. 딱 두 분 차처럼요. 여기 공기가 뭐가 잘못됐나 봐요. 아무튼 이런 말하기는 그렇지만, 현실적으로, 우리 모두는 지금 당장은 여기서 꼼짝도 못하는 신세예요."

리처는 앞서 찜해둔 곳에서 식사를 했다. 식탁보가 깔린 쾌적한 공간인 그곳은 한눈에 알아볼 만한 큼지막한 접시에 음식을 내왔다. 그는 온갖 토핑을 높이 쌓은 버거와 살구파이 한 조각을 먹었고, 그러는 내내 블랙커피를 마셨다. 그런 후 경찰서로 출발했다. 그는 캐링턴이 말한 바로 그 자리에서 경찰서를 찾았다. 공용 로비는 천장이 높고 타일이 깔렸으며 격식이 있었다. 마호가니 리셉션 카운터 뒤에 민간인 안내원이 있었다. 리처는 그녀에게 자기 이름을 알리고는 카터 캐링턴이 미리 전화를 해서 상의할 사람을 주선해주겠다고 약속했다는 얘기를 했다. 여자는 그가 캐링턴의 이름을 다 말하기도 전에 전화기를 들었다. 그가 올 거라는 연락을 받았던 게 분명했다.

그녀가 리처에게 자리를 권했지만, 그는 그러는 대신 서서 기다렸다. 오래 걸리지는 않았다. 형사 두 명이 이중문을 밀고 나왔다. 남자와 여자. 두 사람 다 믿음직한 전문가로 보였다. 리처는 처음에는 두 사람이 그를 맞으러 온 사람일 거라고는 생각하지 못했다. 그는 서류를 담당하는 직원이 올 거라고 예상했었다. 그런데 두 사람은 그를 향해 똑바로 걸어왔다. 그의 앞에 도착한 둘 중에 남자가 입을 열었다. "리처 씨? 형사반장 짐 쇼라고 합니다. 뵙게 돼서 정말로 반갑습니다."

형사반장. 정말로 반가워하는. 그들은 무척이나 협조적일 것이라고 캐링턴이 말했는데, 그건 농담이 아니었다. 쇼는 키가 178센티미터쯤인 50대의 듬직한 남자였다. 주름이 많은 아일랜드인 분위기의 얼굴에 머리는 빨간색이었다. 보스턴에서 100마일 이내에 있는 사람은 누구라도 그를 경찰로 생각할 것 같았다. 그는 책에 실린 삽화처럼 보였다.

"저도 뵙게 돼서 정말로 반갑습니다." 리처가 말했다.

"저는 브렌다 아모스 형사예요." 여자가 말했다. "도와드리게 돼서 기뻐요. 필요한 건 뭐든 말씀만 하세요."

그녀는 남부 억양을 구사했다. 느릿하지만 더 이상은 달콤하게 들리지 않는, 세월의 풍파에 찌든 목소리. 쇼보다 열 살쯤 젊어 보였다. 168센티미터쯤 되는 몸은 날씬했다. 머리는 금발이고 광대뼈가 두드러졌으며 졸음기가 있는 녹색 눈은 '나한테 까불지 마'라고 말하고 있었다.

"고맙습니다, 형사님." 리처가 말했다. "그런데 사실, 이건 그리 대수로운 일이 아닙니다. 캐링턴 씨가 두 분께 정확히 무슨 말씀을 드렸는지는 모르겠지만, 제가 필요한 건 오래전의 기록이 전부입니다. 여기에 없는 기록일지도 모릅니다. 80년 전 기록이거든요. 그건 심지어 미제 사건도 아닙니다."

쇼가 말했다. "캐링턴 씨가 선생님은 헌병이었다고 말씀하시더군요."

"오래전에 그랬었죠."

"그런 분이라면 컴퓨터로 10분만 작업하시면 될 겁니다. 그 정도면 충분할 겁니다."

그들은 리처를 안내해 허벅지 높이의 마호가니 출입문을 통과해서는 나란히 놓인 책상에서 얼굴을 맞대고 앉아 있는 사복 차림 사람들로 가득한 확 트인 공간으로 데려갔다. 책상들은 전화기와 평면 스크린, 키보드, 서류가 담긴 철망 바스켓들로 가득했다. 세상 어디에나 있는 사무실들과 비슷했다. 땀 냄새와 부담감이 충만한 지친 기색의 공기만 제외하면. 그것들 때문에 그곳이 경찰서라는 걸 몰라볼 수가 없었다. 그들은 모퉁이를 돌아 양쪽으로 사무실들이 있는 복도로 들어섰다. 그들은 왼쪽 세 번째 사무실에서 걸음을 멈췄다. 아모스의 사무실이었다. 그녀는 리처를 안으로 안내했고, 쇼는 작별인사를 하고는 걸어갔다. 적절한 배려는 모조리 했고, 그러니 그가 할 일은 끝났다는 듯. 아모스는 리처를 따라 안으로 들어와 문을 닫았다. 경찰서는 건물 외부는 유서 깊은 전통적인 스타일이었지만, 건물 내부에 있는 모든 것은 윤이 나고 새로웠다. 책상, 의자, 캐비닛, 컴퓨터.

아모스가 물었다. "어떻게 도와드릴까요?"

리처가 말했다. "리처라는 성을 찾고 있습니다. 1920년대와 30년대, 40년대의 경찰보고서에서요."

"친척이신가요?"

"내 조부모님과 아버지입니다. 캐링턴은 그분들이 연방의 영장이 발부된 탓에 인구조사를 회피했을 거라고 생각합니다."

"여기는 시 경찰서예요. 연방 기록에는 접근하지 못해요."

"시작할 때는 바늘도둑이었을 겁니다. 대부분의 사람들이 그러는 것처럼."

아모스가 키보드를 가까이 당기고는 자판을 두드리기 시작했다. 그녀가 물었다. "그분들이 다른 철자를 쓰셨을 수도 있나요?"

리처가 말했다. "그렇진 않을 겁니다."

"이름은요?"

"제임스, 엘리자베스, 스탠."

"짐, 지미, 제이미, 리즈, 리지, 베스라는 이름을 쓴 적은요?"

"그분들이 서로를 어떻게 불렀는지는 모릅니다. 뵌 적이 없소."

"스탠은 스탠리의 약칭이었나요?"

"그런 이름은 본 적이 없소. 늘 그냥 스탠이라고만 썼으니까."

"알려진 다른 가명은요?"

"내가 알기로는 없소."

그녀는 몇 번을 더 누드린 후 클릭을 하고 기다렸다.

그녀는 입을 열지 않았다.

리처가 말했다. "당신도 헌병이었을 거라고 짐작되는군요."

"어디서 티가 나던가요?"

"먼저는 억양에서. 미 육군의 말투로 들리더군요. 대체로는 남부 억양이지만, 다른 억양도 약간 섞였소. 게다가, 대부분의 민간인 경찰들은 헌병이 무슨 일을 어떻게 했는지 묻기 마련이오. 직업적인 호기심 때문에. 그렇지만 당신은 그러지 않았소. 그건 당신이 이미 다 아는 내용이기 때문일 거요."

"짐작하신 그대로예요."

"제대한 지 얼마나 됐소?"

"6년이요." 그녀가 말했다. "선배님은요?"

"그보다는 더."

"어느 부대였나요?"

"대부분은 110헌병대였소."

"멋지네요." 그녀가 말했다. "거기 계실 때 지휘관은 어느 분이셨나요?"

"나." 리처가 말했다.

"그러면 지금은 퇴역하시고 족보학에 투신하신 거군요."

"도로 표지판을 봤소." 그가 말했다. "그것뿐이었소. 슬슬 그러지 말았어야 했다는 생각이 들기 시작하는군."

그녀가 다시 스크린을 쳐다봤다.

"한 건 나왔네요." 그녀가 말했다. "75년 전 기록에서요."

8

브렌다 아모스는 클릭을 두 번 하고 패스워드를 입력했다. 그러고서 다시 클릭을 하더니 몸을 숙이고는 큰 소리로 읽었다. 그녀가 말했다. "1943년 9월의 어느 늦은 밤에 젊은이 한 명이 래코니아 시내의 인도에서 의식을 잃은 채로 발견됐어요. 구타를 당한 상태로요. 이 지역의 스무 살짜리로 신원이 확인됐는데, 입이 거칠고 껄렁하지만 지역 부호의 아들이라 건드려서는 안 되는 놈으로 경찰시에 일려진 인물이었어요. 짐작해보면, 부서 내부에서는 은밀히 축배를 들었을 것 같네요. 그렇지만 사람들 눈을 의식해서라도 수사를 벌이기는 해야 했을 거예요. 적어도 수사하는 시늉이라도 해야 했겠죠. 보고서에 따르면, 사건이 발생한 다음 날 집마다 방문을 했지만 그다지 많은 성과를 거둘 거라는 기대는 없었다고 적혀 있어요. 그런데 실제로는 꽤 큰 소득을 올렸어요. 쌍안경으로 사건 전체를 목격한 노부인을 찾아냈으니까요. 피해자는 자신이 이길 거라는 분명한 예상 아래 다른 청년 두 명과 시비가 붙었어요. 그런데 그가 된통 당하는 결과가 나온 거예요."

리처가 물었다. "노부인이 왜 늦은 밤에 쌍안경을 들고 있었던 거요?"

"보고서에 따르면 그녀는 조류관찰자예요. 그녀는 밤중에도 비행을 멈추지 않고 계속 이동하는 조류에 관심이 있었어요. 그녀는 하늘을 배경으로 삼으면 새의 형체를 파악할 수 있다고 말했어요."

리처는 아무 말도 하지 않았다.

아모스가 말했다. "그녀는 두 청년 중 한 명이 이 지역 탐조클럽의 동료 회원이라는 걸 알아봤어요."

리처가 말했다. "내 아버지도 조류관찰자였소."

아모스가 고개를 끄덕였다. "노부인은 그 청년이, 그녀가 개인적으로 안면이 있는, 당시에 열여섯 살밖에 안 된 스탠 리처라는 이 지역 청년이라는 걸 알아봤어요."

"확실한 거요? 내 생각에 1943년 9월이면 내 아버지 나이는 열다섯 살인데."

"그녀는 이름에 대해서는 확신한 것 같아요. 그렇지만 나이에 대해서는 틀릴 수도 있지 않았을까요? 그녀는 동쪽으로 넉넉한 크기의 밤하늘이 보이는 방향에 있는 거리 아래쪽을 직접 바라보는, 식품점 위에 있는 아파트 창문에서 사건을 지켜보고 있었어요. 그녀는 스탠 리처가 동갑으로 보이는 신원 불명의 친구와 같이 있는 걸 봤어요. 그들은 시내 중심부에서 그녀가 있는 쪽으로 걸어오고 있었어요. 두 청년은 가로등에서 나온 빛이 고여 있는 부분을 지났는데, 그래서 그녀는 두 사람의 신원을 알아본 것에 자신감을 갖게 됐어요. 그러다가 그녀는 다른 방향에서 두 청년 쪽으로 걸어가는 스무 살짜리를 봤어요. 그 청년도 역시 빛이 쏟아지는 부분을 지났어요. 우리에게는 불운하게도, 세 청년은 두 가로등 사이의 어두운 곳에서 얼굴을 맞대고 모였어요. 어두운 곳이기는 했지만, 그녀가 거기에서 벌어지는 일을 목격하기에는 충분할 정도로 밝은 곳이기도 했어요. 그녀는 그림자인형극을 감상하는 거랑 비슷했다고 진술했어요. 상황이 그래서 그들이 보여주는 제스처가 더 뚜렷하게 보였다는군요. 덩치가 작은 두 사람은 여전히 그녀 쪽을 향하고 있었어요. 덩치 큰 청년은 그녀를 등지고 있었고요. 그 청년은 뭔가를 요구하고 있는 것처럼 보였어요. 그러고는 협박을 하는 것처럼 보였고요. 덩치가 작은 두 청년 중 한 명이 잠시 자리를 피했는데, 소심하거나 겁을 먹어서 그랬을 거래요. 다른 작은 청년은 있던 자리에 그대로 머물렀는데, 그러다가 느닷없이 덩치 큰 청년의 얼굴에 주먹을 날렸대요."

리처는 고개를 끄덕였다. 그는 개인적으로는 그걸 '선빵 날리기'라고 불렀다. 기습은 항상 유익하다. 현명한 사람은 '셋'까지 세는 법이 결코 없다.

아모스가 말했다. "노부인은 작은 청년이 큰 청년이 쓰러질 때까지 계속 주먹을 날렸다고, 쓰러지니까 머리하고 갈비를 거듭해서 걷어찼다고, 그러자 덩치 큰 청년이 몸부림을 치면서 달아나려 애썼지만 작은 청년이 그를 붙잡고 옆에 있는 꽤 밝은 빛의 웅덩이 쪽으로 넘어뜨렸다고 진술했어요. 그래서 노부인은 작은 청년이 큰 청년한테 한참을 발길질하는 걸 보는 데 아무 문제가 없었죠. 그런 후에 그는 처음에 그랬던 것처럼 갑자기 발길질을 뚝 멈추고는 겁에 질린 친구를 데리고 아무 일도 없었다는 양 함께 걸어갔대요. 노부인은 벌어지는 상황을 실시간으로 종이에 적고 그림까지 곁들였어요. 그러고는 그 기록 전체를 이튿날에 찾아온 경관들에게 넘겨줬고요."

"우수한 목격자로군." 리처가 말했다. "지방검사의 사랑을 듬뿍 받을 만한 목격자요. 그다음에는 어떻게 됐소?"

아모스는 스크롤을 내리고 읽었다.

"다음에는 아무 일도 없었어요." 그녀가 말했다. "수사에는 전혀 진전이 없었어요."

"왜 그런 거요?"

"인력 부족 때문에요. 사건이 일어나기 2년쯤 전부터 2차 대전에 투입할 병력의 징병이 시작됐어요. 그래서 경찰서는 최소한의 인력으로 간신히 굴러가고 있었고요."

"스무 살짜리가 징병이 되지 않은 이유는 뭐요?"

"금수저니까요."

"이해가 안 되는군." 리처가 말했다. "수사 인력이 뭐 얼마나 많이 필요했겠소? 목격자도 확보했는데. 열다섯 살짜리 소년을 체포하는 건 어려운 일이 아니잖소. SWAT 팀이 필요한 일이 아니란 말이지."

"폭행범의 신원을 확인하지 못했고, 그걸 알아낼 인력도 없었어요."

"당신 입으로 노부인이 탐조클럽 회원인 그를 안다고 말했잖소."

"폭행을 한 건 신원 불명인 친구였어요. 스탠 리처는 잠시 자리를 피했던 소년이었고요."

그들은 패티와 쇼티에게 커피를 한 잔 주고는 10호실로 돌려보냈다. 마크는 두 사람이 가는 걸 지켜봤다. 두 사람이 헛간까지 절반쯤 갔을 때까지, 두 사람이 다시 돌아올 사람들처럼 보이지 않을 때까지. 그런 뒤 그는 몸을 돌리고 말했다. "오케이. 전화 플러그 원래대로 꽂아."

스티븐이 그렇게 했고 마크가 말했다. "이제 문에 생긴 문제를 보여줘."

"문제는 문이 아냐." 로버트가 말했다. "우리의 반응시간이 문제지."

그들은 실내의 홀을 가로질러 뒷방 문을 열었다. 문 너머에 있는 방은 상대적으로 작았지만, 그래도 넉넉한 크기였다. 방에는 칙칙한 검은색이 칠해져 있었고, 창문에는 판자가 대어져 있었다. 평면 텔레비전들이 사방의 벽들을 덮고 있었다. 방 가운데에는 회전의자가 있었고, 그 주위를 키보드와 조이스틱들이 놓인 키 낮은 작업대 네 개가 에워싸고 있었다. 지휘본부처럼. 패티와 쇼티가 라이브 영상처럼 여러 모니터에 떠 있었다. 여러 대의 몰래카메라에서 멀어지면서 다른 몰래카메라들로 향하는 두 사람은 이제 헛간을 지나치고 있었다. 일부 카메라들은 그들을 정면에서 화면에 꽉 차게 잡은 반면, 다른 카메라들은 더 넓은 화면으로 잡으면서 걸어가는 커플을 멀리서 자그마하게 보여줬다.

로버트가 작업대를 넘어 의자에 앉았다. 그가 마우스를 클릭하자 모니터들이 어두운 야간촬영용 화면으로 바뀌었다.

그가 말했다. "이게 오늘 새벽 3시에 녹화된 거야."

야간에 촬영한 화면의 화실을 개선한 탓에 화면은 약간 들뜨고 흐릿해 보였지만, 화면에 보이는 게 두 사람이 누워서 자고 있는 10호실의 퀸 사이즈 침대인 건 분명했다. 어안이라고 부르기에 충분할 정도로 넓은 화면을 잡는, 화재 경보기에 들어 있는 카메라로 찍은 거였다.

"문제는 그녀가 자고 있지 않았다는 거야." 로버트가 말했다. "그녀는 내가 네 시간쯤 잤을 거라고 판단한 직후에 깼어. 그렇지만 그녀는 꿈쩍도 하지 않았어. 근육 한 가닥도. 정말로 깼다는 티를 전혀 내지 않았어. 솔직히 말하면, 그때쯤 나는 느긋하게 누워서 태평하게 지켜보고 있었어. 그때까지 네 시간이 정말로 지루했거든. 게다가 그 시점에서는 그녀가 여전히 자고 있는 걸로 알았고. 그런데 그녀는 실제로는 거기 누워서 생각을 하고 있었던 거야. 그녀를 열 받게 만든 게 분명한 무엇인가에 대해. 그게 뭐냐면, 잘 봐."

모니터들에 떠 있던 화면에는 변화가 없었다. 그러다가 변했다. 빠르게, 사전경고도 없이. 패티가 갑자기 이불을 젖히고는 침대를 빠져나간 것이다. 잘 통제된 깔끔한 동작으로, 결단력 있는 모습으로, 격분해서는.

로버트가 말했다. "내가 몸을 일으켜 손가락을 잠금 해제 버튼 가까이로 옮길 때는 그녀가 이미 문을 열려는 시도를 한 번 한 뒤였어. 바깥바람을 쐬고 싶었던 것 같아. 나는 결정을 내려야 했어. 그래서 문이 잠긴 상태로 놔두기로 결정했지. 그게 더 일관성 있게 느껴지니까. 피터가 거기로 차를 수리하러 갈 때까지 그대로 잠가 뒀어. 그때 문의 잠금을 해제한 건 둘 중 한 명이 피터하고 얘기를 하러 나오고 싶어 할 거라는 판단에서였어."

"오케이." 마크가 말했다.

로버트가 마우스를 다시 클릭했고 모니터들이 해가 뜬 뒤에 다른 각도에서 찍은 장면으로 바뀌었다. 패티와 쇼티가 10호실의 헝클어진 침대에 나란히 앉아 있었다.

"이건 우리가 아침을 먹는 동안 찍힌 거야." 로버트가 말했다.

"내가 근무 중이었어." 스티븐이 말했다. "무슨 일이 일어나나 잘 봐."

로버트가 재생 버튼을 눌렀다. 오디오가 나왔다. 쇼티는 정비공들이 출장비를 받는 것에 대해 투덜거리는 것으로 자신이 저지른 잘못에서 다른 쪽으로 화제를 바꾸고 있었다. 그가 말했다. "그런 짓은 기본적으로 우리가 아직 살아 있는 것에 대해 비용을 지불하게 만드는 거랑 비슷해. 이건 말이야, 감자를 기를 때랑은 달라."

로버트가 녹음의 재생을 멈췄다.

스티븐이 물었다. "자, 다음에 무슨 일이 일어날까?"

마크가 말했다. "패티가 두 건의 거래는 경제적인 관점에서 확연하게 다른 거래라는 걸 지적했으면 싶군."

피터가 말했다. "나는 패티가 놈의 얼굴에 주먹을 날리고는 아가리 닥치라고 말했으면 싶어."

"어느 쪽도 아냐." 스티븐이 말했다. "그녀는 다시 격분했어."

로버트가 재생 버튼을 다시 눌렀다. 패티가 갑자기 벌떡 일어나 침대에서 튀어나가면서 말했다. "바람 좀 쐬러 갈게."

스티븐이 말했다. "쟤는 정말로 어디로 튈지 모르는 여자야. 조마조마한 여자라고. 가만히 있다가 시속 60마일까지 1초 만에 튀어나갈 여자라니까. 내가 직접 비디오 프레임을 세어 보기까지 했어. 제시간에 버튼을 누르지를 못하겠더라. 그러다가 쇼티가 한번 해보겠다고 나서는 걸 봤어. 그래서 늦세야 잠금을 해제했지. 그는 문을 열었는데 그녀는 그러지 못했다면, 그녀가 문보다는 자기 자신을 이상하게 생각할 거라고 판단했거든."

"이 문제에 대한 해결책은 있어?" 마크가 물었다.

"유비무환. 더 빡세게 집중할 필요가 있는 것 같아."

"나도 우리가 그래야 한다고 생각해. 나는 쟤들을 너무 일찍 겁먹게 만드는 건 원치 않아."

"우리가 최종결정을 내릴 때까지 얼마나 걸릴까?"

마크는 한동안 입을 닫았다.

그러다가 입을 열었다. "지금 최종결정을 내리자. 너희들만 좋다면."

"정말?"

"기다릴 이유가 있어? 볼 건 충분히 봤다고 생각해. 쟤들은 우리가 바랄 수 있는 최고의 수확이야. 난데없이 나타난 애들인 데다 쟤들이 없어졌다는 걸 아무도 모르잖아. 나는 우리가 준비를 마쳤다고 생각해."

"나는 찬성에 한 표." 스티븐이 말했다.

"미 투." 로버트가 말했다.

"미 쓰리." 피터가 말했다. "쟤들은 완벽해."

로버트는 클릭을 해서 라이브 화면으로 돌아갔고, 그들은 패티와 쇼티가 객실 창문 아래에 있는, 판자를 깔아 만든 복도의 접의자에 앉아 오후의 축 늘어진 빛을 쬐는 걸 봤다.

"만장일치야." 마크가 말했다. "모두는 하나를 위해, 하나는 모두를 위해. 이메일 보내."

화면이 다시 바뀌었다. 외국어 알파벳으로 번역돼서 변환된 내용이 담긴 웹 메일 페이지로. 로버트가 단어들을 입력했다.

"오케이?" 그가 물었다.

"보내."

그가 그렇게 했다.

메시지 내용은 이랬다.

10호실에 손님이 들었다.

9

리처가 말했다. "여전히 이해가 안 되는군. 조류를 관찰하는 노부인은 내 아버지의 신원을 제공했고, 아버지를 쥐어짜면 신비에 싸인 친구의 신원이 밝혀졌을 게 분명하오. 딱 한 걸음만 더 내디뎠으면 됐을 거요. 내 아버지 집을 한 번 더 방문했다면 말이오. 기껏해야 5분이나 걸렸을까. 그건 인력이 부족해서 생긴 일이라고 할 수 없소. 경관 한 명이 도넛가게에 가는 길에 해치울 수 있는 정도의 일이니까."

아모스가 말했다. "스탠 리처는 관할구역 밖에 거주하는 주민으로 등재됐어요. 거기까지 가려면 서류작업을 많이 해야 한다는 뜻이죠. 그 시절에 경찰서에 있는 인력이라고는 타자수밖에 없었어요. 게다가 그들은 스탠리처가 아무리 강하게 압박해도 입을 열지 않을 거라고 판단했던 게 분명해요. 그들은 남의 구역에 간 거니까요. 옆에는 현지 경찰이 앉아 있었을 거예요. 어쩌면 변호사나 부모도 있었을 거고요. 게다가 그들은 그때쯤에는 신비에 싸인 친구가 이미 주 경계선 밖으로 튀었을 거라고 판단했을 거예요. 더불어 그들이 그 피해자가 안쓰러워서 눈물을 흘릴 일은 없었을 거고요. 틀림없이, 그냥 내버려두는 게 쉬운 결정이었을 거예요."

"내 아버지가 무슨 관할구역 밖의 주민이라는 거요?"

"래코니아 경찰서요."

"내가 듣기에 아버지가 태어나고 자란 곳은 래코니아요."

"여기서 태어나셨을 거예요. 병원에서요. 그런 후에 시 경계선 밖에서 자랐겠죠. 농장이나 그런 데에서요."

"그런 인상은 조금도 받지 못했소."

"그렇다면 근처에 있는 마을에서요. 시내 식품점 위에 사는 노부인하고 같은 탐조클럽에 가입하기에 충분할 정도로 가까운 마을이요. 아버님은 래코니아를 출생지로 적었어요. 병원이 있는 곳이 여기고, 래코니아에서 자랐다고 말씀하셨겠죠. 이 지역 전체를 부르는 약칭으로요. 엄밀히 따지면 시카고가 아니라 시카고 근처 교외에 거주하는 많은 사람들이 시카고에 산다고 말하는 것처럼요. 보스턴에 대해서도 마찬가지고요."

"래코니아 광역 지자체로군." 리처가 말했다.

"그 시절에는 많은 시설이 지금보다 더 분산되어 있었어요. 소규모 공장들이 이 지역 전역에 있었죠. 네 세대 거주용 아파트들에 사는 노동자 20여 명, 교실이 하나뿐인 학교 한 곳, 교회 한 채. 이 모든 곳을 래코니아로 여겼을 거예요. 우체국에서 그 지역을 뭐라고 부르건 상관없이요."

"'리처'라는 성으로만 찾아봐주시오." 그가 말했다. "이름은 입력하지 말고. 이 지역에 내 친척들이 있을지도 모르오. 그러니까 그렇게 하면 주소를 얻을 수 있을 거요."

아모스가 다시 키보드를 가까이 당기고는 '리처'를 입력한 뒤 클릭했다. 리처는 그녀의 눈에 반사된 화면이 바뀌는 걸 봤다.

"딱 한 건 더 나오네요." 그녀가 말했다. "첫 사건이 지나고 칠십몇 년이 지난 후에요. 선배님 가족은 법을 잘 준수하는 분들인 게 분명해요." 그녀가 다시 클릭을 하고는 큰 소리로 읽었다. "1년 반쯤 전에 순찰차가 카운티 청사로 출동했어요. 어느 민원인이 소란을 일으켰다는 신고를 받고요. 고함을 치고 소리를 지르고 협박조로 행동했다는군요. 정복 경찰들은 그를 진정시켰고, 그가 사과하면서 상황이 더 이상은 악화되지 않았어요. 그는 자기 이름을 마크 리처라고 밝혔어요. 관할구역 밖에 거주하는 주민이라면서요."

"나이는?"

"당시 스물여섯 살이에요."

"먼 조카일 수도 있겠군. 몇 다리 건너야 하는. 그 아이는 무슨 일로 화를 낸 거요?"

"건축 허가 절차가 느리게 진행되고 있다고 민원을 제기했어요. 그는 경계선 밖의 어딘가에 있는 모텔을 리노베이션하고 있다고 주장했대요."

30분 정도 햇볕을 쬐다가 패티는 화장실을 쓰러 안으로 들어갔다. 돌아오던 그녀는 침대 끄트머리 맞은편의 화장대에서 걸음을 멈췄다. 그녀는 거울을 들여다보며 코를 풀었다. 티슈를 돌돌 말아 쓰레기통에 던졌다. 빗나갔다. 그녀는 실수를 바로잡으려 허리를 굽혔다. 캐나다인답게.

카펫이 벽과 만나는 움푹 들어간 곳에 사용된 면봉이 있는 게 보였다. 그녀가 사용한 건 아니었다. 그녀는 그런 걸 쓴 적이 없었다. 그건 화장대 밑 공간의 뒤쪽에, 스툴 다리들 너머의 그늘 깊은 곳에 있었다. 의문의 여지 없이 청소가 불완전하게 된 탓에 벌어진 일이었다. 그렇지만 있을 수 있는 일이기도 했다. 살다 보면 피할 수 없는 일이라는 생각까지 들었다. 진공청소기 바퀴에 눌려 눈에 띄지 않는 곳으로 깊이 들어갔을 것이다.

그런데 꺼림칙했다.

그녀가 큰 소리로 말했다. "쇼티, 와서 이것 좀 봐."

쇼티가 의자에서 일어나 방으로 들어왔다. 문은 활짝 열린 채로 놔뒀다.

패티가 면봉을 가리켰다.

쇼티가 말했다. "귀 청소하는 데 쓰는 거잖아. 귀를 말리거나. 양쪽 다 거나. 면이 양쪽 끝에 다 있군. 드럭스토어에서 본 적 있어."

"이게 왜 여기에 있는 거지?"

"누군가가 쓰레기통에 던진 게 빗나간 거야. 쓰레기통 주둥이 모서리에 맞고 튕겨 나가서 안 보이는 곳으로 굴러간 거지. 늘 일어나는 일이야. 청소부가 신경을 쓰지 않았나 보네."

그녀가 말했다. "이제 자리로 돌아가 보셔, 쇼티."

그가 그렇게 했다.

그녀가 한참 후에 그의 옆에 앉았다.

그가 물었다. "내가 뭘 어쨌다고 이러는 거야?"

그녀가 말했다. "자기가 뭔가를 하지 않아서 이러는 거야."

"내가 뭘 안 했는데?"

"생각을 안 했잖아." 그녀가 말했다. "마크는 우리한테 이건 그들이 재 단장을 한 첫 방이라고 말했어. 이제 막 공사를 끝낸 참이라고 했다고. 그는 우리에게 이 방의 첫 손님이 되는 영광을 베풀어달라고 부탁했어. 그렇다면 왜 사용된 면봉이 방에 있는 건데?"

쇼티가 고개를 끄덕였다. 느리지만 확신을 갖고. 그가 말했다. "그놈들, 차에 대한 이야기도 이상했어. 피터라는 놈이 일종의 파괴 공작을 벌인 게 분명해. 놈들의 꿍꿍이를 언제쯤 알 수 있을까?"

"방에 대해 왜 거짓말을 하는 걸까?"

"거짓말을 한 건 아닐 거야. 페인트공이 면봉을 썼겠지. 작업 막판에 나무에 떨어진 얼룩을 손보느라고. 페인트칠을 하다 보면 그런 일이 생기거든. 가구를 옮기다 그랬을 수도 있어. 흔히 있는 일이야."

"지금은 이 사람들한테 아무 문제도 없다고 생각하는 거야?"

"차에 대해서는 생각이 달라. 문제가 있어. 놈들 차가 오늘 아침에 시동이 안 걸렸다면, 왜 일찌감치 정비공을 부르지 않은 건데?"

"전화가 먹통이었잖아."

"그때는 그러지 않았을 거야. 해가 뜨자마자 그러지는 않았을 거라고. 우리는 놈들 차를 고칠 때 곁다리로 정비를 받을 수도 있었어. 출장비를 절반씩 나눠 낼 수 있었다고. 그렇게 하는 게 더 합리적이었을 거야."

"쇼티, 출장비 문제는 이제 잊어. 알겠어? 이게 더 중요해. 이 사람들이 이상하게 굴고 있다고."

"내가 처음부터 그렇다고 했잖아."

"자기가 저 사람들이 마음에 들지 않아서 그러는 거라고 생각했어."

"이유가 있어서 그런 거야."

"이제 어떻게 할까?"

쇼티는 주위를 힐끔힐끔 살폈다. 처음에는 숲을 꿰뚫는 오솔길의 어귀를, 그다음에는 퍼져버린 혼다의 트렁크를. 그들의 여행 가방이 스프링을 짓누르고 있는 그곳을.

"모르겠어." 그가 말했다. "사륜 바이크로 차를 견인할 수 있을 것 같아. 키는 바이크에 꽂혀 있을 거야. 아니면 헛간 안쪽의 갈고리에 걸려 있거나."

"사륜 바이크를 훔쳐서는 안 돼."

"훔치는 게 아냐. 빌리는 거지. 바이크로 차를 도로까지 2마일 정도 견인할 수 있어. 그러고 나서 사륜 바이크를 다시 갖다 놓는 거야."

"그러고는 어쩌자고? 우리한테 있는 건 길가에 있는 퍼진 차뿐인데."

"견인차가 올 거야. 아니면 어떻게든 히치하이킹을 하고 차는 잊을 수도 있고. 카운티에서 나와서 조만간에 차를 폐차하겠지."

"우리한테 견인 로프가 있어?"

"헛간에 하나 있을 거야."

"사륜 바이크가 그 정도로 튼튼할 거라고는 생각지 않아."

"두 대를 쓸 수 있을 거야. 항구 어귀에서 원양정기선을 끄는 예인선들처럼."

"정신 나간 생각이야." 패티가 말했다.

"좋아. 사륜 바이크 한 대로 여행 가방만 옮길 수도 있을 거야."

"그걸 내내 끌고 가자는 거야?"

"이놈들한테 바이크 뒤에 그걸 올려놓을 판이 있을 거라 생각해."

"바이크 뒤는 너무 작아."

"그러면 연료탱크하고 핸들 바에 여행 가방을 올려놓고 균형을 잡을 수도 있어."

"이 사람들, 우리가 차를 놓고 가는 걸 달가워하지 않을 거야."

"안타깝지만 어쩌겠어?"

"자기는 사륜 바이크 몰 줄도 모르잖아?"

"그렇게 어렵지는 않을 거야. 어쨌든 천천히 가야 할 거야. 그리고 바이크가 쓰러지는 일은 없을 거야. 일반 오토바이하고는 다르니까."

"가능하기는 하겠네." 패티가 말했다. "내 생각에도."

"저녁 먹은 뒤까지 기다리자." 쇼티가 말했다. "전화가 살아나고 정비공이 나타나서 만사가 제대로 굴러갈지도 몰라. 그렇게 안 되면 어두워진 뒤에 헛간을 살펴보는 거야. 오케이?"

패티는 대답하지 않았다. 두 사람은 그 자리에 그대로 머물렀다. 각자의 접의자에 늘어져 계속 낮아지는 해가 뿜어내는 빛을 얼굴에 맞으면서. 두 사람은 객실 문을 활짝 열어뒀다.

50미터쯤 떨어진 뒷방에 있는 지휘본부에서 마크가 물었다. "면봉 놓친 게 누구야?"

"우리 모두." 피터가 말했다. "모두 방을 확인하고 아무 문제없다고 서명했잖아."

"그러면 우리 모두가 심각한 실수를 저지른 거야. 이제 쟤들은 불안해하고 있어. 예상보다 빨리. 이 상황의 전개 속도를 개선할 필요가 있어."

"남자애는 페인트공 탓일 거라고 생각해. 여자애는 결국에는 개 말을 믿을 거야. 여자애는 걱정하고 싶어 하지 않아. 행복해하고 싶어 해. 여자애는 별것 아닌 일만 떠들 거고, 쟤들은 조용해질 거야."

"그렇게 생각해?"

"우리가 객실에 대해 거짓말할 이유가 있어? 그렇게 해야 할 이유는 없어."

마크가 말했다. "사륜 바이크 가져와 봐."

10

리처는 센서스를 스캔한 자료들이 있고 100만 달러짜리 열람칸을 갖춘 잘 꾸며진 카운티 청사로 걸어서 돌아갔다. 그는 데스크에 앞서의 그 무례한 남자가 있는 걸 봤다. 리처는 다시 한번 두 건의 센서스를, 먼저는 아버지가 두 살 때 것을, 다음에는 아버지가 열두 살 때 것을 요청했다. 그런데 이번에는 래코니아의 법적 시 경계선 외부에 있는, 카운티의 나머지 지역의 자료를 요청했다.

남자가 말했다. "그렇게는 안 되는데요."

"왜죠?"

"도넛 모양의 구역에 대한 자료를 요청하시는 거잖아요. 선생님이 이미보신 래코니아 가운데에 구멍이 있는 모양으로요. 제 말이 맞죠?"

"맞소."

"자료 추출은 그런 식으로는 되지 않아요. 도넛 모양의 자료는 없어요. 한 지역이나 그보다 더 큰 지역, 그것보다 더 큰 지역의 자료는 얻을 수 있어요. 시, 카운티, 주를 말하는 거죠. 그런데 큰 지역에는 언제나 작은 지역이 포함돼요. 항상요. 그리고 제일 큰 지역은 다시 그보다 작은 구역들을 다 포함하고요. 그게 논리적이에요. 시는 카운티 소속이고, 카운티는 주 소속이죠."

"이해했소." 리처가 말했다. "설명 고맙군요. 그럼 카운티 전체 자료를 부탁하오."

"아직도 주민이세요?"

"오늘 아침에 내가 주민이라는 데 동의했잖소. 그리고 나는 다시 여기에 있고. 내 속세의 소지품들을 몽땅 들고 시내를 떠난 적이 없는 건 확실하오. 나는 주민이라는 내 지위가 어느 때보다도 탄탄하다고 말할 거요."

"4번 칸이요." 남자는 말했다.

패티와 쇼티는 멀리서 엔진에 시동이 걸리는 소리를 들었다. 오토바이에서 나는 소리처럼 귀청이 터질 듯한 소리였다. 일어난 두 사람은 살펴보려고 모퉁이로 걸어갔다. 피터가 사륜 바이크를 타고 주택으로 돌아가는 게 보였다. 이제는 바이크 여덟 대만이 반듯하게 주차돼 있었다.

"키를 돌리자마자 시동이 걸렸어." 쇼티가 말했다. "나머지 바이크도 전부 저랬으면 좋겠네."

"너무 요란해." 패티가 실망하며 말했다. "저렇게 할 수는 없어. 저 사람들 모두 알게 될 거야."

피터가 멀리 있는 집에 바이크를 세웠다. 그가 엔진을 죽이자 침묵이 돌아왔다. 그가 바이크에서 내려 안으로 들어갔다. 패티와 쇼티는 자신들의 접의자로 돌아갔다.

쇼티가 말했다. "여기 주위의 지형은 무척 평평해."

"그게 우리한테 도움이 돼?"

"사륜 바이크를 밀고 가면 돼. 엔진을 끈 채로. 여행 가방을 올려놓고 균형을 잡으면서. 바이크를 가구 운반용 짐수레처럼 쓰는 거야."

"그럴 수 있을까?"

"그렇게 무겁지는 않을 거야. 사람들이 오토바이를 밀고 다니는 걸 늘 봤잖아. 게다가 사륜 바이크라서 똑바로 세워야 할 필요조차 없어. 그리고 우리는 둘이야. 누워서 떡 먹듯이 할 수 있을 거라는 데 내기를 걸게."

"거기까지 2마일을 갔다가 그 거리를 돌아온다고? 그러려면 여행 가방을 도로 옆에 놔두고 우리만 여기로 돌아와야 해. 그런 다음에 다시 2마일을 걸어가야 하고. 전부 6마일이야. 그중 4마일은 사륜 바이크를 밀고 가는 거고. 그러려면 시간이 꽤 걸릴 거야."

"세 시간쯤 걸릴 거야." 쇼티가 말했다.

"시간은 우리가 얼마나 빠르게 밀고 가느냐에 달렸는데, 우리는 그건 아직 모르잖아."

"좋아, 네 시간으로 잡자. 동틀 무렵에는 상황이 끝나도록 시간을 잡아야 해. 어쩌면 장에 가는 농부를 만나게 될지도 몰라. 그때쯤에는 오가는 차가 가끔씩 있을 거야. 그러니까 한밤중에 출발해야 해. 그게 좋아. 놈들은 잠들어 있을 거야."

"가능하기는 하겠네." 패티가 말했다. "내 생각에도."

사륜 바이크의 시동이 걸리는 소리가 멀리서 다시 들렸다. 50미터쯤 떨어져 있던 소리가 가까워졌다. 헛간을 지나 두 사람에게 곧장 다가오는 것처럼 들렸다.

두 사람은 일어섰다.

엔진소리가 계속 커지더니 마크를 태운 기계가 포효하면서, 흙먼지를 날리며 모퉁이를 돌았다. 뒤쪽 받침대에는 판지로 만든 상자가 묶여 있었다. 마크가 브레이크를 밟아 세우고는, 기어를 중립으로 바꾼 다음 엔진을

졌다. 그가 우주의 지배자가 짓는 특유의 미소를 지었다.

"희소식이에요." 그가 말했다. "전화가 살아났어요. 동이 트자마자 정비공이 올 거예요. 오늘은 그한테 우리 연락이 너무 늦게 닿았어요. 그렇지만 그는 뭐가 문제인지를 알아요. 그런 문제를 본 적이 있대요. 계기판 뒤쪽을 가로지르는 히터 호스들하고 가까이 있는 전자 칩이 있을 거래요. 호스들에 들어 있는 물이 지나치게 뜨거워지면 칩이 탄다고 하네요. 그가 폐차장에서 교체용 칩을 구해서 갖고 올 거예요. 그는 그 대가로 5달러를 받고 싶어 해요. 거기에 인건비 50달러하고요."

"잘됐네요." 쇼티가 말했다.

패티는 아무 말도 하지 않았다.

마크가 말했다. "그리고 이런 말하기는 뭐하지만, 숙박료로 50달러를 또 주셨으면 해요."

1초간 침묵이 흘렀다.

마크가 말했다. "두 분, 저도 숙박료는 신경 쓰지 말라는 말을 하고픈 마음이 굴뚝같아요. 그런데 은행이 계속 저를 괴롭힐 거예요. 유감이지만, 이건 사업이에요. 우리는 이 일을 진지하게 받아들여야 해요. 그리고 두 분 입장에서도 이게 그리 끔찍한 상황은 아닐 거예요. 모텔비로 100달러하고 차 수리비로 오십 몇 달러, 그러고 나면 전부해서 200달러 미만의 비용으로 여기를 떠나시는 거예요. 상황이 그보다 훨씬 더 나빴을 수도 있어요."

"와서 이것 좀 봐요." 패티가 말했다.

마크가 사륜 바이크에서 내렸고 패티는 그를 이끌고 방으로 들어갔다. 그녀가 화장대 밑의 빈 공간을 가리켰다.

마크가 물었다. "내가 뭘 봐야 하는 거죠?"

"잘 보면 보일 거예요."

그가 쳐다봤다.

그가 그걸 봤다. 그가 말했다. "아, 이것 참."

그가 허리를 굽혔다가 면봉을 들고 몸을 세웠다.

"진심으로 사과드려요." 그가 말했다. "이건 용서받을 수 없는 일이에요."

"왜 우리를 이 방의 첫 손님이라고 말한 거죠?"

"예?"

"그렇다고 떠들썩하게 얘기했잖아요."

"두 분은 이 객실의 첫 손님이에요. 정말로 확실해요. 이 면봉은 완전히 다른 문제예요."

"페인트공이 그런 건가요?" 쇼티가 물었다.

"아뇨."

"그럼 누구죠?" 패티가 물었다.

"은행이 우리한테 마케팅을 더 활발하게 벌이라고 했어요. 그래서 새 브로슈어에 넣을 사진을 찍을 사진작가를 고용했죠. 그 사람이 보스턴에서 모델을 데려왔어요. 우리는 그녀가 여기에서 메이크업을 하게 해줬어요. 제일 근사한 객실이니까요. 우리는 그녀한테 깊은 인상을 심어주려고 애썼던 것 같아요. 정말 예쁜 여자였거든요. 그녀가 떠난 뒤에 청소를 제대로 했다고 생각했는데…… 우리 청소가 완벽하게 성공적이지는 않았던 게 분명하네요. 다시 말씀드리지만, 진심으로 사과드려요."

"저도 마찬가지예요." 패티가 말했다. "순전히 추측만으로 성급하게 결론을 지었어요. 사진은 잘 나왔나요?"

"그녀는 하이커hiker처럼 의상을 입었어요. 아주 높은 부츠를 신고 무척 짧은 반바지 차림이었죠. 한눈에 봐도 따스한 날에 야외로 나온 하이커처럼 보였어요. 윗옷도 그리 큰 편이 아니었거든요. 모텔을 그녀의 배경에 놓고 찍었는데, 무척 근사해 보였어요."

패티가 힘들게 번 50달러를 그에게 건넸다.

그녀가 물었다. "식대로는 얼마를 드려야 하나요?"

"그건 내실 필요 없어요." 마크가 말했다. "그게 우리가 해드릴 수 있는 최소한의 서비스예요."

"정말이요?"

"그럼요. 그건 그냥 시설관리비로 처리하면 돼요. 은행은 그쪽 숫자는 보지 않거든요." 그는 50달러와 연봉을 바시 주머니에 넣었다. 그가 말했다. "그리고 두 분께 같은 주제에 속하는 걸 드릴 게 있어요."

그가 다시 주차장으로 앞장서는 사륜 바이크로 선반에 묶여 있는 상자로 돌아갔다.

그가 말했다. "물론, 두 분이 오늘 저녁식사에, 그리고 내일 아침식사에 우리 테이블에 동석하겠다면 그건 언제든 환영이에요. 그렇지만 두 분이 따로, 두 분이서만 식사하는 쪽을 좋아하신다고 해도 우리 모두는 마찬가지로 십분 이해할 거예요. 분위기를 살린답시고 억지로 대화를 해야만 하는 상황이 스트레스를 잔뜩 안겨줄 수 있다는 걸 모두 알거든요. 두 분을 위해 여러 가지를 모았어요. 집에 와서 우리랑 함께 식사하든, 상자에서 꺼낸 것으로 두 분이서만 식사하든 좋을 대로 하세요. 어느 쪽을 택하건 부담은 느끼지 말고요."

그가 끈을 풀고 상자를 두 팔로 들었다. 몸을 반쯤 돌린 그가 기다리는 쇼티의 두 손에 그걸 밀어 넣었다.

"고마워요." 패티가 말했다.

마크는 말없이 미소를 짓고는 사륜 바이크에 올라 흉포한 엔진에 시동을 걸었다. 그는 돌멩이가 깔린 주차장에서 커다란 동그라미를 그리며 바이크를 돌려서는 주택으로 돌아가는 방향으로 모퉁이를 돌아 사라졌다.

4번 열람칸은 위치만 다르다뿐이지 2번 칸하고 똑같았다. 위치 빼고는 모든 게 똑같았다. 똑같은 트위드 의자, 평면 스크린, 날카로운 연필, 카운티 이름이 호텔 브랜드처럼 상단에 찍힌 메모장. 평면 스크린은 이미 파란색으로 밝아져 있었고, 오른쪽 상단에 편지에 붙이는 우표 같은 아이콘 두 개가 이미 앞서와 똑같이 놓여 있었다. 리처는 첫 아이콘을 더블클릭해서 똑같은 군함의 회색 배경을 봤다. 앞서 봤던 것과 동일한 내용을 똑같이 밝히는 관공서 문장들이 실린 타이틀 페이지를 봤는데, 다른 게 있다면 이번에는 카운티 전체를 대상으로 발췌한 보고서라고 밝히는 가운뎃줄이었다.

그는 마우스의 어깨뼈 사이에 있는 휠로 스크롤해 내려갔다. 조사방법의 개선점들에 대한 동일한 논고가 길게 실린 똑같은 머리글이 나왔다. 그걸 건너뛰어 이름들이 실린 명단으로 직행했다. 리듬이 붙었다. 손가락 끝으로 휠을 튕기고, 내재된 탄력에너지를 활용해 A 섹션을, 다음에는 B 섹션을, C 섹션을 통과하고, 그다음에는 화면이 흐릿해질 정도로 스피드를 붙인 다음에 명단이 느리게 지나가며 자리를 잡다가 Q로 시작하는 이름들로 구성된 짧은 섹션을 다 지나가기 전에 멈추게 놔뒀다. 퀘이드 가족과 퀘일 가족과 퀴틀바움 가족이 각각 한 세대, 그리고 퀸 가족이 두 세대 있었다.

그는 R 섹션으로 화면을 넘겼다.

거기에 그게 있었다. 상단 근처에. 제임스 리처, 남성, 백인, 26세, 주석[*]공장 현장감독, 그리고 그의 아내 엘리자베스 리처, 여성, 백인, 24세, 침대 시트 마무리 작업자, 그리고 그때까지 그들의 유일한 아이인 스탠 리처, 남성, 백인, 2세.

센서스가 행해진 4월에 두 살. 그러면 아버지는 가을에는 세 살이었고, 그러면 1943년 9월의 어느 늦은 밤에는 열여섯 살이었다. 열다섯 살이 아니라. 조류를 관찰하는 노부인이 옳았다.

리처가 중얼거렸다. "이런."

그는 계속 읽었다. 그들의 주소가 라이언타운[Ryantown]이라는 곳의 거리 이름과 번지수로 적혀 있었다. 그들의 집은 셋집으로, 월세는 13달러였다. 라디오는 갖고 있지 않았다. 농장에서 일하는 건 아니었다. 결혼했을 때 할아버지는 스물두 살이었고 할머니는 스무 살이었다. 두 분 다 읽고 쓸 줄 알았다. 두 분 다 인디언부족하고는 혈연이 없었다.

리처는 문서 상단의 작은 빨간 신호등을 더블클릭했다. 그러자 스크린이 우표 두 개가 붙은 파란색으로 돌아갔다. 그중 두 번째 우표를 더블클릭했다. 그러자 10년 후에 시행된 센서스가 열렸다. 스크롤을 내리면서 알파벳의 대부분을 획획 지나쳤다. 지나가던 화면이 다시금 Q로 시작되는 이름들 사이에서 멈췄다. 퀘이드 가족들과 퀘일 가족들, 그리고 퀸 가족 두 세대는 여전히 있었지만, 쿼틀바움 가족은 없었다.

리처 가족은 여전히 거기에 있었다. 제임스, 엘리자베스, 스탠. 그해 4월에 각각 36세, 34세, 12세. 아이가 또 생기지 않았던 건 분명했다. 아버지는 외동이었다. 할아버지의 직업은 카운티의 도로를 다지는 팀에 속한 노동자로 바뀌었고, 할머니는 직장을 완전히 떠났다. 두 분의 주소는 그대로였지만, 월세는 36달러로 줄었다. 대공황의 7년이 노동자들뿐 아니라 건물주에게도 엇비슷하게 타격을 준 것이다. 할아버지와 할머니는 여전히 글을 읽을 줄 아는 것으로, 아버지는 날마다 학교에 출석하는 것으로 기재돼 있었다. 그리고 가족은 라디오를 장만했다.

리처는 카운티명이 찍힌 메모장의 맨 위 페이지에 뾰족한 연필로 주소를 적고는, 그걸 뜯어서 접은 후 바지 뒷주머니에 찔러 넣었다.

마크는 사륜 바이크를 헛간에 다시 세우고 아래쪽에 있는 주택으로 걸어갔다. 그가 문에 들어서자마자 전화기가 울렸다. 그는 수화기를 들고 이름을 말했다. 그러자 상대방의 목소리가 말했다. "어떤 남자가 왔었어. 성이 리처인데, 자기 가족사를 확인하는 거야. 덩치가 크고 꽤 거친 남자야. '노(no)'라는 대답을 들으려고를 안 해. 지금까지 센서스 네 건을 들여다봤어. 내 생각에는 옛날 주소를 찾고 있는 것 같아. 네 친척일 거야. 네가 알아둬야 할 것 같아."

마크는 대답 없이 전화를 끊었다.

11

리처는 걸어서 시청으로 돌아가 업무가 끝나기 30분 전에 도착했다. 그는 기록관리부로 가서 벨을 눌렀다. 1분 후 엘리자베스 캐슬이 들어왔다.

"찾았소." 리처가 말했다. "그분들은 시 경계 너머에 사셨더군요. 그래서 첫 센서스에 그분들 이름이 보이지 않았던 겁니다."

"그럼 연방에서 발부한 영장은 없었던 거네요."

"그분들이 상대적으로 법을 잘 준수했던 걸로 밝혀진 거죠."

"그분들이 사신 곳이 어딘가요?"

"라이언타운이라는 곳이더군요."

"어딘지 잘 모르겠네요."

"이런. 그걸 물어보려고 온 건데."

"그런 지명은 들어본 적이 없는 것 같아요."

"멀리 떨어진 곳일 리는 없소. 아버지의 탐조클럽은 여기 시내에 있었으니까."

그녀가 전화기를 꺼내 손가락을 벌리면서 관련된 작업을 했다. 그녀는 그에게 전화기를 보여줬다. 확대된 지도가 떠 있었다. 그녀가 손가락을 몇 번 더 벌리자 작았던 장소들이 커지면서 시야에 들어왔다. 그런 후 그녀는 확대된 이미지를 래코니아의 경계선 주위로 움직이면서 인근의 내륙지역을 검사했다.

라이언타운은 없었다.

"더 시도해 봐요." 그가 말했다.

"어린아이가 탐조클럽을 위해 얼마나 멀리까지 갔을까요?"

"아버지한테는 자전거가 있었을 거요. 경찰들한테서 그 지역에는 각각의 동네가 20여 세대와 그 외 별로 많지 않은 시설들로 구성된, 온갖 작은 동네들이 있었다는 말을 들은 적이 있소. 그곳도 그런 곳이었을 거요."

"그런 곳에도 여전히 새들이 있었던 건 확실하겠네요. 조용한 곳이면 여기보다 더 많았을 거고요."

"경찰은 거기에는 온갖 작업장과 소규모 공장들이 있었다고 했소. 대기 중에 연기가 자욱했을 거요."

"오케이, 잠깐만요." 그녀가 말했다.

그녀가 폰으로 작업을 시작했다. 이번에는 이미지를 여기저기 이동시키는 게 아니라 화면을 두드려 글자를 입력했다. 검색엔진이나 지역의 역사를 다루는 사이트에 들어갔을 것이다.

"그래요." 그녀가 말했다. "주석공장이었어요. '마커스 라이언'이라는 사람의 소유물이었네요. 그가 일꾼들 숙소를 짓고는 그곳을 '라이언타운'이라고 불렀어요. 공장은 결국 1950년대에 문을 닫았고, 그 작은 마을은 생겨날 때처럼 사라졌어요. 모두가 떠났고 지명은 지도에서 없어졌어요."

"어디에 있던 곳이오?"

"여기에서 북쪽하고 서쪽일 거예요." 그녀가 말했다. 그녀는 전화기에 지도를 다시 불러내서는 그 위에서 손가락을 벌리고 조이고 움직였다.

"여기일 거예요." 그녀가 말했다.

지도에 지명은 없었다. 그냥 텅 빈 녹색 형체, 그리고 도로 하나가 전부였다.

"줌아웃 해봐요." 그가 말했다.

그녀가 그렇게 했다. 그러자 녹색 형체가 래코니아에서 북서쪽으로 8마일쯤 떨어진 아주 작은 구멍으로 줄어들었다. 10시와 11시 방향 사이. 유사한 많은 작은 구멍 중 하나. 태양 주위를 분주하게 도는 행성들처럼 중력이나 자력이나 다른 종류의 강한 인력에 의해 가까이로 당겨지는. 브렌다 아모스 형사가 예측했듯, 우체국에서 뭐라고 하건 라이언타운은 모든 현실적인 이유 때문에 래코니아의 일부였다. 그 옆을 지나는 도로는 어딘지 딱히 정해지지 않은 곳으로 계속 이어졌다. 도로는 그냥 북쪽과 서쪽으로 10마일 이상을 구불구불하게 달리다 또 다른 10마일 길이의 숲을 관통한 후 계속 달려갔다. 시골길. 그가 스바루를 탄 남자와 같이 달렸던 것과 같은. 그 도로가 상상이 됐다.

리처가 말했다. "버스는 없을 것 같군요."

"차를 렌트하시면 돼요." 그녀가 말했다. "시내에 업체들이 있어요."

"난 운전면허가 없소."

"택시가 거기에 가려고 할 것 같지는 않은데요."

8마일. 리처는 생각했다.

"걸어서 갈 거요." 그가 말했다. "지금은 아니고. 거기에 도착하자마자 어두워질 테니 내일쯤 갈 것 같군요. 저녁 함께하겠소?"

"네?"

"저녁식사." 그가 말했다. "일반적으로 저녁에 먹는, 하루 중 세 번째 끼니. 배를 채우려고 먹거나 사교 목적으로 먹거나 가끔은 둘 다를 위해 먹는."

"죄송하지만 안 되겠네요." 그녀가 말했다. "오늘 밤에는 카터 캐링턴하고 저녁 약속이 있어요."

쇼티는 판지상자를 방에 가져가 서랍장 위의 TV 스크린 앞에 놨다. 그런 후 오후의 마지막 햇살을 받으며 패티와 나란히 각자의 접의자에 앉았다. 그녀는 말을 하지 않았다. 생각 중이었다. 그녀는 종종 그랬다. 그는 그럴 때 드러나는 표시들을 알았다. 그는 그녀가 지금껏 입력된 정보를 처리하면서 검토하고는 만족스러울 때까지 이런저런 방식으로 바꿔보고 있을 거라고 추측했다. 조금 있으면 만족스러워할 거라고 그는 생각했다. 틀림없이. 사실, 그는 더 이상은 많은 문제를 보지 못했다. 면봉 문제는 간단하게 설명됐다. 전화기는 되살아났다. 정비공은 동이 트자마자 오기로 했다. 손실 총액은 200달러가 안 됐다. 짜증 나는 일인 건 분명하지만, 재앙 수준은 아니다.

패티가 말했다. "저 사람들 집에 저녁 먹으러 가지는 말자. 그 사람 말에서 저 사람들은 우리를 원치 않는다는 낌새가 느껴져."

"우리를 환영한다고 했잖아."

"예의상 한 말이야."

"진심으로 하는 말인 것 같아. 그도 상황을 우리 관점에서 보고 있어."

"이제는 그 사람이 자기의 영원한 베프인 거야?"

"모르겠어." 쇼티가 말했다. "대부분의 시간 동안은 그 친구를 한 방 먹일 필요가 있는 이상한 밥맛이라고 생각했어. 그런데 그 친구가 정비공 문제에서 좋은 일을 해줬다는 건 인정할 수밖에 없어. 그는 문제를 설명하고 해결책을 찾아냈어. 그게 그가 진심에서 우러난 말을 하고 있다는 걸 보여줘. 어쩌면 우리 둘 다 옳았을 거야. 맨 처음에 이 상황이 시작됐을 때는. 이 사람들은 이상해. 그렇지만 모두 우리를 위해 최선을 다하고 있기도 해. 이 사람들은 동시에 두 가지 모습을 다 보여주고 있는 것 같아."

"어찌 됐건, 밥은 우리 둘이서만 먹자."

"나도 그게 좋아. 저 친구들이 묻는 질문에 대답하는 것도 지쳤어. 꼬치꼬치 심문을 받는 것 같다고."

"말했잖아." 패티가 말했다. "저 사람들은 예의를 차리느라 그러는 거라고. 관심을 보이는 걸 예의 차리는 걸로 생각하는 거야."

두 사람은 일어나 객실로 들어갔다. 문은 활짝 열린 채로 놔뒀다. 두 사람은 판지상자를 침대로 옮겼다. 패티가 엄지손톱으로 테이프를 갈랐고, 쇼티가 덮개를 올렸다. 안에는 여러 품목이 심세한 손길로 빼곡하게 꾸려져 있었다. 시리얼 바와 에너지 바, 물병들, 말린 살구 봉지들, 건포도가 든 자그마한 빨간 상자들이 있었다. 모든 물건이 열두 번 반복되는 특정한 패턴에 따라 정리돼 있었다. 열두 번의 동일한 끼니처럼, 모든 게 깔끔하게 놓여 있었다. 끼니마다 물병이 한 병씩 주어졌고, 나머지 물건들도 12분의 1씩 똑같이 배분돼 있었다.

상자에는 손전등도 두 개 있었는데, 먹을거리 사이에 쑤셔져 있었다.

"희한하네." 패티가 말했다.

"이 모텔은 하이커들을 겨냥해서 영업하는 곳인 것 같아." 쇼티가 말했다. "저 친구들이 모델을 데리고 찍은 사진처럼 말이야. 그렇지 않으면 모델한테 왜 그런 옷을 입혔겠어? 저 친구들, 이걸 손님들한테 도시락으로 제공하는 게 확실해. 아니면 팔거나. 하이커들은 이런 것들을 갖고 다니는 걸 좋아하잖아."

"그래?"

"간편한 데다 고열량이잖아. 주머니에 넣기도 쉽고. 게다가 물도 있고."

"손전등은 뭐에 쓰는 건데?"

"늦은 시간에 야외에 있다가 어두운 데서 식사를 할 경우에 대비해서일 거야."

"랜턴이 더 나을 텐데."

"하이커들이 손전등을 선호하나 보지. 고객 피드백을 받았을 게 틀림없어. 이건 저 친구들이 손님들한테 제공하는 물품일 거야."

"그는 여러 가지라고 말했어."

"이건 아마 균형식일 거야. 건강에 꽤 유익할걸. 하이커들은 그런 문제를 걱정하는 게 틀림없어."

"그는 자기들이 여러 가지를 모았다고 말했어. 그런데 이건 그들이 모은 게 아냐. 사전에 포장이 다 돼 있던 거야. 자기가 말했듯이, 저 사람들의 창고 선반에 있는 걸 꺼내온 거라고."

"우리, 아직도 그 집에 가서 식사할 수 있어."

"말했잖아. 그러고 싶지 않다고. 저 사람들은 우리가 거기에 오는 걸 원치 않아."

"그럼 우리는 이걸 먹어야 해."

"그 사람은 어째서 그렇게 거창한 얘기를 하는 걸까? 자기가 하이커들한테 점심으로 파는 것하고 똑같은 비상 휴대식량을 가져왔다고 말할 수도 있었을 텐데. 그런 얘기를 들으면 기분이 좋았을 거야. 그런 얘기를 들으면 우리가 돈을 내고 사 먹을 때하고는 다른 기분이 들었을 테니까."

"바로 그거야." 쇼티가 말했다. "저 친구들은 이상해. 그렇지만 썩 도움이 되는 사람들인 것도 사실이야. 아니면 도움이 되는 이상한 사람들이거나."

리처는 래코니아에 있는, 식탁보도 없고 기름기가 덕지덕지한 좁고 어두운 식당에서 혼자 저녁을 먹었다. 더 고급스러운 식당을 찾으면서 위험을 감수하고 싶지는 않았다. 카터 캐링턴과 엘리자베스 캐슬이 그와 똑같은 식당을 골랐을 경우에 닥칠 위험을. 두 사람은 적어도 그의 테이블로 와서 인사를 해야 한다는 의무감을 느낄 것이다. 그는 그들의 저녁을 방해하고 싶지 않았다. 식사를 마친 그는 발길 가는 대로 블록들을 걸으면서 위층에 아파트 창문이 있는, 기다란 거리를 따라 동쪽을 바라보는 식품점을 찾았다. 그는 가능성이 높은 그럴듯한 장소를 한 곳 찾아냈다. 그곳은 시내 중심부를 설어가는 그의 코앞이었다. 아파트는 지금은 변호사 사무실이었다. 가게는 지금은 바지와 스웨터를 팔았다. 그는 가게의 창을 등지고 서서 거리를 내려다봤다. 동쪽에 넉넉한 크기의 밤하늘이 보였고, 그 아래에는 양쪽의 배수로 사이에 가운데가 볼록한 아스팔트 도로가 있었다. 도로 경계석 두 곳과 인도 두 곳이 아스팔트 옆을 받쳤고, 여기저기에 넓은 공간을 확보한 가로등들이 그곳을 밝혔다.

리처는 스무 살짜리가 걸었던 것과 같은 방향으로 걷다가 30미터쯤 간 후 걸음을 멈췄다. 그보다 가까운 거리였다면 노부인이 쌍안경을 쓸 일은 없었을 거라고 리처는 생각했다. 그녀는 맨눈으로 보는 쪽을 신뢰했을 것이다. 그는 방향을 돌려 그녀의 창문을 올려다봤다. 이제 리처는 75년 전의 덩치 작은 소년이었다. 그는 앞에 있는 덩치 큰 놈을 상상했다. 무언가를 요구하다 다음에는 협박을 하는. 엄밀히 말하면 대수로운 일은 아니었다. 어쨌든 리처 입장에서는 그랬다. 열여섯 살 때 그의 덩치는 대부분의 스무 살짜리들보다 컸다. 그는 열세 살 때도 덩치가 컸다. 생물학은 그에게 특혜를 베풀었다. 그는 날랬고, 성질이 고약했다. 그는 온갖 속임수와 요령을 다 알았다. 그중 일부는 직접 고안한 거였다. 그는 해병들 틈에서 철이 들었다. 뉴햄프셔 라이언타운에서가 아니라. 아버지는 그에 비하면 평범한 덩치였다. 어떤 면에서는 다부진 편이기도 했다. 예복용 구두를 신으면 키가 185센티미터쯤이었고, 네 코스짜리 만찬을 먹고 나면 체중이 86킬로그램 정도였다.

리처는 인도에 깔린 벽돌들을 내려다보면서 거기에 찍혔던 아버지의 발자국을 상상했다. 조금씩 뒷걸음질을 치다 몸을 돌려 달음박질을 치던 발자국을.

패티와 쇼티는 객실 밖에서, 창문 아래에 놓인 접의자에 앉아 식사를 했다. 두 사람은 1번 끼니와 2번 끼니를 꺼냈고, 그러면서 상자에는 열 번의 끼니가 남았다. 두 사람은 각자의 물병에 든 물을 얌전히 마셨다. 그런 후 날이 추워지자 안으로 이동했다. 그런데 패티가 말했다. "문은 열어둬."

쇼티가 물었다. "왜?"

"신선한 공기를 쐬어야겠어. 어젯밤에는 숨 막혀 죽을 것 같았어."

"창문을 열어."

"열리는 창문이 아니잖아."

"문은 바람에 닫힐지도 몰라."

"자기 신발로 받쳐."

"누가 방에 들어올지도 모르는데."

"누가?" 패티가 물었다.

"지나가던 사람이."

"여기에?"

"아님, 저들 중 한 명이."

"내가 깰게. 그러고는 자기를 깨울게."

"약속?"

"나를 믿어."

쇼티는 신발을 벗어 한 짝을 문 바깥쪽과 문설주 사이에 끼우고, 다른 한 짝은 휘게 해서는 밤중에 부는 미풍에도 버틸 수 있게 문 안쪽에 받쳤다. 그는 그게 감자 농사꾼의 서툰 솜씨라는 걸 알았지만, 효과가 있을 듯 보였다.

12

스티븐이 로버트를 불렀고, 로버트가 피터를, 피터가 마크를 불렀다. 그들은 모두 다른 방에 있었다. 그들은 뒷방에 모여 스크린들을 응시했다.

"궁금해할까 봐 얘기하는 건데," 스티븐이 말했다. "저건 신발이야."

"쟤들 왜 저러는 거야?" 마크가 물었다. "쟤들끼리 무슨 말을 했어?"

"여자애가 바람을 쐬고 싶어 해. 일관된 행동이야. 먼저도 그런 얘기를 했었어. 이게 문제라고 생각하지는 않아."

마크가 끄덕였다. "여자애한테 슈퍼모델이 메이크업한 얘기를 해줬어. 그걸 믿는 것 같아. 정비공이 아침에 쟤들을 구하러 차를 몰고 올 거라는 얘기를 했어. 심지어는 히터 호스에 대한 기술적인 얘기까지 지어냈지. 쟤는 그걸 모두 믿는 것 같아. 쟤도 지금은 차분해졌을 거야. 문은 별로 중요하지 않아."

"조금 있으면 문을 잠가야 해."

"오늘 밤은 그러지 마. 자는 개는 건드리지 않는 게 좋아. 쟤들, 지금은 태평하잖아. 근심걱정 하나 없이."

리처는 가능할 때마다 거처를 옮기는 걸 선호했다. 그래서 그는 새 숙소를 찾아냈다. 전날 밤의 숙소에서 한 블록 떨어진 곳이었다. 고급스러운 민박집으로, 벽돌로 지은 좁은 집의 테두리에는 옅은 색상이 새로 페인트 칠 돼 있었다. 그는 굴곡지고 가파른 계단의 꼭대기에 있는 낮은 문을 통해 맨 위층 방으로 들어갔다. 뜨거운 물로 오래 샤워를 하고는 여전히 따스하고 촉촉한 몸으로 잠들었다.

새벽 3시 1분까지.

다시금 그는 눈을 번쩍 떴다. 스위치를 올린 것처럼 순식간에. 지난번과 정확하게 똑같았다. 감촉을 느꼈거나 맛을 봤거나 뭔가를 보거나 냄새를 맡아서 그런 게 아니었다. 소리 때문이었다. 이번에는 즉시 침대에서 일어나 매트리스 아래에서 바지를 꺼내 빠르게 옷을 걸치고는 신발 끈을 맸다. 그런 후 낮은 문을 통과해 굽은 계단을 내려가 거리로 나갔다.

밤공기는 서늘했고 딱딱한 침묵은 귀에 거슬렸다. 온통 벽돌과 유리와 비좁은 공간과 전기가 전선을 통해 불러대는 콧노래뿐이었다. 그는 가만히 서 있었다. 1분 후, 인도에서 짧게 발을 긁어대는 소리가 들렸다. 전방, 반 블록 왼쪽. 30미터쯤 떨어진. 딱히 어디로 가는 발소리가 아닌, 그저 같은 자리에서 발을 이리저리 옮기는. 아마도 두 명. 보이는 건 하나도 없었다.

그는 기다렸다.

다시 1분이 지난 후 낮은 비명이 들렸다. 여자 목소리. 즐거워서, 또는 황홀해서. 아니면 그렇지 않을지도. 어쩌면 격분이나 분노 때문에. 분간하기 어려웠다. 그렇지만 낮은 소리인 건 분명했다. 특정한 방식으로 억누른 목소리였다. 꽉 다문 입술들이 내는 소리였다.

보이는 건 하나도 없었다.

그는 왼쪽으로 이동해서 가방가게와 신발가게 사이의 공간을 봤다. 행인이 두 건물을 가르는 비좁은 골목으로 들어갈 수 있게 해주는 입구였다.

골목에는 양쪽에 문들이 있었다. 가게 위층에 있는, 엘리베이터가 없는 아파트들로 들어가는 문이었다. 두 사람은 그 문들 중 하나의 옆에 서 있었다. 남자와 여자. 레슬링 선수들처럼 서로를 꽉 껴안은. 문 위에 달린 눈부신 전등이 그들을 반쯤 비췄다. 남자는 어렸다. 꼬맹이라고 불러도 무방할 정도였다. 그렇지만 덩치가 크고 몸이 탄탄했다. 여자는 남자보다 약간 나이가 많았다. 금발에, 짧은 검정 코트 아래에 하이힐과 검정 나일론 스타킹 차림이었는데, 레슬링을 하는 바람에 코트에 주름이 잡히고 있었다.

흐뭇한 광경인가, 불쾌한 광경인가?

분간하기 어려웠다.

리처는 누군가의 밤을 망치고 싶지 않았다.

그는 지켜봤다.

그러다가 여자가 얼굴을 구기며 말했다. "안 돼." 느닷없이 숨소리가 섞인 낮은 소리로 뱉어내듯. 개에게 명령하는 것처럼 확고하게. 그런데 리처는 그 소리에서 수치심과 당혹감과 혐오의 분위기를 감지했다. 그녀는 남자의 가슴을 밀면서 남자의 품에서 벗어나려 애썼다. 남자는 여자가 그러도록 놔두지 않았다.

리처가 불렀다. "어이."

두 사람 다 리처를 향해 얼굴을 돌렸다.

리처가 말했다. "여자분한테서 손 떼, 꼬맹아."

청년이 말했다. "아저씨가 끼어들 일이 아냐."

"이제는 그런 일이 됐어. 너 때문에 잠에서 깼으니까."

"꺼지시지."

"여자분이 안 된다고 하는 말을 들었어. 그러니까 물러나."

꼬맹이가 몸을 반쯤 돌렸다. 유명대학의 이름이 수놓인 운동복 차림이었다. 몸이 크고 탄탄했다. 190센티미터에 100킬로그램쯤 돼 보였다. 운동선수 같았다. 그에게서 젊음과 흥분이 물결처럼 퍼져 나왔다. 그가 리처의 눈을 쳐다봤다. 그는 자신을 굉장히 멋진 사나이라고 여기는 듯했다.

리처가 여자를 보고 물었다. "아가씨, 괜찮소?"

그녀가 물었다. "경찰이세요?"

"옛날에 그랬소. 군에서. 지금은 지나가는 행인일 뿐이오."

그녀는 대답하지 않았다. 서른 살 안팎일 거라고 리처는 생각했다. 좋은 사람처럼 보였다. 그렇지만 애처로워 보이기도 했다.

"괜찮소?" 그가 그녀에게 다시 물었다.

그녀가 청년을 밀어내고 1미터 떨어진 곳에 섰다. 그녀는 말을 하지 않았다. 그렇지만 리처가 떠나는 걸 원치 않는다는 눈빛으로 리처를 쳐다봤다.

그가 물었다. "어젯밤에도 이런 일이 있었소?"

그녀가 끄덕였다.

"같은 곳에서?"

그녀가 다시 끄덕였다.

"같은 시각에?"

"지금이 퇴근하고 집에 오는 시간이에요."

"여기 사는 거요?"

"자립할 때까지는요."

리처가 그녀의 힐과 머리와 스타킹을 보고는 말했다. "칵테일 바에서 일하는 분이로군."

"맨체스터에 있는 바에서요."

"이 친구는 아가씨를 집까지 따라왔고."

그녀가 끄덕였다.

"이틀 밤 연속으로?" 리처가 물었다.

그녀가 다시 끄덕였다.

청년이 말했다. "이 여자가 그렇게 해달라고 부탁한 거야, 아저씨. 그러니까 참견 말고 세상이 알아서 돌아가게 놔두셔."

"사실이 아니에요." 여자가 말했다. "너한테 그렇게 해달라고 부탁한 적 없어."

"나한테 잔뜩 꼬리 쳤잖아."

"네 체면을 살려주려고 그렇게 한 거야. 칵테일 바에서 일할 때는 그렇게 해야 해."

리처가 소년을 바라봤다.

"전형적인 오해가 있었던 걸로 들리는군." 그가 말했다. "그런데 이런 오해는 쉽게 바로잡을 수 있어. 너한테 필요한 건 진심으로 사과하고는 여기를 떠서 다시는 돌아오지 않는 게 전부야."

"돌아오지 못할 사람은 이 여자야. 어쨌든 그 바로는 돌아오지 못할걸. 우리 아버지가 그 바의 지분을 많이 갖고 있거든. 이 여자는 백수가 될 거야."

리처가 여자를 보며 말했다. "어젯밤에는 무슨 일이 있었소?"

"이 남자가 하고픈 대로 하게 놔뒀어요." 그녀가 말했다. "그는 딱 한 번만 그런다는 데 동의했어요. 그래서 불쾌했지만 그걸 받아넘겼어요. 그런데 지금 더 해야겠다고 찾아온 거예요."

"그 문제는 내가 이 친구하고 상의하겠소. 그게 마음에 든다면." 리처가 말했다. "이제 아가씨는 안으로 들어가요. 그러기를 원한다면. 그리고 이 문제는 더 이상 생각하지 말아요."

"감히 안으로 들어갈 생각은 마." 청년이 말했다. "나 없이는."

여자가 그를 봤다가 리처를 보고는 다시 그에게로 시선을 돌렸다. 그러고는 다시 그렇게 되풀이했다. 어떤 결정을 내릴지 선택을 고민하는 것처럼. 경마장에서 마지막 남은 20달러를 걸려는 사람처럼. 그녀가 결정을 내렸다. 가방에서 열쇠를 꺼내 문을 열고는 안으로 들어가 문을 닫았다.

운동복 차림의 청년은 처음에는 문을, 다음에는 리처를 응시했다. 리처가 고개를 골목 입구 쪽으로 획 돌렸다가 말했다. "이제는 딴 데 가서 놀아, 꼬맹아."

청년은 1분간 리처를 응시했다. 고심에 고심을 거듭하는 게 분명했다. 그러다가 걸음을 옮겼다. 그는 골목을 나가서는 시야에서 사라졌다. 오른쪽으로. 그걸 보면 놈은 오른손잡이였다. 길어오던 리처가 크게 휘두른 라이트 훅에 먼저 얼굴을 얻어맞게끔 매복공격을 가할 계획일 것이다. 그 계획이 놈이 자리 잡을 위치를 상당 부분 결정했다. 리처는 모퉁이에서 1미터쯤 떨어진 곳이라고 판단했다. 가방가게 창문의 모서리와 나란한 위치. 그곳이 라이트 훅의 중심점이므로. 기초적인 기하학. 공간에 확고하게 적용되는.

그러나 그게 시간에도 확고하게 적용되는 건 아니었다. 스피드는 리처의 통제권에 있었다. 꼬맹이는 어느 정도 평범한 유형의 접근을 기대하고 있을 것이다. 아마도 약간 긴장되고 긴급한 접근을. 아마도 약간 조심스럽고 경계심을 품은 접근을. 그러나 대체로는 평균적인 접근을. 놈은 모퉁이를 돌아 나오는 리처의 모습이 보이자마자 훅을 날릴 것이다. 리처의 보행 속도가 평범한 속도라면 놈은 확실하게 좋은 성과를 거둘 것이다. 꼬맹이는 멍청하지 않았다. 운동선수일 가능성이 컸다. 눈과 손이 착착 맞아 움직이는.

그러므로 리처는 어떤 짓도 평범하거나 평균적인 속도로 진행되게 놔두지 않을 터였다.

리처는 모퉁이에서 여섯 걸음 떨어진 곳에서 멈췄다. 그러고는 기다렸다. 또 기다렸다. 그러고는 다시 한 걸음을 내디뎠다. 느리게, 모래와 흙을 긁으면서. 그러고는 멈춰 섰다. 그리고 기다렸다. 다시 한 걸음을, 느리게, 발을 끌면서, 불길한 분위기를 풍기며. 그러고는 다시 길게 기다렸다. 그러고는 다시 느리게 걸었다. 모퉁이 저편의 꼬맹이를 상상했다. 잔뜩 긴장해서 주먹을 까닥거리며 제 위치를 고수하는. 그러고는 계속 그 자리를 굳건히 고수하는. 지나치게 오래 고수하는. 지나치게 긴장한. 온몸의 근육이 경련을 일으키며 떨어대는.

리처는 또 다른 걸음을 길고 느리게 내디뎠다. 이제 그는 모퉁이에서 2미터 떨어져 있었다. 그는 기다렸다. 또 기다렸다. 그러고는 빠르게 달려서 튀어나갔다. 왼손을 올리고, 손바닥을 내밀고, 손가락을 야구글러브처럼 벌리고. 불쑥 모퉁이를 돈 그는 보행속도의 변화에 혼란스러워하며 슬로모션으로 기다리는 상황에 갇혀버린 꼬맹이가 활력을 터뜨리는 모습을 봤다. 그런 까닭에 꼬맹이의 의기양양한 라이트 혹은 덜컹거리는 미약한 주먹처럼 튀어나왔고, 리처는 부드러운 선을 그리며 2루로 날아오는 라인드라이브를 잡듯 왼손바닥으로 그 주먹을 수월하게 붙잡았다. 꼬맹이의 주먹은 컸지만, 리처의 벌린 손은 더 컸다. 그래서 그는 주먹을 붙잡아 꽉 쥐었다. 뼈를 으스러뜨리기에 충분할 정도로 세게는 아니었지만, 꼬맹이가 입에서 끙끙거리는 소리나 까악 하는 비명이 나오지 않도록 입을 계속 다물고 있는 데에 집중하게 만들기에는 충분할 정도로 세게. 그런 소리를 내는 건 굉장히 멋진 사나이로서는 하지 말아야 할 일인 게 분명했다.

그런 후 리처는 주먹을 더 세게 쥐었다. 대체로는 IQ를 시험하려는 목적에서였다. 꼬맹이는 시험에 불합격했다. 그는 자유로운 손을 리처의 손목을 할퀴는 데 사용했다. 그릇된 행보. 비생산적인 행보. 문제의 근원으로 직행하는 것이 항상 최선이다. 자유로운 손은 주먹을 쥔 자의 머리를 가격하는 데 써라. 아니면 엄지로 눈을 찌르거나. 그렇게 못하겠으면 상대의 주의를 딴 곳으로 돌리거나. 그런데 꼬맹이는 그러지 않았다. 기회 상실. 그러자 리처는 주먹을 쥐는 데에다 팔 비틀기를 가미했다. 문손잡이를 돌리는 것처럼. 꼬맹이의 팔꿈치가 돌아갔고, 그걸 막으려고 어깨가 내려갔다. 그러나 리처는 계속 비틀었다. 꼬맹이가 몸이 계속 기우는 바람에 리처의 팔복에서 손을 떼고는 균형을 잡으려고 펄 진체를 똑바로 뻗어야만 할 때까지.

리처가 물었다. "한 방 먹여줄까?"

대답이 없었다.

"까다로운 질문은 아닌데." 리처가 말했다. "네, 아니오로 대답하면 돼."

그 시점에 꼬맹이는 씩씩거리고 숨을 몰아쉬며 견딜 만한 자세를 찾아내려고 기를 쓰며 발을 이리저리 옮기고 있었다. 그렇지만 아직은 비명을 지르지 않았다. 그가 말했다. "알았어요. 내가 그녀의 신호들을 잘못 이해한 게 확실해요. 미안해요, 아저씨. 이제 그녀를 그대로 놔둘게요."

"그녀의 일자리는 어떻게 되지?"

"농담이었어요, 아저씨."

"다음에 올 신참 웨이트리스는 어떻게 되는 거야? 주머니 사정이 나빠서 안정된 일자리가 필요한 웨이트리스는?"

꼬맹이는 대답하지 않았다.

리처가 손을 더 세게 쥐고는 물었다. "한 방 먹여줄까?"

꼬맹이가 말했다. "아뇨."

"아니라는 말은 그러지 않겠다는 뜻이야, 맞지? 지금 네가 다니는 명문 대학에서 사람들이 너한테 그걸 가르칠 거라고 생각해. 네 입장에서 보면 뜬구름 잡는 이론 비슷한 거였을 거야. 조금 전까지만 해도."

"그만해요, 아저씨."

"한 방 먹여줄까?"

"아뇨."

리처는 힘을 한껏 실은, 팔목을 비틀면서 날린 끝내주는 오른손 스트레이트로 놈의 얼굴을 갈겼다. 화물열차처럼 강력한 주먹을. 그 즉시 꼬맹이의 눈빛이 꺼졌다. 꼬맹이가 늘어지면서 중력이 그의 몸을 넘겨받았다. 리처는 왼손을 확고부동하게 유지했다. 꼬맹이의 체중 전체가 그의 잠긴 팔꿈치로 쏠려졌다. 리처는 기다렸다. 두 가지 일 중 하나가 일어날 터였다. 꼬맹이의 인대의 힘과 탄성이 놈을 앞으로 구르게 하거나, 그러지 못하거나.

그러지 못했다. 꼬맹이의 팔꿈치가 부러지면서 팔이 밖으로 돌았다. 리처는 꼬맹이가 쓰러지게 놔뒀다. 꼬맹이는 가방가게 밖의 벽돌에 쓰러졌다. 나치의 문양처럼 한쪽 팔은 옳은 방향으로, 다른 팔은 엉뚱한 방향으로 향한 채. 그는 숨을 쉬고 있었다. 목에서 나는 피 때문에 거품이 약간 보글거리는 숨을. 코는 심하게 박살이 났다. 광대뼈도 그럴 것이다. 이빨 몇 개가 튀어나갔다. 대부분은 윗니일 것이다. 그를 담당하는 치과의사의 자식은 돈 걱정 없이 대학을 다니게 될 것이다.

리처는 걸어서 그곳을 떠나 숙소로 돌아갔다. 굽은 계단을 올라 낮은 문을 통해 방에 들어가 두 번째 샤워를 하고는 다시금 따스하고 촉촉한 몸으로 침대로 돌아갔다. 그는 베개를 주먹으로 쳐서 모양을 잡은 후 다시 잠들었다.

그 순간 패티 선드스트룸이 잠에서 깼다. 새벽 3시 15분. 잠재의식에 요동치는 불안감이 다시금 표면으로 올라가는 길을 뚫었다. 손전등은 뭐에 쓰라는 걸까? 왜 두 개지? 왜 한 개나 열두 개가 아니지?

방은 더할 나위 없이 시원했다. 벨벳처럼 풍성한 밤공기의 냄새를 맡을 수 있었다. 열두 끼니에 손전등 두 개를 포장한 이유가 뭘까? 그것들을 왜 한데 꾸린 걸까? 손전등하고 식량하고 무슨 관계가 있지? 그건 자연스럽게 연관되는 싹이 아니었다. 누구도 '그것하고 손전등을 같이 드릴까요?'라고 묻지 않는다. 쇼티가 내놓은 얘기는 난센스였다. 어둠 속에서 점심을 먹는 사람은 없다. 당연한 것 아닌가. 그건 점심이었다. 일주일간 험한 세상을 느껴보고 싶어 하는 보스턴 위쪽 지역의 부잣집 사람들에게는. 노동절 이전이나 단풍관광 시즌의 성수기 요금을 지불하는 사람들 중에 저녁으로 그래놀라 바를 받는 걸 납득할 사람은 없을 것이다. 아침으로도 마찬가지일 것이다. 틀림없이 점심으로만 납득할 것이다. 야외에서 사나이다운 경험을 해보는 판타지의 일부로서. 그렇다면 손전등은 왜? 점심은 대낮에 먹는다. 일반적으로 말해 해가 떠 있을 때. 부자들이 동굴탐험가가 아니라면. 동굴탐험가일 경우에는 자기 손전등을 챙겨서 다닐 게 틀림없다. 고가의 전문가용 아이템. 머리에 밴드로 고정하는 종류의.

손전등을 은$銀$식기나 냅킨들처럼 필수적인 항목이라도 되는 양 식량상자에 꾸린 이유가 뭘까?

이 사람들이 꾸린 걸까?

그냥 나중에 생각이 나서 별생각 없이 밀어 넣은 것일지도 모른다. 그녀는 눈을 계속 감고는 두 사람이 상자를 열 때의 장면을 회상했다. 그녀가 엄지손톱으로 테이프를 갈랐고, 쇼티가 덮개를 들었다. 그녀는 무슨 인상을 받았었나?

상자에는 손전등 두 개가 먹을거리 사이에 쑤셔져 있었다.

쑤셔져 있었다.

따라서 상자에 담아야 할 필수 구성요소로서 포장된 게 아니다. 나중에 추가된 것이다.

왜지?

두 사람을 위한 손전등 두 개.

두 사람은 각자 손전등 한 개와 여섯 끼의 식량을 받았다.

왜지?

두 분을 위해 여러 가지를 모았어요. 집에 와서 우리랑 함께 식사하든, 상자에서 꺼낸 것으로 두 분이서만 식사하든 좋을 대로 하세요. 거짓말이었다. 그들의 진심이 아니었다.

그것 말고 다른 것들 중에서 그들의 진심이 아니었던 건 무엇일까?

그녀는 이불을 젖히고 침대에서 빠져나갔다. 상자가 놓여 있는 TV 화면 앞의 서랍장으로 조용히 걸어갔다. 덮개를 올리고는 안을 더듬어봤다. 첫 손전등이 처음 먹은 두 끼가 있었던 빈자리에 굴러 들어가 있었다. 그걸 꺼냈다. 크고 묵직했다. 차갑고 딱딱한 느낌이었다. 그걸 손바닥에 누르고는 스위치를 켰다. 손바닥을 살짝 움직여 은색 빛줄기가 쏟아져 나오게 만들었다. 살갗 때문에 분홍색이었다. 손전등은 유명회사 제품이었다. 항공우주 등급의 알루미늄으로 만든 제품처럼 느껴졌다. 조그마한 LED 전구들이 곤충의 눈처럼 잔뜩 박혀 있었다.

상자 안을 다시 들여다봤다. 다른 손전등은 처음에 있던 자리에, 그러니까 아홉 번째, 열 번째, 열한 번째, 열두 번째 끼니 사이의 공간에 쑤셔져 있었다. 주위에 있는 그래놀라 바의 일부는 갈라지고 쪼개져 있었다. 건포도 상자들 중 하나는 쭈그러져 있었다. 나중에 추가된 게 틀림없어. 그녀는 자기가 갈랐던 테이프를 살폈다. 두 겹. 하나는 도매업자가, 다른 하나는 이 사람들이. 상자를 개봉하고 손전등을 추가한 후.

이것 말고 다른 것들 중에서 그들의 진심이 아니었던 건 무엇일까?

조용히 문으로 걸어가, 발가락으로 쇼티의 휘어진 신발을 쿡 찔러 신발이 미끄러져 나오기에 충분할 정도로 공간을 열었다. 손전등 렌즈에서 손을 뗐다. 손전등은 밝고 하얀 빛줄기를 뿜어냈다. 맨발로 돌맹이를 밟으며 잰걸음으로 혼다로 갔다. 조수석 문을 열었다. 후드 개방장치는 정강이 위치에 있었다. 그녀는 그걸 백만 번은 봤다. 널찍한 검정 레버. 그걸 잡아당겼다. 후드가 밤의 고요 속에서는 고속도로에서 나는 자동차 사고처럼 들리는 '텅' 소리와 함께 3센티미터쯤 튀어 올랐다.

손전등을 끄고 기다렸다. 아무도 오지 않았다. 주택의 창문들 중에 불이 켜지는 창문은 없었다. 다시 손전등을 켰다. 걸어서 후드 앞쪽으로 돌아갔다. 걸쇠를 잡고 들어 올렸다. 구멍에 꽂는 휘어진 금속 막대로 그걸 받쳤다. 그녀는 제재소에서 일했었다. 그래서 기계를 다루는 법을 알았다. 왼쪽으로 오른쪽으로 이동하며 고개를 숙였다. 보고 싶은 걸 볼 수 있을 때까지.

의심의 여지를 없애려는 최종 테스트.

그는 뭐가 문제인지를 알아요. 그런 문제를 본 적이 있대요. 계기판 뒤
쪽을 가로지르는 히터 호스들하고 가까이 있는 전자 칩이 있을 거래요.

그녀는 몸을 숙였다. 손전등을 손가락으로 의료용 탐침을 잡듯 잡았다.
불빛을 이쪽저쪽으로 기울였다.

13

패티 선드스트롬은 계기판 뒤쪽을 꽤나 쉽게 알아봤다. 아무것도 덮여 있지 않은, 강화 소재를 압착해서 틀을 잡은, 회색의 칙칙한 판이었다. 일부분은 소리를 흡수하는 소재로 만든 얇은 필링 시트로 덮여 있었다. 온갖 전선과 파이프, 튜브들이 그 판을 관통했다. 대부분은 전선일 거라고 그녀는 생각했다. 히터를 위한 뜨거운 물은 두툼한 호스 안을 흐를 것이다. 지름이 3센티미터쯤 되는, 정말로 튼튼하게 보강된 호스 안을. 관례상 검정색일 거라고 그녀는 예상했다. 뜨거운 물이 나오는 곳인 엔진 블록의 포트에 조여진 호스. 분명히 그건 돌아 나오는 물을 위한 동일한 검정 호스와 짝을 이룰 것이다. 순환, 돌고 또 돌고. 워터 펌프 때문에. 엔진이 멈추면 펌프도 멈춘다고 피터는 말했었다.

그녀는 목을 쭉 빼고는 손전등 불빛을 움직였다.

엔진 블록에 연결된 검정 호스 두 개를 찾아냈다. 다른 후보들은 없었다. 그녀는 손전등 불빛으로 그것들을 따라갔다. 호스들은 엔진 격납실 낮은 곳을 벗어나지 않았다. 칸막이벽을 통과해 아주 낮은 위치에서 승객이 앉는 공간으로 이어졌다. 변속 레버가 자리한 플로어 콘솔이 있는 곳 뒤로 곧장. 히터는 바로 그 위에 있었다.

히터 호스들은 계기판 뒤쪽을 가로질러요.

아니, 그렇지 않아. 패티는 생각했다. 그녀는 재차 확인했다. 그것들은 계기판 뒤에는 얼씬도 하지 않았다. 그것들은 발밑 공간의 바닥과 나란히 놓여 있었다. 훨씬 낮은 곳에. 그리고 그것들 근처에는 아무것도 없었다. 그저 두툼한 금속 부품들만 있었는데, 하나같이 흙이 두껍게 묻어 있었다. 전선은 없었다. 훼손되기 쉬운 건 하나도 없었다. 과열 때문에 데워지고 녹을 것은 아무것도 없었다. 전자 칩들을 담고 있을 블랙박스가 없는 건 확실했다.

그녀는 뒷걸음을 치며 몸을 세웠다. 주택을 살폈다. 모두 조용했다. 헛간은 달빛 속에 유령처럼 서 있었다. 사륜 바이크 아홉 대 모두 단정하게 세워져 있었다. 그녀는 손전등 불빛을 죽이고는 잰걸음으로 방에 돌아갔다. 침대에 올라서며 쇼티를 찔러 깨웠다. 공포에 질려 일어나 앉은 그는 행인이나 다른 침입자를 찾아 사방을 두리번거렸다.

그는 아무도 보지 못했다.

그가 물었다. "뭐야?"

그녀가 말했다. "히터 호스는 계기판 뒤를 지나가지 않아."

그가 다시 물었다. "뭐라고?"

"차 말이야." 그녀가 말했다. "호스들이 지나는 곳은 정말로 낮은 곳이야. 변속 레버 아래쪽하고 같은 높이쯤이야."

"그걸 자기가 어떻게 알아?"

"직접 봤어." 그녀가 말했다. "이 사람들이 준 손전등으로."

"언제?"

"방금."

"왜?"

"잠에서 깼어. 뭔가 이상해."

"그래서 자기가 차의 콘솔을 뜯어냈다는 거야?"

"아니, 후드 아래를 살펴봤어. 바깥쪽에서. 접속된 걸 볼 수 있었어. 그런데 근처에 전자 칩은 없었어."

"무슨 말인지 알았어. 아마 정비공이 잘못 알아들었나 보지." 쇼티가 말했다. "그는 다른 연식을 생각하고 있을 거야. 우리 차는 꽤나 초기 모델이잖아. 아니면 혼다가 캐나다에 수출한 차는 다를지도 모르고."

"아니면 정비공이 존재하지 않거나. 이 사람들은 정비공을 부른 적이 없을 거야."

"왜 안 부르는 건데?"

"우리를 여기에 붙들어두려고."

"뭐라고?"

"달리 어떻게 설명할 건데?"

"이 사람들이 왜? 진심으로 묻는 거야. 자기 말은, 이 사람들이 객실을 채우려고 그러는 것 같다는 거야? 은행 때문에? 우리의 50달러를 원해서?"

"이유는 나도 몰라."

"그건 최악의 사업방식이야. 우리는 호텔 가격 비교 사이트에 가서 악플을 달 수도 있어."

"우리가 아무것도 할 수 없다는 걸 감안해야지. 여기는 와이파이도 없고 휴대폰 신호도 안 잡혀. 객실에 전화도 없고."

"저 친구들은 여기에 투숙한 사람들을 그들의 의지에 반해서 붙들어둘 수 없어. 누군가는 결국에 여기 투숙한 사람들이 실종됐다는 걸 알게 될 거야."

"우리가 고향을 떠난 걸 아는 사람이 아무도 없다는 걸 저 사람들이 알기 때문에 우리는 만만한 봉이야."

"우리가 빈털터리라는 걸 저들에게 얘기했을 정도로 만만한 봉이기도 해." 쇼티가 말했다. "저 사람들이 얼마나 오랫동안 우리가 날마다 50달러씩 내기를 바랄 수 있겠어?"

"이틀." 패티가 말했다. "아침, 점심, 저녁. 각자 여섯 끼."

"그건 미친 짓이지. 그러고 나면 어쩔 건데? 그러고서 정비공을 부를까?"

"여기를 벗어나야 해. 자기가 사륜 바이크로 하자고 했던 일을 해야 해. 그러니까 옷 입어. 가야 돼."

"지금?"

"당장."

"지금은 한밤중이야."

"자기가 말했던 대로야. 저 사람들은 자고 있어. 우리는 지금 해야 해."

"통화한 정비공이 틀렸기 때문에?"

"정비공이 실제로 있었다면 그렇지. 그리고 그 외의 모든 일들 때문에." 쇼티가 물었다. "저 친구들이 우리한테 손전등을 준 이유가 뭔데?"

패티가 말했다. "그것도 모르겠어."

"우리가 어두울 때 떠나고 싶어 할지도 모른다는 걸 알기 때문이겠군."

"저 사람들이 그걸 어떻게 알겠어?"

쇼티가 침대에서 벗어났다. 그가 말했다. "우리는 뭘 좀 먹어야 돼. 아무리 일러도 점심시간 전에 어딘가에 도착하지는 못할 거야. 아침을 거르게 될 게 틀림없어."

두 사람은 열린 문으로 들어오는 달빛 말고는 아무것도 없는 어둠 속에서 깡충거리며 옷을 입었다. 더듬더듬 소지품을 꾸린 그들은 차에서 가까운 곳에 가방들을 내려놨다.

"이 문제, 확신하는 거야?" 쇼티가 물었다. "지금 마음을 바꾸더라도 늦지 않아."

"가고 싶어." 패티가 말했다. "여기는 뭔가 이상해."

두 사람은 흙이 깔린 땅이 아니라 풀밭을 걸어서 헛간으로 갔다. 그게 더 조용할 거라고 느꼈기 때문이다. 두 사람은 마지막의 자갈길을 조심조심 가로질러 바이크들이 이룬 완벽한 사각형의 모서리 가까운 곳으로, 피터가 마크가 사용할 수 있도록 몰았던 바이크로 갔다. 엔진에는 여전히 열기가 살짝 남아 있었다. 쇼티는 정확히 그 바이크를 원했다. 기어를 중립에 놓는 법을 두 눈으로 본데다, 그 바이크는 아무 문제없이 잘 굴러간다는 걸 알았기 때문이기도 하지만, 대체로는 제일 가까이 있는 바이크였기 때문이다. 몇 걸음을 더 걷고 싶어 하는 사람이 어디 있겠는가? 그는 그러기를 원치 않았다. 그는 레버를 중립으로 옮기고는 핸들 바를 잡고 뒤로 밀었다. 바이크는 처음에는 힘없이 뒤뚱거렸지만 그 와중에도 고분고분하게 뒤로 밀렸고, 쇼티가 앞으로 더 힘을 줘서 밀어붙이자 속도가 빨라졌다.

"이 짓도 심하게 나쁘지는 않네." 그가 말했다.

그는 기계를 끌어서 세웠다. 그러고는 새로 위치를 잡고 다시 앞으로 밀어 급격한 커브를 그렸다. 주차공간에서 후진으로 빠져나와 운전할 쪽으로 방향을 돌리는 것처럼 완벽하게 깔끔한 조종이었다. 패티가 다른 쪽에서 가세했다. 두 사람은 함께 바이크를 밀면서 적절한 수준까지 속도를 높였다. 신발이 흙을 긁는 소리를 제외하면, 그리고 바이크의 부드러운 고무 타이어 밑에서 쩔그럭거리면서 튀는 돌에서 나는 소리를 제외하면, 두 사람은 무척이나 조용하게 모텔 건물 쪽으로 난 길의 복판을 따라 바이크를 몰았다. 두 사람은 거친 숨을 쉬면서 바이크를 계속 밀어 12호실 모퉁이를 돌아 혼다를 향해 두 구역을 지나 10호실 밖에 도착했다. 두 사람은 바이크를 차 바로 뒤에 세웠다. 쇼티가 해치를 열었다.

"잠깐." 패티가 말했다.

그녀가 걸어서 모퉁이로 돌아가서는 주택을 살폈다. 불빛도, 움직임도 없었다. 그녀가 혼다로 돌아와 말했다. "오케이."

열린 트렁크로 얼굴을 돌린 쇼티가 두 팔을 넓게 벌리고 몸을 숙였다. 그러고는 여행 가방 양쪽 끝의 아래에 손가락을 넣어 꼼지락거린 후 들어 올렸다. 가방을 트렁크의 가장자리에 비스듬하게 놓일 때까지 앞으로 끌었다. 가방이 모서리 위에 가볍게 균형을 잡게 만들려는 의도로 손잡이를 잡고 끌었다. 그렇게 되면 역기를 들어 올릴 준비를 하는 역도선수처럼 자세를 바꾸고 손의 위치를 조정할, 그러고는 바이크를 향해 몸을 돌릴 시간을 벌게 될 것이다.

그런데 손잡이가 가방에서 뜯어졌다.

쇼티가 휘청거리며 한 걸음 물러섰다. "젠장."

"무슨 수를 써도 그걸 끌고 갈 수는 없다는 게 증명됐네." 패티가 말했다. "언제가 됐건 일어날 일이었어."

"이걸 어떻게 버스에 실을 거야?"

"밧줄을 사야 할 거야. 가방 주위를 두 번쯤 돌려서 묶은 다음에 새 손잡이를 만들 수 있어. 그러니까 우리한테는 주유소나 철물점이 필요해. 밧줄 때문에. 우리가 제일 처음 찾아야 할 데가 그런 곳이야."

쇼티가 앞으로 다시 나가 허리를 굽히고 가방 아래에 손가락을 넣었다. 끙 소리를 내면서 들어 올린 가방을 헉헉거리며 방향을 돌려 바이크에 세로로 올려놨다. 가방의 위쪽 모서리들은 핸들 바에 뉘어졌고, 아래쪽 모서리는 패드를 댄 좌석을 파고들었다. 그는 가방을 약간씩 밀어 균형을 잡게 만들었다. 결국 가방은 꽤 안정적으로 자리를 잡았다. 그가 생각했던 것보다 더 안정적이었다. 그는 대체로 흡족했다.

그가 혼다의 트렁크를 닫았고, 두 사람은 작은 여행 가방들을 바이크의 뒤쪽 선반에 묶었다. 그런 후 두 사람은 각자의 자리를 잡았다. 쇼티는 왼쪽에, 패티는 오른쪽에. 각자 한 손으로는 여행 가방의 모서리로 삐져나온 게 보이는 짧은 핸들 바를 힘껏 쥐었고 다른 손은 가까운 곳에 놓았다. 그런 뒤 부분적으로는 핸들 바를 밀고 부분적으로는 손전등을 갖고 곡예를 부렸다. 손전등은 임시변통으로 만든 쌍둥이 헤드라이트 노릇을 했다. 그런 자세는 바이크를 쉽게 조종할 수 있게 해줬다. 두 사람이 취할 수밖에 없는 게 분명한 허리를 굽힌 자세로 걷는다고 가정할 때, 쇼티의 오른 팔뚝과 패티의 왼 팔뚝이 가방의 끄트머리에서, 그리고 그의 오른 엉덩이와 그녀의 왼 궁둥이가 사이에 있는 여행 가방을 안정적으로 받칠 수 있다는 뜻이기도 했다. 가방의 무게 때문에, 지금 바이크를 미는 것은 조금 전에 밀 때하고는 생판 다른 느낌이었다. 처음에 출발할 때에는 극도의 노력이 필요했다. 두 사람 다 케이블 텔레비전의 천하장사 프로그램에서처럼 안간힘을 썼다. 그러고는 계속 앞으로 나아가는 데에도 거의 비슷한 힘이 필요했다. 돌이 깔린 주차장에서 털썩 벗어나 숲을 관통하는 도로의 맨 끄트머리에 깔린 아스팔트로 올라가면서 상황이 약간 나아지기는 했지만 말이다.

가야 할 길은 2마일이 넘었다. 두 사람은 터널에 들어섰다. 공기는 서늘했고, 잎사귀 썩는 냄새와 축축한 흙냄새가 났다. 두 사람은 헉헉거리며 힘겹게 밀었다. 두 사람은 시행착오를 통해 감당할 수 있는 최고속도를 유지하는 게 최선이라는 사실을 터득했다. 그렇게 하면 가속도만으로도 길고 얕게 파인 포트홀들을 통과해 나아갈 수 있기 때문이다. 그건 내내 많은 노력을 기울여야 한다는 뜻이었지만, 앞바퀴가 구덩이에 덜컥거리고 빠질 때마다 처음부터 다시 시작해야 하는 것보다는 나았다. 두 사람은 계속 나아갔다. 몸에 납을 달고 뜀박질을 하는 거랑 비슷했다. 하나도 재미없는 일이라는 게 아주 일찌감치 판명됐지만, 그래도 이를 갈면서 나아갔다.

"쉬어야겠어." 패티가 말했다.

두 사람은 바이크가 관성에 따라 부드럽게 움직이다 멈추게 놔뒀다. 두 사람은 가방이 완벽하게 균형을 잡도록 왼쪽 오른쪽을 찔렀다. 그런 후 바이크에서 멀어져 허리를 굽히고는 두 손바닥으로 척추 아래 낮은 곳을 움켜쥐었다. 두 사람은 씩씩거리고 헉헉거리며 목을 풀었다.

쇼티가 물었다. "얼마 남았어?"

패티가 뒤를, 그러고는 앞을 쳐다봤다.

"1.5마일쯤 더 가야 돼." 그녀가 말했다.

"여기까지 얼마나 걸렸어?"

"20분쯤."

"젠장, 느려."

"자기가 네 시간이라고 했잖아. 우리는 대략 일정대로 움직이고 있어."

두 사람은 다시 자세를 취하고는 힘을 줘서 바이크를 굴렸다. 언덕 꼭

대기에서 걸음을 내딛을 때마다 힘을 붙여가는 봅슬레이팀처럼, 속도를 붙이고는 그 속도를 유지했다. 팔뚝으로 요동치는 여행 가방을 밀면서, 머리를 깊이 숙이면서, 깊은 숨을 쉬면서, 제대로 된 방향으로 가고 있는지 확인하려고 다시 시선을 올리면서. 두 사람은 다시 800미터를 간 후에 휴식을 취했다. 그러고는 또다시. 한 시간이 훌쩍 지나갔다.

"돌아오는 건 더 쉬울 거야." 패티가 말했다. "무거운 게 없으니까."

두 사람은 나무가 한 그루도 자라지 않은 지역을 통과했다. 두 사람은 별이 한가득 떠 있는 벨트 모양의 하늘을 봤다.

"가까워지고 있어." 패티가 말했다.

그러다가 그녀가 말했다. "잠깐." 그녀가 핸들 바를 힘겹게 끌어당기고는 집에서 만든 카트를 멈추려는 어린아이처럼 한참 앞쪽을 신발 굽들로 찔렀다.

쇼티가 물었다. "뭔데?"

"와이어가 있었어. 주유소처럼. 벨을 울리려고. 도로를 가로질러 설치돼 있었어. 아마 주택 안에 달린 벨을 울릴 거야."

쇼티가 바이크를 당겨 세웠다. 그도 기억이 났다. 정원용 호스처럼 두꺼운 고무 와이어. 그는 손전등으로 앞을 살폈다. 아무것도 보이지 않았다. 두 사람은 절반쯤의 속도로 바이크를 굴렸다. 그 속도로는 포트홀을 지날 때 힘들었다. 게다가 손전등 하나는 먼 쪽을 비추고 다른 하나는 가까운 곳을 훑고 있어서 더 힘들었다.

두 사람은 100미터쯤 지난 후에 그걸 봤다.

도로를 가로질러 놓여 있는 두꺼운 고무 와이어.

두 사람은 와이어 1미터 앞에서 멈췄다.

패티가 물었다. "이건 어떻게 작동하는 거야?"

"줄 안에 금속 끈 두 개가 있을 거야. 서로 분리된 상태로. 그러다가 바퀴가 위를 지나가면 그것들이 서로를 누르면서 벨이 울리는 거야. 밀어서 누르는 스위치처럼."

"그러면 바퀴로 위를 넘어가면 안 되겠네."

"안 되지."

문제였다. 쇼티는 사륜 바이크를 들어 올릴 힘이 없었다. 앞쪽과 뒤쪽 어느 쪽 끝도 들어 올릴 수 없었다. 3센티미터 높이로 1초쯤은 들어 올릴 수 있겠지만, 와이어를 지나간 후에 다시 얌전히 내려놓을 정도의 힘은 없었다.

"얼마나 남았어?" 그가 물었다.

"300미터쯤."

"내가 가방을 들고 갈게."

"잠깐." 그녀가 다시 말했다.

그녀는 몸을 숙여 손가락을 두꺼운 고무 와이어 아래로 조심조심 넣었다. 그러고는 그걸 올렸다. 와이어가 3센티미터를, 30센티미터를, 그녀가 원하는 만큼 쉽게 올라갔다. 그녀는 그걸 좌우로 시험해봤다. 잡아당기면서 헐거워지게 만들었다.

"준비해." 그녀가 말했다.

그녀는 벌린 손바닥으로 와이어를 얌전히 들어 올렸다. 양팔을 벌리고 머리 높이로. 쇼티가 몸을 숙이고는 바이크를 와이어 아래로 밀었다. 그녀는 그가 지나갈 때까지 그걸 들고 있었다. 히피의 결혼식에서 축하 댄스를 추고 있는 것 같은 기분이었다.

"오케이." 쇼티가 말했다.

그녀는 절을 하는 사람처럼 몸을 숙이면서 와이어를 원래 자리에 얌전히 내려놨다. 그러고는 힘차게 바이크를 밀었다. 안전했다. 마지막 구간. 목적지가 멀지 않았다. 두 사람의 손전등 불빛이 튀면서 흔들거렸다. 처음에는 나무들과 그 사이에 있는 길만 보였지만, 그런 후에는 다른 종류의 공허함이 전방에 불쑥 나타났다. 2차선 도로. 1,000년 전쯤으로 느껴지는 과거에 두 사람이 방향을 틀었던 곳. 쇼티가 물었다. "오케이?" 패티는 대답하지 않았다.

이제 그녀가 말했다. "여행 가방을 숨겨놓을 곳을 찾아야 해. 그렇지만 도로에서 너무 먼 곳은 안 돼. 그래야 차를 얻어 탈 때 가방을 쉽게 실을 수 있을 테니까."

두 사람은 바이크의 속도를 늦추다가 오솔길이 도로와 만나면서 넓어지는 어귀에서 바이크를 세웠다. 숨기기에 적합한 장소들은 손에 꼽을 듯이 적어 보였다. 길 양쪽에는 나무의 몸통들이 빼곡했다. 갓길의 마지막 1미터는 덤불이 빼곡했다. 땅이 어는 바람에 지면에서 밀려 올라온 말뚝들이 세워진 곳만 덤불이 약간 성겼다. 그곳의 토양은 몇 년 전에 흩뜨려졌던 것 같았다. 아니면 덤불이 자라는 속도가 느렸거나. 이쪽이나 저쪽 덤불 뒤에 여행 가방이 들어갈 크기의 구멍이 있을 것 같았다.

패티가 확인하러 갔다. 결국 그녀는 오른쪽 구덩이가 왼쪽 것보다 낫다고 판단했다. 두 사람은 거친 숨을 씩씩 내뱉으며 바이크를 최대한 가까운 곳에 붙였다. 쇼티가 두 팔을 넓게 벌리고는 가방을 바이크에서 들었다. 그러고는 헉헉거리면서 방향을 돌려 가방을 덤불에 떨어뜨렸다. 낮게 자란 가지들을 긁고 딱딱 끊어버리면서 떨어진 가방은 땅바닥에서 안식을 취하면서 썩 잘 숨겨졌다. 한동안 도로로 걸어간 패티가 손전등을 가방이 있는 쪽으로 다가오는 헤드라이트 불빛처럼 사용해봤다. 그녀는 보이는 게 거의 없다고 말했다. 누군가가 달리는 차를 멈춰 세우게 만들 만한 게 보이지 않는 건 확실했다. 그저 시커먼 형체가 말뚝의 밑동 뒤에 낮게 누워 있었다. 사슴의 시체로 보일 수도 있었다. 그녀는 흡족했다.

그러다가 그녀가 바뀐 목소리로 말했다. "쇼티, 이리 와봐."

그가 갔다. 두 사람은 카운티가 깐 아스팔트에 함께 서서 그가 온 방향을 돌아봤다. 그녀의 손전등 불빛을 따라. 불빛이 언 땅이 밀어 올린 말뚝들 사이의 넓은 지역에서 흔들거리고 있었다. 말뚝의 낮은 뒤쪽에 시커먼 형체가 있었다. 거기에 그게 있다는 걸 알지 못하는 한 절대 제대로 알아보지 못할 형체가. 그도 흡족했다.

그가 말했다. "그런데 뭘 보라는 거야?"

"생각 좀 해봐, 쇼티." 그녀가 말했다. "방향을 틀 때 우리가 뭘 봤지?"

그는 생각에 잠겼다. 이미지를 떠올렸다. 왼쪽으로 두 발짝을 옮겨 도로의 중앙선 가까운 곳으로, 혼다의 핸들이 있던 곳으로 갔다. 살짝 쪼그려 앉았다. 운전석 높이 근처로. 뭘 봤더라? 그는 언 땅이 밀어 올린 말뚝을 봤다. 거기에는 간판이 못 박혀 있었고, 간판에는 장식용 플라스틱 글자들과 숲을 가리키는 화살표가 나사로 조여져 있었다. 글자들이 이룬 단어는 '모텔'이었다.

그는 기억 속 장면과 앞에 놓인 장면을 비교했다.

다른 게 확연했다.

그는 뚫어져라 쳐다봤다. 그러다가 알아차렸다. 지금 거기에는 간판이 없었다. 글자도, 단어도, 화살표도 없었다. 지금 거기에는 말뚝만 있었다.

그 위에는 아무것도 없었다. 오솔길 양쪽에 똑같은 말뚝 두 개 말고는.

"이상하네." 그가 말했다.

"생각났어?"

"그러니까 저기는 모텔인 거야, 아닌 거야? 나한테는 틀림없이 모텔이었는데. 놈들은 우리 돈을 알겨먹고 있어."

"우리는 여기를 벗어나야 해."

"벗어났잖아. 처음 오는 차만 타면 돼."

"그건 바이크를 헛간에 돌려다 놓고 난 뒤의 일이야."

"우리는 그걸 놈들한테 빚진 게 아냐." 쇼티가 말했다. "우리는 놈들한테 빚진 거 없어. 더 이상은 없다고. 놈들이 지금 모텔 간판을 갖고 하는 이상한 짓거리로 우리를 갖고 노는 게 아니라면 그런 거 없어. 바이크를 여기에 버리고 놈들이 직접 이설 찾으러 오게 놔둬야 해."

"그들은 동이 트면 일어날 거야." 패티가 말했다. "그랬다가 없어진 바이크가 있으면 곧바로 알아차릴 거야. 그런데 그게 제자리에 돌아와 있으면 몇 시간 동안은 우리 생각을 하지 않을 거야. 우리가 객실에서 우리끼리 아침을 먹고 있다고 생각하겠지. 늦은 아침까지 우리를 찾아올 이유가 없을 거야."

"그건 도박이야."

"그렇게 하면 나중에 많은 시간을 벌 수 있어. 그들은 우리가 떠났다는 걸 알자마자 우리를 찾아 나설 거야. 우리는 그 순간을 되도록 늦출 필요가 있어. 그즈음에 우리는 몇 마일은 가 있어야 한다고. 우리가 여전히 여기서 엄지를 내밀고는 꼼짝도 못하고 있을 여유가 없는 건 확실해. 할 수 있는 한 많은 시간을 벌어야 돼."

쇼티는 아무 말도 하지 않았다. 그는 어둡고 고요한 도로를 따라 시선을 던졌다. 처음에는 이쪽으로, 다음에는 반대쪽으로.

"다시 돌아가는 게 이상하게 느껴진다는 걸 나도 알아." 패티가 말했다. "지금 우리는 바로 여기까지 왔어. 그런데 오가는 차가 한 대도 없어. 아직까지는. 새벽이 가까울수록 우리한테 더 유리할 거야."

쇼티는 긴 시간 동안 말이 없었다.

그러다가 말했다. "오케이. 바이크를 헛간에 되돌려 놓자."

"최선을 다해서 빨리." 패티가 말했다. "이제는 스피드가 제일 중요해."

두 사람은 작은 여행 가방을 선반에서 풀고는 그걸 여행 가방 가까운 곳에 숨겼다. 그런 다음 아스팔트 위에서 넓은 동그라미를 그리며 바이크를 돌렸다. 확 트인 공간에서 맡는 공기의 냄새는 상큼했다. 두 사람은 바이크의 방향을 오솔길 쪽으로 돌려놨다. 각자의 자리를 잡았다. 출발했다. 다시금 2마일이 넘는 똑같은 길을, 반대 방향으로. 그렇지만 패티가 옳았다. 무거운 여행 가방이 없으니 바이크를 미는 건 훨씬 수월했다. 바이크는 떠다니는 느낌이었다. 물에 둥둥 뜬 것처럼. 두 사람은 와이어 밑에서 다시 히피 춤을 췄다. 그러고는 계속 나아가면서 거의 아무런 힘도 들지 않는 것처럼 느껴지는 잰걸음으로 속도를 유지했다. 두 사람은 멈추지도, 쉬지도 않았다.

14

2마일을 밀고 가는 데는 30분이 조금 넘게 걸렸다. 두 사람은 오솔길이 숲에서 빠져나오는 지점에서 걸음을 멈췄다. 오솔길이 달빛 속에서 유령 같은 회색으로 편평한 2,400평을 관통하며, 멀리 건물들이 있는 굽잇길을 향해 그들의 앞을 달려 나갔다. 모텔, 어둡고 조용하다. 헛간, 어둡고 조용하다. 주택, 어둡고 조용하다. 패티의 손목시계는 새벽 5시 반을 가리켰다. 첫 햇살이 비칠 때까지 넉넉히 한 시간쯤 진.

만사 오케이.

두 사람은 계속 밀었다. 최대한 소리를 낮춰. 아스팔트가 깔린 마지막 구역에서 나는 타이어 소리와 신발 밑창 소리 말고는 조용했다. 두 사람은 아스팔트에서 모텔의 주차장 구역으로 털썩 내려갔다. 그러자 발소리가 오도독거리고 돌멩이들이 절벅거리면서 두 사람의 전진은 더 요란해졌다. 두 사람은 사무실을 지나, 1호실을 지나, 2호실을 지나, 퍼진 혼다까지 내 내 나아가 12호실 모퉁이를 지나 헛간으로 직행했다. 두 사람은 가지런하게 주차된 유령 같은 형체 여덟 개와, 웃을 때 드러나는 주먹에 맞아 빠진 이빨처럼 비어 있는 아홉 번째 공간을 볼 수 있었다. 쇼티는 거기를 가리키며 패티에게 양쪽 엄지를 들어 보였다. 그녀가 옳았다. 바이크를 돌려놓지 않을 경우, 첫 햇살이 창문에 비치자마자 경보가 울렸을 것이다.

두 사람은 마지막 모퉁이를 돌아 풀밭을 가로질렀다. 그러고는 정말로 느리게 주차구역의 자갈길로 바이크를 굴렸다. 바이크를 원래 자리에 되돌려 놓는 건 쉬운 일이었다. 바이크 앞부분을 먼저 집어넣기만 하면 되는 문제였다. 그러고는 다른 바이크들과 나란히 서도록 이리저리 위치를 바꾼 다음에 물러서기만 하면 됐다. 작업 완료. 완벽했다. 감쪽같았다. 두 사람은 발끝으로 살금살금 자갈길을 가로지르고 풀밭을 걸어 오솔길로 돌아왔다. 그러고는 잠시 서서 숨을 골랐다. 그들 앞에는 2마일이 넘는 똑같은 길이 있었다. 처음부터 다시 시작이었다. 그런데 이번에는 밀어야 할 게 없었다. 이번에는 그냥 걷기만 하면 될 터였다. 걸어서 떠난다. 영원히.

두 사람 뒤에서 문이 열렸다. 주택에 있는 문이. 상대적으로 멀리 떨어진 곳에서. 멀리서 나는 목소리가 두 사람을 불렀다. "거기, 두 분이세요?"

마크였다.

두 사람은 얼어붙었다.

"손님들이세요?"

손전등 불빛이 그들 너머로 날아가며 두 사람의 그림자를 잘랐다. 불빛이 두 사람의 등 뒤에서 켜져 있다는 뜻이었다.

"손님들이세요?" 마크가 다시 불렀다.

두 사람은 방향을 돌렸다.

마크가 어둠을 뚫고 두 사람에게로 걸어오고 있었다. 옷을 제대로 차려입고는. 그의 하루가 이미 시작된 것이다. 그는 손전등을 계속 낮추고 있었다. 쇼티와 패티도 그렇게 했기 때문에, 세 개의 불빛은 사방을 밝히기는 하면서도 보는 사람을 눈부시게 만들지는 않으려고 애쓰면서 예의 바르게 굴고 있었다.

두 사람은 기다렸다.

마크가 도착했다.

그가 말했다. "이거 정말로 경이로운 우연의 일치네요."

그는 손전등과 함께 백지와 연필을 갖고 있었다.

패티가 물었다. "그래요?"

"미안해요. 이것부터 물어봤어야 하는데. 모든 게 괜찮은 거죠?"

"우린 괜찮아요."

"산책 나오신 건가요?"

"왜 이게 우연의 일치라는 거죠?"

"말 그대로, 방금 정비공이랑 통화했거든요. 그는 러시아워에 대비하느라 5시에 업무를 시작해요. 그 사람, 오늘 아침에 깰 때 갑자기 생각이 떠올랐대요. 우리가 했던, 손님들이 캐나다에서 차를 몰고 왔다는 말이 기억났대요. 그는 이 얘기를 처음 들었을 때는 본능적으로 손님들이 집으로 돌아가는 미국인일 거라고 짐작했대요. 그러다가 오늘 아침에 손님들이 미국을 방문한 캐나다인일 가능성이 있다는 걸 깨달은 거예요. 그럴 경우에 손님들의 차는 캐나다 스펙일 거고, 손님들 차는 미국 스펙하고는 다른 히터를 장착하고 에어컨은 달지 않는 옛 시절의 의무적인 겨울 패키지에 해당할 거라는 게 생각났다는 거예요. 그리고 그런 경우라면 그의 진단은 틀린 거고요. 그가 내린 진단은 미국 스펙에 해당하는 문제였어요. 캐나다 스펙의 차에서는 과열로 구워지는 건 시동 모터 계전기래요. 그 사람, 폐차장에서 골라내야 할 부품이 어떤 건지 알아야 한대요. 지금 폐차장으로 가는 중이에요. 그가 나한테 손님들 차 앞 유리에 있는 자동차 등록번호를 적어오라고 해서 나온 참이에요."

그가 증거라는 듯 백지와 연필을 들어 보였다.

그러고는 말했다. "그렇지만 두 분이 와서 그의 질문에 직접 대답하는 편이 관련자 모두의 입장에서 일처리가 훨씬 빨라지는 게 분명하지 않을까요?"

그는 양 손바닥을 가까이 붙였다 멀리 떼는 몸짓으로 상대적인 거리를 표현했다. 먼저는 혼다까지 가야 하는 먼 길과 거기에 더해 다시 돌아오는 더 먼 길을, 그다음에는 두 사람이 서 있는 자리에서 주택 안의 전화기까지 가는 짧은 편도여행을 대비시켰다. 극적인 차이. 흠잡을 데 없는 논리. 쇼티는 패티를 쳐다봤다. 그녀는 그를 쳐다봤다. 온갖 의문들.

마크가 말했다. "커피를 내릴 테니까 사무실 들른 김에 한잔하세요. 그 사람한테 앙증맞은 따뜻한 손에 필요한 부품이 실제로 들어왔을 때 전화를 달라고 요청할 수 있어요. 그러고 나면, 그는 정말로 그의 트럭을 타고 두 분에게로 올 수 있어요. 두 분이 당사자 입에서 직접 그 얘기를 들었으면 해요. 지금 시점에서는 조금은 안심해도 괜찮은 것 같아요. 그게 우리가 해드릴 수 있는 최소한의 일이라고 느껴요. 두 분은 이미 마음고생이 심했잖아요."

그가 정중하게 손을 들어 먼저 가시라는 제스처를 취했다.

패티와 쇼티는 주택을 향해 걸었다. 마크는 두 사람 뒤에서 걸어왔다. 세 사람의 손전등 불빛들이 같은 방향으로 통통 튀었다. 막판에 마크가 속도를 내서는 두 사람을 앞질러가 주방문에서 기다리다가 두 사람을 안내했다. 그는 불을 켠 후 안쪽 복도를 가리켰다. 거기에는 전날 점심에 먹통이 된 전화기가 보였다. 지금은 수화기가 코드로 묶인 채로 의자 바닥에 누워 있었다. 통화 대기. 케케묵은 방식.

마크가 말했다. "그 사람 이름은 캐럴이에요. 철자는 우리 방식하고 다를 거예요. 마케도니아에서 온 사람이거든요."

그가 정중하게 전화기 쪽으로 손을 들어 직접 통화하시라는 제스처를 취했다.

패티가 수화기를 들었다. 그걸 귀에 갖다 댔다. 멍한 소음 같은 게 들렸다. 어딘가에 있는 휴대전화와 최선을 다해 연결된 소리.

그녀가 물었다. "캐럴이세요?"

목소리가 물었다. "마크?"

"아뇨. 제 이름은 패티 선드스트롬이에요. 제 남자친구하고 제가 혼다 차주예요."

"오 맙소사. 마크한테 두 분을 깨우라는 말을 한 게 아니었는데. 그건 예의 없는 짓이잖아요."

목소리의 억양은 어디가 됐던 마케도니아 같은 이름을 얻을 자격이 있는 나라에서 온 사람의 억양으로 들렸다. 동부 유럽이라고 그녀는 생각했다. 아니면 중부 유럽. 그리스와 러시아 사이의 어딘가. 하루에 면도를 두 번 해야 옳지만 그러지는 않는 부류의 사내. 영화에 나오는 사악한 악당 같은. 그의 목소리가 우호적이라는 것만 빼면. 쾌활한 톤이었다. 도움을 주려는 마음이 듬뿍 담긴, 걱정하는 기색이 가득한. 동이 트자마자 일을 할 정도로 에너지도 넘쳐흐르는.

그녀가 말했다. "우리는 이미 깨어 있었어요."

"그랬어요?"

"산책하던 중이었어요."

"왜요?"

"뭔가 다른 것 때문에 깬 것 같아요."

"목소리를 들어보니 캐나다사람인 것 같군요."

"우리 차도 캐나다 차예요."

"그렇군요." 목소리가 말했다. "내가 엉뚱한 가정을 하는 바람에 실수를 저지를 뻔했어요. 나는 옛날 유고슬라비아 육군에서 기술을 배웠어요. 세상천지의 모든 군대가 그러는 것처럼 그들은 나한테 당신과 나를 바보로 만드는 것들을 가정하라고 가르쳤어요. 죄송하지만, 이번에는 나만 바보가 된 것 같네요. 사과드려요. 그렇지만 확실하게 해두죠. 히터 호스에 영향을 줄 만한 일이 있었나요?"

"그것들이 아주 낮은 위치를 지나간다는 걸 알아요." 패티가 말했다.

"오케이. 그 차가 캐나다 차인 게 틀림없군요. 알게 돼서 다행이에요. 시동 모터 계전기를 구할게요. 그러고는 그 대금을 지불해야 해요. 나는 한동안은 고속도로로 향할 거예요. 운이 좋으면 그 와중에 사고 차량을 만날 수 있겠죠. 그렇지 않으면 당신들한테 더 빨리 갈 거고요. 최소 두 시간에서 최대 네 시간 안에요."

"확실한가요?"

"아가씨, 가슴에 십자를 긋고 맹세해요." 억양이 있는 목소리가 말했다. "아가씨가 가시던 길을 계속 갈 수 있게 해주겠다고 약속드려요."

그러고는 통화가 끊겼고 패티는 수화기를 내려놨다.

마크가 말했다. "커피 준비됐습니다."

패티가 말했다. "지금부터 두 시간에서 네 시간 사이에 올 거래요."

"완벽하네요."

쇼티가 말했다. "정말이야?"

"약속했어." 그녀가 말했다.

두 사람은 바깥의 오솔길에서 나는 차 소리를 들었다. 돌멩이들이 으깨지는 소리, 엔진이 요동치는 소리. 창밖을 쳐다본 두 사람은 피터가 낡아빠진 구형 픽업트럭을 몰고 오는 걸 봤다. 그가 가까이 왔다. 속도를 늦춰 차를 세웠다. 주차를 했다.

쇼티가 물었다. "누구 트럭이죠?"

"저 친구 거예요." 마크가 말했다. "저 친구, 어젯밤에 시도를 해봤어요. 날이 따뜻한 게 배터리에 도움이 됐나 봐요. 차가 움직이더라고요. 지금 그는 도로로 나갔다가 돌아오는 길이에요. 충전도 할 겸 거미줄도 걷어낼 겸 해서요. 손님들이 그 소리 때문에 깼나 보네요. 저 친구가 두 분을 객실로 모셔다드릴 수도 있을 거예요. 두 분이 원하시면요. 걷는 것보다 낫잖아요. 우리가 해드릴 수 있는 게 그 정도밖에 없네요. 두 분은 분명히 무척이나 피곤하실 거예요."

두 사람은 폐를 끼치고 싶지 않다고 말했지만, 피터는 됐다는 대답을 들으려고 하지 않았다. 그의 트럭은 문이 네 짝 달린 픽업트럭이라 쇼티가 앞자리에 타고 패티가 뒷자리에 앉았다. 피터는 차를 혼다 옆에 세웠다. 10호실 문은 닫혀 있었다. 패티는 이상하다고 생각했다. 그녀는 그걸 열린 채로 놔뒀다고 확신했다. 바람에 문이 닫힌 건지도 몰랐다. 결국, 쇼티의 신발은 다시 그의 발에 신겨 있었다. 그녀에게는 바람이 불었던 기억이 없었지만. 그녀는 밤의 대부분을 야외에서 보냈다. 그녀의 기억에 공기는 잔잔하고 후텁지근했다.

두 사람이 트럭에서 내렸다. 피터가 두 사람이 문으로 향하는 걸 지켜봤다. 패티가 손잡이를 돌려 문을 열었다. 그녀가 먼저 안으로 들어갔다.

그랬다가 곧바로 다시 나왔다. 그녀가 트럭에 탄 피터를 가리키면서 소리를 질렀다. "거기 그대로 있어요!"

그녀가 옆으로 몸을 옮겼다. 쇼티가 방 안을 들여다봤다. 바닥 한복판에 두 사람의 짐이 있었다. 다시 돌아와 있었다. 여행 가방과 작은 여행 가방 두 개가. 벨보이가 남겨두고 간 것처럼, 정확한 대열을 이루며 깔끔하게 놓여 있었다. 이제 그들의 여행 가방에는 밧줄이 묶여 있었다. 앞쪽에는 복잡한 매듭이 지어져 있었고, 그 사이의 밧줄은 두 겹이었다. 즉흥적으로 만든 손잡이처럼.

패티가 물었다. "이게 대체 뭐죠?"

피터가 트럭에서 내렸다.

"진심으로 사과드려요." 그가 말했다. "이런 일이 일어나서 정말로, 정말로 죄송해요. 두 분이 이런 상황에 휘말리게 만들어서 정말로, 정말로 민망하고요."

"어떤 상황을 말하는 거예요?"

"이런 말 하기 그렇지만, 1년 중 지금 시간을 말하는 거예요. 대학 학기들이 시작되고 있어요. 학부생들이 사방 천지에 있죠. 그들이 속한 사교클럽들이 그들에게 이런저런 신고식을 시켜요. 그들은 항상 모텔 간판을 훔쳐가죠. 그러고는 새로운 짓거리도 시작하고요. 일종의 가입의식으로요. 놈들이 손님들이 잠시 자리를 비운 모텔 객실에서 모든 걸 훔치라는 지시를 받았나 봐요. 멍청한 짓이지만, 상황이 그런 걸 어쩌겠어요. 우리는 그런 짓을 하는 건 2년쯤 전에 끝났다고 생각했는데, 그 짓이 지금 다시 시작된 것 같아요. 두 분의 짐을 도로 옆에 있는 산울타리에서 찾았어요. 그게 짐이 거기에 있는 걸 그럴 법하게 설명하는 유일한 설명이죠. 두 분이 산책을 나간 동안 놈들이 그걸 가져갔던 게 분명해요. 불편을 드린 점, 사과드려요. 망가진 게 있거나 하면 알려주세요. 그러면 경찰에 신고를 할 거예요. 혈기 왕성한 거야 모두 좋아하는 일이라지만, 이런 식의 짓거리는 말도 안 된다는 게 제 진심이에요."

패티는 아무 말도 하지 않았다.

쇼티도 말이 없었다.

피터가 트럭에 다시 올라 차를 몰고 떠났다. 패티와 쇼티는 한동안 가만히 서 있었다. 그러고는 안으로 들어갔다. 두 사람은 짐 주위를 서성이다 함께 침대에 앉았다. 두 사람은 문을 열린 채로 뒀다.

리처가 아침식사를 제공한다는 민박집에 묵으면서 맺은 거래 조건에 따르면 아침을 먹는 곳은 거리 옆에 있는 예쁜 반지하 빙이었다. 뒤쪽에 작은 정원이 있었는데, 정원도 방만큼이나 예뻤다. 리처는 아침 7시 45분에 실내에 있는 테이블에 앉아 커피를 기다렸다. 그는 거기에 있는 유일한 손님이었다. 휴가철은 끝났다. 그는 샤워를 하고 옷을 입었다. 기분은 상쾌했고 외모는 남 부끄러운 데가 없었다. 상처가 난 관절만 제외하면. 밤에 만난 꼬맹이 때문에 난 상처. 틀림없이 놈의 이빨 때문에 난 상처. 심각한 상처는 아니었다. 그냥 자그마하게 진 피떡이었다. 그렇지만 피떡의 모양새는 눈에 띄었다. 리처는 헌병으로 13년을 일했고, 헌병이 아닌 신분으로 보낸 기간은 그보다 더 길었다. 그래서 그는 만사를 양쪽의 관점에서 봤다. 그 결과, 가능한 자리에서는 언제든 혼란스러운 상황을 피하는 걸 좋아했다. 그는 식사를 주문한 후 일어나 정원으로 나갔다. 쪼그려 앉은 그는 오른손으로 주먹을 쥔 후 화단 벽의 벽돌을 툭툭 두드리고 긁어서 손에 상처를 냈다. 이빨 자국이 많은 상처 중 하나로만 보이기에 충분할 정도로. 그러고는 테이블로 돌아와 냅킨 모서리를 물잔에 담근 후 관절에 묻은 돌가루들을 닦아냈다.

15분 후, 브렌다 아모스 형사가 방에 들어왔다. 그녀는 수첩에 뭔가를 적고 있었다. 그녀의 어깨 너머에 정장 차림의 남자가 있었다. 남자의 자세와 태도는 그가 그녀를 안내하고 있다는 걸 보여줬다. 그러므로 그는 민박집 지배인이었다. 아니면 주인이거나. 리처는 절반은 입술을 읽고 절반은 그가 하는 소리를 들었다. "이 신사분이 현재 저희 시설에 있는 유일한 손님이십니다."

아모스는 수첩에서 주기적으로 눈을 들었다. 그러고는 다시 시선을 딴 데로 던졌다. 그러다가 그녀가 뒤를 돌아봤다. 왕년의 텔레비전 드라마에서 튀어나온 것 같은 전형적인 슬로모션으로. 그녀는 응시했다. 눈을 깜빡였다.

그녀가 정장 차림의 남자에게 말했다. "이제부터는 제가 저분과 직접 얘기할게요."

"커피 드릴까요?"

"네, 부탁합니다." 리처가 그에게 소리를 질렀다. "2인분으로요!"

남자가 잠시 멈칫한 후 정중하게 끄덕였다. 형사에게 커피를 대령하는 것과 손님에게 커피를 대접하는 건 다른 일이었다. 그의 신분에서는. 그러나 한편으로, 손님은 항상 옳다. 그가 방에서 물러나고 아모스가 안으로 들어왔다. 그녀가 리처의 테이블에 비어 있는 맞은편 자리에 앉았다.

그녀가 말했다. "사실, 저는 아침에 이미 커피를 마셨어요."

"커피를 하루에 한 번만 마셔야 하는 법은 없잖소." 리처가 말했다. "이제는 그만 마시라고 명령하는 법률은 없으니까요."

"그리고 또 다른 얘기를 하자면, 던킨도너츠에서 오늘 판 커피에 LSD를 탔다는 생각이 드네요."

"왜 그렇게 생각하죠?"

"내가 LSD의 환각에 시달리는 게 아니라면, 이것은 역사상 최대의 데자 뷔일 거예요."

"그게 무슨 말이오?"

"데자뷔가 무슨 뜻인지 아세요?"

"말 그대로 이미 봤다는 뜻이죠. 프랑스어. 내 어머니가 프랑스인이었소. 미국인들이 프랑스어를 쓰면 좋아하셨죠. 그러면 일체감이 느껴진다면서요."

"서한테 어머님 얘기는 왜 하시는 거죠?"

"나한테 LSD 얘기를 한 건 왜 그런 거요?"

"우리가 어제 무슨 일을 했었죠?"

"우리가 무슨 일을 했었죠?" 그가 물었다.

"우리는 75년 전에 일어난 사건을 캐냈어요. 어떤 젊은이가 래코니아 시내의 인도에서 의식을 잃은 채로 발견된 사건을요. 그의 신원은 이 지역의 스무 살짜리로 밝혀졌죠. 경찰서에는 입이 거칠고 남을 괴롭히는 놈이지만 지역 부호인 아버지를 둔 덕에 건드리지 못할 놈으로 이미 알려져 있던 놈이었어요. 기억하세요?"

"그렇소." 리처가 말했다.

"제가 오늘 아침에 출근했을 때 무슨 일이 있었게요?"

"내가 그걸 알 리가 없잖소."

"어떤 젊은이가 래코니아 시내의 인도에서 의식을 잃은 채로 발견됐다는 말을 들었어요. 그는 이 지역의 스무 살짜리로 밝혀졌죠. 경찰서에는 입이 거칠고 남을 괴롭히는 놈이지만 지역 부호인 아버지를 둔 덕에 건드리지 못할 놈으로 이미 알려진 놈이었어요."

"그랬소?"

"그런 다음에 제가 거리 건너편의 호텔로 왔더니 여기에 선배님이 있네요."

"그건 우연의 일치로 보이는군요."

"그렇게 생각하세요?"

"그렇소. 어떤 범죄들이 줄곧 일어나는 건 명백한 일이니까."

"75년의 간격을 두고 일어나는 게 줄곧인가요?"

"그 사이에도 유사한 사건이 많이 일어났을 거라고 확신하오. 부잣집 말썽쟁이들은 조만간에는 된통 당하고는 하니까. 무작위로 옛날 사건들을 골라내다 보면 똑같은 종류의 일치를 발견할 수 있소. 그리고 내가 여기에 있는 건 분명하오. 그런데 나는 의문스러운, 의도적으로 발생한 옛날 사건에 대해 당신에게 물었던 사람이오. 그러니까 그건 사실은 우연의 일치 대신에 수학적인 확실성의 문제요. 당신이 내가 여기 사는 주민이 아니라는 걸 알기 때문에 특히 더 그렇소. 그러니 내가 호텔 말고는 달리 어디에 있겠소?"

"범행 현장에서 바로 거리 건너편에 있는 호텔이죠."

"목격자를 찾아 집집마다 방문할 거요?"

"형사가 하는 일이 달리 뭐가 있겠어요?"

"뭔가를 목격한 사람이 있었소?"

"선배님은요?"

"나는 조류관찰자가 아니오." 리처가 말했다. "불행히도 말이오. 새들의 이동은 시작됐소. 우리 아버지라면 잔뜩 흥분하셨을 텐데."

"무슨 소리 못 들었어요?"

"언제?"

"꼬맹이는 7시에도 여전히 의식이 없었어요. 놈을 두들긴 게 바퀴 18개 달린 트럭이 아니라 사람이라고 가정하면, 5시보다 앞선 시각은 아닐 거라고 봐요."

"5시에는 자고 있었소." 리처가 말했다. "아무 소리도 못 들었소."

"전혀요?"

"전날 밤에 뭔가 때문에 깨기는 했었지만 그건 3시였고, 다른 호텔이었소."

"무슨 소리였죠?"

"그 소리 때문에 깨기는 했지만 소리가 다시 나지는 않았소. 소리가 난 곳을 확인할 수 없었소."

"꼬맹이는 팔도 부러졌어요." 아모스가 말했다.

"그거야 살다 보면 일어날 수 있는 일이지." 리처가 말했다.

웨이트리스가 커피포트 두 개와 깨끗한 잔 두 개를 들고 왔다. 리처는 커피를 따랐지만, 아모스는 그러지 않았다. 그녀가 수첩을 닫았다. 그가 그녀에게 물었다. "부서 내부에서는 이 수사를 어떻게 보고 있소?"

그녀가 말했다. "사건이 해결될 거란 기대치는 낮아요."

"눈물을 흘리는 사람은 없었소?"

"상황이 복잡해요."

"그 꼬맹이는 누구요?"

"막돼먹고 못된 놈인 데다 툭하면 주먹을 쓰는 놈이에요. 피해자들과 변호사들을 포함해서 모든 것의 제일 좋은 것들만 얻어내는 놈이죠."

"전혀 복잡한 사건처럼 들리지를 않는데."

"우리는 다음에 일어날 일이 걱정이에요."

"놈이 자기를 대신해서 복수해줄 패거리를 모을 거라고 생각하는 거요?"

"문제는 걔 아버지가 이미 패거리를 모았다는 거예요."

"지역 부호? 누구?"

"이해하기 쉬운 말로 살짝 바꿀게요. 그는 사실은 보스턴 출신이에요. 그렇지만 지금은 맨체스터에 살아요."

"그가 모은 패거리는 어떤 종류의 패거리요?"

"그는 법정에서 증거로 사용될 문서를 작성하는 위험을 감당할 생각이 없는 의뢰인들을 대신해서 금융계약을 하는 사람이에요. 달리 말해, 자금을 세탁할 필요가 있는 부류의 사람들을 위해 자금을 세탁해주는 사람인 거죠. 저는 그가 원하는 종류의 패거리를 꽤나 많이 임대해올 수 있을 거라고 생각해요. 우리는 그가 그렇게 할 거라고 판단하고요. 이 사람들한테는 특유의 문화가 있어요. '내 가족을 공격한 놈이 있어? 그러면 본때를 보여줘야지.' 이 남자는 세상에 약한 사람으로 비쳐서는 안 되는 사람이에요. 그러니 우리는 조만간 그의 부하들이 여기 시내에 나타나 이것저것 캐묻고 다닐 거라는 걸 알아요. 우리는 관내에서 말썽이 일어나는 걸 원치 않아요. 그래서 복잡하다는 거예요."

리처가 다시 커피를 따랐다.

아모스가 지켜봤다.

그녀가 물었다. "손은 어쩌다 다친 거죠?"

"정원 벽에 주먹질을 하다가."

"이상한 방식으로 난 상처네요."

"벽을 탓할 수는 없는 일이오."

"그 얘기를 들으니 일부러 낸 상처로 보이는군요."

그가 미소를 지었다. "내가 일부러 벽에 주먹질을 할 부류의 남자로 보이는 거요?"

"언제 그랬죠?"

"20분쯤 전에."

"꽃을 보려고 몸을 숙이고 있었나요?"

"나는 누구 못지않게 꽃을 좋아하는 사람이거든."

그녀의 폰에서 딩동 소리가 나자 그녀가 메시지를 읽었다.

그녀가 말했다. "꼬맹이가 깨어났는데 자기를 공격한 사람에 대해서는 기억을 못해요."

"살다 보면 있을 수 있는 일이지." 리처가 다시 말했다.

"거짓말하는 거예요. 놈은 알면서도 우리한테 얘기를 않는 거예요. 대신 자기 아버지한테 말하고 싶어 해요."

"그 사람들한테는 특유의 문화가 있으니까."

"그렇게 한 사람이 누구건 간에 앞으로 무슨 일이 벌어질지 알았으면 좋겠어요."

"그렇게 한 사람이 누구건 간에 그 사람은 여기를 떠날 거라고 확신하오. 딱 75년 전에 그랬던 것처럼. 다시 데자뷔로군."

"오늘 일정이 어떻게 되세요?"

"엄밀히 말하면, 여기를 떠날 것 같소."

"어디로 가실 거죠?"

"라이언타운에 갈 거요." 리처가 말했다. "거기를 찾아낼 수 있다면."

리처는 시 가장자리에 있는 오래된 주유소에서 종이지도를 샀다. 지도는 엘리자베스 캐슬의 폰이 보여주던 것과 같은 종류의 모호함을 보여줬다. 특정한 도로들이 목적지가 있다는 듯이 특정한 방향으로 향했다. 특정한 목적지들은 한때는 개발이 됐던 곳이라는 듯 회색으로 칠해져 있었지만, 그중에 지명이 붙은 곳은 더 이상 없었고, 이 동네와 다른 동네를 구분할 방법도 없었다. 그는 주석공장이 어떤 종류의 지리적 환경을 필요로 하는지 완전히 확신하지는 못했다. 진실은, 주석공장이 무슨 일을 하는 곳인지를 완전히 확신하지는 못한다는 거였다. 광석에서 주석을 추출하는 곳이었을까? 아니면 주석으로 깡통과 호루라기와 장난감을 만드는 곳이었을까? 그는 어느 쪽이건 고온의 열이 관련됐을 거라고 짐작했다. 온갖 종류의 화염과 용광로. 아마도 벨트와 장비를 구동하는 데 필요한 증기엔진도. 그건 장작이나 석탄을 실어 와야 한다는 뜻이었다. 더불어, 증기를 만들기 위한 물도 필수였을 것이다. 그는 다시 지도를 살폈다. 도로를, 강을, 개천을. 그 모든 것이 회색으로 칠해진 곳에서 만났다. 엘리자베스 캐슬의 역사 조사에 따르면, 래코니아의 북쪽과 서쪽에서.

가능한 지역이 두 곳 있었다. 한 곳은 8마일 떨어진 곳이었고, 다른 곳은 10마일 떨어진 곳이었다. 두 곳 다 시내 중심가에서 나와서 이어지다가 바로 그곳을 지나가는 도로들이 있었는데, 현대의 관점에서만 보면 그

도로들을 놓아야 하는 명백한 이유는 없었다. 두 곳 다 물이 있었는데, 지도로 보면 동일한 큰 강으로 흘러가는 넓은 지류支流들로 보였다. 개천들은 작은 삼각형 지형에서 도로들과 만났다. 두 곳 다 지도제작자가 입수할 수 있는 가장 작은 활자로 인쇄돼 있었고, 회색 영역에 자그마한 점들로 자리 잡고 있었다. 소규모 작업장과 공장들, 네 세대 거주용 아파트들에 거주하는 노동자 20여 명, 교실이 하나뿐인 학교 한 곳, 교회 한 채라고 아모스는 말했었다. 양쪽 지역 다 조건에 딱 맞아떨어졌다. 10마일 떨어진 곳을 들락거리는 도로가 완만하게 북쪽으로 굽었다는 것을 제외하면. 래코니아에서 멀어지는. 반면에 8마일 떨어진 곳을 들락거리는 도로는 완만하게 남쪽으로 굽었다. 래코니아 쪽으로. 마치 래코니아의 일부라는 듯. 래코니아에 등을 돌리고 있지 않은 듯. 리처는 자전거를 탄 소년을 상상했다. 덜거덕거리는 자전거를 타고 집에서 열심히 밀어지는, 목에 걸린 쌍안경이 통통 튀는. 소년은 10마일 떨어진 지점에서는 우선은 엉뚱한 방향으로 2마일을 허비하고 나서 흐름을 거스르는 어색하고 급격한 우회전을 해야 했을 것이다. 반면, 8마일 떨어진 곳에서는 처음부터 곧장 목적지를 향하면서 굽잇길에서 가속을 한 후 도시의 심장부로 곧장 속도를 높였을 것이다. 자기가 사는 곳은 래코니아라고 말하는 건 어느 쪽 소년일까?

결론이 났다. 10마일이 아니라 8마일이 왕복여행에서 한 시간을 아껴 줄 것이다. 더불어 노고의 4분의 1도. 그는 지도를 접어 주머니에 찔러 넣었다. 그러고는 걷기 시작했다.

그는 그리 멀리 가지는 못했다.

15

마크와 피터와 스티븐과 로버트는 뒷방에 모여 스크린들을 지켜봤다. 모든 스크린이 패티와 쇼티가 여전히 두 사람의 침대에 있는 걸 보여줬다. 다른 앵글들, 다른 크기들. 일부는 와이드 숏이었고 일부는 클로즈업이었다.

두 사람의 객실 문은 여전히 열려 있었다.

"그런데 이번에는 신발이 없어." 스티븐이 말했다. "쟤는 여전히 신발을 신고 있어."

"자체 잠금 메커니즘을 사용했어야 해." 로버트가 말했다.

"이런 상황이 벌어질 줄 어떻게 알 수 있었겠어?" 피터가 말했다. "정상적인 사람들은 문을 닫는단 말이야."

"진정해." 마크가 말했다. "쟤들은 아무 데도 안 가. 지금 당장은 그래. 쟤들은 여행 가방을 다시 갖다 놓은 덕에 넋이 나갔어. 어쨌든, 이제 쟤들은 다시 정비공을 믿고 있어."

"빠른 시간 안에 문을 닫아야 해. 쟤들 워밍업을 시작시킬 필요가 있다고. 쟤들의 감정 상태가 중요해. 이제는 우리 리듬에 맞추도록 만드는 게 중요하다고."

"그럼 묘안을 떠올려봐."

피터가 스크린들로 다시 몸을 돌렸다.

리처는 동화에 나올 법한 분위기의 깊은 숲으로 휘어져 들어가는 뉴잉글랜드의 기다란 굽잇길을 따라 시 경계선에 있는 주유소 너머 1마일 지점에 도착했다. 그때 뒤에서 아스팔트를 달리는 타이어 소리가 들렸다. 리처는 타이어의 회전이 사람의 보행속도로 느려지는 소리를 들었다. 10미터쯤 뒤에서 타이어가 그의 걸음걸이와 보조를 맞추는 소리가 들렸다.

그는 걸음을 멈추고 몸을 돌렸다.

짙은 색 세단이 보였다. 중형차 크기에 산뜻하게 생긴 차였다. 그러나 스펙은 빈약했다. 크롬 도색이 되어 있을 곳에는 페인트가 칠해져 있었고, 바퀴 허브는 평범한 제품이었으며, 인테리어는 회색 쥐의 털색이었다. 트렁크 덮개에는 스프링 안테나가 달려 있었다. 표식을 달지 않은 경찰차. 차에는 래코니아 경찰서의 짐 쇼가 있었다. 형사반장. 전날 경찰서 로비에서 브렌다 아모스와 만났던 사내. 아일랜드 혈통의 빨강머리 사내. 근무 중인 그는 사무적이고 자신감 있어 보였다. 차에는 운전석에 앉은 그를 빼고는 아무도 없었다. 그가 창문을 내렸다. 리처가 가까이로 걸어가다 2미터 떨어진 곳에서 멈췄다.

리처가 물었다. "무엇을 도와드릴까요?"

쇼가 말했다. "브렌다한테 선생이 이쪽으로 갈 거라고 들었어요."

"태워다 주시려고요?"

"선생이 내 차에 탈 경우에는 시내로 돌아가야 할 겁니다."

"왜 그렇죠?"

"집집마다 탐문수사를 한 결과, 골목에 사는 여자를 찾아냈어요. 맨체스터에 있는 칵테일 바에서 일하는 여자죠. 꼬맹이의 아버지가 절반의 지분을 갖고 있는 바에서요. 연신 날카로운 질문을 던졌더니 결국 간밤에 일어났던 일을 정확하게 털어놓더군요. 처음부터 끝까지. 하나도 빼놓지 않고. 그녀를 구해준 사람의 인상착의만 뺀 모든 걸요. 너무 심한 스트레스를 받는 바람에 정신이 멍해졌다고 주장하더군요."

"살다 보면 있을 수 있는 일이라고 봅니다만." 리처가 말했다.

"거짓말이죠. 하긴 거짓말을 하지 않을 이유가 뭐가 있겠습니까? 그녀는 자기한테 은혜를 베푼 사람을 보호하고 있는 겁니다. 그렇지만 우리는 다른 증거를 확보했어요. 정말이지, 그녀를 구한 사람은 그녀를 구해도 제대로 구했더군요. 꼬맹이는 화물열차에 받친 것 같은 몰골이에요. 그래서 우리는 왜소한 남자는 수색대상에서 제외했습니다. 거구의 남자를 찾고 있죠. 오른손잡이일 거예요. 오늘 아침에 관절에 상처를 입은 채로 깨어났을 거고요. 틀림없이 상처가 났을 거예요. 정말이지, 그런 식으로 가격을 하면 상처가 남을 수밖에 없거든요."

"내 손은 벽에 긁힌 거요." 리처가 말했다.

"브렌다한테 들었습니다."

"어쩔 수 없는 일이었죠."

"나보다 더 영리한 사람이라면 상황을 종합적으로 판단하기 시작할 겁니다. 칵테일 바에서 일하는 여성이 한밤중에, 밤중이라 교통체증 같은 건 없을 테니 예상했던 시간에 정확히 집에 돌아온다. 그리고 꼬맹이는 거기에서 그녀를 기다린다. 그래서 여자는 도와달라고 비명을 지르고, 그리 멀지 않은 곳에 있었던 게 분명한 어떤 사내가 그 소리에 깨어난다. 그러고는 침대에서 나와 무슨 일인지 알아보러 갔다가 결국에는 꼬맹이를 끌어내 몇 방 먹인다."

"그녀가 이미 자초지종을 얘기했다고 했잖습니까. 하나도 빼놓지 않고.

그걸 종합할 필요는 없겠는데요."

"흥미로운 부분은 '멀지 않은 거리'입니다. 그 소리를 또렷하게 듣고는 그렇게 빨리 그곳에 나타나려면 그 사내는 얼마나 가까이에 있어야 했을까요? 꽤 가까웠을 거라는 게 우리 판단이에요. 여자는 진짜로 크게 소리를 지르지는 않았다고 말했습니다. 꼬맹이가 그때 손으로 여자의 입을 덮으려고 기를 썼다더군요. 그게 비명이 아니었던 건 분명해요. 그러니까 남자는 가까운 곳에서 자고 있었을 겁니다. 그리고 그는 그 즉시 현장에 나타났어요. 그래서 우리는 최대 한 블록 이내일 거라고 판단합니다."

"거기에는 많은 변수가 관련됐을 거라고 확신합니다." 리처가 말했다. "모든 게 사람들 청력이 얼마나 좋고 옷 입는 속도가 얼마나 빠르나에 달려 있겠죠. 두 사람 사이의 관계도 변수일 거요. 실험을 연속으로 해봐요. 대학이라는 변수를 상정해보시고요. 그렇게 하면 범죄학 저널에 논문을 기고할 수 있을 겁니다."

쇼가 말했다. "상식적으로 생각하면, 여성이 낮은 소리로 지른 도와달라는 비명은 거리 쪽 몇몇 창문 너머에만 들릴 겁니다. 반경 한 블록 이내에요. 집집마다 방문한 결과, 간밤에 사람이 묵었던 그런 방은 여섯 곳뿐이었습니다. 지금은 많은 아파트가 사무실로 쓰이고 있거든요. 그래서 밤중에는 비어 있죠. 그렇지만 우리한테는 살펴볼 용의자가 아직도 여섯 명이나 있습니다. 그런데 우리가 뭘 찾아냈을까요?"

"그걸 내가 어떻게 알겠습니까?"

"다섯 명은 즉시 용의선상에서 제외됐습니다. 두 명은 여성이라, 세 명은 노령이거나 병자거나 몸이 마른 사람이라. 남자들 중 한 명은 90대예요. 그중 둘은 환갑을 넘겼고요. 그중 누구도 꼬맹이한테 참교육을 시킬 수 없을 겁니다. 그놈이 받았을 그런 참교육 방식으로는요."

"5시에는 자고 있었소." 리처가 말했다.

"브렌다한테 들었어요. 게다가 선생도 한때 우리하고 같은 업종에 종사한 분이라, 우리는 선생의 말을 믿습니다. 게다가 꼬맹이가 인간쓰레기 같은 놈이라, 어쨌든 우리는 신경 쓰지 않아요. 게다가 5시라는 시간이 더 이상은 중요치 않다는 것을 지적하는 일조차 하지 않을 겁니다. 여자가 칵테일 바에서 집에 온 시각은 3시입니다. 그녀는 간밤에도 똑같은 일이 있었다고 브렌다한테 말했어요. 선생이 브렌다한테 간밤에 깼다는 얘기를 했다더군요. 3시에요. 그렇지만 우리는 신경 안 써요. 브렌다가 선생한테 쓰레기의 아버지가 반드시 대응할 거라는 얘기를 했다는 말을 나한테 했다는 것을 제외하면요."

"그런 말을 하더군요."

"내가 하려는 말이 그겁니다. 신중하게 생각하도록 하세요. 그래요, 꼬맹이는 지금은 멍한 상태일 수 있어요. 자기를 공격한 사람을 제대로 기억하지 못할 수도 있죠. 그렇지만 그런 가정에 의존해서는 안 됩니다. 우리가 목격자의 진술 없이도 그런 걸 가늠해낼 수 있다면, 놈들도 그럴 수 있다는 뜻이죠. 놈들은 손에 상처가 난 거구의 사내를 찾아 나설 겁니다. 벽에다 관절을 긁어댄다고 해서 놈들의 과학수사를 피할 수는 없어요. 놈들이 벽 없는 세상에서 살아서 그런 게 아니라, 과학수사 같은 건 하지 않는 놈들이니까요. 놈들은 다른 방법들을 써요. 놈들은 누가 됐건 이 일을 해치우는 데 알맞은 놈을 보낼 겁니다. 우리는 관내에서 말썽이 일어나는 걸 원치 않습니다."

"꼬맹이가 아버지한테 연락을 했소?"

"놈이 제일 처음에 연락한 사람은 자기 변호사예요. 변호사는 틀림없이 걔 아버지한테 연락했을 거고, 놈들은 30분쯤 전에 사실을 알았을 겁니다. 난리가 났겠죠. 지금 이 순간에도 여러 주에서 선불 대포폰들에 불이 나고 있을 거예요. 아직은 결정된 게 하나도 없을 거지만, 그게 오래가지는 않을 겁니다. 놈들은 조만간 여기에 도착할 거예요. 놈들이 선생을 여기에서 찾아내지 못했으면 좋겠어요. 선생이 옛날의 시골집을 둘러보고는 계속 걸어갔으면 좋겠어요. 다시 돌아오지 않았으면 좋겠어요."

"관내에서 말썽이 일어나는 걸 원치 않으니까요?"

"선생이 제 입장이라면 어떻겠습니까?"

"원치 않겠죠." 리처가 말했다. "대체로 말하자면, 나는 말썽은 피하는 게 최선이라고 생각합니다. 그걸 내가 지키는 법칙이라고 불러도 무방하오."

"그러니까 우리는 같은 입장인 거죠?"

"같은 입장이죠. 그런데 강조하는 부분은 다른 것 같군요."

"농담이 아닙니다." 쇼가 말했다. "나는 말썽은 원치 않습니다."

"안심하시오." 리처가 말했다. "나는 계속 걸어갈 거니까. 내가 하는 일이 그겁니다. 우선 라이언타운을 찾아낸다는 가정 아래."

"이런저런 조건 달지 말아요. 먼저 할 일이 뭐라는 식으로 말하지 말고요. 나는 지금 진지합니다. 나는 우리 관내에서 말썽이 일어나는 걸 원치 않습니다."

"라이언타운은 당신 관할이 아니잖습니까. 내 말을 못 믿겠다면, 센서스 자료실에 있는 친구한테 확인해 봐요. 정확하게 알려줄 테니까."

"보스턴에서 온 사람들한테는 통째로 싸잡아서 래코니아예요. 놈들은 내일이면 여기 와서 사방으로 캐묻고 다닐 겁니다. 손에 상처가 있는 덩치 큰 남자 본 사람 있느냐고요."

리처가 말했다. "내일?"

"놈들은 이 일을 수수방관하지 않을 겁니다."

"그렇지만 내일까지는 시골길을 걸어 다니는 것도 무척이나 합법적인 활동이군요."

"바로 그게 이런저런 조건이 달린 문제입니다. 선생은 내일도 여전히 걸어 다니고 있을 거예요. 영원토록 걸을 수도 있겠죠. 선생이 라이언타운을 결국 찾아낸 건지 아닌지를 절대로 분간하지 못할 거라고 판단하기도 전에, 놈들은 시내에 10명을 투입해놓을 수 있습니다. 그 고릿적 동네들은 지금은 땅에 파인 구덩이나 다름없습니다. 100년 전에 어디가 어디였는지를 대체 누가 알 수 있겠어요? 그러니까 부탁 좀 합시다, 선생. 알겠어요? 땅에서 아무 구덩이나 하나 찾아서는 곧장 그리로 간 다음에 거기를 라이언타운이라고 부르도록 해요. 그러고는 거기를 떠나 계속 가는 거예요. 일직선으로 쭉 가면 더 좋고요. 동쪽이나 북쪽, 서쪽으로 가도 좋겠고요."

리처는 고개를 끄덕이고는 몸을 돌려 계속 걸었다. 뒤는 돌아보지 않은 채로 손을 한 번 흔들면서. 뒤에서 경찰차의 파워 스티어링이 내는 쉿쉿 소리와 끽끽거리는 소리가, 다음에는 시내로 돌아가려고 타이어들이 굴러서 떠나는 소리가 들렸다. 그는 아침의 서늘한 공기 속에서 시속 4마일의 안정적인 보행속도를 수월하게 유지했다. 도로 전체가 그늘져 있었다. 그는 회색으로 칠해져 있지만 물은 없는 곳으로 이어지는 좌회전 지점을 지나면서 지도를 확인했다. 그곳은 마땅히 있을 거라고 예상했던 바로 그 지점에 있었다. 그는 오솔길에 있었다. 지도는 훌륭했다. 가야 할 길이 대략

6마일쯤 남았다.

그는 계속 걸었다.

동이 튼 후로 한참이 지났는데도 패티와 쇼티는 여전히 침대에 있었다. 두 사람은 최면에 걸린 것처럼 몇 시간이고 짐만 바라봤다. 힘겹게 다녀온 장대한 원정의 성과가 난데없이 급변하며 뒤집힌 상황은 납득하기 어려웠다. 무거운 짐을 밀면서 2마일이 넘는 길을 갔던 것이 해본 적이 없던 일처럼 돼버렸다. 그렇지만 두 사람은 실제로 거기에 다녀왔었다. 그러니 몇 시간을 허비한 셈이었다. 허리를 굽혀가며 온 힘을 다 쏟았는데 아무런 성과도 없이 제자리걸음만 한 셈이었다. 쓰디쓴 약을 먹은 것 같은 상황.

패티가 물었다. "대학생 얘기를 참말이라고 생각해?"

"미쳤어?" 쇼티가 말했다. "우리가 짐을 직접 갖다 놨있잖아."

"이번 일을 얘기하는 게 아냐. 대학생들이 그런 일을 하느냐고 묻는 거야."

"몰라." 쇼티가 말했다. "경험이 없어서. 그렇지만 참말일 수도 있다고 생각해. 논리적으로는 그렇잖아. 피터는 우리가 직접 짐을 가져갔다는 걸 몰랐어. 그가 아는 거라고는 산울타리에서 그걸 발견했다는 게 다야. 그걸 그가 어떻게 설명할 수 있겠어? 그는 분명히 예전에 있었던 일을 떠올렸을 거야. 그 일이 다시 벌어지고 있다고 추측했겠지. 사실은 그렇지 않지만, 그걸 옛날에 벌어졌던 일이 실제로 일어난 게 분명하다는 증거로 받아들였을 거야. 그가 달리 무슨 일을 떠올릴 수 있었겠어?"

"그건 순환논증이야."

"그래?"

"어쨌든 그건 중요치 않아. 중요한 건 그가 한 말이야. 그가 한 말이 이상하다고."

"그래?"

"그는 학생들이 모텔 간판을 항상 훔쳐간다고 했어."

"그런 짓을 하겠지. 그래서 지금은 간판이 없는 거잖아."

"그런데 '항상'이라는 말은 계속해서, 해마다 그런 일이 일어난다는 뜻이야."

"그렇지."

"자기가 12,000평의 밭에 홍수가 났던 일을 늘 입에 달고 사는 것처럼."

"뭐, 그렇지. 자기가 말했던 것처럼, 계속해서, 해마다 그러기는 하지."

"바로 그거야. '항상'이라는 말을 한다는 건 확실한 기간 동안 했던 경험을 바탕으로 말을 하고 있다는 뜻이야. 그러고서 그는 가방 훔치기는 2년 전에 끝난 일이라고 생각했다는 말을 했어. 어떤 일이 끝났다는 걸 안다는 건 처음에는 그런 일을 당했었다는 뜻이야. 그 기간을 적어도 1년쯤으로 잡아봐. 전체 사이클은 두 학기에 걸쳐 있어. 나는 학생들은 매번 다른 종류의 정신 나간 짓거리를 한다고 확신해."

"좋아." 쇼티가 말했다. "그걸 최소한 3년이라고 치자. 1년은 그런 일을 당하고 2년은 당하지 않고."

"그런데 무엇보다도 그들은 이 모텔이 갓 개업한 신사업이라는 분위기를 풍겼어. 이게 그들이 맞은 첫 시즌일지도 모른다는 분위기를. 얘기들의 앞뒤가 전혀 맞지 않아."

쇼티는 오랫동안 침묵에 잠겼다.

그러다가 그가 말했다. "그런데 자기가 정비공하고 통화를 했잖아."

"그래." 패티가 말했다. "했지."

"그리고 정비공은 실제로 있었고."

"그래." 패티가 말했다. "실제로 있었어."

"그 얘기 다시 해봐."

"쾌활하고 정신이 또랑또랑하고 모르는 게 없는 사람처럼 들렸어. 우호적이면서도 정중한 사람인 것 같았어. 아는 게 많으면서도 나를 무시하지는 않았어. 이민 온 사람이야. 먹고살려고 한 단계 아래의 직업을 택한 그런 사람일 거야. 내 말은, 원래 나라에서 가졌던 직업에 비하면 한 단계 아래라는 거야. 유고슬라비아 군대에 대한 얘기를 조금 했어. 언젠가 기갑사단에서 상사로 복무했을 거야. 지금은 견인 트럭을 몰지만. 아무튼 그런 식이었어. 그렇지만 그는 나름대로 최선을 다할 것 같아. 그가 모는 차는 우리가 살면서 봐온 중에 제일 반짝거리는 견인 트럭일 거야. 그는 성공가도를 달려갈 거야. 전형적인 이야기의 주인공이 될 거야."

"목소리만 듣고도 그걸 다 알아낸 거야?"

"그런 감이 왔어. 그는 기계에 대한 것들을 물었어. 우리에 대해 알고 있어야 할 걸 알고 있더라. 마크가 우리를 깨웠을까 봐 걱정도 하고. 그는 그걸 미안해했어."

"완전히 최악의 경우는?"

"그 사람이 실제 약속이 실행될 때까지는 아무 신경도 쓰지 않는, 말만 번드르르하고 몸만 정신없이 놀리는 사람일 경우지. 그는 어제 그걸 가늠해내지 못한 것에 미안해하고 있는 것 같다는 게 내 생각이야."

"그건 정말인 것 같네." 쇼티가 말했다.

"곧 알게 되겠지." 패티가 말했다. "그는 최대 네 시간이라고 약속했어."

다시 1마일이 지난 후, 숲이 사라지고 풍광이 확 트이면서 말과 소가 어슬렁거리는 들판들이 펼쳐졌다. 리처는 자전거 탄 소년, 자신의 아버지를 상상하면서, 지나온 거리를 의식하면서 계속 걸었다. 긴 길처럼 느껴졌다. 그런데 그렇지 않았을지도 모른다. 시대가 바뀌었다. 과거에는 5마일을 걷거나 자전거로 20마일을 달리는 걸 일상적인 일로 여겼을 것이다. 취미 생활에 푹 빠진 소년에게 8마일은 아무것도 아니었을 것이다. 아니, 정확히 말해 시내까지 9마일. 그곳이 소년이 1943년 9월의 어느 늦은 밤에 목격된 곳이었다. 무슨 일을 하고 있는 걸? 조류를 관찰하는 노부인은 소년의 목에 걸린 쌍안경에 대한 말은 하지 않았다. 리처는 그녀라면 그걸 알아봤을 거라고 느꼈다. 소년이 거기에 있던 건 다른 목적이 있어서였다. 이론적으로, 열여섯 살 소년에게 그 목적은 많고 다양했을 수 있다. 1943년이 심각한 해였다는 걸 제외하면. 전쟁에 접어든 지 거의 2년이 돼가는 시점이었다. 많은 물자가 정부에 의해 유통이 통제되고 배급제로 공급되거나 통제를 받지 않는 물자는 공급이 달렸다. 모두 음울한 분위기에 걱정이 많았고 긴 시간을 일하고 있었다. 험난한 시대의 가을철 밤에 9마일 떨어진 뉴햄프셔의 조그만 소도시 한복판으로 열여섯 살짜리를 끌어오기에 충분할 정도로 아찔하고 짜릿한 종류의 일을 상상하기란 어려웠다.

자전거 얘기도 없었다. 아마 소년은 그걸 딴 곳에 세워뒀을 것이다. 자전거를 챙기려고 걸어서 돌아가던 중이었을 것이다. 친구와 함께. 친구의 자전거도 자신의 것과 같은 자리에 세워뒀을 것이다. 그러다가 두 아이가 덩치 큰 청년을 만난 것이다.

리처는 계속 걸었다. 전방 좌측에서 개략적인 목표 지역이 다가오고 있는 게 보였다. 그는 중간쯤 거리에서부터 아득한 지평선까지 그곳을 자세히 살폈다. 라이언타운은 그곳 어딘가에 있었다. 그랬을 것이다. 그는 지도를 확인했다. 그가 원한 도로는 1마일 앞에서 약간 왼쪽으로 휘었다. 거기에 조금 못 미치는 곳에 나무들이 드문드문 자라는 산언덕의 돌출부가 보였다. 전체적인 방향은 동일했지만, 짧고 좁았다. 농장의 오솔길보다 크지 않았다. 유용한 길일 것도 같고 아닐 것도 같았다. 최선의 경우, 그 오솔길은 근엄한 분위기를 풍기는 오래된 시골집으로 이어질 것이다. 동일한 가문이 200년 넘게 계속 살아온 시골집이 이상적인 경우가 될 것이다. 이상적인 경우는 무릎에 담요를 덮고 주방의 난로 옆에 놓은 바퀴 모양 의자에 앉은 고령의 노인이 오래전 북쪽으로 1마일 떨어진 곳에 살았던 이웃들에 대한 얘기를 몇 시간이고 들려줄 준비가 돼 있는 경우일 것이다.

'희망은 최선을 기대하며 품는 것이고 계획은 최악을 대비해서 세우는 것이다.'

그는 계속 걸으면서 방향을 틀어 좁은 오솔길로 접어들었다. 그는 그 길이 근엄한 분위기의 오래된 시골집으로 이어지지 않는다는 걸 얼마 가지 않아 알게 됐다. 그 길이 이어지는 곳은 그만큼이나 오래된 듯한, 주변 지역보다 높은 곳에 지은 쾌적한 시골집이었다. 따라서 라이언타운이 이미 사라지고 한참 후에 지어진 집이었다. 그러니 리처에게 유익한 성과는 아니었다. 이런저런 기억을 품고 거기에 앉아 있을 고령의 노인은 없었다. 그 집이 기존에 있던 집을 개축한 곳이 아니라면. 개축도 가능한 일이었다. 그런 집들이 많다. 근엄한 분위기의 옛 건물은 철거했을 것이다. 현대 시대에는 더 이상은 거주하기에 적합한 곳이 아니었을 것이다. 또는 불에 타버렸을지도 모른다. 어쩌면 전기 배선이 잘못됐을 것이다. 초기에 나온 실크로 절연한 전선을 썼을 것이다. 어쨌든 그런 집들은 모두 시간이 흐르면서 없어졌고, 사람들은 새 주택을 지었다. 무릎에 담요를 덮은 고령의 노인은 더 이상은 주방에 있는 바퀴 모양 의자에 앉아 있지 않고, 거실의 리클라이너 소파에 앉아 있을 것이라는 뜻이었다. 그래도 사람은 그대로일 것이다. 똑같은 이야기들을 가진 사람은. 여전히 얘기해줄 의향이 있는 사람은.

희망은 최선을 기대하며 품는 것이다.

그는 계속 걸었다. 보기 좋게 설계된, 제멋대로 방치한 것 같으면서도 성실하게 관리된 집이었다. 해마다 한 번씩은 페인트를 칠한 것 같았다. 토대 주위에 심은 실용적인 초목은 깔끔하게 손질돼 있었다. 간이차고가 있었는데, 깨끗한 가정용 픽업트럭을 오전 중반의 파리한 햇빛에서 가려주고 있었다. 사방으로 쳐진 흰색 피켓 펜스가 교외의 정원처럼 아기자기한 4분의 1 규모의 땅을 에워싸고 있었다.

펜스 뒤에는 개떼가 있었다.

여섯 마리였다. 아직은 짖지 않았다. 하나같이 잡종에다 지저분했다. 유독 덩치가 큰 놈도, 유독 작은 놈도 없었다. 제각기 온갖 견종이 섞인 상이한 견종으로 보였다. 놈들이 다가와 피켓 출입문 안쪽에 섰다. 놈들을 헤치며 걸어야 할 터였다. 개는 무섭지 않았다. 리처는 상호 신뢰라는 정책이 대부분의 문제를 해결한다고 믿었다. 그는 놈들을 물 계획이 없었다. 그러니 놈들에게 그를 물 계획이 있다고 가정해야 할 이유가 뭐란 말인가?

리처는 출입문을 열었다. 개들이 그를 에워싸고 킁킁거렸다. 놈들은 현관까지 그를 따라 왔다. 그는 현관문을 찾아내 초인종을 눌렀다. 한 걸음 물러나 햇빛 속에서 기다렸다. 개들이 그의 무릎 주위로 모였다. 1분쯤 지난 후 현관문이 열리고 어떤 남자가 가리개 뒤에 나타났다. 마른 사람이었다. 얼굴은 분별력 있는 표정이었고, 머리는 잿빛의 스포츠머리였다. 농업 용품 매장에서 파는 청바지에 단색의 회색 티셔츠 차림이었다. 극장에서 할인 혜택을 받기에 충분할 정도로 나이가 많았지만, 지팡이하고는 거리가 한참 멀었다. 그의 무릎 주위에도 개들이 있었다. 여섯 마리 더. 아마도 리처의 주위에 있는 개보다 한 세대 앞선. 일부 개들의 털에는 서리가 내려 있었다.

리처는 정체불명의 행인이 땅에서 솟아나는 마술을 부리듯 소리 없이 자기 집 현관에 나타난 독특한 상황에 걸맞은 대안을 찾아내려고 시도하는 듯 머릿속으로 여러 가지 손님맞이 방법들을 시험해보는 남자를 지켜봤다. 그렇지만 남자는 적절한 방법을 찾아내는 데 실패한 게 분명했다. 결국에 그가 한 말이라고는 "네?"가 전부였기 때문이다.

리처가 말했다. "귀찮게 해드려서 죄송합니다, 선생님. 지나가는 길인데, 이곳에서 북쪽에 있는 부동산에 대해 여쭤봤으면 합니다. 선생님께서 제가 가진 정보에 있는 빈틈을 메워주실 수 있는 분인지 궁금하군요."

남자가 물었다. "세일즈맨이오?"

"아닙니다. 그렇지 않습니다."

"보험 파는 사람이오?"

"아닙니다."

"변호사나 그런 부류 사람이오?"

"그렇지 않습니다."

"정부에서 보낸 사람이오?"

"아닙니다. 그쪽도 아닙니다."

"만약에 그렇다면, 댁은 나한테 그 사실을 고지해야 할 의무가 있다고 믿소."

"이해합니다만, 저는 그런 사람이 아닙니다."

"좋소." 남자가 말했다.

그가 악수를 하려고 스크린도어를 열었다.

"브루스 존스요." 그가 말했다.

"잭 리처입니다."

존스가 다시 스크린도어를 닫았다.

나이 많은 개들이 나가지 못하게, 어린 개들이 들어오지 못하게 막으려는 듯.

그가 물었다. "어떤 부동산을 말하는 거요?"

"왼쪽에 있는 다음 도로하고 개천이 만나는 곳의 부동산입니다." 리처가 말했다. 자신이 생각하기에 대략 그쪽이다 싶은 방향을, 서쪽과 남쪽을 두루뭉술하게 가리켰다. 리처가 말했다. "여기에서 1~2마일 떨어진 곳일 겁니다. 조그마한 공장의 일꾼들이 살던 동네의 버려진 유적일 겁니다. 지표면에 남은 건 하나도 없을 겁니다. 망가진 토대들 말고는 보이는 것도 없을 거고요."

"내 땅에 그런 데는 없소."

"여기 사신 지 얼마나 되셨습니까?"

"정신없이 질문을 퍼붓는군요. 댁이 여기 온 이유를 밝혀야 할 거요."

"거기가 제 아버님이 자란 곳입니다. 한번 둘러봤으면 합니다. 그게 전부입니다."

"그렇다면 미안하군요. 도와줄 수가 없소. 어쩌다 보니 우연히 마주치게 될 만한 곳을 찾는 것처럼 들리니까. 그와 비슷한 얘기는 들어본 적이 없소. 버려진 지 얼마나 된 곳이오?"

"적어도 60년입니다." 리처가 말했다. "더 됐을 수도 있고요."

"지금은 개천 건너 땅이 누구 땅인지 모르겠소. 지주가 누구건 거기에 유적이 있다는 걸 알지도 모르고 모를지도 모르지. 그 사람이 60년 전에 소나 말을 막으려고 울타리를 쳤다면, 지금쯤 거기는 초목이 심하게 자라 있을 거요. 땅 넓이가 얼마나 될 것 같소?"

"몇천 평일 거라고 생각합니다."

"그렇다면 댁이 보듯 잡목림이 우거졌을 거요."

"알겠습니다." 리처가 말했다. "그걸 알게 돼서 기쁩니다. 몇 군데 더 확인해보겠습니다. 시간 내주셔서 감사합니다."

존스가 앞서 보여줬던 것과 똑같은 분별력 있는 표정으로 끄덕였다. 리처는 떠나려고 몸을 돌렸다. 리처가 참을성 좋은 개 여섯 마리를 꼬리로 달고 현관에서 두어 걸음 내디뎠을 때였다. 뒤에서 외부인을 막으려는 용도로 단 문의 방향이 바뀌면서 열리는 뻑뻑한 소리가 들렸다. 이번에는 스크린도어도 열렸다. 돌아선 그는 존스가 한쪽 어깨를 비스듬히 내밀고 문틀 모서리 주위를 쳐다보는 걸 봤다. 밖을 더 잘 보는 동시에 개들이 나가는 걸 다리로 막으려는 듯한 자세였다.

그가 외쳤다. "공장이라고 했소?"

"코딱지만 한 곳입니다." 리처가 말했다.

"거기가 공해公害랑 관련이 있었을 것 같소?"

"그랬을 겁니다. 주석공장이었으니까요. 상당한 양의 오염물질이 흘러나왔을 겁니다."

"들어와 보는 게 좋겠소." 존스가 말했다.

스크린도어가 리처 앞에서 삐걱거리며 활짝 열렸다. 그러고는 그의 뒤에서 쾅 닫혔다. 개들의 발톱이 바닥을 긁었다. 여섯 마리 모두 그에게 몰려들었다. 그는 다른 누군가의 집에서 나는 독특한 냄새에 발을 들여놓았다. 바깥처럼 실내도 깨끗하고 관리가 잘돼 있었다. 존스는 확 트인 주방과 식당의 옆에 있는 벽감으로 그를 안내했다. 개 열두 마리가 그들 주위에 우글거렸다. 거실은 없었다. 리클라이너 소파도, 무릎에 담요를 덮은 노인도 없었다. 벽감은 재택 사무실 노릇을 했다. 적절한 규모였지만, 지금쯤의 이 집은 두 세대가 거쳐 간 곳이었다. 그리고 그 공간은 이곳을 거쳐 간 모든 가족구성원이 눈에 띄는 종이란 종이는 몽땅 보관해둔 곳처럼 보였다. 존스는 먼저 파일 서랍을 당겨 열고는 강철 막대들에 걸려 있는 배가 불룩 튀어나온 두툼한 폴더 대여섯 개 중 하나를 엄지로 훑었다. 열심히 애는 썼지만 성과는 없는 게 분명했다. 그가 몸을 돌려 서랍을 밀어 넣고는 주위에 있는 서류 수납용 상자들을 마구 밀쳐댔기 때문이다. 그러다가 그는 앞서 봤던 것처럼 배가 불룩 튀어나온 두툼한 폴더들로 가득한, 찾던 상자를 찾아냈다. 그는 첫 폴더를 엄지로 훑고는, 두 번째 폴더를 훑어나 갔다.

그러다가 멈췄다.

존스가 말했다. "여기 있군."

그가 색이 바랜 종이 한 장을 꺼냈다. 리처는 그에게서 그걸 건네받았다. 복사한 소식지로, 8년 전 날짜가 찍혀 있었다. 사전지식을 바탕으로 명

료한 가정을 세우고는 특정 이슈를 열광적으로 상세하게 파고든, 연달아 발행된 소식지들 중 한 장인 게 분명했다. 그렇지만 그 소식지의 내용은 쉽게 따라갈 만했다. 소식지가 다루는 이슈는 라이언타운이었다.

앞선 역사가 약간 거론돼 있었다. 역사적 기록에 공장이 처음 등장한 사례가, 그러고서 한참 후에 공장의 생산량이 정점을 찍었을 때 기록이 있었는데, 공장의 전성기는 옛날의 시인 단테가 자랑스러워했을 법한 지옥의 축소판처럼 뭉게뭉게 피어나는 구름과 격렬히 떨어대는 화염과 부글거리는 금속들을 담은 섬뜩한 삽화를 통해 독자들에게 널리 받아들여질 것 같았다. 그다음에 나오는, 괄호에 든 문장만 제외하면. 그 문장은 이전 소식지에 실렸던 사진은 사실은 라이언타운을 찍은 사진이 아니라, 소식지가 다루는 것보다 10년 앞선 시기에 매사추세츠의 공장 지대를 찍은 스톡 라이브러리 이미지^{이미지 구매 사이트}라는 것을 마지못해 사과했다. 그러면서도 사진 선택에 독자를 속이려는 의도는 전혀 없었고, 그 사진을 선택한 취지는 이토록 비극적인 주제가 요구할 것이 분명한 방식으로, 그러니까 지금까지 집필된 대부분의 역사 기록이 뻔질나게 보여줬듯 문자가 아니라 이미지로 그 지역의 분위기를 온전하게 전달하려는 거였다고 밝혔다.

사과 문장 이후 기사 내용은 그 시점의 이슈 추적으로 넘어갔는데, 정치적인 내용과 법적인 내용, 제정신이 아닌 내용이 비슷한 정도로 섞인 듯 보였다. 라이언타운에서 옛적에 누출된 광물 섞인 오염수가 느리게 정화되는 바람에 누군가의 지하수에 해를 끼쳤다는 사실이 아직까지 명확하게 입증되지는 않은 건 분명했다. 그렇지만 소식지는 그게 입증될 거라고, 조만간 그렇게 될 거라고 확신했다. 일부 세계 정상급 과학자들이 그 문제를 연구하는 중이었다. 시간문제일 뿐이었다. 따라서 결과를 맞이할 준비만 하고 있으면 됐다. 그와 관련해서 멋진 뉴스가 있었다. 마커스 라이언의 먼 친척인 상속인들과 그들이 선임한 일꾼들의 존재가 결국 파악됐고, 그의 회사의 남아 있는 지분이 휴지나 다름없는 다른 자산들과 한데 묶여 60년에 걸친 약육강식의 정신없는 거래에 휩쓸려갔다는 것에 대한, 그러면서 지금 이 순간 그 지분은 콜로라도에 본사를 둔 거대 광산기업의 수중에 들어가 있다는 것에 대한 합리적인 의혹을 확실하게 넘어가는 수준의 뉴스였다. 그건 어마어마한 의미를 가진 획기적인 발견이었다. 결국 라이언타운에서 일어난 비극적인 생태적 재앙을 책임질 당사자가 식별됐기 때문이다. 고소장이 작성돼 발송 준비를 마친 상태였다.

소식지 맨 밑에는 관련된 시민들은 모두 회합에 참석해달라고 요청하는 문장이 있었다. 그 밑에는 필명인 게 분명한 작성자의 이름과 이메일 주소가 있었다.

리처는 종이를 다시 존스에게 건넸다.

그가 물었다. "당시에 이 종이를 보고 무슨 생각을 하셨나요?"

"우리 물에는 아무 문제도 없었소." 존스가 말했다. "한 번도 그런 적이 없었지. 처음에는 사람들을 선동하는 변호사가 하는 짓일 거라고 생각했던 걸 기억해요. 그 사람이 집단소송을 제기하려고 대기업을 알아냈을 거라고 짐작했지. 그렇게 하면 그 회사는 그를 돌려보내려고 합의를 할 테니 말이오. 지하수가 오염됐다는 건 절대로 유익한 PR이 아니니까. 그렇게 되면 변호사는 합의금의 3분의 1을 챙길 거고. 그런데 이 문제에 대한 얘기를 다시는 듣지 못했소. 흐지부지됐나 보다, 증거를 확보하지 못했구나, 생각했지. 어쨌든 그 사람이 그런 증거를 확보할 수는 없었을 거요. 물은 말짱했으니까."

"처음에는 그 사람이 변호사일 거라 생각했다고 말씀하셨는데요."

"그 사람은 여기서 5마일 북쪽에 사는 나이 먹고 정신 나간 멍청이일 뿐이라는 얘기를 나중에 누군가한테서 들었소. 그러고서 그 사람을 만났는데, 남한테 폐를 끼치지는 않을 사람처럼 보입디다. 돈 때문에 그러는 게 아니었소. 그들이 저지른 잘못을 인정하게 만들려고 그러는 거였지. 대중 앞에서 하는 고백처럼 말이오. 그건 그에게는 굉장히 의미가 큰 일이었소."

"회합에는 참석하지 않으신 거군요."

"회합은 내 취향이 아니라서."

"애석하군요." 리처가 말했다.

"왜?"

"라이언타운에 대한 대단히 중요한 사실이 소식지에 한마디도 없어서요."

"그게 뭔데?"

"어디인지에 대해서요."

"댁이 알고 있을 거라 생각했는데. 옆쪽 길하고 강 얘기를 했잖소."

"그건 최선의 추측이었습니다. 게다가 지금 어르신은 거기가 어쨌든 원시적인 숲처럼 보일 거라고 말씀하셨고요. 언뜻 보기에 주의 3분의 2가 그런 숲에 해당될 것처럼 보이더군요. 저는 거기를 찾는 일에 온종일을 쓰고 싶지는 않습니다."

"아버지가 자란 곳을 보는 데에? 온종일을 보낼 사람들도 있을 거요."

"어르신 아버님은 어디서 자라셨나요?"

"바로 여기."

"아름다운 곳이라는 걸 알 수 있습니다. 그렇지만 우리는 라이언타운이 초목이 마구 자란 구덩이 같은 곳이라는 데 동의했습니다. 그게 차이점이죠."

"그런 곳을 찾아다니는 건 애틋한 감정에서 생겨난 가치 때문에 그런 건지도 모르지. 사람들은 자기 뿌리가 어디인지를 알아내는 걸 좋아하니까."

"지금 현재 제가 알고 싶은 건 공장을 짓고 싶어 하는 사람이 필요로 하는 것은 무엇일까, 하는 겁니다. 그 사람한테는 도로와 물이 필요할 겁니다. 그것 말고 필요한 게 더 있을까요?"

"그걸 내가 어찌 알겠소?"

"땅이 어떻게 쓰이는지를 아시잖습니까."

"강이 도로와 만나는 곳이 사리에 맞을 거라고 짐작되는군요. 가장자리들이 일직선인 숲을 찾아봐요. 그런 공장이 있는 동네의 이웃들은 안전하게 말과 소가 풀을 뜯을 곳을 원할 거요. 그 사람들은 씨앗이 바람에 날려 어린 초목들이 자라기 오래전에 쓰러진 건물들 주위에 울타리를 쳤을 거요. 잡목림은 울타리와 똑같은 모양으로 자랄 거요. 일반적으로는 일이 거꾸로 되는 게 보통이지만 말이오."

"감사합니다." 리처가 말했다.

"행운을 빌겠소." 존스가 말했다.

스크린도어가 리처의 앞에서 삐걱거리며 열렸고, 그의 뒤에서 쾅 하고 닫혔다.

그는 걸어갔다. 개 열두 마리 전부가 피켓 출입문까지 그를 따라왔다.

16

패티와 쇼티는 접의자로 자리를 옮겼다. 패티는 풍경을 멍하니 바라보고 있었다. 돌멩이가 깔린 주차장에 놓인 퍼진 혼다와 평평한 2,400평의 땅이 포함된, 그리고 그 너머에 든든한 방벽처럼 서 있는 짙은 색 벨트 같은 숲이 포함된 풍경을.

그녀가 손목시계를 들여다봤다.

그녀가 물었다. "사람들이 두 시간에서 네 시간 사이라고 말할 때는 왜 항상 두 시간보다는 네 시간 쪽에 더 가까운 걸까?"

"파킨슨병." 쇼티가 말했다. "작업은 그 사람이 가진 만큼의 시간을 잡아먹을 때까지 연장된다."

"파킨슨 법칙이야." 패티가 말했다. "병이 아니라. 파킨슨병은 몸을 떨게 됐을 때를 말하는 거야."

"몸이 떨리는 건 술을 끊었을 때의 증상이라고 생각했는데."

"그건 많은 병의 증상이야."

"약속한 시간까지 얼마 남았어?"

패티가 다시 손목시계를 보고는 머릿속으로 계산했다.

"33분." 그녀가 말했다.

"시간을 칼같이 지키겠다는 뜻은 아니었나 보다."

"최소 두 시간, 최대 네 시간이라고 했어. 내 귀에는 시간을 칼같이 지키겠다는 소리로 들려. 그는 이렇게 말하기도 했어. '아가씨가 가시던 길을 계속 갈 수 있게 해주겠다고 약속드려요. 맹세해요.' 억양이 섞인 목소리로."

쇼티가 오솔길이 숲에서 빠져나오는 어두운 공간을 주시했다.

그가 말했다. "그 사람이 했다는 기계에 대한 얘기를 해봐."

"제일 좋은 부분은 그가 자신에게 날아오는 청구서의 비용들을 지불해야만 한다고 말한 거였어. 그는 고속도로로 향할 예정인데, 운이 좋으면 그 와중에 사고 차량을 만날지도 모른다고 했어. 그런 말을 하는 방식이 전문가처럼 들렸어. 그런 식으로 말하는 사람은 정비공밖에 없을 거야. 정비공 말고 누가 사고 차량을 만나는 걸 운이 좋다고 말하겠어?"

"참말처럼 들리네." 쇼티가 말했다.

"나는 그가 실제 정비공일 거라고 생각해." 패티가 말했다. "그 사람이 지금 오는 중이라고 생각해."

두 사람은 오솔길을 주시했다. 해는 높아졌고 숲의 앞줄에 있는 나무들은 밝은 빛을 받았다. 한데 모인 나무들의 단단한 몸통. 뒤에는 더 많은 나무들이 있고, 그 사이에는 덤불이 우거진 땅과 블랙베리나무와 기이한 각도로 버티고 있는 떨어진 나뭇가지들이 있었다.

쇼티가 물었다. "이제 얼마 남았어?"

패티가 다시 시계를 확인했다.

"24분." 그녀가 말했다.

쇼티는 아무 말도 하지 않았다.

"그는 약속했어." 그녀가 말했다.

두 사람은 오솔길을 주시했다.

드디어 그가 왔다.

두 사람은 그의 모습을 보기 전부터 그의 등장을 감지했다. 공중을 울리는 그윽하고 낮은 소리가 멀리서부터 지속적으로 들려왔다. 영화에 나오는 긴장된 순간처럼 몸을 떨게 만드는 소리가. 어마어마한 규모의 공기를 두들겨 패는 것만 같았다. 소리는 그러다가 차츰 거대한 디젤 엔진이 육중한 해머처럼 진동하는 소리로, 두꺼운 타이어와 엄청난 무게가 음속에 가깝게 고동치는 소리로 바뀌었다. 그런 후에 그들은 그게 숲에서 벗어나는 걸 봤다. 견인 트럭. 엄청나게 큰 모델. 산업용 사이즈. 초대형. 바퀴 18개 달린 차량을 고속도로 밖으로 끌어낼 수 있을 만한 종류의 트럭이었다. 밝은 빨간색이었다. 엔진은 포효했고, 저속 기어에서는 삐걱거리는 소리를 냈다.

패티가 일어나 손을 흔들었다.

트럭이 아스팔트에서 주차장으로 내려오며 덜컹거렸다. 패티는 순전히 남자의 목소리만으로 짐작건대, 자신이 평생 봐온 트럭 중 가장 밝은 트럭일 거라고 쇼티에게 말했었다. 그녀의 짐작은 정확했다. 트럭은 카니발의 꽃수레처럼 밝았다. 빨간 페인트 위에 왁스칠을 한 데다 광을 내기까지 했다. 세로 줄무늬와 장식용 줄무늬가 금색으로 칠해져 있었다. 뚜껑들과 레버들에는 크롬 도금이 돼 있었는데, 하나같이 눈이 멀 정도로 밝게 광이 났다. 옆면에 남자의 이름이 동판에 새기는 30센티미터 높이의 글씨체로 자랑스럽게 적혀 있었다. 이름은 카렐(Karel)이었다. 캐럴(Carol)이 아니라.

"와우." 쇼티가 말했다. "끝내준다."

"진짜로 그렇네." 패티가 말했다.

"결국 우리는 여기서 나가는 거야."

"저 사람이 차를 수리할 수 있다면."

"어느 쪽이 됐든 여기를 떠나는 거야. 저 사람은 우리를 여기에 두고 가지 않을 거야. 알겠어? 저 사람이 우리 차를 수리하거나, 아니면 우리를 태워다 주거나. 저 밥맛들이 뭐라고 하건. 오케이?"

"오케이." 패티가 말했다.

트럭이 혼다 뒤에 와서 멈췄다. 그러고는 우르릉거리는 공회전을 계속했다. 한참 높은 곳에 있는 문이 열리고 남자가 사다리로 한 걸음 내려오더니 나머지 칸은 펄쩍 뛰어 땅에 내려왔다. 몸은 중간쯤 덩치에 강단이 있었고, 발가락으로 통통 뛰어다니는, 패기로 똘똘 뭉친 사람이었다. 머리는 면도를 한 민머리였다. 전쟁범죄 재판을 찍은 사진에 나오는 사람처럼 보였다. 검정 베레모를 쓴 반군叛軍 대령의 뒤에 선 무표정한 중위처럼. 그렇지만 그는 미소 짓고 있었다. 눈이 초롱초롱 빛났다.

"선드스트롬 씨?" 그가 물었다. "플렉 씨?"

패티가 말했다. "패티하고 쇼티라고 부르세요."

그가 말했다. "카렐이라고 해요."

그녀가 말했다. "와주셔서 너무너무 고마워요."

그가 주머니에서 물건을 꺼냈다. 절단된 전선들 뭉치가 튀어나온 카드 한 벌 크기의 더러운 블랙박스였다. 그가 말했다. "사고 덕에 운이 좋았어요. 폐차장 뒤쪽에서 건진 거예요. 두 분 차하고 같은 모델이에요. 색깔조차 똑같았어요. 여섯 달 전에 자갈 실은 트럭에 추돌을 당한 차예요. 그렇지만 차 앞부분은 여전히 말짱해요."

그러더니 그는 힘을 주는 듯한 미소를 짓고는 두 사람에게 두 사람의 객실 문으로 가라는 손짓을 했다.

"들어가서 짐 꾸려요." 그가 말했다. "2분이면 작업 끝이에요."

"짐은 벌써 다 싸났어요." 패티가 말했다. "그냥 가면 돼요."

"정말요?"

"오늘 새벽 일찍 짐을 쌌어요. 준비를 마쳐놓고 싶어서요."

"여기 묵는 게 별로 즐겁지 않았나 보네요?"

"어서 떠나야겠다는 생각이 무척 커서요. 우리는 지금쯤이면 다른 곳에 있었어야 해요. 그게 전부예요. 그것만 아니면, 여기는 끝내주는 곳이에요. 당신 친구들은 우리를 무척 친절하게 대해줬어요."

"아뇨. 나는 새로 거래를 튼 정비공이에요. 이 사람들은 아직까지는 내 친구가 아니에요. 이 사람들이 이전에 거래했던 사람이 이 사람들 친구였을 거예요. 그런데 사이가 틀어진 것 같아요. 그래서 이 사람들은 대신에 나한테 전화를 하기 시작했어요. 내 입장에서는 무척 잘된 일이죠. 나는 일거리를 원하니까. 나는 야심이 크거든요."

쇼티가 말했다. "나라면 이 사람들을 위해 일하고 싶지는 않을 거예요."

"왜요?"

"이상한 사람들이라고 생각하니까요."

카렐이 미소를 지었다.

"이 사람들은 고객명단에 있는 고객들이에요." 그가 말했다. "그 명단이 길수록, 내가 배고픈 몇 달을 헤쳐 나가는 게 더 쉬워지죠."

"그래도 나는 그러고 싶지 않아요." 쇼티가 말했다.

"사륜 바이크 아홉 대에 자동차 다섯 대예요. 보장된 일거리죠. 그 대가로 약간의 괴팍함 정도는 참아낼 수 있어요."

"자동차 다섯 대라고요?"

"지금 현재는요. 거기에 탑승식 잔디 깎는 기계도 있어요."

"우리한테는 차가 한 대라고 했는데." 쇼티가 말했다. "그 차를 봤어요."

"어떤 차요?"

"낡은 픽업트럭이요."

"그게 이 사람들이 이 지역을 돌아다닐 때 타는 제일 낡은 차예요. 이 사람들, 그것 말고도 메르세데스 벤츠 SUV를 갖고 있어요. 한 명당 한 대씩."

"농담 마세요."

"내가 왜 농담을 하겠어요?"

"그 차들은 어디에 있는데요?"

"헛간에요."

쇼티는 아무 말도 하지 않았다.

패티가 말했다. "궁금한 게 있어요."

카렐이 말했다. "물어봐요."

"이 사람들, 여기 있은 지 얼마나 됐죠?"

"이번이 이 사람들 첫 시즌이에요."

그녀가 말했다. "제발 우리 차 좀 당장 고쳐주세요."

"내가 그러려고 온 거잖아요." 카렐이 말했다.

그는 능숙하고 훈련된 몸놀림으로 혼다의 후드를 열었다. 몸을 숙이고, 손에 든 새 블랙박스의 크기가 맞는지 시험하는 듯 손을 낮췄다. 그러더니 뒤로 살짝 물러나 후드 안을 더 잘 보려고 애쓰는 듯 눈을 가늘게 떴다. 그가 후드에서 물러나서는 몸을 세웠다.

그가 말했다. "당신들 차의 계전기는 말짱해요."

패티가 말했다. "그렇다면 왜 시동이 걸리지 않는 건데요?"

"다른 문제 때문인 게 확실해요."

카렐은 절단된 전선들이 있는 블랙박스를 주머니에 다시 넣었다. 그는 펜더 주위를 느릿느릿 돌아 다른 각도에서 차에 접근했다.

"키를 한 번 더 돌려봐요." 그가 말했다. "상태가 얼마나 안 좋은지 들어 봐야겠어요."

쇼티가 운전석에 앉아 키를 돌렸다. 켰다, 껐다, 켰다, 껐다. 딸깍, 딸깍, 딸깍, 딸깍. 카렐이 말했다. "오케이. 알아냈어요."

그는 느린 걸음으로 180도를 완전히 돌아 맞은편 펜더로 갔다. 그러고는 자동차 프레임에 배터리 거치대가 접합된 지점에서 다시 허리를 굽혔다. 그는 얼굴을 곧바로 아래로 갖다 내고는 차체 밑을 볼 수 있도록 목을 비틀었다. 그는 손을 아래로 가져가 손가락 끝으로 차체 밑의 상태를 확인했다. 그런 후 뒤로 물러나 몸을 세우고는 1초간 가만히 서 있었다. 그는 숲을 힐끔 본 후, 다른 쪽을, 12호실을 힐끔 봤다. 그 너머가 보일 때까지 뒷걸음질을 쳤다. 헛간이, 주택이 보일 때까지. 그가 돌아와 패티와 쇼티에게 객실 앞의 판자를 깐 복도로 오라고, 객실 문으로 오라고 손짓을 했다. 그러면서 그는 이론적으로 상상한 누군가의 시야에서 세 사람 모두 안전하게 벗어나 있는지를 확인하는 듯 가는 내내 뒤를 돌아봤다.

그가 조용히 물었다. "이 사람들 중에 당신들 차를 만진 사람이 있나요?"

"피터가 그랬어요." 쇼티가 말했다.

"왜요?"

"자기가 사륜 바이크를 관리한다고 그랬어요. 그래서 우리는 차를 봐달라고 부탁했고요."

"사륜 바이크를 관리하는 건 그 사람이 아니에요."

"그가 차를 망가뜨린 건가요?"

카렐이 왼쪽을, 오른쪽을 봤다.

"그가 배터리에서 나오는 중요한 전선을 잘랐어요."

"어떻게요? 실수로요?"

"실수일 리가 없어요." 카렐이 말했다. "그건 당신 손가락보다 굵은 100퍼센트 구리 전선이에요. 그걸 자르려면 철사 끊는 데 쓰는 날이 달린 펜치가 필요해요. 힘도 써야 하고요. 그걸 실수로 자를 수는 없어요. 그건 고의적으로 한 파괴행위일 거예요."

"피터한테 펜치가 있었어요. 어제 아침에요. 두 눈으로 똑똑히 봤어요."

"배터리의 접속을 완전히 차단한 것 같아요. 어디로든 전기를 전혀 보내지 못하게요. 차가 마비된 거죠. 그게 바로 두 분 차의 상태예요."

"직접 봐야겠어요." 쇼티가 말했다.

"나도요." 패티가 말했다.

카렐이 말했다. "차 밑을 봐요."

두 사람은 차례로 엔진룸의 깊숙한 곳으로 몸을 기울이고 고개를 숙이고 목을 비틀었다. 두 사람은 빳빳한 검정 전선을 봤다. 반으로 잘린 게 분명했다. 잘린 표면들이 갓 나온 동전처럼 반짝거렸다. 두 사람은 카렐이 서 있는 곳으로 걸어서 돌아갔다. 그가 말했다. "유감이에요. 무슨 말을 해야 할지 모르겠네요. 사실, 나는 이 사람들을 그렇게 잘은 몰라요. 내 입장에서는 이걸 저 사람들이 짓궂은 장난을 친 거라고 가정해야겠네요. 그런데 이건 정말로 멍청한 짓이에요. 수리비가 만만치 않게 들 거예요. 이런 종류의 전선은 비싸거든요. 배관 공사를 하는 거랑 비슷해요. 근처에 있는 다른 부품들을 통째로 갈아야 해요."

"수리하지 마세요." 패티가 말했다. "수리하겠다는 생각조차 마세요. 그냥 우리를 지금 당장 여기서 벗어나게 해줘요. 지금 당장 우리를 태워다 주세요."

"왜요?"

"이건 짓궂은 장난이 아니에요. 저 사람들은 우리를 여기에 붙들어두고 있어요. 우리가 떠나게 놔두지 않을 거예요. 우리는 죄수나 다름없는 신세예요."

"굉장히 이상한 얘기로 들리네요."

"그렇지만 사실이에요. 그들은 우리를 내내 묶어뒀어요. 그 사람들 말 한마디 한마디가 다 거짓말이에요."

"어떤 말이요?"

"그들은 우리가 이 방의 첫 손님이라고 했어요. 그렇지만 그런 것 같지 않아요."

"이 사람들 무척 이상한 말을 했네요."

"왜요?"

"이 방에는 한 달 전에 사람들이 있었어요. 9호실에 있는 사람한테 타이어를 갖다 줬기 때문에 그걸 확실히 알아요."

"그들은 당신을 그들의 좋은 친구라고 했어요."

"내가 이 사람들을 만난 건 두 번밖에 안 돼요."

"여기에 적어도 3년은 있었다는 듯이 말했어요."

"그것도 틀린 말인데. 그들은 1년 반쯤 전에 나타났어요. 건축 허가를 받는 문제로 관공서하고 대판 싸움을 벌였죠."

"어제 그들의 전화가 먹통이 됐다고 했어요. 그렇지만 그런 적이 없는 게 확실해요. 그들은 우리를 그냥 여기에 붙들어 두고 싶었던 거예요."

"왜 그러는 건데요? 돈 때문에요?"

"우리도 그 문제를 생각해봤어요." 쇼티가 말했다. "우리는 조금 있으면 빈털터리가 돼요. 누가 됐건 얼마 가지 않아 빈털터리가 될 거예요. 그렇다면 놈들은 무슨 짓을 할까요?"

"그것도 정말 이상하네요." 카렐이 말했다.

그는 반신반의하는 표정으로 거기 서 있었다.

"제발 우리를 태워다 줘요." 패티가 말했다. "부탁이에요. 우리는 여기서 벗어나야 해요. 50달러 드릴게요."

"당신들 차는 어떻게 하고요?"

"여기 남겨둘래요. 어쨌든 차는 팔 작정이었어요."

"값을 그리 많이 받지는 못할 거예요."

"그래서 두고 가려는 거예요. 우리는 차가 어떻게 되건 상관없어요. 그렇지만 빨리 떠나야 해요. 여기서 벗어나야 해요. 지금 당장이요. 당신이 우리의 유일한 희망이에요. 우리는 이곳의 죄수나 다름없어요."

그녀가 그를 쳐다봤다. 그가 천천히 고개를 끄덕였다. 그러고는 두 사람을 떠맡기로 마음을 먹었다. 그가 뒤로 물러서서 양쪽 어깨 너머로 목을 길게 빼고는 왼쪽과 오른쪽을 살폈다. 거대한 트럭을 힐끔 본 후, 주차장을 자세히 둘러보며 크기를 측정했다. 그는 그런 후에 객실을, 깔끔하게 정리된 짐을 힐끔 봤다.

"좋아요." 그가 말했다. "탈옥을 실행할 때가 됐군요."

"고마워요." 패티가 말했다.

"그런데 먼저 물어보기 좀 그런 질문을 해야겠네요."

"뭐죠?"

"숙박비는 지불했나요? 당신들이 숙박비도 내지 않고 몰래 줄행랑을 치는 걸 도와줄 경우, 나는 곤경에 빠질 거예요. 여기에는 숙박업 관련 법률이 있거든요."

"간밤에 지불했어요." 쇼티가 말했다. "오늘 정오까지는 아무 문제없어요."

"좋아요." 카렐이 말했다. "그렇다면 잠시 생각을 해보죠. 우리는 심하다 싶을 정도로 조심을 해야 해요. 최악의 상황을 가정해야 해요. 우리는 저 사람들이 이 상황에 어떻게 대응할지를 몰라요. 그러니까 저 사람들이 이 일이 벌어지는 걸 보지 못하는 게 더 나을 거예요. 동의해요?"

"그게 훨씬 낫죠." 패티가 말했다.

"그러니까 두 사람은 보이지 않는 곳에 있도록 해요. 내가 제대로 된 방향을 향하도록 트럭을 돌리는 동안에요. 차를 돌리고 나면 두 사람은 가방을 움켜쥐고 차에 뛰어올라 여기를 떠나는 거예요. 그렇게 되면 어느 것도 우리를 막지 못할 거예요. 메르세데스 벤츠조차 우리 트럭에는 튕겨 나갈 거예요. 그렇겠죠?"

"우리는 준비가 다 됐어요." 쇼티가 말했다.

카렐이 문을 통해 여행 가방을 쳐다봤다.

"꽤 크네요." 그가 말했다. "들 수 있어요? 내가 도와줬으면 하나요?"

"혼자 들 수 있어요."

"그럴 수 있다는 걸 보여줘요. 시간이 지연되면 일을 망칠 수도 있으니까요."

패티가 먼저 들어갔다. 그녀가 작은 여행 가방들을 한 손에 하나씩 들고 옆으로 서면서 길을 내줬고, 그 덕에 쇼티가 제일 소중한 가방에 갈 수 있었다. 그가 새로 묶은 밧줄 손잡이를 두 주먹으로 잡고는 끌었다. 그러자 가방이 공중으로 15센티미터 들렸다. 카렐은 판정을 내리는 사람처럼 문간에서 그걸 지켜봤다.

그가 물었다. "그걸 들고 얼마나 빨리 움직일 수 있겠어요?"

"걱정 마요." 쇼티가 말했다. "나 때문에 일을 망치는 일은 없을 테니까."

카렐이 그를, 다음에는 패티를 쳐다봤다. 양손에 작은 가방 하나씩을 든 그녀를, 양손으로 큰 가방 하나를 든 그를. 침대와 에어컨 사이의 공간에 나란히 선 두 사람을. 그가 말했다. "오케이. 거기서 기다려요. 내가 차를 돌리기 전까지는 나오지 마요. 그런 다음에 패티 먼저 나와요. 패티는 가방들을 좌석에 던지고는 거기에 올라와요. 그런 다음에 쇼티가 와서 여행 가방을 높이 밀어 올리면 패티가 몸을 기울여 그걸 당기고, 그다음에 쇼티가 좌석으로 올라오는 거예요. 이해되죠?"

"괜찮게 들리네요." 쇼티가 말했다.

"오케이." 카렐이 말했다. "준비해요."

그가 문간으로 몸을 기울이고는 손잡이를 잡고 그들 앞에서 문을 닫았다. 두 사람은 창문을 통해 그가 잽싸게 맨땅을 가로질러 운전석 사다리에 오르는 걸 봤다. 엔진이 포효하는 소리를, 기어를 바꾸고 천천히 움직인 트럭이 오른쪽에서 왼쪽으로 시야에서 사라지는 소리를 들었다.

두 사람은 기다렸다.

트럭은 돌아오지 않았다.

두 사람은 기다렸다.

아무 일도 없었다.

아무 소리도, 아무 움직임도 없었다. 창밖에 보이는 예전하고 똑같은 풍경 말고는 아무것도 없었다. 흙더, 주차장, 풀밭, 나무들이 이룬 방벽.

쇼티가 말했다. "1분간 지체되나 봐. 밥맛들이 나와서 그한테 말을 걸기 시작한 걸지도 몰라."

"떠난 지 1분 더 됐어." 패티가 말했다. 그녀는 가방들을 내려놓고 창문 가까이로 걸어갔다. 목을 길게 빼고 밖을 응시했다.

"아무것도 안 보여." 그녀가 말했다.

쇼티가 여행 가방을 내려놨다. 그가 그녀와 같이 창문 옆에 섰다. 그가 말했다. "모퉁이에 가서 확인하고 올게."

"놈들이 자기를 볼지도 몰라. 모두 한데 모여서 얘기하는 중일 거야. 놈들이 달리 무슨 짓을 할 수 있겠어? 트럭이 방향을 돌리는 데 얼마나 걸릴까?"

"조심할게." 쇼티가 말했다.

그는 문으로 향했다. 손잡이를 돌리고 당겼다. 그러나 문은 꿈쩍도 안 했다. 전혀 움직이지 않았다. 그는 안에서 잠금장치가 제대로 열려 있는지 확인했다. 그러고는 양쪽 방향으로 손잡이를 돌렸다. 아무 일도 없었다. 패티는 그를 응시했다. 그는 더 세게 당겼다. 두툼한 손바닥 하나를 벽에 납작하게 붙이고는 힘껏 당겼다.

아무 일도 없었다.

"놈들이 우리를 가둔 거야." 패티가 말했다.

"어떻게?"

"집에 버튼이 있는 게 분명해. 리모컨처럼. 놈들이 우리를 내내 지켜보고 있었던 것 같아."

"자기, 완전히 정신이 나갔구나?"

"여기는 정신이 올바른 곳인 것 같아?"

그들은 창밖을 응시했다. 혼다, 주차장, 풀밭, 나무들이 이룬 방벽. 그 외에는 아무것도 없었다.

그러더니 모터가 돌면서 그들 앞에 있는 창문의 블라인드가 내려갔고 방이 어둠에 잠겼다.

17

카렐이 뒷방에 들어서자 모두 주위에 몰려들어 함성을 지르고 폭소를 터뜨리며 그의 등을 토닥거렸다. 스티븐이 고개를 숙이고는 키보드를 타닥거리자 모니터들에 뜬 동영상이 빠른 속도로 되감겼다. 세 인물이 덜컥거리면서 사방을 질주해 다니며 모든 일을 빠르게, 거꾸로 하고 있었다. 그가 TV 아나운서 목소리를 흉내 내며 말했다. "여러분, 액션 리플레이를 보시겠습니다. 오늘 경기의 MVP에게 초대형 그랜드슬램을 날린 기분이 어떤지 물어보겠습니다."

그가 재생 방향과 속도를 정상으로 바꿨다. 스크린들에 뜬 카렐이 힘을 주는 듯한 미소를 지으며 패티와 쇼티에게 그들의 객실 문으로 향하라는 손짓을 하고 있었다. 오디오가 그가 하는 말을 포착했다. "들어가서 짐 꾸려요. 2분이면 작업 끝이에요."

"그렇지만 그건 헛스윙이었어요." 실제 카렐이 TV와 인터뷰를 하는 말투로 말했다. 발칸 반도에서 날아오는 지직거리는 신호처럼. "첫 타석은 삼진아웃이었죠."

스크린들에서 패티가 말했다. "짐은 벌써 다 싸놨어요."

뒷방에서 카렐이 말했다. "그 시점부터 저는 저도 그들을 따라갈 것처럼 연기를 하기 시작했습니다. 조만간 무슨 일이 일어날지도 모른다는 분위기를 조성했죠. 제가 해야 할 일은 그들을 속여 방으로 들어가게 만든 다음에 문을 닫는 게 전부라는 걸 알았습니다. 결국 저한테 운이 따라줬죠."

다른 사람들이 폭소를 터뜨리고 다시 함성을 질렀다. 그렇지만 마크가 말했다. "운하고는 아무 상관도 없는 일이었어. 이건 고난도의 플레이를 펼쳐서 따낸 성취였어. 우리는 이 동영상을 영원히 저장해둬야 해. 머리에 쏙 박히도록 보고 또 보면서 배워야 해. 아까 그 일은 거장의 바이올린 연주를 듣는 거랑 같았어. 전에도 이런 적이 있었던 거지? 그렇지, 카렐?"

뒷방이 조용해졌다.

스크린들에서 세 인물이 낮은 목소리를 주고받으며 혼다와 판자를 깐 복도 사이에 모여 있는 것을 보여주는 동영상이 재생됐다.

마크가 말했다. "당신은 우리 친구가 아닌 척하는 걸로 우리랑 거리를 뒀어. 그러면서 자연스럽게 쟤들하고 더 끈끈한 유대감이 생겨났지. 쟤들은 곧장 빠져들었어. 자기들이 알아서 이 짓을 한 거야. 쟤들은 당신하고 정말로 가까운 사이가 됐어. 당신은 쟤들이 감지한 모순된 상황에 대한 최악의 공포를 확인해주는 것으로 그 유대관계를 굳건히 했고. 그러고서는 쟤들이 탈출하는 걸 돕겠다는 데 동의하는 시점을 늦추는 것으로 상황을 극단까지 밀어붙였지. 감정 조종의 걸작이었어. 완벽하게 건설된 롤러코스터였지. 오전 내내 걱정에 잠겨 있던 쟤들이 느닷없이 강렬한 희망으로 잔뜩 부풀어지게 만든 거야. 쟤들이 손에 가방을 들고 떠날 때를 기다리면서 서 있을 때, 그 희망은 실제의 행복감으로 커져만 갔어. 그러던 애들이 갑자기 철저한 패배감에 휘청거리게 된 거야."

스티븐이 클릭을 해서 라이브 영상으로 넘어갔다. 패티와 쇼티는 침대에 앉아 있었다. 어둠 속에서, 손가락 하나 까딱하지 않고.

"이 방식이 더 잘 먹혀." 카렐이 말했다. "약속해. 저런 애들은 감정을 건드려주는 게 좋아. 그러고 나면 패배감이 뇌 깊은 곳까지 스며들거든. 맹세하는데, 이런 상황 때문에 쟤들은 나중에 더 재미있는 애들이 될 거야."

카렐은 "좀 이따 봐"라고 말하며 문을 열고 나갔다.

리처는 길이 왼쪽으로 굽어지는 지점이 다가오는 걸 봤다. 100미터쯤 앞이었다. 큰 도로와 비스듬한 각도로 만난 그곳은 마지못해 그런다는 듯 부드럽게 휘어졌다. 그런 후 계속 뻗은 길은 사과농장을 관통했다. 그는 그쪽으로 계속 걸었다. 절반쯤 갔을 때 거대한 견인 트럭이 지나갈 수 있도록 풀밭인 갓길로 올라서야 했다. 어마어마하게 큰 그 트럭은 밝은 빨간색에 흠집 하나 없이 깔끔했다. 트럭 전체가 황금색 세로 줄무늬로 덮여 있었다. 트럭은 그의 아래에 있는 땅을 뒤흔들었다. 그는 트럭이 멀어지는 걸 지켜봤다. 그러고는 다시 걷기 시작해서 좌회전을 했다.

샛길은 큰길보다 좁았지만, 너비는 넉넉했고 도로도 오래전 사람들이 장작이나 석탄, 주석을 운반하기 위해 이용했을 법한 초기 모델의 트럭들이 달리기에 충분할 정도로 탄탄했다. 농장 양쪽에는 무거운 열매를 달고 축 늘어진 사과나무들이 있었다. 공중을 떠다니는 사과 냄새를 맡을 수 있었다. 마른 풀의 냄새를 맡을 수 있었다. 곤충들이 윙윙거리는 소리를 들을 수 있었다. 머리 위에서는 말똥가리 한 마리가 온난기류를 타고 하늘 높이 날아오르고 있었다.

래코니아에서 마지못해 멀어지는 샛길로 접어들고 800미터쯤 지나자

도로가 확연하게 서쪽으로 다시 꺾였다. 그러고는 멀리까지 곧장 이어지면서 더 많은 사과농장을 통과해 반짝거리는 작은 점을 향해 뻗어 나갔다. 리처는 그 점이 주차된 차일 거라고 짐작했다. 그 너머에는 그 앞에 있는 나무들하고는 다른 색상의 녹색 나무들이 있는 듯 보였다. 그는 계속 걸었다. 그는 점과 가까워지는 동안 그게 진짜로 차라는 걸 확인했다. 반짝거리는 건 햇살이 강렬해서 그런 거지, 차의 페인트 때문에 그런 게 아니었다. 차는 낡아빠진 구형의 느림보처럼 보였다. 결국에 그는 그 차가 스바루라는 걸 확인했다. 감독관 때문에 골머리를 앓는 하청업자와 같이 탔던 스바루하고 약간 비슷한 관련 모델이었지만, 연식은 20년쯤 더 돼 보였다. 여러 세대 이전의 조상 같은 차. 차는 아스팔트가 끝나는 지점과 나란히 세워져 있는 나무 울타리를 등지고는 이쪽을 정면으로 바라보게 주차돼 있었다. 울타리 너머에는 사과농장 1,000평이 있었고, 그 뒤에는 또 다른 울타리가, 그 너머에는 큼지막한 이파리들이 달린 야생의 나무들이 있었다.

스바루에는 한 남자가 있었다.

남자는 운전석에 있었다. 리처는 파란 데님 재킷의 옷깃과 기다란 잿빛 포니테일을 볼 수 있었다. 남자는 움직임이 없었다. 그저 앞 유리를 통해 앞만 멍하니 바라보고 있었다.

리처는 운전석 쪽으로 차를 지나 걸어간 후 남자에게 등을 보이고 섰다. 다음 울타리는 100미터 떨어진 곳에 있었다. 뉴잉글랜드에서 흔히 볼 수 있는 종稱처럼 보이는 나무들은 촘촘하지만 제멋대로 흩어져 정착한 자리에서 뒤틀린 채로 서로서로 경쟁하고 있었다. 숲의 모양은 씨앗들이 바람에 날렸을 때 생겨나는 모양처럼 보였다.

그와는 대조적으로, 울타리는 일직선으로 보였다.

밝은 미래를 약속하듯.

뒤에서 차 문이 열리는 소리가, 그러고는 목소리가 들렸다. "댁이 브루스 존스랑 얘기한 사람이로군."

리처가 몸을 돌리고 물었다. "저요?"

스바루에서 내린 남자는 귀에 거슬리는 고음을 내는 일흔쯤 된 사람으로, 키는 컸지만 유령처럼 보였다. 재킷 아래에 있는 양 어깨는 코트걸이처럼 보였다.

그가 말했다. "브루스 존스가 자네한테 내가 쓴 소식지를 보여줬다던데."

"어르신이 그분이신가요?"

"그렇네. 그가 나한테 전화를 했어. 자네가 관심을 보인다는 사실에 내가 관심을 보일지도 모르겠다고 생각한다면서. 흥미가 동해서 자넬 만나러 왔네."

"제가 어디로 갈 건지는 어떻게 아셨죠?"

"라이언타운을 찾고 있다기에." 남자가 말했다.

"제가 거기를 찾아낸 건가요?"

"바로 앞이 거기네."

"저 숲 말인가요?"

"한복판으로 가면 나무가 적네. 세상을 훨씬 잘 볼 수 있지."

"제가 독에 중독되지 않는 건 확실한가요?"

"주석은 위험물질이 될 수 있네. 주석이 공기 1세제곱미터에 100밀리그램 이상 있으면 그 즉시 목숨과 건강이 위태로워지지. 더 나쁜 건, 주석이 특정 산화수소랑 결합해서 유기주석 화합물을 만드는 거야. 그런 화합물 중 일부는 청산가리보다 더 치명적이거든. 내가 걱정하는 게 그거네."

"그렇게 되면 결국 무슨 일이 벌어지나요?"

"화학은 그에 대한 말을 해야 할 때 말을 하지 않았어."

"정상급 과학자들이 그 문제를 연구하고 있었을 때조차도요?"

"결국, 콜로라도에 있는 회사는 자기들 땅이라고 주장하는 곳을 내가 무단출입하는 것을 금지했어. 놈들은 나를 막으려고 금지명령을 받아냈지. 나는 이 울타리 너머로는 갈 수 없는 신세야."

"애석하군요." 리처가 말했다. "저를 안내해서 구경시켜줄 수 있었을 텐데 말입니다."

"자네, 이름이?"

"잭 리처입니다."

남자가 주소를 말했다. 거리명과 번지. 리처가 4번 열람칸에 있는 모니터에 뜬 아버지가 두 살 때 행해진 센서스에서 본 것과 동일한 이름과 번지.

"그 사람들은 1층에 살았어." 남자가 말했다. "타일 일부가 아직도 거기 있지. 주방에. 어쨌든 80년쯤 된 거야."

"거기로 돌아가 보지는 못했나요?"

"관청을 상대로 싸울 수는 없는 노릇이니까."

"누가 알겠습니까?" 리처가 말했다. "이번 딱 한 번만 하시죠."

남자는 대답하지 않았다.

리처가 말했다. "잠깐만요."

리처가 앞에 있는 100미터 길이의 과수원 너머를, 두 번째 울타리를, 그 너머의 숲을 바라봤다.

리처가 말했다. "저 너머가 라이언타운이라면 도로가 여기서 끊긴 이유는 뭡니까?"

"원래는 쭉 뻗어 있었네." 남자가 말했다. "엄밀히 따지면 과수원 주인은 그의 땅의 이 부분을 무단점유하고 있는 거야. 40년쯤 전의 추운 겨울에 아스팔트가 얼어서 뜯어졌고, 다음 해 겨울에는 도로의 기초가 부서졌지. 그러고서 봄이 되자 과수원 주인이 불도저를 빌려 사과나무를 더 심었어. 그러다가 여름이 되자 카운티에서 나와서는 눈에 보이는 걸 수리했고. 그런데 가을이 되자 주인이 여기에 울타리를 쳤고, 그 시점부터 이건 끝난 문제가 돼버린 거지. 지주는 운이 좋았던 덕에 저 땅뙈기를 얻은 거야. 관청에서 하는 땅의 소유권을 찾으려는 작업은 그리 쉽고 빠르게 행해지지 않거든."

"알겠습니다." 리처가 말했다. "어르신을 나중에 봬야 할 것 같군요."

리처가 울타리 위로 몸을 올리고 두 다리를 흔들어 울타리를 넘고는 과수원에 발을 디뎠다.

"잠깐." 남자가 말했다. "나도 같이 가겠네."

"정말로요?"

"내가 거기에 가는 걸 누가 알겠나?"

"자유가 아니면 죽음을 달라.Live free or die. 뉴햄프셔 주의 공식 슬로건." 리처가 말했다. "어르신의 차 번호판에 적혀 있더군요."

남자가 울타리의 밑막이에 발을 올린 후 거기에서 리처가 했던 것과 비슷하게 몸을 놀렸다. 두 사람은 함께 걸어 눈높이에서 반짝거리는 녹색 사과들을 지나쳤다. 사과들은 하나같이 야구공보다 컸고, 일부는 소프트볼보다 컸다. 40년 전 겨울에 은밀하게 했던 공사가 약간 날림이었던 듯, 두 사람은 고르지 못한 땅 때문에 가끔씩 비틀거렸다. 두 사람은 100미터쯤 후에 두 번째 울타리에 당도했다. 울타리 너머에는 다른 종의 나무들이 있었다. 고상해 보이거나 잘 정돈됐거나 달콤한 향이 나는 열매가 열리는 나무가 아니라, 무성하게 우거진 잡목이나 다름없는 나무들이었다. 바로 앞에는 초목이 별로 없는 데다 자라는 초목도 건강하지 않아 보였다. 예전에 도로가 있던 곳에서 불도저나 식목의 혜택을 받지 못한 채로 자라는 것들이기 때문이었다. 그러므로 두 사람의 바로 앞은 사실상 라이언타운의 입구였다. 마체테날이 넓고 무거운 칼는 필요 없었다. 적어도 가지를 밀치고 치워가며 길을 가야 하는 노고는 그리 많이 하지 않아도 됐다. 포니테일을 한 남자도 동의했다. 그는 그곳을 8년 만에 보는 거였지만, 그래도 여전히 그것이 최상의 대안이었다.

"뭔가 보일 때까지 얼마나 더 가야 하나요?" 리처가 물었다.

"바로 저 앞이네." 남자가 말했다. "아래를 봐. 자넨 지금 옛날 도로를 걷고 있는 걸세. 자연과 날씨 말고는 아무것도 여기를 건드리지 않았지."

거기를 건드린 자연과 날씨가 한 일은 많았다. 두 사람은 울타리를 올라 가느다란 나무 몸통과 냉담한 덤불들을 밀어냈고, 60년간 빗줄기와 초목 뿌리들에 의해 망가진, 자갈들이 위로 밀쳐지고 옆으로 밀리면서 치워진 토지를 지났다. 얼마 안 가 그들은 도넛 구멍 같은 내부의 동그라미 부분에 있었다. 그곳의 사방에서 자라는 초목은 성겼다. 사방에 있는 토양의 토질이 좋지 않았기 때문이다. 도로가 앞으로 뻗어 나간 흔적을 쫓을 수 있었다. 도로는 리처가 물소리를 들을 수 있는 곳 쪽으로 휘었다. 개천. 공장은 저 아래에 있었을 것이다. 개천 옆에 있거나, 심지어는 개천 위에 있었을 것이다.

포니테일 남자가 이것저것을 가리키기 시작했다. 처음에는 왼쪽에 있는, 차 한 대가 들어갈 차고 크기의 네모난 토대를 가리켰다. 교회였다고 남자가 말했다. 그 외의 모든 건물을 외면한 방향. 유혹과 사악함을 외면하듯. 다음에 가리킨 건 오른쪽에 있는 것과 같은 종류의 것이었다. 겨우 몇 센티미터 높이의 돌로 놓은 토대의 중심으로, 대부분은 이끼와 흙에 덮여 있었다. 자갈도 없고 판석이나 다른 종류의 돌이 하나도 없는 좁은 공간이라 일찍부터 초목이 무성하게 자란 공간들을 깔끔하게 에워싸고 있었다. 두 번의 장마철이 지난 후에 밟아서 다진 땅. 여기는 교실이었다고 남자가 말했다. "자네가 상상할 법한 곳보다 나은 곳이었어. 모든 아이가 읽고 쓸 줄 알았거든. 일부는 생각도 할 줄 알았고. 당시에는 선생님들이 존경을 받았지."

"선생님이셨나요?" 리처가 물었다.

"한동안은." 남자가 말했다. "젊었을 때 얘기네."

공장은 도로가 개천과 만나는 지점에 있었다. 공장은 절반은 물 안쪽에, 절반은 뭍에 지어졌다. 남아 있는 건 이끼로 덮인 돌로 만든 초석들이 이룬 격자 모양이 전부였다. 그 위를 반쯤 웃자란 축축한 강둑의 생물종들이 덮고 있었다. 토대 하나는 굴뚝 크기로, 탄탄했다. 다른 하나는 방 크기로, 탄탄했다. 아마도 육중한 기계를 지탱하는 초석이었을 것이다. 가마솥들, 도가니들, 국자들. 남자는 리처에게 아래에 있는 개천으로 이어지는 배수관을 보여줬다.

일꾼들의 거처는 거리 건너편에 있었다. 건물 두 채가 나란히 늘어서 있었다. 남은 건 토대들뿐이었다. 두 건물 모두 계단이 딸린 중앙 로비가 있었는데, 위층과 아래층에는 왼쪽 아파트와 오른쪽 아파트가 있었다. 네 세대 거주용 아파트 두 채. 전부 여덟 세대. 뉴햄프셔 라이언타운. 인구는 30명 미만일 가능성이 큰.

남자가 말했다. "리처 가족의 주소는 맨 끝 건물의 오른쪽 끝에 있는 아파트 1층이었을 거야. 공장에서 제일 가까운 아파트. 현장감독이, 아마도 댁의 할아버지가 거기에 사는 게 관례였지."

"그분은 한동안은 카운티 소속으로 도로를 다졌습니다. 그런데 주소가 변하지를 않았더군요."

"공장은 대공황 말기의 2년간 문을 닫았었어. 그렇더라도 자네 할아버지를 거리로 내쫓을 이유는 없었지. 공장이 그를 해고하고 집을 빼앗을 필요는 없었으니까. 공장은 놀고 있었어. 공장을 다시 돌게 만든 건 2차 세계 대전이었지."

리처는 하늘을 올려다봤다. 새들이 가득했다. 그는 마음속으로 새로 자란 나무들을 제거하고는 옛날의 굴뚝을 다시 지었다. 그러고는 공장이 밤낮으로 돌아가고 하늘에는 매연이 가득했던 1943년 가을에 이곳이 어떤 모습이었을지 궁금해했다.

남자가 말했다. "나는 가는 편이 낫겠네. 나는 여기 있으면 안 되는 사람이거든. 자넨 원한다면 여기 있도록 해. 나는 차에서 기다릴 테니. 자네만 좋다면 차로 태워다 줄 수 있어."

"고맙습니다." 리처가 말했다. "그렇지만 원하는 것보다 오래 기다리지는 마세요. 저는 걷는 걸 늘 좋아하니까요."

남자는 고개를 끄덕이고는 숲 사이로 미끄러져 들어가 왔던 길을 되돌아갔다. 리처는 오른쪽에 있는 아파트로 걸어갔다. 공용으로 쓰던 출입문이 있던 곳에는 돌로 만든 문간 계단 말고는 아무것도 남아 있지 않았다.

계단은 넓고 깊었다. 계단은 도로 양옆의 배수로 위에 놓인 다리 역할을 했다. 배수로는 깊은 U자 모양 윤곽으로 놓인 자갈돌로 만들어졌는데, 지금은 초목들이 자라면서 자갈돌 대부분이 망가지고 밀려난 상태였다. 그는 계단을 밟고는 한때 로비였던 곳으로 들어갔다. 바닥은 시멘트였는데, 시간에 의해 망가지면서 모양이 제멋대로인 조각들로 쪼개져 겨울 강물에 뜬 부빙들처럼 이쪽저쪽으로 비스듬히 놓여 있었다. 틈바구니와 경계선이 있는 곳마다 무언가가 자라나서 대량으로 서식하고 있었다.

로비 오른쪽 벽에는 바닥 근처에 낮게 놓여 있는 깨진 벽돌 조각들 말고는 아무것도 남아 있지 않았다. 그것들은 잇몸이 있는 곳까지 부서진 이빨처럼 보였다. 가운데에는 그리 높지 않은 석제 문턱이 말짱한 상태로 있었다. 오른쪽 1층이 아파트 정문이었다. 리처는 안으로 들어갔다. 복도 바닥에 나무 세 그루가 사라고 있었다. 나무들은 몸통은 그의 팔목보다 가늘었지만, 빛을 찾아 경쟁하느라 높이는 6미터나 됐다. 나무들 너머에는, 그리고 양쪽에는 부서진 벽돌들이 낮게 늘어서 건축가의 바닥 설계도가 생명을 얻어 3차원 비슷하게 되살아난 듯한 모습으로 방들이 있던 곳들을 보여주고 있었다. 침실은 두 개였을 거라고, 거기에 거실 하나와 식당 겸용 주방이 있었을 거라고 그는 생각했다. 하나같이 자그마한. 요즘 기준으로 보면 누추하고 추레한. 욕실은 없었다. 어쩌면 건물 밖의 뒤쪽에 있었을 것이다.

남아 있는 타일들은 주방 바닥이 있었을 게 분명한 곳에 남은 뒤집힌 조각들이었다. 옛날 스타일의 표준화된 상품처럼 보였다. 그 밑의 시멘트는 공기가 가득 든 딱딱한 빵 껍질처럼 보였지만, 화공품 접착제가 연출한 기적에 의해 서로 붙어 있었다. 타일이 이룬 무늬는 자연에 노출되어 보낸

60년 세월에 의해 바래고 씻겨나갔지만, 한때는 아칸서스 잎과 만개한 마리골드와 아티초크를 모아 빅토리아 후기 스타일의 알록달록한 밝은 색상들로 칠한 종류의 것으로 보였다. 리처는 그리로 가까이 다가가서는 주위를 기어 다니는 어린아이의 시점으로 상상해봤다. 상상의 초점에서 색깔들이 까닥거리면서 나타났다 사라졌다. 그는 아버지가 자랄 때 관심을 가졌던 유일한 색상은 군복의 탁한 녹색이었다는 걸 기억하고 있었다. 이제 그 이유를 알 것 같았다.

리처는 복도에 자란 나무들 사이를 다시금 간신히 비집고 나와 로비를 통해 밖으로 나왔다. 무의미한 짓이었다. 어디를 선택했건 그곳을 통해 건물에서 나올 수 있었을 테니까. 높이가 10센티미터를 넘는 벽은 한 군데도 없었다. 그렇지만 그는 디뎠던 걸음을 되밟는다는 기분을 느끼고 싶었다. 그는 지금은 존재하지 않는 거리 쪽 출입문에서 잠시 멈췄다. 그러고는 여전히 거기에 있는 계단에 앉았다. 어린애가 그러는 것처럼, 폭풍우가 지난 후에 발밑으로 강물처럼 요란하게 물이 흘러가는 배수로 위에서 그러는 것처럼.

그러다가 소리를 들었다. 오른쪽에서 한참 떨어진 곳에서 나는 소리를.

아파서 내는 비명이었다. 남자 목소리. 즐거워서나 황홀해서 내는 소리가 아닌 건 분명했다. 격분해서나 화가 나서 내는 소리도 아니었다. 그저 아파서 내는 소리였다. 멀리서. 차로 돌아가는 길에 있는 과수원이 있던 곳쯤. 리처는 일어나 가장 빨리 갈 수 있는 길을, 들썩거리고 굴러 떨어지는 돌들이 있으며 나무들 사이로 미끄러져 들어가는 길을 택했다. 옛 도로를 따라 교실을 지나고 교회를 지나 울타리로 돌아왔다.

50미터쯤 떨어진 곳에, 그러니까 과수원의 정확히 중간쯤에 포니테일을 한 노인이 있는 게 보였다. 나이는 노인의 절반도 안 되고 체중은 노인의 두 배는 돼 보이는 다른 남자가 노인의 두 팔을 비틀면서 노인의 뒤에 서 있었다.

리처는 울타리를 넘어 그들 쪽으로 향했다.

18

운동선수에게 50미터는 5~6초면 충분한 거리일 것이다. 그렇지만 리처는 30초 가까이를 목표로 삼고 있었다. 느린 산보. 그러나 목적의식은 가득한. 의사를 전하려는 의도로. 그는 걸음을 계속 길게 내디디면서 어깨는 축 늘어뜨렸고 두 손은 옆구리에서 멀리 떨어뜨렸다. 그는 고개를 계속 세우고는 덩치 큰 사내에게 냉혹한 시선을 유지했다. 오래전에 터득한 원초적인 신호. 남자가 남쪽을 힐끔거렸다. 도움을 요청하는 것처럼. 혼자가 아닌 듯했다.

리처가 가까워졌다.

덩치 큰 사내가 고개를 리처 쪽으로 돌렸다. 그는 몸싸움을 해서는 노인을 앞으로 돌려세워 인간 방패처럼 활용했다.

리처가 2미터 떨어진 지점에서 멈췄다.

리처가 말했다. "놔드려."

리처의 말은 짧았지만, 역시 오래전에 터득한 어조였다. 입 밖에 내지 않은, 저항을 시도할 경우에 불가피하게 빚어질 참혹한 결과에 대한 문장 전체는 문장 끝부분에서 기어들어가는 모음에 감춰져 있었다. 덩치 큰 사내가 노인을 놔줬다. 그렇지만 그게 끝이 아니었다. 그쪽이 생각하는 그런 게 아냐, 형씨. 그는 리처가 그 점을 확실히 알아듣기를 원했다. 그는 어쨌든 자신의 두 손이 자유로워지기를 원했다. 더 중요한 목적들을 위해. 그가 노인을 옆으로 밀치고는 리처가 있는 쪽으로 곧장 발을 내디뎠다. 두 사람의 거리는 채 1미터도 떨어져 있지 않았다. 20대인 사내는 짙은 색 머리카락에 면도를 하지 않았다. 키는 180센티미터가, 체중은 90킬로그램이 넘었다. 야외에서 노동을 한 까닭에 피부는 탔고 근육이 잘 발달돼 있었다.

그가 말했다. "형씨가 상관할 일이 아냐."

리처는 생각했다. 이건 뭐야? 영화 「사랑의 블랙홀」처럼 똑같은 일이 반복되는 상황인가?

리처가 큰 소리로 말했다. "넌 공공도로에서 범죄를 저지르는 중이야. 그걸 지적하지 않는다면 나는 시민으로서의 의무를 이행하는 데 실패하는 게 될 거야. 문명은 그런 걸 지적하고 바로잡는 방식으로 작동하는 거야."

사내가 남쪽을 힐끔 쳐다봤다가 다시 그를 봤다.

사내가 말했다. "여기는 공공도로가 아냐. 여기는 우리 할아버지 사과 농장이야. 그리고 당신들 둘 중 누구도 여기 있어서는 안 돼. 저 할아범은 허가를 받지 못해서 그런 거고, 형씨는 무단침입을 한 거라서 그런 거야."

"여기는 도로야." 리처가 말했다. "네 할아버지는 40년 전에 여기를 카운티에서 훔쳤어. 그 시절에는 그 양반도 용감한 젊은이였겠지. 지금의 너처럼."

사내가 남쪽을 다시 힐끔거렸다. 그런데 이번에는 다시 리처를 쳐다보지 않았다. 리처는 고개를 돌려 과수원이 비탈로 내려가는 지점에 심어진 나무들 두 줄 사이로 빠르게 걸어오는 다른 사내를 봤다. 생긴 게 처음의 사내와 똑같았다. 나이가 한 세대쯤 많다는 걸 제외하면. 나이 차가 그 이상은 아니었다. 아마 아버지일 것이다. 할아버지는 아니고, 아들보다 더 좋은 청바지 차림. 더 깨끗한 티셔츠. 더 짙게 탄 피부와 희끗한 머리. 똑같은 체구이지만 50대.

그가 도착해서 말했다. "무슨 일이오?"

리처가 말했다. "나는 모르겠소만."

"당신 누구요?"

"공공도로에 서서 당신한테 질문을 하는 사람일 뿐이오."

"여기는 공공도로가 아닌데."

"그건 사실을 부인하는 문제로군. 현실은 당신이 무슨 생각을 하는지는 신경 쓰지 않소. 그냥 계속 굴러갈 뿐이지. 여기는 도로요. 늘 그랬었고, 지금도 그렇지."

"묻고 싶은 게 뭐요?"

"그쪽 아이가 여기 있는 노신사에게 육체적인 폭행을 가하는 걸 봤소. 내 질문은 '당신은 그 짓거리가 당신의 자식교육 솜씨를 얼마나 잘 반영했다고 생각하는가?'였을 거요."

"이 경우에는 꽤나 잘 반영했군." 새로 온 사내가 말했다. "사람들이 우리 물에 독이 들어 있다고 생각하면 우리 사과의 가격이 어떻게 되겠소?"

"그건 모두 80년 전 일이었소." 리처가 말했다. "어쨌든 그건 허사가 됐지. 세계 정상급 과학자들이 당신네 물은 괜찮다고 말했소. 그러니 그 문제는 거기서 끝내자고. 겸손을 약간 떨면서. 당신이 80년 전에 있었던 어떤 멍청한 일을 얘기한 것 같다는 이유로 내가 오늘 당신의 팔을 비틀어도 될까?"

포니테일을 한 노인이 말했다. "엄밀히 말하면, 저 사람들은 콜로라도에 있는 회사하고 계약을 맺었어. 금지명령에 부칙이 있는데, 부칙의 내용은 내가 여기에 있었다는 걸 저 사람들이 입증할 수 있을 경우에는 돈을 받게 될 거라는 거였지. 저 사람들이 그 부칙을 까먹었기를 바라지만, 그렇지 않은 게 확실하군. 저 사람들이 내 차를 봤어."

"그걸 어떻게 입증한다는 겁니까?" 리처가 말했다.

"방금 입증했어. 사진을 문자로 보낸 거지. 저 사람이 간 데가 거기야. 높은 데가 아니고는 휴대폰 신호가 잡히지를 않으니까."

"법질서." 덩치 큰 사내의 아버지가 말했다. "이 카운티에 필요한 게 그거야."

"사과를 더 많이 기르려고 카운티 도로를 쓱싹하는 부분은 제외하고 말이지." 리처가 말했다.

"낭신한테 그런 얘기를 듣고 또 듣는 것도 신물이 나는군."

"그게 현실이 굴러가는 소리야."

"어쨌든 여기 숲에는 왜 온 거요?"

"그쪽이 상관할 일이 아냐." 리처가 말했다.

"우리가 상관할 일인 것 같은데. 우리는 여기 땅주인하고 관계가 있거든."

"내 사진을 문자로 보내지는 못할 거야."

"왜 못한다는 거지?"

"주머니에서 폰을 꺼내야 할 테니까. 그러면 내가 그걸 빼앗아서 박살을 낼 테니까. 그래서 당신이 전송을 못할 거라는 게 내 생각이야."

"우리는 둘이야. 폰도 두 대고."

"충분치 않아. 당신은 지원군을 불러야 해. 그런데 이런, 그러지를 못하겠군. 높은 데가 아니고는 휴대폰 신호가 잡히지를 않으니까."

"허풍을 주체 못하는 개새끼로군. 그렇지?"

"나는 현실적인 쪽을 좋아하는 거야." 리처가 말했다.

"현실을 시험해보고 싶나?"

"나라면 윤리적 딜레마에 처하게 될 거야. 아버지가 자기 앞에 대 자로 뻗은 걸 본 아들에게 그 일은 평생 상처로 남을 테니까. 자기 자식이 뻗은 걸 본 아버지한테도 상처로 남겠지. 아들을 보호하지 못한 상황이 지난 후에 말이야. 당신은 그게 안타까울 거야. 나는 그게 자식을 교육하는 부모의 마음일 거라고 믿어. 나한테는 자식이 없어서 확실하게는 모르지만. 그래도 상상은 할 수 있지."

남자는 대답하지 않았다.

리처가 말했다. "잠깐."

리처가 남쪽을, 두 줄로 늘어선 나무들 사이를, 과수원이 비탈로 내려가는 곳을 쳐다봤다.

"당신은 돌아오는 길이었군." 리처가 말했다. "문자는 이미 발송됐겠군. 언덕 꼭대기에서. 사진은 그보다 몇 순간 전에 촬영됐겠지. 그렇다면 우리 두 사람의 친구는 왜 여전히 여기에 있는 걸까? 두 팔을 등 뒤에 두고는?"

대답이 없었다.

포니테일 노인이 말했다. "나를 구타할 생각이었겠지. 그래야 교훈을 얻게 될 테니까. 문자가 발송되고 그들의 돈이 보장되자마자 말이야. 이 사람들은 그 시점에는 자네도 숲에 있다는 걸 몰랐을 거야."

"그런다고 상황이 달라지는 건 안 될 일입니다." 리처가 말했다. "그렇죠? 유죄 판결을 받지도 않은 사람들에게 그러지 말아야 하는 건 확실합니다."

리처가 아버지의 눈을, 다음에는 아들의 눈을 노려봤다.

리처가 말했다. "시간이 허비되고 있어, 제군들. 어서 가서 저 노인을 구타하도록 해."

아무도 움직이지 않았다.

리처가 젊은 사내를 쳐다봤다.

그가 말했다. "괜찮아. 노인네가 너를 해치지는 못할 거야. 일흔 살 할아범이야. 깃털로도 저 노인네를 쓰러뜨릴 수 있어. 겁낼 거 하나도 없는 상대야."

사내가 공기를 킁킁거리는 개처럼 머리를 움직였다.

"이제는 양자택일이야." 리처가 말했다. "노인네를 때리거나, 노인네를 겁내거나."

반응이 없었다.

"아니면 양심상의 갈등이거나. 그게 다일 거야. 너는 노인네를 때리고 싶지는 않아. 정말로 그래. 그런데 이봐, 사과를 생각해봐. 너한테는 해야 할 일이 있어. 나도 이해해. 사실, 나는 너를 도와줄 수도 있어. 너는 나를 먼저 구타할 수 있어. 그렇게 하면 노인네한테 덤벼들 때 아무런 문제도 없다는 기분이 들 거야. 갈등이 덜 될지도 모른다고."

반응이 없었다.

"안 될 게 뭐야?" 리처가 물었다. "나도 겁이 나는 거야? 내가 너를 다치게 할까 봐 겁나? 이 말을 해야겠는데, 그럴 가능성은 있어. 이건 허심탄회하게 하는 얘기야. 너는 정보를 충분히 확보한 상태에서 결정을 내려야 해. 이제는 정말로 양자택일의 문제니까. 네가 나를 때리거나, 나를 겁내거나."

대답이 없었다.

리처가 가까이 다가갔다. 위험한 상황과는 반대쪽으로. 놈에게 바짝 서는 쪽이 낫다. 꼬맹이가 주먹을 날릴 정도로 멍청한 놈이라면 주먹이 속도를 붙이면서 날아가는 방향을 제대로 잡기 전에, 초장에 틀림막는 편이 낫다. 그게 쉬울 것이다. 꼬맹이가 그 정도로 멍청하다면. 리처는 놈보다 20킬로그램이 더 무겁고 15센티미터가 더 크며 팔 길이는 13센티미터쯤 더 길 것이다. 눈으로 봐도 그 정도는 가늠이 됐다.

꼬맹이는 그 정도로 멍청했다.

리처는 놈의 어깨가 뒤로 젖혀지는 것을 자신의 얼굴로 곧장 오른 주먹을 짧게 날리려는 의도인 게 틀림없는 행위의 초기 경고단계로 받아들였다. 그러면서 그에게 선택의 시간이 왔다. 짧게 날리는 오른 주먹이 날아오는 방향을 바꾸려는 의도로 왼 팔뚝을 바깥쪽으로 넓게 쓸어내는 몸짓과 관련된, 그러면서 그 자신이 짧게 날린 오른 주먹이 목표물을 무너뜨리는 즉각적인 반응을 보이는 선택. 어떤 현실적인 관점에서 보건, 그것이 최선의 행보일 것이다. 그의 동작은 빠르고 힘찼고 우아한 느낌이 들 정도로 갑작스러웠다. 그러나 그 동작으로 법정에 설 일은 없을 것이다. 리처는 배심원단 앞에 있는 것 같은 기분이었다. 증거를 제시하고 있는 듯한. 아니면 전문가 증인처럼 그 상황을 설명해달라는 요청을 받고 있는 듯한. 그는 증언의 효과를 높이려면 이 이야기가 찰나보다 약간 더 길게 전개되게 놔둬야 옳다고 느꼈다. 범죄가 성립하려면 의도와 행위 양쪽이 다 필요하다. 그래서 그는 양쪽 요소가 숨김없이 보이도록 놔둬야 한다고 느꼈다. 합리적인 의혹의 수준을 넘어서서 입증이 될 수 있는 지점까지 내내.

그래서 그는 고개를 옆으로 젖히고는 짧게 날아온 오른팔이 쉿 소리를 내며 귀를 지나가게 놔뒀다. 이제 영광스러운 회심의 일격이 모두가 보고 있는 바로 그 자리에서 주먹을 날린 의도를 명백하게 드러냈다. 그런 후 그는 꼬맹이가 헛손질을 한 주먹을 뒤로 당길 때까지 기다렸다. 그러고는 다시 기다렸다. 아주 긴 시간처럼 느껴지는 동안. 순전히 배심원들이 배심 원실에서 숙고하기에 적절한 시간을 허용하려는 의도에서. 그런 후 그는 묵직한 오른손 어퍼컷으로 꼬맹이의 턱 아래를 갈겼다. 꼬맹이는 무게가 없는 존재가 돼버려서는 풀밭으로 풀썩 쓰러졌다. 풀밭에서 털썩 소리가 나더니 온갖 먼지와 꽃가루가 햇살 속으로 뿌옇게 퍼졌다. 꼬맹이의 사지 가 늘어지고 고개는 옆으로 축 처졌다.

리처는 포니테일을 한 남자에게 '가시죠'라는 고갯짓을 했다.

그런 후 꼬맹이의 아버지를 쳐다봤다.

"자식교육을 위한 팁을 주지." 리처가 말했다. "애가 도로에 누워 있게 놔두지 마. 차에 치일 수도 있으니까."

"이 일을 잊지 않겠다."

"그게 우리의 차이점이야." 리처가 말했다. "난 벌써 잊었거든."

리처는 노인을 따라잡았고, 두 사람은 다시 50미터를 함께 걸어 낡아빠 진 스바루로 돌아갔다.

결국 패티는 몸을 일으켜 침대에서 벗어났다. 그녀는 전등 스위치가 있 는 문으로 걸어갔다. 세 발짝. 그녀는 첫 발짝을 디디는 동안 전기가 여전 히 들어오고 있다는 걸 확신했다. 두 번째 발짝을 디디는 동안에는 전기가 끊길 거라는 걸 확신했다. 리모컨으로 문을 잠그고 창문의 블라인드를 조 종할 수 있는 놈들이라면 전기를 끊을 수도 있는 건 확실했다. 그런 후 그녀는 다시 마음을 고쳐먹었다. 놈들은 왜 그러는 걸까? 그녀는 세 번째 발짝을 내딛는 동안 다시금 전등이 켜질 거라는 걸 확신했다. 식사 때문이었다. 놈들이 먹을거리를 주고 두 사람이 그걸 어둠 속에서 먹기를 기대할 이유가 뭐가 있겠는가? 그런 후 그녀는 손전등을 기억해냈다. 그건 무슨 용도일까? 그녀는 쇼티가 한 말을 기억해냈다. *어두운 데서 식사할 경우*. 쇼티가 그렇게까지 멍청하지는 않은지도 모른다.

스위치를 켜봤다.

작동이 됐다. 불이 들어왔다. 뜨겁고 노란 불이. 그녀는 낮에 켜진 전등이 싫었다. 문을 열어봤다. 여전히 잠겨 있었다. 창문 블라인드를 조종하는 버튼들을 만져봤다. 아무 일도 없었다. 쇼티는 싼 티 나는 노란 불빛 아래 가만히 앉아 그녀를 지켜봤다. 그녀는 몸을 돌려 방 곳곳을 살폈다. 가구를, 트럭이 돌아오지 않았을 때 두 사람이 떨어뜨린 곳에 가만히 놓여 있는 가방들을, 사방의 벽을, 벽들이 천장과 만나는 지점의 가느다란 몰딩을, 천장을. 천장은 구식 스타일의 뉴잉글랜드 흰색이 눈처럼 덮인, 완벽하게 매끈한 확 트인 공간이었다. 두 개 다 침대 위에 있는 연기탐지기와 보호망으로 에워싸인 전등을 빼고는 아무것도 없는 공간.

쇼티가 물었다. "뭔데?"

패티가 두 사람의 가방들을 다시 쳐다봤다.

그녀가 물었다. "우리가 저것들을 얼마나 잘 숨겼었지?"

"어디에?"

"산울타리에, 쇼티."

"꽤 잘." 그가 말했다. "큰 건 무거워. 곧바로 처박히는 걸 자기도 봤잖아."

"그런데 피터가 운이 좋아서 트럭에 시동이 걸리면서 엔진을 데우려고 그걸 몰고 오솔길을 내려갔어. 거기에 갔다가 돌아왔어. 정말로 빨리. 그런데도 그한테는 우리 짐을 발견할 시간이 있었어."

"방향을 돌릴 때 헤드라이트에 걸렸을 거야. 뒤쪽에서 보면 더 잘 보였을 수 있어. 오른쪽에 있는 거니까. 그는 시계 반대 방향으로 차를 돌렸을 거야. 자기가 손전등을 들고 본 거하고는 다른 시점에서 본 거지. 자기는 도로에서 확인했잖아."

"그한테는 밧줄로 손잡이를 만들 시간도 있었어."

쇼티는 아무 말도 하지 않았다.

"우연히도 그가 갖고 있던 밧줄을 써서 말이지." 그녀가 말했다.

"무슨 생각을 하는 거야?"

"그것 말고 또 있어." 그녀가 말했다. "우리는 운 좋으면 사고현장을 만날지도 모른다는 카렐이 한 말을 제밋거리로 삼았어. 그런 후에 그는 곧장 우리한테 온다고 말했어. 그게 사실상 그의 입에서 나온 첫 말이었어. 폐차장 뒤에서 부품들을 찾아서 오겠다고 한 거 말이야."

"그런 말을 달고 사는 놈인가 보지."

"놈들은 왜 밧줄 손잡이를 만든 걸까?"

"나는 놈들이 우리를 돕고 있는 건지도 모른다고 생각했어."

"농담이 나와?"

"추측해본 거야. 이해를 못하겠어서."

"놈들은 우리를 갖고 놀고 있었어."

"그래?"

"우리는 밧줄을 구해 손잡이를 만드는 얘기를 했어. 그래서 놈들은 정확히 그 짓을 한 거야. 놈들은 밧줄을 구해 손잡이를 만들었어. 자기들 능력을 보여주려고. 게다가 자기들이 우리 모르게 얼마나 키득거렸는지를 보여주려고."

"우리가 그런 얘기를 한 걸 놈들이 어떻게 알 수 있었겠어?"

"놈들은 우리 얘기를 듣고 있어." 패티가 말했다. "이 방에 마이크가 있어."

"정신 나간 소리 하지 마."

"달리 설명할 길이 있어?"

"마이크가 어디 있는데?"

"아마도 전등 속에."

두 사람 다 실눈을 뜨고는 뜨겁고 노란 불을 노려봤다.

쇼티가 말했다. "우리는 많은 얘기를 밖에서 했어. 의자에서."

"그러면 밖에도 마이크가 있는 게 분명해. 그래서 피터가 우리 짐을 찾아낸 거야. 놈들은 우리가 짐을 놓을 곳에 대해 하는 얘기를 들었어. 계획을 통째로 다 들은 거야. 망할 사륜 바이크를 밀고 왔다 갔다 한다는 계획을. 마크가 우리한테 피곤한 게 분명하다고 말한 이유가 그거야. 그렇지 않으면, 그 말은 이상한 말이 돼버려. 그런데 놈은 우리가 무슨 일을 하고 있었는지를 알고 있었어. 우리가 먼저 얘기를 했으니까."

"우리가 그거 말고 또 무슨 얘기를 했지?"

"많아. 자기가 캐나다 차는 다를지도 모른다고 말했는데, 우리가 그들에게서 다음에 들은 말이 '이봐요, 캐나다 차는 달라요'였어. 놈들은 내내 듣고 있었던 거야."

"그것 말고는?"

"무슨 얘기를 더 들었느냐는 중요하지 않아. 우리가 한 말도 중요하지 않고. 중요한 건 우리가 다음에 뭘 해야 하는지야."

"뭘 해야 하는데?"

"입을 꼭 다무는 거야." 패티가 말했다. "우리는 뭘 할지 계획을 짜는 것도 못해. 놈들이 우리 얘기를 들을 테니까."

19

리처와 포니테일을 한 남자는 울타리를 넘어가 스바루로 걸어갔다. 남자가 말했다. "자네, 아까 거기서 꽤나 대단하더군."

"대단하기는요." 리처가 말했다. "딱 한 대 때렸을 뿐입니다. 그것보다 적은 숫자는 없으니까요. 더 이상은 줄일 수 없는 숫자죠. 인정상 많이 봐준 겁니다. 그 꼬맹이가 치과보험에 가입돼 있을 거라고 생각합니다."

"걔 애비가 한 말은 진담일 거야. 놈들은 절대 잊지 않을 걸세. 저 집안은 끈질긴 걸로 명성이 자자해. 놈들은 무슨 짓이든 하지 않고는 못 배길 거야."

리처는 남자를 응시했다.

또다시 통째로 데자뷔.

남자가 말했다. "놈들은 자기들이 이 일대의 대빵이라고 생각해. 아까 일에 대한 얘기가 퍼질까 봐 걱정할 거야. 사람들이 등 뒤에서 키득거리는 걸 원치 않을 거라고. 그래서 놈들은 자네를 찾지 않고는 못 배길 거야."

"누가요?" 리처가 물었다. "그 꼬맹이의 할아버지가요?"

"그 집안은 계절노동자를 많이 고용해. 고용의 대가로 상당한 충성을 받지."

"어르신은 라이언타운에 대해 얼마나 더 알고 계십니까?"

남자는 잠시 침묵에 잠겼다.

그가 말했다. "자네가 꼭 얘기를 해봐야 할 어르신이 있네. 사실은 그 어르신 얘기를 할까 말까 고민하던 중이었어. 솔직히 말해 자네가 어르신을 만나지 않고 여기를 떠나는 게 옳다고 생각했으니까."

"적개심으로 가득한 과일 따는 일꾼 여러 놈에게 쫓겨서요?"

"상냥한 놈들이 아니니까."

"얼마나 흉악한 놈들입니까?"

"지금 즉시 떠나는 게 좋아."

"제가 꼭 얘기를 나눠야 할 어르신은 어디 계십니까?"

"내일까지는 못 뵐 걸세. 면회 약속을 해야만 하거든."

"연세가 얼마나 되신 분입니까?"

"이흔이 넘으셨을 거야."

"라이언타운에서 태어나신 분인가요?"

"그분 사촌들이 그러셨지. 그분은 거기에서 시간을 보냈고."

"그때의 사람들을 기억하실까요?"

"그렇다고 주장하시지. 주석 관련해서 그분과 인터뷰를 한 적이 있어. 병에 걸렸던 아이들에 대해 물어봤지. 이름들을 줄줄 얘기하시더군. 그런데 그 아이들이 걸린 병은 일반적으로 아이들이 잘 걸리는 가벼운 질병들이었어. 결정적인 질병은 하나도 없었지."

"그게 8년 전 일이었죠. 그분의 기억은 많이 희미해졌을 겁니다."

"그럴 공산이 크지."

"왜 내일입니까?"

"그분은 요양원에 있어. 촌구석 깊은 곳에 있는. 면회시간은 제한돼 있고."

"오늘 밤에 묵을 모텔이 필요하겠군요."

"자넨 래코니아로 돌아가는 게 옳아. 거기가 더 안전할 거야. 주위에 사람들이 많으니까. 그렇게 되면 당신을 찾아내기가 더 힘들어질 테니."

"저는 시골 분위기가 더 마음에 듭니다만."

"여기에서 북쪽으로 20마일 떨어진 지점에 마땅한 모텔이 있어. 괜찮을 거야. 그렇지만 자네한테 알맞은 곳은 아닐 걸세. 숲속 깊은 곳에 있는 데라서 말이지. 버스는 없고, 걸어서 가기에는 너무 멀어. 래코니아에 있는 편이 훨씬 나아."

리처는 아무 말도 하지 않았다.

남자가 말했다. "그보다 더더욱 좋은 것은 계속 옮겨 다니는 거지. 자네만 좋다면 내가 어디로든 태워다주겠네. 아까 저기서 나를 구해준 데 대한 감사 인사를 대신해서."

"아까 그 일은 어쨌든 제 잘못이었습니다." 리처가 말했다. "어르신께 같이 가자고 설득했잖습니까. 제가 어르신을 곤경에 빠뜨린 거죠."

"아무튼 어디로든 태워다주겠네."

"그럼 래코니아로 태워다 주십시오." 리처가 말했다. "그러고는 그 어르신하고 약속을 잡아주시고요."

리처는 다운타운의 모퉁이에서 차에서 내렸고, 포니테일을 한 남자는 차를 몰고 떠났다. 리처는 왼쪽과 오른쪽을 살피고는 가야 할 방향을 찾았다. 그는 미소를 지었다. 그는 75년의 세월을 사이에 두고 각각 인도에서 의식을 잃은 채로 발견된 스무 살짜리 두 명이 있던 곳들의 가운데 지점에 있었다. 그는 행인들을 꼼꼼히 살폈다. 보스턴에서 왔을 법한 사람이 몇 있었다. 그렇지만 이상해 보이는 사람은 없었다. 대체로 커플들이었다. 일부는 백발이었다. 래코니아가 제공하는 상품들이 무엇이건, 시즌 종료 바겐세일에 나온 상품들을 찾아온 쇼핑객들일 것이다. 미심쩍은 건 하나도 없었다. 아직까지는. 내일이라고 쇼는 말했었다. 형사반장. 그는 그 문제에는 정통할 것이다.

리처는 골목으로 접어들었다. 여관을 봤던 곳이다. 다른 여관들보다 나을 것도 못할 것도 없는 곳. 또 다른 폭이 좁은 3층짜리 건물로, 옅은 색상으로 솜씨 좋게 칠이 돼 있었다. 그는 방 하나짜리 객실의 숙박료를 지불하고 방을 살피러 올라갔다. 창문은 뒤쪽으로 나 있었다. 그 점이 마음에 들었다. 그렇게 하면 소리가 들려오는 거리가 줄어든다. 조용한 밤을 보낼 수 있을지도 모른다. 너구리나 코요테가 쓰레기를 뒤지러 골목에 나타날지도 모른다. 아니면 동네의 개가. 심히 나쁠 것까지는 없는 일이다.

리처는 다시 밖으로 나갔다. 아직 날이 밝았기 때문이다. 배가 고팠다. 그는 점심을 걸렀었다. 오래된 주방 타일조각을 멍하니 쳐다보고 있을 때는 한창 식사 중이었어야 할 시간이었다. 남아 있는 모든 것. 크지 않은 방. 가구가 잘 갖춰져 있지 않았을. 그러므로 점심으로는 간단한 메뉴를 먹었을. 땅콩버터 아니면 구운 치즈 같은. 아니면 통조림에서 꺼낸 먹을거리를. 주석 통조림.

그는 한 블록 떨어진 곳에서 온종일 아침 메뉴를 제공하는 커피숍을 찾아냈다. 경험상, 그런 곳은 대체로 온종일 모든 메뉴를 제공하는 곳일 공산이 컸다. 그는 안으로 들어갔다. 부스가 다섯 개 있었다. 네 개에는 손님이 있었다. 처음 세 곳에 앉은 손님들은 외지에서 온 쇼핑객들로, 한바탕

폭풍쇼핑을 해대며 힘을 쓴 후에 원기를 찾으려는 사람들처럼 보였다. 넷째 부스에 앉은 사람은 친숙한 얼굴이었다.

브렌다 아모스 형사.

그녀는 샐러드에 푹 빠져 있었다. 한바탕 난리를 피우는 바람에 미뤄뒀던, 오래 기다린 식사를 하는 게 틀림없었다. 리처는 헌병 출신이었다. 그래서 어떤 상황인지를 훤히 알았다. 여기로 뛰어다니고, 저기로 뛰어다니고, 전화기들은 사방에서 울려대고, 먹을 수 있을 때 먹어두고 잘 수 있을 때 자야 하는 상황을.

그녀가 고개를 들었다.

처음에 그녀는 1초 정도 놀란 눈치였다. 그러고는 낭패감을 느끼는 눈치였다. 그는 어깨를 으쓱하고는 그녀의 맞은편 벤치에 앉았다.

리처가 말했다. "내가 내일까지는 합법적인 신분이라는 얘기를 쇼 반장한테 들었소."

그녀가 말했다. "저한테는 선배님이 떠나는 데 동의했다고 그러셨는데요."

"라이언타운을 찾아낼 경우에 그러겠다는 거였소."

"못 찾았나요?"

"내가 반드시 얘기를 해봐야 할 사람이 있소. 연세가 무척 많은 분이오. 내 아버지 또래였을 거요. 동년배인 것 같소."

"오늘 그분과 얘기 나눌 예정이세요?"

"내일."

"바로 이게 우리가 걱정하는 상황이에요. 선배님이 여기에 영원히 있는 거요."

"긍정적인 쪽으로 생각해봐요. 어쩌면 오고 있는 놈이 아무도 없을 수도 있소. 꼬맹이는 밥맛이었소. 그놈들은 개는 그런 일을 당해도 싸다고 생각할 수도 있소. 개를 엄한 자식교육, 또는 요즘에 그걸 부르는 다른 이름으로 키워야 한다고 생각할 수도 있소."

"그럴 가능성은 전혀 없어요."

"내가 꼭 얘기를 해봐야 할 노인은 라이언타운에 사촌들이 있었소. 정기적으로 라이언타운을 방문했다더군. 그들은 거리에서 게임을 했을 거요. 온 동네 꼬맹이들이 전부 스틱볼^{고무공으로 하는 야구 경기} 같은 게임을. 시냇물 양쪽에 서서 공을 던져댔을 거요."

"제 얘기 듣고 기분 상하지 않으셨으면 해요, 소령님. 정말로 그 문제에 관심이 있으신 건가요?"

"소금은 그런 것 같소." 리처가 말했다. "어쨌든 여기에 하룻밤 더 있기에는 충분할 정도의 관심이 있소."

"우리는 관내에서 말썽이 일어나는 걸 원치 않아요."

"말썽을 피하는 게 항상 제일 좋은 일이니까."

"놈들은 오늘 남은 시간 동안 계획을 짤 거예요. 자정 전에 인원을 동원할 거고, 여기에는 아침 무렵에 도착하겠죠. 거기서 여기까지 거리는 그리 멀지 않아요. 놈들은 선배님 인상착의를 갖고 있을 거예요. 그래서 쇼 반장은 동이 트기 전에 사방팔방으로 전화를 돌려대겠죠. 반장은 이 지역을 전쟁터 취급할 거예요. 그 노인이라는 분은 사는 데가 어딘가요?"

"시외 어딘가에 있는 요양원. 내가 만난 어르신이 나를 태워다줄 예정이오."

"그분은 누구시죠?"

"그분은 8년 전에 지하수가 오염됐다고 생각했소."

"실제로 오염됐나요?"

"그렇지 않은 게 분명하오. 그게 그분의 문제점이오."

"그분이 선배님을 태우기로 한 데가 어딘가요?"

"나를 내려준 곳."

"약속된 시간에요?"

"9시 반 정각에. 면회시간이 정해져 있다고 했소."

아모스는 잠시 입을 다물었다.

"좋아요." 그녀가 말했다. "그래도 좋다고 허가할게요. 그렇지만 제가 정한 방식대로 행동하셔야 해요. *어떤 시점에도 선배님 방을 떠나지 마세요. 선배님은 누구 눈에도 띄어서는 안 돼요.* 오전 9시 반 정각에 고개를 푹 숙이고는 차로 곧장 뛰어가세요. 그러고는 떠나세요. 돌아오지 마세요. 이게 제가 내놓는 협상조건이에요. 그렇게 못하겠다면, 지금 당장 쫓아낼 거예요."

"숙박료를 이미 지불했소." 리처가 말했다. "지금 당장 나를 내쫓는 건 부당한 일이 될 거요."

"농담 아니에요." 그녀가 말했다. "여기는 OK 목장이 아니에요. 민간인 피해 발생이 기다리는 상황이라고요. 놈들이 선배님한테 날린 총알이 빗나가면 선배님 대신에 다른 사람 두 명이 총에 맞을 거예요. 제 얘기 잘 들으세요. 우리는 관내에서 차를 몰며 총질을 해대는 사건이 일어나는 걸 방치하지 않을 거예요. 절대로요. 여기는 래코니아예요. 로스앤젤레스가 아니라. 그리고 대단히 죄송하지만, 소령님, 선배님은 우리 입장을 지지해야만 해요. 무고한 행인들을 위험에 처하게 만드는 것보다는 더 나은 대처

방안을 알고 있어야 해요."

"진정해요." 리처가 말했다. "나는 당신들 입장을 지지하오. 나는 만사를 당신이 말한 방식대로 할 거요. 약속하겠소. 내일부터 그렇게 하겠다고. 나는 오늘은 여전히 합법적인 신분이니까."

"오늘 밤 어두워졌을 때부터 그렇게 하세요." 아모스가 말했다. "안전하게 구세요. 저를 위해서요."

그녀가 명함을 꺼내 그에게 건넸다.

그녀가 말했다. "제가 필요하면 전화하시고요."

20

패티는 신발을 벗었다. 캐나다인이니까. 그러고는 침대에 올라가 출렁거리는 표면에 똑바로 섰다. 그녀는 옆으로 몸을 움직이며 전등 쪽으로 고개를 젖혔다.

그녀가 큰 소리로 말했다. "창문 블라인드 좀 올려줘요. 개인적으로 부탁드리는 거예요. 햇빛을 보고 싶어요. 그런다고 무슨 피해가 있겠어요? 여기에는 아무도 오지 않잖아요."

그러고는 침대에서 내려간 그녀는 매트리스 끄트머리에 앉아 신발을 신었다. 쇼티는 텔레비전 모니터로 야구나 농구를 보고 있는 사람처럼 창문을 뚫어져라 쳐다봤다. 스포츠에 몰두할 때와 똑같은 집중력으로.

블라인드는 꿈쩍도 하지 않았다.

그는 어깨를 으쓱했다.

"시도는 좋았어." 그가 소리는 내지 않고 입술만 움직여 말했다.

"놈들은 이 문제를 상의하고 있을 거야." 그녀가 입술만 움직여 대답했다.

두 사람은 다시 기다렸다.

그러더니 블라인드가 말려 올라갔다. 모터가 윙윙거렸고, 밝은 오후 햇살의 푸른 빛발이 쏟아져 들어왔다. 처음에는 비좁게, 그러더니 차츰 넓어지면서. 방 안을 햇살로 가득 채울 때까지.

패티는 천장을 올려다봤다.

"고마워요." 그녀가 말했다.

그녀는 뜨겁고 노란 전등을 끄려고 문으로 걸어갔다. 세 걸음. 첫걸음은 기분이 좋았다. 그녀는 햇빛을 좋아하니까. 두 번째 걸음은 기분이 한결 더 좋았다. 놈들이 그녀를 위해 무슨 일을 하도록 만들었으니까. 그녀는 의사소통을 위한 연결선을 구축했다. 그녀는 놈들이 그녀도 사람이라는 걸 이해하게 만들었다. 그렇지만 세 번째 걸음을 걸을 때는 다시 기분이 나빠졌다. 놈들에게 그녀를 좌지우지할 영향력을 쥐여줬다는 걸 깨달았기 때문이다. 그녀는 잃을까 봐 두려운 게 무엇인지를 놈들에게 알려준 셈이었다.

그녀는 창틀에 두 팔꿈치를 얹고는 유리에 이마를 대고 바깥풍경을 응시했다. 변한 건 하나도 없었다. 흙더미, 주차장, 풀밭, 나무들이 이룬 방벽. 그것 말고는 아무것도 없었다.

주택의 뒷방에서 마크가 통화를 끝내고 수화기를 내려놨다. 그는 모니터들을 확인했다. 패티는 행복해보였다. 그는 다른 사람들에게 얼굴을 돌렸다.

"잘 들어." 그가 말했다. "이웃집에서 온 전화였어. 여기서 남쪽으로 20마일 거리에 있는 오래된 사과농장 말이야. 오늘 거기에 어떤 남자가 와서 말썽을 피웠대. 우리가 그 남자를 계속 주시해줬으면 한대. 그가 방을 구하려고 여기를 들르는 경우에 말이야. 농장에서 그를 데려가려고 사람들을 보낼 거야. 그 남자한테 참교육을 시킬 필요가 있다고 생각하는 게 분명해."

"그 남자, 여기에 들르지는 않을 거야." 피터가 말했다. "우리는 간판을 내렸잖아."

"과수원 주인 말이 덩치 크고 거친 놈이었대. 카운티 청사에 있는 친구가 한 말과 똑같아. 자기 집안의 역사를 들춰보고 있는 리처라는 덩치 크고 거친 남자. 네 번의 센서스 결과를 살펴본 남자. 그중 적어도 두 보고서에는 라이언타운 주소가 들어 있는 게 분명해. 거기는 이론적으로는 내 먼 친척들이 살았던 데야. 문제의 사과농장 구석에 있는 곳이고. 이 남자는 리처 가문의 부동산에 대한 정보를 파악하고 있어. 그는 이 동네 저 동네를 돌아다닐 거야. 취미활동에 미쳐버린 덕후 비슷한 인간 같아."

"그 사람이 여기에 올 거라고 생각하는 거야?"

"우리 할아버지 이름이 여전히 소유권 증서에 있어. 그런데 그건 라이언타운 이후의 일이었어. 그분들이 부자가 된 후의 일이었다고."

"지금 이 문제를 논의할 필요는 없어." 로버트가 말했다. "우리한테는 요리해야 할 대어大魚가 있어. 첫 손님이 도착할 때까지 열두 시간도 안 남았어."

"놈은 여기에 오지 않을 거야." 마크가 말했다. "내 위 몇 대조 조상쯤에서 갈라져 나간 친척일 거야. 그런 사람에 대한 얘기는 들어본 적이 없어. 그 인간은 직계 조상만 파고들 거야. 확실해. 누구나 그렇지. 그가 여기에 올 이유는 전혀 없어."

"방금 쟤들 방의 블라인드를 올렸어."

"그대로 놔둬." 마크가 말했다. "그 인간은 여기 오지 않을 거야."

"쟤들이 도와달라는 신호를 보낼 수도 있어."

"오솔길 잘 지켜보고 벨소리가 나는지 신경 써."

"그 남자가 여기에 오지 않을 거라면 왜 그래야 하는데?"

"다른 사람이 올지도 모르니까. 누구든 올 수 있어. 우리는 이제 잔뜩 조심해야 해. 여기는 우리가 마련한 곳이니까, 제군들. 오늘 한껏 기울인 주의력이 내일 배당금으로 돌아오는 거야."

스티븐이 가운데 양쪽에 있는 모니터들을 오솔길 어귀를 보여주는 화면들로 바꿨다. 한쪽은 클로즈업으로 숲 바깥을 보여줬고 다른 쪽은 와이드 앵글로 똑같은 곳을 보여줬다.

움직이는 건 아무것도 없었다.

리처는 아모스가 시킨 대로 했다. 방에 돌아가 남은 오후 시간을 거기에 처박혀 보냈다. 누구도 그를 보지 못했다. 그건 좋은 일이었다. 저녁을 먹는 게 문제가 될 거라는 걸 제외하면. 그가 숙소로 고른 곳은 아기자기한 소규모 여관이었다. 룸서비스는 없었다. 로비에서 공짜로 먹게 될 아침 뷔페에 내놓으려고 대량으로 구입한 머핀 말고는 식사도 제공되지 않을 것이다. 그렇지만 아직은 아침이 아니었다. 앞으로 일러야 열두 시간은 아무것도 먹을 게 없을 터였다. 열네 시간에 가까울 수도 있고. 인간이 굶어 죽을 수도 있는 시간.

그는 창밖을 살폈는데, 그건 시간 낭비였다. 보이는 거라고는 옆 거리의 뒤쪽 말고는 없었기 때문이다. 그런데 그는 온종일 아침 메뉴를 파는 곳이 겨우 한 블록 떨어져 있다는 걸 알고 있었다. 그가 거기에 간다면 어느 누가 그를 볼 수 있겠는가? 래코니아 같은 소도시의 해 질 무렵에 다운타운의 블록 한 곳에 있는 행인은 기껏해야 두세 명일 것이다. 거기에 커피숍에 있는 손님들 추가. 거기에 시중드는 직원들 추가. 점심시간 때 그를 이미 본 사람들. 얼마 전에. 그건 좋은 일이 아니었다. 맞다. 그 직원들이 말할 수도 있다. 이 사람, 여기에 항상 와요. 사실상 단골손님이죠. 그걸 경우, 추후의 수색은 이웃한 지역으로 집중될 것이다. 엷은 색이 칠해진 아기자기한 여관은 1번 표적이 될 것이다. 최우선 수색 대상. 누가 봐도 명백한 위치. 곧장 찾아갈 가치가 있는 곳. 문명화된 사람들이 잠자리에서 일어나기 전에, 그러니까 동이 트자마자 제일 먼저 찾을 곳.

좋은 일이 아니었다.

멀리 가는 편이 낫다. 창문에서 몸을 돌려 그가 지금까지 본 것들을 바탕으로 머릿속에 지도를 그려봤다. 그가 묵은 첫 호텔, 시청, 카운티 청사, 경찰서, 둘째 밤에 묵은 호텔, 그리고 그사이에 먹고 커피를 마시고 구두와 가방과 취사도구를 아이쇼핑했던 모든 시설. 그는 전에는 가본 적이 없는 곳에서 저녁을 먹고 싶었다. 그는 남의 눈에 두 번 띄는 게 한 번 띄는 것보다 10배는 나쁘다고 판단했다. 그건 자연의 법칙이나 다름없었다. 처음 보는 낯선 사람이 되는 편이 항상 낫다. 그는 창문에 커튼이 절반쯤 쳐진, 필라멘트가 달아올라 빛을 내는 구식 전구가 실내를 밝히는, 정면의 너비가 독특하게 좁은 작은 식당을 떠올렸다. 직원이 얼마 안 될 거고, 손님도 몇 안 되는 신중한 사람들일 것이다. 그는 그 식당을 지나치기만 했지 들어가지는 않았었다. 그 식당은 여섯 블록 떨어져 있다고 그는 생각했다. 또는 일곱 블록. 상당히 이상적이었다. 그렇지만 그는 골목들을 지그재그 형태로 가야 할 거라고 판단했다. 그쪽이 조용할 것이다.

충분히 안전했다.

아래층으로 내려간 그는 희미해지는 빛에 걸음을 내딛고는 걷기 시작했다. 머릿속의 지도는 효과가 썩 좋았다. 그는 잠시 머뭇거렸지만, 결국에는 그의 짐작이 맞았다. 작은 식당이 정면에 나타났다. 일곱이나 여섯이 아니라 여덟 블록이었다. 생각보다 여관에서 더 멀어졌다. 그는 오랫동안 외부에 노출된 상태였다. 그가 센 행인의 수는 18명이었다. 그들 모두가 그를 본 건 아니었지만, 일부는 봤다. 미심쩍은 사람은 없었다. 모두 평범한 사람들이었다.

그는 식당 밖 인도에 까치발로 섰다. 그래서 반쯤 쳐진 커튼 너머의 실내를 볼 수 있었다. 그래서 그는 평가를 할 수 있었다. 맛 같은 건 중요하지 않았다. 배를 채울 수 있다는 사실이 중요했다. 벽을 등지고 앉게 될 구석의 테이블이 마음에 들었다. 약간 혼잡했지만 과한 수준은 아니었고, 다른 손님들이 몇 있었지만 지나치게 많은 건 아니었다. 중요한 건 빠르게 식사를 마치고 사람들의 기억에 남지 않는 거였다. 이 식당은 그런 조건에 딱 맞는 곳처럼 보였다. 제일 멀리 떨어진 구석에 비어 있는 2인용 테이블이 있었다. 웨이트리스는 빠릿빠릿하고 일을 잘하는 듯 보였다. 실내는 절반쯤 찬 듯했다. 여섯 명이 식사 중이었다. 모두 좋았다. 모든 면에서 이상적이었다. 식사하는 여섯 명 중 두 명이 엘리자베스 캐슬과 카터 캐링턴이라는 것만 빼면.

두 번째 데이트. 아마도 서로를 조심스레 대하는 자리. 그들의 밤을 망치고 싶지 않았다. 두 사람은 의무감에서라도 자기들 테이블에 합석하라며 리처에게 청할 것이다. 됐다는 말은 도움이 안 될 것이다. 그러고서 그가 두 테이블 떨어진 곳에서 식사를 하면, 두 사람은 편치 않은 마음으로 그의 눈치를 볼 것이다. 분위기는 이상하고 껄끄럽고 어색해질 것이다.

그런데 그는 아모스의 말을 따르겠다고 약속했었다. 그녀는 위태로운 처지였다. 어떤 시점에도 선배님 방을 떠나지 마세요. 선배님은 누구 눈에도 띄어서는 안 돼요. 그러려면 이 상황을 얼마나 더 잘 빠져나가야 할까?

결국에는 상황이 스스로 결론을 지었다. 엘리자베스 캐슬이 무슨 이유에서인지 고개를 들었다. 그녀가 리처를 봤다. 놀란 그녀의 입이 열리면서 작은 O를 그리더니, 곧바로 미소로 바뀌었다. 순전히 진심에서 우러나 짓는 미소처럼 보였다. 그런 후 그녀가 손을 흔들었다. 처음에는 들뜬 인사를 하려는 제스처로, 그런 다음에는 어서 와서 합석하라는 열띤 제스처로.

그는 들어갔다. 그 시점에서는 그게 제일 쉬운 대안이었다. 그는 실내를 가로질렀다. 캐링턴이 악수를 하려고 일어났다. 약간 구식이라고 느껴질 정도로 정중한 태도였다. 엘리자베스 캐슬이 몸을 숙이고는 세 번째 의자를 꺼냈다. 캐링턴은 숙련된 웨이터처럼 그쪽으로 손바닥을 내밀면서 말했다. "앉으시죠."

리처는 문을 등지고는 벽을 바라보며 앉았다.

제일 쉬운 대안.

리처가 말했다. "두 분의 밤을 망치고 싶지는 않소."

엘리자베스 캐슬이 말했다. "그런 말씀 마세요."

"그렇다면 축하드립니다." 리처가 말했다. "두 분 다요."

"뭐를 축하한다는 거죠?"

"두 분의 두 번째 데이트요."

"네 번째예요." 그녀가 말했다.

"그렇소?"

"어젯밤 저녁, 오늘 아침 커피 브레이크, 점심, 오늘 저녁. 선생님이 처한 곤경이 우리를 맺어줬어요. 그러니까 선생님이 여기를 들르신 건 근사한 일이에요. 징조였죠."

"징조라는 말은 흉한 말로 들리는군요."

"뭐가 됐든 그 단어의 좋은 버전이에요."

"길조죠." 캐링턴이 말했다.

"라이언타운을 찾아냈소." 리처가 말했다. "센서스하고 다 맞아떨어졌소. 직업은 주석공장 현장감독이라고 등재됐고, 주소는 주석공장에서 바로 거리 건너편이었소. 공장은 한동안 문을 닫았었는데, 그게 나중에 할아버지가 카운티 소속으로 노동을 한 걸 설명해줍니다. 그분은 공장이 재가동되자 현장감독으로 복귀했던 것 같소. 다음 센서스는 보지 않았소. 그 무렵이면 아버지는 집을 떠났을 때니까요."

캐링턴은 고개를 끄덕였지만 말은 하지 않았다. 리처는 그의 태도를 신중하게 처신하는 것으로, 주저하는 것으로 받아들였다. 매너나 에티켓을 지키느라 할 말은 많지만 하지 않겠다는 투였다.

리처가 물었다. "뭐가 문제요?"

"그런 건 없습니다."

"당신 말을 못 믿겠군요."

"알겠습니다. 뭔가가 걸립니다."

"어떤 종류의 뭔가인가요?"

"우리는 막 그 얘기를 하던 중이었습니다."

"데이트에서?"

"선생님 덕에 데이트를 하는 거니까요. 정말로 우리는 그 문제를 논의하려던 참이었습니다. 틀림없이 우리는 선생님의 케이스를 영원토록 논의할 겁니다. 선생님 케이스는 정서적인 가치가 있는 일이 될 겁니다."

"무슨 문제를 논의하던 중이었소?"

"우리도 잘은 모릅니다." 캐링턴이 말했다. "우리도 약간 당황스럽습니다. 정확하게 딱 꼬집어낼 수가 없어요. 우리는 문서 원본을 살폈습니다. 두 건 모두 멋지게 행해진 센서스더군요. 보다 보니 어떤 느낌이 들었습니다. 패턴들이 보이더군요. 센서스에 선뜻 응한 사람들이 누구이고 게으름을 피운 사람이 누구인지를 알 수 있었습니다. 실수들을 찾아낼 수 있었습니다. 거짓말을 알아볼 수 있었습니다. 남자들이 한 거짓말은 대체로 읽고 쓰는 능력에 관한 거였고, 여자들이 한 거짓말은 나이와 관련된 거였죠."

"문서들에서 문제를 찾아낸 거요?"

"아뇨." 캐링턴이 말했다. "문서들은 정말처럼 보였습니다. 훌륭하게 작성된 문서였습니다. 제가 지금까지 본 중에서는 최고 수준에 속한 것들이었습니다. 특히 1940년 것은 명예의 전당에 헌정할 만한 센서스였습니다. 우리는 그 센서스를 철두철미하게 믿습니다."

"내 귀에도 썩 훌륭한 문서라는 얘기로 들리는군요."

"제가 말씀드렸지만, 센서스를 보다 보면 어떤 느낌이 생겨납니다. 그 사람들과 어깨를 나란히 하고 그 사람들의 세계에 있는 듯한 느낌이 들죠. 문서들을 통해 그들의 일원이 되는 겁니다. 보는 사람은 이후에 일어날 일이 무엇인지를 알지만 그 사람들은 그걸 모른다는 점만 빼면요. 보는 사람의 입장은 약간 다릅니다. 우리는 영화의 결말이 어떤지를 알죠. 그러니까 우리는 그 사람들하고 비슷한 생각을 하고 있지만, 미래의 사건들에 의해 어떤 사람이 현명한 사람이고 어떤 사람이 멍청한 사람으로 판명될지도 이미 인지하고 있습니다."

"그래서요?"

"선생님이 제게 해준 얘기에는 뭔가가 잘못돼 있습니다."

"그렇지만 문서들에는 그게 적혀 있지 않다는 거군요."

"문제는 다른 부분에 있을 겁니다."

"그렇지만 선생은 그게 뭔지를 모르는군요."

"정확하게 집어내지를 못하겠습니다."

그때 웨이트리스가 와서 주문을 받았고, 그 후 대화의 화제는 다른 것들로 옮겨갔다. 리처는 화제를 되돌리지 않았다. 그들의 저녁을 망치고 싶지 않았다. 그는 그들이 마음에 드는 주제는 무엇이건 떠들어대도록 놔뒀고, 될 수 있을 때면 어느 화제에건 대화에 합류했다.

리처는 메인 코스만 먹은 후 가겠다며 일어났다. 그는 그들끼리만 오붓하게 디저트를 먹게 하고 싶었다. 그게 사신이 할 수 있는 최소한의 일인 듯 보였다. 두 사람도 반대하지 않았다. 그는 두 사람이 20달러를 받아들게 만들었다. 두 사람은 너무 과한 액수라고 말했다. 그는 웨이트리스에게 잔돈을 가지라고 말했다.

리처는 문을 나와 오른쪽으로 방향을 틀어 왔던 길을 거꾸로 갔다. 어둠은 눈에 띌 정도로 어두웠다. 거리는 두드러질 정도로 조용했다. 지나가는 차는 얼마 안 됐다. 걷는 사람은 아무도 없었다. 가게들은 모두 문을 닫았다. 차 한 대가 뒤에서 다가오더니 계속 나아갔다. 세상천지의 밤중에 다니는 차들이 다 그런 것처럼, 운전자가 원하는 것보다 약간 느린 속도로 보였다. 그의 뇌 뒷부분이 속도와 방향과 의도와 일관성과 관련해서 수집한 본능적인 데이터를 다각도에서 분석한 결과 모든 게 지극히 정상이라는 결론을 제출하면서 걱정할 건 하나도 없다고 속삭였다.

그런데 그렇지 않은 무엇인가가 보였다.

그에게로 다가오는 헤드라이트. 100미터쯤 떨어진. 눈을 뜨지 못할 정도로 밝고 큰, 높은 위치에서 넓은 곳을 밝히는. 대형차량. 도로 한가운데를 달리고 있는 것처럼 수평을 똑바로 유지하는. 중앙 분리선 위를 달리고 있는 것처럼 보였다. 느리게 달리고 있었다. 그 사실이 경보를 발령했다. 속도를 내는 것도 아니고 속도를 줄이는 것도 아니었다. 지금의 맥락에서는 엉뚱한 일이었다. 러시아워에 조심스레 걷는 굼벵이걸음이 아니었다. 운전자가 뭔가 다른 것에 정신이 팔린 것처럼 그보다 한 단계 느린 속도였다. 현대인의 삶을 사는 사람이라면 휴대폰에 정신이 팔려서 그런 거라고 짐작할지도 모르지만, 리처는 그 사람이 무언가를 찾는 중이라고 생각했다. 눈으로. 그래서 도로 한복판의 위치에서, 헤드라이트의 빛을 밝게 비추면서 운전자는 동시에 양쪽 인도를 다 훑고 있었다.

무얼 찾는 중일까?

아니면 누구를 찾는 중일까?

대형차량이었다. 경찰차일지도 모른다. 경찰들은 도로 한가운데를 느리게 운전하는 게 허용된다. 그들은 원하는 대상이 무엇이건 누구건 수색하는 게 허용된다.

그는 불빛에 의해 못 박힌 신세가 됐다. 빛이 그에게 쏟아졌다. 딱딱하고 밝은 푸른빛이. 그러고는 그를 미끄러져 지나쳤다. 갑자기 그는 반쯤은 회색인 세상에, 반쯤은 앞에 있는 밤안개에 반사된 빛에 의해 밝아진 세상에 있게 됐다. 그는 몸을 돌려 픽업트럭을 봤다. 높고 반짝거리며 근사한, 엄청나게 긴 트럭으로 좌석이 두 줄이었고 짐칸은 길고 길었으며, 크롬 도색을 한 커다란 휠들은 느리게 회전하고 있었다. 한없이 느긋한 분위기로 그냥 굴러가고 있었다.

행동이 일어나고 있는 곳은 차량 내부였다.

말도 안 되는 데에 돈을 걸었다가 대박을 치는 일이 일어난 것처럼, 못 믿겠다는 분위기의 환성이 터진 것처럼 보였다. 불가능한 일이 일어났다. 다섯 개의 얼굴이 돌면서 리처 쪽을 향했다. 다섯 쌍의 눈동자가 리처의 눈동자에 고정됐다. 다섯 개의 입이 열렸다. 그중 하나가 움직이고 있었다.

그 입이 말하고 있었다. "저놈이야."

입을 움직이고 있는 남자는 사과농장의 아버지였다.

21

사과농장에서 온 남자는 운전석 뒤에 앉아 있었다. 패거리의 우두머리가 자연스레 차지하는 위치가 아니었다. 앞자리 조수석처럼 권위를 풍기는 왕좌가 아니었다. 어쩌면 그 남자는 자신을 현역 병사에 더 가까운 존재로 보는 듯했다. 평범한 어깨들 중 한 명으로. 고무적인 일이었다. 그게 놈들의 수준이 낮다는 걸 보여주는 표식일지도 모른다. 적어도 상대의 평균이 낮아졌다. 지금 리처는 상대 팀의 타순을 살펴보는 것 같았다. 쉽게 해치울 선수가 있다는 걸 아는 건 좋은 일이었다.

나머지 네 명은 그보다 한 세대 젊었다. 과수원에 있던 꼬맹이와 크게 다르지 않았다. 비슷한 덩치, 비슷한 근육, 비슷한 정도로 탄 피부. 비슷한 인종. 그렇지만 더 가난한. 다른 종류의 할아버지. 인생은 공평하다고 말한 사람은 없었다. 그렇지만 그들은 도움을 줄 수 있어 행복한 듯 보였다. 사과를 딸 시기가 다가오고 있었다. 갓난아기에게 신길 신발이 필요할 것이다.

트럭이 끼익 소리를 내며 멈추더니 문 네 짝이 일정하지 않은 순서로 다 열렸다. 다섯 남자가 뛰어내렸다. 부츠들이 아스팔트 위에서 달가닥거렸다. 남자 두 명이 후드를 돌아와 나이 많은 남자가 한가운데에 선 다른 세 명과 어깨를 나란히 하고 섰다. 안개에 반사된 어스름한 빛 속에 선 남자들은 하나같이 회색의 유령처럼 보였다. 먼 옛날의 흑백영화를 광고하는 색 바랜 광고판처럼 보였다. 눈물을 짜내는 사연이 담긴 영화. 어머니가 젊은 나이에 세상을 떠났고 아버지가 홀몸으로 자식들을 키웠다는 식의. 이제 그들은 아버지에게 감사한 심정이라는 식의. 아니면 콩가루 집안이 외부의 끔찍한 위협에 맞닥뜨리면서 난생처음으로 가족의 정이 담긴 시선을 교환하고 있다는 식의. 터무니없는 삼류영화 비슷한. 그들은 그런 시나리오를 연기해내고 있었다.

리처는 브렌다 아모스를 생각하고 있었다.

우리는 관내에서 말썽이 일어나는 걸 원치 않아요.

그런데 그녀는 민간인 피해에 대한 얘기를 했었다. 이 경우, 민간인 피해가 발생할 가능성은 별로 없었다. 전무하다시피 했다. 거리는 비어 있었다. 총도 없었다. 액션이라 할 만한 일조차 없었다. 아직까지는 눈싸움만 벌어질 뿐이었나. 폼 잡기와 함께. 리처는 자신도 역시 폼을 잡고 있다고 추측했다. 그는 느긋하면서 관심 없다는 시늉을 하고 있었다. 힘을 빼고 선 자세로 거의 미소를 띠기 직전의 모습이었지만, 실상은 그렇지 않았다. 그런 임무만 없었으면 끝내주는 하루였을 텐데, 그 하루가 완전히 저물기 전에 귀찮은 임무를 수행하려면 철저하게 집중을 해야만 한다는 사실을 막 알아낸 것 같은 심정이었다. 그의 맞은편에 있는 다른 다섯 명은 여전히 어깨에 어깨를 바짝 붙인 대형을 유지하면서 팔짱을 높이 끼고는 딱딱한 눈빛으로 그를 올려다보고 있었다. 리처는 갑작스럽게 형성된 그들의 동지의식을 설명하는 강렬한 뒷이야기가 딸려 있는 광경을 보여주겠다는 의도는 그들이 취한 자세에 전혀 담겨 있지 않다는 결론에 서서히 도달했다. 하물며 그들의 자세는 미묘한 메시지를 전달하려는 의도에서 취한 것도 아니었다. 그건 그저 숫자를 과시하려는 투박한 시도였다. 그 이상은 아니었다. 5대 1.

사과농장에서 온 남자가 말했다. "우리랑 같이 가줘야겠어."

리처가 물었다. "내가?"

"조용히 따라오는 게 제일 좋아."

리처는 아무 말도 하지 않았다.

남자가 물었다. "왜 대답이 없지?"

"확률을 놓고 볼 때 이 상황이 어느 정도인지를 알아내려고 애쓰는 중이야. 10점을 일어날 가능성이 극도로 높은 점수로 치고, 1점을 백만 년 안에는 일어날 일이 없다고 칠 때 말이야. 이 얘기를 해줘야겠군. 지금 현재 내 머리에 뜬 점수는 무척 낮다는 걸."

"네가 선택한 거야." 남자가 말했다. "선택을 잘하면 명 두 개쯤은 면할 수 있을 거야. 이러나저러나 어쨌든 너는 우리랑 가게 될 거야. 넌 내 아들한테 손을 댔어."

"딱 한 번만 댔지." 리처가 말했다. "그것도 잠깐만. 토닥거린 수준이었어. 애가 유리턱이더구만. 당신은 애를 더 잘 돌봐야겠어. 어른들하고 놀면 안 되는 이유도 자세히 설명해줘야 하고. 그러지 않는 건 잔인한 처사야. 당신은 그 애한테 모진 짓을 하고 있는 거라고."

남자는 대답하지 않았다.

리처가 말했다. "여기 새로 온 애들은 솜씨가 좀 더 나은가? 그러기를 바라. 그렇지 않으면 당신은 애들한테도 설명해줘야 할 테니까. 지금 여기는 빅 리그야."

미약한 경련 같은 파문이 번졌다. 급격히 들이마신 숨 때문에 가슴에 얹힌 팔들이 들썩거렸고, 날카로운 눈빛들은 어깨 위의 머리들이 달각거리게 만들었다.

우리는 관내에서 말썽이 일어나는 걸 원치 않아요.

리처가 말했다. "여기서 이럴 필요는 없어."

농장에서 온 남자가 말했다. "아니, 있어."

"여기는 근사한 도시야. 이런 곳을 난장판으로 만들면 안 되지."

"그러면 우리랑 같이 가도록 해."

"어디로?"

"가보면 알 거야."

"그 부분에 대한 얘기는 이미 끝냈잖아. 지금 그 가능성은 여전히 0에 가까워. 그렇지만 이봐, 나는 제안에 열려 있어. 당신은 협상을 더 달달하게 만들 수 있어."

"이렇게?"

"나한테 돈을 지불할 수 있지. 뭔가를 제공할 수도 있고."

"우리는 너한테 피할 수도 있는 멍 두 개를 면할 기회를 주고 있는 거야."

리처는 고개를 끄덕였다.

"그 얘기는 아까 했잖아." 리처가 말했다. "그러면서 궁금한 게 많아졌어."

리처는 왼쪽과 오른쪽을, 그러고는 다시 젊은 남자 넷을 쳐다봤다.

리처가 물었다. "고향이 어디야?"

아무도 대답하지 않았다.

"말하는 게 좋아." 리처가 말했다. "너희 앞날에 중요하니까."

"이 근처요." 한 명이 말했다.

"이 근처에서 자랐고?"

"맞아요."

"보스턴 남부나 브롱크스나 LA의 사우스-센트럴은 아니고?"

"아니에요."

"리우데자네이루 외곽의 판자촌은 아니고? 볼티모어나 디트로이트는 아니고?"

"아니에요."

"법을 집행해본 경험은?"

"없어요."

"복역한 적 있어?"

"없어요."

"군 복무는?"

"없어요."

"모사드에서 비밀 훈련을 받은 적은? 아니면 영국의 SAS에서? 아니면 프랑스 외인부대에 입대했던 적은?"

"없어요."

"이게 사과 따는 거랑은 다른 일일 거라는 건 이해하지, 그렇지?"

청년은 대답하지 않았다.

리처는 사과농장에서 온 남자에게 다시 고개를 돌렸다.

"문제를 봤지?" 그가 말했다. "멍 운운하는 소리는 씨알도 안 먹혀. 논리라고는 전혀 없는 얘기잖아. 이건 그냥 수가 많다는 사실이 일으킨 환상일 뿐이야. 당신은 무슨 수를 쓰더라도 전할 수 없는 메시지를 전하려고 기를 쓰고 있을 뿐이야. 그런데 이 친구들 데리고는 그런 걸 못 전해. 당신은 이보다는 더 잘할 필요가 있어. 상상력을 발휘해봐. 이 친구들 사기를 진작시킬 유인책이 필요하잖아. 한몫 쥐여주겠다는 얘기가 사람들을 솔깃

하게 만들 거야. 아니면 트럭 열쇠를 주겠다든지. 아니면 애들 중 한 명은 나를 자기 누이한테 소개해줄 수도 있어. 딱 하룻밤만. 그러고 나면 그 친구는 지긋지긋하게 가난한 가족의 곁을 떠날 수 있겠지."

리처는 그들 전원이 반응을 보일 거라는 걸 알고 있었다. 그게 바로 그가 원하는 거였다. 그렇지만 그들 중 누가 제일 먼저, 제일 빠르게 반응할 것인지는 몰랐다. 그래서 리처는 침착한 태도를 유지했다. 그는 이미 대책들을 궁리 중이었다. 그러면서도 그는 결국에는 방향을 정해서 행동에 나서야만 할 시점인 돌아오지 못할 지점에 다다르기 전에 어떤 놈을 표적으로 삼아야 하는지를 알게 되기를 바라면서 표적으로 삼을 대상을 가급적 계속 유동적인 상태로 놔뒀다. 그러다가 알게 됐다. 가운데에서 왼쪽에 있는 청년이 모욕과 조롱을 참지 못하고 다른 놈들보다 한 발 앞으로 나섰기 때문이다. 그래서 리처는 놈의 앞으로 나서면서 주먹을 날렸다. 전설에 따르면 복싱에서 가장 빠른 주먹은 시속 30마일로 날아갔다고 한다. 시속 20마일에도 흡족해하는 리처보다는 훨씬 빠른 속도다. 그런데 리처의 주먹은 그토록 느린 속도에서도 전방의 공중 1미터를 10분의 1초 만에 가로질렀다. 사실상 눈 깜짝할 새였다. 주먹은 청년의 얼굴을 가격했다. 리처는 주먹을 날릴 때만큼 잽싸게 거뒀다. 연병장에서 보여주는 산뜻한 움직임처럼. 그런 후 힘을 빼고 똑바로 섰다. 아무 일도 없었다는 듯이, 너희는 눈을 깜빡이는 바람에 그걸 보지 못했다는 듯이.

순전히 극적인 효과를 위해.

청년이 풀썩 쓰러졌다.

50미터 떨어진 곳에서는 엘리자베스 캐슬과 카터 캐링턴이 식당을 나섰다. 캐링턴이 무슨 말을 하자 캐슬이 깔깔거렸다. 웃음소리가 빈 거리에

요란하게 퍼졌다. 트럭에서 내린 남자들이 그쪽을 보려고 고개를 돌렸다. 땅에 쓰러진 청년은 그러지 못했다. 그는 아무 짓도 못했다.

50미터 떨어진 곳에서 캐링턴이 엘리자베스 캐슬의 손을 잡았다. 두 사람은 함께 방향을 틀어 걷기 시작했다. 똑바로. 이쪽으로 다가오고 있었다. 두 사람은 리처가 당했던 것처럼 정지한 트럭의 불빛 때문에 밋밋하게, 환하게 보였다. 그는 두 사람을 1초간 쳐다봤다. 그러고는 농장 사내를 향해 몸을 돌리며 말했다. "이제 당신이 선택할 때야. 시 변호사가 오고 있어. 적어도 믿음직한 증인이지. 나는 여기에 계속 남아서 끝장을 볼 준비가 돼 있어. 당신은 어때?"

농장에서 온 남자가 거리 아래쪽을 힐끔거렸다. 다가오는 커플을. 사방이 환했다. 이제 40미터 거리. 두 사람의 신발 굽이 벽돌 위에서 큰 소리를 냈다. 엘리자베스 캐슬이 다시 깔깔거렸다.

농장에서 온 남자는 아무 말도 없었다.

리처는 고개를 끄덕였다.

"이해해." 그가 말했다. "포기하는 건 달갑지 않은 일이지. 당신은 대빵이니까. 이해한다니까. 그래서 당신이 선택하기 쉽게 만들어주려는 거야. 나는 우리가 다시 만날 거라고 확신해. 내일이나 모레에. 조만간 나는 라이언타운으로 돌아갈 거야. 내가 그러고 싶어 할 거라고 확신해. 그러니 나한테서 눈을 떼지 마."

리처는 걸어서 떠났다. 뒤는 돌아보지 않았다. 뒤에서는 1초간 아무 소리도 들리지 않았다. 그러다가 중얼거리는 명령과 우왕좌왕하는 발소리가 들렸다. 트럭이 후진하는 소리가, 의식을 잃은 남자를 땅바닥에서 들어 좌석에 밀어 넣는 동안에 나는 쿵쾅거리는 소리와 헐떡거리는 소리도, 문이

거칠게 닫히는 소리도 들렸다. 그런 후 리처는 골목으로 방향을 틀었다. 그가 방으로 돌아가는 내내 더 이상은 아무 소리도 들리지 않았다. 그는 남은 밤을 방에서 보냈다. 그는 레드삭스가 시즌 말미에 치르는 의미 없는 경기의 대부분을 보스턴 외곽에서 지켜본 후 심야에 방송되는 지역 뉴스를 봤다. 그러고는 침대로 가서 깊이 잠들었다.

새벽 3시 1분까지.

22

패티는 새벽 3시 1분에도 여전히 한숨도 못 잔 채 깨어 있었다. 쇼티는 대부분의 시간 동안 그녀와 같이 깨어 있었지만 결국에는 눈꺼풀의 무게를 이기지 못했다. 그는 잠시 눈만 감고 있는 것뿐이라고 말했지만, 이때까지 한 시간 동안 자는 중이었다. 그는 코를 골았다. 두 사람은 그들에게 지급된 여섯 끼 중 네 번째 끼를 먹었다. 물 여섯 병 중 네 번째 병을 마셨다. 그들에게는 모든 것의 2회분이 남았다. 이튿날 아침과 점심. 그러고 나면 어떻게 되지? 알 길이 없었다. 이게 그녀가 새벽 3시 1분에도 여전히 깨어 있는 이유였다. 한숨도 자지 못한 채. 그녀는 이해가 되지 않았다.

두 사람은 전기가 들어오고 온수와 냉수가 나오는 따뜻하고 아늑한 방에 있었다. 샤워기와 변기가 있었다. 타월과 비누와 티슈가 있었다. 두 사람은 폭행을 당하거나 학대를 당하거나 협박을 당하거나 곁눈질을 당하거나 접촉을 당하거나 어떤 식으로건 부적절한 대우를 당한 적이 없었다. 두 사람의 의사에 반해 감금당하고 있는 걸 빼면. 왜? 무슨 이유로? 목적이 뭘까? 거창한 음모 안에서 그녀는 어떤 존재이고 쇼티는 어떤 존재일까? 두 사람은 누군가에게 무슨 쓸모가 있을까?

그녀는 그 의문을 진지하게 고민했다. 두 사람은 가난뱅이였고, 그들이 그렇다는 사실을 모두가 알았다. 몸값을 요구하는 편지는 장난이나 다름

없을 것이다. 두 사람은 알고 있는 산업기밀도 없었다. 전문적인 지식 같은 것도 몰랐다. 사람들은 북미지역에서 수백 년간 감자를 기르고 나무에 톱질을 해왔다. 어쩌면 수천 년간. 이 시점에서 두 작업의 절차들은 세상에 지독히도 잘 알려져 있었다.

그렇다면 왜? 두 사람은 스물다섯 살로 건강했다. 그녀는 한동안은 장기 적출 생각을 했었다. 아마도 두 사람의 콩팥이 인터넷에서 경매될 참일 것이다. 아니면 두 사람의 심장이, 또는 허파가, 또는 각막이. 그 외에도 상태가 좋은 장기는 무엇이건. 골수 같은 것. 두 사람의 운전면허에 기재된 내용들처럼 기다란 리스트. 그러다가 그녀는 그런 게 아닐 거라는 생각을 했다. 두 사람의 혈액형을 확인하려는 시도는 없었다. 무심한 척 던지는 질문도, 우연을 가장해서 두 사람을 베거나 긁거나 잘라서 피가 나게 만드는 일은 없었다. 응급 처치는 없었다. 피가 묻은 거즈는 없었다. 혈액형을 확인하지 않고서 콩팥을 판매할 수는 없다. 그런 거래를 할 때는 필수적으로 혈액형을 알아야 한다.

그녀는 잠시 안도감을 느꼈다. 그러나 안도감은 오래가지 않았다. 이해가 되지 않았다. 그녀는 어떤 존재이고 쇼티는 어떤 존재인가? 두 사람은 어디에 쓸모가 있을까?

리처는 새벽 3시 1분에 깼다. 똑같은 상황. 그는 스위치를 올린 것처럼 순식간에 정신이 들었다.

똑같은 이유.

소리.

그가 다시 듣지는 못한.

아무 소리도 없었다.

그는 알몸으로 슬그머니 침대를 벗어나 창문을 통해 골목을 확인했다. 아무것도 없었다. 너구리의 반짝거리는 눈동자도 유령 같은 코요테도 부지런한 개도 없었다. 조용한 밤이었다. 그렇지 않다는 명백한 사실만, 그리고 새벽 3시 1분 정각에 다시 이런 일이 생겼다는 것만 제외하면. 칵테일 웨이트리스가 그날 밤에도 출근을 했을지 궁금했다. 그녀는 아마도 해고를 당했거나 보복이 두려워서 그러지 못했을 것이다. 새 고장에서 새 임시직을 얻었다면 정확히 같은 시각에 귀가할 수는 없을 것이다. 더불어 꼬맹이는 더 이상은 그녀의 집에서 기다리고 있지 않았다. 놈은 병원에 있다. 게다가 지금 그녀가 사는 골목은 네 블록 이상 떨어져 있다. 대각선 방향으로, 사이에 많은 것들을 두고, 반지름 바깥에. 그는 비명소리가 닿기에 충분할 정도로 가까이 있는 게 아니었다.

따라서 지금 타이밍은 우연의 일치였다. 그는 머릿속에서 아모스의 목소리를 들었다. *자정 전에 인원을 동원할 거고, 여기에는 아침 무렵에 도착하겠죠. 거기서 여기까지 거리는 그리 멀지 않아요.*

지금은 오전일까? 그는 엄밀히 따지면 그렇다고 생각했다. 그는 보스턴의 자정을 상상했다. 차 한 대가 기름을 가득 채우고 어둠 속으로 미끄러져 들어가는 것을. 그 차가 세 시간 1분 후에 래코니아에 도착할 수 있을까? 쉬운 일이다. 와도 두 번은 왔을 것이다. 리처는 서두르지 않고 살금살금 돌아다니며 지형을 터득하고 여기저기의 점원이나 여관주인들을 깨우고는 손에 상처가 있는 거구의 남자에 대해 물어본 후 모른다는 대답이 나오면 사과를 하고 셔츠 주머니에 50달러를 쑤셔 넣어주고는 차로 돌아가 다음 장소를 찾아보는 남자를 상상했다. 오래지 않아 '맨 위층 뒤쪽에 있는 방에 그런 사람이 있어요'라고 대답하는 여관주인을 찾아낼 때까지 그러는 남자를.

리처는 매트리스 아래에서 바지를 꺼내 입었다. 셔츠의 단추를 채우고 신발 끈을 묶었다. 욕실의 컵에서 칫솔을 회수해 주머니에 넣었다. 훌쩍 떠나도 괜찮은 상태였다.

계단을 내려가 로비로 갔다. 뷔페까지는 아직도 세 시간이나 남았다. 거리로 난 출입문 내부에서 기다리며 귀를 기울였다. 아무 소리도 들리지 않았다. 밖으로 발을 디뎠다. 멀리서 차가 지나가며 내는 쌩쌩 소리가 들렸다. 아무도 보이지 않았다. 모퉁이로 걸어갔다. 아무것도 없었다. 다시 차 소리가 들렸다. 똑같은 소리, 다른 위치. 멀리 떨어진 곳. 그러다 가까워졌다. 한 블록 가까운 곳으로 방향을 꺾는 듯이. 차는 딱히 어디를 향해 가고 있지 않았다. 그냥 돌고 또 돌면서 회진 반지름을 시서히 줄여가고 있었다.

차 때문에 리처는 대각선 방향으로 네 블록을 걸어가 가방가게와 신발 가게 사이의 골목을 찾아갔다. 웨이트리스가 살았던 곳. 조용했다. 아무도 없었다. 소란은 없었다. 그저 어둡고 비어 있는 창들과 안개, 정적뿐.

다시 차 소리가 들렸다. 거리가 좀 떨어진 뒤쪽에서. 타이어들이 내는 아련한 쉿 소리와 엔진이 호흡하는 소리, 아스팔트 연결부를 지나갈 때 나는 '폭' 하는 소리. 세 블록 떨어져 있다고 그는 생각했다. 눈으로 직접 볼 수는 없었다. 교차도로에는 급커브가 있었다.

그는 여관 쪽으로 방향을 돌렸다. 원뿔 모양의 노란 빛들을 가로지르며 걸었다. 어둠 속에서 걸음을 멈추고는 귀를 기울였다. 여전히 차 소리가 들렸다. 서서히 구르는. 여전히 세 블록 떨어진. 가끔씩 우회전을 하면서 계속 돌고 도는.

그는 계속 걸었다. 차가 한 블록 더 가까이 다가왔다. 예전보다 한 블록 이른 곳에서 우회전을 했다. 이제는 겨우 두 블록 떨어져 있었다. 차는 돌고 또 돌았다. 거대한 지도 크기의 나선. 수색 패턴. 그렇지만 느긋한 수색. 그건 아무것도 증명하지 못했다. 손에 상처가 난 거구들로 구성된 미식축구팀 전체가 세상을 돌아다닐 수도 있다. 느리게 그려지는 나선은 매번 그들 한 명 한 명을 놓칠 수도 있다. 그들 중 한 명을 놓치는 것이 확률적으로 드문 일은 아닐 것이다.

그러므로 그건 수색 패턴이 아닐지도 모른다. 아직까지는. 어쩌면 여전히 지형 파악 차원의 정찰 중일 것이다. 여전히 무척 이른 시간이었다. 철저한 작전준비는 항상 추천되는 사안이다. 전문성 수준은 예상이 가능하다. 탈출 경로를 사전에 점검할 수 있다. 차를 꺾기에 까다로운 지점들을 주목할 수 있다. 골목들을 너비와 목적지 측면에서 점검할 수 있다.

차가 우회전을 했다. 리처의 등 뒤 두 블록 떨어진 곳에서.

리처는 계속 걸었다. 갈 길은 두 블록 남았다. 상황은 4차원적인 문제를 제기했다. 차가 다음에 여관과 가까운 지점을 지나칠 때 그의 위치는 어디일까? *그가 여관 출입문에 도착했을 때 차의 위치는 어디일까?* 똑같은 질문이었다. 시간, 거리, 방향. 표적이 아닌 다른 곳을 맞추면서 꺾인 총알로 표적을 명중시키는 것처럼. 총알이 거기에 당도했을 때 달려가는 사람은 어디에 있을까?

그는 걸음을 멈췄다. 타이밍이 잘못될 것 같았다. 4분의 1회전이 행해질 때까지 대기하는 편이 나았다. 상대가 차를 몰고 지나간 직후에 거기에 도착하는 게 나았다. 상대가 도착하기 직전에 도착하는 것보다. 그게 틀림없는 상식이다. 그는 모퉁이로 천천히 다가가 기다렸다. 거리에는 인적이 없었다. 여전히 한밤중이었다. 만사 오케이였다.

바로 다음 순간에 차가 한 블록 더 가까운 곳으로 진입하겠다는 선택을 한 것만 빼면. 이전의 패턴에 비하면 무척 빠른 진입이었다. 조금이나마 예측이 가능한 선택이 아니었다. 차는 리처의 왼쪽에 있는 교차도로로 굴러왔다. 양쪽의 인도를 한꺼번에 훑고 지나가는 밝은 빛을 켠 채로. 리처는 무비스타처럼 조명을 받았다. 차가 5미터 떨어진 지점에 섰다. 공회전을 하면서, 눈부시게 밝은 빛을 뿜으며. 그 뒤에서 문이 열렸다. 리처는 아래쪽으로, 소리가 나는 곳의 오른쪽으로 몸을 날린다는 계획을 세웠다. 그렇지만 뒤쪽이 아닌 앞쪽으로. 빛 속으로. 그게 더 안전했다. 상대는 오른손잡이일 것이다. 리처가 갑작스럽게 몸을 날리는 것에 당황한 탓에 근육에 경련이 생길 경우, 상대의 총은 안쪽 아래가 아니라 바깥쪽 위쪽으로 움직일 것이다.

총을 갖고 있다면.

불빛 뒤에서 목소리가 말했다. "래코니아 경찰입니다."

그러고는 말했다. "두 손을 올리세요."

"경관님을 볼 수가 없습니다." 리처가 말했다. "불을 꺼주세요."

이건 일종의 테스트였다. 진짜 경찰이면 그렇게 할 것이고, 가짜 경찰이면 그러지 않을 것이다. 그는 여전히 오른쪽으로 몸을 날리는 계획을 세우고 있었다. 그러다가 어떤 식으로건 열린 문과 접촉이 이뤄지면 목표를 완수하게 될 것이다. 그렇게 되면 상대는 문에 부딪히며 뒤로 밀려날 것이고, 그런 후에는 공정한 싸움을 벌일 수 있을 것이다.

불이 꺼졌다.

리처는 두어 번 눈을 깜빡였다. 그러자 밤중의 노란 불빛이 안개 자욱

한 공중을 부드럽게 관통하며 돌아왔다. 불빛은 거리가 젖어 있는 곳에서는 너무 밝았다. 차는 검은색과 흰색으로 칠해진 래코니아경찰서 차였다. 깨끗한 새 차로, 차 내부는 첨단 테크놀로지가 뿜어내는 오렌지색으로 물들어 있었다. 열린 문 뒤의 남자는 순찰 경찰관 제복 차림이었다. 명판에는 데이비슨이라고 적혀 있었다. 20대 중반으로 보였다. 그가 원하는 것보다는 약간 마른 것 같았다. 그렇지만 똑똑하고 경계심이 강하고 결단력 있어 보였다. 옷의 주름은 칼처럼 날카로웠다. 머리는 단정하게 빗질이 돼 있었다. 장비 벨트는 정리가 엄청나게 잘돼 있었다. 준비가 잘된 경관이었다. 그에게는 일상적인 야간 순찰이던 것이 흥미로운 밤으로 돌변한 뒤였다.

"두 손을 올리세요." 그가 다시 말했다.

"그게 반드시 필요한 일은 아닙니다." 리처가 말했다.

"그렇다면 뒤로 도세요. 수갑을 채울 테니."

"그것도 반드시 필요한 일은 아닙니다."

"선생님뿐 아니라 저의 안전을 위한 조치입니다." 데이비슨이 말했다.

그걸 들은 리처는 역할놀이 수업이 떠올랐다. 심리학자가 지도하는 수업이. 그날의 임무는 불투명한 뇌 내부에 있는 필수적인 피질들에 강한 충격을 가하는 것을 통해 저항을 억제할 수 있는 경계선을 찾아내는 일일 것이다. 리처에게 수갑을 채우는 것이 어떻게 그의 안전에 도움을 줄 수 있다는 말인가?

리처가 큰 소리로 말했다. "경관님, 저는 이 상황에 그럴듯한 이유가 많다고 보지 않습니다."

데이비슨이 말했다. "이유는 필요치 않습니다."

"내가 듣지 못한 헌법상의 위기가 있었나요?"

"오늘 근무 전 브리핑에서, 선생님은 이미 요주의인물로 언급됐습니다. 몽타주가 배포됐죠. 선생님은 사람들 눈에 띄어서는 안 됩니다."

"누가 주재한 브리핑인가요?"

"아모스 형사가요."

"그것 말고 무슨 얘기를 하던가요?"

"매사추세츠 번호판을 보는 즉시 보고하라."

"봤나요?"

"아직은요."

"그녀가 그 문제를 심각하게 받아들이고 있군요." 리처가 말했다.

"그러는 게 당연하죠. 우리는 흉악한 일이 일어나게 놔둘 수 없습니다. 그랬다가는 어마어마한 비난을 받을 테니까요."

"나는 지금 내 호텔로 돌아가는 길입니다."

"아뇨, 선생님. 저와 함께 가주셔야겠습니다."

"나를 체포하는 겁니까?"

"선생님, 선생님께서 헌병으로 복무하셨다는 얘기를 아모스 형사한테서 들었습니다. 저희가 선생님께 깍듯하게 예의를 차릴 수 있게 해주시면 고맙겠습니다."

"체포하는 겁니까, 아닌 겁니까?"

"아슬아슬하게 체포 직전인 겁니다." 똑똑하고 경계심이 강하고 결단력 있어 보이는 청년이 말했다. 그는 자신감이 충만했다. 자신에게 하달된 명령들도, 법질서도, 상관들에 대한 확신도 충만했다.

행복한 나날들.

리처는 커피를 생각했다. 앞으로 세 시간 가까이 지난 후에야 여관 로비에서 마실 수 있는 커피를. 경찰서의 커피메이커가 24시간 내내 가동되고 있다는 데에는 의심의 여지가 없었다.

"체포할 필요는 없습니다." 리처가 말했다. "내 자유의지로 경관님 차에 타겠습니다. 하지만 앞좌석에 탈 겁니다. 그게 내 규칙입니다."

그들은 차에 탔다. 차는 리처가 멀리서 들었던 것과 같은 속도로 이동했다. 느리고 신중한 속도로, 모퉁이들을 돌 때마다 수상쩍은 냄새가 나는지 확인하며 방향을 꺾어 야간 내내 지속되는 순찰활동을 충실하게 완료하면서. 리처가 앉은 자리는 센터 콘솔에서 쏟아져 나온 각종 장비들로 비좁았다. 거위 목 모양의 지지대 위에 노트북 컴퓨터가 있었다. 전문가용 소형 장비들을 위한 홀더와 수납가방들이 있었다. 계기판에 씌워진 비닐은 깨끗하고 반짝거렸다. 공기에서는 신선한 냄새가 났다. 뽑은 지 한 달밖에 안 된 차 같았다.

그러다가 그날 순찰의 마지막 회전이 끝났고, 데이비슨은 시청 근처 모퉁이를 돌아 더 넓은 거리에 올랐다. 리처는 그게 경찰서 방향이라는 걸 깨달았다. 일직선으로. 800미터 정도. 데이비슨은 이전보다 약간 더 빨리 차를 몰았다. 위풍당당하게. 눈에 띄게 으스대며. 야간 우주의 지배자. 그는 로비 출입문 밖에 차를 댔다. 그가 내렸다. 리처가 내렸다. 두 사람은 함께 안으로 들어갔다. 데이비스가 야간 당직자에게 상황을 설명했다. 당직자는 잠깐은 명확하게 이해를 하지 못했다.

그가 물었다. "9시 반까지 이분을 감금해야 하는 거야?"

데이비슨이 리처를 쳐다봤다.

그가 물었다. "그래야 할까요?"

"반드시 필요한 일은 아닙니다."

"확실한가요?"

"나 역시 흉악한 일이 일어나는 걸 원치 않습니다. 내가 원하는 건 커피가 전부입니다."

데이비슨이 야간 당직자에게로 몸을 돌렸다.

그가 말했다. "이분이 대기할 사무실을 찾아주세요. 커피 한 잔 드리고요."

그러자 그들 앞에 있는 이중문이 열리더니 브렌다 아모스가 그리로 걸어 나왔다.

"우리는 내 사무실을 쓸 거예요." 그녀가 말했다.

23

첫 손님의 도착은 동이 트기 꽤 오래전에 이뤄졌다. 다시 찾은 손님. 그는 메인의 북쪽 끄트머리 지역에 있는, 전체가 그의 소유지인 6천만 평 규모의 숲 한복판에 있는 목조주택에 살았다. 늘 그랬듯, 그는 밤에만 운전을 했다. 낡아빠진 구형 볼보 왜건으로, 두 번 볼 가치도 없는 차였는데, 혹시라도 누가 한 번 봤을 경우에 대비해 발급되지 않은 번호로 만든 가짜 버몬트 번호판을 달고 있었다. 그의 휴대폰이 그에게 차를 꺾을 지점을 알려줬지만, 그는 휴대폰이 알려주지 않더라도 당연히 그 지점을 기억하고 있었다. 첫 방문 덕이었다. 그걸 어찌 잊을 수 있겠는가? 그는 오솔길 어귀를, 대충 깐 아스팔트를, 두툼한 고무 와이어를 알아봤다. 와이어는 어딘가에 있는 벨을 울려 그를 맞을 준비를 시킬 것이다.

이번에 그를 맞는 의식은 모텔 사무실에서 치러졌다. 그를 맞은 사람은 마크뿐이었다. 다른 사람들은 어디에도 보이지 않았다. 보안카메라들을 뚫어져라 지켜보고 있겠군, 새 손님은 짐작했다. 그리고 그러기를 바랐다. 마크는 그에게 3호실을 내줬고, 그는 거기에 투숙했다. 마크는 그가 왜건을 주차하는 걸 지켜봤다. 객실로 가방들을 갖고 가는 걸 지켜봤다. 어느 가방에 돈이 들어 있을지 궁금해하고 있겠군, 새 손님은 짐작했다. 그는 벽장 근처에 짐을 내려놓고 다시 객실 밖으로, 동트기 전의 어둠으로 나왔다. 안개가 낀 부드러운 공기로. 그는 자제가 되지 않았다. 그는 판자가 깔린 복도를 슬금슬금 이동해 4호실을 지나고, 5호실을 지나 달빛 속에서 시커멓게 웅크리고 있는, 퍼진 듯 보이는 혼다 시빅 쪽으로 향했다. 그는 주차장으로 발을 내디뎌 고리 모양을 그리면서 혼다 뒤쪽으로 갔다. 그 덕에 10호실 전체를 멀리서 살펴볼 수 있었다. 첫 관찰. '10호실에 손님이 들었다.' 이메일은 그렇다고 말했다. 그렇지만 10호실은 지금은 아무것도 보이지 않고 조용했다. 창문 블라인드가 내려져 있었다. 안에는 불이 켜져 있지 않았다. 소리도 들리지 않았다. 아무 일도 일어나지 않고 있었다.

새로 투숙한 손님은 1분간 서 있다 걸어서 3호실로 돌아갔다.

리처는 경관 집합실의 포트에서 커피를 따랐다. 그러자 아모스가 그를 데리고 그녀의 사무실로 돌아갔다. 전과 똑같았다. 오래된 구조, 세 내용물. 책상, 의자들, 캐비닛들, 컴퓨터.

아모스가 말했다. "저를 위해서라도 안전하게 처신해달라고 부탁드렸잖아요."

리처가 말했다. "무엇인가가 나를 깨우더군요."

"선배님한테 자동적으로 일어나야 한다고 말하는 법규가 있는 건가요?"

"가끔은."

"놈들이 바로 그 순간에 도착했을 수도 있어요."

"바로 그거요. 최소한 바지는 입고 있어야 옳다는 생각이 들었거든. 그러고는 한번 둘러보러 밖에 나간 거요. 아무 일도 없었소. 데이비슨 순찰 경관의 탁월한 업무 능력을 빼면. 데이비슨 경관하고는 아무 문제도 없었

264

소. 나는 여기에서 기다리는 데 만족하오. 만사 오케이지. 당신이 일찍 기상해야 했다는 게 유감이라는 것만 빼면."

"그래요. 저도 마찬가지예요." 아모스가 말했다. "선배님은 저녁을 먹으러 외출도 했었죠."

"그걸 어떻게 알고 있소?" 그가 물었다.

"짐작해보세요."

거리에 묻은 핏자국 때문일 거라고, 또는 어쩌다 한두 블록 전에 멈춰선 차가 목격한 거라고, 또는 그 둘 다일 거라고 그는 생각했다. 사과농장에서 온 사내. 그에게서 나온 말인 게 분명했다.

그렇지만 그는 큰 소리로 말했다. "모르겠소."

"카터 캐링턴한테 들었어요." 그녀가 말했다. "선배님이 그가 있는 식당으로 여덟 블록을 걸어왔다고요. 그러고는 여덟 블록을 돌아갔다고요. 그건 안전하게 처신하는 게 아니죠."

"그때 생각으로는 안전하다고 판단했소. 간접적으로."

"저한테 전화를 주셨어야죠. 명함을 드렸잖아요. 그러면 선배님 방으로 피자를 배달시켰을 거예요."

"캐링턴한테 내 얘기는 왜 물었던 거요?"

"물은 게 아니에요. 우리는 법적인 의견이 필요했어요. 선배님의 저녁 식사 계획은 그에 이어지는 대화에서 나왔고요."

"어떤 종류의 법적인 의견이오?"

"우리가 실제로 잘못을 저지르기 전에도 억류할 수 있는 사람은 어떤 사람이냐, 하는."

"대답은 뭐였소?"

"요즘 시절에서는 사실상 누구나요."

"여기 오고 있는 놈은 없을지도 모르오." 리처가 말했다. "꼬맹이는 밥맛이었으니까."

"그럴 가능성은 없어요."

"좋소. 그런데 그 일이 놈들이 할 업무의 최우선순위는 아닐 거요. 놈들은 드라이클리닝을 맡긴 옷부터 먼저 찾아야만 할지도 모르니까. 나는 9시 반에 여기서 나갈 거요. 놈들은 내가 떠났다는 걸 알게 될 테지."

"선배님이 하신 모든 말이 참말이기를 바랄게요."

"그러기를 바랍시다."

"뉴스가 좀 있어요." 그녀가 말했다. "우리 입장에서는 약간 힘이 되는 뉴스예요. 선배님 입장에서는 그리 큰 힘이 되지 않겠지만요."

"그게 뭐요?"

"현재 판단으로는 차를 타고 지나가며 해대는 총질로 사상자가 발생할 위험성이 줄었어요. 현재 우리는 그런 일이 일어날 가능성은 거의 없다고 생각해요. 쇼 반장이 보스턴경찰국하고 통화를 했어요. 그들은 여기에서 그런 시도가 행해지지는 않을 거라고 생각해요. 그들은 놈들이 선호하는 수법은 선배님을 놈들 차에 태워 보스턴으로 데려간 다음에 아파트 빌딩에서 내던지는 게 될 거라고 생각해요. 놈들이 하는 짓이 그거래요. 일종의 시그니처라더군요. 보도 자료를 배포하는 것처럼요. 일도 처리하고 세상을 깜짝 놀라게 만들기도 하니까 효과적인 방식이죠. 선배님이 그런 일을 당하지 않았으면 좋겠어요."

"내 걱정을 하는 거요?"

"순전히 직업적인 책임감에서 그러는 거예요."

"낯선 사람의 차에 타지는 않을 거요." 리처가 말했다. "그 점은 꽤나 확실하게 장담할 수 있소."

아모스는 대꾸하지 않았다.

그때 문이 삐걱 열리더니 머리 하나가 빼꼼 들어와 말했다. "형사님, 매사추세츠 번호판을 단 차량이 남서쪽에서 다가오고 있다는 무전 보고가 들어왔습니다. 검정 크라이슬러 300 세단인데, 매사추세츠 차량국에 따르면 보스턴의 로건 공항에 본사를 둔 화물운송업체의 차량으로 등록된 차로 보입니다."

"검정 크라이슬러 300을 타는 운전자들은 어떤 사람들이야?"

"리무진 제공서비스 회사도 있고, 렌터카 회사도 있지만, 갱스터들이 타는 차인 건 분명합니다."

"현재 위치는?"

"여전히 다운타운 남쪽입니다. 경찰차가 바로 뒤에 붙었습니다."

"차량 내부를 볼 수 있대?"

"창문들에 선팅이 돼 있답니다."

"차를 길옆에 세우게 하기에도 충분할 정도로 짙게?"

"형사님, 저희는 형사님이 말씀하시는 대로 플레이할 수 있어요."

아모스가 말했다. "아직은 아냐. 차를 계속 따라가라고 해. 우리가 붙었다는 걸 확실하게 보여줘. 존재감을 보여주라고."

머리가 쏙 빠지더니 문이 다시 닫혔다.

"자," 아모스가 말했다. "시작됐군요."

"아직은 아니오." 리처가 말했다. "이 친구하고는 아니라는 거요."

"단서가 얼마나 더 많이 필요하신데요?"

"내가 주장하는 바가 그거요." 리처가 말했다. "유리에 선팅이 된 대형 검정 세단. 그건 반짝반짝 빛나는 표적이오. 곧바로 보스턴으로 역추적이 가능한 차량이지. 차량 소유주는 주요 국제공항에서 활동하는 화물운송업체요. 네온사인을 운반하는 편이 낫지 싶군. 이 차는 바람잡이요. 놈들은 경찰이 그걸 따라다니기를 원할 거요. 차는 정확히 시속 29마일로 온종일 돌아다닐 거요. 회전을 할 때마다 신호를 꼬박꼬박 지킬 거고. 차의 미등이 정상적으로 작동할 거라는 데 당신 엉덩이를 걸어도 좋을걸. 그러는 동안 진짜 어깨는 전기기사의 밴에 타고 있을 거요. 아니면 꽃 배달업자의 차나 그 외의 차량에. 우리는 어느 정도는 상식에 따른 판단을 해야 하오. 진짜 어깨는 오늘 언젠가 시내로 슬그머니 들어올 테지만 그걸 아무도 눈치채지 못할 거요. 오전 9시 반 이후에 그러기를 바랍시다. 어쨌든 그렇게 하는 게 사리에 맞는 일일 테니까. 그 무렵이면 당신들은 비상체제로 여섯 시간 이상을 보내는 중일 거요. 슬슬 지치게 되겠지. 놈은 그걸 알 거요. 그래서 기다릴 거요. 그런데 그때쯤에는 나는 떠난 지 오래일 거요."

"우리 판단은 선배님이 어제 사귄 친구분이 실제로 다시 나타날 거라는 데 많은 바탕을 두고 있어요."

"그런 것 같군."

"그분이 나타날까요?"

"그렇든 아니든, 나는 조금도 놀라지 않을 거요. 그는 그런 종류의 사람이니까."

"정각에?"

"내 대답은 똑같소."

"그분이 나타나지 않으면 어떻게 하죠? 선배님은 여기에 온종일 있게 될 거예요. 그게 제가 쇼 반장한테 일어나지 않게 막겠다고 약속했던 바로 그 시나리오예요."

리처는 고개를 끄덕였다.

"당신을 곤혹스럽게 만들고 싶지는 않소." 그가 말했다. "내가 이미 그렇게 만들었다면 사과하겠소. 나는 그분에게 30분을 줄 거요. 그게 다요. 그분이 10시까지도 나타나지 않으면, 당신이 직접 나를 시 경계선까지 태워다주는 걸로 하면 되겠소?"

"그러고는 어쩌실 건가요?"

"그러면 쇼 반장이 행복해하겠지. 나는 관내에서 벗어나 있을 테니까."

"그건 지도에 그려진 선일 뿐이에요. 놈들은 선배님을 추격할 수 있을 거예요. 전기기술자는 여기저기로 출장을 다녀요. 배관업자도 꽃 배달업자도 그러고요."

"그렇지만 적어도 서류작업에 매달려야 할 사람들은 카운티 사람들이지 시청 사람들은 아닐 거요."

"선배님이 위험하잖아요."

"아니, 전기기술자가 위험한 거지. 서류작업의 대상은 놈이 될 거요. 내가 아니라. 나한테 달리 무슨 선택이 있겠소? 내가 놈의 등을 토닥이고 사탕을 물려 보스턴에 있는 집으로 돌려보내지는 못할 거요. 이런 상황에서는 그러지 못하지. 그렇게 하면 완전히 그릇된 인상을 줄 테니까."

"놈들은 후임자를 보낼 거예요. 두 명을 보내겠죠."

"그건 카운티가 고민할 문제지, 당신들이 고민할 문제가 아닐 거요."

"선배님은 이 지역에 머물러서는 안 돼요."

"나도 그러고 싶지 않소." 리처가 말했다. "내 말 믿어요. 나는 계속 이동하는 걸 좋아하니까. 그런데 한편으로, 나는 추격당하는 걸 좋아하지 않소. 나를 빌딩에서 내던질 계획을 세운 놈들한테 추격당하는 건 특히 더 싫어하지. 그런 놈들은 대단히 야심이 큰 놈들이라는 인상을 받거든. 놈들은 자신감이 대단한 것처럼 보이는군. 나는 그냥 특수임무를 받은 특무대 대원처럼 보이고."

"좋은 결정을 내리는 데 자존심을 개입시키지 마세요."

"당신은 방금 한 말로 우리나라의 역사에 존재했던 모든 장성들을 쓰레기로 만든 거요."

"선배님은 장성이 아니었잖아요. 똑같은 실수를 저지르지 마세요."

"그러지 않을 거요." 리처가 말했다. "나한테 그런 기회가 생길지 의심스럽군. 우리의 경로가 엇갈리는 일이 있을지 의심스럽고. 나는 하루 안에 사라질 기요. 길어야 이틀 안에. 꼬맹이의 상처는 이물 거요. 명절 무렵이면 모든 게 잊힐 거고. 삶은 계속될 거요. 나는 어디건 따뜻한 곳에 있기를 바랄 뿐이오."

아모스는 대답하지 않았다.

문이 다시 열렸다. 똑같은 삐걱 소리가 났고 똑같이 빠끔 들어온 머리가 말했다. "검정 크라이슬러는 현재 뚜렷한 목적지는 없다는 듯이 다운타운을 돌아다니고 있습니다. 현재까지는 교통법규를 꼬박꼬박 지키고 있고요. 경찰차가 여전히 뒤에 붙어 있습니다."

머리가 빠져나가고 문이 닫혔다.

"바람잡이라니까." 리처가 말했다.

"진짜 어깨는 언제 여기에 도착할까요?"

그는 대답하지 않았다.

두 번째로 도착한 손님은 첫 손님보다 이동하는 데 소요된 부품이 더 많았다. 훨씬 큰 이동수단이었다. 피터는 메르세데스 SUV를 맨체스터 근처의 소형비행장으로 몰고 갔다. 대기업 임원급이 항공기를 탈 때 이용하는 수준의 비행장이 아니었다. 취미로 비행기를 조종하는 사람들을 위한 비행장이었다. 관제탑도 없었고, 비행일지도 없었고, 정부에 보고해야 하는 요건도 전혀 없었다. 그는 울타리 내부에, 활주로 끝과 나란히 차를 세웠다. 그러고는 창문을 내린 채로 기다렸다.

5분 후에 멀리 떨어진 프로펠러 비행기에서 나는 덜커덕 소리가 들렸다. 멀리 떨어진 곳에서 흐릿한 새벽하늘에 깜박거리는 빛이 보였다. 쌍발 엔진 세스나. 바람 속에서 무게가 없는 듯이 껑충거리고 펄쩍거리는 종류의 기종. 비행기가 낮게 날아와 착륙하더니, 그 즉시 신경질적인 새처럼 땅 위에서 야단스럽고 부산하게 종종걸음을 치면서 요란한 소음을 퍼뜨렸다. 피터는 차의 라이트들을 번쩍거렸고, 비행기는 그쪽으로 굴러왔다.

뉴욕 주 시러큐스에서 날아온 에어택시로, 다른 사람 10명이 공동소유주로 있는 유령회사가 일리노이 주 운전면허를 가진 호건이라는 승객을 대신해서 예약한 거였다. 그는 시러큐스에는 그보다 얼마 전에 텍사스 주 휴스턴에서 이륙한 임대 걸프스트림을 타고 도착했는데, 그 비행기는 앞서와는 다른 10명이 공동소유주로 있는 다른 유령회사가 캘리포니아 면허를 가진 후리헤인이라는 승객을 대신해서 예약한 거였다. 두 면허 다 진짜가 아니었고, 그가 휴스턴에 도착하기에 앞서 출발한 곳이 어디였는지를 아는 사람도 없었다.

그가 비행기에서 내렸고, 피터가 메르세데스에 짐을 싣는 걸 거들었다. 소프트 백 세 개와 하드 케이스 두 개. 돈은 소프트 백 중 하나에 있을 거라고 피터는 짐작했다. 기부금. 물리적인 무게. 100달러 지폐로.

비행기가 몸을 덜덜거리며 회전했다. 귀가 먹을 것처럼 시끄럽게 반원을 그리더니 요란한 소리를 내며 활주로를 달려 하늘로 날아올랐다. 피터는 다른 길로 차를 몰아 출입문을 나온 후, 시골길을 따라 좌회전과 우회전을 했다. 새로 도착한 손님은 그의 옆, 앞자리 조수석에 앉았다. 흥분한 듯 보였다. 땀을 약간 흘리고 있었다. 무슨 말을 하고 싶어 했다. 피터는 그걸 알 수 있었다. 그러나 그는 말을 하지 못했다. 처음에는 그랬다. 그는 전혀 입을 열지 않았다. 그는 앞 유리 너머를 멍하니 바라보며 좌석에 앉은 채로 약간씩만 들썩거렸다. 때로는 앞뒤로, 때로는 양옆으로.

그러나 결국 그는 알아내야만 했다.

물어야만 했다.

그가 물었다. "어떤 사람들인가요?"

"완벽한 사람들입니다." 피터가 대답했다.

24

새벽은 화창하고 청명하게 찾아왔다. 그러자 순찰경관이 거리 아래쪽 두 블록 떨어진 곳의 간이식당에서 사올 아침 주문을 받으러 왔다. 리처는 프라이드 에그 샌드위치를 골랐다. 그게 10분 후에 도착했다. 기름이 많이 묻은 알루미늄 포일로 포장된 샌드위치는 여전히 따뜻했다. 맛이 썩 좋았다. 약간 질긴 것 같았지만, 어쨌든 영양가가 높았다. 단백질, 탄수화물, 지방. 모든 식품군. 그는 경관 집합실의 포트에서 다시 커피를 따랐다. 거기에는 아무도 없었다. 주간 당직자의 근무가 시작되려면 한 시간 더 있어야 했다.

무전실에서 누군가가 비운 책상에 놓인 스피커를 통해 부드러운 소리로 울려 퍼지는 보고가 들어왔다. 리처는 가까이 가서 귀를 기울였다. 느린 잡음이 숨소리처럼 간간이 터졌다. 아무런 의미가 없는 호출 신호와 암호들과 주소들이 흘러나왔지만, 그는 무전에 담긴 진의를 파악했다. 비상차량 운전자는 별개의 두 경찰차를 상대로 교신 중이었다. 비상차량 운전자는 시청 아래쪽에 있는 듯했고, 경찰차들은 시내 복판을 돌고 있는 듯했다. 그들 중 한 대가 크라이슬러의 바로 뒤에 있는 듯 보였고, 나머지 경관들은 한 블록 떨어진 곳에서 두 차량을 쫓고 있는 듯 보였다. 리처는 정상적인 야간 순찰차는 딱 한 대뿐일 거라고 판단했다. 그들은 잔업수당을 낭비하고 있었다.

데이비슨의 목소리일 수도 있는 소리가 끼어들면서 말했다. "현재 그는 드라이브스루의 커피 주문 레인에 있습니다."

"잘됐군." 비상차량 운전자가 말했다. "조금 있으면 물을 빼야 할 거라는 뜻이잖아. 그때 놈의 모습을 볼 수 있을 거야."

그럴 필요는 없어, 리처는 생각했다. 놈은 키 178센티미터에 가슴둘레는 175센티미터쯤 되고, 짙은 색 캐시미어 오버코트에 분홍 버튼다운 셔츠 차림이고, 기름을 바른 까만 머리를 뒤로 제대로 넘겼고, 조종사용 선글라스를 끼고 목에는 금목걸이를 찼을 것이다. 사람들의 눈길을 끌어 모을 요소는 몽땅 갖춘 판에 박힌 이미지대로.

그러더니 새 목소리가 말했다. "고속도로 인터체인지에 있는 카메라들에 우리 쪽으로 향하는 매사추세츠 번호기 보입니다. 진청색 소형 밴입니다. 보스턴에서 온 페르시안 카펫 세탁회사 차량입니다. 샛길로 빠지지 않는다면, 10분쯤이면 도착할 겁니다."

"그 차는 잠시 보류해." 비상차량 운전자가 말했다. "우리는 온갖 잡동사니를 다 상대하게 될 거야. 페덱스하고 UPS하고 온갖 차들이 다 들이닥칠 거라고."

잡음이 들숨과 날숨을 반복했다. 리처는 페르시안 카펫들을 봤다. 대부분 부자들이 사는 고택에서였다. 그는 그것들이 비싸다는 걸 알고 있었다. 소중한 가보로 취급되는 일이 잦다는 것도 알고 있었다. 그러므로 그걸 세탁하는 건 까다로운 일이었다. 세탁 전문가가 흔치 않을 건 틀림없었다. 그러니 래코니아에 있는 안목 있는 고객이 만족스러운 서비스를 받으려고 카펫을 보스턴에 보내려는 욕구를 품는 건 타당한 일이었다. 틀림없이 카펫 수거와 배달서비스가 포함된 서비스. 시종일관 섬세한 작업을 하는 대가로 전문가 수준에 어울리는 대가를 지불하는.

모두 문제없었다.

꺼림칙한 기분을 빼면.

그는 커피를 잔에 가득 채우고는 다시 아모스의 사무실로 향했다. 그녀는 책상에 있었다. 전화기에 손을 얹은 채로. 전화기를 막 내려놓은 듯한 모습으로, 또는 전화를 걸려고 했는데 상대가 누구였는지를 잊어버린 듯한 모습으로.

리처가 말했다. "경관 집합실에서 무전을 들었소."

그녀가 고개를 끄덕였다.

"새로 들어온 소식이 있어요." 그녀가 말했다. "바람잡이가 드라이브스루에서 커피를 주문했어요."

"그리고 청색 밴이 고속도로를 벗어나고 있고."

"그것도 들었어요."

"의견이 있다면?"

"그건 밴이에요." 그녀가 말했다. "그 밴이 문제가 없는 이유를 100가지쯤 생각할 수 있어요."

"99개요." 리처가 말했다.

"그 밴이 뭐가 잘못된 건데요?"

"살면서 페르시안 카펫을 몇 장이나 봤소?"

"몇 장 안 돼요."

"어디서 봤소?"

"우리가 방문하곤 했던 노부인 댁에서요. 커다란 고택이죠. 그분께 고

모한테 전화를 걸어달라는 말을 전하려고 방문한 거였어요. 거기서는 무엇이건 손끝 하나 대는 것도 허용이 안 됐어요."

"바로 그거요. 노부인. 돈 많고 늙은 수다쟁이. 틀림없이 정리정돈에 목숨을 거는 노파. 아마 그녀는 마호가니 가구에 광을 내는 동시에 세탁할 카펫을 내보낼 거요. 래브라도가 무지개다리를 건널 때마다 있는 일이지. 그녀는 증조할머니가 남겨준 도자기를 세척할 때도 그렇게 할 거요. 웅장한 뉴햄프셔 저택에 사는 그런 귀부인이 자영업자들을 현관문에서 맞을 준비를 할 가장 이른 시각이 하루 중 언제겠소?"

아모스는 아무 말도 하지 않았다.

"밴이 나타나기에는 너무 이른 시각이오." 리처가 말했다. "그게 잘못된 점이오. 지금은 동이 튼 직후요. 래코니아에서 고객 상담을 하기에는 적절한 시간이 아니지."

"제가 그 차를 세우기를 원하세요?"

"상관없소." 리처가 말했다. "어느 쪽이 됐건 나는 살아남을 거요. 그런데 그 차를 모는 게 그놈이라면, 당신은 놈을 근사하게 덮칠 수 있을 거요. 놈은 소지품도 갖고 있을 거요. 큼지막한 산탄총을 갖고 있겠지. 내가 그의 밴에 탈 거라는 예상을 진지하게 했다면."

"선배님 덩치는 돌돌 만 카펫 크기만 해요." 그녀가 말했다. "큰방에 깔린 카펫이요. 그게 요즘 놈들이 사람을 운반하는 방법인 것 같네요. 그래서 새 차들이 오는 거예요. 더 작은 트렁크가 딸린."

리처는 그녀가 농담을 하는 건지 아닌지 알 길이 없었다.

"당신한테 달렸소." 리처가 말했다. "직접 살펴보고 나면 마음이 편해질지도 모르지."

"산탄총에 대한 선배님 말이 옳다면 SWAT 팀이 필요할 거예요."

리처는 대답하지 않았다. 그녀가 잠깐 고민에 잠겼다가 수화기를 들었다. 그녀가 전화를 받은 상대에게 말했다. "카펫 세탁업체에서 온 청색 밴을 주시하고, 차가 어디로 가는지 알려줘."

한 시간 후에는 각 직장의 업무 개시 시간이 지난 후였다. 새 감시 인력이 투입됐다. 경찰서는 소란스럽고 북적거렸다. 리처는 방해가 되지 않도록 조심했다. 그는 조각조각 들어오는 소식을 들었다. 일부는 여전히 부드러운 소리로 퍼지는 무전으로 들은 거였고, 일부는 분주한 방들에서 이 책상에서 저 책상으로 서로에게 업데이트된 소식을 큰 소리로 외치는 사람들에게서 들은 거였으며, 일부는 허둥지둥 복도를 이동하며 주고받는 대화를 엿들은 거였다. 크라이슬러에 탄 바람잡이는 여전히 보란 듯이 법규를 준수하며 차를 몰고 돌아다니고 있었다. 차는 사거리를 만날 때마다 꼼꼼하게 주의를 기울였고, 기회가 생길 때마다 행인들을 배려하고 지역 운전자들에게 양보했다. 그 차는 아직은 기름을 넣으려고 차를 세우지는 않았다. 화장실을 가려고 한 적도 없었다. 그중 어느 쪽이 더 인상적인 위업이냐를 두고 경찰들의 의견은 갈렸다.

그런데 경찰은 청색 밴을 놓쳤다. 그 무렵에 경찰은 경찰차 세 대를 파견해둔 상태였다. 한 대는 크라이슬러 꽁무니에, 다른 두 대는 남쪽에서 접근하는 도로를 순찰하는 중이었다. 그런데 밴은 한 번 눈에 띄었다가 다시는 보이지 않았다. 경찰들의 의견은 두 개의 팽팽한 이론 사이에서 갈렸다. 밴은 골목이나 대저택의 마당 같은 세심하게 은폐된 장소에 주차됐을 거라는, 그래서 그 차가 자동으로 미심쩍은 차로 보이게 만들 거라는 의견이 있었고, 다른 의견은 차가 곧장 시내를 관통해서는 인근 커뮤니티에 있는 주소에서 서비스를 받기 위해 북서쪽으로 빠져나갔을 거라는 의견이었다. 후자에 따르면, 그 차는 자동으로 용의선상에서 제외된다.

리처는 사과농장 주인이 집에 페르시안 카펫을 갖고 있을지 궁금했다.

아모스가 말했다. "선배님이 가시겠다고 한 시간이 다 돼가요."

리처가 말했다. "골목하고 건물 앞마당 두 개를 가로질러 걸어갈 생각이오."

"어디가 됐건 걸어서 가로지르지는 못할 거예요. 제가 태워다 드릴 거니까요. 순찰차로요. 경찰차를 공격할 정도로 멍청한 놈은 없을 거예요."

"내 걱정을 하는 거요?"

"순전히 작전의 관점에서 그러는 거예요. 저는 선배님이 여기를 벗어나기를 원해요. 확실하게요. 완전히, 미적대는 일 없이요. 그러고 나면 제 문제는 해결될 테니까요. 눈곱만 한 의혹이라도 피하려면 일이 그렇게 진행되는 걸 제 눈으로 직접 봐야겠어요."

"그러고 나면 바람잡이를 멈춰 세워서는 놈에게 상황이 종료됐다는 걸 알려주는 게 좋겠소. 놈은 고마워할 거요. 지금쯤이면 물을 빼고 싶은 생각이 간절할 테니까."

"그럴 작정이에요."

"놈한테 내가 어느 길로 갔는지 알려줘도 괜찮소. 내가 놈을 만나고 싶어 한다고 얘기해도 좋고. 밴에 탄 놈의 친구도."

"잊으세요." 그녀가 말했다. "여기는 헌병대가 아니에요."

"당신도 그렇게 느끼는 거요?"

"대체로는요." 그녀가 말했다.

그녀는 전화로 두어 가지를 준비시킨 다음 핸드백을 움켜쥐고 리처의 앞에 서서 주차장으로 나왔다. 거기서 그녀는 세차를 해서 여전히 물기가 있는 경찰차를 선택했다. 키가 꽂혀 있었다. 리처는 앞자리에 탔다. 노트북과 다른 장비들 때문에 비좁았다. 그는 그녀에게 여관이 있는 옆 거리에 다다르기 전의 모퉁이로 가는 방향을 알려줬다. 하루 전에 그가 내렸던 곳. 그는 그리로 가는 내내 차량들을 주시했다. 청색 밴은 보이지 않았다. 검정 크라이슬러도 마찬가지였다. 신호들 중 하나에서 러시아워 끝 무렵의 정체가 빚어졌다. 아모스는 손목시계를 확인했다. 약속시간이 가까워지고 있었다. 그녀는 경광등을 켜고는 반대 차선으로 미끄러져 들어갔다.

바로 앞에 낡아빠진 스바루가 있었다. 도로 경계석에서 대기 중이었다. 약속한 바로 그 자리에. 정각에. 차 안에는 눈에 익은 깡마른 실루엣이 있었다. 청색 데님, 연필 같은 목, 긴 잿빛 포니테일.

"저 사람인가요?" 아모스가 물었다.

"확실하오." 리처가 대답했다.

"제가 전생에 착한 일을 했었나 보네요."

그녀가 스바루 뒤에 차를 댔다. 실루엣의 고개가 들썩거렸다. 갑자기 백미러를 들여다보고 있는 듯이. 그러더니 스바루가 튀어나갔다. 순식간에 그들 앞에서 자취를 감췄다. 도로 경계석 때문에 요란한 소리를 내더니 거리 아래로 질주했다.

최대속력으로.

아모스가 물었다. "뭐죠?"

"쫓아갑시다." 리처가 말했다. "어서!"

그녀가 어깨 너머를 힐끔 보더니 액셀을 밟아 추격에 나섰다.

그녀가 물었다. "방금 무슨 일이 일어난 거죠?"

"당신 때문에 겁을 먹은 거요." 리처가 말했다. "아직도 경광등을 켜고 있잖소. 저분한테 차를 옆으로 대라고 지시하는 것처럼."

"그는 정차 중이었어요."

"당신이 자기를 기습 단속하는 거라고 생각했을 거요."

"제가 왜요? 저 사람이 소화전 옆에 차를 세웠나요?"

"차에 대마초가 있을 거요. 아니면 비밀문서나 이런저런 것이. 당신을 국민을 압제하는 비밀세력이 보낸 요원으로 생각했을 테지. 우리는 지금 포니테일을 한 늙은 남자를 상대하고 있는 거요."

두 사람은 100미터쯤 뒤에서 그를 쫓아갔다. 그러다가 간격이 80미터, 그런 후에는 50미터, 그다음에는 20미터로 좁혀졌다. 스바루는 전력을 다하고 있지만, 최근에 생산된 경찰차에는 상대가 되지 않았다. 경광등을 켜고 사이렌을 울리는 차량에는 더더군다나. 그러다가 스바루가 앞에서 우회전을 했다. 스바루는 애가 타는 10초에서 12초 정도 시야에서 사라졌다. 그러다가 그들이 차를 쫓아 방향을 틀자 블록 끝에 있는 스바루의 모습이 다시 보였다.

"집으로 가고 있군." 리처가 말했다. "여기에서 북서쪽에 있는 어딘가로."

아모스는 자신이 더 잘 아는 블록의 지름길을 택해 스바루의 범퍼 바로 뒤에 붙었다. 일방통행로. 앞에는 빨간 불이, 그리고 또 다른 소규모 정체가 있었다. 두 개 차선 중 왼쪽에 다섯 대가, 오른쪽에 여섯 대가 있었다. 러시아워의 맨 끝. 파란불이 들어왔지만 아무도 움직이지 않았다. 누군가가 교차로를 막고 있었다. 청색 밴은 아니었다. 검정 크라이슬러는 아니었다. 스바루가 힘껏 브레이크를 밟고는 더 짧은 차선으로 방향을 틀었다. 이제 그는 왼쪽 차선의 여섯 번째 차로 다섯 번째 차와의 거리는 3센티미터에 불과했다. 아모스는 그의 뒤 3센티미터 떨어진 곳에 차를 세웠다. 그의 왼쪽에는 인도가, 오른쪽에는 멈춰선 차량들의 기다란 대기행렬이 있었다. 그는 차를 프랑스 파리의 운전자들이 그러는 것보다 더 빡빡하게 주차한 셈이었다.

아모스가 말했다. "엄밀히 말하면 저 사람은 위반을 많이 했어요."

"눈감아주시오." 리처가 말했다. "범사에 감사하고."

리처가 차에서 내려 앞으로 걸어갔다. 스바루의 운전석 창문을 톡톡 두드렸다. 늙은 남자는 오랫동안 앞을 멍하니 바라봤다. 원칙을 고수하면서, 리처가 있는 쪽을 돌아보는 걸 철저히 거부하면서. 그러다가 결국 마지못해 오른쪽을 힐끔 봤다. 그 순간의 그는 무척이나 놀란 듯 보였다. 그는 뒤에서 번쩍거리는 경광등을 힐끔 봤다. 그는 혼란스러웠다. 이해가 되지 않았다.

리처가 문을 열고 차에 탔다.

"저 경찰이 저를 태워줬습니다." 리처가 말했다. "그게 다입니다. 그녀한테 어르신을 놀라게 할 의도는 없었습니다."

앞에서는 다시 파란불이 들어왔다. 그러자 이번에는 차들이 움직였다. 남자는 앞으로 차를 몰았다. 눈 하나는 백미러에 고정한 채. 그의 뒤에서는 아모스가 신호등 밑에서 크게 유턴을 해서 왔던 길로 돌아가고 있었다. 리처는 앉은 자리에서 고개를 돌려 그녀가 떠나는 걸 지켜봤다.

늙은 남자가 말했다. "어째서 경찰이 자네를 태워다준 건가?"

"보호구치 차원에서요." 리처가 말했다. "사과농장 놈들이 간밤에 시내에 있었습니다."

그 설명이 남자의 궁금증을 풀어준 듯 보였다. 그는 고개를 끄덕였다.

"말했잖나." 그가 말했다. "그 집안은 이 상황을 그대로 놔두지 않을 거라고."

"아까 거기서," 리처가 말했다. "도망쳐서는 안 됐습니다. 영리한 전술이 아니에요. 경찰은 늘 결국에는 어르신을 붙잡을 겁니다."

"자네, 경찰이었나?"

"헌병이었습니다." 리처가 말했다. "오래전에요."

"도망쳐서는 안 된다는 건 나도 알고 있네." 남자가 말했다. "그런데 오랜 습관이라서."

남자는 더 이상은 말을 하지 않았다. 그냥 차만 몰았다. 리처는 오가는 차량들을 주시했다. 청색 밴은 없었다. 그들은 좌회전을 하고 우회전을 했다. 그들은 북서쪽으로 향하고 있는 듯했다. 사과농장 쪽으로. 라이언타운 쪽으로. 그 넓은 지역으로.

리처가 물었다. "약속은 하셨습니까?"

"그들이 우리를 기다리고 있네."

"고맙습니다."

"면회시간은 10시부터야."

"잘됐군요."

"어르신 존함은 모티머 씨고."

"그걸 알게 돼서 좋군요." 리처가 말했다.

그들은 시내에서 빠져나오는 중심도로를 찾아냈다. 그러고는 2마일 뒤에 좌회전을 해서 리처가 전날 본 도로에 올랐다. 물이 없는 곳으로 이어지는 도로. 그들은 그걸 따라 서쪽으로 가면서 숲을 통과하고 들판을 지나 쳤다. 리처는 옆 차창 밖을 주시했다. 오른쪽으로 멀리 떨어진 곳에 브루스 존스가 개 12마리와 함께 소유한 몇천 평의 땅이 있었다. 그러더니 농장들이, 잡초가 무성하게 자란 유령마을인 라이언타운이 나타났다.

리처가 물었다. "얼마나 더 가야 합니까?"

"거의 다 왔네." 남자가 말했다.

2마일쯤 더 간 후, 리처는 왼쪽에서 형체를 봤다. 상당히 멀리 떨어진 곳이었다. 새로 개발된 곳 같았다. 길고 낮은 건물들이 인간의 손길이 닿지 않은 들판에 누워 있었다. 밝은 흰색 표시들이 그려진 산뜻한 아스팔트 도로들이 있었다. 새로 심은 나무들이 있었는데, 자연 상태로 끝내주게 자란 이웃 나무들에 비해 연약하고 가냘프고 여려 보였다. 건물들은 금속 틀을 댄 창문들과, 바닥에서 구부러져서는 풀밭 속 1미터쯤에 주둥이를 내민 하얀 알루미늄 빗물 파이프가 있는 단조로운 치장벽토 건물이었다. 정문에 표지판이 있었다. 노인요양생활시설에 대한 내용이 적혀 있었다.

"여기야." 늙은 남자가 말했다.

리처의 머릿속 시계가 정각 10시를 알렸다.

세 번째로 도착한 손님은 첫 손님만큼이나 은밀하고 자립적인 사람이었다. 문제의 신사는 펜실베이니아 시골의 작은 소도시에 있는 대저택에서 직접 차를 몰고 왔다. 그는 처음에는 4개월 전에 뉴욕 서부에서 폐차된 걸로 신고된 차를 타고 있었다. 그는 사전에 준비를 철저히 했다. 그는 제대로 된 사전 준비가 가장 중요하다고 믿었다. 그는 머릿속으로 여행 전체를 리허설하고 또 했다. 예상되는 문제들과 곤란한 일들을 찾아냈다. 그는 준비된 사람이 되고 싶었다. 그에게는 대단히 중요한 목표가 두 개 있었다. 경찰에 잡히고 싶지 않았고, 지각하고 싶지 않았다.

물론 계획에서 중요한 건 익명성을 지키는 것, 그리고 안전장치를 마련하는 것과 추적을 불가능하게 만드는 거였다. 그래야만 했다. 1단계는 서류에 등재되지 않은 차를 타고 보스턴 서쪽의 매사추세츠 턴파이크 휴게소 뒤에 있는 친구의 거처로 논스톱으로 달리는 거였다. 그는 그 사람을 다른 커뮤니티에서 알게 됐다. 지금 이 일하고는 다른 공통 관심사. 사이가 돈독하고 열정적인 남자들 집단. 남이 모르는 궁지에 몰린 사람들. 충직하고 무척 도움이 되는. 그들은 그런 사람이 되려고 애썼다. 동료 회원이 원하는 게 있으면 동료 회원이 구해다 줬다. 질문 따위는 하지 않았다.

친구의 본업은 상용商用 차량을 거래하는 거였다. 그는 리스됐다가 경매에 나온 차량을 매입했다. 재판매를 위해. 차량들은 오고 갔다. 깨끗한 차와 더러운 차가, 중고차와 험하게 몰았던 차가, 심하게 망가진 차와 흠집 하나 없는 차가. 그는 어느 날이든 20대가 넘는 차를 보유하고 있었다. 그 특별한 날에 그에게는 마음에 드는 차가 세 대 있었다. 하나같이 소형 밴이었고, 하나같이 평범했으며, 하나같이 눈에 띄지 않았다. 소형 밴에 관심을 갖는 사람은 없었다. 소형 밴은 공중에 뚫린 구멍 같은 존재다.

제일 좋은 건 겉모습이 깔끔해 보이는 진청색 차량이었다. 금빛 글씨들이 적힌. 오래지 않아 그런 차량이 나타났다. 시내에서 파산한 카펫 세탁업자에게서 회수한 차였다. 차의 외관을 보면 한때는 무척 잘나가는 업체였다는 걸 알 수 있었다. 페르시안 카펫. 따라서 금빛 글씨들이 적혀 있었고, 관리도 무척 잘돼 있었다. 펜실베이니아에서 온 남자는 차에 짐을 싣고 출발했다. 그는 휴대폰의 GPS를 설정했다. 북쪽으로 차를 몰았다. 그가 택한 경로는 한동안 고속도로를 달리다 뉴햄프셔 맨체스터 근처에서 고속도로를 벗어난 후 계속 나아가 래코니아라는 작은 소도시를 관통해 그 뒤쪽에 있는 곳으로 가는 거였다.

그가 겁에 질렸던 곳. 여행을 중단할 뻔했던 곳. 그는 경찰차 두 대를 봤다. 남쪽에서 오는 사람을 하나도 빼놓지 않고 주시하고 있는 게 분명한 차량들을. 수색 중. 그를 응시하는 중. 그에 대한 모든 걸 알고 있다는 듯. 누군가가 고자질을 했다는 듯. 그는 공황상태가 돼서는 골목으로 차를 빼고는 어느 매장 뒤쪽의 적재구역에 차를 세웠다. 그는 이메일을 확인했다. 그가 비밀 폰에 관리하는 비밀 계정. 웹 메일 페이지. 외국어 알파벳들로 번역이 되는.

취소 메시지는 없었다.

경고도, 경보도 없었다.

그는 심호흡을 했다. 그는 이 바닥을 잘 알았다. 이런 커뮤니티는 하나같이 안전장치를 마련해둔다. 한 번 클릭하기만 하면 되는 응급 버튼을. 무슨 일이 벌어지건 우선시되는 것은 안전이라는 것을 보장한다. 그 버튼은 자동 메시지를 생성한다. 아무렇지도 않아 보이는 메시지에는 안전한 쪽에 있으라는 내용이 암호화돼 있다. '오늘은 아이들 몸이 좋지 않습니다' 이런 식의 내용으로.

그런 메시지는 없었다.

그는 다시 확인했다.

그런 메시지는 없었다.

그는 골목에서 나가 계속 차를 몰았다. 그는 시내에서 빠르게 벗어났다. 경찰차는 다시는 보이지 않았다. 그는 안도했다. 곧장 차를 몰고 갈수록 기분이 나아졌다. 실제로 그는 기분이 좋았다. 이건 자신이 성취한 거라는 기분이 들었다. 그는 위험들을 대면하고 있었다. 그는 숲을 가로지르고 말과 소가 뛰노는 들판들을 지났다. 왼쪽에 있는 얕은 굽잇길은 사과농장을 가로지르는 길로 이어졌는데, 그의 휴대폰은 그 길을 택하지 말라고 말했다. 그는 직진했다. 확 트인 10마일 이상을. 그런 후 숲이 다시 나타났고, 또 다른 10마일을 달렸다. 밴은 쏜살같이 날아갔다. 나무들을 스치면서. 나무들은 머리 위에서 서로를 만났다. 그곳은 녹색의 비밀 세계였다.

그러더니 휴대폰이 왼쪽 800미터 지점에서 마지막 회전을 하는 게 목적지에 다다르는 가장 빠른 길이라고 알려줬다. 실 같은 오솔길이 곱슬곱슬하게 숲으로 이어져 있었다. 그는 그 길을 택해 표면의 일부가 사라진 아스팔트 위에 쿵 하고 올라섰다. 그는 와이어 위를 달리면서 어딘가에 있는 벨이 울릴 거라고 짐작했다.

그는 2마일을 달린 후에 공터에 들어섰다. 모텔이 바로 앞에 있었다. 3호실인 게 확실한 곳 앞에 볼보 왜건이 있었다. 소형 밴만큼이나 특색이 없는 차량. 5호실 밖의 접의자에 남자가 있었다. 운송 수단이 하나도 보이지 않았다. 10호실 밖에는 파란 혼다 시빅이 있었다. 낯선 번호판. 외국 차일 것이다.

그는 사무실에서 마크를 만났다. 처음으로 얼굴과 얼굴을 맞대고. 물론, 그들은 메일을 주고받은 사이였다. 그는 7호실을 받았다. 그는 밴을 주차했다. 접의자에 앉은 남자가 지켜봤다. 그는 객실에 가방들을 놔두고는 햇빛 속으로 돌아왔다. 그는 접의자에 앉은 사내에게 고개를 끄덕였다. 그러고는 다른 방향으로 어슬렁거렸다. 주차장을 가로질러 10호실로. 의식을 치르듯 중요한 일. 그의 첫 시선. 이후로 밝혀졌듯, 볼 건 그리 많지 않았다. 10호실의 블라인드는 내려져 있었다. 실내에는 침묵이 감돌았다. 아무 일도 일어나지 않고 있었다.

25

리처는 요양원이 허름하기는 해도 노인들이 거주하기에 알맞은 거처를 제공하려는 진지한 시도로 지은 곳이라고 생각했다. 마음에 들었다. 자신이 거주할 곳이라고 생각한 건 아니었지만. 그는 그리도 오래 살기를 기대하지 않았다. 하지만 다른 사람들은 좋아할 것 같았다. 요양원은 환한 색으로 장식돼 있었다. 행복한 분위기가 감돌았다. 약간은 행복을 강요하는 듯한 분위기가. 쾌활한 여성이 리셉션 데스크에서 그들을 맞았다. 그녀의 말투는 가족을 떠나보낸 유족을 상대하는 듯한 분위기였다. 정확히 그런 분위기라고 딱 꼬집어 말하기는 어려웠지만. 그보다 약간은 더 활기찬 말투와 독특한 톤. 관련 교육을 받은 영향도 일부 있는 듯한. 역할놀이 수업에서 배운 듯한. 요양원을 방문한 이들은 독특한 특징이 있는 것 같았다. 최근에 가족과 사별한 이들은 아니었다. 곧 그렇게 될 이들이었다. 유족 예정자들.

여자가 손가락으로 가리키며 말했다. "모티머 씨가 휴게실에서 두 분을 기다리고 계세요."

리처는 포니테일을 한 남자를 따라 길고 쾌적한 복도를 내려가며 이중 문으로 향했다. 문 내부에는 깨끗하게 닦은 안락의자들이 촘촘한 동그라미 형태로 놓여 있었다. 그중 하나에 무척 연로한 남자가 있었다. 모티머

씨라고 리처는 추측했다. 머리는 하얀 백발에 성겼고, 피부는 투명하리만
치 창백했다. 피부는 애초에 존재하지 않는 것처럼 보였다. 모든 핏줄과
반점이 두드러져 보였다. 말라깽이였다. 보청기를 낀 귀는 노인 특유의 큼
지막한 귀였다. 기력은 꼿꼿하게 앉기에 충분한 정도였지만, 딱 거기까지
였다. 팔목은 연필처럼 보였다.

방에 다른 사람은 없었다. 간호사도, 간병인도, 친구도 없었다. 의사도
없었다. 다른 노인도 없었다.

포니테일을 한 남자가 걸어가 허리를 굽히고는 낮은 자세로 웅크려 노
인과 눈높이를 맞췄다. 그러고는 손을 내밀고 말했다. "모티머 씨, 다시 뵙
게 돼서 좋네요. 저 기억하시겠어요?"

노인이 그의 손을 쥐었다.

"기억하다마다." 그가 말했다. "자네를 제대로 격식을 갖춰 맞이해야
옳겠지만, 자네가 자네 이름은 절대로 입 밖에 내지 말라고 경고했잖아.
벽에도 귀가 있다면서. 적들이 사방팔방에 있다면서."

"그건 오래전 일이었어요."

"그 일은 어떻게 끝났나?"

"결론이 나지 않았어요."

"다시 내 도움이 필요한 건가?"

"제 친구 리처 씨가 어르신께 라이언타운에 대해 묻고 싶어 해요."

모티머는 고개를 끄덕이며 깊은 생각에 잠겼다. 그의 촉촉한 눈빛이 느
릿느릿 방을 가로지르며 위로 향하다 리처에게서 멈췄다.

그가 눈의 초점을 맞췄다.

그가 말했다. "라이언타운에 리처 씨 가족이 있었지."

"그 집 아들이 저희 아버지셨습니다." 리처가 말했다. "아버님 존함은 스탠이었습니다."

"앉게." 모티머가 말했다. "계속 올려다보면 목에 경련이 날 거야."

리처는 동그라미 맞은편의 의자에 앉았다. 모티머는 가까이서 봐도 젊어 보이지 않았다. 그렇지만 그에게서는 불꽃 비슷한 게 보였다. 약한 건 그의 육체였지 정신이 아니었다. 그는 경고를 하듯 앙상하게 흰 손을 들었다.

"내 사촌들이 거기 살았어." 그가 말했다. 그의 목소리는 낮았다가 높아지는 식으로 출렁거렸고, 침에 젖어 축축했다. 그가 말했다. "우리가 사는 집들은 가까웠어. 그래서 서로의 집을 오가며 드나들었지. 가끔 우리 집 사정이 어려우면 우리가 그쪽 집에 맡겨졌고, 가끔은 그쪽 애들이 우리 집에 맡겨졌지. 그런데 라이언타운에 대한 내 기억이 대체로 뜨문뜨문할 거라는 얘기는 해둬야겠군. 자네가 찾고 있는 것 같은, 그러니까 자네 아버지가 어렸을 때에 대한 기억, 조부모님에 대한 기억 같은 것 말이야. 나는 거기를 가끔씩 찾아갔던 손님이었을 뿐이니까."

"병에 걸렸던 아이들이 누구누구인지를 기억하시잖습니까."

"그거야 사람들이 늘 그런 얘기를 해댔으니까 그런 거지. 그건 망할 놈의 아침이 될 때마다 카운티 전역에 붙은 공고문이랑 비슷했어. 누가 이런 병에 걸렸다, 누가 저런 병에 걸렸다. 사람들은 겁에 질렸지. 소아마비에 걸릴 수도 있었어. 그 시절에는 아이들이 갖가지 이유로 죽었지. 그러니 어떤 아이를 멀리해야 할지를 알아야만 했어. 그 반대도 마찬가지였고. 풍진에 걸린 아이가 있으면 그 애를 어린 여자애들하고 놀게 해주려고 남의 집에 맡기고는 했어. 어딘가에서 아스팔트를 깔고 있으면 아이들한테 타르 냄새를 맡으라며 거기에 보내기도 했고. 그렇게 하면 폐결핵에 걸리지 않는다면서. 내가 누가 아팠는지를 기억하는 이유가 그거야. 그 시절 사람들은 제정신이 아니었어."

"저희 아버지, 스탠 리처도 아팠나요?"

똑같은 앙상하게 흰 손이 올라왔다. 똑같은 경고.

"그 이름은 카운티 규모의 공고문에 오른 적이 없었어." 그가 말했다. "내가 아는 한에는 그래. 그렇지만 그게 내가 그하고 아는 사이였다는 뜻은 아냐. 모두가 늘 친척들이 있었지. 먹을 게 없어 배를 주릴 때는 모두 이리저리로 맡겨졌어. 타임스 스퀘어랑 비슷했지. 그래서 내 경우에 해줄 수 있는 말은 그 시절에 대한 내 기억에는 아이들이 늘 돌아가면서 등장한다는 거야. 사람들은, 특히 아이들은 들락날락했어. 공장 현장감독이던 리처 씨, 그러니까 자네 할아버지를 기억해. 잘 알려진 분이었지. 그 동네 붙박이였어. 그렇지만 누가 그분의 아이들이었는지에 대해서는 법정에서 선서를 하고 증언하지는 못하겠어. 그 시절 아이들은 생긴 게 다 비슷비슷했거든. 누가 사는 곳이 어디였는지를 정확하게 알 길은 없어. 아이들은 하나같이 똑같이 생긴 네 세대 거주용 아파트의 현관문에서 뛰어나왔지. 현장감독이 사는 건물에서 뛰어나온 애가 아홉 명이었을 거야. 적어도 여덟 명은 됐지. 그중 한 명이 야구를 꽤 잘했어. 캘리포니아에서 세미프로가 됐다는 얘기가 있더군. 그 아이가 자네 아버님일까?"

"아버지는 조류관찰자였습니다."

모티머가 잠시 입을 닫았다. 그의 늙어버린 옅은 눈동자가 초점을 바꿔 먼 과거를 돌아다보고 있었다. 그러더니 그가 미소를 지었다. 서글픈 사색에 잠긴 방식으로. 삶의 기이한 미스터리들을 응시하는 듯한 모습으로. 그가 말했다. "이것 보게, 새를 관찰하던 아이들에 대해서는 까맣게 잊고 있었어. 자네가 기억하는 걸 나는 기억하지 못하다니, 정말로 희한하군. 자네는 기억력이 정말로 좋군."

"기억한 게 아닙니다." 리처가 말했다. "그 시절을 기억한 게 아니라, 나중에 그 시절을 추측해서 하게 된 생각입니다. 저는 아버지가 어렸을 때부터 조류관찰을 시작했을 거라고 가정했습니다. 아버지가 열여섯 살 때 탐조클럽의 회원이었다는 걸 압니다. 그런데 어르신은 새를 관찰하던 아이들이라고 말씀하셨습니다. 그렇다면 그런 아이가 한 명 이상이었다는 말씀인가요?"

"두 명이었어." 모티머가 말했다.

"누구누구였습니까?"

"둘 중 하나는 누군가의 사촌이었지만 거기에 항상 살았던 건 아니었고, 다른 한 명은 내내 서시에 살았던 걸로 기억해. 그런데 둘은 무척이나 잘 어울려 다녔지. 절친한 친구들처럼. 자네 말을 들으니 그중 한 명이 스탠 리처였던 것 같군. 두 사람 모습이 머릿속에 그려져. 이 말은 해야겠어. 둘은 새를 관찰하면서 무척이나 흥분돼 있었어. 진실을 말하자면, 나는 둘을 만나면 계집애처럼 군다는 이유로 개들의 혼쭐을 내줄 준비가 돼 있었을 거야. 그런데 그렇게 하려면 우선은 군대를 동원해야 했겠지. 둘은 내가 본 중에 가장 뛰어난 싸움꾼들이었거든. 그러고 얼마 안 있어 그들은 순식간에 모두가 그 일을 하게끔 만들었어. 쌍안경을 돌려가면서 꽤나 행복하게 그 일을 하게 만들었지. 우리는 맹금류를 관찰했어. 독수리가 강아지 크기만 한 먹이를 낚아채는 걸 본 적도 있었지."

"아버지한테 쌍안경이 있었나요?"

"둘 중 한 명한테 있었어. 어느 쪽이 스탠이었는지는 확실하게 말을 못하겠군."

"제 추측에는 거기에 늘 살았던 아이였을 겁니다."

"그게 누구였는지도 확실하게 말 못하겠어. 기억이 오락가락해서. 둘 중 한 명이 가끔씩 동네에서 없어진다고 생각했어. 어쩌면 둘 다 동시에. 누가 됐건, 가끔씩은 보이지 않을 때가 있었어. 더 잘 먹으라고, 또는 돌림병을 피하라고, 또는 휴가를 가라고 다른 데로 보내지고는 했지. 당시 생활은 그런 식이었어. 사람들이 끊임없이 들락거렸지."

"아버지가 어떻게 쌍안경을 마련할 형편이 됐던 건지 궁금합니다. 힘든 시절이었는데요."

"나는 훔쳤을 거라고 추측했어."

"그렇게 추측한 특별한 이유라도?"

"이런 말을 들었다고 기분 나빠하지 말게." 모티머가 말했다.

"전혀 그렇지 않습니다."

"우리는 하나같이 착한 아이들이었어. 가게를 털러 들어가거나 하지 않았지. 그런데 우리는 지나치게 많은 질문을 하는 법도 없었어. 뭔가가 수중에 들어올 경우 '이게 뭐냐?'고 물을 생각이 없었지. 그렇게 하지 않았으면 착한 아이들은 얻는 게 하나도 없었을 거야. 나는 우리 머릿속에서 걔가 그것보다 더 흉악한 일을 저지를 거라는 생각이 자리를 잡은 건 걔 아버지 때문이라고 생각해. 둘 중 어느 쪽이 스탠이었건 말이야. 우리는 공장 현장감독인 리처 씨하고 늘 거리를 두려고 했거든. 그리고 우리는 부전자전일 거라고 생각했던 것 같아. 스탠이 어떤 아이인지는 정확히 몰랐으면서도 말이야. 그게 소문의 힘일 거야. 나는 그 동네를 찾아간 방문객일 뿐이었어. 그렇지만 그게 그 지역에서는 당연한 사실인 것처럼 느껴졌어."

"왜 거리를 두려고 했던 건가요?"

"모두가 그분을 무서워했어. 그분은 항상 고함을 치고 호통을 치고 주먹을 날리고 사람들을 때려눕혔지. 돌이켜보면, 그분은 술에 취했던 것 같아. 그분은 자기가 공장 현장감독이라서 사람들의 미움을 받는다고 생각했어. 반은 맞는 얘기였지. 그런데 그분이 완전히 잘못 알고 있던 건 사람들이 그분을 미워하는 이유였어. 우린 온갖 악행을 다 그분한테 뒤집어씌웠던 것 같아. 학교에 있는 동화책에 나오는 악당들한테 그러는 것처럼. 검은 수염^{대서양을 휩쓴 영국 해적 에드워드 티치를 말한다} 같은 악당들 말이야. 기분 나빠하지 말게. 자네가 물어서 대답한 것뿐이니까."

"그분이 수염을 기르셨나요?"

"수염을 기른 사람은 아무도 없었어. 그랬다가는 공장에서 수염에 불이 붙을 테니까."

"저희 아버지가 해병대에 입대하려고 떠난 때가 언제인지 기억하십니까?"

모티머는 고개를 저었다.

"그 얘기는 들어본 적이 없어." 그가 말했다. "내가 자네 아버지보다 한두 살 많을 거야. 나는 그때는 이미 징집이 돼 있었어."

"어디에서 복무하셨나요?"

"뉴저지. 군에서는 내가 필요치 않았어. 전쟁이 끝났거든. 병력이 이미 지나치게 많았어. 군은 그러고 얼마 안 가 징집을 취소했지. 나는 아무 일도 한 게 없어. 그래서 해마다 독립기념일 퍼레이드를 할 때는 내가 무슨 사기꾼이 된 기분이었지."

그는 고개를 설레설레 젓고는 시선을 돌렸다.

리처가 물었다. "라이언타운에 대한 다른 기억이 있으신가요?"

"아주 재미있는 기억은 없어. 먹고살기 힘든 곳이었지. 사람들은 낮에는 종일 일만 하고 밤에는 잠만 잤어."

"엘리자베스 리처는 어땠나요? 제임스 리처의 아내 말입니다."

"그분이 자네 할머니시겠군."

"맞습니다."

"바느질을 하셨지." 모티머가 말했다. "그건 기억해."

"어떤 분이었는지도 기억하시나요?"

모티머는 잠시 말이 없었다.

그러더니 말했다. "대답하기 어려운 질문이로군."

"왜죠?"

"무례한 사람이 되고 싶지는 않아."

"대답을 하려면 그런 사람이 돼야 하나요?"

"그분은 비밀로 남겨두는 정도로 해두자고 말하는 게 옳은 것 같아."

"할머니를 뵌 적이 한 번도 없습니다." 리처가 말했다. "제가 태어나기 오래전에 돌아가셨죠. 그분이 어떤 분이셨든 상관없습니다. 그러니 어르신께서 말을 조심하실 필요는 없습니다."

"자네 할아버지에 대한 얘기를 하는 것하고는 다른 문제야. 그분은 세상이 다 아는 분이었으니까. 공장의 현장감독이라서 말이지. 그런데 자네 할머니 얘기를 하는 건 다른 일이잖아."

"얼마나 험한 분이셨나요?"

"냉정한 여자였지. 싸늘했어. 웃는 걸 본 적이 없어. 듣기 좋은 말을 하는 걸 들은 적도 없고, 늘 화가 난 인상이었어. 시큰둥하다고 할까. 서로에게 딱 맞는 사람들이 부부가 됐다고 생각했지."

리처는 고개를 끄덕였다.

리처가 물었다. "달리 저한테 하실 말씀이 있으신가요?"

모티머는 오랫동안 침묵을 지켰다. 노약한 탓에 혼수상태에 빠진 건지도 모른다는 생각이 들 정도였다. 아니면 숨이 끊어졌거나. 그러다가 그가 몸을 움직였다. 그는 똑같은 앙상하게 흰 손을 들었다. 이번에는 경고를 하려는 손짓이 아니었다. 집중해달라는 호소였다. 결정적인 한 방을 날리기 전에 청중을 진정시키는 코미디언처럼.

"한 가지는 말해줄 수 있어." 그가 말했다. "자네가 내 기억을 깨워냈으니까. 그리고 자네 아버지가 관련된 일일지도 모르니까. 언젠가 희귀조 때문에 소동이 일어났던 걸 기억해. 꽤 큰 사건이었지. 뉴햄프셔에서 처음으로 관찰된 새였어. 그렇지 않더라도, 뭐, 그와 비슷한 식이었을 거야. 새를 관찰하는 아이들이 탐조클럽을 위해 글을 썼지. 클럽회의록을 위해서. 아니면 공식보고서나. 이름이야 아무렴 어떤가. 둘 중 한 명이 당시 클럽 서기였어. 어느 쪽인지는 모르겠어. 보고서는 거기에 있었거나 있지 않은 새에게 영향을 줄지도 모르는 모든 환경조건에 대한 거였어. 굉장히 인상적인 보고서였지. 내가 믿기에는, 취미 관련 잡지에서 그 보고서를 선정해서 게재했을 거야. AP통신은 그게 라이언타운이 카운티 외곽에서 언급된 최초의 사례였다고 밝혔지."

"어떤 새였나요?"

"기억이 안 나."

"애석하군요." 리처가 말했다. "엄청난 센세이션을 일으켰을 게 분명한데요."

모티머가 다시 손을 올렸다.

흥분을 나타내는 신호.

"알아낼 수 있을 거야." 그가 말했다. "탐조클럽 덕분에 말이야. 그들의 모든 장부가 도서관에 있을 거야. 도서관에 컬렉션이 있거든. 과거의 모든 클럽과 협회의 컬렉션이. 도서관은 그걸 역사의 일부라고 말하더군. 문화의 일부라고. 텔레비전이 등장했을 때, 나는 개인적으로는 그게 더 나은 매체라고 생각했어."

"어디 도서관에 있습니까?" 리처가 물었다.

"래코니아." 모티머가 말했다. "거기가 그 클럽들이 있던 곳이야."

리처는 고개를 끄덕였다.

"그걸 찾아내려면 석 달은 걸릴 겁니다." 리처가 말했다.

"아냐, 거기에 다 잘 보관돼 있어." 모티머가 말했다. "책장들이 바퀴살처럼 늘어서 있는 아래층 대열람실이 있어. 거기 참고문헌 섹션에 가봐. 도서관에는 자네가 원하는 게 다 있어. 그러니 거기에 가봐야 해. 새에 대해 알아낼 수 있을 거야. 그 보고서를 쓴 사람은 자네 아버지일 거야. 결국, 확률은 50대 50이잖나. 자네 아버지거나, 다른 아이거나."

"도서관의 다운타운 분관인가요?"

"그게 거기 있는 유일한 분관이야."

두 사람은 깨끗하게 닦은 안락의자에 연로한 모티머 씨를 남겨놓고 길고 쾌적한 복도를 걸어 리셉션 데스크로 돌아갔다. 그들은 서명을 하고 밖으로 나갔다. 쾌활한 여자는 그들이 떠나는 걸 우아하고 침착한 태도로 받아들였다. 두 사람은 낡아빠진 스바루로 걸어서 돌아갔다.

리처가 물었다. "래코니아에 있는 도서관을 아십니까?"

포니테일을 한 남자가 고개를 끄덕였다.

"그럼." 그가 말했다.

"도서관 바로 앞에 차를 댈 수 있을까요?"

"왜?"

"그래야 정말로 신속하게 들락거릴 수 있으니까요."

"비가 오는 것도 아닌데."

"다른 이유들이 있습니다."

"안 돼." 남자가 말했다. "도서관은 자체 부지에 있는 큰 건물이야. 성처럼 생겼지. 들어가려면 정원들을 가로질러 걸어가야 해."

"얼마나 걸릴까요?"

"2분."

"정원에서 사람을 몇이나 만나게 될까요?"

"오늘처럼 맑은 날에는 몇 있을 거야. 사람들은 햇빛을 좋아하니까. 긴 겨울이 닥치는 중이고."

"도서관에서 경찰서까지 거리가 얼마나 되나요?"

"무슨 문제가 있는 사람 같군."

리처는 잠시 입을 다물었다.

"존함이 어떻게 되십니까?" 리처가 물었다. "어르신은 제 이름을 알지만, 저는 어르신 존함을 모릅니다."

포니테일을 한 남자가 말했다. "정확하게 말하면, 패트릭 G. 버크 목사."

"성직자이십니까?"

"지금은 이 교구 저 교구를 전전하는 신세지."

"언제부터요?"

"40년쯤 전부터."

"아일랜드계이신가요?"

"아버님 고향이 아일랜드 킬케니 카운티였네."

"가본 적 있으신가요?"

"없어." 버크가 말했다. "이제 자네 문제를 얘기해보겠나?"

"지금 저 때문에 열 받은 놈들은 사과농장 놈들만이 아닙니다. 제가 보스턴에 있는 어떤 놈도 열 받게 만든 게 분명합니다. 그쪽은 여기하고는 성격이 다른 집안이죠. 동원할 법한 대응방식도 다르고요. 래코니아경찰서는 래코니아 길거리에서 성 밸런타인데이 학살 같은 총싸움이 일어나는 걸 원치 않습니다. 저는 시외에 머무르기로 돼 있습니다."

"보스턴에 있는 사람들한테 무슨 짓을 했는데?"

"저도 도통 모르겠습니다." 리처가 말했다. "보스턴에는 몇 년간 가본 적이 없습니다."

"자넨 정확히 어떤 사람인가?"

"도로 표지판을 따라다니는 사람입니다. 지금은 제가 갈 길에 오르려고 안달하는 처지이고요. 그런데 우선은 그 새가 어떤 새였는지를 알고 싶습니다."

"왜?"

"이유는 모르겠습니다. 그래서 안 될 이유는 또 뭡니까?"

"보스턴에서 오는 사람들이 걱정되지 않나?"

"전혀요." 리처가 말했다. "놈들이 도서관에서 독서를 하면서 빈둥거리고 있을 거라고는 생각하지 않습니다. 제가 걱정하는 건 경찰입니다. 돌아오지 않을 거라는 식의 약속을 했거든요. 그들을 실망시키고 싶지 않습니다. 특히 그중 한 명은요. 그녀도 헌병이었습니다."

"그런데 새에 대해서는 알고 싶은 게로군."

"관련 정보가 바로 거기에 있으니까요."

버크가 시선을 다른 데로 돌렸다.

"왜 그러십니까?" 리처가 물었다.

"도서관 정원에 경찰관이 있는 걸 본 적은 없네." 버크가 말했다. "한 번도. 자네가 거기 있는 걸 경찰이 알게 될 일은 결코 없을 거라는 뜻이지."

"지금 어르신은 저를 곤경에 밀어 넣고 있는 겁니다."

"자유가 아니면 죽음을 달라."

리처가 말했다. "차를 되도록 바짝 붙여 세워 주십시오."

북쪽으로 20마일 지점에서, 패티 선드스트롬은 다시 신발을 벗고 침대에 올라 출렁거리는 표면 위에서 맨발로 균형을 잡았다. 그녀는 다시금 양옆으로 발을 옮기고는 위를 올려다보며 전등을 향해 입을 열었다.

그녀가 말했다. "제발 창문 블라인드 좀 올려줘요. 저한테 은혜를 베푼다 생각해서요. 게다가 그게 품위 있는 처신이기도 하잖아요."

그녀는 그러고서 다시금 침대에서 내려가 매트리스 끄트머리에 앉아 신발을 신었다. 쇼티는 창문을 주시했다.

두 사람은 기다렸다.

"이번에는 오래 걸리네." 쇼티가 입을 열었다.

패티는 어깨만 으쓱거렸다.

두 사람은 기다렸다.

그러나 아무 일도 일어나지 않았다. 블라인드는 내려진 채로 있었다. 두 사람은 어둠 속에 앉아 있었다. 전등은 켜져 있지 않았다. 작동이 됐지만, 패티는 전등을 켜는 걸 원치 않았다.

그러더니 TV가 켜졌다.

저절로.

회로들이 살아나는 동안 치직거리고 바스락거리는 소리가 나더니, 화면이 이용자에게 보여서는 안 되는 이상한 컴퓨터 모니터처럼 컴퓨터 코드 한 줄이 떠 있는 밝은 청색으로 밝아졌다.

그러더니 그 화면이 옆으로 밀려나고 다른 이미지가 그 자리를 대체했다.

남자.

마크였다.

스크린은 그의 머리와 어깨를 보여줬다. 현장에 나가 있는 리포터처럼 만반의 준비를 갖추고 기다리는 듯한 모습을. 그는 검은색 벽 앞에 서서 카메라를 응시하고 있었다.

두 사람을 응시하고 있었다.

그가 입을 열었다.

그가 말했다. "여러분, 우리는 패티가 방금 한 요청에 대해 상의해봐야겠습니다."

그의 목소리가 정규 프로그램처럼 TV 스피커에서 쏟아져 나왔다.

패티는 아무 말도 하지 않았다.

쇼티는 그 자리에 얼어붙었다.

마크가 말했다. "당신이 진정으로 원하는 게 그거라면 나는 정말로 행복하게 블라인드를 올릴 겁니다. 그런데 블라인드를 두 번째로 올렸을 때

두 분이 그리 즐거워하지 못할까 봐 걱정이 되는군요. 두 분이 그 일에 긍정적으로 동의하는 건지 재차 확인해보는 게 나한테 윤리적으로 도움이 될 것 같습니다."

패티가 자리에서 일어났다. 그녀의 두 손이 신발로 향했다.

마크가 말했다. "침대에 올라갈 필요는 없어요. 거기서 얘기해도 다 들리니까. 마이크는 전등에 있는 게 아니에요."

"왜 우리를 여기에 붙들어 두는 거죠?"

"그 문제는 조금 이따가 상의할 겁니다. 오늘이 지나가기 전에는 분명히 그럴 겁니다."

"우리한테 원하는 게 뭐예요?"

"지금 당장 원하는 건 창문 블라인드를 올리는 데 대한 두 분의 긍정적인 동의가 전부예요."

"우리가 왜 그러기를 원치 않겠어요?"

"그건 '예'라고 대답한 건가요?"

"우리한테 무슨 일이 일어날 건데요?"

"그 문제는 조금 이따가 상의할 겁니다. 오늘이 지나가기 전에는 분명히 그럴 겁니다. 지금 당장 우리에게 필요한 건 창문 블라인드에 대한 결정입니다. 올릴까요, 내릴까요?"

"올려요." 패티가 말했다.

TV가 저절로 꺼졌다. 화면이 사라지고, 회로들이 바스락거렸다. 그러고는 작은 대기등이 빨갛게 빛났다.

그런 후 창문 유닛 내부에서 모터가 윙윙거리고 블라인드가 올라갔다. 천천히, 안정적으로. 그러면서 따스한 햇살이 블라인드 아래로 쏟아져 들어왔다. 풍경은 전과 똑같았다. 혼다, 주차장, 풀밭, 나무들이 이룬 방벽. 그렇지만 전보다 아름다웠다. 풍경이 빛을 받은 방식이 그랬다. 패티는 창턱에 두 팔꿈치를 올리고 유리에 이마를 댔다.

그녀가 말했다. "마이크는 전등에 있지 않아."

쇼티가 말했다. "패티, 우리는 말은 안 하기로 했잖아."

"놈은 나한테 침대에 올라갈 필요가 없다고 했어. 놈은 내가 침대에 올라간 걸 어떻게 알았을까? 내가 그 순간에 침대에 올라가려던 걸 어떻게 알았을까?"

"패티, 목소리가 너무 커."

"마이크만 있는 게 아냐. 놈들은 여기에 카메라도 설치해뒀어. 놈들은 우리를 감시하고 있어. 우리를 내내 지켜보고 있었다고."

쇼티가 물었다. "카메라?"

"그렇지 않으면 내가 침대에 올라갈 준비를 하면서 일어선 걸 놈이 어떻게 알 수 있었겠어? 놈이 내 행동을 본 거야."

쇼티는 주위를 둘러봤다.

"그게 어디 있는데?" 그가 물었다.

"몰라." 그녀가 말했다.

"어떻게 생겼을까?"

"몰라."

"묘한 기분이야."

"그렇게 생각해?"

"놈들은 우리가 잘 때도 지켜봤을까?"

"원할 때면 언제든 우리를 볼 수 있었을 거야."

"붙박이 전등에 들어 있는 것 같아." 그가 말했다. "놈이 한 말의 뜻이 그걸 거야. 전등에 들어 있는 건 마이크가 아니라 카메라라는 말이었을 거야."

패티는 대답하지 않았다. 그녀는 창턱을 힘껏 밀고는 다시 침대 쪽으로 걸음을 옮겼다. 그녀는 쇼티 옆에 앉았다. 두 손을 양 무릎에 올리고는 창문 너머를 멍하니 쳐다봤다. 흙다, 주차장, 풀밭, 나무들이 이룬 방벽. 그녀는 움직이고 싶지 않았다. 근육 한 가닥도. 눈동자까지도. 놈들은 그녀를 지켜보고 있었다.

그러더니 그녀 앞에서 어떤 남자가 창문 안쪽을 살짝 훔쳐봤다.

남자는 객실 밖 복도에서 목을 쏙 빼고 있었다. 한쪽 눈으로 방 안을 훔쳐보면서. 그러더니 그의 모습이 더 많이 시야에 들어왔다. 회색머리에 부자 특유의 그을린 피부를 한 거구의 남자였다. 그는 똑바로 시시 인을 응시했다. 노골적이고 솔직한 눈빛. 그녀를 향한. 쇼티를 향한. 그러더니 몸을 돌리고는 손짓을 했다. 누군가를 불렀다. 그러고는 얘기를 나눴다. 패티는 남자가 하는 말을 들을 수는 없었다. 방음 창문이었다. 그렇지만 블라인드가 올라가 있는 지금, 그가 말하는 모습은 보였다.

행복하고 득의만만한 목소리 톤으로.

다른 남자가 시야에 들어왔다.

또 다른 남자가.

전부 세 남자가 창문 안을 들여다봤다.

그들은 유리에서 3센티미터 떨어진 지점에 어깨를 맞붙이고 섰다.

그들은 응시하고 판단하고 평가하고 있었다. 깊은 생각에 잠긴 그들의 눈이 가늘어지고 있었다. 입술들은 질끈 다물어져 있었다.

그들이 느리게, 절반쯤 흡족한 미소를 짓기 시작했다.

그들은 눈에 보이는 대상에 기분이 좋았다.

패티가 말했다. "마크, 당신이 내 말 들을 수 있는 거 알아요."

반응이 없었다.

그녀가 말했다. "마크, 이 사람들 누구예요?"

그의 목소리가 천장에서 쏟아졌다.

"그 문제는 조금 이따가 상의할 겁니다." 그가 말했다. "오늘이 가기 전에 분명히 할 겁니다."

26

도서관은 빨간 석재와 흰색 석재로 지은 근사한 건물이었다. 대학 캠퍼스나 테마파크에 있더라도 무척 잘 어울릴 복고풍 스타일이었다. 앞서 들은 대로, 나무와 덤불과 잔디와 화단으로 조경이 잘된 정원들이 사방을 에워싸고 있었다. 리처는 버크 목사가 스바루를 세운 곳에서 가까운 출입문에서 시작되는 포장된 길을 택했다. 안쪽에는 산책하는 사람들과 벤치에 앉은 사람들, 잔디밭에 배를 깔고 누운 사람들이 있었다. 수상해 보이는 사람은 없었다. 눈에 띄는 사람은 없었다. 경찰은 어디에도 없었다.

정면에 있는 건물 너머의 정원들 너머의 거리에 흰색 소형 밴이 있었다. 도로 경계석에 주차된. 스바루에서 대각선 방향, 광장의 다른 모서리에. 측면에 담청색 글자가 그려져 있었는데, 모든 글자의 꼭대기에 눈덩이가 얹어져 있었다. 에어컨 수리기사. 리처는 계속 걸었다. 2분이라고 버크는 말했었다. 심한 과장이었다. 50초에 더 가까울 것 같았다. 지금까지 비좁고 구불구불한 길에서 네 명이 그를 뺨이 스칠 정도로 가깝게 지나쳤고, 네 명이 벤치와 잔디밭에 얌전히 앉은 자세로 그를 봤다. 다른 세 명은 그에게 신경을 쓰지 않았다. 눈을 감고 있었거나, 꿈을 꾸고 있었다.

그는 계단을 올라가 문을 통과했다. 로비 안쪽도 건물 바깥과 똑같이 빨간 석재와 하얀 석재로 장식돼 있었다. 화강암이라고 그는 생각했다. 동일한 장식 스타일. 그는 지하로 내려가는 계단을 찾아냈다. 책장들이 바퀴살처럼 놓인, 지하에 있는 큰 방에 들어섰다. 참고문헌 섹션. 연로한 모티머 씨가 얘기했던 딱 그대로. 거기에는 온갖 게 다 있다고 그는 말했었다.

여자가 데스크에 있었는데, 반쯤은 컴퓨터 모니터에 가려져 있었다. 서른다섯 살쯤 돼 보였다. 끝을 살짝 곱슬곱슬하게 만 폭포수처럼 긴 검은머리. 그녀가 고개를 들더니 물었다. "무엇을 도와드릴까요?"

"탐조클럽." 리처가 말했다. "누군가가 여기 도서관에 옛날 기록이 있다고 하더군요."

여자가 키보드를 타닥거렸다.

"맞아요." 그녀가 말했다. "기록이 있어요. 몇 년도 기록이죠?"

리처는 아버지가 조류를 관찰하지 않았던 때가 언제였는지를 전혀 몰랐다. 리처가 아는 한 그 이전과 이후는 없었다. 아버지가 그 화제에 대해 말하는 방식에 그런 건 들어 있지 않았다. 아버지는 자신은 일평생 조류관찰자였다는 투로 말했었다. 그럴듯했다. 많은 사람들이 무척 어릴 때부터 평생의 취미활동을 시작한다. 아버지는 그 어린 나이에도 클럽에 가입할 수 있었을 것이다. 그렇지만 그 나이에 회의록을 기입할 정도로 회원들의 신뢰를 받지는 못했을 것이다. 꼬마 때는 그랬을 것이다. 취미 관련 잡지가 진지하게 대할 상대는 아니었을 것이다. 서기로 선출되지는 못했을 것이다. 많은 세월이 지나기 전까지는. 그래서 리처는 아버지가 열네 살 때부터 해병대에 입대하려고 고향을 떠났을 때까지 4년간의 연도를 출발 시점으로 여자에게 불러줬다.

"앉으세요." 그녀가 말했다. "갖다 드릴게요."

그는 방 한가운데에 많이 마련된 개인 열람실들 중 한 곳에 앉았다. 3분 후, 여자가 기록들을 갖다 줬다. 엘리자베스 캐슬이 그에게 부동산등기 파일을 안겨줄 수 있는 것보다 석 달이나 빠른 시점이었다. 그는 캐슬을 다시 만나 그 점을 다시 지적할 수 있을지 궁금했다.

기록은 세월이 흐르면서 남은 얼룩과 바랜 색이 남은, 적갈색 대리석 무늬 표지가 있는 커다란 장부 네 권이었다. 각각의 책은 두께가 4센티미터였고, 모서리들도 깃털 무늬가 있는, 살짝 말린 적갈색이었다. 내부의 바랜 페이지에는 숫자가 적혀 있고 줄이 그어져 있었다. 바스러질 것 같은 페이지는 만년필로 쓴 깔끔한 손 글씨로 뒤덮여 있었는데, 글씨들은 세월의 흐름에 따라 희미해지고 옅어졌다.

리처가 물었다. "흰 면장갑을 껴야 하는 건가요?"

"아뇨." 여자가 대답했다. "그건 잘못된 통념이에요. 그렇게 하면 득보다 실이 더 커요."

그녀가 걸어서 자기 책상으로 돌아갔다. 리처는 첫 장부를 열었다. 장부는 그 앞의 장부가 끝났을 지점부터 이어졌다. 아버지가 열세 살이던 해. 새 장부의 첫 페이지는 다음 미팅의 회의록으로 곧장 이어졌다. 회의는 다운타운 레스토랑의 뒷방에서 열렸다. 스탠 리처는 출석자로 등재돼 있지 않았다. 클럽의 이름을 바꿀지 말지를 놓고 논쟁을 벌이는 데 많은 시간이 허비됐다. 그 시점에서 클럽의 명칭은 '래코니아조류관찰자협회'였다. 래코니아오듀본협회라는 이름이 더 낫다고 생각하는 파벌이 있었다.[오듀본은 미국의 조류학자 이름이다.] 그 이름이 더 품격 있고 과학적인 느낌을 준다. 더 전문적이고 덜 아마추어적이다. 오랜 논의가 이어졌지만, 추천안은 도출되지 않았다.

스탠 리처는 다음 미팅에도 출석하지 않았다. 한 남자가 클럽의 근본적인 취지를 다시 표명하는 문제를 놓고 쉴 새 없이 떠들어대는 바람에 많은 시간이 허비된 듯 보였다. 유능한 쌍안경 수선공을 클럽 비용으로 채용하는 것이 클럽의 취지에 정확하게 부합한다는 게 그의 견해였다. 그는 이런 조치를 취하는 게 회원들에게 최대한의 가치를 안겨줄 거라고 생각했다. 리처는 아버지가 그 자리에 없었던 게 기뻤다. 아버지는 꼬마였던 이때에는 당신이 어른일 때 보여줬던 것보다 훨씬 더 많은 인내심이 필요했을 것이다.

그는 첫 장부를 옆으로 치우고는 두 번째 장부를 펼쳤다. 똑같은 책이었다. 그는 손에 잡히는 대로 가운데에 있는 페이지를 열었다. 거기에는 벌새의 이주에 대해 손으로 쓴 에세이가 있었다. 경과보고서라는 레이블이 붙은 그 글은 'A. B. 스미스'라는 이름의 누군가가 아주 깔끔하게 쓴 거였다. 결말에서 새로운 견해를 과감히 제시하기에 앞서 다른 이들의 연구 결과를 다시 소개하고 있는 그 글은 학술논문과 비슷했다. 새끼 벌새가 어떻게 북미에서 태어난 후 2천 마일을 홀로 날아가 손수건 크기의 지점에 착륙할 수 있는지를 다룬 글이었다. 스미스 씨, 또는 스미스 양은 새끼 벌새가 아직까지는 알려지지 않은 메커니즘에 의해 세포 수준에서 미스터리하게 전달되는, 부모로부터 직접 물려받은 고정된 본능을 갖고 태어나는 게 분명하다고 판단했다. DNA라고 리처는 생각했다. 논문을 작성한 시점부터 20년 후에 발견된. 그는 영화의 결말을 알고 있었다.

그는 세 번째 책을 펼쳤다. 장부를 마구잡이로 펼치고 페이지들을 계속 넘겼다. 1분 후, 아버지가 서기로 선출된 미팅을 찾아냈다. 바로 거기에 있었다. 스탠 리처, nem con. 'nem con'은 라틴어 '네미네 콘트라디켄테 nemine contradicente'의 줄임말로, 반대한 사람이 아무도 없다는 뜻이었다. 즉, 그

직무를 맡고 싶어 한 사람이 아버지 말고는 없다는 뜻이었다. 이유는 쉽게 알 수 있었다. 그런데 아버지는 서서히 모임을 장악했다. 미팅의 진행 속도가 빨라졌다. 클럽 명칭이나 쌍안경 수선보다는 새에 대한 얘기가 많아졌다. 만년필 글씨는 깔끔했다. 그러나 아버지 필체는 아니었다. 청소년의 필체도 아니었다. 아버지는 다른 회원에게 서기 업무를 위임했던 게 분명하다. 말년에 그랬던 것처럼. 해병대가 왜 행정병이라는 직책을 만들어냈겠니, 아버지는 말씀하시곤 했다. 그런데 회의록에 적힌 내용은 아버지의 말투 같았다. 본 서기는 그것을 논의하기에는 부적절한 화제라고 판결하는 바입니다. 서기는 그 발의안을 논의하는 데 시간 제한 2분을 설정하는 바입니다. 달리 말해, 입 닥치고 회의 진행 속도를 높여라. 말년에 그랬던 것처럼. 해병대가 왜 대위라는 계급을 만들어냈겠니.

리처는 페이지를 넘겼나. 또 다른 미팅, 또 다른 미팅. 그리고는 또 다른 경과보고서가 나타났다. 색연필로 작업한 지도와 그림과 도표가 있었다. 잉크로 작성한 텍스트가 여러 칼럼으로 기입돼 있었다. 신중한 글씨로 적힌 제목은 '뉴햄프셔 라이언타운 상공에서 이뤄진 역사적인 목격'이었다. S. 리처와 W. 리처가 정중하게 제출한 논문이었다.

새를 관찰하는 소년들. 두 명의 리처. 아마도 사촌지간. 연로한 모티머 씨가 말했듯. 모두에게 동네를 들락거리는 사촌들이 있었다. 그 아이들의 아버지들이 형제지간이었을 것이다. 인근에 사는. 또는 육촌지간이거나 먼 친척이거나 아주 멀기는 하지만 어떤 식으로건 혈연관계가 있는. 스탠과…… 누구? 윌리엄, 월터, 워런, 웨슬리, 윈스턴. 아니면 윈스롭이나 윌버트나 웨일런.

그 새는 털발말똥가리(rough-legged hawk)였다.

사라진 줄 알았던 새가 돌아왔다. 그건 의심의 여지가 없는 사실이었다.

식별된 새가 그 새라는 데에는 이견이 없었다. 다리에 털이 있는 (rough-legged) 새를 가리키는 새의 이름에 실마리가 있었다. 잘못 알아보기 힘든 새였다. 의문의 대상은 그 새가 돌아온 이유였다.

두 명의 리처에 따르면, 그에 대한 대답은 유해 야생동물이었다. 라이언타운 같은 정착지들은 쥐와 생쥐를 자석처럼 끌어모으는데, 그 짐승들은 거기에서 쥐약을 먹고 목숨을 잃고, 그러면 말똥가리는 먹이가 하나도 없어서 죽거나 유독한 사체의 살점을 먹었다가 목숨을 잃는다. 자연히 몇 안 남은 생존한 개체들은 다른 곳으로 떠나 오랜 세월이 지나기 전까지는 돌아오지 않는다. 그 시점은 정부가 전쟁물자로 쓰려고 철강과 고무, 알루미늄, 그리고 당연히 가솔린과 기타 품목들을 비롯한 모든 종류의 기본적인 품목들을 징발하기 시작했을 때였다. 그 품목에는 쥐약도 있었다. 군대는 쥐약이 필요했다. 구체적으로 밝히지는 않은 이유들로. 민간인 시장에서 구할 수 있는 쥐약은 없었다. 다른 많은 물건들처럼. 그 결과로 라이언타운의 쥐와 생쥐들은 건강하고 포동포동하게 자랐다. 그래서 말똥가리들이 과거에 태풍처럼 몰려온 화학약품들에 시달렸던 곳의 상공으로 다시 떼지어 돌아와 생업에 복귀했다. 이 논문을 정중하게 제출하는 바입니다.

W. 리처는 다음 미팅에는 출석자로 등재돼 있지 않았다. 그 전 미팅에도. 리처는 페이지를 앞뒤로 획획 넘겼지만, 그 이름은 전혀 보이지 않았다. 단 한 번도. 위원회에도, 회원 명부에도, 이벤트에도, 탐조여행자 명부에도 없었다.

사촌인 W. 리처는 회원이 아니었다.

리처는 장부를 닫았다.

책상에 있는 여자가 물었다. "필요한 건 찾으셨어요?"

"그건 털발말똥가리였습니다." 리처가 말했다. "뉴햄프셔 라이언타운에 나타난."

"정말요?"

여자는 놀란 기색이었다.

"쥐약을 먹고 죽은 쥐가 더 이상은 없었으니까요." 그가 말했다. "먹이가 새로이 많아진 거죠. 그럴듯하다고 생각합니다. 통합된 이론으로서."

"아뇨. 제가 놀란 건 1년쯤 전에도 누군가가 똑같은 주제를 살폈기 때문이에요. 기억해요. 소년 두 명에 대한 내용이죠, 그렇죠? 먼 옛날에요. 소년들이 말똥가리를 기록하고 설명을 내놨어요. 그게 한 달인가 후에 옛날 잡지에 다시 게재됐고요."

그녀가 기보드를 타닥거렸다.

그녀가 말했다. "1년은 더 된 일이네요. 대학에서 온 조류학자였어요. 유서 깊은 잡지에 게재된 글을 봤는데, 손 글씨로 쓴 원고를 복사한 거라 원본을 보고 싶어 했어요. 정확성을 기하기 위해서요. 우리는 얘기를 잠깐 나눴어요. 그는 논문 작성자 중 한 명이 자기가 아는 사람이라고 했어요."

"소년들 중 한 명을요?"

"그 사람이 자기는 두 소년 다하고 친척 관계라고 말했던 것 같아요."

"그 남자는 몇 살쯤이었습니까?"

"나이가 많지는 않았어요. 그 소년들이 아버지뻘이었던 게 분명해요. 삼촌들이나 종조부들이었을 거예요. 그 사연들이 생생하게 후손들에게 전해진 거죠."

"그 사람이 사연들을 들려줬나요?"

"그중 일부는 꽤나 흥미롭던데요."

"어느 대학이죠?"

"뉴햄프셔요." 그녀가 말했다. "더럼에 있는."

"그 사람 이름하고 전화번호 좀 알 수 있을까요?"

"타당한 이유가 없으면 안 돼요."

"우리도 친척 관계인지 모릅니다. 그 소년들 중 한 명이 저희 아버지입니다."

여자는 이름과 전화번호를 적었다. 리처는 종이를 접어 바지 뒷주머니에, 브렌다 아모스의 명함 옆에 넣었다. 그가 물었다. "책을 치워 드릴까요?"

"그건 제가 할 일이에요." 그녀가 말했다.

그는 그녀에게 감사 인사를 하고는 로비로 이어지는 계단을 올랐다. 그는 잠시 걸음을 멈췄다. 시내에서 볼일은 다 마친 참이었다. 더 찾아볼 건 아무것도 없었다. 그는 무슨 변덕에서인지 로비를 가로질러 중앙계단으로 갔다. 계단은 넓은 탑의 내부에 있었는데, 딱 성 안에 있는 듯한 기분이었다. 그는 마지막으로 시내를 둘러보려고 2층 높이의 창문까지 올라갔다. 주위를 둘러보기에 좋은 위치였다. 60미터쯤 떨어진 곳에서 스바루가 자그마하고 칙칙한 모습으로, 여전히 주차된 상태로 끈기 있게 기다리고 있는 게 보였다. 홀을 가로질러 에어컨 트럭을 봤던 맞은편 방향으로 갔다. 눈 모자를 쓴 담청색 글자들이 적힌 트럭은 여전히 거기에 있었다.

더불어 그 옆에 남자 셋이 서 있었다. 60미터 거리에. 멀리서 보니 자그마했다. 그런데 바로 앞에서 보면 덩치가 그리 작지 않을 것 같았다. 지나가는 행인은 하나같이 그들보다 작아 보였다. 그들은 점프슈트를 입고 있었다. 알아보기 쉽지 않은 옷. 리처에게는 쌍안경이 필요했다. 탐조클럽 미팅에 참석한 사람처럼. 점프슈트는 몸에 쫙 달라붙는 듯 보였다. 소매는 반팔이었다. 공조시스템을 관리하는 사람들은 덩치가 커야 할까? 아마 그렇지 않을 것이다. 다락방과 기어서 다녀야 하는 공간들을 감안하면 덩치가 작은 편이 나을 것이다.

그들은 초조해하는 듯 보였다.

리처는 왼쪽에 있는 창문으로 건너갔다.

나무, 덤불, 그 너머에 있는 조용한 거리.

네거리에서 조금 못 미치는 인도에 있는 경찰 한 명.

경찰은 혼자였고, 도보로 이동하고 있었다. 웅크리고 있었다. 특별한 방식으로. 모퉁이 뒤에서 잠자코 있는 무장한 남자가 취하는 자세인 게 분명한 자세였다. 선신하라는 지시가 하달될 때까지. 어느 정도는 공동작전이라는 뜻이었다. 누구와?

리처는 오른쪽 창문으로 건너갔다.

거울 이미지. 나무, 꽃, 조용한 거리, 그리고 모퉁이 근처에 어깨를 대고 대기하면서 목표물을 겨냥하는 경찰.

리처는 트럭을 보여주는 가운데 창문으로 돌아갔다. 그 너머에도, 왼쪽과 오른쪽에도 방사형으로 뻗은 거리들이 있었다. 주차된 차량이 많았다. 일부는 기본적인 모델이었다. 구두쇠 같은 차량 구매자들, 또는 경찰차라는 표시를 하지 않은 경찰차. 세 남자는 포위된 상태일 것이다. 그러나 압도적인 병력에 포위된 건 아니었다. 왼쪽 측면과 오른쪽 측면에 경찰들이 한 명씩 있다는 건 다른 곳에 경찰이 두 명 이상이 있는 건 아니라는 뜻이었다. 최대 네 명. 무척 적은 병력.

리처는 왼쪽 창문으로 다시 돌아갔다. 경찰이 모퉁이 쪽으로 살금살금 이동하고 있었다. 그가 꽂은 이어피스가 그에게 작전 개시 카운트다운을 해주고 있는 게 분명했다. 리처는 오른쪽 창문으로 건너갔다. 똑같은 장면. 여전히 거울 이미지. 동시에 진행되는. 몇 초 있으면 개시되는. 굉장히 형편없는 계획이었다. 아모스가 관련된 작전일 리는 없었다. 쇼가 관련되지도 않았을 것이다. 그는 충분히 영리해 보였다. 이건 어떤 정복 지휘관의 실수였다.

오른쪽 경찰이 모퉁이를 돌아 나왔다.

리처는 서둘러 홀을 가로질렀다.

왼쪽에서도 같은 일이 벌어지고 있었다.

굉장히 형편없는 계획.

리처는 에어컨 사내들이 해야 하는 딱 한 가지 일을 하는 걸 보기에 딱 알맞은 시각에 가운데 창문으로 돌아갔다. 그들은 화단을 올라가서 넘고는 도서관 정원에 발을 디뎠다. 그들은 물리적인 상황을 180도 뒤집어엎었다. 티셔츠를 벗는 것처럼. 이제는 다른 모두가 그들 뒤에 있었다. 그들 앞에, 그리고 그들 주위에 민간인 피해가 발생할 위험이 너무나 큰 탓에 그들을 덮치는 건 엄두도 못 낼 일이었다. 체스에서 둔 영리한 수처럼. 두 수 후에는 외통이었다.

그들은 계속 걸었다. 느릿느릿. 주위를 둘러싼 기하학적 상황을 줄곧 인식하면서. 놈들에게 이건 데뷔전이 아니었다. 그들 뒤에 있는 경찰의 반응은 그들의 노련한 모습의 절반에도 못 미쳤다. 도보로 이동하는 경찰들이 측면 위치를 다시 차지하기 위해 왔던 길을 되짚어 조용한 옆 거리로 잽싸게 복귀했다. 한참 뒤에서 다른 경찰 두 명이 달려오고 있었다. 경찰들은 그러다가 산개했다. 정원에 진입하고 있지는 않았다. 거리에 계속 머물렀다. 저지선을 구축하면서. 네모의 모서리 하나마다 경찰 한 명씩. 상식적으로 생각하면, 안에 있는 세 명은 언젠가는 밖으로 나와야만 할 테니까.

그런데 그 순간 그들은 가던 길을 곧장 계속 걸었다. 그 무렵 그들은 도서관까지 절반쯤 온 상태였다. 느릿하게 걸어서 산책을 하는 것처럼. 그게 사리에 맞았다. 그들이 다음에 보일 명백한 행보는 빠른 속도로 방향을 180도 바꿔서는 다시금 상황을 철저히 뒤집어엎는 거였으니까. 그들이 조금 이따 그런 짓을 할 경우, 그들은 사실상 누구의 저지도 받지 않으면서 밴으로 복귀할 수 있을 터였다. 경찰은 아직 준비가 돼 있지 않았다. 그런 후 그들은 망할 놈의 닷지 트럭에 오를 수 있을 것이다. 경찰차 세 대가 그들을 막을 수 있을까? 그러지 못할 것이다.

그런데 그들은 방향을 180도 바꾸지 않았다. 계속 도서관으로 향했다. 계속 산책을 했다. 이제 그들은 도서관까지 거리의 4분의 3을 왔다. 리처는 이 창문에서 저 창문으로 서둘러 이동했다. 이제 경찰들은 제자리에 있었다. 한쪽 측면에 한 명씩, 무기를 꺼내고, 출입구 근처에 한 명씩. 그런데 각각의 경찰들은 세 남자가 들락거리는 데 반드시 출입구를 통할 필요가 있는 것은 아니라는 사실을 의식하고 있는 듯 보이기도 했다. 충분히 낮은 화단을 넘어도 될 것이다. 그들은 그걸 알고 있었다. 눈을 계속 크게 뜨고 있었다. 리처가 이제껏 봐온 중 최악에 해당하는 경찰들은 아니었다.

세 남자는 계속 어슬렁거렸다. 전방에 대체 운송수단을 확보해둔 걸까? 세 남자는 세 대의 다른 차량을 몰고 여기를 떠날 수도 있다. 그들은 전략적인 위치에 차량 세 대를 주차해뒀을 수도 있다. 아니면 검정 크라이슬러가 그들의 백업 차량일까? 결국, 그 차에는 빈자리가 세 자리 있다. 그런데 크라이슬러의 모습은 보이지 않았다. 첫 번째 창문에서도, 둘째, 셋째, 넷째 창문에서도 보이지 않았다.

세 남자는 계속 어슬렁어슬렁 걸어왔다. 이제 그들은 도서관에 무척 가까이 있었다. 그들은 건축에 관심 있는 사람들인지도 모른다. 아니면 로마네스크 색상에. 복잡한 줄무늬를 이룬 빨간 뉴햄프셔 화강암과 흰색 메인 화강암에. 로마나 피렌체에 있는 건물과 비슷한 건물에.

리처는 목을 길게 빼고는 그들이 자신의 바로 뒤에 있는 출입문으로 이어지는 계단을 오르는 걸 지켜봤다. 리처는 계단 꼭대기로 돌아가 그들이 로비로 들어오는 걸 지켜봤다. 그들은 한눈에 봐도 가짜였다. 그들의 점프 슈트는 지나치게 몸에 쫙 달라붙었다. 이런 상황을 위해 빌린 옷이었다. 밴과 함께. 누군가가 다른 누군가에게 호의를 베푼 게 틀림없었다.

그들 각자는 키가 188센티미터에 덩치는 떡 벌어졌고, 손과 발은 큼직하며 목은 두꺼웠다. 표정은 주먹만큼이나 딱딱했다. 40대 초반쯤으로 보였다. 이건 그들의 데뷔전이 아니었다. 둘은 검은머리였고 한 명은 잿빛이었다. 그들은 도서관에 들어온 이후로도 계속 어슬렁거렸다. 곧장 걸어서 다른 쪽 출입문으로 빠져나갈 계획인 듯했다. 기하학적으로 보면 사리에 맞는 일이었다. 그게 이쪽 정원의 맨 *끄트머리*에서 반대쪽 정원의 맨 *끄트머리* 사이를 잇는 가장 짧은 직선이니까.

그런데 그들은 걸어서 가로지르지 않았다.

그들은 로비 복판에 죽은 듯이 멈춰 섰다.

책을 빌리고 싶어 하는 것 같았다. 신간 리뷰를 본 것 같았다. 그렇지 않았을 수도 있고, 결국에는 검정 크라이슬러가 길가에 멈춰 설지도 모른다. 지나치게 집중해서 돌아다니다가 결국에는 법규를 위반하기 위해. 또는 매사추세츠에서 옛날에 발부된 영장 때문에. 리처는 지하에서 털발말똥가리에 대한 글을 읽고 있었다. 쇼 반장의 전화기에 다시금 불이 붙고 있을 가능성이 컸다. 그는 이미 인맥을 구축해둔 상태였다.

수사지침서를 보면, 크라이슬러에 탄 바람잡이를 제압하기 직전에 최후 경고를 보내라고 돼 있다. 그 경우, 세 남자는 크라이슬러가 그들을 버리고 꽁무니를 뺐다고 짐작할 것이다. 그것이 상식적인 작전의 기준점일 것이다. '희망은 최선을 기대하며 품는 것이고 계획은 최악을 대비해서 세우는 것이다.' 이건 리처만의 전략이 아니었다. 이제는 그들도 나름의 구상을 할 터였다. 북적거리는 공공건물은 훌륭한 첫걸음이다. 이 상황은 그들에게 숨을 쉴 수 있는 공간을 줄 것이다. 경찰이 신중해질 테니까.

그런데 최악의 경우에도, 그것은 훌륭한 두 번째 걸음이기도 하다. 세 번째, 네 번째 걸음이기도 하다. 이 건물은 포위작전을 견뎌내게 해줄 수 있다. 이 건물은 인질을 풍부하게 공급한다. 그들은 처음에는 시 공무원을 선택할 것이다. 추가적인 영향력을 확보하기 위해. 장시간의 팽팽한 대치. 거리를 메운 TV 카메라들. 통화로 하는 협상. 피자가 배달돼 들어가고, 그 대가로 제일 나이 많은 사서가 풀려난다.

그럴 가능성이 얼마나 될까?

그리 크지 않다.

그렇지만, 최악에 대비한 계획을 세워라.

우리는 관내에서 말썽이 일어나는 걸 원치 않아요.

문제가 될 소지는 초장에 없애버리는 게 낫다.

리처는 세 계단을 내려갔다. 일부러 돌계단에서 큰 소리를 냈다. 확실한 템포로. 세 남자가 올려다봤다. 처음에는 습관과 버릇 때문에, 그다음에는 놀라서, 그러고는 조심스럽게 상대를 알아보면서.

리처는 오른손을 들었다. 관절이 바깥쪽을 향하도록. 그들에게는 아무 의미도 없는 짓인 듯 보였다. 그들은 아모스와 쇼하고는 동일한 결론을 도출해내지 못한 듯했다. 아직까지는 나름의 추론에 도달하지 못한 듯했다. 그들은 키와 체중, 눈동자와 머리카락 색, 마지막으로 목격된 복장을 비롯한 기본적인 생체 데이터에 의존하는 걸 선호하는 듯 보였다. 리처의 경우, 그런 데이터는 자연 상태에서 뻔질나게 반복돼서 목격될 성싶지는 않은 조합이었다.

그런 까닭에 그들은 리처를 알아봤다. 그들이 조심스럽게 행동하는 건 불리한 입장이기 때문이었다. 그들은 임무 수행에 이미 실패했다. 상황은 더 악화될 수만 있었다. 그러나 그들은 포기하지 말라는 훈련을 받았다. 그런 부류의 남자들. 일종의 유서 깊은 경쟁 본능. 리처가 계단 위에 머무르는 이유가 그거였다. 그들은 리처를 올려다봐야 했다. 어쨌든 리처는 그들보다 덩치가 컸다. 유서 깊은 경쟁 본능이 그 문제를 처리하게 놔두자.

주위에 있던 사람들이 기름과 물처럼 겉돌면서 순식간에 사라졌다. 유서 깊은 다른 종류의 본능. 리처는 이런 장면을 100번은 봤다. 술집 밖 인도에서. 댄스플로어에서. 공격 성향이 요란한 소리를 내면 느닷없이 드넓은 구멍이 아가리를 열고는 했다. 난데없이 주위에 넓은 경계선이 생겨났다. 여기에서 일어난 일이 딱 그거였다. 갑자기 로비가 텅 비었다. 거기에는 아무도 없었다. 관련된 쌍방 네 명을 빼면. 세 명은 계단 아래에, 한 명은 계단 중간쯤에.

놈들이 트럭에 총을 놔두고 왔을 거라고 리처는 생각했다. 그들이 트럭에서 내렸을 때. 그들이 입은 점프슈트는 몸에 쫙 달라붙었다. 덩치가 더 작은 남자들을 위해 만들어진 옷이었다. 섬유는 팽팽했다. 묵직한 금속성 물체가 있으면 주머니가 볼록 튀어나올 것이다. 명명백백하게. 엑스레이처럼. 놈들에게는 장비가 없었다. 가까이서 보니 확실했다.

놈들이 한 걸음 내디뎠다. 리처는 놈들의 눈에서 갑작스레 영감이 떠오르는 걸 봤다. 갑작스러운 즐거움. 리처는 이유를 알았다. 놈들에게 그는 일석이조의 사냥감이었다. 리처는 그들이 시외로 빠져나가는 걸 보장하는 민간인 인질이었다. 또한 그들의 윗사람들이 처음에 요구했던 표적이기도 했다. 리처의 등장은 이 작전을 발주한 쪽과 집행하는 쪽 모두에게 희소식이었다.

그런데 놈들은 머뭇거렸다. 다시금 리처는 그 이유를 알았다. 놈들은 트럭에 총을 놓고 왔다. 놈들은 비무장으로 표적을 생포하는 작전을 실행해야 했다. 높은 곳을 향한 3대 1의 공격. 전술적으로 엄청나게 어려운 일이 아니었다. 문제는 추정 사상자 규모에 있었다. 33퍼센트 안팎이 될 가능성이 컸다. 그런 내용을 전쟁계획서 문안에 조용하게, 냉정하게, 관료적인 언어로 적어 넣는 건 쉬운 일이다. 그런데 상대방을 앞에 두고 그런 상황을 숙고하는 건 어려운 일이다. 전쟁계획에 자신이 포함될 경우에는 말이다. 제일 가까이 접근한 놈은 얼굴에 발길질을 당할 것이다. 그건 틀림없다. 놈들은 알고 있었다. 데뷔전이 아니니까. 옥수수가 날아가고 턱이 쪼개질 것이다. 제일 가까이 접근한 놈이 되고 싶은 자가 누가 있겠는가?

놈들은 기다렸다.

리처는 놈들에게 도움을 줬다. 한 계단 더 내려온 것이다. 미묘한 차이. 여전히 높은 위치에 있고, 여전히 덩치가 컸지만, 이제는 가까워졌다. 떼로 달려들기에 충분할 정도로 가까워 보였다. 세 명이 함께, 동시에. 서로를 밀칠 정도로 가까이 몰려든 탓에 사실상 제일 가까이 접근한 놈을 구분하는 게 의미가 없어졌다. 제일 멀리 있는 놈이나 가운데에 있는 놈을 구분하는 것도. 놈들은 몸무게가 270킬로그램이나 나가는, 손과 발이 각각 여섯 개씩인 거대한 신종 동물처럼 하나의 단일체가 될 터였다.

그 수법은 제대로 먹혔을 수도 있다. 리처가 한 계단 아래에 머물렀다면. 그러나 그는 그러지 않았다. 놈들이 돌격하자 그는 전에 있던 자리로 한 계단 올라갔다. 그러고는 제일 가까운 놈의 얼굴에 발길질을 했다. 그러고는 몸을 틀어 왼쪽에 있는 놈을 팔꿈치로 찍었다. 그러고는 다시 몸을 비틀어 오른쪽에 있는 놈을 되돌아오는 바로 그 팔꿈치로 찍었다. 나머지 일은 중력과 뉴햄프셔 대리석이 마무리 지었다. 세 놈 모두 축 늘어진 몸을 뒤로 떨어뜨리면서 놈들의 뼈가 덜거덕거렸고 두개골에 금이 갔다. 마지막 놈은 그런 일을 당한 뒤에도 상태가 괜찮은 듯 보였다. 놈은 여전히 꿈틀거리고 있었다. 그래서 리처는 계단을 내려가 놈의 머리를 발로 찼다. 딱 한 번만. 더 줄일 수 없는 숫자. 그렇지만 힘차게. 나중에 싸움에 뛰어들려는 의욕을 꺾기 위해.

그러고 나자 로비의 문이 열리고 브렌다 아모스가 걸어 들어왔다.

27

 아모스는 분명 사복 차림이었다. 그런데 형사인 그녀는 배역을 연기하는 수준 이상의 존재를 보여주고 있었다. 그녀는 사전에 경고를 하고 무장한 상태로 슬금슬금 접근하는 경찰이 아니었다. 세상사에 대한 걱정 없이 거침없이 돌아다니는 평범한 사람이었다. 그녀는 언더커버로 도서관에 들어오고 있었다. 의심의 여지 없이. 그녀는 이 일을 자원했다. 심지어 그러겠다고 고집을 부리기까지 했다. 왜 그러지 않았겠는가? 누군가는 다른 누군가가 싼 똥을 치워야 한다. 그녀는 헌병이었다. 그녀가 달리 어디에 쓸모가 있겠는가? 그녀는 핸드백을 들고 있었다. 비싸 보였다. 마켓에서 마지막 세일로 놓인 걸 낚아챈 것일 것이다. 그 안에는 그녀의 배지와 총이 들어 있을 터였다. 예비 탄창도. 그러나 겉보기로는 전혀 그런 티가 나지 않았다. 그녀는 그냥 점심을 먹고 책을 빌리려고 도서관에 들른 숙녀였다. 명랑하고 생기 넘치는 여자였다.

 그런데 그녀의 모습이 달라졌다.

 그녀가 걸음을 멈췄다.

 리처가 말했다. "이건 우연의 일치로 보이는군요."

 그녀는 바닥에 뻗은 사내들을 살폈다.

 그러고는 리처를 봤다.

그녀는 입을 열지 않았다. 리처는 그 이유를 알았다. 그녀는 어떤 감정이 더 중요한지를 몰랐다. 그녀는 뚜껑이 열린 건가, 아니면 기쁜 건가? 물론, 양쪽 다였다. 그녀가 리처 때문에 뚜껑이 열린 건 100퍼센트 확실했다. 그렇지만 지금은 그녀의 문제들이 해결돼 있기도 했다. 상황이 새로이 전개되면서 그녀가 지휘하는 작전에 부적합한 4인조 부하들이 갑자기 무장한 사단만큼이나 훌륭한 병력이 됐기 때문이다. 그들이 해야 할 일이라고는 신음하면서 비틀거리는 세 남자에게 수갑을 채우는 게 다였다. 그게 그녀를 기쁘게 해줬다. 뚜껑이 열린 것과 정확하게 동일한 강도로. 최대 100퍼센트로. 그리고 그 점이 그녀의 뚜껑을 다시 열었다. 이번에는 이런 끔찍한 상황을 놓고 기뻐했다는 이유에서 그녀 자신을 향한 분노 때문에 열린 거였다.

"사과하는 바요." 리처가 말했다. "새에 대해 알아낼 필요가 있었소. 이제 떠나려는 참이오."

"그래야만 해요." 그녀가 말했다.

"사과해야만 한다고?"

"지금 당장 가시라는 거예요." 그녀가 말했다. "이건 잘한 일이지만, 위험한 일이기도 해요. 놈들이 반격할 거예요."

"놈들에게는 지켜야 할 규범이 있기 때문에?"

"놈들은 다음에는 더 솜씨 좋은 놈을 보낼 거예요."

"바라는 바요."

"진지하게 하는 말이에요." 그녀가 말했다. "이건 선배님을 위해서도, 저를 위해서도 좋지 않은 일이에요."

"나는 필요한 걸 얻었소." 그가 말했다. "그러니 여기를 떠날 거요."

"어떻게요?"

"스바루를 타고. 나를 기다리고 있소. 적어도 5분 전에는 그랬지. 당신 때문에 겁을 먹고 떠났을 수도 있지만. 지난번에 그랬던 것처럼."

아모스가 핸드백에서 무전기를 꺼내 질문을 했다. 1초 후에 데이비슨의 것일 수도 있는 목소리가 지직거리는 소리에 끼어들면서 '예, 스바루가 여전히 엔진을 끄고 운전석에 사람이 앉은 채로 도로 경계석에 서 있습니다'라고 대답했다. 그녀는 고맙다는 인사를 하고는 무전기를 껐다. 그녀는 바닥에 뻗은 사내들을 다시 쳐다봤다.

그녀가 물었다. "놈들은 왜 여기 들어온 걸까요?"

"점프슈트를 벗을 수 있는 화장실을 찾으려고 그랬기를 바라는 중이오. 그러고 나면 민간인 복장으로 갈아입고 평범한 모습으로 세 군데 다른 방향으로 흩어질 수 있으니까. 그랬으면 경찰에게 상당한 혼란을 안겼을 거요. 확률 게임이지. 그런데 놈들이 뭔가 위험한 마음을 품고 있었을 경우, 내가 먼저 앙갚음을 당하는 게 주위 사람들을 위해서는 더 안전했을 거라는 생각이오."

아모스는 아무 말도 하지 않았다. 그는 이유를 알았다. 뚜껑이 열린 건지 기쁜 건지 여전히 확신이 서지 않아서. 그런 후 그녀가 다시 무전기를 들고는 거리에 있는 경찰 네 명 전원에게 도서관으로 오라고 지시했다. 가급적 빨리. 반복한다, 현 위치를 포기하고 건물 안으로 곧장 들어와라.

그런 후 리처에게 말했다. "선배님은 스바루로 가세요. 지금 당장."

"그러고는 시외로 나가고?"

"되도록 가장 빠른 경로로요."

"그러고는 절대로 돌아오지 마라?"

그녀가 멈칫했다.

"가까운 시일 안에는요." 그녀가 말했다.

리처는 팔 하나와 다리 하나를 넘어 자신이 들어왔던 출입문으로 빠져나갔다. 그는 똑같은 포장된 길을 걸으면서 산책하는 사람들과 벤치에 앉은 사람들과 잔디밭에 배를 깔고 누운 사람들을 지나쳤다. 출입구를 통과해 인도를 가로질러 스바루로 갔다. 유리를 공손하게 톡톡 친 후에 문을 열고 차에 탔다.

버크가 물었다. "찾던 건 찾았나?"

"그 새는 털발말똥가리였습니다." 리처가 말했다.

"그걸 알게 됐다니 기쁘군."

"고맙습니다."

"정원에서 경찰들을 봤네. 방금. 생전 처음이야. 사방에서 안으로 뛰어들어가더군. 그런 일은 절대로 없었다고 자네한테 말한 참이었는데."

"큰 비상사태가 발생한 것 같습니다. 연체료 미납사건이 벌어진 것 같아요."

"자네가 좋다면, 이제 고속도로로 태워다주지."

"아닙니다." 리처가 말했다. "라이언타운으로 돌아갈 겁니다. 마지막으로 한번 둘러보려고요. 목사님은 저랑 같이 가시면 안 됩니다. 저를 도로 끝에서 내려주세요. 목사님은 이 사건에 엮여서는 안 됩니다."

"그건 자네도 마찬가지야. 하고많은 장소 중에 왜 하필 거기를 가려는 거야? 놈들이 기다리고 있을 텐데."

"바라는 바입니다." 리처가 다시 말했다. "저는 다시 거기 가겠다고 약속한 거나 다름없습니다. 저는 사람들이 저를 말 잘 지키는 사람으로 여기는 게 좋습니다."

"고속도로가 더 나을 텐데."

"목사님이 항상 그렇게 생각한 건 아니었을 거라고 추측합니다. 적어도 두 번은 그랬겠죠. 더 많이 그랬을 수도 있고요. 일생의 다양한 시점에서요. 아마도 40년쯤 전부터 시작해서요."

버크는 대답하지 않았다. 그는 차에 시동을 걸고 차량 무리 속으로 들어갔다. 그는 리처가 라이언타운으로 가는 옳은 방향이라고 생각하는 지점에서 차를 꺾었다. 리처는 좌석에 자리를 잡았다. 뒷주머니에 새로 넣은 종이가 딱 소리를 내며 구겨지는 게 느껴졌다. 사서가 준 메모. 조류학자. 그의 이름과 전화번호. 더럼에 있는 대학 소속.

리처는 주머니를 뒤져 그걸 꺼냈다.

리처가 물었다. "휴대폰 갖고 계신가요?"

"낡은 건데." 버크가 말했다.

"작동하나요?"

"대부분의 시간에는."

"빌려도 될까요?"

버크는 도로에서 눈을 떼지 않은 채로 보지도 않고 주머니에서 그걸 찾아내 건넸다. 리처는 그걸 받았다. 낡은 폰인 건 확실했다. 자그마한 평면 스크린 TV하고는 닮은 구석이 없었다. 진짜 버튼들이 달려 있는 전화기는 소형 관* 모양으로, 초코바처럼 두꺼웠다. 그는 전화기를 작동시켰다. 신호는 잘 잡혔다. 그들은 여전히 시내에 있었다. 그는 더럼에 있는 조류학자의 번호를 눌렀다. 전화는 울리고 또 울렸다. 결국 조교가 전화를 받았다. '교수님은 회의 중이십니다. 방해할 수는 없습니다.' 리처는 메시지를 남겼다. 라이언타운, 말똥가리, 쥐약 이론, S. 리처와 W. 리처 중 S. 리처가 자기 아버지라는 것. 앞으로 한두 시간 정도는 문제없이 전화를 받을 수 있을 것 같은 번호를 불러줬다. 그 후에는, 다른 때에 연락을 주고받을 수 있을 것이다.

리처는 전화를 끊고 전화기를 버크에게 돌려줬다.

그가 말했다. "있잖나, 문제의 발생 원인은 주석 때문일지도 몰라. 쥐약이 아니라."

"새들은 주석 생산량이 정점을 찍었을 때 돌아왔습니다. 전쟁 중에요. 공장이 밤낮으로 쉴 새 없이 돌아가고 있을 때요."

"바로 그거야. 정부가 고객일 때였지. 그래서 품질관리가 철저했어. 불순물은 허용이 안 됐지. 공정은 상당히 깨끗했어. 생산효율도 장려됐고. 폐기물이 훨씬 적었지."

"저는 쥐약 때문이라고 생각합니다."

"자네 아버지가 그 글을 썼으니까 그렇겠지."

"그 설명이 사리에 맞으니까 그런 겁니다."

"정부가 처음에 쥐약을 모조리 가져간 건 왜일까?"

"저는 이 영화의 결말을 압니다." 리처가 말했다. "군은 참전하고 얼마 지나지 않아 엄청난 보관시설이 필요할 거라고 예상했습니다. 식량이며 옷더미며 설치류가 좋아하는 온갖 것들로 가득한, 말 그대로 나라 곳곳의 수백 곳에 있는 몇천만 평 규모의 보관시설이요. 그래서 누군가가 사전에 명령을 내렸을 겁니다. 게다가 군이 언젠가는 필요하게 될 수도 있거나 필요할지도 모른다고 생각한 다른 괴상한 품목도 수십만 개 있었죠. 그게 군대가 하는 짓입니다. 군대가 잘하는 짓이기도 하고요. 그 물건들 중 일부는 지금도 여전히 거기에 있을 겁니다. 세상 곳곳에요."

그들은 계속 차를 몰아 숲을 빠져나간 후 말이 뛰어다니는 들판 중 첫 곳을 지났다.

네 번째로 도착한 손님의 이동방법은 두 번째로 도착한 손님의 그것만 큼이나 복잡했다. 이번 손님도 전용 항공기를 타고 왔다. 그런데 이 전용 항공기도 특정 수준에서는 손을 들어 택시를 잡는 것만큼이나 익명성이 보장됐다. 아이러니한 것은 번쩍번쩍 윤이 나는 걸프스트림이나 리어제트 기 같은 임원급이 이용하는 비행기가 이착륙하는 최고 수준의 공항들을 이용하지는 않았다는 것이다. 대신, 이 비행기는 풀밭이 있고 활주로가 짧은, 지저분한 최하층 수준의 공항에 착륙했다. 그가 타고 온 비행기는 기체의 도색을 숱하게 많이 칠하고 덧칠한 도시의 택시들처럼 낡아빠진, 프로펠러로 구동되는 경비행기로, 특정 고도 아래로만 비행하는 것이었다. 그 고도는, 말 그대로, 비행일지를 적을 필요도, 당국에 신고할 필요도, 비행 계획이나 승객 명단을 제출할 필요도 없는 높이였다. 모든 절차는 시각적인 작업으로만 처리됐다. 관제탑과 교신을 할 이유는 없었다. 무전기를 갖춰야 한다는 요건조차 없었다.

달성하는 게 불가능할 거라고 판단되는 그토록 먼 거리를 철저하게 비밀을 유지하는 가운데 이동하기 위해서는 그런 식의 비행을 두 번이나 서너 번 연달아 이어서 해야만 했다. 그게 네 번째로 도착한 손님이 채택한 전략이었다. 그는 결국 뉴햄프셔 플리머스 인근의 항공 클럽에 착륙했다. 그가 출발한 곳이 어디였는지는 아무도 몰랐다. 스티븐은 그의 집의 IP 주소를 추적하려고 애썼다. 그렇지만 그럴 수가 없었다. 어느 순간, 그 주소는 텍사스 휴스턴의 NASA 내부에 있는 듯 보이더니, 다음 순간에는 러시아 모스크바의 크렘린 내부에 있는 듯 보였다. 그러더니 다시 영국 런던의 버킹엄 궁으로 바뀌었다. 자신의 프라이버시를 소중하게 여기는, 그와 동시에 최고 수준의 가격을 지불할 수 있는 사람을 위해 만들어진 기발한 소프트웨어였다. 이 남자는 그럴 능력이 되는 게 분명했다. 스티븐은 그를 맞으러 차를 몰았다. 그가 처음으로 본 것은 남자의 돈이 담긴 가방이었다.

부드러운 가죽 더플 백이었다. 명품은 아닌 듯했다. 가방 주인의 이름 이니셜이 새겨진 가방이 아닌 건 확실했다. 주인이 누구인지를 알려주는 특색은 전혀 없었다. 따라서 일회용이었다. 스티븐은 이 일을 처리하는 주된 방식은 두 가지일 거라고 판단했다. 어떤 사람들은 묵직한 지폐뭉치를 일일이 세면서 하나씩 건네주는 식의 더 현실적인 방식을 선호할 것이다. 다른 이들은 가방을 툭 던지고는 그걸 그냥 거기에 놔두는 방식을 선호할 것이다. 둔탁한 소리가 나고 먼지가 일어나도록 가방을 툭 떨어뜨리고는 걸어가는 것이다. 한마디도 없이. 뒤를 힐끔거리지도 않고. 쿨한 행동. 그래서 일회용 가방들.

남자에게는 첫 가방과 어울리면서도 품질은 더 좋은 부드러운 짐이 두 개 더 있었고, 하드 케이스로 된 가방이 두 개 더 있었다. 스티븐은 남자가 짐을 내리는 걸 거들었다. 남자는 큰 가방들은 직접 옮기겠다고 고집했다. 남자는 팔다리가 길고, 키가 크고 몸이 탄탄했다. 예순 살쯤 돼 보였는데, 머리는 눈처럼 하얗고, 얼굴은 벽돌처럼 빨갰다. 청바지와 낡은 부츠 차림이었다. 서부 어딘가에서 온 거라고 스티븐은 생각했다. 몬태나, 와이오밍, 콜로라도. 확실했다. 휴스턴이나 모스크바나 런던은 아니었다.

그들은 메르세데스에 짐을 실었고, 스티븐은 남쪽으로 차를 몰았다. 그들이 달리는 도로는 대부분 숲속으로 길이 나 있었다. 남자는 말을 하지 않았다. 30분 후, 그들은 오솔길 어귀로 접어들었다. 간판이 없는, 땅이 어는 바람에 지면에서 밀려 올라온 말뚝들 사이로. 그들은 벨을 울리는 와이어 위를 달렸다. 차는 터널을 관통하며 달렸다. 10분간 2마일을 달린 뒤, 남자는 가방들을 자기 객실에 내려놓고 있었다. 그는 그러고는 복도로, 주차장으로 돌아왔다. 한데 모여서는 환영위원회 같은 대형을 이루고는 서로에게 가까운 곳에서 무심하게 이리저리 몸을 옮기며 인사를 건넬 준비가 돼 있는 것처럼 보이는 다른 사내들이 이룬 소규모 집단을 살피기 위해서였다. 먼저 도착한 사내들이었다. 얼리버드early bird들.

현재까지 인원은 세 명이었다. 처음에는 전원이 처음 뵙는다는 분위기로 고개를 끄덕이기만 했다. 그러다가 차츰 한둘씩 입을 열기 시작했다. 처음에 오간 얘기는 거기에 도착한 방법에 대한 거였다. 감정이 드러날 일이 없는 중립적인 화제. 그들은 몇몇 세부적인 내용을 공유했다. 부분적으로는 각자의 비밀을 심중에 유지하고 부분적으로는 아무럼 어떠냐는 식으로 친분을 다졌다. 한 사람이 볼보 왜건을 몰고 내려왔다고 말했다. 그는 몸을 돌려 자기 객실 앞에 주차된 차를 가리켰다. 그는 자기는 1년의 대부분을 숲에 있는 주택에서 산다는 사실을 넌지시 내비쳤다. 빨간 격자무늬 셔츠를 입은 창백하면서도 강단 있는 남자였다. 일흔 살쯤 돼 보였다. 인상만 보면 타고난 수다쟁이는 아니었지만, 지금 이 자리에서는 흥분을 억누르느라 기분이 붕 떠 있었다. 몹시 흥분한 듯 보였다. 입가에 살짝 게거품이 생겼다.

메인에서 왔군, 네 번째 손님은 생각했다. 그는 차를 몰고 내려왔다고 했다. 그건 남쪽으로 왔다는 뜻이고, 그가 북쪽에 산다는 뜻이다. 그의 차에는 버몬트 번호판이 붙어 있지만, 가짜인 게 확실하다. 규모가 큰 다른 주. 숲속에 있는 집.

두 번째 남자는 어디서 왔는지는 말하지 않았지만, 임대 비행기와 위조 면허증에 대한 긴 이야기를 들려줬다. 이 남자가 텍사스 남부에 오래 거주해왔다는 걸 증명하는 데 필요한 모든 종류의 억양이 다 드러나기에 충분할 정도로 긴 이야기였다. 토박이는 아니었다. 쉰 살쯤 돼 보였다. 몸이 탄탄한 그 남자는 시골 지역 특유의 예의범절을 지키면서 자제할 줄 아는 사람으로, 세일즈맨만큼이나 정중했다. 그렇지만 그도 역시 흥분해 있었다. 동일한 종류의 열병. 동일한 종류의 떨림.

세 번째 남자는 무비스타처럼 미남이었고, 운동선수처럼 건장했다. 팔다리가 길고 몸이 유연한 테니스선수 같았다. 대학 시절을 끝내주게 보낸 이후로 20년간 그 상태를 벗어나지 않은 종류의 사내. 어떤 자신감 같은 게 있었다. 자신에게 어울리는 자리에 있는 사람처럼. 사람들의 존경을 받는 데 익숙한 사람처럼. 그는 존재하지 않는 차를 몰고 올라왔고, 마지막에는 밴을 몰았다고 했다. 그는 밴을 가리켰다. 페르시안 카펫. 그의 목소리와 매너를, 그가 은연중에 내비친 이동 경로와 거리를, 그리고 차를 몰고 올라왔다고 말한 것을 바탕으로, 네 번째 손님은 그를 뉴욕 서부나 펜실베이니아에서 온 사람이라고 판단했다.

네 번째 남자가 물었다. "걔들을 봤나요?"

두 번째 남자가 말했다. "블라인드는 올라가 있는데, 지금 걔들은 욕실에 숨어 있어요."

"어떤 애들로 보이나요?"

"끝내주게 괜찮아 보여요."

"더 구체적으로 말씀해주실 수 있나요?"

"걔들은 정말로 흥미로울 거라고 생각해요."

메인에서 온 남자가 끼어들며 말했다. "둘 다 스물다섯 살이에요. 둘 다 힘도 좋고 건강해요. 감정적으로 가까운 관계처럼 보여요. 우리는 테이프를 좀 봤어요. 여자애는 때때로 남자애 때문에 짜증을 내요. 그렇지만 남자애가 결국에는 여자애한테 맞춰줘요. 둘이 함께 문제를 풀더군요."

두 번째 남자가 말했다. "여자애가 머리를 쓰는 애인 건 틀림없어요."

"외모는 괜찮은가요?"

"평범해요." 미남자가 말했다. "못생긴 건 아니에요. 둘 다 근육질이에요. 남자애는 농사꾼이고 여자에는 제제소 노동자예요. 둘 다 캐나다인이라서 자랄 때 건강관리를 잘 받았어요. 여자애는 건장하다는 소리를 들어도 무방할 정도예요. 그게 그 애한테 어울리는 표현일 거예요. 남자애의 경우는 그 정도는 아니에요. 남자애 이름이 쇼티인 데에는 그럴 만한 이유가 있는 거죠. 다부지지만, 엄청난 정도는 아니에요. 내가 걔들을 봤을 때 무척 기뻤다는 얘기는 해야겠네요."

"나도요." 메인에서 온 남자가 말했다.

"내가 그랬잖아요." 두 번째 남자가 말했다. "끝내주는 애들로 보인다고."

"선수는 몇 명이 될까요?"

"두 명 더 올 거래요." 남자가 말했다. "전부 여섯 명이에요. 그 사람들이 도착한다면."

네 번째 남자는 고개를 끄덕였다. 규칙은 규칙이다. 지각하는 건 도착하지 않은 거나 다름없다. *10호실에 손님이 들었다.* 시곗바늘은 그때부터 똑딱거리기 시작했다. 마감 시간이 있었다. 평계는 통하지 않았다. 예외는 없었다. 그래서 에어택시를 연달아 타고 온 것이다. 달성하는 게 불가능할 거라고 판단되는 먼 거리를.

그가 말했다. "욕실에 창문이 없는 이유가 뭔가요?"

"창문은 필요 없어요." 두 번째 남자가 말했다. "안에 카메라들이 있어요. 주택에 가서 봐요."

28

패트릭 G. 버크 목사는 그에게 내려진 금지명령이 허용하는 곳까지 운전을 하겠다고 고집을 부렸다. 그 지점은 40년 된 울타리 바로 앞까지였다. 도로는 그 너머로는 달리지 못했다. 그는 거기에서 기다리겠다고 말했다. 리처는 그럴 필요는 없다고 말했다. 그러나 버크는 고집을 부렸다. 그러자 리처는 그렇게 하는 대신 차의 방향을 돌려놓으라고 주장했다. 차 앞부분이 안쪽이 아니라 바깥쪽을 향하도록. 전진 기어를 놓고는 빠르게 도주할 준비를 갖춘 상태로. 필요할 경우. 최악의 경우. 울타리가 쳐진 좁은 공간에서 차의 방향을 돌리는 건 힘든 일이었다. 앞뒤로 오가고 이쪽 갓길에서 저쪽 갓길을 오가는 일이 여러 번 반복됐다. 그래도 결국에는 과업이 완수됐다. 스바루는 경주용 도로의 출발선에 선 경주용 자동차처럼 자리를 잡았다.

리처는 버크에게 시동을 계속 켜놓고 있어야 한다고도 주장했다. 맞다, 대기가 오염된다. 맞다, 기름값이 나간다. 그렇지만 키를 찾느라고 더듬거리는 것보다는 낫다. 차에 시동이 걸리지 않는 것보다는 낫다. 그럴 때가 됐을 때. 필요할 경우. 최악의 경우. 버크는 동의했다. 그런 후 리처는 목사에게 자기가 없더라도 아무런 거리낌 없이 이곳을 떠나야 한다고 주장했다. 언제라도, 어떤 이유에서건, 혹은 그럴싸한 이유가 없더라도, 경고가 없더라도, 육감이나 본능이 시키는 일이 무엇이건 그 즉시. "두 번 생각하지 마세요." 리처가 말했다. "지나치게 많이 생각하지 마시고요. 0.5초도 기다리지 마세요."

버크는 대답하지 않았다.

"진심으로 하는 얘기입니다." 리처가 말했다. "놈들이 목사님을 잡으러 올 경우, 그건 놈들이 저를 지나쳤다는 뜻입니다. 그럴 경우, 목사님은 정말이지 놈들을 만나고 싶지 않을 겁니다."

버크는 동의했다.

리처는 차에서 내렸다. 문을 닫았다. 두 다리를 울타리 너머로 넘겼다. 걷기 시작했다. 날씨는 똑같았다. 무겁게 익은 과일, 뜨뜻하게 마른 풀. 똑같은 벌레들이 내는 똑같은 울음소리가 들렸다. 머리 위에는 말똥가리 한 마리가 온난기류를 타고 있었다. 멀리 떨어진 곳에 두 마리가 더 멀찌감치 떨어져 있었다. 거리가 너무 멀어서 어떤 종인지는 알아보기 어려웠다. 아버지는 그걸 맹금류가 보이는 전형적인 행동이라고 말할 것이다. 각각의 맹금은 그 작전으로 얻은 배타적인 고기조각들을 주장한다. 내 구역, 네구역. 무단침입 금지. 세상 어디에나 있는 터프가이들처럼.

리처는 시선을 전방에 고정시킨 채로 계속 걸었다. 놈들이 기다리면서 지켜보고 있을지도 모르는 오르막길 꼭대기인 왼쪽을 힐끔거리는 걸 거부하면서. 놈들에게 만족감을 주는 걸 거부하면서. 놈들이 그를 찾아오게끔 놔두면서. 그는 계속 걸었다. 그는 과수원을 절반쯤 가로질렀다. 그가 꼬맹이를 쓰러뜨린 곳. 흔적은 없었다. 증거는 없었다. 긴장하면서 밟은 발자국 때문에 풀에 약간의 표시가 나 있을 뿐이었다. TV 드라마에서라면 놈들이 풀밭에서 튀어나올 것이다. 그러나 현실세계에는 아무도 없었다.

그는 계속 걸었다.

두 번째 울타리에 도착했다. 방해를 받지 않고. 사방은 평온하고 조용하고 고요했다. 움직이는 건 하나도 없었다. 바로 앞에 보이는 잎들은 다른 곳보다 색이 짙었고, 냄새는 코를 찔렀다. 햇빛을 받지 못한 그늘은 더 쌀쌀해 보였다. 그는 뒤를 힐끔 돌아봤다. 일어나는 일은 하나도 없었다.

그는 울타리를 올라갔다.

뉴햄프셔 라이언타운.

전날 그랬던 것처럼 메인 스트리트를 걸어 내려갔다. 바람에 흔들리는 파이프처럼 얇은 나무들 사이를 디디면서, 뒤집힌 돌들 때문에 가끔씩 발을 헛디디면서, 교회와 학교가 남겨놓은 낮은 폐허들을 넘으면서. 아파트까지 갈 길을 계속 갔다. 오른쪽에 있는 토대를 향해. 맨 뒤쪽 구석에 있는 수방의 유석으로. 타일조각. 리처는 깔끔하게 면도를 한 검은 수염 같은 자신의 할아버지가 고함을 치고 호통을 치고 주먹을 날리고 사람들을 때려눕히는 모습을 상상했다. 할아버지는 아마 술을 마셨을 것이다. 리처는 냉정하고 싸늘하고 시큰둥했던 할머니를 상상했다. 결코 웃는 법이 없는. 듣기 좋은 말을 결코 하지 않는, 늘 화가 난 인상이던. 자신이 사용할 일은 결코 없을 침대 시트들을 분노한 상태로 바느질하던.

리처는 마룻바닥을 기어 다니는 아버지를 상상했다. 또는 그렇지 않은 아버지를. 어쩌면 구석에 조용히 앉아서는 창밖을 멍하니 바라보고 있었을 것이다. 날짐승이 우글거리는 조그만 하늘을.

선생님 아버님은 열일곱 살에 해병대에 입대했습니다. 카터 캐링턴이 말했다. *그래야만 하는 이유가 있었을 겁니다.*

리처는 그 자리에 한참을 서 있었다. 그러다가 그 장소에 작별인사를 했다. 몸을 돌려 걸어온 발자국을 되짚어갔다. 주방을 나와, 복도를 통과해 나무들을 지나고 로비를 통해 거리로 난 출입문으로 나왔다.

거기에는 아무도 없었다. 평온하고 조용하고 고요한 것 빼고는 모든 게 원래대로였다. 리처는 메인 스트리트를 걸어서 돌아갔다. 학교에서 걸음을 멈췄다. 거리는 전방에서 휘어지면서 교회와 만났다. 나무가 자란 60년의 세월이 없었다면, 사방이 확 트인 풍경이었을 것이다. 널따란 하늘을 볼 수 있었을 것이다. 그곳이 아이들이 새를 관찰한 지점이었을 것이다. 아이들이 말똥가리를 본 곳. 쌍안경은 학교 비품이었을 것이다. 카운티가 준 보조금으로 구입한 공동 소유물. 마음대로 가지고 나가서는 안 되는. 아니면 마음씨 착한 선생님이 중고매장에서 쌍안경을 발견하고는 2달러를 썼을지도 모른다.

리처는 계속 걸었다. 교회를 지나쳤다. 울타리로 돌아갔다. 라이언타운의 시 경계선. 그의 앞은 과수원이었다. 도로가 있던 곳. 일직선으로 100미터 떨어진 곳에 주차된 스바루가 있었다. 여전히 그 자리에 있었다. 멀리서도 눈에 확 들어왔다. 스바루와 리처 사이에 두 가지 관심을 둘 만한 대상이 있었다. 더 멀리 있는 쪽은 버크 목사였다. 버크는 차 뒷부분과 울타리의 안전한 쪽 사이의 공간에 서 있었는데, 이쪽 발 저쪽 발을 깡충거리면서 펄쩍펄쩍 뛰며 팔을 흔들고 있었다.

두 번째 관심의 대상은 그보다 50미터 가까이 있었다. 남자 다섯 명이 과수원 중간쯤에서 도둑맞은 도로를 가로지른 대형으로 나란히 서 있었다.

머리 위에서는 말똥가리가 느릿느릿 선회했다.

리처는 울타리를 올랐다. 사람의 손길이 닿지 않은 자연 상태에서 어수선하게 자란 이끼들을 뒤에 남겨두고는 가지치기를 통해 다듬어진 똑같은 모양으로 나란히 늘어선 나무들이 이룬 줄 사이를 걸었다. 앞에는 다섯 남자가 꿈쩍도 않고 서 있었다. 그들은 어깨를 나란히 붙이고 있었지만, 몸끼리 닿는 정도까지는 아니었다. 그들은 음을 맞춰 노래를 부르려는 참인 중창단처럼 보였다. 무반주 남성 사중창단에 한 명을 더한 것처럼. 알토 한 명, 테너 두 명, 바리톤 한 명, 베이스 한 명. 그럴 경우, 베이스는 가운데에 있는 놈이 될 것이다. 그는 다른 놈들보다 덩치가 컸다. 리처는 전에 본 적이 없는 놈이라고 확신했다. 나이 든 사내가 덩치 큰 놈의 오른쪽에 서 있다는 것도 확신했다. 중년. 더 고급 청바지, 더 깨끗한 셔츠, 더 희끗한 머리. 다른 세 명은 전날 밤에 본 놈들이었다. 뻗어버린 놈을 뺀, 건장한 놈들. 그렇지만 복무 경험이나 복역 경험이나 모사드에서 특별 훈련을 받은 적은 없는.

리처는 계속 걸었다.

놈들은 기다렸다.

그 너머 멀찌감치 떨어진 곳에서 버크가 여전히 팔을 흔들며 깡충거리고 있었다. 리처는 왜 그러는지 알 길이 없었다. 경고를 하느라 그런 거라면 한참 늦은 일이었다. 기하학적인 배치 때문이었다. 그는 경고를 보기 전에 문제부터 보게 될 것이다. 그러니 이건 경고로서는 사리에 맞지 않는 짓이었다. 버크는 전술적인 조언을 하고 있는 것 같았다. 이렇게 해, 그러고는 저렇게 해. 그렇지만 리처는 수신호를 이해할 수가 없었다. 그리고 그런 수신호는 어쨌든 필요치 않을 거라고 느꼈다. 버크 같은 사람이 다재다능하다는 데에는 의심의 여지가 없지만, 싸움질이 그 재능 중 하나로 보이지는 않았다. 지금까지는 그랬다.

그건 불안감을 보여주는 동작에 불과할지도 모른다.

리처는 계속 걸었다.

다섯 명이 이룬 대열의 가운데에 있는 놈은 크고 넓은 몸이 포탄처럼 생겼다. 관자놀이보다 10센티미터 넓은 황소처럼 두툼한 목 위에 조그만 머리가 놓여 있었다. 그 아래에는 양어깨가 해양생물처럼 매끈하고 팽팽하게 비탈져 있었다. 가슴은 큼지막한 술통 모양으로, 그런 까닭에 두 팔과 다리가 짧아 보였다. 놈은 젊고 건장하고 강해 보였다.

레슬러였겠군, 리처는 생각했다. 한때는 고등학교 스타였을 거야. 그러고는 대학 스타였을 거고. 지금은 사과 따는 일꾼이지. 대학생 레슬러들이 뛰는 빅 리그가 있던가? 만약에 있다면, 이놈은 거기에서 성공하지는 못했어. 그건 확실해.

그렇기는 해도, 놈은 여전히 거구였다.

앞으로 20미터.

놈들은 기다렸다.

레슬러는 앞을 똑바로 응시했다. 그의 자그마한 짙은 눈동자들은 자그마한 머리 깊은 곳에 있었다. 감정을 그리 많이 드러내지 않는. 완전히 소극적인. 그래서 놈이 대학을 졸업한 이후로 성공하지 못한 걸 거야. 놈은 투지가 없을 거야. 자기 주위의 세상이 돌아가는 방식을 이해하는 데 실패했을 거야. 그런 경우라면 무척 안됐군. 놈은 자신이 처한 불우한 상황을 좋게, 좋게 받아들여야만 할 거야. 놈은 리처에 대해 사전에 경고를 받았을 것이다. 분명히. 놈은 교체선수로 선발됐다. 그 단어에 실마리가 있다. 놈은 자신이 처리할 상대가 어떤 사람인지를 알고 있었다. 놈은 이 일을 거절할 수도 있었다.

앞으로 15미터.

나이 많은 사내가 그가 거느린 병력을 향해 왼쪽과 오른쪽을 힐끔거렸다. 무척 흥분한 기색이었다. 그는 정말로 좋은 구경을 할 참이었다. 그렇지만 약간 초조하기도 했다. 마음속 멀리 떨어진 구석에서 피어나는 초조함. 그는 그게 말도 안 되는 생각이라는 걸 알고 있었다. 애들이 어떻게 질 수 있겠는가? 이건 슬램덩크를 꽂아 점수를 올리는 거나 다름없는 게 분명했다. 그런데 그는 그 불길한 느낌을 떨칠 수가 없었다. 리처는 그의 얼굴에서 그걸 읽었다. 리처는 동원할 수 있는 모든 수단을 동원해서 그런 불길한 기분을 더욱 키웠다. 느린 보행속도. 긴 보폭과 늘어뜨린 어깨. 양옆으로 벌린 두 손. 치켜든 머리와 그 사내를 매섭게 노려보는 두 눈. 오래전에 터득한 원초적인 신호.

앞으로 10미터.

나이 많은 사내는 그 불길한 느낌을 떨칠 수가 없었다. 그렇나는 세 그의 얼굴에 똑똑히 보였다. 갑자기 그는 긴급 대책을 실행하고 있는 듯 보였다. 잠재적인 전술 변경. 만약을 대비한 대안으로서. 그는 새로운 명령을 하달할 준비가 된 것처럼 보였다. 그 사실이 그를 적당한 표적으로 만들었다. 설령 그가 연약한 50대라 할지라도, 그는 야전 사령관이었다. 교전 수칙. 부하들은 지금 이상의, 이하의 존재도 아니었다. 그는 그 쓰라린 사실을 좋게, 좋게 받아들여야 할 것이다.

리처는 다른 세 명은 줄행랑을 칠 거라고 판단했다. 아니면 적어도 뒷걸음질을 치고 두 손바닥을 내보이고는 더듬더듬 "이건 우리 생각이 아니에요"라는 식으로 애걸복걸할 것이다. 충성심에는 한계가 있다. 꽤나 재수 없는 인간들에게서 하찮은 일거리를 약속받은 경우에는 특히 더 그랬다.

놈들은 도망칠 것이다.

앞으로 5미터.

리처는 상황에 어울리도록 그때그때 전략을 바꾸는 융통성을 보여야 한다고, 그러면서도 명확하게 규정된 계획을 갖고 있어야 한다고 믿었다. 그의 경험상, 그 두 요소는 결국에는 50대 50으로 쓸모가 있었다. 이 경우의 계획은 절대로 속도를 늦추지 않는 것, 전속력으로 상대에게 도달하는 것, 레슬러를 향해 걸음을 내딛다가 박치기를 하는 거였다. 그렇게 하면 계획에 포함된 모든 항목이 충족될 것이다. 기습, 압도적인 힘, 상대방 전원에게 안겨주는 충격과 공포. 페어플레이 정신을 편리하게 위반하면서. 그렇게 하면 나이 많은 사내는 리처에게는 약한 손이라서 위력이 상당히 인도적인 수준인 레프트 훅에 걸리기에 완벽한 위치에 있게 될 것이다.

그런데 융통성을 보이는 편이 더 낫다는 게 판명됐다. 레슬러 때문이 었다. 놈이 몸을 낮춰 전투 자세 비슷한 걸 취했다. 연극배우가 취하는 자세처럼. 사진작가의 꼬드김에 넘어간 것처럼. 어서 덤비라는 자세를 취해 봐. 지역신문 1면에 실을 사진을 위해. '고등학생 스타가 트로피를 거머쥐 다.' 그런 기사. 놈은 최선을 다하고 있었다. 그러나 그게 리처에게는 제대 로 먹혀들지 않고 있었다. 놈은 회색곰 흉내를 내는 뚱보 꼬마처럼 보였 다. 곰의 발톱처럼 짤막한 두 팔. 달려들 준비가 된. 무릎을 굽히고 두 발을 벌린 웅크린 자세로.

그래서 리처는 계획을 수정했다. 상황에 맞춰. 웨스트포인트는 그가 자 랑스러울 것이다. 그는 필수적인 요소들은 그대로 유지하면서 세세한 것 들만 수정했다. 그는 속도는 절대로 늦추지 않았다. 그는 전속력으로 상대 에게 도달했다. 그렇지만 박치기를 하는 대신, 놈의 방울들을 걷어찼다. 놈 이 두 발을 벌리고 있었기에 기회가 생기면서 갑작스럽게 등장한 표적. 그는 속도와 에너지를 유지하고 낫질을 하듯 악랄하게 발을 스윙하면서 완벽한 지점을 걷어찼다.

그의 발에 맞은 게 축구공이었다면 운동장을 훌쩍 넘어갔을 것이다.

좋고 나쁜 결과가 다 빚어졌다.

좋은 부분은 그의 발이 노린 부분을 정확하게 강타했다는 것이다. 레프트 훅을 날릴 준비가 됐다. 그는 그걸 날렸다. 모범적일 정도로 짧으면서 거친 훅이었다. 고상함하고는 거리가 멀었다. 채찍질하듯 날린 주먹의 타격 이상은 아니었다. 그렇지만 효과적이기는 했다. 쾅. 아빠는 옆으로 나동그라졌다. 그가 지휘하며 발휘하는 영향력은 증발해버렸다.

나쁜 부분은 레슬러가 운동선수용 보호대를 차고 있었다는 것이다. 컵모양의 보호대. 영리한 놈. 놈은 세상을 잘 이해했다. 대비를 했다. 그렇다고는 해도, 놈은 묵직한 한 방을 맞았나. 뭉뚝한 쿠키 커터로 연골처럼 질긴 밀가루 반죽을 내리친 것처럼. 그렇지만 놈은 운동 불능상태에 빠지지는 않았다. 놈은 여전히 두 발로 서서 쿵쿵거리며 거친 숨을 쉬었다. 맞았다는 충격과 공포. 하지만 그리 심하지는 않았다. 이건 다른 셋이 줄행랑을 치지 않았다는 뜻이었다. 놈들은 뒷걸음질을 치며 두 손바닥을 내밀고 애걸하지 않았다. 대신, 단체로 한 걸음 앞으로 나와 그들의 쿼터백이 그들 뒤에서 원기를 회복할 수 있도록 보호하는 작전을 폈다.

젠장, 리처는 생각했다. 승산은 예측 불허였다. 그는 애초 계획을 고수했어야 했다. 놈이 미식축구용 헬멧을 쓰고 있지는 않으니까. 그는 대형을 재설정하려고 한 걸음 물러서고 싶었지만 그렇게 하지는 않았다. 그랬다가는 그릇된 메시지를 전하게 될 것이다. 대신, 북적거리는 패거리 중에서 제일 가까이 있는 놈을 가격했다. 복부를 향한 강력한 한 방. 놈은 허리를 굽히면서 얼굴을 무릎에 대고는 토하고 헐떡거렸다. 그래서 리처는 놈을 다시 가격했다. 놈의 뒤통수를 팔꿈치로 강하게 찍었다. 그러자 놈이 얼굴을 풀밭에 처박았다. 그 순간으로 놈은 게임 끝이었다. 그래서 리처는 왼쪽으로 발을 옮겨 다음 놈과 나란히 섰다. 지체 없이. 나란히 서서 수다를 떨어봐야 얻을 건 하나도 없다. 놈들을 가격하기에 알맞은 위치에 세워놓고 쓰러뜨리는 편이 낫다.

그런데 다음 놈이 길옆으로 밀쳐졌다. 전투대열로 진입하는 레슬러에 의해. 두 팔을 벌린 레슬러의 몸이 분노로 한껏 부풀어 올랐다. 놈이 마지막 남자를 길에서 밀쳤다. 놈이 덤프트럭처럼 쇄도해오고 있었다. 그러다가 놈이 두 발을 땅에 꽂았다. 웅크렸다. 리처와 얼굴과 얼굴을 맞대고. 한바탕 일을 시작할 것처럼. 놈이 노려봤다. 으르렁거렸다.

리처는 생각했다. 오케이, 그렇다면.

리처는 레슬링에서 하는 스콴 자세를 알았다. 그는 레슬링을 시도해본 적은 없었다. 그걸 할 필요를 느낀 적도 없었다. 너무 땀이 많이 나는 운동이다. 지나치게 규칙이 많았다. 지나치게 최후의 수단처럼 느껴진다. 그는 싸움이라는 건 바닥에 나뒹굴게 되기 한참 전에 승패가 결정돼야 옳다고 믿었다.

먼 곳에서는 버크가 여전히 깡충거리며 팔을 흔들고 있었다.

레슬러가 움직였다. 놈의 몸이 단단한 한 덩어리처럼 돌았다. 놈은 오른발로 방금 있었던 바로 그 자리를 쿵 굴렀다. 그러더니 마찬가지로 단단하게 다른 쪽을 향해 몸을 돌렸다. 그러고는 왼발을 쿵 굴렀다. 스모처럼. 이제 그는 반걸음 가까워져 있었다. 놈은 리처보다 5센티미터쯤 작아 보였다. 그렇지만 몸무게는 9킬로그램 정도 더 나갈 것 같았다. 놈은 거구의 건장한 사내였다. 그것만큼은 망할 정도로 확실했다. 놈의 온몸은 단단하면서도 매끈한 근육으로, 근육을 펴면 공기나 물을 통과할 때 그러는 것처럼 보드라운 모양이 잡혔다. 바다표범처럼. 박격포처럼.

교체선수. 정확한 표현이 아니라고 리처는 생각했다. 이놈은 앞선 놈보다 상위 리그 소속이었다. 놈은 선수층을 보강하기 위해 거기 있었다. 놈은 특별한 재능을 가진 인재로, 이런 경우를 위해 선발된 거였다. 전날 밤의 교훈을 얻은 뒤로 말이다. 친구의 친구에게서 빌려온 놈일 것이다. 나이트클럽 기도일 것이다. 맨체스터에서. 또는 보스턴에서. 대학생 스타들 입장에서는 거기가 빅 리그일 것이다.

리처는 놈의 두 팔을 피하기로 결정했다. 레슬링은 붙잡기와 조르기와 드잡이가 전부다. 놈은 아마도 그런 데 능할 것이다. 능한 정도까지는 아니더라도, 적어도 경험은 많을 것이다. 놈은 온갖 후속 수법들에도 정통할 것이다. 상대를 매트에 눕힐 다른 방법을 10여 가지는 알 것이다. 리처 입장에서 그건 최선을 다해 피해야 할 숙명이 될 터였다. 누운 상태로 싸우는 건 문제가 될 터였다. 놈은 지나치게 육중했다. 그런 식으로 싸웠다가는 고래를 벤치프레스하려고 애쓰는 것과 비슷한 결말을 맞을 수도 있다. 다행히도 놈의 팔은 길지 않았다. 들어가서는 안 될 구역은 넓지 않았다. 활동할 수 있는 영역이 좀 있었다. 어떤 일을 할 수 있었다.

그런데 정확히 어떤 일을? 리처는 살면서 처음으로 확신을 하지 못했다. 박치기는 여전히 가능성 있는 대안이었지만, 위험했다. 그건 곰의 발톱 같은 손아귀로 곧장 들어간다는 뜻이므로. 리처가 주먹을 날리면 놈은 몸을 틀어서 주먹이 목을 때리게 만들기에 충분할 정도로 싸움을 잘 아는 놈일지도 모른다. 놈의 목은 가까이서 보면 타이어처럼 푹신해 보였다. 펀치

백을 칠 때 그러는 것처럼 라이트-레프트-라이트를 빠르게 연달아 몸통에 날릴 수도 있었지만, 놈의 단단한 골격을 볼 때 그건 방탄조끼를 두드리는 것과 비슷한 느낌일 터였다. 주먹질의 효과도 그와 엇비슷하게 날 것이고.

레슬러가 다시 움직였다. 똑같은 극적인 동작. 다시금 스모처럼. 리처는 텔레비전으로 스모를 본 적이 있었다. 모텔에서 오후에. 화소가 거친 오렌지색 화면. 화려한 샅바를 찬 거구의 남자들. 얼굴에는 표정이 없고 몸은 기름이 번드르르하며 투지가 넘치는.

이제 놈이 한 걸음 더 가까워졌다.

머리 위에서 말똥가리가 느리게 선회했다.

리처는 놈이 하려는 짓이 무엇인지를 너무 늦게 깨달았다. 배를 앞세운 채로 전방으로 돌격하는 거였다. 다시금 텔레비전으로 봤던 스모처럼. 다른 게 있다면, 그 경우에는 상대도 정확히 똑같은 일을 하기 때문에 두 사람이 중간쯤에서 요란한 소리를 내며 충돌하지만, 리처는 전혀 움직이지 않았다는 것이다. 그건 놈이 자기 몸에만 모든 가속도를 붙게 만든다는 뜻이었고, 리처는 세게 얻어맞을 참이라는 뜻이었다. 트랙터 타이어에 치이는 것처럼.

리처는 몸을 수그리고 비틀고는 놈의 옆구리에 최후의 라이트 훅을 날렸다. 훅은 힘 있게 꽂혔다. 그러므로 아이작 뉴턴의 작용과 반작용의 법칙에 따르자면 놈에게 붙은 가속도가 일부 사라져버렸다. 그렇지만 놈의 나무통 같은 덩치는 기본적으로는 저지할 수 없는 것이었다. 그래서 리처는 몸을 돌려 옆으로 껑충 뛰었다. 그러고는 자신을 향해 스윙하는 곰의 발톱을 피하려고 다시 몸을 비틀어야 했다. 놈은 휘청거리며 뒤로 물러섰다. 두 팔을 마구 흔들면서, 두 발로 서 있으려 애쓰면서.

레슬러가 다시 돌진했다. 놈은 날랬다. 바다코끼리 같은 체구의 사내치고는 그랬다. 리처는 몸을 숙이고는 놈이 지나갈 때 놈의 콩팥에 약한 잽을 날렸다. 그 잽은 인식할 만한 효과를 전혀 못 냈다. 놈이 깔끔한 원-투 스텝으로 방향을 돌려 다시 돌진해왔다. 맹렬하고 격렬한, 상대를 속이려는 왼발과 오른발 스텝을 밟으면서. 상대를 움켜쥘 기회를 포착하려고. 피하는 게 최상책이었다. 리처는 다시 뒤로 물러났다. 놈이 가까이 왔다. 그러자 리처는 놈의 얼굴에 라이트 스트레이트를 날렸는데, 그건 고무로 된 방의 벽에 주먹을 날리는 것 같았다. 그러고서 리처는 다시 곰 발톱의 스윙 아래로 낮게 몸을 숙였다. 그러고는 일어나 몸을 비틀고는 놈의 등에 강한 레프트 훅을 날린 다음에 놈의 팔이 닿는 범위에서 튀어 나갔다.

이제 레슬러의 숨은 거칠었다. 놈은 사방을 뛰어다녔고 몸통에 두 대하고 절반의 주먹을 맞았다. 조금 있으면 놈의 몸이 뻣뻣해질 것이다. 리처는 뒤로 물러났다. 발아래 땅에 걸리적거리는 게 있었다. 그의 왼쪽에 바람에 떨어진 사과가 있었다. 태양에 그을린 풀밭 위의 사과는 보석처럼 밝았다. 전날 밤에 살아남은 두 놈은 피 냄새를 풍기면서 근처를 기어다니고 있었다.

머리 위의 말똥가리는 여전히 선회하고 있었다.

살아남은 두 사내가 레슬러보다 한 발짝 앞에서 대형을 이루며 산개했다. 측면 지원. 또는 추격대. 놈들은 리처가 도망칠 거라고 예상하는 듯했다.

레슬러가 전투 자세로 몸을 낮췄다. 리처는 기다렸다. 레슬러가 돌진했다. 그 전과 똑같이. 저자세로 있다가 굽힌 힘 좋은 다리에서 시작돼 높은 속도의 오리걸음으로 이어지는 동시다발 공격. 앞으로 내민 배를 공성 망치처럼 사용하는 공격. 리처는 왼쪽으로 몸을 돌렸지만, 발이 걸리면서 놈의 돌격하는 어깨에 살짝 빗맞았다. 빗맞았는데도 트럭에 치인 듯한 기분이었다. 충격을 두 번이나 받았다. 첫째는 원래 받은 충격 때문에, 그다음에는 그 즉시 땅에 부딪히는 동안 일어난 작용과 반작용의 메아리에 의해. 오른쪽 어깨가 먼저, 그다음에는 머리가, 다음에는 몸통이, 다음에는 엉킨 사지가 차례로 땅을 때렸다.

놈은 날래게 몸을 다시 곧추세웠다. 리처는 옆으로 굴렀지만, 충분히 빠르게는 아니었다. 놈이 발길질을 하는 바람에 리처는 누운 채로 물러나며 더 빠르게 몸을 굴렸다. 리처로서는 드물게 취하는 자세였다. 그렇지만 모르는 자세도 아니었다. 규칙 제1조는 '당장 잽싸게 일어나라'였다. 제2조도 그랬다. 제3조도 그랬고, 누운 자세를 유지하는 건 무덤에 발 하나를 들여놓은 거나 같았다. 그래서 리처는 얼굴이 땅을 향할 때까지 몸을 굴린 다음, 푸쉬업 50회를 한 후에도 여전한 기력을 뽐내는 헬스장 죽돌이처럼 벌떡 일어났다. 이제 리처는 힘겹게 숨을 쉬고 있었다. 분노가 차오르고 있었다. 리처는 레슬링 규칙에는 발길질이 없다는 걸 확신했다. 게임이 바뀌었다.

리처는 생각했다. 오케이, 그렇다면.

레슬러가 다시 전투 자세로 몸을 낮췄다. 그러자 리처는 이전에 응당 봤어야 마땅한 걸 봤다. 또는 게임이 조금 일찍 바뀌었다면 이전에 봤을 것을 봤다.

리처는 기다렸다.

레슬러가 돌진했다. 저자세에서 시작된 동시다발 공격. 굽힌 힘 좋은 다리에서 시작된. 리처는 앞으로 발을 디디며 놈의 무릎을 갈겼다. 놈의 사타구니 보호대를 찰 때처럼 힘껏. 그때와 똑같이 낫질을 하는 듯한 스윙으로. 비슷하게 완벽한 지점에. 게다가 놈은 그리로 곧장 뛰어들고 있었다. 그는 자신의 모든 가속도를 그 부위에 실은 참이었다. 발길질에 맞은 게 축구공이었다면 운동장 두 개를 훌쩍 넘어갔을 것이다. 결과는 엄청났다. 누가 됐건 몸이 무거운 사내에게 무릎은 약점이다. 무릎은 무릎이다. 보잘 것없는 관절. 무릎은 무릎 이상도 이하도 아니다. 한 학기 전체를 웨이트를 들면서 보내기로 선택했다는 이유로 무릎이 커지거나 강해지는 일은 없다. 그저 스트레스를 더욱더 많이 받을 뿐이다.

이 경우, 무릎은 거의 터지기 직전이었을 것이다. 슬개골은 박살이 나거나 탈구됐다. 체내에서 절단된 부위가 무척 많을 것이다. 놈이 자신을 묶고 있던 줄들이 끊긴 꼭두각시처럼 무너진 걸 보면 말이다. 그러다가 리처에게 있는 것과 동일한 제1조의 본능이 놈을 즉시 일으켜 세웠다. 놈은 포효하며 외발로 서서는 균형을 잡으려고 곰 발톱을 휘저었다. 살아남은 두명이 뒤로 한 걸음 물러섰다. 주식시장처럼. 투자금은 줄어들 수도 있고 불어날 수도 있다. 버크가 그들의 뒤쪽 멀리에서 여전히 선 채로 주시하고 있었다. 울타리에 바짝 몸을 붙이고는 걱정스러운 눈빛을 보내고 있었다.

그 시점부터 리처는 잔혹한 효율을 발휘하는 쪽을 선택했다. 예술점수는 더 이상은 중요치 않았다. 레슬러는 곰 발톱을 필사적으로 그에게 던져댔다. 리처는 그걸 잡아 흔들어 놈이 균형을 잃게 만들었다. 그러자 놈이 다시 쓰러졌다. 꼴사납게, 어설프게. 리처는 그런 놈의 머리를 걷어찼다. 한 번, 두 번, 놈이 얌전해질 때까지.

리처는 몸을 꼿꼿이 세웠다. 그러고는 숨을 내쉬고, 들이쉬고, 내쉬었다.

살아남은 두 명이 다시 한 걸음 물러났다. 놈들은 같은 자리에서 발을 구르며 어쩔 줄을 몰라 했다. 놈들은 두 손을 들고는 손바닥을 내밀었다. 앞에 있는 공기를 토닥거렸다. 항복. 그렇지만 리처와 거리를 두고 있기도 했다. 놈들은 주장하고 있었다.

이건 우리 생각이 아니에요.

리처가 놈들에게 물었다. "이 비곗덩어리를 어디서 찾았지?"

그는 레슬러의 갈비를 다시, 그렇지만 부드럽게 걷어찼다. 그가 얘기하고 있는 비곗덩어리는 바로 이걸 말하는 거라는 걸 알려주려고 이러는 거라는 듯.

아무도 대답하지 않았다.

"말하는 게 좋아." 리처가 말했다. "너희 앞날에 중요하니까."

오른쪽에 있는 청년이 말했다. "오늘 아침에 온 애예요."

"어디에서?"

"보스턴이요. 지금 거기 산대요. 그렇지만 여기서 자란 애예요. 고등학교에서 알게 된 애예요."

"트로피도 여러 개 딴 놈인가?"

"많이 땄어요."

"당장 꺼져." 리처가 말했다.

그들은 그렇게 했다. 그들은 남쪽으로, 전속력으로, 오르막길을, 두 무릎과 두 팔꿈치를 펌프질하면서 달렸다. 리처는 그들이 가는 걸 지켜봤다. 그러고는 완전히 뻗은 놈을 넘어가는 길을 택해 걸으면서 과수원을 가로질렀다. 버크가 울타리에서 기다리고 있었다. 그는 흔들어대고 있던 손을 들었다. 손에는 폰이 있었다.

"전화가 계속 울렸네." 그가 말했다. "그런데 여기는 서비스 제외구역이야. 그래서 신호가 절반이나마 잡히는 데로 돌아갔었지. 조류학자였어. 대학에서 자네 전화에 회신한 거야. 오늘 남은 시간은 다른 일정에 묶여 있기 때문에 그게 통화할 수 있는 유일한 기회라고 하더군. 그래서 여기로 돌아와 자네 주의를 끌려고 애썼던 거야."

"봤습니다." 리처가 말했다.

"그가 메시지를 남겼네."

"폰에요?"

"나한테."

리처는 고개를 끄덕였다.

그가 말했다. "먼저 래코니아 경찰의 아모스하고 통화해야겠습니다."

29

다섯 번째로 도착한 손님은 첫 번째와 세 번째 손님처럼 조용히 도착했다. 뒷방에 있던 마크와 스티븐과 로버트는 아스팔트에 가로질러 설치한 와이어 때문에 벨이 울리는 소리를 들었다. 그들은 모니터들을 주시했다. 로버트는 오솔길을 보여주는 상이한 세 개의 화면을 나란히 늘어놓았다. 2마일은 시속 30마일로는 4분이 걸리고, 20마일로는 6분이 걸린다. 운전자가 어떤 속도로 운전할 채비를 했는지와 차가 어떤 차량인지에 따라 평균 잡아 5분이라고 치자. 도로 표면이 덜커덕거릴 수도 있었다.

화면 하단 오른쪽 구석에 있는 디지털시계에 따르면, 정확히 5분 19초가 걸렸다. 그들은 픽업트럭이 숲에서 나와 햇빛으로 들어오는 걸 봤다. 로버트가 조이스틱을 써서 클로즈업 카메라가 트럭을 자세히 잡도록 줌인했다. 포드 F150이었다. 좌석은 한 줄밖에 없고 짐칸은 긴 모델. 더러운 흰색 페인트. 기본사양에 가까운 3년이나 4년 전 연식. 노동자의 차. 업무용 장비.

로버트는 차량을 더 확대했다. 번호판을 확인하기 위해서였다. 일리노이라고 적혀 있었지만, 그게 거짓말이라는 건 모두 알고 있었다. 이 남자는 뉴욕에서 왔다. 그의 사무실의 디지털 보안은 난공불락이었지만, 그의 저택 와이파이는 활짝 열려 있었다. 그는 월스트리트에서 펀드를 굴렸다.

세상의 어느 누구도 이름을 들어본 적이 없는, 얼굴 없는 신흥 슈퍼리치 중 한 명이었다. 마크는 그에게 깊은 인상을 심어주고픈 생각이 간절했다. 그는 월스트리트는 핵심 시장이 될 수 있다고 생각했다. 올바른 종류의 욕구와 올바른 종류의 돈을 가진 올바른 종류의 사람들.

그들은 그가 차를 몰고 풀밭을 가로지르고 오솔길에서 털썩 내려앉아 모텔 주차장으로 들어오는 모습을 지켜봤다. 그들은 그가 사무실 밖에 차를 세우는 걸 봤다. 피터가 그를 맞으러 나가는 걸 봤다. 두 사람은 악수를 하고 사교적인 인사를 주고받았다. 피터는 그에게 열쇠를 건네고 가리켰다. 11호실. 제일 적합한 위치. 모든 면에서 중요한. 개들 침대하고 손님 침대는 닿아 있다고 봐야 해요. 사실상 머리하고 머리를 맞대는 거죠. 침대들이 대칭 형태로 놓여 있거든요. 벽의 너비만큼만 떨어져 있는 거예요. 3센티미터밖에 안 되죠. 11호실이 VIP용 숙소라는 데에는 의심의 여지가 없었다. 가볍게 베풀지 않을 영예. 그렇지만 마크는 그런 손님에게는 그런 영예를 베풀어야 한다고 강하게 주장했다. 그는 손님들의 인구통계적인 특징은 중요하다고 말했다.

로버트는 마우스를 클릭하고 키보드를 두드려 모니터들을 조작해서는 거의 모든 화면이 그의 주위를 둘러싼 벽들에 동시에 떠오르게 만들었다. 한 화면이 각도가 약간 다른 다음 화면과 겹쳐지면서 가상환경을 만들어내려는 어설픈 시도처럼 보였다. 그들은 월스트리트 사내가 트럭을 퍼진 혼다 뒤에 주차하는 걸 봤다. 그가 10호실 창문을 보려고 길을 우회하는 걸 봤다. 아무 일도 없었다. 그는 걸어서 돌아갔다. 그는 월스트리트처럼 생겼다. 준수한 헤어스타일, 헬스장에서 다듬은 몸, 실내에서 한 태닝, 햄튼에 있는 아내의 여름철 임대별장에서 보낸 주말. 그는 옷도 잘 입었다.

그들은 그가 그렇게 보이지 않으려고, 평범한 트럭에 어울리게 옷을 입으려고 애를 썼다고 생각했다. 그런데 그의 벽장은 그의 그런 시도를 좌절시켰다. 그가 가져온 짐은 하드 케이스 두 개와 소프트 나일론 더플 백 한 개였는데, 지붕이 없는 짐칸으로 운반된 탓에 하나같이 먼지투성이였다.

더불어, 마지막으로, 운전석에서 꺼낸, 뉴욕의 간이식당에서 쓰는 비닐봉지가 있었다. 봉지에는 감자 아니면 돈뭉치가 들어 있을 것이다.

그러는 동안 먼저 도착한 네 명이 가까이 모여들어 대형을 형성했다. 그들은 이 화면에서 저 화면으로 미끄러져 다녔다. 그들은 입을 열 준비가 돼 있었다. 또는 그러려고 애썼다. 그것도 아니면, 적어도 누군가가 무슨 얘기를 할 때까지 이 발 저 발을 구르고 있었다. 사내들끼리의 동지의식. 가끔씩은 느리게 진행되는 과정. 로버트는 볼륨을 키웠다. 모텔의 위아래에는 마이크들이 길게 숨겨져 있었다. 마이크를 보조하는 것은 TV 수신용 접시처럼 칠해진 물체였는데, 그건 실제로는 박쥐의 귀처럼 예민한 파라볼라 마이크로, 10호실 창문 밖의 맨땅을 겨냥하고 있었다. 손님들이 무리를 지을 가능성이 높은 곳. 전자기기의 측면에서 보면 지나친 과잉설비였지만, 마크는 그래야 한다고 주장했다. 그는 소비자 피드백은 중요하다고 말했다. 걸러지지 않은 더 생생한 피드백일수록 나아. 그중 제일 좋은 건 손님들이 누군가가 듣고 있다는 걸 모르고 하는 소리야.

그들은 귀를 기울였다. 목소리들은 삐걱거렸고 약간 왜곡됐다. 이전과 똑같이 신중한 환영인사가 있었다. 이전과 똑같이 거기까지 경찰에 적발되지 않고 제시간에 온 것에 대한, 여로에서 겪은 무용담이 있었다. 그리고 그들이 상대할 표본으로서, 건강과 힘과 전반적인 매력의 관점에서 패티와 쇼티에 대한 동일한 설명이 있었다.

그러더니 소비자 피드백이 약간 부정적으로 변했다. 마크는 실망하며 시선을 돌렸다. 모니터 안에서 작은 분열이 싹텄다. 두 개의 대립하는 분파가 있었는데, 둘을 가른 건 중요한 차이점 하나였다. 첫 번째와 두 번째, 세 번째 손님은 창문을 통해 패티와 쇼티의 실물을 봤다. 살아 있는 물리적인 살점을. 바로 그 자리에서. 블라인드가 올라간 후. 네 번째와 다섯 번째 손님은 그러지 못했다. 그들이 도착했을 때 패티와 쇼티는 욕실에 숨어 있었다. 망할 놈의 창문이 없는 곳에. 그래서 그들은 두 가지 점에서 불만이었다. 자유국가에서, 평평한 운동장에서, 기타 등등의 동일한 조건에서 경기를 개시할 경우, 그들 모두가 거기에 도착할 때까지 기다렸어야 마땅하다. 망할 놈의 블라인드를 올리는 건 그러고 난 후에 일종의 의식처럼 행해졌어야 한다. 특별 이벤트처럼. 모두 그걸 목격하려고 대열을 이룬 채로. 아니면 적어도 망할 욕실에 창문을 설치했어야 옳았다. 둘 중 하나를 했어야 옳았다.

방에서 마크가 다른 사람들한테 말했다. "어떻게 욕실에 창문을 낼 수 있는지 모르겠어. 무슨 수를 써도 평범한 유리로는 그러지 못하는 거잖아. 너무 이상해 보이니까. 그런데 유리 말고 다른 건 먹혀들지 않을 거야. 안을 들여다볼 수는 없는 노릇이라고."

스티븐이 말했다. "바깥에 플라스틱 시트를 붙일 수 있었어. 디자인 비슷한 게 입혀진 시트 말이야. 그걸 붙이면 실내에서는 자갈 무늬가 있는 불투명 유리로 보일 거야. 그렇게 하고 나서 준비가 됐을 때 그 시트를 떼어내는 거지."

"너는 지금 문제를 회피하고 있는 거야." 로버트가 말했다. "우리는 재들 블라인드 문제를 망쳤어. 간단한 문제야. 저 사람 말이 맞아. 모두가 도착할 때까지 블라인드를 닫아뒀어야 해."

마크가 말했다. "여자애가 햇빛을 보고 싶어 했잖아."

"우리가 지금 무슨 일을 하는 건데? 우리가 사회복지사야?"

"걔 기분이 중요한 걸로 판명될지도 몰라."

"지금 걔 기분이 어떤데?"

"진정해." 마크가 말했다. "한 걸음 떨어져서 생각해봐. 지나간 일은 지나간 거야. 그리고 우연히도 우리는 정확히 절반쯤 지점에서 그런 일을 했어. 세 명이 걔들을 봤고, 세 명은 그렇게 못했지. 우리는 이걸 시간을 엄수한 데 따르는 보상이라고 생각할 수 있어. 보너스 지급 기준처럼 말이야. 우리는 무언가를 제공하고 있는 거야. 이걸 마케팅이라고 봐도 좋아."

"시간 엄수는 시간에 맞춰 오는 거지, 일찍 오는 게 아냐. 우리는 저 사람들을 모두 동등하게 대했어야 해."

"너무 늦었어."

"실수를 바로잡는 데 늦고 자시고는 있을 수 없어."

"어떻게 바로잡을 건데?"

"패티하고 쇼티하고 얘기를 해봐. 그러면서 이 문제에 대해 사전에 경고를 했었다는 점을 상기시키는 거야. 그러고는 쟤들은 어떤 일에 엮여들고 있는지를 정확히 깨닫지 못했지만, 이제는 쟤들이 편안하라는 취지에서 우리가 쟤들을 위해 다시 블라인드를 닫기로 일방적인 결정을 했다는 말을 하는 거야. 그러고는 곧바로 그렇게 하는 거지. 쟤들은 블라인드 내려가는 소리를 들을 거야. 그러면 욕실에서 나오겠지. 그러는 동안 네 번째와 다섯 번째 손님한테 사과하고 추후에 적절한 의식을 거행해주겠다고 말하는 거야. 패티하고 쇼티가 다시 차분해진 다음에 말이야. 우리가 모두 모일 때. 아마도 해가 떨어진 뒤에. 그때 갑자기 블라인드를 올리고 방에 불을 켜는 걸 동시에 해낼 수 있어. 장담하는데, 쟤들이 침대에 있는 모습을 보게 될 거야. 크리스마스의 쇼핑가처럼 보이겠지. 몇 킬로미터 떨어진 곳에 있는 사람들도 몰려들 정도로."

"그게 문제를 해결하지는 못해." 마크가 말했다. "그게 뜻하는 건 세 사람은 쟤들을 한 번 보는 거고, 세 사람은 두 번 보는 거라는 게 전부야. 그건 공평하지 못해."

"그게 우리가 할 수 있는 최선이야." 로버트가 말했다. "제스처로서 말이야. 그건 중요할 수 있어. 이게 이슈가 되게 놔둬서는 안 돼. 저 사람들이 채팅방에서 어떤 식으로 떠들어댈지 알잖아. 입소문은 우리를 성공시킬 수도 있고 망하게 만들 수도 있어. 이 문제를 바로잡으려면 더 많은 노력을 기울이는 모습을 보여줘야 해."

마크는 한동안 말이 없었다.

그러다가 스티븐을 힐끔 봤다.

그가 말했다. "내 생각도 그래."

마크는 고개를 끄덕였다.

그가 말했다. "오케이."

로버트가 '10호실, 창문 블라인드, 내림'이라는 레이블이 붙은 스위치를 클릭했다.

그의 목소리가 천장에서 쏟아졌다. 이전에 그랬던 것처럼. 욕실에서 듣는 그 소리는 안방에서 듣는 것처럼 요란했다. 그가 말했다. "두 분, 사과드려요. 진심으로요. 이건 전적으로 제 책임이에요. 우리가 앞서 얘기를 나눌 때 충분히 명확하게 말씀을 드리지 못했어요. 제 말은, 바깥 풍경을 보는 것의 부정적인 측면에 대한 말씀을 드리지 못했다는 거예요. 그래서 두 분을 위해 그 문제를 바로잡을게요. 이제 블라인드를 다시 내릴 거고, 두 분이 원하는 만큼 오랫동안 그 상태를 유지할 거예요. 그렇게 하면 두 분은 더 편안할 거라고 확신해요. 다시 한번, 사과드려요. 내가 생각이 짧았어요."

패티가 물었다. "우리한테 원하는 게 뭐예요? 우리한테 무슨 짓을 하려는 거죠?"

"우리가 두 분께 원하는 게 무엇인지는 오늘이 지나기 전에 상의할 거예요."

"당신들은 우리를 영원히 여기에 붙잡아둘 수는 없어요."

"그러지 않을 거예요." 마크가 말했다. "약속해요. 알게 될 거예요. 영원히는 아니에요."

그러더니 전자장비에서 나는 작은 펑 소리가 난 후 천장이 다시 조용해졌다.

침묵 속에서 쇼티가 물었다. "저놈 말 믿어?"

"어떤 말?" 패티가 물었다.

"블라인드를 다시 내릴 거라는 말."

그녀는 끄덕였다.

"그런다고 했잖아." 그녀가 말했다.

쇼티는 앉아 있던 바닥에서 뻣뻣하게 몸을 일으킨 후 문을 살짝 열었다. 그는 곧바로 알게 됐다. 햇빛은 없었다. 어둠뿐이었다.

"내가 살펴볼게." 그가 말했다. "여기는 불편해."

"놈들은 그걸 다시 올릴 거야."

"언제?"

"아마도 우리가 전혀 예상하지 못했을 때."

"왜?"

"놈들은 우리를 갖고 놀고 있으니까."

"조금 이따가?"

"그렇지는 않을 거야. 한동안은 기다릴 거야. 놈들은 우리가 안전하다는 기분에 푹 젖어 있기를 원할 거야."

"그러면 한동안은 안전하겠네. 지금 당장은. 그러다가 나중에 창문에 시트를 못 박을 수 있어."

"그럴 수 있어?"

"못할 게 뭐야?" 쇼티가 말했다.

이게 몇 시간 전의 일이었다면, 그녀는 순전히 정중하게 매너를 지키는 차원에서 쇼티의 의견에 반대했을 것이다. 캐나다사람답게. 그런 짓을 하면 시트와 벽이 손상될 게 확실했다. 그런데 지금 그녀가 한 말은 "못하고 망치 있어?"가 다였다.

"아니." 쇼티가 대답했다.

"그럼 입 닥쳐. 쓸데없는 말이나 하면서 힘 빼지 말고."

"미안." 그가 말했다. 그는 문간에 잠시 서 있었다. 그러더니 밖으로 나갔다. 그는 차가운 타일에 앉아 있는 바람에 엉덩이가, 다른 타일에 기대고 있느라 등이 얼얼했다. 그는 침대에 누워 어둠 너머의 천장을 응시했다. 거기 어딘가에 카메라가 있었다. 그걸 볼 수는 없었다. 천장에 붙은 석고 반죽은 부드러웠다. 그러니 카메라는 붙박이 전등이나 연기탐지기 안에 있을 것이다. 그래야만 한다. 붙박이 전등 안에 있는 건 아닐 것이다. 전등이 너무 뜨거운 건 확실하다. 몰래카메라는 예민할 것이다. 회로판, 그리고 초소형 송신기가 전부일 것이다.

그러니 그건 연기탐지기 안에 있다. 그는 그걸 응시했다. 그는 몰래카메라가 그에게로 시선을 되돌려 보내는 걸 상상했다. 망치로 그걸 때려 부수는 걸 상상했다. 파편이 비처럼 쏟아져 내리는 걸 상상했다. 그의 손에 여전히 들려 있는 망치를 상상했다. 다음에는 무얼 부술까?

그는 다시 침대에서 일어나 욕실로 돌아갔다. 그는 문을 닫았다. 세면대의 물을 틀었다. 패티가 바닥에 앉아 그를 지켜봤다. 그가 몸을 낮추고는 그녀의 귀에 가깝게 대고 속삭였다. 그가 말했다. "생각 중인데, 나한테 망치가 있다고 치면 무슨 짓을 할까?"

"시트에 못을 박겠지." 그녀도 속삭여 대답했다.

"내 말은 그다음에 말이야." 그가 말했다.

"그다음에 어떻게 할 건데?"

"여기로 들어올 거야. 여기는 건물의 뒤쪽이야. 모든 일은 건물의 정면에서 일어나고 있어. 블라인드 갖고 하는 헛짓도, 안을 들여다보는 사람들도 뒤쪽은 누구도 보고 있지 않을 거야. 벽은 타일 한 겹에 불과해. 그러고는 1센티미터짜리 벽판이 놓여 있고, 스터드^{벽체를 짤 때 칸막이처럼 들어가는 부재} 두 장 사이에 15센티미터 너비의 공간이 있을 거야. 그 공간은 아마도 단열재로 가득 채워져 있을 거고. 거기에 방습층이 있을 거고, 그다음에는 40센티미터짜리 아치문 틀에 못으로 고정된 삼나무 외장재가 있을 거야."

"그래서?"

"나한테 망치가 있다면 벽을 부숴서 나갈 길을 낼 거야. 우리는 걸어서 떠날 수 있어."

"벽을 뚫고?"

"숙달된 철거 인력들은 1초 만에 해치울 거야. 이건 판에 박힌 일이야."

"그런데도 너한테 망치가 없다니 안타깝다."

"여행 가방을 타일을 깨는 데 사용할 수 있을 것 같아. 공성 망치처럼 말이야. 새 밧줄 손잡이를 잡고 가방을 그네처럼 흔드는 거야. 그러면 타일이 떨어져 나올 거라고 장담해. 그러고는 발길질로 나머지 길을 뚫을 수 있어."

"삼나무 외장재를 발길질로 뚫지는 못해."

"그럴 필요 없어." 쇼티가 말했다. "나한테 필요한 건 스터드들이 내부에서, 못 박혀 있는 곳에서 튀어나가게 만드는 게 전부야. 바깥쪽으로 급작스럽게 사해진 힘 때문에. 그긴 충분히 쉬운 일일 거고, 그러고 나면 저절로 떨어져 나갈 거야. 내가 길을 내려고 실제로 발길질을 해야 할 건 벽판이 전부일 거야. 그것도 꽤나 쉬울 거야. 그 자재는 튼튼하지 않으니까."

"얼마나 넓은 틈이 생길까?"

"효과가 좋으면 36센티미터 정도일 거야. 옆걸음으로 빠져나갈 수 있어."

"여행 가방은 어떻게 하고?"

"어떤 상황은 받아들여야만 해." 쇼티가 말했다. "현실적일 필요가 있어. 여행 가방은 차량을 손에 넣을 때까지 여기에 놔두자."

패티는 한동안 아무 말도 하지 않았다.

그러다가 속삭였다. "뭘 손에 넣는다고?"

"창문을 들여다보던 놈들 중 일부는 여기에 차를 몰고 왔을 거야. 그건 지금 주차장에 차가 여러 대 있다는 뜻이지. 아니면 놈들이 그들 전원을 메르세데스 SUV로 태워왔을 거야. 그런 경우에도 그 차는 여전히 저 밖 어딘가에 얌전하게 주차돼 있어. 워밍업이 돼서 떠날 준비를 다 마친 채로. 우리가 그걸 찾아내지 못하더라도 상관없어. 헛간에 탈것이 더 많이 있으니까. 헛간은 멀지 않아. 장담하는데, 모든 키가 작은 판에 깔끔하게 걸려 있을 거야."

"그러면 우리는 먼저는 놈들 부동산을 때려 부수고, 그다음에는 놈들 차를 훔치는 거네."

"우리가 그런다는 데 네 엉덩이를 걸어도 돼."

"이건 사륜 바이크 계획만큼이나 정신 나간 짓 같아."

"사륜 바이크 계획은 정신 나간 게 아니었어. 완벽하게 먹혔다고. 너도 알잖아. 우리는 그 계획이 완벽하게 먹히는 걸 봤어. 처음부터 끝까지 시종일관. 완벽하게 먹히지 않았던 건 다른 거였어. 우리는 놈들이 카메라하고 마이크를 설치해뒀다는 걸 몰랐던 거지. 놈들이 우리를 속이는 걸 몰랐던 거야."

"이론적으로는 그렇지." 패티가 말했다. "발길질로 벽을 뚫는 데 얼마나 걸릴까?"

"오래는 안 걸려. 구멍 크기를 제한할 경우에는. 구멍을 지면에 가깝게 뚫는다면. 우리가 네 발로 기어 나갈 준비가 돼 있다면."

"분으로 따지면 몇 분이야?"

쇼티는 눈을 감았다. 상황을 상상해봤다. 발길질 여덟 번. 여섯 번은 전략적인 위치에 있는 벽판이 갈라지도록 발끝으로, 그러고는 벽판을 완전히 밀어내려고 발바닥으로 힘껏 하는 발길질 두 번. 전부 8초. 거기에 보물을 파내는 개처럼 단열재를 두 손 가득 움켜쥐고는 뜯어내는 데 드는 시간. 다시 8초. 또는 10초. 신중을 기하는 차원에서 12초로 잡자. 그러면 현재까지 총 20초. 그다음에는 외장재가 나온다. 그게 스터드에서 떨어져 나가게 만드는 건 쉬운 일이 아닐 것이다. 외장재는 네일 건으로 쏜 대못으로 고정됐을 것이다. 묵직하게 가격해야 할 것이다. 문제는 가격 각도다. 좁게 벌려진 틈을 통해 가라테 스타일의 낮은 발길질을 해야 할 것이다. 옆차기와 아래로 찍는 종류의 발길질. 현실적이지 않았다. 최대한의 힘을 붙이기 어려울 것이다. 바닥에 등을 붙이고 발길질을 하는 편이 나을 것이다. 아래쪽으로 발을 구르는 동작이 바깥 방향으로 최대한의 힘을 전달할 것이다. 발길질을 하고 또 하면. 적어도 여덟 번.

그가 말했다. "1분쯤."

그녀가 말했다. "꽤 괜찮은데."

"타일이 시트에서 모두 떨어져 나온다면."

"그렇게 안 되면?"

"한 조각씩 일일이 뜯어내야 할 거야. 벽판에 도달하기 위해. 그러고 나면 그때부터는 1분이 걸릴 거야. 2분이 걸릴 수도 있고. 그때쯤에 우리는 타일을 뜯어내느라고 힘이 빠졌을 테니까."

"전부 다 얼마나 걸려?"

쇼티가 말했다. "그냥 타일이 시트에서 떨어지기를 바라자."

그녀가 말했다. "우리, 정말로 이걸 할 거야?"

"나는 '예스'에 표를 던질래."

"언제?"

"지금 당장을 얘기하는 거야. 우리는 사륜 바이크를 타고 곧장 달아날 수 있어. 차보다 그게 더 나을 거야. 그걸 몰고 숲을 가로지를 수 있어. 놈들은 따라오지 못할 거야."

"다른 사륜 바이크를 타지 않고서는 그렇지. 놈들한테는 여덟 대나 더 있어."

"우리가 먼저 출발하니까 유리해."

"사륜 바이크 운전법은 알아?"

"그게 얼마나 어렵겠어?"

패티는 다시 한동안 말이 없었다.

"한 번에 한 걸음씩." 그녀가 말했다. "먼저, 여행 가방을 타일에 테스트해보자. 타일이 시트에서 깔끔하게 떨어져 나오는지 확인하는 거야. 그렇게 되면, 일을 계속 진행해서 최종 결정을 할 수 있어. 그렇지 않으면, 일을 진행해보다가 포기하는 거지."

쇼티는 욕실 문을 열고 방 건너편에 있는 여행 가방을 힐끔 봤다. 가방은 그가 몇 시간 전에, 카렐이 견인 트럭을 몰고 떠나는 걸 지켜봤던 후에 내려놓은 그 자리에 여전히 있었다.

그가 속삭였다. "놈들은 내가 저걸 가져오는 걸 볼 거야. 카메라가 있으니까."

"놈들은 안에 뭐가 들었는지를 몰라." 패티가 속삭였다. "우리는 욕실에 우리가 가져온 짐을 갖고 들어와도 괜찮아. 놈들은 우리한테 필요한 짐이라고 생각할 거야. 늘 창문을 들여다보는 사람들이 있으니까 우리가 여기에서 잠을 자는 쪽을 택한 거라고 생각할 거야. 완벽하게 자연스러운 일로 보일 거야."

쇼티는 멈칫했다가 고개를 끄덕였다. 그가 여행 가방을 가지러 나갔다.

엄청나게 침착하게. 완벽하게 자연스럽게. 뚜벅뚜벅 걸어가 그걸 들어 올리고는 뚜벅뚜벅 돌아왔다. 그걸 내려놓고 문을 닫았다. 그러고 숨을 내쉬고는 손바닥의 통증을 줄이려고 손을 파닥거렸다.

두 사람은 위치를 정했다. 세면대 왼쪽. 벽에 아무것도 없는 곳. 배수구나 다른 배관이 없는 곳. 따라서 내부에 감춰진 케이블이 없는 곳. 파이프도 없는 곳. 물은 방 다른 쪽에 있는 한 곳을 통해 공급되었다가 빠져나갔다. 완벽했다. 착착 진행되고 있었다.

두 사람은 여행 가방이 제대로 된 위치에 놓일 때까지 당기고 밀쳤다. 두 사람은 가방을 사이에 둔 채로 얼굴을 마주 보며 섰다. 가방 위로 허리를 굽혔다. 그러고는 네 손으로 밧줄을 쥐었다. 가방을 바닥에서 15센티미터 높이로 들어 올렸다. 그러고는 가방을 부드럽게 그네 태웠다. 앞뒤로, 앞뒤로. 가방은 크고 긴고했다. 무척 오래된 가방. 뼈대는 합판이고 두꺼운 가죽이 겉을 덮었으며 모서리에는 보강재가 붙어 있었다. 그들은 리듬을 완벽하게 가다듬었다. 무게가 제 몫을 해내게 놔뒀다. 두 사람은 가방이 그네를 탈 때마다 가방이 피스톤처럼 정확한 높이를 유지하게 만들려고, 그래서 뭉툭한 끄트머리가 벽을 제대로 타격할 수 있게 만들려고 한 팔은 짧고 한 팔은 길게 잡았다.

"준비됐어?" 쇼티가 물었다.

"응."

"셋에 치는 거야."

그들은 가방을 한 번 더 그네 태우고, 두 번째로 태우면서 힘을 붙인 후, 세 번째로 탈 때 벽으로 걸음을 내디디며 가방에 할 수 있는 한 가장 세게 가속도를 붙였다.

가방이 타일을 강타했다.

결과는 쇼티의 예상과는 달랐다.

그가 본능적으로 한 예상은 벽판의 일부가 안쪽으로 휘어지고, 그 결과 스킴 코트_{타일을 붙이기 전에 얇게 바르는 접착제}가 갈라져 떨어지는 거였다. 타일들은 스킴 코트에 접착돼 있다. 스킴 코트가 조각조각 떨어질 경우, 타일들도 그와 함께 떨어질 것이다. 한 장의 시트로 깔끔하게. 중력이 그런 일을 일으킬 것이다.

그런데 그런 일은 일어나지 않았다.

대신 타일 대여섯 개가 산산조각 났다. 박살 난 조각들 중 일부가 바닥으로 우수수 떨어졌다. 다른 것들은 벽에 그대로 있었다. 동전 크기의 조각들이 여전히 별개의 동전 크기의 접착제에 튼튼하게 붙어 있었다. 날림 공사. 타일공은 뒷면 전체에 접착제를 바르는 대신, 타일 뒷면에 접착제를 서너 덩어리 바른 다음에 붙일 위치에 대고 눌렀다. 하나씩 하나씩, 거듭해서. 접착제가 발라지지 않아서 타일과 벽면 사이에 생긴 공간 때문에 벽이 충격을 받자, 타일이 한 덩어리로 떨어지는 대신 충격을 받은 타일이 부서져버렸다. 게다가 벽판 자체는 전혀 휘지 않았다.

두 사람은 여행 가방을 내려놓았다. 쇼티는 남아 있는 두 조각 사이의 공간을 엄지손톱으로 눌렀다. 스킴 코트가 바로 거기에 있었다. 건조하고 매끄러운 크림색의 코트가. 딱딱하고 단단했다. 그걸 긁어봤다. 가루가 약간 생겼다. 더 세게 눌렀다. 엄지 아래의 살이 동그란 부분으로, 그러고는 관절로, 그러고는 주먹으로 더 세게. 벽판은 양보하지 않았다. 눈곱만큼도 양보하지 않았다. 탄탄한 느낌이었다.

"희한하네." 그가 말했다.

"다시 시도할 거야?" 패티가 물었다.

"그래야 할 것 같아." 그가 말했다. "이번에는 정말로 세게."

두 사람은 욕실의 너비가 허용하는 가장 먼 곳까지 물러났다. 그들은 여행 가방으로 지름이 1미터쯤 되는 크고 묵직한 호를 그리면서 가방을 한 번 그네 태웠다. 그러고는 다시 태웠다. 그러고는 셋에 휘청거리며 옆으로 물러나면서 할 수 있는 한 세게 가방으로 벽을 가격했다.

결과는 똑같았다. 고아가 된 조각들이 두어 개 더 벽에서 떨어졌다. 그이상은 없었다. 콘크리트를 두드리는 것 같았다. 그들의 팔목에 충격이 느껴졌다.

두 사람은 가방을 바닥에 놓았다. 쇼티는 실험 삼아 벽을 톡톡 두드렸다. 여기와 저기를, 다른 곳들을, 문을 두드리듯. 벽에서 나는 소리는 이상했다. 속이 꽉 찬 곳에서 나는 소리도 아니었고, 속이 빈 곳에서 나는 소리도 아니었다. 그 중간의 어느 지점. 그는 뒤로 물러나 힘껏 발길질을 했다. 그러고는 더 세게 다시 발길질을 했다. 벽 전체가 단일물체처럼 흔들리며 떠는 듯 보였다.

"희한하네." 그가 다시 말했다.

그는 타일의 삐죽삐죽한 파편을 들어 스킴 코트를 긁는 데 사용했다. 긴 고랑을 만들고는 타일을 앞뒤로 움직이고 찌르고 긁어가며 깊이 팠다. 그러고는 다른 고랑을 만들었다. 그러고는 다른 고랑을 만들어 넓은 삼각형 모양을 그려냈다. 그 와중에 여전히 붙어 있는 조각들 중 일부가 떨어져 나갔고 삼각형의 선 내부에는 다른 타일들이 포함됐다. 그는 뒤로 물러서서 신중하게 겨냥하고는 다시 힘껏 발길질을 했다. 삼각형 자국을 낸 스킴 코트 주위의 조각들이 바닥에 떨어졌다. 그 아래에서 신제품인 벽판의 종이 같은 표면이 드러났다. 그는 타일 파편으로 미친 듯이 그걸 공격했다. 베고 찔렀다. 먼지와 돌돌 말린 찢어진 종이들이 사방으로 튀었다. 다시 물러선 그는 절망감에서 빚어진 광기에 휩싸여서 발길질을 하고, 하고, 또 했다. 벽판을 발길질해서 조각과 먼지를 만들어냈다. 벽판을 분쇄했다. 존재하지 않는 물건으로 만들었다.

그렇지만 그는 발길질로는 그걸 뚫을 길을 내지 못했다. 그럴 수가 없었다. 두꺼운 철망이 벽판을 받치고 있었다. 앞에 있는 벽판이 부서짐에 따라 철망이 한 부분씩 시야에 들어왔다. 먼지와 입자들이 이룬 구름을 뚫고 하얗고 유령 같은, 촘촘하게 짜인 철망이 모습을 드러냈다. 그의 손가락처럼 굵은 철사들로 엮은 그물이 위와 아래와 양옆에 늘어서 있었다. 그것들이 만들어낸 구멍들은 음험한 정사각형 모양이었다. 그의 엄지가 들어갈 정도로 큰 구멍이었지만, 그렇다고 나아지는 건 없었다.

그는 벽판을 더 많이 잘라내려고 타일 파편을 사용했다. 그는 밝은 녹색 접지선이 철망 뒤쪽에 용접된 곳을 찾아냈다. 전기 배선 같았다. 무척 깔끔한 솜씨였다. 1미터쯤 떨어진 곳에서 또 다른 걸 찾아냈다. 같은 거였다. 철망 뒤쪽에 용접된 접지선.

그런 후 그는 철망이 교도소용 창살에 용접된 곳을 찾아냈다. 철망은 커튼처럼 창살 여기저기에 점^點용접이 돼 있었다.

거기에는 의심의 여지가 없었다. 그는 창살의 크기와 모양, 창살들 사이의 거리를 알고 있었다. 지금껏 만들어진 모든 형사 드라마에 나왔던 것과 비슷한 창살들. 벽 내부에는 바닥부터 천장까지 교도소용 창살이 박혀 있었다. 창문 위에 못으로 박힌 시트처럼. 그는 그게 왜 거기에 있는지를 알았다. 접지선 때문이었다. 그는 오래전 크리스마스 때 받았던 '직접 만들어보는 전자장비 키트'에 대한 기억이 났다. 꼬마였을 때 삼촌한테 받은 키트. 그에게 시빅을 준 바로 그 삼촌이 췄던 키트. 철망은 보강용으로 설치된 게 아니었다. 이 방을 패러데이 케이지^{외부 정전기 차단을 위해 기계 장치 주위에 두르는 금속 판}로 만들려고 있는 거였다. 10호실은 전자 장비를 잡아먹는 블랙홀이었다. 이곳을 벗어나려 애쓰는 무선신호는 뭐가 됐건 철망을 통과하는 동안 사방팔방으로 흩어져 꼼꼼하게 용접된 많은 접지선을 통해 지면으로 흘러내릴 것이다. 그런 신호는 존재한 적이 없다는 듯이. 밖에서 들어오려고 기를 쓰는 신호에도 같은 일이 일어날 것이다. 신호의 종류는 무엇이건 상관없었다. 휴대전화, 위성전화, 삐삐, 워키토키, 경찰 무전기, 뭐가 됐건 이 방을 들락거리는 일은 없을 터였다. 무시할 수 없는 물리법칙.

신호는 철망 때문에 여기를 벗어날 수 없었다.

사람은 창살 때문에 여기를 벗어날 수 없었다.

패티가 그의 어깨 너머를 살피다가 물었다. "이것들이 대체 뭐야?"

쇼티는 뭔가 기분 좋은 얘기를 떠올리려 한껏 애를 써봤지만 그럴 수가 없었다. 그래서 그는 그 질문에 대답하지 않았다.

30

버크와 리처는 모퉁이로 차를 몰아 거기에서 남쪽에 있는 래코니아 쪽으로 향했다. 내내 그런 건 아니었다. 몇 킬로미터 정도만 그랬다. 버크의 낡은 폰에 신호 감도를 보여주는 막대기들이 뜨기에 충분한 거리만큼만 간 거였다. 두 사람은 왼쪽으로 완만하게 휘어지는 굽잇길의 갓길에 차를 댔다. 그들의 앞에는 들판과 숲이 있었다. 래코니아는 그것들의 다른 쪽에, 실안개 건너의 멀리 떨어진 곳에 있을 터였다. 리처는 아모스의 명함을 꺼내 그녀의 번호를 눌렀다. 신호가 두 번 울리더니 음성사서함으로 넘어갔다. 그녀는 책상에 있지 않았다. 그는 전화를 끊고는 다시 전화를 걸었다. 이번에는 그녀의 휴대폰 번호였다. 신호가 다섯 번 울리더니 그녀가 전화를 받았다.

그녀의 목소리가 말했다. "흥미롭군요."

리처가 물었다. "뭐가 말이오?"

"선배님이 버크 목사의 폰으로 전화를 걸었다는 게요. 아직도 그 사람과 같이 있군요. 아직도 이 근처에 말이죠."

"이게 버크 목사님 폰이라는 걸 어떻게 아는 거요?"

"오늘 아침에 그 사람 번호판을 봤잖아요. 카운티에 확인해봤어요. 이제는 그 사람에 대해 다 알아요. 말썽꾼이더군요."

"나한테는 굉장히 잘 해준 분이오."

"무엇을 도와드릴까요?"

"보스턴에서 뽑혀온 놈들과 관련해서 꺼림칙한 게 있소. 이 동네에서는 흔하게 벌어지는 일로 보이는데, 당신이 그 문제를 어떻게 처리해왔는지 궁금하군요."

"어떤 일이요?"

"아직 아무도 나타나지 않았소?"

아모스는 대답하지 않았다.

리처가 물었다. "왜 그러시오?"

"쇼 반장이 보스턴 경찰하고 다시 얘기 중이에요. 그들이 전화를 걸어 몇 가지 정보를 줬어요. 오늘 다섯 명이 시외에서 작업 중이라는 얘기가 보스턴 실거리에 돌고 있대요. 그놈들이 집에 있다는 흔적이 없어요. 놈들이 집을 비운 건 확실해요. 놈들이 우리 쪽으로 파견됐다는 건 타당한 추측이죠. 그럴 경우, 우리는 첫 네 명에 대해서는 모든 걸 알고 있어요. 크라이슬러에 탔던 놈하고 도서관에 뻗은 세 놈은요. 우리가 걱정해야 하는 건 다섯 번째 놈이에요. 놈은 다른 놈들보다 훨씬 뒤에 보스턴을 떠났어요. 여기에서 걸려온 비상전화를 받고 그랬을 거라고 추측해요. 우리는 그놈이 놈들의 4번 타자라고 생각해요. 최강의 악당인 거죠."

"놈이 도착했소?"

"몰라요. 최선을 다해 지켜보고 있지만, 뭔가를 놓친 게 확실해요."

"놈이 보스턴을 떠난 게 언제요?"

"지금쯤이면 여기에 도착하고도 한참이 지났을 때예요."

"내 인상착의를 갖고." 리처가 말했다.

"그건 더 이상 중요하지 않아요." 아모스가 말했다. "그게 중요한가요?"

그러더니 그녀가 입을 닫았다.

그러고는 그녀가 말했다. "저한테 시내로 돌아오는 중이라는 말을 할 생각은 꿈에도 마세요. 돌아오면 안 되니까요, 소령님. 소령님은 계속 그 위치에 있어야 해요."

"진정하시오, 귀관." 리처가 말했다. "편히 쉬어요. 나는 현 위치를 유지할 거요. 시내로 돌아가고 있지 않소."

"그렇다면 선배님 인상착의에 대한 걱정은 하지 마세요."

"내가 걱정하는 건 인상착의에 적힌 내용이오. 나는 꼬맹이가 볼 수 있었던 게 뭐였는지를 되짚어 보고 있소. 조명은 군데군데 있었소. 골목이었지. 문 위에 전등이 있었지만, 갓이 씌워져 있었소. 원뿔형 갓이. 그렇더라도, 놈이 나를 썩 잘 알아봤다고 가정합시다. 기본적으로 보면, 그때는 한밤중인 데다 대부분의 시간에 놈은 길길이 날뛰면서 한판 뜨고 싶어 제정신이 아니었고, 그러다가 의식을 잃었소. 그러니까 놈이 세부적인 것을 인상적으로 기억했을 가능성은 낮소. 그렇다면 사후에 그런 처지에 놓인 꼬맹이는 무슨 말을 할까? 말하는 게 고통스러웠을 게 분명하오. 그 시점에는 이빨이 성치 않을 테니까. 얼굴에 멍이 심하게 들었을 건 확실하오. 턱이 박살 났을 수도 있고. 그렇다면 놈이 웅얼거릴 몇 단어는 뭘까? 틀림없이 기본적인 단어들일 거요. 덩치 큰 놈, 헝클어진 금발. 놈은 분명 그런 말을 했을 거요."

"그렇다고 쳐요."

"그런데 어느 순간에 내가 칵테일 웨이트리스한테 말했소. 그녀는 나한테 경찰이냐고 물었고, 나는 군에 있을 때 헌병이었다고 했소. 꼬맹이는 그걸 기억하는지도 모르오. 그게 사람들이 인상착의에 첨가하는 종류의 사항이니까. 인상착의에 살을 붙이려고. 생김새만 알려주는 게 아니라 어떤 유형의 인간인지를 암시하려고. 그게 꼬맹이한테는 중요했을 거요. 체면을 세울 필요가 있으니까. 놈은 확실하게 말하고 싶을 거요. 한판 떴다가 박살이 났는데, 그건 특수부대에서 훈련을 받은 킬러를 상대했기 때문이었다는 식의 얘기를. 핑계처럼 말이오. 명예훈장을 받는 거나 다름없다는 식으로. 그래서 나는 놈이 덩치 큰 놈, 헝클어진 금발, 군에 있던 놈이라고 말한 게 틀림없다고 생각하오. 도서관에 있는 놈들이 본 상대가 그런 사람이었소. 세 개 항목으로 구성된 간단한 체크 리스트. 덩치, 머리카락, 군 복무 경험. 놈들이 가진 정보가 그거요. 내용이 무척 자세하지도, 정확하지도 않은 정보요."

아모스가 물었다. "그게 왜 중요한 건데요?"

"그 인상착의가 카터 캐링턴한테도 맞아떨어진다고 생각하오."

아모스는 아무 말도 하지 않았다.

"묘하다는 생각이 들 정도로 가까운 인상착의라고 생각하오." 리처가 말했다. "그가 평범한 남자들보다 덩치가 큰 건 확실하오. 그의 몸은 인상적이오. 머리는 사방팔방으로 헝클어져 있고, 방 건너편에서 봐도 확연히 눈에 띄는 인상이오. 나는 그가 군 복무를 했었다고 생각했소. 그렇지 않았다는 게 밝혀졌지만, 처음에만 해도, 나는 맹세를 하라면 할 수도 있었소. 그가 ROTC로 있었던 대학이 어디였는지에 판돈을 걸고 있었지."

"그한테 경고를 해야 옳다고 생각하세요?"

"그의 집 밖에 경찰차를 배치해야 옳다고 생각하오."

"진담이세요?"

"데이비슨 경관에게 제격인 일일 거요. 유능한 젊은이로 보이더군. 캐링턴이 무슨 일을 당하면 무척 기분이 나쁠 거요. 나 때문에 벌어진 일이라면 말이오. 캐링턴 때문에 양심의 가책을 받고 싶지 않소. 그는 착한 사람처럼 보였소. 게다가 그한테는 이제 막 새 여자친구가 생겼소."

"그를 보호하려면 엄청난 자원을 분산시켜야 해요."

"그는 무고한 행인이오. 당신들 경찰을 도와주는 사람이기도 하고."

"그는 원칙을 내세워서 보호를 거부할 거라고 생각해요. 정확히 그 이유 때문에요. 그는 특별대우는 받아들일 수 없다고 할 거예요. 끔찍한 모양새가 될 거예요. 결국에 위협받는 건 다른 사람인데, 그 사람은 생긴 게 약간 닮은 것도 같고 그렇지 않은 것도 같고 하잖아요. 경찰이 그를 보호하면 그는 부패하고 허영심 많고 겁 많은 사람처럼 보일 거예요. 그래서 그는 그렇게 하지 않을 거예요."

"그렇다면 시외로 나가라고 얘기하시오."

"못해요. 그런 말을 해봐야 먹혀들지 않을 거예요."

"나한테는 그런 말을 했잖소."

"그건 상황이 다르잖아요."

"그에게 이야기에 뭔가 잘못된 게 있다고 말해요."

"그게 무슨 뜻이죠?"

리처는 잠깐 입을 닫았다. 트럭이 도로를 요란하게 지나갈 때까지. 견인 트럭. 북쪽으로 향하는. 엄청나게 컸다. 고속도로에서 바퀴 18개 달린 차를 끌어낼 수 있는 종류의 차량이었다. 저속 기어를 놓은 트럭은 삐걱거리는 소리를 내며 느리게 지나갔다. 그는 전에도 그 트럭을 본 적이 있다는 걸 깨달았다. 밝은 빨간색에 흠잡을 데 없이 깨끗했다. 트럭 전체를 금색 줄무늬가 덮고 있었다. 트럭이 지나가면서 일으킨 충격에 스바루가 들썩거렸다. 트럭은 으르렁거리면서 그들을 뒤에 남겨놓고 멀리 사라졌다.

리처는 폰을 다시 귀에 갖다 댔다.

그가 말했다. "캐링턴은 메시지를 알아들을 거요. 내가 무슨 말을 하는 건지 알 거요. 그에게 남들은 위기라고 볼 법한 곳에 기회가 있는 걸 보라고 해요. 그는 짧은 휴가를 갈 수도 있소. 로맨틱한 어딘가로. 노동절이 지나고 나면 여행비용이 줄어드니까."

"직업이 있는 사람이에요." 아모스가 말했다. "바쁠지도 몰라요."

"내가 센서스 방법론에 대해 그가 들려주는 얘기를 듣는 걸 무척 좋아한다고 말해요. 내가 그에게 들려주는 살아남는 법에 대한 방법론을 경청해야 옳다는 말도 하고."

아모스가 말했다. "선배님이 나한테 이 문제를 내놓기 전까지만 해도 기분이 무척 좋았었는데 말이에요. 우리 시내에 악당이 있지만, '괜찮아, 신경 쓰지 않아도 돼. 그 나쁜 놈이 노리는 표적은 없으니까.' 그런데 지금 선배님은 놈이 결국에는 표적을 갖게 됐다는 얘기를 하는 거잖아요. 올바른 표적은 아니더라도요."

"내가 필요하면 전화해요." 리처가 말했다. "이 번호는 앞으로 한두 시간 정도는 나하고 연결이 될 거요. 시내로 돌아가 일을 거들어주면 기분이 좋을 것 같소. 쇼 반장한테 안부 전해줘요. 그리고 내킬 경우, 반장한테 제안을 해요."

"시내로 돌아오지 마세요." 아모스가 말했다. "무슨 상황이 벌어지건 말이에요."

"절대로?"

"가까운 시일 내에는 안 돼요."

리처는 전화를 끊었다.

점심시간이 지난 지 오래였다. 버크는 배가 고프다고 했다. 뭔가를 먹으러 가고 싶다고 했다. 리처는 내내 운전을 하고 다닌 것에 대해 고마움을 표하는 일환으로 한턱 쏘겠다고 제의했다. 그래서 그들은 동쪽에 있는 호수로 향했다. 버크는 거기에 있는 미끼 파는 가게를 안다고 했다. 호수로 이어지는 산길의 끝에 있는 그 가게는 낚싯대를 갖고 다니는 낚시꾼들이 대부분인 손님들에게 소다수와 샌드위치를 팔았다. 괜찮은 드라이브였다. 드라이브의 끝에 있는 목적지는 딱 광고 내용 그대로였다. 밖에 아이스박스를 내놓은 판잣집이었다. 실내에는 유리로 된 냉장고들이 요란하게 윙윙거렸는데, 일부 냉장고는 사람들 먹을거리가 가득했고, 일부 냉장고는 물고기들 먹을거리가 가득했다. 1미터 너비의 델리 카운터가 있었는데, 흰 빵이나 핫도그 롤 중에서, 그리고 거기에 얹을 치킨 샐러드나 참치 중에서 고를 수가 있었다. 더불어 감자칩 봉지와 차가운 물병이 있었다. 이것들 전부의 가격이 3달러에 1센트 못 미쳤다. 소다수는 별도였다.

리처가 말했다. "제가 쏜다고 말씀드렸으니, 더 비싼 곳을 고르셨어야죠."

버크가 말했다. "그런 곳을 고른 거야."

그는 참치를, 리처는 치킨을 선택했다. 두 사람은 물을 택했다. 그들은 밖에서 산길 끄트머리 근처에 놓인, 테이블과 벤치가 일체로 만들어진 갈색 나무 테이블에서 식사를 했다.

"이제 메시지를 들려주세요." 리처가 말했다. "조류학자가 남긴 거요."

버크는 곧바로 대답하지는 않았다.

뭔가 꺼림칙한 게 있었다.

결국 그가 입을 열었다. "그 사람한테 자네하고 얘기하고 싶은 마음이 간절한 건 확실해. 극도로 흥분한 기색이었어. 자네 아버지한테 자식들이 있다는 건 전혀 몰랐다고 하더군."

"그가 정확히 누굽니까? 목사님한테 얘기하던가요?"

"누구인지 알잖아. 자네가 직접 전화를 걸었으니까. 대학 교수야."

"제 말은 그가 저하고 어떤 식의 혈연이 있느냐는 겁니다."

버크는 물을 한 모금 마셨다.

"그는 굉장히 자세하게 설명했어." 그가 말했다. "요약하자면, 자네 친가 쪽으로 4대 위까지 올라가야 해. 자네 아버지도 아니고, 할아버지도 아니고, 증조할아버지도 아니고, 고조할아버지까지 올라가야 돼. 그분 형제가 여섯이 너 있었내. 모두 자식과 손자, 증손자, 현손자를 많이 낳았다더군. 자네하고 교수 둘 다 그 사이 어딘가에 있는 게 분명해."

"다른 사람이 1만 명쯤 더 있을 겁니다."

"자네 아버지에 대해 얘기하고 싶다고 하더군. 조류관찰 때문에 유대감을 느낀다면서. 자네를 직접 만나보고 싶대. 자네하고 상의하고 싶은 아이디어가 있다는 말도 했어."

"5분 전까지만 해도 그는 내가 존재한다는 것조차 몰랐습니다."

"무척 고집이 센 사람이더군."

"마음에 들던가요?"

"나를 압박하는 것 같은 기분이었어. 결국에는 내가 추측하기에 자네는 무척 빨리 여기를 훌쩍 떠날 공산이 큰 사람이지 여기에 뿌리 내릴 유형은 아닌 것 같다고 내 마음대로 말해버렸지. 그럴 경우 순전히 일정을 잡는 간단한 문제 때문에 직접 대면하는 만남을 주선하기는 무척 어려울 것으로 판명될지도 모른다고 하면서."

"그랬더니 뭐라던가요?"

"내가 그런 자리를 만들어야 한다고 간단히 말하더군."

"그래서요?"

"그가 내일 올 거야."

"어디로 온다는 겁니까?"

"정확한 자리를 제안하지 못하겠더라고. 자네를 대신해서 그런 말을 하면 안 될 것 같았어. 자네가 어떤 곳을 좋아하는지 모르니까. 결국에는 그가 제안을 했어. 미안한 일이지만, 내가 자네를 대신해서 마음대로 그 제안을 받아들였네. 마음이 성급해지는 바람에 말이야. 그는 자기가 정한 장소를 알려줬어."

"어디였나요?"

"라이언타운."

"정말입니까?"

"거기가 어디인지 안다고 했어. 연구를 하려고 거기에 가본 적이 있다더군. 테스트 삼아 두어 가지 물어봤는데, 정확하게 대답을 했어."

"내일 몇 시입니까?"

"아침 8시 정각에 거기 있겠다고 했어."

"숲속의 폐허에 말이죠."

"거기가 적절한 곳이라고 말하더군."

"결투를 벌이기에 적절한 곳이겠죠."

"적절하다는 건 그가 한 말이야. 내가 지어낸 게 아니라. 그리고 라이언타운도 그가 제안한 거야. 내가 아니라."

"그가 마음에 들던가요?" 리처가 다시 물었다.

"그게 중요한가?"

"목사님 개인 의견을 듣고 싶습니다."

"내가 그런 의견을 가져야 하는 이유가 있나?"

"목사님은 그 사람과 통화를 했으니까요. 그 사람에 대한 감을 잡았을 거 아닙니까."

"나는 자네한테 메시지를 전하고 있는 거야." 버크가 말했다. "내가 약속한 게 그거야. 나한테 비판적인 견해 같은 건 요구하지 마. 그건 내가 상관할 일이 아니니까."

"그렇다고 가정해보세요."

"내가 이렇다 저렇다 할 일이 아냐. 자네한테 이래라저래라 영향을 주고 싶지는 않아."

"사람들이 그런 얘기를 할 때는 실제로는 그렇게 하겠다는 뜻인 겁니다."

"굉장히 열성적인 사람처럼 들렸어."

"그게 좋은 일인가요, 나쁜 일인가요?"

"양쪽 다일 수 있지."

"어떻게요?"

"봐, 그는 대학 교수야. 학자지. 나는 그런 사람들을 무척 존경해. 나 자신도 선생이었다는 걸 잊지 마. 그런데 요즘은 세상이 달라졌어. 학자들도 줄기차게 자기홍보를 해야만 하지. 더 이상은 논문을 출판하지 못하면 학계에서 매장되는 식의 단순한 세상이 아냐. 학자들은 SNS에서 활동을 해야 해. 날마다 새로운 걸 올려야 하지. 그가 원하는 것의 일부가 블로그 포스트나 온라인 논문에 실으려고 라이언타운에서 자네하고 찍은 사진일지도 모를까 봐 걱정돼. 아니면 그가 예전에 했던 연구에 다시 착수하려고 그러는 걸 수도 있고, 그런 이유들이 섞였을 수도 있지. 그 사람만 탓할 일은 아냐. 그는 야수들을 먹여야만 하는 신세니까. 그렇게 하지 않으면 학생들이 그한테 낮은 평점을 줄 거야. 그리고 비주얼이 중요한 세상이잖아. 그래서 일찍 출발하는 거지. 아침 햇살은 근사한 분위기를 연출할 테니까. 침울한 모습으로 잃어버린 새를 찾으려고 하늘을 응시하는 자네 모습을 찍을 수도 있어."

"굉장히 냉소적인 분이군요, 버크 목사님."

"요즘은 세상이 달라졌으니까."

"그런데 모두 사진을 찍습니다. 모두 온라인에 콘텐츠를 올리고요. 그건 대수롭지 않은 일입니다. 그게 사람을 만나는 걸 걱정할 이유는 아니죠. 목사님은 그걸 너무 부정적으로 부풀리고 있습니다. 목사님은 제가 그를 만나는 걸 막으려고 애쓰고 있습니다. 목사님 심중에 있는 진짜 얘기를 들려주셔야 옳습니다."

버크는 꽤 오랫동안 말이 없었다.

그러더니 그가 입을 열었다. "자네가 그를 만나면, 그는 자네 속을 뒤집어놓는 얘기를 할 거야."

"그런 얘기를 지나치게 조심스레 할 필요는 없습니다." 리처가 말했다.

"다른 종류의 속 뒤집어놓는 얘기야."

"어떤 종류죠?"

"그가 하는 얘기를 들었어. 그가 하는 모든 말이 조리 있다는 느낌은 받지 못했어. 처음에는 그가 모든 얘기를 정확하게 하고 있다는 확신이 들지 않더군. 그러다가 내가 족보와 관련한 전문용어를 오해하고 있다는 생각이 들었어."

"정확하지 않았던 게 뭔가요?"

"그는 자네 아버지 이름을 계속해서 현재 시제로 언급했어. 스탠은 이런 사람이다, 스탠은 저런 사람이다, 스탠이 여기 있다, 스탠이 저기 있다는 식으로. 처음에는 족보 연구에 미친 사람들은 다 저런 식으로 말을 하나보다 생각했지. 연구하는 대상을 살아 숨 쉬는 존재로 만들려고 말이야. 그런데 그는 계속 그런 식이었어. 결국에는 물어봤지."

"뭘 물었다는 거죠?"

"왜 그런 식으로 말을 하는 거냐고."

"뭐라던가요?"

"그는 자네 아버지가 여전히 살아 있다고 생각했어."

리처는 고개를 저었다.

"말도 안 되는 소리입니다." 그가 말했다. "아버지는 30년 전에 돌아가셨습니다. 다른 사람도 아니고 제 아버지입니다. 저는 아버지 장례식장에 있었습니다."

버크는 고개를 끄덕였다.

"그래서 그 얘기가 자네 속을 뒤집어놓을 거라고 생각했던 거야." 그가 말했다. "교수가 오해했거나 혼동했거나 둘 중 하나인 게 분명해. 아니면 그런 생각에만 몰두해서 정신이 이상해진 괴짜거나. 그런 얘기들은 하나같이 가족을 여읜 사람을 고통스럽게 만들 수 있잖아. 감정을 민감하게 만드는 요소들이 관련된 건 당연한 얘기고."

"30년 전 일입니다." 리처가 말했다. "그 일과 관련해서는 마음을 다잡

왔습니다."

"30년?"

"얼추 그쯤 됩니다." 리처가 말했다. "저는 서독 주둔 CID 중대 지휘관이었습니다. 비행기를 타고 돌아온 걸 기억합니다. 아버지는 알링턴 묘지에 묻히셨습니다. 어머니는 한국과 베트남에서 싸웠던 아버지가 그런 예우를 받기를 원하셨죠. 어머니는 아버지한테는 그럴 자격이 있다고 생각하셨습니다."

버크는 아무 말도 없었다.

리처가 물었다. "왜 그러시는 거죠?"

"우연의 일치야. 틀림없어." 버크가 말했다.

"뭐가 말입니까?"

"교수는 스탠 리처가 아주 오랫동안 연락이 완전히 끊긴 상태로 타향에서 일하고 있었다는 가족사를 들려줬어. 그러다가 그가 결국 은퇴한 뒤에 뉴햄프셔에서 살려고 돌아왔다는군."

"언제요?"

"30년 전에." 버크가 말했다. "얼추 그렇대. 그게 딱 교수가 쓴 표현이었어."

"말도 안 됩니다." 리처가 다시 말했다. "제가 아버지 장례식장에 있었습니다. 그 사람이 잘못 안 겁니다. 그하고 통화해봐야겠습니다."

"통화 못 할 거야. 오늘 남은 시간은 다른 일에 묶인 신세라고 했어."

"뉴햄프셔로 돌아왔다는 노인은 지금 어디에 살고 있다던가요?"

"친척의 손녀랑 살고 있대."

"정확히 어디에서요?"

"내일 그 사람 입으로 직접 들을 수 있어."

"저는 샌디에이고에 가려고 애쓰고 있습니다. 그리로 출발해야 합니다."

"그가 한 말 때문에 속이 상하나?"

"전혀 그렇지 않습니다. 그냥 뭘 해야 할지 확신이 서지 않는 것뿐입니다. 바보천치를 상대하느라 시간을 허비하고 싶지는 않습니다."

버크는 잠시 입을 다물었다.

"자네를 더 설득해서는 안 될 것 같군." 그가 말했다. "내가 유일하게 걱정하는 건 감정에 압박을 받는 거야. 압박을 받지 않으면, 자네는 교수가 하는 말을 믿어줄 수도 있을 거라고 생각해. 그건 악감정 없이 저지른 실수일지도 몰라. 비슷한 두 이름을 혼동하거나 하는 식의 간단한 일인 거지. 자네는 여전히 그와 얘기하는 걸 즐길지도 몰라. 적어도 라이언타운에 대한 얘기를. 그는 아는 게 많았어. 거기서 연구를 했다더군."

"저한테 모텔이 필요하겠군요." 리처가 말했다. "그런데 래코니아로 돌아갈 수는 없습니다."

"라이언타운 북쪽에 모텔이 하나 있어. 20마일쯤 떨어진 곳에. 내가 거기 얘기해줬잖아. 괜찮은 곳일 거야."

"숲속 깊이 있는 곳."

"바로 거기야."

"현재 상황에서는 완벽한 곳처럼 들리는군요. 목사님께 기름값으로 50달러 드릴 테니 저를 거기까지 태워다 주시겠습니까?"

"50달러는 너무 많아."

"우리는 지금까지 장거리를 달렸습니다. 타이어 닳은 것도 고려해야 하고, 전반적인 소모품에다 간접비용도 고려해야죠. 예를 들어 보험료나 정비받고 수선하는 데 드는 비용 같은 것들요."

"그럼 20달러를 받도록 하지."

"협상 타결된 겁니다." 리처가 말했다.

두 사람은 테이블을 떠나 스바루로 걸어갔다.

여섯 번째이자 마지막으로 도착한 손님은 카렐이었다. 그는 오전에는 평소처럼 일했다. 일찍 업무를 시작해 고속도로로 나갔는데, 도착하자마자 가벼운 수준을 조금 넘는 사고현장을 만나는 행운을 누렸다. 그러더니 행운이 두 배가 됐다. 사고 쌍방의 보험회사들이 그를 파손된 차량들을 견인할 업자로 고용했기 때문이다. 그러면서 그는 그날 치 방세를 벌었다. 이후의 일들은 금상첨화였다. 더 이상의 충돌사고는 없었지만, 각각 별도로 고장 난 차량을 세 대나 맡았다. 무척 쏠쏠한 성수기였다. 그러고는 네 번째 차량을 맡았다. 그는 행복감에 젖었다. 이후로는 업무를 종료하고 북쪽으로 향했는데, 도중에 갓길에 서 있는 낡은 스바루를 봤다. 그렇지만 차가 고장 나서 그런 건 아니었다. 차에는 풍경을 감상하며 감탄하는 두 명이 타고 있었는데, 그중 한 명은 통화 중이었다. 가느다란 매연이 뒤에서 새어 나오고 있었다. 낡아빠진 스바루는 괜찮게 달리고 있었다.

그는 20마일을 달린 후에 속도를 줄이고는 왼쪽으로, 비좁은 틈으로 차를 꺾었다. 오솔길 어귀로. 길의 너비는 트럭 차체보다 약간 컸다. 이파리와 나뭇가지들이 트럭 양쪽을 쓰다듬고 두드렸다. 초대형 타이어들은 포트홀을 통과하면서 튀고 털썩거렸다. 그는 기어를 최저속도로 놓고는 공회전을 해대면서 속도를 사람의 보행속도까지 줄였다. 와이어가 앞에 있었다. 아스팔트를 가로질러 놓여 있었다. 경고용 벨. 그는 차축 세 개가 각각 별도로 벨을 울리게 만들고 싶었다. 그게 암호였다. 땡동, 땡동-땡동. 최저속도로 달리는 건 그래서였다.

그는 와이어를 천천히 넘어갔다. 그러고는 차를 세웠다. 브레이크를 밟았다. 엔진을 껐다. 나뭇잎의 압박에 맞서며 문을 열고는 앞쪽에 가방들을 떨어뜨렸다. 그러고는 옆으로 비집고 나와서는 아래에서 문을 잠갔다. 그는 짐을 모아 오솔길을 따라 10미터를 끌고 간 후 나란히 놓이게 내려놨다. 몸을 돌려 뒤를 살폈다. 그의 트럭이 길에 꽉 끼어 있었다. 양쪽에는 공간이 전혀 없었다. 차가 통과할 공간이 없는 건 분명했다. 사륜 바이크조차 통과 못할 터였다. 행인이라면 모르겠지만. 어깨를 앞세우고는 얼굴에 나뭇가지들의 채찍질을 당하면서.

완벽한 바리케이드였다.

다시 몸을 돌려 앞쪽을 보며 기다렸다. 4분 후, 스티븐이 검정 SUV를 몰고 나타났다. 메르세데스. 그가 창문 너머의 트럭을 살폈다. 트럭의 왼쪽을, 오른쪽을, 아래를, 위를. 판정을 내리고 있는 듯이. 트럭을 배치하는 정확한 방법에 대한 선택대안이 엄청나게 많다는 듯이. 카렐은 가방들을 실었다. 스티븐이 숲에 있는 구멍 같은 공터로 차를 후진시키고는 방향을 돌렸다. 그들은 계속 차를 몰았다.

카렐이 말했다. "현재까지는 좋아?"

스티븐이 말했다. "쇼티가 욕실을 때려 부쉈어."

"치러야 할 소소한 대가잖아."

"마크가 자네한테 부탁할 게 있어. 우리가 걔들 창문 블라인드와 관련해서 실수를 했어. 지금 쟤들을 이미 본 사람들하고 그러지 못한 사람들 사이에 긴장이 빚어졌어. 사람들은 당신이 걔들하고 실제로 얘기를 해봤다는 걸 알면 뚜껑이 열릴 거야. 걔들하고 같은 방에 있었다는 걸 알게 돼도 그럴 거고. 걔들을 건드렸거나 그런 식의 일들도 마찬가지고."

"걔들 건드린 적 없어." 카렐이 말했다. "같은 방에 있지도 않았어. 나는 방 밖에 머물렀어. 걔들하고 얘기를 한 건 맞지만."

"마크는 당신이 그런 적이 없는 척해주기를 원해. 당신이 3대 3으로 의견의 균형을 잡아주기를 원하는 거야. 그는 그렇게 되면 상황이 계속 우리 통제하에 머물게 될 거라고 생각해."

"무슨 말인지 알아들었어." 카렐이 말했다.

그들의 차가 풀밭을 가로질렀다. 피터가 사무실에 있었다. 카렐은 2호실을 받았다. 그에게는 괜찮은 일이었다. 객실 따위는 중요치 않았다. 그는 가방들을 안에 넣었다. 그러고는 다른 사람들한테 인사를 건넸다. 모두 한자리에 모여 있었다. 그들은 화가 나서 발을 쿵쿵거리며 얘기를 주고받았다. 카렐은 여기에는 와본 적이 전혀 없다는 투로 연기를 했다. 그는 순전히 농담 삼아 자기는 러시아인이라고 사람들에게 말했다. 그러고는 패티와 쇼티에 대한 순진해 빠진 질문들을 했다. 그들을 본 적이 전혀 없다는 듯이. 그는 부지불식간에 대답들 중 일부에 은밀하게 동의하고 있었다. 그러자 두 사람을 보지 못한 두 사내가 다시금 약간의 불만을 표출했다. 카렐은 그들 편을 드는 것으로 간단하게 과열된 분위기를 가라앉혔다. 자연스러운 3대 3 균형이 상황을 진정시켰다. 마크가 옳은 것 같았다.

그러자 피터가 사무실 문에서 머리를 내밀고는 모두 주택으로 오라고 초대했다. 커피도 마시고 소개 차원의 브리핑을 받으며 지난 사흘간의 영상에서 추린 하이라이트 영상을 감상하라는 거였다. 그래서 모두는 좋은 기분으로 어슬렁어슬렁 걸어갔다. 믿기 시작하면서. 파티 준비가 끝났다.

여섯 명 전원이 그 자리에 참석했다. 그들은 세상과 단절됐다. 이건 현실이었다. 실제로 일어나는 일이었다. 사기 행각이 아니었다. 그들은 내면 깊은 곳에서는 이건 사기 행각일 거라고 생각했었다. 그렇지만 실제로는 그렇지 않았다. 몇 시간 지나면 현실이 될 진짜였다. 처음에는 순수한 안도감이 솟아오르며 파도처럼 한껏 퍼졌다. 그러다가 부글거리는 흥분이 그들을 장악했다. 저항하고 자제하려면 약간 숨이 가빠지고 약간 숨을 삼켜야만 하는 상태가 되었다. 아직까지는 아무것도 확실치 않았기에, 실망은 언제든 그들을 덮칠 수 있는 일이기에, 겁쟁이들과 함께 게임을 하는 건 안 될 일이기에.

그렇지만 그들은 믿기 시작하고 있었다.

31

버크와 리처는 라이언타운을 향해 서쪽으로 달리는 똑같은 길에 다시 올랐다. 리처는 버크의 낡은 폰에 뜨는 막대들을 주시했다. 막대들이 셋에서 둘로 줄어들었을 때, 그는 서비스 지역에서 완전히 벗어나기 전에 아모스에게 다시 전화를 걸 수 있도록 갓길에 차를 대달라고 버크에게 부탁했다. 그는 전화를 걸었고 그녀는 세 번째 신호가 울릴 때 전화를 받았다.

그녀가 물었다. "지금 어디세요?"

"걱정 말아요." 리처가 말했다. "아직도 시외에 있으니까."

"캐링턴을 찾을 수가 없어요."

"어디를 찾아봤소?"

"그의 집하고 사무실, 단골 커피숍, 점심 먹으러 가는 식당들이요."

"그가 사무실에 외출할 거라는 말을 했소?"

"한마디도 안 했대요."

"그 사람, 휴대폰 갖고 있소?"

"전화를 받지 않아요."

"시청 기록관리부에 가 봐요." 리처가 말했다. "엘리자베스 캐슬을 찾아봐요."

"왜요?"

"그녀가 그의 새 여자친구요. 그가 거기에서 시간을 보내고 있을지도 모르오."

그는 그녀가 방 건너편에 지르는 소리를 들었다. 엘리자베스 캐슬, 시청 기록관리부.

그가 물었다. "보스턴에서 보낸 놈의 흔적은?"

그녀가 말했다. "시로 들어오는 차건 나가는 차건 눈에 띄는 번호판은 다 조회하고 있어요. 지금 우리가 가진 자동 소프트웨어로요. 아직 수상한 차는 한 대도 없어요."

"내가 도와주러 돌아가기를 원하오?"

"아뇨." 그녀가 말했다.

"내가 시내를 돌아다니면서 놈이 튀어나오게 만들 수 있소."

"안 돼요." 그녀가 다시 말했다.

누군가가 메시지를 외치는 소리가 들렸다.

그녀가 말했다. "엘리자베스 캐슬도 사무실에 없어요."

"시내로 돌아가야겠소."

"안 돼요." 그녀가 말했다. 이번이 세 번째였다.

"마지막 기회요." 그가 말했다. "하룻밤 묵을 모텔을 찾아 북쪽으로 가는 참이오. 조금 있으면 휴대폰 신호를 받지 못하게 될 거요."

"시내로 돌아오지 마세요."

"오케이." 리처가 말했다. "그런데 그 대가로 당신이 나 대신에 해줄 일이 있소."

"어떤 일인데요?"

"컴퓨터로 옛날 기록을 다시 살펴봐줬으면 하오."

"오늘 처리할 일이 이미 잔뜩 있어요."

"1분밖에 안 걸리는 일이오. 거기에는 정말로 좋은 시스템이 있잖소."

"저한테 지금 아부하시는 거예요?"

"당신이 그 시스템을 설계한 거요?"

"아뇨."

"그렇다면 당신한테 아부하는 게 아니오. 내 말은 시간이 그리 많이 걸리지는 않을 거라는 뜻이었소. 그렇지 않다면 당신한테 이런 부탁을 하지도 않을 거요. 당신이 정신없이 바쁘다는 걸 잘 아니까."

"이제는 저를 비행기 태워 죽이려고 드시네요. 제가 뭘 찾아야 하는 거죠?"

"75년 전에 내 아버지와 관련된 사건이 일어난 이후의 파일들을 확인해줘요. 그 사건 이후로 24개월 동안, 그러니까 1945년 9월까지 파일들을."

"그때 무슨 일이 있었는데요?"

"아버지가 해병대에 입대하셨소."

"눈여겨봐야 할 게 뭔데요?"

"미제 사건."

"언제까지 필요하시죠?"

"가급적 일찍 전화를 걸도록 하겠소. 캐링턴 소식을 듣고 싶으니까."

그들은 과수원을 가로질러 라이언타운으로 이어지는 구불구불한 굽잇길을 지났다. 그들은 북쪽으로 향하는 시골길을 계속 달렸다. 리처는 폰을 주시했다. 막대들이 하나씩 사라졌다. 한동안 신호를 찾는 중이라고 말하던 스크린이 결국 두 손을 들고는 서비스를 못하겠다고 말했다. 앞에는 몇 마일 길이의 들판이, 그리고 그보다 더 긴 숲이 까마득히 멀리까지 있었다. 왼쪽에서 오른쪽까지 쳐진 방벽. 버크는 그쪽으로 차를 몰았다. 그는 왼쪽에 있는 모텔 입구까지 5마일쯤 남았을 거로 생각한다고 말했다. 그는 간판을 기억했다. 도로 양쪽에 하나씩 있었다. 황금색을 칠한 플라스틱 글자들로 된 간판은 '모텔'이라고 외쳤고, 그 간판들은 옹이가 많은 오래된 말뚝들에 걸려 있었다.

5분 후, 그들은 숲으로 들어갔다. 공기가 더 싸늘하게 느껴졌다. 햇빛이 이파리들을 만나 부서졌다. 리처는 속도계를 확인했다. 시속 40마일. 5마일쯤 가는 데는 7분이나 8분이 걸릴 것이다. 그는 머릿속으로 시간을 쟀다. 나무들의 몸통이 두꺼워졌다. 터널 같았다. 햇빛은 더 이상은 이파리를 뚫고 들어오지 못했다. 빛은 부드러운 녹색으로 변했다.

리처의 머릿속에서 정확히 7분이 지났을 때 버크가 액셀에서 발을 뗐다. 버크는 굽잇길이 곧 나올 거라고 확신한다고 말했다. 전방 왼쪽에. 곧. 그는 기억하고 있었다. 그렇지만 간판은 보이지 않았다. 플라스틱 글자도, 황금색 페인트도 없었다. 약간 기울어져 있는 배배 꼬인 오래된 말뚝 한 쌍만, 그리고 오솔길 어귀만 있었다. 중심에 있는 도로의 왼쪽과 오른쪽은, 그리고 전방과 아득히 먼 뒤쪽은 끊긴 곳 없이 이어지는 나무들의 방벽이었다.

"여기가 거기인 게 확실해." 버크가 말했다.

리처는 몸을 일으켜 주머니에서 지도를 꺼냈다. 시 가장자리에 있는 오래된 주유소에서 구입한 지도. 그는 그걸 펼쳐 시골길을 찾았다. 축척을 확인하고 손가락을 움직였다. 그가 버크를 쳐다보고는 말했다. "여기가 몇 마일 이내에 있는 유일한 굽잇길입니다."

버크가 말했다. "어떤 놈들이 간판을 훔쳐갔나 봐."

"모텔이 폐업을 했거나요."

"그럴 리가. 굉장히 열성적인 사람들이었어. 사업계획을 꼼꼼하게 세웠더라고. 그 사람들에 대해 들은 얘기가 있어. 카운티 청사에서 들은 얘기가. 그 사람들, 지독히도 야심이 큰데, 개업이 순탄치 않다는 걸 알게 된 거야. 영업 허가를 받느라고 드잡이를 해야 했거든."

"누가 그런 건가요?"

"부동산을 개발하는 사람들. 사람들 말이, 모텔을 운영하는 사람은 누구나 관광시즌이 시작되는 시점에 맞춰서 하는 개업에 의지한대. 그런데 그들은 카운티가 타당하지 않은 이유로 영업 허가를 내주는 걸 지연시키고 있다고 주장했어. 카운티는 개발업자들이 허가도 받지 않고 영업을 시작했다고 주장했고. 그렇게 분규가 일어난 거지."

"그게 언제였습니까?"

"1년 반쯤 전. 그들이 시간표 때문에 기분이 상한 건 그래서였어. 이듬해 봄에 개업하고 싶어 했거든. 그들이 벌써 폐업했을 리가 없는 이유가 그것이기도 해. 그들은 2년간의 사업계획을 잡았거든."

1년 반쯤 전에 순찰차가 카운티 청사로 출동했어요. 민원인이 소란을 일으켰다는 신고를 받고요. 민원인은 건축 허가 절차가 느리게 진행되고 있다고 주장했어요. 그는 시외 어딘가에 있는 모텔을 리노베이션하고 있다고 주장했대요.

그는 자기 이름을 마크 리처라고 밝혔어요.

리처가 말했다. "이 모텔을 제대로 살펴봐야겠습니다."

버크가 방향을 틀어 깨진 아스팔트 위에 올랐다. 빛은 더욱 짙은 녹색이었다. 오솔길 양쪽의 나뭇가지들이 그들 가까이로 몸을 낮췄다. 일부는 축 늘어지거나 부러진 거였고, 일부는 얼마 전에 대형 차량이 스치고 지나가면서 부러진 것처럼 여전히 싱싱했다.

두 사람은 30미터 뒤에서 대형 차량을 발견했다. 그 차가 앞에 서 있었다. 양쪽의 나무들과 어깨를 맞대고는 오솔길을 완전히 막은 채로.

견인 트럭이었다. 빨간 페인트, 황금색 줄무늬.

"조금 전에 본 트럭이군요." 리처가 말했다. "이 트럭을 어제도 봤습니다."

트럭의 거대한 뒤 타이어에서 1미터 뒤에, 와이어가 이쪽에서 저쪽으로 도로를 가로지르게 놓여 있었다. 두툼한 고무 와이어였다. 주유소에서 설치해놓는 그런 종류였다.

리처는 창문을 돌려 내렸다. 트럭 엔진에서는 아무 소리도 나지 않았다. 배기관에서 나오는 매연은 없었다. 버크가 와이어에서 2미터 떨어진 곳에 스바루를 세웠다. 리처는 문을 열었다. 차에서 내려 앞으로 걸어갔다. 그는 와이어를 밟지 않고 넘었다. 버크가 그를 따라왔다. 리처는 버크도 와이어를 밟지 않고 넘도록 확실하게 주의를 줬다. 리처는 도로에 놓인 와이어가 마음에 들지 않았다. 그것들 때문에 좋은 일이 있었던 적이 없었다. 와이어는 최선이 감시용이었고, 최악의 경우에는 폭발용이었다.

트럭은 뒤쪽으로 길게 경사가 진 형태였다. 견고한 크레인과 거대한 견인용 후크가 있었다.

크롬 도색된 문들이 번쩍번쩍 윤이 나는 수납고들이 있었다. 리처는 운전석 옆쪽으로 비집고 들어갔다. 어깨를 앞세우고 왼쪽 팔꿈치를 높이 유지해 잔가지들이 얼굴을 때리는 걸 막았다. 그는 트럭 주인의 이름을 지나갔는데, 카렐이라는 이름이 30센티미터 높이의 황금색 글자로 자랑스레 칠해져 있었다. 그는 운전석 옆에 도착했다. 사다리의 맨 밑 가로대에 올라 운전석 문을 열어봤다. 잠겨 있었다. 다시 내려와 후드를 돌아 트럭 앞으로 나가는 길을 냈다. 전방에는 숲을 가로지르는 오솔길이 있었다. 지표면의 상태는 똑같았다. 여러 곳이 사라진 닳은 아스팔트 위를 모래와 자갈과 흙과 나뭇잎 무더기가 제멋대로 덮고 있었다. 여기저기에 타이어 자국들이 있었는데, 일부는 오래된 거였고 일부는 최근에 생긴 거였다. 20미터 떨어진 곳에 나무가 자라지 않는 구멍 같은 공터가 있었다. 자연스레 생긴 벽감 같은 곳이었다. 거기에 새로 생긴 타이어 자국이 있었다. 촘촘하게 붙은 V자 형태 두 개. 차가 방향을 돌리려고 후진한 것 같은. 그게 사리에 맞았다. 견인 트럭 운전자가 주위에 더 이상 보이지 않으니까. 차가 그를 데리러 여기로 왔을 가능성이 컸다. 차는 트럭과 코와 코를 맞대고 정차했을 것이다. 그러고는 후진해서 방향을 돌린 후에 멀리 달려갔을 것이다.

리처는 전방을 살폈다.

그가 말했다. "그 사람들이 저기에서 무슨 일을 하는지 봐야겠습니다."

"어떻게?" 버크가 물었다.

"걸어가야죠."

"자네 지도를 보면 이 오솔길은 길이가 2마일이 넘어."

"잘 곳이 필요합니다. 궁금하기도 하고요."

"뭐가 궁금한데?"

"영업 허가를 놓고 분규를 벌인 사람은 리처라는 성을 가진 청년이라고 생각합니다."

"그걸 어떻게 알지?"

"경찰 컴퓨터에 있던 내용입니다. 상황을 진정시키려고 경찰차가 출동해야 했다더군요. 1년 반 전에."

"친척인가?"

"모르겠습니다. 저하고 대학 교수하고 만큼이나 먼 친척일 겁니다."

"같이 가줄까?"

"2마일을 다시 걸어서 돌아와야 할 수도 있습니다. 운이 좋지 않으면요."

"그건 괜찮아." 버크가 말했다. "이제는 나도 호기심이 동하는 것 같으니까."

그들은 함께 출발했다. 지리학적으로 작성된 지도의 기준에서만 보면 땅은 대단히 평평해서 걷기가 쉬웠다. 그러나 가까이서 본 오솔길은 울퉁불퉁하고 곳곳이 패여 있어서 걷기가 힘들었다. 걸음을 걸을 때마다 땅의 높이는 직전보다 4센티미터쯤 높거나 낮았다. 발을 디딜 때마다 헛디딜 수 있다는 뜻이었다. 초기에 두 사람은 나무가 한 그루도 자라지 않는, 풀로 덮인 링 모양의 땅을 통과했다. 너비가 18미터쯤 돼 보이는 그 땅은 양 방향으로 휘어져 퍼져나가는 듯 보였다. 주위에 있는 모든 것을 동그라미 형태로 감싸 안는 것처럼. 삼림의 내부 구역을 규정하고 있는 것처럼. 숲 속의 숲. 거대한 미스터리 서클 같았지만, 옥수수가 아니라 18미터 길이의 단풍나무를 잘라서 만들어낸 거였다. 그들은 그곳을 가로지르는 내내 햇살의 따스함을 느꼈다. 그러다가 싸늘한 녹색 그늘이 그들을 다시 삼켰다. 그들은 경계선을 가로질렀다. 이제 그들은 내부의 삼림에 있었다. 숲 내부의 숲에 있었다. 그들은 중심부를 향해 걷고 있었다.

2마일은 리처에게는 30분 걸릴 거리였지만, 버크에게는 45분이 걸렸다. 함께 숲에서 나온 두 사람은 2,400평 규모의 무성한 풀밭을 가로질러 누가 봐도 모텔이라는 걸 알 수 있는 건물 앞에 있는, 주차장처럼 보이는 곳으로 난 흙길을 봤다. 왼쪽 끝에는 사무실이 있었고, 스테이션왜건과 소형 밴, 소형 승용차, 픽업트럭이 한 대씩 있었다. 모든 차가 객실들 밖에 간격을 두고 주차돼 있었다.

그들은 그곳을 향해 걸어가기 시작했다.

그들의 존재는 즉각 감지됐다. 두 가지 별도의 방식으로. 로버트는 이미지 칩에서 안면인식 알고리즘을 카피한 다음, 그걸 클로즈업 카메라에 넣고 돌렸다. 얼마 안 가 알고리즘이 나무들 사이에서 얼굴을 감지하고는 조기 경고를 발령하는 것처럼 벨을 울리고 불을 번쩍거렸다. 레이더처럼. 사람들이 접근 중임. 그런데 우연히도 그때 스티븐이 오른쪽 모니터를 주시하고 있었다. 나침반이 가리키는 지점들을 돌아가면서 관찰하는 훈련의 일환으로. 사람들의 움직임이 그의 눈길을 끌었다. 그는 두 남자가 그늘에서 나와 환한 햇빛으로 들어오는 걸 봤다.

그가 말했다. "마크, 이거 좀 봐."

마크가 쳐다봤다.

그러고는 말했다. "대체 뭐 하는 놈들이지?"

로버트가 카메라를 줌으로 한껏 당겼다. 이미지는 멀리서는 떨리다가 흐릿해졌다. 두 남자가 렌즈 쪽으로 걸어오고 있었다. 똑바로. 극단적인 망원으로 잡은 탓에 제자리걸음을 하는 것처럼 보이면서. 사내 한 명은 키가 작고 늙었다. 자그마한 체격에 느렸다. 데님 재킷, 회색 머리. 다른 사내는 덩치가 컸다. 몸의 너비가 문짝 같았다. 머리카락은 산발이 돼 있었다.

거친 사람처럼 보였다.

마크가 말했다. "젠장."

스티븐이 말했다. "저 사람이 여기 올 일은 없을 거라면서? 먼 친척이라고, 여기에 관심을 가질 일은 없을 거랬잖아!"

마크는 대답하지 않았다.

그러자 피터가 사무실에서 지르는 큰 소리가 들렸다. 그의 목소리가 인터폰 스피커에서 흘러나왔다. 그가 말했다. "그런데 실제로는 저 남자가 바리케이드를 지나 2마일을 걸어올 정도로 관심을 보이는 걸로 판명됐어. 잘했어, 브라더."

다시금 마크는 대답하지 않았다.

그는 더 오랫동안 침묵을 유지했다.

그러다가 입을 열었다. "모두 집 안에 들어가 있게 해. 전원에게 커피한 잔 더 대접해. 다른 동영상 보여주고. 문은 계속 닫아둬. 아무도 방을 떠나지 못하게 확실히 해둬."

32

버크와 리처는 아스팔트 끝부분을 벗어나 모텔 주차장의 흙에 발을 내디뎠다. 리처는 머릿속에 울리는, 자신의 커피에 든 LSD에 대해 얘기하는 아모스의 목소리를 들었다. 이제 그는 그녀가 한 말이 무슨 뜻인지를 알았다. 가까이서 보니 모텔 사무실에서 두 번째로 주차된 소형 밴이 청색인 것으로 판명됐기 때문이다. 짙은 색의 품위 있는 색조. 끝이 말려 올라간 황금색 글씨로 강조되고 설명된 차량의 정체. 페르시안 카펫. 전문 세탁. 보스턴 주소. 매사추세츠 번호판.

역사상 가장 큰 데자뷔.

정확히 말하면, 데자뷔라고 할 수는 없었다. 리처는 전에는 실제로 그 밴을 본 적이 없었으니까. 그는 무전으로 들어오는 이 차에 대한 얘기만 들었을 뿐이었다. 밴은 이 지역에 거주하는 고객을 찾아가기에는 너무 이른 시각에 고속도로를 빠져나올 때 카메라에 포착됐었다. 반면, 그는 견인 트럭은 전에 실제로 봤었다. 그건 정말로 확실했다. 따로따로 두 번이나. 다시금 데자뷔였다. 그는 앞서 두 번이나 봤던 트럭을 비집고 지나왔다. 그러고서 마주친 다음 차량이 파견 나간 경찰차가 보낸 무전에서 들은 밴이었다. 그는 생각에 잠기면서 반사적으로 보행속도를 절반으로 줄였다. 버크가 그를 앞서 걸어가고 있었다. 느리지만 지칠 줄 모르는 걸음을 계속 내디디고 있었다.

리처는 버크 너머로 대열의 첫 자리에 주차된 스테이션왜건은 버몬트 번호판을 단 볼보라는 걸 확인했다. 소형 승용차는 청색으로, 그가 모르는 번호판을 단 걸 보니 외국 차일 것이다. 픽업트럭은 작업용이었다. 목수가 짐칸에 판자들을 실으려고 사용할 법한 종류의 차량이었다. 지저분한 흰색이었다. 일리노이 번호판으로 판단되는 번호판을 달고 있었다. 여기서 일리노이까지의 거리를 감안하면 믿기 어려운 번호판이었다. 그 차가 대열의 마지막 차였다. 그 차는 11호실로 보이는 곳 밖에 있었다. 볼보는 3호실 앞에 있었고, 카펫 밴은 7호실 앞에 있었다. 작은 청색 외국 차는 10호실 앞에 있었다. 10호실 창문 블라인드는 내려져 있었고, 5호실 밖 접의자는 사용된 흔적이 보였다. 나란히 놓여 있지 않고 살짝 비딱하게 놓여 있었다.

두 사람은 빨간 네온사인이 걸린 사무실로 걸어가 안으로 들어갔다. 카운터 뒤에 한 남자가 있었다. 20대 후반쯤으로 보였다. 짙은 색 머리카락에 피부는 창백했고, 사람을 대하는 태도에서는 약간 겉도는 수줍음이 느껴졌다. 지적인 분위기를 풍겼다. 교육을 많이 받은 사람이었다. 건강하고 몸이 좋았다. 대학교 운동선수였을 것이다. 그렇지만 역도선수가 아니라 육상선수였을 것이다. 중거리 선수. 테크놀로지 분야의 주제로 석사 학위를 받았을 것이다. 강단 있는 모습이었지만, 신경질적으로 툴툴거리는 성향이 강해 보였다.

리처가 말했다. "하루 묵을 방이 필요합니다."

남자가 말했다. "정말로 죄송한데요, 휴업 중입니다."

"그래요?"

"그래서 입구에 간판을 내렸어요. 손님들이 헛걸음을 하지 않으셨으면 하는 바람에서요."

"밖에 차들이 많이 서 있던데요."

"일꾼들 차예요. 유지보수 일정에 한참 뒤처졌거든요. 단풍이 들고 관광객들이 돌아오기 전까지 수리를 마쳐야 할 게 많아요. 생각해보니까 2주간 휴업하는 게 그걸 해내는 유일한 방법이더군요. 그 점에 있어서는 정말로 죄송하게 생각해요."

"모든 객실을 한꺼번에 작업하는 중입니까?"

"배관공이 물을 잠갔어요. 전기기사는 전기를 다루고 있고요. 그래서 방에 난방도 냉방도 안 돼요. 지금 당장은 법에 규정된 모텔 영업 기준에 한참 못 미치는 수준이에요. 그래서 손님에게 방을 드리는 건 법을 어기는 일이 돼요. 설령 방을 드릴 수 있다고 하더라도요."

"여기에 페르시안 카펫도 있나요?"

"정확히 말하면, 유기농 삼베로 짠 거예요. 그걸 오래 쓰려고 애쓰는 중이죠. 10년은 써야 옳은데, 그것도 세탁을 조심스럽게 하면서 관리를 잘해줬을 때 얘기예요. 평범한 세탁업자를 쓰는 건 계산 잘못하는 거죠. 정말이지, 이 사람들은 보스턴에서 적용하는 가격을 불러요. 그래도 계산기를 두드려보니까 장기적으로는 그쪽이 더 가치가 크더군요."

리처가 물었다. "그쪽은 이름이 어떻게 됩니까?"

"제 이름이요?"

"사람은 누구나 이름이 있잖소."

"토니요."

"이름은 토니고 성은?"

"켈리요."

"내 성은 리처입니다."

남자는 1초간 멍한 기색이었다. 그러다가 그의 눈에 초점이 돌아왔다. 기이한 우연의 일치에 잠시 넋을 잃었다는 듯이.

그가 말했다. "저한테 이곳을 매각한 사람이 리처 가족이었어요. 친척이신가요?"

"글쎄요." 리처가 말했다. "세상 사람 모두는 멀리 거슬러 올라가면 친척일 거라고 생각합니다. 여기를 언제 매입했습니까?"

"1년쯤 됐어요. 절반쯤 리노베이션이 된 상태였죠. 시즌에 맞춰서 개업을 해야만 했어요. 그런데 지금은 해야 할 일들을 서둘러 해치워야 하는 처지죠."

"그 사람들은 왜 여기를 판 거요?"

"손자가 여기를 떠맡았는데, 솔직히 말하면, 여기는 자기한테는 맞지 않는 곳이라고 생각한 것 같아요. 직접 몸을 놀려 행동하기보다는 머리를 굴려 아이디어를 내는 걸 더 잘하는 사람이었어요. 모텔을 운영하려면 신경 써야 할 세세한 일들이 많아요. 그는 영업 허가를 받느라 꽤 고생한 것 같아요. 그리고 조금 지난 뒤로는 이렇게 귀찮은 일은 할 가치가 없다고 결정한 거죠. 그런데 제가 두드린 계산기는 가치가 있다고 하더군요. 그래서 제가 그한테서 여기를 샀어요. 저는 세세한 일들을 좋아하거든요."

"버몬트에서 온 사람이 전기기사인가요, 배관공인가요?"

"배관공이요. 거기 있는 배관공들이 겨울을 뺀 세 계절 동안은 세상에서 제일 뛰어난 사람들이에요. 남쪽에서 사람들을 데려오는 건 돈이 더 드는 일이지만, 계산기를 두드려보니까 그 사람들을 쓰지 않는 건 푼돈 아끼겠다고 큰돈 버리는 멍청한 짓이더라고요."

"일리노이에서 온 전기기사도 같은 이유에서 그런 거겠군요."

"사실 그 사람은 얘기가 조금 달라요. 그쪽에 실업률이 높대요. 그래서 일거리가 줄어드니까, 벌이를 벌충하려고 여기 온 거죠. 그러니까 그 사람들 입장에서는 비용 면에서는 손해예요. 그런데 어쨌든 일거리가 있다는 면에서는 한참 나은 일인 거죠. 이 사람들은 근본적으로 오디션을 받고 있는 거나 다름없어요. 여기는 완전히 새로운 시장이니까요. 그들이 지금 받고 있는 시급을 줄 일거리가 여기에는 무한정 많거든요. 그들은 자기들을 추천하는 입소문이 나기를 원해요. 그래서 그 사람들 작업 품질은 탁월해요. 게다가 그 사람들은 이런 모텔을 작업하는 요령을 이미 알고 있고요. 모텔은 여기보다 중서부에 더 많잖아요."

"알겠소." 리처가 말했다.

"헛걸음을 하시게 해서 정말로 죄송해요." 남자가 말했다.

그러더니 그가 멈칫하고는 다시 초점을 잃었다. 그러더니 말했다. "잠깐만요."

그들은 기다렸다.

남자가 창밖을 힐끔 봤다.

그러더니 황급히 말했다. "여기에는 어떻게 오신 건가요? 그 생각은 까맣게 못했네요. 걸어서 오셨다는 말씀은 마세요. 그런데 여기에 차를 몰고 오실 수는 없었을 거예요. 그걸 이제야 깨달았네요. 견인차가 길을 막고 있어요."

"걸어서 왔습니다." 리처가 말했다.

"정말로 죄송해요. 오늘은 골치 아픈 일들이 연달아 터지네요. 제가 휴업하기 전에 맞은 마지막 손님은 퍼진 차를 버리고 갔어요. 시동이 걸리지 않는 게 분명해요. 그러니까 그 손님은 택시를 불러서 자취를 감췄어요. 당연히 저는 차를 견인하고 싶었죠. 그래서 오늘이 그날이어야 했는데, 견인 트럭이 너무 큰 탓에 나무들 사이에 갇혀버린 거예요."

그러더니 남자는 다시 창밖을 살피면서 왼쪽과 오른쪽을 확인했다.

그가 작은 소리로 말했다. "트럭을 계속 몰고 들어와서 페인트가 긁히는 걸 원치 않는다면서요. 입에서 '영 마음에 안 드네' 소리가 절로 나오더군요. 그 오솔길 양쪽에 있는 나무들은 운수부 가이드라인에 맞춰 정확하게 가지를 친 거예요. 저는 무척이나 세세한 것에 신경을 쓰는 사람이거든요. 정말로, 저는 그런 일들에 신경을 쓰는 사람이에요. 고속도로를 운행하는 합법적인 상용 차량은 하나같이 그 오솔길을 문제없이 통과할 수 있어요."

그러더니 다른 새로운 생각이 떠오른 그가 다시 멈칫했다. 그가 말했다. "제가 돌아가시는 길을 태워다 드릴게요. 적어도 거기까지는요. 두 분 차는 트럭 뒤에 주차돼 있을 거잖아요. 그게 제가 해드릴 수 있는 최소한의 봉사겠네요."

리처가 물었다. "버려진 차는 뭐가 문제였소?"

"모르겠어요." 남자가 말했다. "꽤 낡았더라고요."

"그 차 번호판은 어딥니까?"

"캐나다요." 남자가 말했다. "여기서 캐나다로 돌아가는 편도 항공료가 거기서 무는 폐차비용보다 싼가 봐요. 캐나다에는 환경 관련 규제가 엄격한 게 분명해요. 그 사람은 차를 버리려고 여기까지 차를 몰고 왔을 거예요. 간단한 손익계산이었겠죠."

"알겠소." 리처가 말했다. "이제 우리가 돌아가는 길을 태워다줘도 좋소."

남자가 사무실에서 나가는 길을 안내하고는 그들 뒤에서 문을 잠갔다. 그러고는 주차장에서 잠깐 기다리시라고 부탁했다. 그런 후 30미터쯤 떨어진 헛간으로 터벅터벅 갔다. 헛간은 꾸민 구석이라고는 없는 네모난 건물로, 헛간 앞에는 사륜 바이크 아홉 대가 3×3의 깔끔한 대형으로 세워져 있었다. 헛간 너머에는 널따란 현관에 육중한 가구가 놓인 주택이 한 채 있었다.

1분 후에 남자가 검정 SUV를 몰고 헛간에서 나왔다. 중형 사이즈로, 주먹 모양이었다. 유럽 차일 것이다. 포르쉐나 메르세데스 벤츠일 것이다. 아니면 BMW, 또는 아우디거나. 그건 메르세데스였다. 차가 그들 바로 옆에 섰다. 리처는 휘장을 봤다. V8 엔진이었다. 운전석에 앉은 남자가 기대한다는 분위기로 기다렸다. 그래서 버크는 앞에 탔고 리처는 뒤에 탔다. 남자는 주차장을 으드득거리며 지난 후 아스팔트에 쿵 하고 올라서고는 속도를 높여 풀밭을 가로질렀다.

남자가 말했다. "호수가 있는 동쪽으로 가시는 게 좋아요. 거기에서는 선택할 수 있는 대안을 틀림없이 많이 찾아내실 거예요."

그들은 그들이 나왔던 곳과 동일한, 자연이 이룬 아치를 통해 다시 숲에 진입했다. 남자가 속도를 높였다. 그는 이리로 오는 차가 없을 거라는 걸 잘 알았다. 버크에게 45분이 걸렸던 2마일은 메르세데스에게는 3분이 걸렸다. 남자는 견인 트럭과 코를 맞댄 자세로 차를 세웠다. 햇빛은 어둑한 녹색이었고, 빨간 페인트는 핏빛처럼 시큰둥해 보였다. 나무들이 부러진 가지들과 손가락처럼 펼쳐진 잎들로 양쪽을 압박하고 있었다. 낮은 캐노피는 축 늘어져서 앞 유리 윗부분과 나란히 놓여 있었다. 트럭이 주위를 에워싼 초목들과 접촉하고 있는 건 분명했다. 그렇지만 물리적으로 저지되고 있는 게 아니라는 것도 확실했다. 엄청난 회전력을 보여줄 거대한 모터와 초대형 타이어의 견인력을 가진 트럭을 저지하지 못하는 건 분명했다. 운전자는 여기에 끼인 게 아니었다. 페인트가 걱정됐던 거였다. 이해할 만했다. 도색 비용은 한두 푼이 아니었을 것이다. 빨간색을 여러 번 코팅했을 것이다. 금색 줄무늬를 모두 수작업으로 수십 번 그려 넣었을 것이다. 옛날 빅토리아시대의 아주머니가 쓴 편지처럼 값비싼 동판에 새겨진 트럭 주인의 이름 카렐은 다행히도 짧았다.

운전석에 앉은 남자가 다시금 헛걸음을 시켜 미안하다고 사과하면서 두 사람의 행운을 빌어줬다. 버크가 감사 인사를 하고 차에서 내렸고, 리처가 그를 따랐다. 버크가 트럭의 옆을 비집고 나갔고 리처가 팔꿈치를 높이고 그의 뒤를 따라갔다. 그러다가 리처가 운전석이 있는 지점에서 걸음을 멈추고는 주위를 살펴보려고 몸을 돌렸다. 메르세데스는 매끄럽게 후진했고, 남자는 깔끔하고 활기차며 빠른 속도로 방향을 180도 돌려 숲에 자연스럽게 생긴 공터에서 빠져나갔다. 전에도 해본 적이 있는 일인 것처럼. 그는 그렇게 해본 적이 있었다. 그는 트럭 운전사를 태웠다.

리처는 1초간 더 서 있다 다시 몸을 돌려 더듬거리면서 버크가 기다리고 있는 곳으로 향했다. 버크는 두꺼운 고무 와이어 건너편에, 스바루의 앞 흙받이 옆에 있었다. 그들은 차에 올랐고 버크는 목을 빼고는 오솔길이 도로와 만나는 지점까지 서서히 후진했다. 그 지점에 있는 넓은 자갈 깔린 어귀는 그가 어느 방향으로든 차를 돌릴 수 있게 해줬다.

"호수가 있는 동쪽으로?" 그가 물었다.

"아뇨." 리처가 말했다. "목사님 휴대폰이 터질 때까지 남쪽으로요. 아모스하고 통화하고 싶습니다."

"뭐가 잘못됐나?"

"캐링턴의 최신 소식을 듣고 싶습니다."

"모텔에서 많은 걸 묻더군."

"제가요?"

"미심쩍은 구석이 많다는 투로 말이야."

"저는 늘 미심쩍은 게 많은 사람입니다."

"그래, 대답들이 흡족하던가?"

"제 뇌의 앞부분은 만족할 만한 대답들이라고 생각했습니다. 모두 완벽하게 조리가 맞는 얘기였습니다. 모두 그럴듯했습니다. 모두 진실한 얘기로 들렸습니다."

"그런데?"

"제 뇌의 뒷부분은 저 모텔이 별로 마음에 들지 않았습니다."

"왜 그런 건가?"

"제가 제기하는 모든 의문에 대한 대답이 술술 나와서요."

"그러면 그건 그냥 감인 거잖아."

"합리적인 감각입니다. 냄새 같은 거죠. 들불이 난 걸 깨닫고는 잠에서 깨는 것처럼요."

"그런데 뭐가 문제인지를 꼭 집어내지는 못하는 거로군."

"그렇죠."

그들은 계속 남쪽으로 차를 몰았다. 리처는 폰을 주시했다. 아직도 서비스지역 바깥이었다.

이후로 피터는 긴장감 때문에 쓰러지기 직전이었다. 그는 두 남자를 떠나보낸 후, 차를 후진해서 방향을 돌려서는 할 수 있는 최고 속도로 주택으로 돌아왔다. 그는 주택으로 곧장 차를 몰았다. 방으로 달려 들어가 벽에 몸을 기대고는 바닥에 앉게 될 때까지 몸을 축 늘어뜨렸다. 다른 사람들이 그의 주위에 모여 경외심에 젖은 것처럼 그와 눈높이가 맞을 때까지 말없이 웅크렸다. 그러더니 모두 TV로 중계된 승리를 확정짓는 터치다운을 봤을 때처럼 주먹으로 허공을 쑤셔대는 승리의 환호성을 터뜨렸다.

피터가 물었다. "손님들이 뭔가를 보거나 했어?"

"하나도 못 봤어." 마크가 말했다. "타이밍 면에서 운이 좋았어. 손님들은 모두 여기에 있었어. 일이 30분 일찍 일어났다면 문제가 됐을 거야. 손님들이 주차장에서 말 같지 않은 소리를 떠들어대면서 서성거리고 있었을 때니까."

"패티하고 쇼티한테 언제 상황을 설명할 거야?"

"네 생각에는 언제가 좋을 것 같아?"

"지금 해야 옳다고 생각해. 타이밍이 적절할 거야. 지금 설명해야 걔들한테 몇 가지를 선택하는 데 충분한 시간을 주게 될 거고, 그러고 나면 걔들한테 의구심이 들기 시작하겠지. 걔들의 감정 상태는 중요할 거야."

"찬성에 한 표." 스티븐이 말했다.

"미 투." 로버트가 말했다.

"미 쓰리." 마크가 말했다. "하나는 모두를 위해, 모두는 하나를 위해. 우리는 이제 진짜 경기에 나선 거야. 피터가 알아서 하게 놔두는 게 옳아. 그가 올린 성과에 고마워하는 방법으로. 보상으로."

"거기에도 찬성 한 표." 스티븐이 말했다.

"나도." 로버트가 말했다.

피터가 말했다. "먼저 숨부터 좀 돌리자."

33

패티와 쇼티는 자리를 옮겨 침대에 앉았다. 블라인드는 여전히 내려진 채였다. 두 사람은 점심을 걸렀었다. 뭘 먹을 기분이 아니었다. 지금 두 사람은 배가 고팠다. 그런데 식사를 하는 건 두 사람의 자발적인 의지에서 하는 행위가 될 터였다. 상자에 남은 마지막 두 끼. 마지막 물병 두 개.

두 사람은 시선을 돌렸다.

TV가 켜졌다.

저절로.

전과 똑같았다. 회로들이 살아나는 동안에 나던 똑같은 미세한 바스락거리는 소리. 이용자에게 보여서는 안 되는 컴퓨터 화면처럼, 똑같은 코드 한 줄이 떠 있는 똑같은 밝은 청색 화면.

그 화면을 남자의 얼굴이 대체했다.

피터.

두 사람의 차를 망가뜨린 족제비 새끼.

그가 말했다. "두 분, 지금까지 두 분은 무슨 일이 일어날지 물어왔습니다. 우리는 지금이 두 분에게 정보를 드릴 때라고 생각합니다. 두 분에게 우리가 드릴 수 있는 최대한의 정보를 드리려고 합니다. 그러고는 두 분이 그 문제에 대해 생각할 수 있게 시간을 드릴 겁니다. 그러고 나서는 뭔가 명확하지 않은 게 있을 경우를 대비해서 나중에 질의응답 시간을 갖기 위해 돌아올 겁니다. 지금까지 제 말 이해했나요? 집중하고 있는 거죠?"

두 사람 중 어느 쪽도 대답하지 않았다.

피터가 말했다. "두 분, 집중하셔야 합니다. 이건 중요한 문제니까요."

"우리 차를 수리하는 것처럼?" 쇼티가 물었다.

"그건 그쪽이 속아 넘어간 거잖아, 형씨. 그래서 두 사람이 여기에 있는 거지. 그쪽 잘못이야. 이후로 두 사람은 우리가 원하는 게 뭔지에 대해 욕을 해대고 투덜거려 왔잖아. 지금 내가 그 얘기를 해줄게. 그러니 앞을 똑바로 보고 귀를 기울이도록 해."

"듣고 있어요." 패티가 말했다.

"와서 침대 끝에 나란히 앉으세요. 얼마나 집중하고 있는지를 보여주세요. 화면에 뜬 내 얼굴을 보시고요."

패티는 1초간 가만히 있었다. 그러다가 어기적거리며 자리를 옮겼다. 쇼티가 그녀를 따랐다. 그러고 싶지는 않았지만, 모든 걸 똑같이 했다. 두 사람은 극장 앞줄에 앉은 사람들처럼 어깨를 나란히 하고 앉았다.

"좋아요." 피터가 말했다. "영리한 행보예요. 다음에 일어날 일에 대해 들을 준비 됐나요?"

"그래요." 패티가 말했다.

쇼티가 말했다. "그런 것 같아."

"오늘 밤 늦게 두 분의 객실 문이 열릴 거예요. 그 시점에 두 분은 자유로이 걸어서 방을 떠날 수 있어요. 그런데 내 말은 정확하게 말 그대로 '걸어서' 떠날 수 있다는 뜻이에요. 두 분은 어떤 종류의 차량도 구할 수 없을 거예요. 한 대도. 모든 키는 숨겨질 거고, 두 분은 그걸 찾아내지 못할 거예요. 물론 두 분이 여전히 가지고 있는 두 분의 차 키는 예외고요. 그렇지만 어쨌든 그 차는 두 분이 말했듯이 고장이 났잖아요. 여기 있는 다른 차량들은 최신형이라 철사로 시동을 걸 수가 없어요. 그러니까 이런 상황에 익숙해지도록 해요. 두 사람은 말 그대로 자신들의 두 발로 걸어 다니게 될 거예요. 그걸 피하려고 노력하느라 시간을 허비하지 말아요. 지금까지 내 말 이해했나요?"

"우리한테 왜 이러는 거예요?" 패티가 물었다. "왜 우리를 잡아뒀다가 보내주려는 거예요?"

"내가 줄 수 있는 최대한의 정보를 주겠다는 말을 했어요. 두 분은 이 얘기를 고민해봐야 옳다는 말을 했고요. 두 분은 나중을 위해 궁금한 것들을 모아두고 있어야 옳다고 말했어요. 지금까지 내 말 이해했나요?"

"그래요." 패티가 말했다.

쇼티가 말했다. "그런 것 같아."

"이 숲 주위에는 방화대⁽불이 번지는 것을 막으려고 만든 공터⁾처럼 보이는 곳이 있어요. 너비가 18미터쯤 되는 고리 형태로, 나무는 한 그루도 자라지 않아요. 오는 길에 그걸 봤나요?"

둥그렇고 화사한 분홍색의 광활한 하늘이 거기에 있었다.

"봤어요." 패티가 말했다.

"그건 사실은 방화대가 아니에요. 마크의 할아버지는 다른 용도로 거기를 공터로 만들었어요. 숲 내부의 태곳적 모습을 보존하려고요. 거기는 방화대가 아니라, 시드 브레이크⁽씨앗이 퍼지는 걸 막는 공간⁾예요. 그 공터는 사방으로 뻗어 나가 있어요. 그러니 바람이 어느 방향으로 부는지는 중요하지 않아요. 숲 내부로 침투하려는 종들은 그 공터를 가로지르지 못해요."

"그래서 어쩌라고?" 쇼티가 물었다.

"두 분은 어느 방향으로건 숲을 가로질러 거기로 걸어가는 거예요. 그러고는 어느 방향으로건 그 공간에 발을 들여놓으면 게임은 두 분이 이기는 걸로 끝나요."

"무슨 게임?"

"지금 그건 질문인가요?"

"헛소리였다, 새끼야. 우리한테 게임을 하고 있다고 말한 다음에 어떤 게임인지는 말하지 않는 짓거리를 해서는 안 되잖아."

"술래잡기 비슷한 거라고 생각하세요. 두 분은 술래한테 잡히는 일 없이 시드 브레이크에 도착해야 해요. 아주 간단해요. 걷든, 뛰든, 기든, 효과가 있는 수단은 뭐든 써서요."

"어떻게 술래잡기를 한다는 거예요?" 패티가 물었다. "술래가 누군데요?"

TV가 꺼졌다.

저절로. 회로가 죽어가는 똑같은 바스락거리는 소리, 똑같은 텅 빈 회색 스크린, 빨갛게 빛나는 똑같은 대기등.

버크의 오래된 폰이 막대를 보여줬지만, 리처는 막대가 두 개가 될 때까지 기다리고 싶었다. 그는 신호 감도가 위나 아래로 출렁거릴 거라고 판단했다. 막대가 하나밖에 안 될 때 통화를 시작했다가 감도가 아래로 떨어지는 일이 생기면 문제가 될 수도 있었다. 그는 군대 통신을 경험했었는데, 그건 항상 제일 먼저, 가장 빠르게 신호 연결에 실패하고는 했다. 늘 그렇듯 민간인들의 통신이 더 나을 것이다. 그렇지만 압도적으로 나은 건 아닐 것이다.

버크는 그를 무시하고는 남쪽으로 계속 차를 몰았다. 그러고는 5분간의 침묵을 지킨 후에 물었다. "자네 뇌의 뒷부분은 지금 어떻게 하고 있나?"

리처는 폰을 확인했다.

여전히 막대 하나.

그가 말했다. "제 뇌의 뒷부분은 유기농 삼베 카펫을 걱정하고 있습니다."

"왜?"

"그는 그걸 오래 쓰려고 애쓰고 있다고 말했습니다. 부분적으로는 자랑하는 것처럼, 부분적으로는 사과하는 것처럼, 부분적으로는 반항하는 것처럼 들리더군요. 남들이 특이하다고 생각하는 일이나 물건에 꽂힌 사람들이 구사하는 굉장히 정형화된 톤이었습니다. 그런데 그는 진심으로 그런 말을 하는 게 분명했습니다. 특별세탁을 위해 보스턴에서 통하는 가격을 지불하면서 귀중한 돈을 쓰고 있었으니까요. 그 실험이 진짜로 먹혀들기를 간절히 원하는 것처럼 말입니다. 그 시점에서 그는 앞뒤가 맞아떨어지는 그림을 제시했습니다."

"그런데?"

"나중에 그는 캐나다사람이 고향에서 내야 하는 폐차비용을 내지 않으려고 차를 버리고 간 것 같다고 말했습니다. 아무튼 그와 엇비슷한 얘기를 했습니다. 캐나다에는 환경 규제가 심한 게 확실하다고 말했습니다. 우쭐해하면서 조롱하는 투로 말하더군요. 굉장히 가벼운 말투로요. 그때 그가 한 말은 평범한 사람의 말처럼 들렸습니다. 유기농 삼베를 쓸 법한 사람 같지는 않은 투로요. 심지어는 그게 뭔지도 모르는 사람처럼요. 그러고는

V8 엔진이 장착된 SUV를 타고 나타났습니다. 그걸 무척 빠른 속도로 몰더군요. 사내놈들이 운전하는 방식으로요. 도로에 물건들이 놓여 있으면 쿵쾅거리면서 밟고 넘어가는 걸 좋아하는 사람처럼 보였습니다. 유기농 삼베를 쓸 법한 사람처럼 보이지는 않게요. 유기농 삼베를 쓰는 사람이라면 하이브리드나 전기차를 운전할 겁니다. 더 이상은 그림의 앞뒤가 맞아떨어지지 않는다고 느꼈습니다. 이제는 그림의 초점이 완전히 나갔다고 느껴집니다."

"자네 뇌의 앞부분은 그 문제에 대해 뭐라고 하나?"

"돈을 따라가라고 하는군요. 그는 자기 양탄자를 관리하라며 페르시안 카펫 세탁업자에게 돈을 지불하고 있습니다. 보스턴에서 온 사람에게요. 그건 현금입니다. 확실한 증거죠. 내가 가진 게 뭘까? 감? 잘못 들었을지도 모르는 조롱? 그는 눈이 왔을 때를 위해 SUV가 필요할 거야. 배심원은 많은 증거가 일관적이라고 말할 거야. 그는 좋은 사람이야. 지구를 구하고 싶어 해. 그렇게까지는 못하더라도 적어도 약간의 도움은 주고 싶어 해."

"나는 배심원의 생각에 동의해." 버크가 말했다. "자네 뇌의 뒷부분보다 앞부분을 신뢰하는 게 나아."

리처는 아무 말도 하지 않았다.

그는 폰을 확인했다.

막대 두 개.

그가 말했다. "이제 아모스에게 전화를 해야겠습니다."

"차 세울까?"

"그러는 게 폰에 도움이 될까요?"

"그럴 거라고 생각해. 그렇게 하면 신호를 더 잘 추적할 테니까."

버크는 차의 속도를 줄여 한동안 관성으로 굴러가게 놔둔 후 자갈이 넓게 깔린 곳에 차를 세웠다.

리처는 번호를 눌렀다.

"10분 뒤에 다시 전화 주세요." 아모스가 말했다. "지금은 정말로 정신이 없어요."

"캐링턴은 찾았소?"

"그 문제는, 아뇨. 다시 전화 주세요."

결제 절차는 웅장함을 약간 절제한 수준의 의식으로 탈바꿈했다. 가벼운 분위기로 시작된 행사는 차츰 정교한 격식을 차려 나갔다. 무척 오래전에 기원한 행사처럼 느껴졌다. 최소한 그리스나 로마에서 기원한 행사처럼. 부족들이 치르는 것 같은. 스티븐은 모니터들을 주시하며 방에 머물렀고, 나머지 사람들은, 북적거리는 아홉 명의 군중은 모두 모텔로 걸어서 돌아갔다. 손님 여섯은 흥분했으면서도 자제하는 분위기였고, 마크와 피터와 로버트는 그들의 뒤에 있었다. 손님들은 각자의 방으로 갔다. 마크와 피터와 로버트는 사무실로 갔다. 그래야 한다는 근거 규정은 없었지만, 절차는 사무실에서 진행됐다. 거기에서, 그때. 그들에게는 계획이 없었다. 계획에 대한 생각은 하나도 없었다. 계획을 세울 경우에는 마^魔가 낄 위험이 있었다. 결국에 그 행사는 상식에 의거한 5초짜리 의사결정이었다. 치러야만 하는 명확한 일.

그러나 행사에 담긴 드라마는 서사적이었다. 거기에 실린 심리적인 무게 면에서. 마크는 카운터 뒤에 앉았다. 피터는 끝에 섰다. 카운터 옆에. 카운터와 벽 사이에. 다른 사람들하고는 독립적인 인물이라는 듯. 의식을 지켜보는 중인 것처럼.

로버트는 호위대였다. 그는 그것들을 받으러 갔다. 한 번에 하나씩. 바로 그 자리에서 전설이 탄생했다. 로버트가 문을 노크했고, 그러면 그들이 나와서 그와 함께 들어갔다. 그는 근위병이었고, 그들은 고귀한 귀족이었다. 그들은 원로원 의원들이었다. 그들은 그와 함께 판자가 깔린 복도를 내려갔다. 그들에게는 달리 선택의 여지가 없었다. 로버트는 존경심을 표하는 위치인 반걸음 뒤에 머물렀다. 사무실에 도착한 그는 문간에 서서 대기하면서 안에서 일어나는 일은 하나도 보지 못했다.

그들은 한 사람씩 앞으로 나아가 가져온 공물을 바쳤다. 마크에게. 피터를 증인으로 두고. 무릎을 꿇으면서 거래의 대가를 바쳤다. 일부는 돈뭉치를 하나하나 세면서 그 순간을 연장시켰다. 다른 이들은 카운터에 자신들의 가방을 올려놓고는 아무런 의심도 없이 즉시 받아주기를 기대하며 물러섰다. 그들은 그들에 대한 신뢰에 바탕을 둔 대우를 받았다. 서로가 합의한 액수의 돈이 가방 안에 들어 있을 것이다. 정확하게. 그들은 속임수를 쓸 상황이 아니었다. 그러고 나면 로버트가 그 사람을 대동하고 거기에서 걸어서 돌아갔다. 그러고는 옆문을 노크했다. 자유로운 분위기와 격식을 따지는 분위기가 공존하는 분위기로. 고대 공화국의 완벽한 일 처리 방식처럼.

카렐은 전날 도움을 준 덕에 쏠쏠한 할인을 받았고, 나머지 다섯 명은 정해진 액수를 지불했다. 의식이 끝나자, 마크가 버려진 가방들 중에서 제일 큰 두 개를 선택했고, 피터가 그것들에 돈을 담았다. 쉬운 일은 아니었다. 가방 다섯 개 반에 들었던 현금을 가방 두 개에 담으려면 돈을 빽빽이 집어넣는 기발한 방법을 궁리하고 동원해야 했다. 다른 사람들은 주위를 서성거렸다. 마크는 피터가 돈뭉치를 쌓아서 집어넣는 동안 셈을 했다. 그렇지만 숫자를 외쳐낸 건 아니었다. 그는 처음 몇 뭉치가 들어갈 때 "원가, 원가"라고 말했다. 그러고는 나머지가 들어갈 때는 "수익, 수익, 수익"이라고 말했다. 그들은 그 자리를 구호를 속삭이는 종류의 행사로 탈바꿈시켰다. 소리가 새어나가지 않게 조용하게. 그들은 "수익, 수익, 수익"이라고 웅얼거렸다. 그런 후 가방들을 주택으로 운반했다. 고귀한 귀족들이 그들이 하는 짓을 지켜보고 있기를 바라면서 모든 창문을 지나쳤다. 그들이 황송하게, 그리고 공정하게 바친 공물이 승리자에 의해 운반되는 것을 지켜보고 있기를 바라면서.

피터는 그 문제를 고민해봐야 옳다고 말했다. 그래서 두 사람은 고민을 했다. 그가 그런 말을 해서 그런 게 아니라, 그게 두 사람의 본성이었기 때문이다. 그게 세인트 레너드 사람들의 생활방식이었다. 머리를 써라. 생각한 다음에 말해라. 일을 할 때는 처음부터 시작하라.

패티가 속삭였다. "놈들은 어떤 식으로건 우리를 속이고 있는 게 분명해. 숲에 도달하는 건 분명히 불가능한 일일 거야."

"불가능한 일일 리 없어."

"틀림없이 그래."

"몇 명을 상대로?"

"우리가 본 건 세 명이야. 객실은 12개야. 이 방은 빼야지. 사륜 바이크는 아홉 대야. 숫자를 골라봐."

"놈들이 사륜 바이크를 쓸 거라고 생각하는 거야?"

"분명히 그럴 거야. 우리가 걷게 될 거라고 피터가 강조한 이유는 그걸 거라고 생각해. 우리가 무력감과 열등감을 느끼게 만들려고. 패배자들처럼."

"그러면 아홉 명이라고 치자. 그 정도로는 이 범위를 다 커버하지 못해. 엄청나게 넓은 지역이야."

"나도 지도에서 봤어." 패티가 말했다. "이쪽에서 저쪽 끝까지가 5마일쯤 되고, 위에서 아래까지가 7마일쯤 돼. 계란 모양이었어. 여기는 중심에서 동쪽으로 800미터쯤 떨어져 있어. 북쪽하고 남쪽하고 거리는 비슷하고."

"그러면 가능할지도 모르겠다. 놈들 중 한 명이 동그라미 360도 중 40도를 맡을 테니까. 놈들은 서로 100미터쯤 떨어져 있게 될 거야. 놈들 뒤에 있는 공간으로 파고들면 자유롭게 집에 갈 수 있어."

"그게 가능할 리 없어." 패티가 말했다. "그러고 나면 어떻게 될지 생각해봐. 우리는 도로에 도착해서 차를 얻어 타고 경찰하고 FBI에 납치와 불법구금이 있었다고 신고할 거야. 그러면 요원들이 여기를 찾아와 배터리 케이블하고 교도소 창살하고 잠금장치하고 카메라하고 마이크를 보겠지. 피터하고 다른 놈들이 그런 일이 일어나게 놔둘 여유가 있을 거라고는 생각하지 않아. 놈들은 우리가 여기를 벗어나게 놔둘 입장이 아냐. 우리가 무슨 수를 쓰건 놈들에게는 중요치 않아. 어떤 방법을 동원하건 말이야. 놈들은 우리가 성공하게 놔둘 입장이 전혀 아닐 거야. 놈들은 우리가 그러지 못할 거라는 자신감에 꽉 차 있을 거야."

쇼티는 대답하지 않았다. 두 사람은 어둠 속에서 나란히 앉아 있었다. 패티는 손바닥을 아래로 해서 두 손을 다리 아래에 깔고 앉았다. 그녀는 몸을 살짝 앞뒤로 흔들며 딱히 정한 곳 없이 전방을 응시했다. 쇼티는 두 팔꿈치를 두 무릎에 올리고는 두 손으로 턱을 받쳤다. 그는 가만히 앉아 있었다. 생각을 해보려 애쓰면서.

그러다가 방에 있는 불들이 동시에 환하게 켜졌다. 영화 촬영장에서 그러는 것처럼 모든 붙박이 전등, 모든 테이블 램프가. 그러고는 모터가 윙윙거리고 창문의 블라인드가 말려 올라갔다. 두 사람은 창밖에 여섯 명이 줄을 이뤄 서 있는 걸 봤다. 복도에. 어깨를 맞대고. 유리에서 3센티미터 떨어진 곳에서 안을 들여다보며. 그중 한 명은 카렐이었다. 견인 트럭을 모는 족제비 새끼. 그중 셋은 앞서 본 사람들이었다. 둘은 처음 보는 사람들이었다.

여섯 명은 응시하고 또 응시했다. 솔직하게, 노골적으로, 전혀 거리낌 없이. 그녀에게서 그에게로, 그에게서 그녀에게로 시선을 돌렸다. 그들은 감식하고 평가하고 가늠하고 있었다. 결론에 도달하고 있었다. 그들의 얼굴이 조용한 만족감을 반영하며 찡그려졌다. 그들은 느리게 끄덕였다. 높은 평가와 인정에서 비롯된 끄덕임이었다. 그들의 눈에 열정의 눈빛이 반짝였다.

그러더니 그들은 말이 아닌 다른 신호에 따라 두 손을 올리고는 박수를 쳤다. 길고 요란하게. 기립박수를. 존경심이 충만한 청중이 스타 공연자에게 경의를 표하고 있는 것처럼.

그렇지만 어쨌든 공연이 벌어지기에 앞서 미리.

34

10분 뒤에 리처는 아모스에게 다시 전화를 걸었다. 그녀가 전화를 받았다. 숨이 가쁜 기색이었다.

리처가 물었다. "무슨 일이오?"

"허위 경보였어요." 그녀가 말했다. "캐링턴을 본 것 같다는 신고가 들어왔어요. 그런데 두 시간 전에 봤다는 내용인 데다가 소득이 하나도 없었어요. 아직도 그를 못 찾았어요."

"엘리자베스 캐슬은 찾았소?"

"그녀도 못 찾았어요."

"내가 시내로 돌아가야겠군." 리처가 말했다.

아모스는 잠시 입을 닫았다.

"안 돼요." 그녀가 말했다. "우리는 여전히 게임 중이에요. 컴퓨터가 빨간 불에 달린 카메라들로 도로를 주시하고 있어요. 오늘 아침에 남쪽에서 차들이 밀려온 이후로 그쪽에서 다시 몰려오는 차들은 아직 없어요. 캐링턴은 아직 관내에 있는 걸로 생각돼요."

"그게 내가 거기 있어야 할 이유요. 놈들이 이미 그를 데려간 뒤라면 내가 거기에 가도 아무 문제가 없으니까."

"안 돼요." 그녀가 다시 말했다.

"허위 경보의 내용은 뭐였소?"

"그가 카운티 청사에 들어가는 걸 본 사람이 있다는 주장이 있었어요. 그런데 아무도 그를 기억하지 못했고, 지금 그는 거기에 없어요."

"혼자였소? 아니면 엘리자베스 캐슬과 함께였소?"

"뭐라고 말하기 어려워요. 붐비는 시간이었어요. 사람들이 많았어요. 누가 누구하고 동행했는지는 알기 어려워요."

"목격된 장소가 센서스 보관소였소?"

"아뇨, 다른 데였어요. 카운티는 시내 곳곳에 사무실이 있어요."

"옛날 기록을 뒤지는 데 1분을 썼소?"

그녀가 다시 말을 멈췄다.

"1분보다 더 걸렸어요." 그녀가 말했다.

"뭘 찾았소?"

"선배님한테 얘기하기 전에 조언부터 받아야 하는 상황이에요. 아이러니하지만, 카터 캐링턴한테서요."

"왜?"

"미제 사건을 찾아보라고 하셨잖아요. 한 건 찾았어요. 시효가 없는 사건이에요."

"미제 살인사건을 찾은 거로군."

"그렇기 때문에 엄밀히 따지면 그건 여전히 수사 중인 사건이에요."

"언제 일어난 사건이오?"

"선배님이 구체적으로 정해준 기간에요."

"그때는 나는 태어나지도 않았을 때요. 그래서 나는 그 사건의 증인이 될 수 없소. 범인이 될 수 없는 건 확실하고. 나한테 그 사건에 대한 얘기를 하는 게 법적으로 위험한 일은 아닐 거요."

"선배님 입장에서는 적잖은 영향을 받을 거예요."

"누가 피해자였소?"

"선배님이 아는 사람이요."

"내가 아는 사람이라고?"

"달리 누가 있을 수 있겠어요?"

"꼬맹이." 리처가 말했다.

"맞아요." 아모스가 말했다. "1943년 9월의 늦은 밤에 인도에 얼굴을 박은 모습이 마지막으로 목격된 사람. 그는 그러고는 스물두 살이 돼서 다시 시내에 모습을 나타냈어요. 예전과 다름없는 밥맛으로요. 그러고는 살해당했어요. 두 사건은 연관된 사건으로 간주된 적이 전혀 없어요. 제 짐작에, 그 시절에는 막후에서 많은 일이 진행된 것 같아요. 당시는 전시였어요. 형사들도 수시로 교체됐고요. 컴퓨터가 없던 시절이었죠. 그런데 오늘날의 규정은 첫 사건 파일이 두 번째 사건 파일하고 연관이 있을 경우 그 사실을 보여주게 돼 있어요. 컴퓨터는 의문의 여지 없이 실제로 그렇게 했고. 우리는 그 사건 파일을 보지 못했다는 척할 수가 없어요. 그래서 미제 사건으로 분류된 그 살인사건에 대한 수사를 의무적으로 재개해야 해요. 그간 진행 상황이 어떤지를 확인하려고요. 사건을 다시 닫기 전까지는요."

"꼬맹이는 어떻게 살해됐소?"

"브라스 너클로 죽을 때까지 구타를 당했어요."

리처는 잠시 말을 멈췄다.

그가 물었다. "왜 해결이 되지 않은 거요?"

"목격자가 없었어요. 피해자는 밥맛이었고요. 그래서 신경 쓰는 사람이 아무도 없었죠. 유일한 용의자는 흔적을 남기지 않고 자취를 감췄어요. 당시는 엄청나게 혼란스러운 시절이었어요. 수백만 명이 이동하고 있었죠. 일본이 항복문서에 서명한 날 직후였어요."

"1945년 8월." 리처가 말했다. "당시 경찰이 용의자 이름을 확보했소?"

"별명 비슷한 것만요. 귀동냥으로 주워들었다는데, 그것도 무척 미스터리해요. 길거리에서 사람들이 무심히 주고받는 대화에서 주워들은 내용이 많아요."

"별명이 뭐였소?"

"그것 때문에 수사를 재개해야 하는 거예요. 우리는 두 사건의 연관 관계를 보지 못한 척할 수 없어요. 선배님도 이해하실 거라고 확신해요. 우리가 할 일은 두 문장쯤을 새로 입력해 넣는 게 전부일 테지만요."

"별명이 뭐였소?"

"조류관찰자."

"알겠소." 리처가 말했다. "새 문장들을 입력해야 할 시간이 언제쯤이오?"

"잠깐만요." 그녀가 말했다.

문소리가, 발소리가, 종이가 바스락거리는 소리가 들렸다.

메시지.

발소리가, 문소리가 들렸다. 그러고는 그녀가 전화기에 대고 말했다. "방금 번호판 컴퓨터가 보낸 경보를 받았어요."

그녀가 조용해졌다.

그러더니 숨을 내쉬었다.

"내가 예상했던 내용이 아니에요." 그녀가 말했다. "시내를 떠난 사람은 아무도 없어요. 아직까지는요. 캐링턴은 여전히 관내에 있어요."

"당신이 나를 위해 뭔가를 해줬으면 하오." 리처가 말했다.

그는 여전히 종이가 바스락거리는 소리를 들을 수 있었다. 그녀는 그걸 읽고 있었다.

"옛날이야기가 더 있는 건가요?" 그녀가 물었다.

"현재 사건들이오." 그가 말했다. "대학 교수한테서 리처라는 노인이 해외에서 오랜 세월을 보내고는 30년 전에 뉴햄프셔에 있는 고향으로 돌아왔다는 얘기를 들었소. 내가 아는 한, 그 노인은 이후로 여기에 거주지 등록을 했을 거요. 내가 아는 한, 그 노인은 친척의 손녀하고 같이 살고 있소. 당신이 카운티에 확인을 해줬으면 하오. 그를 찾아낼 수 있을지 알아봐주시오. 그는 유권자 등록을 했을 거요. 운전면허를 여전히 갖고 있을 수도 있고."

"저는 시 소속이지 카운티 소속이 아니에요."

"버크 목사에 대해서는 모든 걸 알아냈잖소. 그는 시내에 살고 있지 않은데도."

그는 여전히 종이에서 나는 소리를 들을 수 있었다.

"그쪽 사람들한테 전화해서 신세를 진 거예요." 그녀가 말했다. "그 노인의 이름이 뭔가요?"

"스탠."

"그건 선배님 아버님 이름이잖아요."

"그렇소."

"돌아가셨다고 했잖아요."

"내가 장례식에 참석했었지."

"교수라는 사람이 혼동을 한 거겠죠."

"그런 것 같소."

"그러지 않고서야 어떻게 그런 얘기를 할 수 있겠어요?"

"장례식은 30년 전에 거행됐소. 평생을 타지에서 살았던 사람이 뉴햄프셔에 모습을 나타낸 것도 그때였고."

"뭐라고요?"

"관은 닫혀 있었소. 그러니 관에는 돌덩어리가 가득 들어 있었을 수도 있소. 해병대하고 CIA는 가끔씩 합동작전을 펼치지. 비밀로 분류된 온갖 쓰레기 같은 작전이 진행됐을 거라고 확신하오."

"말도 안 돼요."

"그런 얘기 들어본 적 없소?"

"할리우드 영화랑 비슷하네요."

"실화에 기초한."

"백만 번에 한 번 있을까 말까 한 얘기죠. CIA 이야기 대부분은 무척이나 따분했을 거라고 확신해요. 해병대 이야기 대부분도 그럴 거라는 건 더 확신하고요."

"내 생각도 같소." 리처가 말했다. "백만 번에 한 번 있을까 말까 한 얘기지. 그렇지만 내가 주장하는 게 바로 그거요. 확률이 0보다는 크다는 것. 그래서 당신이 그걸 확인해줬으면 하는 거요. 내 입장에서는 상당한 주의를 기울여야 하는 일로 생각해주시오. 당신한테 그걸 확인하는 일을 맡기는 건, 내 입장에서는 응당 이행해야 할 의무를 게을리하는 게 될 거요. 당신은 시효가 없는 미제 사건의 수사를 재개할 참이오. 주요 용의자가 여전히 생존해서 당신 관내에 있을 가능성이, 그리고 나하고 혈연관계가 있을 가능성이 백만분의 1인 사건을 말이오. 상황을 사전에 명확하게 가다듬는 게 옳다는 게 내 생각이오. 내가 그 사람에게 전화를 해야 하는 경우에 대비해서. '안녕하세요, 아버지. 변호사 구하세요. 곧 체포될 테니까요.' 그런 상황 말이오."

"말도 안 돼요." 아모스가 다시 말했다.

"확률이 0보다 크오." 리처가 다시 말했다.

"잠깐만요." 그녀가 다시 말했다.

그는 여전히 종이에서 나는 소리를 들을 수 있었다.

그녀가 말했다. "묘한 우연의 일치네요."

"뭐가 말이오?"

"우리 새 소프트웨어요. 이 소프트웨어는 대체로는 번호판 인식 기술을 써서 관내에 누가 들어오고 나갔는지를 헤아려요. 그런데 그 밑바닥에서 별도의 기능 두어 개가 돌아가고 있는 게 분명해요. 영장이나 딱지가 발부된 차량인지 확인한 다음에 전반적인 참고사항들을 확인하는 기능이요."

"그런데?"

"우리가 오늘 아침에 본 밴은 불법차량이에요."

"어떤 밴이 그렇다는 거요?"

"페르시안 카펫 세탁업자요."

"어떻게 불법이라는 거요?"

"그 차량은 딜러 번호판을 달고 있어야 해요."

"왜?"

"현재 차주가 딜러니까요."

"카펫 세탁업자가 아니라?"

"세탁업자는 폐업했어요. 밴은 압류됐고요."

패티와 쇼티는 욕실로 돌아갔지만, 오래지 않아 거기에 있는 걸 포기했다. 부서진 타일과 가루가 된 벽판 때문에 욕실의 절반은 있을 곳이 못 됐다. 두 사람은 다시 침대로 터덜터덜 돌아와 창문을 등진 방향으로 나란히 앉았다. 두 사람은 블라인드가 올려져 있는지 내려져 있는지 신경 쓰지 않았다. 누가 지켜보고 있는지도 신경 쓰지 않았다. 두 사람은 서로의 귀에 속삭였다. 짧고 낮은 소리로. 고개를 끄덕이고 어깨를 으쓱하고 수신호를 사용하며 손을 흔들었다. 할 수 있는 한 가장 빠르고 은밀하게 이런저런 일들을 상의했다. 두 사람은 그들이 품은 기본적인 가정들을 수정했다. 마음속의 모델을 가다듬었다. 몇 가지는 더 뚜렷해졌고, 몇 가지는 그렇지 않았다. 아는 건 더 많아졌지만, 이해되는 건 더 적어졌다. 창문을 들여다본 여섯 남자가 상대 팀인 건 확실했다. 두 사람의 임무는 술래잡기에서 이기는 거였다. 삼림 2,300만 평. 아마도 어둠 속에서. 사륜 바이크가 총아홉 대인 걸 보면, 아마도 심판 자격이나 경기 진행요원 자격으로 놈들과 함께 숲에 있을 재수 없는 놈 셋과 함께. 네 번째이자 마지막 재수 없는 놈은 집에 처박혀 모니터를 주시하고 마이크에 귀를 기울이면서 그곳에서 할 수 있는 망할 다른 짓들을 무엇이건 할 것이다. 그게 두 사람이 현시점에서 한 예상이었다.

2,300만 평. 여섯 명. 어둠 속. 그런데 놈들은 성공을 자신했다. 사륜 바이크가 놈들에게 도움이 될 것이다. 뜀박질보다 빠르므로. 그렇지만 2,300만 평은 축구장 1만 개 크기였다. 드문드문 있을 여섯 명을 제외하면, 그

것도 각각 한 명씩일 놈들을 제외하면 텅 비어 있는 공간이나 다름없을 터였다.

어둠 속에서.

두 사람은 이해가 안 됐다.

그러다가 쇼티가 속삭였다. "놈들은 야간투시경을 갖고 있을 거야."

그 말 때문에 우울한 생각들이 폭포수처럼 쏟아졌다. 바이크를 탄 놈들은 1마일이나 2마일 떨어진 곳에서 한없이 돌아가는 바람개비처럼 한 명씩 돌아가며 거대한 동그라미를 끝없이 그릴 수 있었다. 그러는 와중에 놈들 중 한 명이 몇 분에 한 번씩 특정한 지점에서 두 사람을 지나칠 거였다. 그러는 동안 패티와 쇼티는 일방통행로를 건너는 것처럼 측면에서 직각으로 놈들의 이동 경로에 발을 들여놓게 될 것이다. 놈들은 두 사람을 발견하면 속도를 늦출 것이다. 두 사람이 이쪽에서 저쪽까지 가는 걸 처음부터 끝까지 5분 내내 지켜볼 수 있을 것이다. 바람개비가 도는 속도가 그보다 느릴 수 있을까?

아니면, 두 사람은 문에서 첫걸음을 내디딜 때부터 놈들의 추적을 받게 될까?

떠오르는 질문이 너무 많았다.

거기에는 제일 큰 질문이 들어 있었다. 이건 어떤 종류의 술래잡기일까? 학교 놀이터에서 하는 종류는 아닐 것이다. 어깨를 툭 치면 끝나는 건 아닐 것이다. 오자미를 던지는 건 아닐 것이다. 여섯 명. 2,300만 평. 사륜 바이크와 야간투시경. 성공에 대한 자신감.

느낌이 좋지 않았다.

그러면서 두 사람의 생각은 제일 중요한 결정으로 이어졌다. 붙어 다닐 것인가, 떨어져 다닐 것인가? 두 사람은 각자 다른 방향으로 갈 수 있었다. 그렇게 되면 성공할 가능성은 두 배가 될 것이다. 어쩌면 그 이상이 될 것이다. 둘 중 한 명이 잡힐 경우, 다른 사람은 놈들의 시선이 그쪽으로 쏠린 것에서 혜택을 볼 것이다.

둘 중 한 명은 탈출에 성공할지도 모른다.

리처는 자갈이 깔린 넓은 갓길에 선 스바루에 앉아 있었다. 유기농 삼베가 참말이 아니라면, 놈이 한 말은 한마디도 참말이 아니었다. 그렇다고 했잖아, 뇌 뒷부분이 말했다. 견인 트럭은 버려진 차를 견인하러 갔다가 거기에 있는 게 아니었다. 놈이 이야기한 그 방식으로는 아니었다. 엘리자베스 캐슬은 택시가 그 먼 데까지 가지는 않을 거라고 했다. 버려진 차는 지어낸 얘기였다. 그건 환상적일 정도로 정교한 헛소리의 일부였다. 놈이 주장한 배관공과 전기기사, 유지보수 공사, 상수도와 전력과 더불어.

견인 트럭은 바리케이드였다.

버크가 물었다. "무슨 생각을 하는 건가?"

"사람들이 어디에 있을지를 궁금해하고 있습니다. 우리는 남자 한 명을 봤습니다. 그런데 거기에 주차된 차는 넉 대였습니다. 종합해보면 저곳에서 이상한 일이 벌어지고 있다는 생각을 하고 있습니다. 그러다가 생각이 이어졌죠. 그게 얼마나 흉악한 일일 수 있을까? 저기는 모텔인데. 그러다가 생각이 들었습니다. 거기에는 바리케이드가 있어. 그래서 바리케이드가 설치된 모텔에서 흉악한 일이 벌어질 수 있다는 추측을 했죠. 굉장히 흉악한 일일 가능성이 있습니다. 그런데 거기에 갔다가는 전화를 받지 못하게 됩니다. 그리고 저는 캐링턴 소식을 듣고 싶습니다. 엘리자베스 캐슬

소식도요. 두 사람이 함께 어울리게 된 건 제 책임입니다. 그리고 아모스가 저한테 전화를 할 거라고 생각합니다. 그녀는 제가 시내로 돌아오기를 원합니다. 그녀는 이번에는 안 된다고 말하기 전에 잠시 멈칫했습니다. 꽤 의미가 있는 시간 동안요. 조만간에 그녀는 저한테 돌아와 달라고 부탁을 할 겁니다."

"자네가 거기에서 무슨 일을 할 수 있는데?"

"걸어서 돌아다닐 수 있죠. 놈들은 제 인상착의를 갖고 있습니다. 저는 실물입니다. 캐링턴은 비슷한 모조품이고요. 그렇게 되면 캐링턴에게 가해지는 압박이 줄어들 겁니다. 그러면 놈들은 저를 쫓아다닐 겁니다."

"걱정되지 않나?"

"놈은 저를 보스턴에 데려가고 싶어 합니다. 빌딩에서 던지고 싶어 하죠. 그건 길고 복잡한 작전이 될 겁니다. 그의 입장에서 그 작전이 얼마나 좋게 끝날 수 있을지 모르겠습니다."

"바리케이드가 쳐진 모텔에서 일어날 수 있는 흉악한 일들은 어떤 종류의 일들일까?"

"목사님 짐작이나 제 짐작이나 똑같습니다." 리처가 말했다.

하루의 마지막 햇살이 희미해지고 있었다. 그러자 실외의 불들이, 복도 위아래에 있는 불들이 켜졌다. 여섯 남자는 각자의 장비를 꺼내기 시작했다. 여섯 객실의 문이 전부 열려 있었다. 여섯 객실 전부가 환하게 밝았다. 사내들은 부품과 장비들을 들고 넋이 나간 사람처럼 이리저리 돌아다녔다. 거기에는 남에게 뽐내고 싶어 하는 욕구가 관련돼 있었다. 뽐낼 수 있는 여지가 큰 건 아니었다. 규칙은 엄격했다. 모두가 동등하게 시작했다. 운동장은 평평했다. 모두 동일한 사륜 바이크를 로또처럼 무작위로 배정받았다. 모두 똑같은 투시경을 사용했다. 관행이 된 표준. 경기 주최자는 장비에 대한 내용을 정확하고 구체적으로 밝혀야 했다. 마크는 2세대 잉여 군수물자를 선택했다. 그게 이 업계에서 합의된 장비인 데다, 시중에 풀린 물량이 풍부한 장비이기도 했다. 의복과 신발에는 제한이 없었지만, 다른 사람들이 오래전에 시행해본 실험을 거친 지금은 모두 똑같은 복장을 입는 관행이 정착됐다. 그들이 가져온 소프트 백에 들어 있는 내용물 중에 다시 살펴볼 가치가 있는 물건은 없었다.

그런데 하드 케이스에 든 내용물은 얘기가 달랐다. 기이하고 볼품없으며 많은 걸 연상시키는 모양. 다시금, 거기에도 제한은 없었다. 모든 건 개인의 선택에 달려 있었다. 또는 패거리의 선택이나 이념적인 선택 신앙을 바탕으로 하는 선택에. 모든 게 허용됐다. 어떤 식의 조합도. 리커브(recurve), 리플렉스(reflex), 셀프(self), 롱(long), 플랫(flat), 콤포지트(composite), 테이크다운(takedown). 모두 좋아하는 장비와 이론이 있었고, 약간의 경험과 소망이 담긴 많은 생각이 그걸 뒷받침했다. 모두 장비를 개선할 계획을 세우고 있었다. 모두 장비를 어설프게 손보고 있었다.

하드 케이스가 밖으로 나오자 사람들의 곁눈질이 무척 심해졌다.

하루의 마지막 햇살이 희미해지고 있었다. 그래서 자갈이 깔린 갓길에서 보는 풍경이 변하고 있었다. 어둑해지면서 잿빛으로 물들고 있었다. 리처는 머릿속에서 그 풍경을 모텔로 대체하고 있었다. 그들이 처음 봤을 때처럼. 앞에 놓인 건물들에 대한 클로즈업 풍경. 밝은 햇빛. 왼쪽에 있는 사무실, 3호실 밖에 있는 볼보 왜건, 7호실 밖에 있는 가짜 카펫 밴, 10호실 밖에 있는 소형 청색 외국 차, 11호실 밖에 있는 짐칸이 긴 픽업트럭. 더불어 약간 비딱하게 놓인 5호실의 접의자.

버크가 물었다. "무슨 생각 중인가?"

"뇌 뒷부분에서 하는 생각입니다." 리처가 말했다. "목사님은 앞부분을 좋아하시잖습니까."

"어쨌든 말해보게."

"놈들이 흉악한 일을 벌이려면 무엇이 필요할까요?"

"신학적인 용어로 말해줄까?"

"현실적인 용어가 좋겠군요."

"많은 게 있을 수 있겠지."

"놈들에게는 피해자가 필요합니다. 피해자가 없으면 흉악한 일을 할 수가 없죠. 어린 소녀일 겁니다. 예를 들면요. 그 아이는 거기로 유인을 당한 뒤 함정에 빠졌습니다. 놈들은 그녀에게 포르노를 찍으라고 강요할지도 모릅니다. 모텔은 그러기에 편리한 곳이니까요. 외딴곳에 있는 건 확실하고요."

"그게 포르노일 거라고 생각하나?"

"예를 들어 말씀드린 겁니다. 다른 많은 일이 될 수 있습니다. 그런데 그 일들은 모두 피해자를 필요로 합니다. 그게 모든 사건의 공통점이죠. 현장에 있는 피해자. 어찌어찌 붙잡혀서 거기에 억류된, 나머지 패거리가 모여들자마자 가해할 수 있는."

버크가 물었다. "현장이라는 건 어디를 말하는 건가?"

"10호실은 다른 객실과 질적으로 달랐습니다." 리처가 말했다. "두 가지 면에서요. 첫째는 차입니다. 유일하게 외국 번호판을 달고 있었습니다.

게다가 크기도 작고 싼 차인 데다 낡은 차였습니다. 그러니까 젊은 사람들이 타는 차일 겁니다. 아마도 집에서 멀리 왔고 취약한 상태겠죠. 두 번째는 침실 창문입니다. 블라인드가 내려져 있었어요. 12개 객실 중에서 유일하게."

버크는 아무 말도 하지 않았다.

리처가 말했다. "말씀드렸잖습니까. 뇌 뒷부분에서 하는 생각이라고."

"그 일을 어떻게 할 작정인가?"

"모르겠습니다."

"돌아가서 다시 들여다봐야 옳아."

"아마도요."

"캐링턴은 장성한 어른이야. 자기 몸은 알아서 챙길 수 있을 거야."

"그는 돌아가는 상황에 완전히 깜깜한 상태입니다. 이 사건에 대해 아는 게 하나도 없습니다."

"좋아. 그렇더라도 경찰이 그를 보살필 수 있을 거야. 어쨌든 경찰은 자네가 거기에 있는 걸 원치 않잖아. 여형사는 그렇게 해달라고 부탁하지 않을 거야. 내 말 믿어."

리처는 아무 말도 하지 않았다.

리처는 아모스의 번호를 눌렀다.

신호가 네 번 갔다.

그녀가 말했다. "아직 아무 일도 없어요."

"느낌이 어떻소?" 그가 물었다.

"러시아워는 지나갔어요. 다운타운은 조용해요. 우리는 필요한 곳들은 다 주시하고 있어요. 그리고 결국, 인상착의는 생판 다른 사람 거예요. 이건 이론일 뿐이에요. 종합해보면 내 느낌은 꽤 괜찮다고 말할 수 있어요."

"10점 만점으로 점수를 매기면?"

"4점쯤." 그녀가 말했다.

"내가 거기에 있는 게 도움이 되겠소?"

"솔직하게 대답할까요?"

"10점 만점으로 점수를 매기면?"

"1보다 작은 점수를 줘도 돼요?"

"1은 더 줄일 수 없는 숫자요."

"그러면 1점이오." 그녀가 말했다.

"규정이니 뭐니 하는 걸 다 팽개치면 어떻소?"

"그래도 1점이오." 그녀가 말했다.

"오케이. 행운을 빌겠소." 리처가 말했다. "나는 휴대전화 서비스지역 밖으로 나갈 거요. 체크인이 가능할 때 체크인을 할 생각이오."

35

TV가 다시 저절로 켜졌다. 딸랑거리는 소리, 청색 스크린, 지직거리면서 검정 벽 앞에 선 남자의 얼굴을 보여주는 화면. 이번에는 마크였다. 머리와 어깨. 대기 중. 뭔가가 작동하고 있는지 묻는 투로 딴 곳을 보고 있었다. 그가 묻고 있는 대상이 작동하는 게 분명했다. 오가는 대화가 다 들렸으니까. 마크가 카메라를 쳐다봤다. 두 사람을. 눈을. 그는 응시했다. 기다렸다. 미소를 지었다.

그가 말했다. "두 분, 우리는 질의응답을 하는 후속 모임을 갖겠다고 약속했습니다. 피터가 앞서 설명했을 때 알려드린 뭔가가 명확하지 않을 경우에 대비해서요. 그래서 이렇게 자리가 마련됐습니다."

패티가 말했다. "술래잡기에 대해 말해봐요."

"다시 침대 끝에 앉아주세요. 우리는 허심탄회하게 얘기를 나눌 겁니다."

패티가 어기적어기적 자리를 잡았다. 쇼티가 뒤를 따랐다. 그러고 싶지는 않지만, 억지로 그렇게 했다.

마크가 말했다. "소비 패턴이 바뀌고 있어요. 열망을 충족시키는 데 쓰는 지출은 더 이상은 더 크고 질 좋은 물리적 대상에만, 더 큰 집과 더 큰 다이아몬드와 더 큰 모네Monet 같은 대상에만 국한되지 않고 있죠. 지금은 새로운 카테고리가 있어요. 사람들은 경험을 구입하죠. 달에 가는 표를 구입해요. 심해를 방문해요. 어떤 사람들은 품고 있는 판타지를 현실에서 연출해내는 데 돈을 지불하고요. 살면서 한 번쯤은 경험해보려고요. 그중 어떤 판타지는 무해해요. 어떤 것들은 역겹고요. 그런 것들이 인터넷에 모여들어요. 그러면 사람들은 비밀 게시판을 찾아내죠. 우리가 광고를 올리는 데가 바로 거기예요."

"어떤 게시판인데요?" 패티가 물었다. "이 사람들은 누구죠?"

"카렐은 만나봤죠?" 마크가 물었다. "다른 다섯 명은 특정 웹사이트에서 온 사람들이에요. 사이트의 이름은 끝내줄 정도로 모호해요. 굉장히 영리한 지하 마케팅이죠. 그 이름이 회원들이 어떤 사람들인지를 묘사하고 있을까요, 아니면 회원들에게 홍보하는 활동을 묘사하고 있을까요? 그런 이름을 내건 건 실수일까요, 아니면 척하면 다 알아듣는 힌트를 살짝 주는 걸까요? 그건 순전히 어떤 것을 강조하느냐에 달린 문제예요. 거기에 두 사람을 도와줄 문법 법칙은 없어요."

패티가 물었다. "사이트 이름이 뭔데요?"

"활 사냥꾼."

"뭐라고요?"

"이 대답이 술래잡기의 본성에 대한 두 분의 질문에 대답이 됐으면 해요. 이 게임에 사용되는 활의 종류에는 제한이 없어요. 시위를 당기는 기계장치를 쓰는 것, 그리고 석궁을 쓰는 것은 분명하게 금지돼 있어요. 사람들은 아마 중간 길이의 콤포지트 리커브 활을 쓸 거예요. 자유로이 몸을 놀릴 수 있기를 희망하니까요. 그들은 사슴사냥을 하면서 많은 걸 배웠어요. 화살은 화살촉이 널찍한 브로드헤드broadhead 화살을 쓸 거예요. 미늘이 있는 화살일 텐데, 그건 두 사람이 어디에 있느냐에 달려 있을 거예요. 그들이 두 사람을 일찍 발견할 경우, 아마도 한동안은 두 사람을 추적하기만 할 거예요. 그러다가 화살을 쏴서 부상을 입히겠죠. 그들은 두 사람이 밤을 샐 때까지 버티는 걸 원해요. 돈을 엄청 지불했거든요."

"완전히 미쳤군요."

"그렇지 않아요." 마크가 말했다. "나는 시장의 지저분한 극단에 있는 사람들에게 봉사하고 있는 것뿐이에요. 그들이 품은 욕망의 내용은 우리가 상관할 바가 아니죠."

"당신은 우리를 살해하는 얘기를 하고 있어요."

"아니, 나는 두 사람에게 완전히 자유롭게 탈출할 기회를 주는 얘기를 하고 있어요. 지금 현재, 나는 두 사람의 제일 가까운 친구예요. 나는 두 사람을 도우려 애쓰고 있어요."

"당신은 우리가 이곳을 떠나게 놔둘 입장이 아니잖아요."

"지금 당신이 한 말은 핑계에 불과해요. 출발도 하기 전에 미리 포기하지 말아요. 바깥세상은 넓어요. 저들은 겨우 여섯 명밖에 안 되고요."

"저 사람들, 야간투시경을 갖고 있나요?"

"으음, 그래요."

"사륜 바이크도요?"

"그건 당신들이 그들이 오고 있다는 걸 들을 수 있다는 뜻이에요. 모르겠어요? 당신들은 여기에서 완전히 무력하지는 않아요. 방향을 신중히 선택하고 계속 경계하고 귀를 쫑긋 세우고 소리를 듣고는 바이크들이 향하는 방향을 예상한 다음에 그들이 지나간 뒤에 그들 뒤로 미끄러져 다니도록 해요. 그런 플레이가 가능할지도 몰라요. 조만간에는 누군가가 그렇게 할 거예요. 제일 짧은 탈출 경로는 2마일밖에 안 돼요. 두 사람도 알잖아요. 오솔길을 곧장 따라가는 경로가 그렇다는 걸. 그렇지만 그러지 말라고 충고하고 싶어요. 오솔길을 따라서 길옆 숲속으로 이동하겠다고 하더라도 말이에요. 분명히 말하는데, 그건 너무 뻔한 작전이에요. 누군가는 거기에 누워서 기다리고 있을 거예요."

아무도 대답하지 않았다.

마크가 말했다. "괜찮다면, 조언을 더 할게요. 틈틈이 문을 확인해보도록 해요. 시계는 문이 열리자마자 똑딱거리기 시작할 거예요. 문이 열렸다는 걸 알아내는 건 두 사람 책임이에요. 이후로 더 이상의 안내는 없을 거예요. 문이 열리면, 즉시 출발하라고 추천하고 싶어요. 최선을 다하도록 해요. 긍정적인 쪽으로 생각해봐요. 큰 숲이에요. 활 사냥꾼들은 사냥감하고 거리가 12미터 이내인 걸 좋아해요. 되도록 사냥감에 더 가까이 있는 쪽을 좋아하죠. 숲에서 화살을 날리는 건 힘든 일이에요. 늘 사방팔방에 나무들이 있어서 걸리적거리니까요."

아무도 입을 열지 않았다.

마크가 말했다. "괜찮다면, 조언을 좀 더 할게요. 방에 눌러앉아 있겠다는 계획은 세우지 말아요. 영리한 계획처럼 느껴지겠지만 잘못된 전략이에요. 그 계획은 절대로 먹히지 않아요. 그들이 당신들이 무슨 짓을 하고 있는지 깨닫는 순간, 그들은 모여들어 당신들을 포위할 거예요. 당신들 문 간에 여섯 명이 몰리는 거예요. 그들은 실망이 이만저만이 아닐 거예요. 원하던 경기를 치르지 못했으니까요. 당신들에게 분풀이를 하겠죠. 두 사람의 명줄이 밤새 끊어지지 않도록 만들 테지만, 보기 좋은 방법으로 그렇게 하지는 않을 거예요."

아무도 입을 열지 않았다.

마크가 물었다. "둘이 따로따로 떨어져 단독으로 플레이하는 문제를 상의해봤나요?"

쇼티는 시선을 다른 곳으로 돌렸다.

"알아요." 마크가 말했다. "힘든 선택이죠. 생존 확률이 높은 쪽으로 플레이하는 게 유리할 거예요. 문제는, 떨어져 다닐 때는 상대방에게 무슨 일이 일어났는지를 절대로 알지 못한다는 거예요. 내 말은 상대가 맞이하는 마지막 순간을 말하는 거예요."

버크는 남쪽으로 차를 몰았다. 폰의 막대가 차례로 숨을 거뒀다. 리처는 강압적인 분위기로 말했다. 버크는 그를 오솔길 어귀에 내려줘야 한다. 그러고는 집에 가서 안전하게 머물러야 한다. 절대로 돌아와서는 안 된다. 집에 가겠다고 하고는 돌아와서 기다려서도 안 된다. 무슨 일이 벌어지고 있는지 확인하겠다는 이유로 도보로 따라와서도 안 된다. 그중 하나도 해서는 안 된다. 집에 가서, 거기에 머무르면서, 모든 걸 잊어라. 의견을 고집하지 마라. 논의하려 들지 마라. 이건 민주주의가 아니다. 협상은 이것으로 끝이다.

버크는 동의했다.

리처는 그에게 재차 다짐을 받았다.

버크는 재차 동의했다.

두 사람은 숲으로 차를 몰고 들어갔다. 캐노피 아래는 이미 칠흑같이 어두웠다. 버크가 헤드라이트를 켰다. 5마일을 달리자 비틀린 말뚝들이 나타났다. 제시간에 도착했다. 그들이 있어야 옳은 바로 그 자리에 도착했다. 버크가 차를 세웠다. 리처가 내렸다. 버크가 차를 몰고 떠났다. 리처는 길가에 서서 그가 떠나는 걸 지켜봤다. 결국 그의 미등이 아득히 먼 곳에서 사라졌다. 침묵이 내려앉았다. 가냘픈 달빛이 잿빛 밤하늘에서 도로로 떨어졌다. 나무들 아래는 깜깜했다. 리처는 걷기 시작했다. 어둠 속을 홀로.

패티는 문을 열어봤다. 그녀는 문이 열리지 않기를 바랐다. 아직은 문이 열리지 않았다. 두 사람의 마음은 함께 다니는 쪽으로 기울었다. 적어도 처음에는. 가능한 한 오래도록. 그렇지만 그런 심중을 큰 소리로 밝히지는 않았다. 아직까지는. 두 사람의 마음은 서쪽으로 향하자는 쪽으로 기울었다. 오솔길에서 정반대쪽으로. 반대 방향. 탈출하기에는 더 긴 경로. 직관에 반한 선택. 좋은 아이디어인 것 같기도 하고, 뻔한 아이디어 같기도 했다. 두 사람은 알 길이 없었다. 두 사람은 그런 의사를 입 밖에 내지는 않았다. 아직까지는. 두 사람은 차에 있는 지도를 챙기는 문제를 논의했다. 결국, 그러지 말자고 결정했다. 두 사람에게 필요한 건 나침반이었다. 두 사람은 숲에서 길을 잃는 걸 걱정했다. 두 사람은 영원토록 동그라미를 그리면서 걷게 될지도 몰랐다.

문은 여전히 잠겨 있었다.

패티는 뒷걸음질을 쳐서 침대에 앉았다.

2분 후, 리처는 견인 트럭에 도착했다. 거대하고 딱딱한 차체가 어둠 속에서 흐릿한 모습을 보였다. 어둠은 차체의 페인트를 더 까맣게 만들었다. 크롬 도색은 칙칙한 잿빛처럼 보였다. 그는 트럭 뒤에 무릎을 꿇고는 두꺼운 고무 와이어를 찾아 앞을 더듬었다. 그걸 찾아낸 리처는 그 위치를 머리에 새겼다. 그는 그걸 건넜다. 어깨를 앞세우고 팔꿈치를 높이 들고는 트럭 옆을 따라 나아갔다. 몸 한쪽은 왁스를 바르고 광을 낸 페인트 위에서 수월하게 나아간 반면, 다른 쪽은 잔가지와 이파리들의 공격을 받고 긁혔다. 트럭 앞으로 나온 그는 더듬거리면서 라디에이터 그릴의 가운데까지 나아갔다. 그곳이 오솔길의 중앙이었다. 그는 중앙선을 따라 걷기 시작했다. 앞으로 2마일.

두 사람은 사륜 바이크에 시동이 걸리는 소리를 들었다. 처음에는 한 대가, 그다음에는 다른 한 대. 멀리서 시동 모터의 끼익 소리가, 극도로 흥분한 엔진이 신경질적으로 포효하는 소리가, 빠르고 초조하게 초회전하는 소리가 들렸다. 그러다가 세 번째 기계가, 다음에는 네 번째 기계가 그렇게 했다. 소음이 헛간 벽을 때리고 튀어나왔다. 다섯 번째와 여섯 번째가 그렇게 했다. 그런 후 그것들 전부가 으르렁거리고 웅웅거리고 윙윙거리면서 주위를 빙빙 돌았다. 기어를 바꾸고는 한 대씩 가속을 붙이면서 풀밭을 가로질러 오솔길로 향한 다음에 오른쪽으로 꺾어 주택에서 멀리, 모텔 쪽으로 향했다.

쇼티는 1초간 두 사람이 도로까지 밀고 갔다가 돌아온 바이크에는 누가 타고 있을지를 궁금해했다.

패티는 문을 열어봤다.

여전히 잠겨 있었다.

바이크들은 일렬종대를 이룬 듯한 소리를 내는 대열을 형성했다. 놈들은 주차장을 통과해나갔다. 쇼티는 몸을 돌려 창밖을 살폈다. 행렬. 복도의 불빛들은 여전히 켜져 있었다. 바이크들이 왼쪽에서 오른쪽으로 한 대씩 이동했다. 탑승자들은 모두 검은색 차림이었다. 활이 그들의 등을 가로질러 걸려 있었다. 모두 화살이 가득 든 화살통을 갖고 있었다. 놈들의 머리에는 괴상한 모양의 외눈 야간투시경이 묶여 있었다. 놈들 중 일부는 엔진에 일시적인 문제를 겪고 있었다. 일부는 게임을 시작하고 싶어 안달이 나서는 안장에서 몸을 세우고 있었다.

놈들의 바이크가 모두 떠났다.

1초간 쇼티는 어떤 놈이 서쪽에 판돈을 걸었을지 궁금해했다.

패티는 문을 열어봤다.

문이 열렸다.

36

패티는 문을 당겨 활짝 열었다. 그러고는 문턱에서 3센티미터 떨어진 곳에 서서 밖을 응시했다. 바깥공기는 부드럽고 상큼했다. 하늘은 쇳덩이처럼 어두웠다.

"이건 미친 짓이야." 그녀가 말했다. "가고 싶지 않아. 여기에 머무르고 싶어. 여기에서 안전한 기분을 느끼고 싶어."

"우리는 여기에서는 안전하지 않아." 쇼티가 말했다. "우리는 여기에서는 만만한 봉이야."

"우리는 어디에서나 만만한 봉이야. 놈들은 야간투시경을 가졌어."

"겨우 여섯 명밖에 안 돼."

"아홉이야." 패티가 말했다. "재수 없는 놈들이 중립을 지킬 거라고 생각해?"

"우리는 여기에 머물러서는 안 돼."

패티는 아무 말도 하지 않았다. 그녀는 문밖으로 손을 내밀었다. 손가락을 폈다. 공기를 느꼈다. 수영을 하는 것처럼 공기를 밀고는 두 손을 컵처럼 동그랗게 모아 쥐었다.

"우리는 플로리다로 갈 거야." 쇼티가 말했다. "윈드서핑 사업을 할 거야. 제트스키도 취급하게 되겠지. 우리는 티셔츠를 팔 거야. 그게 돈이 되는 품목이니까. 패티와 쇼티의 수상스포츠 매장. 끝내주는 디자인을 취급할 수 있을 거야."

패티가 그를 돌아봤다.

"제트스키는 정비를 해야 해." 그녀가 말했다.

"정비공을 고용할 거야." 그가 말했다. "시계처럼 정확한 솜씨를 가진 사람을. 약속해."

그녀는 잠시 말이 없었다.

"그래." 그녀가 말했다. "플로리다로 가자."

두 사람은 손전등 말고는 아무것도 챙기지 않았다. 두 사람은 퍼진 혼다와 이웃 객실 앞에 주차된 픽업 사이로 서둘러 나아갔다. 12호실을 돌아, 놈들의 눈에 잘 보이지 않는 곳으로 돌아갔다. 뒷벽을 따라 10호실의 욕실로 짐작되는 곳으로 갔다. 두 사람은 외장용 자재에 등을 댔다. 서쪽은 바로 앞이었다. 희미한 잿빛의 풀밭 1,200평, 그리고는 나무들이 이룬 방벽, 그리고 그 너머의 낮은 암흑. 두 사람은 귀를 쫑긋 세우고는 불빛이 보이는지 살폈다. 아무 소리도 들리지 않았고 아무것도 보이지 않았다.

두 사람은 손을 잡고 걷기 시작했다. 빠르게, 그렇지만 달리지는 않고. 두 사람은 미끄러지고 발을 헛디뎠다. 잠시 후에 확 트인 공간에 들어섰다. 쇼티는 괴상한 외눈 야간투시경이 그가 있는 쪽으로 방향을 돌리는 걸 상상했다. 줌인해서 초점을 맞추는 걸. 패티는 생각했다. *그들이 두 사람을 일찍 발견할 경우, 아마도 한동안은 두 사람을 추적하기만 할 거예요.* 두 사람은 어두운 지평선에 눈을 고정시켰다. 나무들이 이룬 방벽. 두 사람은 서둘러 그리로 향했다. 조금씩 가까워졌다. 더욱더 빠르게. 마지막 50미터는 뜀박질로 갔다.

두 사람은 맨 앞에 있는 나무들 사이로 미끄러져 들어가 허리를 굽히고 거친 숨을 몰아쉬며 죽은 듯이 서 있었다. 공기를 헐떡거렸다. 살아남았다는 원초적인 환희가 동반된 안도감을 느끼면서. 인류가 경험해온 유서 깊은 승리감 같은 게 느껴졌다. 그 기분이 두 사람을 더 강하게 만들어줬다. 두 사람은 다시 몸을 세웠다. 귀를 쫑긋 세웠다. 아무 소리도 들리지 않았다. 두 사람은 숲속 깊은 곳으로 이동했다. 계속. 발목 주위에 있는 덩굴과 이런저런 것들 때문에, 사방천지의 나무들을 피해 왼쪽으로 발을 디디고 오른쪽으로 발을 디뎌야 하는 바람에 나아가는 속도가 느려졌다. 설상가상으로, 어두웠다. 손전등을 켜는 위험을 감수하지는 않았다. 아직까지는. 야간투시경 때문이었다. 두 사람은 손전등을 켜는 건 불길 위에 스스로 자리를 잡는 거나 마찬가지라고 판단했다.

5분 후에 패티가 물었다. "우리 여전히 서쪽으로 가고 있는 거야?"

쇼티가 말했다. "그렇다고 생각해."

"이제는 남쪽으로 꺾어야 해."

"왜?"

"우리는 트인 공간에 엄청 오래 있었어. 놈들이 멀리서 우리를 지켜보고 있었을 수도 있어. 놈들은 우리가 서쪽으로 향하는 걸 봤으니까, 우리가 계속해서 서쪽으로 향하고 있을 거라고 생각할 거야."

"놈들이 그럴까?"

"사람들은 공간과 관련된 일들은 무의식적으로 직선들로 생각해."

"그래?"

"그러니까 우리는 이쪽으로건 저쪽으로건 방향을 틀어야 해. 북쪽이나 남쪽으로. 놈들은 우리가 놈들의 바람대로 서쪽에 있을 거라고 예상할 거야. 그렇지만 우리는 결코 거기에 나타나지 않을 거야. 나는 남쪽이 더 좋아. 도로를 찾아낼 경우, 그건 시내로 곧장 이어지는 도로일 거야."

"오케이. 그러면 좌회전을 하자."

"지금 현재 우리가 서쪽을 향하고 있는 게 맞는다면."

"나는 그렇다고 확신해." 쇼티가 말했다. 그래서 패티는 정확히 90도이기를 바라는 정도만큼 방향을 틀었다. 그녀는 신중하게 확인했다. 그녀는 쇼티와 어깨동무를 했다. 그녀는 두 사람이 방금까지 걸어왔던 길의 옆쪽으로 향했다. 새 방향으로 나아갔다. 쇼티가 따라왔다. 계속해서. 똑같은 느린 전진. 두 사람을 붙잡으려 드는 덩굴들, 채찍 같은 어린나무들. 가끔은 두 사람의 경로를 대각선 방향으로 막는 부러진 가지들이 나타났다. 가지를 돌아가야 한다는, 그러고는 두 사람이 가는 방향이 달라지지 않았다는 걸 확인하기 위해 뒤를 길게 살펴야 한다는 뜻이었다.

멀리 떨어진 곳에서 바이크 소리가 들렸다. 1마일쯤 떨어진 것 같았다. 짧은 이동. 시동이 걸리고 1분을 달린 후에 다시 시동이 꺼졌다. 들릴락 말락 한 소리. 위치 변경일 것이다. 무엇을 위해? 어떤 근거로? 패티가 걸음을 멈췄고, 쇼티가 그녀와 부딪혔다.

그녀가 물었다. "놈들은 말을 타는 것처럼 내내 바이크를 타는 걸까, 아니면 바이크에서 내려서 걸어서 접근하는 걸까?"

"놈들이 야단법석을 떨면서 돌아다니는 소리는 듣지 못한 것 같아. 그러니까 그래, 놈들은 바이크를 세우고 걸어서 산개할 거라고 생각해."

"그건 우리가 놈들이 오는 소리를 듣지 못할 거라는 뜻이야. 마크가 헛소리를 해댄 거라고."

"반전이네."

"곤란해졌어."

"여기는 큰 숲이야. 놈들은 우리하고 12미터 이내로 접근해야 해. 저놈은 정말로 멀리 있어. 저놈도 더럽게 재수가 없는 거지."

"이제는 남서쪽으로 방향을 돌려야 해." 패티가 말했다.

"왜?"

"여기에서 숲으로 들어가는 가장 빠른 길이 그거라고 생각하니까."

"놈들도 그렇게 추측하지 않을까?"

"그 문제를 더 걱정할 수는 없어. 놈들은 아홉이야. 놈들끼리는 모든 걸 추측할 수 있어."

"오케이. 그러면 우리는 오른쪽으로 45도 각도로 몸을 돌려 전진해야 해."

"우리가 지금 현재 남쪽을 향하고 있는 게 맞는다면."

"그렇다고 확신해." 쇼티가 말했다. "거의."

"우리, 엉뚱한 방향으로 온 것 같아."

"그렇게 심하게 벗어나지는 않았어."

패티는 아무 말도 하지 않았다.

쇼티가 물었다. "왜 그래?"

"숲에서 길을 잃은 것 같아. 이 숲에는 우리를 죽이려는 궁수들이 득실거려. 나는 나무들에 둘러싸인 채로 죽을 것 같아. 공평한 일인 것 같아. 나는 제재소에서 일하니까."

"자기, 괜찮아?"

"약간 어지러워."

"조금만 견뎌봐. 우리는 정부에서 공사를 해놓은 곳에 충분히 가까워졌어. 오른쪽으로 45도 꺾어서 계속 가는 거야. 그러면 공터에 도착할 거야."

두 사람은 그걸 모두 실행에 옮겼다. 오른쪽으로 45도 각도로 꺾었고, 계속 나아갔고, 공터에 도착했다. 1분 뒤에. 그렇지만 엉뚱한 공터였다. 두 사람은 다시 모텔 뒤에 있었다. 똑같은 잿빛 풀밭 1,200평. 다른 각도. 그렇지만 살짝만 비긴 각도. 두 사람은 그들이 뛰어 들어왔던 지점에서 20미터쯤 떨어진 곳에서 숲을 벗어나고 있었다.

리처는 멀리 떨어진 곳에서 나는 모터사이클 엔진 소리를 들었다. 처음에는 패거리 전체가 한꺼번에 그러는 것처럼 요란한 소리가 침묵의 가장자리에서 떼로 희미하게 들려왔다. 그러다가 1마일쯤 떨어진 곳에서 한 대씩 한 대씩 소리가 들려왔다. 일부는 운전해서 지나갔고, 일부는 속도를 늦추고 있었다. 미국산 바이크에서 나는 투박한 저음의 비트가 아니었다. 다른 종류의 모터바이크 소음이었다. 높은 회전속도, 기어와 체인, 온갖 종류의 캠과 밸브와 다른 부품들이 포효하고 들썩거렸다. 사륜 바이크일 거라고 그는 짐작했다. 놈들은 3×3 대형으로 깔끔하게 주차된 아홉 대를 갖고 있었다. 헛간 앞에. 이제 그것들이 나돌아다니고 있었다. 숲을 뚫는 길을 고속으로 내는 동안 몸부림을 쳐대면서.

사냥 중이라고 뇌 뒷부분이 말했다.

오케이, 앞부분이 말했다. 보호종을 사냥하는 거겠지. 새끼 곰이나 그런 것들을. 심한 불법행위. 그게 피해자인 듯했다.

새끼 곰은 외국 차를 운전하거나 블라인드가 내려진 곳에 숨지는 않는다는 사실만 빼면.

리처는 어둠 속에서 걸음을 멈추고는 느릿느릿 오솔길에서 벗어났다.

숲으로 2미터 들어간 지점에 섰다. 전방에서 바이크 소리가 들렸다. 움직이는 소리가 아니었다. 한자리에 서서 공회전하는 소리였다. 대기 중. 헤드라이트는 켜지 않고. 그러다가 시동이 꺼졌다. 침묵이 다시금 완전해졌다. 캐노피가 얇은 머리 위에는 쇳덩이처럼 회색인 하늘 조각이 있었다. 낮게 덮인 구름에 쏟아지는 달빛.

리처는 숲을 뚫고 이동해나갔다. 오솔길 가장자리에서 2미터 떨어진 지점에서 오솔길을 따라.

패티는 나무에 등을 대고 땅에 앉았다. 그녀는 건너편의 모텔을 응시했다. 놈들이 잘 보지 못하는 쪽. 뒷벽. 두 사람이 처음 출발한 곳.

"괜찮아?" 쇼티가 다시 물었다.

그녀는 생각했다. *그들이 두 사람을 일찍 발견할 경우, 아마도 한동안은 두 사람을 추적하기만 할 거예요.*

그녀가 큰 소리로 말했다. "앉아, 쇼티. 쉴 수 있을 때 쉬어. 긴 밤이 될 수도 있어."

그가 앉았다. 옆 나무에.

그가 말했다. "우리는 이걸 잘 해낼 거야."

"아니. 그러지 못할 거야." 그녀가 말했다. "나침반이 없으면 불가능해. 우리는 직선으로 이동하는 걸 세 번 시도했는데 결국은 프레첼 모양으로 걷고 말았어."

"자기는 뭘 하고 싶은데?"

"깨어나서 이 모든 게 끔찍한 악몽이었다는 걸 알게 됐으면 해."

"그건 빼고."

"동쪽으로 가고 싶어. 오솔길이 유일한 탈출 경로라고 생각해. 오솔길을 따라 숲을 통과하는 거야. 그렇게 하면 길을 잃지 않을 거야. 다른 방향은 소용없어. 우리는 밤새 헤매고 다닐 수도 있어."

"놈들도 그걸 알아."

"놈들은 늘 그걸 알고 있었어. 우리가 조만간 오솔길을 시도해보는 것 말고는 아무 대안이 없다는 것도 알고 있을 거야. 우리의 마지막 선택이 거기라는 걸 말이야. 우리는 그것도 알고 있었어야 해. 우리는 멍청했어. 여섯 명이 있는 2,300만 평은 어차피 말이 안 되는 거였어. 이게 어떤 종류의 게임일까? 이건 로또야. 그렇지만 경기장은 2,300만 평이 아냐. 경기장은 트랙 양옆에 있는 가느다란 띠 모양의 경로야. 모든 플레이가 벌어질 자리가 거기인 거야. 그건 불가피한 일이야. 놈들은 거기에서 우리를 기다리고 있어. 놈들 입장에서 유일한 도박은 우리가 거기로 접근하는 각도야. 접근하는 시기하고."

쇼티는 오랫동안 말이 없었다. 숨을 들이쉬고 내쉬기만 했다.

그러더니 그가 말했다. "뭘 좀 시도해봤으면 해."

"뭘?"

"우선은 그게 가능한지 확인해보고 싶어. 멍청해 보이고 싶지는 않거든."

그녀는 생각했다. 확률이 높은 쪽에 걸어, 쇼티.

그녀가 큰 소리로 물었다. "우리가 해야 할 일이 뭔데?"

"따라와." 그가 말했다.

뒷방에서 스티븐은 두 사람이 든 손전등 내부에 설치된 GPS 칩을 추적했다. 두툼한 발신기인 그 칩들은 새 D-셀 배터리 네 개에서 기생적으로 훔쳐온 전기로 구동됐고, 기다란 안테나는 알루미늄 케이스 내부에 테이프로 붙여져 있었다. 현재 그 칩들은 숲의 가장자리에서 모텔 뒤쪽으로 이동하고 있었다. 중간 정도 속도로. 뛰는 건 아니고 걷는 속도로. 거의 일직선으로. 두 사람이 그 전까지 방향과 관련해서 보여줬던 혼란스러운 모습하고는 확연하게 대조적이었다. 두 사람은 처음부터 불확실한 서남쪽으로 비틀거리고 다녔다. 두 사람의 이동 경로는 두 사람은 직선이라고 생각했을 게 분명한 급격하게 곱슬곱슬한 선이었다. 두 사람의 좌회전은 잠시 괜찮게 보였지만, 그들은 다시 우왕좌왕하면서 거의 동그라미를 그리기까지 했다. 그런 후 두 사람의 마지막 회전은 그들을 처음 출발한 곳으로 데려갔다. 두 사람은 두 번이나 앞서 지나갔던 길을 가로질렀으면서도 그 사실을 깨닫지 못한 게 분명했다.

그는 주시했다. 두 사람은 모텔의 뒷벽에 도착했다. 그러고는 앞서 걸었던 발자취를 정확하게 되짚었다. 두 사람은 건물의 끄트머리를 돌았다. 12호실 주위를. 주차장으로 들어섰다. 11호실을 지났다. 그러고는 멈췄다. 10호실 앞에서.

37

쇼티는 혼다의 후드를 올리고는 배터리 아래를 더듬었다. 두 동강이 난, 절단된 끝부분이 갓 나온 동전들처럼 반짝거리는 빳빳한 검정 와이어. 뒤로 물러난 그는 10호실을 걸어서 가로질러 욕실로 갔다. 타월을 몽땅 움켜쥐어 커다란 덩어리로 만들어서는 밖으로 갖고 나와 혼다의 뒷바퀴 근처에 있는 자갈밭에 내려놨다.

"딴 객실들 확인해봐." 그가 말했다. "가져올 수 있는 만큼 더 가져와."

패티는 11호실부터 시작했다. 문은 잠겨 있지 않았다. 그녀는 들어갔다. 쇼티는 10호실로 돌아갔다. 그는 여행 가방을 들었다. 양손으로 밧줄을 쥐고. 그는 비틀거리면서 그걸 들고 나왔다. 복도에서 잠시 휴식을 취했다. 주차장으로 이어지는 계단에서 잠시 그걸 내려놓은 뒤, 내내 디딜 곳에 대한 확신이 없는 짧은 걸음들을 내디디며 비틀거리면서 주차장을 가로질렀다. 숲 앞에 있는 풀밭을 향해, 멀리 있는 풀밭을 향해. 그곳을 가로지르기로 한 건 실수였다. 발꿈치는 부드러운 땅에 푹푹 빠졌고, 가방은 이삭들을 건드리면서 획획 소리를 냈다. 30미터를 가는 데 성공한 그는 멈춰 서서는 가방을 풀밭의 평평한 곳에 내려놨다.

그러고는 걸어서 돌아갔다. 패티는 11호실과 7호실, 5호실의 타월들을 걷어왔다. 타월 뭉치가 전부 네 개 있었다. 쇼티는 10호실 욕실로 돌아가

삐죽삐죽한 타일 파편을 갖고 왔다. 밑은 넓고 끝은 날카로운 타일을. 그는 그걸 혼다 뒷바퀴 근처에 있는 타월들 위에 떨어뜨렸다.

그가 물었다. "짐이 제일 많은 방이 어디야?"

"7호실." 패티가 말했다. "옷이 많아. 욕실에 약도 많고. 몸 생각을 끔찍이 하는 놈인가 봐."

쇼티는 7호실로 걸어갔다. 그는 옷과 약은 무시했다. 대신, 욕실 화장대에 있는 세면도구 가방을 확인했다. 검정 가죽가방이었다. 그는 가방의 내용물을 세면대에 쏟았다. 원하는 게 바로 거기에 있었다. 가방 밑쪽에 있던, 지금은 무더기 위에 있는 물건. 손톱깎이. 평범한 물건. 금속. 초승달처럼 생긴 손톱 자르는 부분, 그리고 손톱깎이 내부에 들어 있는 걸 회전시켜서 빼내는, 손톱 다듬는 줄.

그는 그걸 주머니에 넣었다. 혼다로 걸어서 돌아갔다. 타일조각을 치웠다. 타월들을 두툼한 퀼트처럼 차곡차곡 나란히 쌓아 올렸다. 그것들을 이리저리 옮겨 혼다의 끝부분 아래에 있는 자갈들 위에 평평하게 위치시켰다. 5호실과 7호실, 11호실에서 가져온 타월들을 갖고 볼보와 페르시안 카펫 밴, 픽업트럭 아래에다 똑같이 그렇게 했다.

그는 혼다로 돌아가 등을 대고 누웠다. 꼼지락거리며 자세를 잡았다. 타일조각을 연료탱크 밑바닥에 찔러 넣었다. 다시, 또다시. 예상했던 것보다 힘들었다. 타일에서 도자기 가루가 으깨져 나왔다. 젠장, 그는 생각했다. 제발 좀. 멍청해 보이고 싶지 않아. 그는 그녀가 무슨 생각을 하고 있는지 잘 알았다.

그런데 이번에는 운이 좋았다. 떨어져 나간 조각들 때문에 타일 끝이 날카로워졌다. 그러면서 세 번째 차원이 덧붙여졌다. 타일조각이 바늘이 된 것이다. 그는 위치를 바꿔 타일 밑바닥을 감자 농사꾼인 그의 뭉툭한 손바닥에 얹고는 있는 힘을 다해 위로 찔렀다.

끄트머리가 들어가는 게 느껴졌다.

가솔린이 똑똑 새어나오는 게 느껴졌다.

구멍을 넓혔다. 1분이 지나자 타월 뭉치에 20리터쯤의 기름이 스며들었다. 그는 트럭과 밴과 볼보 아래에서 세 번 더 똑같은 일을 했다. 유증기 냄새 때문에 머리가 핑핑 돌았다. 그렇지만 몸에 힘과 에너지가 불끈거리는 게 느껴졌다. 힘껏 싸우고 승리하자. 젖은 타월 뭉치를 당겨 꺼내서는 하나씩 복도에 쌓았다. 따로 챙긴 작은 타월 한 장을 제외한 전부를. 그는 가솔린에 젖은 따로 챙긴 타월을 혼다의 배터리 아래에 밀어 넣었다. 그걸 틈바구니에 찔러 넣고는 볼트와 받침대들 위에 걸쳤다.

그러고는 물러나 몸을 세우고는 두 손을 털어서 말렸다. 운전석에 올라 자물쇠에 키를 꽂았다. 키를 돌렸다. 눈에 보이는 스위치란 스위치는 전부 켰다. 발열 전선이 설치된 뒷유리, 라이트, 와이퍼, 라디오. 무엇이건. 차에 부하를 최대한으로 주고 싶었다.

그는 차에서 내렸다. 주머니에서 손톱깎이를 꺼내 줄을 빼냈다. 길이가 5센티미터쯤 되고 너비가 6밀리미터쯤 되는, 꺼끌꺼끌한 금속으로 만든, 끄트머리가 돌돌 말려 있어서 무언가를 긁어내는 데 유용한 가느다란 날이었다.

그는 팔 한쪽을 후드 아래에 넣었다. 팔꿈치를 접어 아래로 떨어뜨리고는 밑에 있는 손을 비틀었다. 그러고는 줄의 끝부분을 빳빳한 검정 와이어가 절단되면서 생긴 공간으로 밀어 넣었다. 반짝거리는 동전 두 개 사이에. 줄을 비틀었다. 그러면서 회로를 완성했다. 금속에서 다른 금속을 통해 다른 금속으로. 불꽃들이 요란한 소리를 내며 격렬한 폭포수처럼 쏟아졌다. 그러고는 가솔린에 젖은 타월이 탁탁 소리를 내더니 불길에 휩싸였다. 쇼티는 손톱깎이를 떨어뜨리고는 손을 재빨리 뺐다. 그러고는 복도로 잽싸게 돌아와 더 많은 타월을 움켜쥐고는 혼다의 후드 아래에서 피어난 불길을 옮겨 붙인 후 그것들을 객실들에, 11호실에, 10호실에, 침대에, 바닥에, 7호실에, 5호실에, 마지막 남은 몇 장은 아무 곳에나, 복도에, 플라스틱 접의자에, 사무실 문 바깥에 던졌다.

두 사람은 뒷걸음으로 주차장을 가로질렀다. 불길은 이미 문과 창문들 사이로 혀를 날름거리고 있었다. 처마 아래에서 환상적인 모양들이 호흡을 하는 것처럼 부글거리면서 수평으로 질주하다 멈췄다가 다시 출발하고 있었고, 그러다가 모두 합세해서는 불이 붙은 지붕을 밝히고 있었다. 쇼티가 말했다. "놈들은 저걸 쳐다보지 못해. 야간투시경을 끼고는. 그랬다가는 눈알이 타버릴 거야. 우리가 할 수 있는 일은 불이 계속 우리 바로 뒤에 있도록 방향을 유지하는 게 전부야. 그렇게 하면 놈들은 우리가 다가가는 걸 보지 못할 거야."

패티는 머릿속으로 기하학을 떠올렸다. 그러고는 고개를 끄덕이고 말했다. "정말 영리했어, 쇼티."

두 사람은 풀밭을 가로질러 동쪽으로 걸었다. 여행 가방을 지나쳐, 정확하게 일직선을 유지하면서 불길이 정확히 그들의 뒤에 있도록, 그리고 오솔길 어귀가 정확히 앞에 있도록 만들었다.

리처는 길에 주차된 사륜 바이크를 발견했다. 바이크는 잿빛으로 걸러진 달빛 아래에서 모습을 나타냈다. 그는 숲속 2미터 지점에 있었다. 그는 전체적인 그림을 보려고 몸을 왼쪽과 오른쪽으로 잽싸게 움직였다. 바이크는 대체로 뒤쪽에 있는 모텔을 향하도록 대각선 형태로 주차돼 있었다. 앞바퀴들이 그 방향으로 돌아가 있었다. 핸들 바는 삐딱했다. 바이크를 몰고 오다 속도를 늦춘 다음에 작은 반원을 그리면서 회전한 것처럼. 그렇지만 완전히 방향을 돌린 건 아니었다. 180도를 꽉 채운 건 아니었다.

운전자의 흔적은 없었다.

사냥 중이라고 뇌의 뒷부분이 말했다.

오케이, 앞부분이 말했다. 그런데 어디에서? 전방에서 그러는 게 확실했다. 그가 작전이 벌어지는 곳하고는 멀리 떨어진 지점에 있으니 안전하다고 판단할 때 바이크를 몰고 와서 방향을 돌리고 세워놓은 놈. 후방방어 구역 위치에 세워둔 것처럼. 리처는 이 문제를 신중하게 고심했었다. 리처는 멀리서 나는 놈의 소리를 들었었다. 놈은 공회전을 하는 바이크에 1분가량 앉아 있었다. 아마도 핸들 바에 상체를 올리고는 전방을 응시하며 계산을 하고 있었을 것이다. 그러다가 엔진을 끄고 바이크에서 내렸을 것이다. 작전지역에 더 가까워지려고, 방어선을 더 좁히려고, 시야를 더 잘 확보하려고 왔던 길로 걸어서 되돌아왔을 것이다. 이건 리처가 현재 놈의 뒤쪽에 있다는 뜻이었다. 항상 더 유리한 위치. 그는 나무들 사이로 전방을 살폈다. 더 나은 시야를 확보하려고 왼쪽 오른쪽으로 잽싸게 몸을 놀렸다.

놈의 흔적은 보이지 않았다.

리처는 숲속으로 이동했다. 전진하기가 힘들었다. 덩굴, 블랙베리나무, 잎이 무성한 관목들. 소리도 났다. 그런데 그는 발걸음을 스타카토 리듬으로 툭툭 끊어서 디뎠다. 왼발, 오른발, 왼발, 오른발 패턴이 아니었다. 도보행군 패턴이 아니었다. 제멋대로 뒤척거리는 패턴이었다. 짐승들이 그러는 것처럼. 은신처를 파내는 여우가 그러는 것처럼. 어둠 속에서. 새끼 곰일 수도 있었다. 분간하기는 어려웠다. 그는 계속 전진했다.

운전자가 보였다.

그렇지만 간신히 보일 뿐이었다.

놈은 오솔길 복판에 서 있었는데, 희미한 달빛 아래라 거의 보이지 않았다. 놈은 앞에 있는 뭔가로부터 몸을 반쯤 돌리고 있었다. 흔히 볼 수 없는 모습이었다. 운동선수의 복장처럼 몸에 쫙 달라붙는 검정색 옷을 입고 있었다. 등에는 활이 걸려 있었다. 화살통을 갖고 있었다. 머리에는 짧은 렌즈가 부착된 야간투시 장비가 묶여 있었다. 키클롭스^{그리스 신화에 나오는 외눈박이} ^{식인 거인}의 눈처럼. 미 육군. 2세대. 리처는 그것들을 사용했었다.

야간사냥이라고 뇌의 뒷부분이 말했다. 내가 그럴 거라고 했잖아.

오케이, 앞부분이 말했다.

지평선에서 희미한 빛이 났다. 약간은 빨갛고 약간은 오렌지색인 빛이.

리처는 숲 안쪽으로 더 깊이 이동했다. 긴 보폭, 낮은 소리로 나는 바스락거리는 소리, 그러고는 또 다른 걸음. 놈은 눈치채지 못했다. 놈은 고개를 이리저리로 움직이면서, 눈동자가 탈 정도로 밝은 빛이 들어오지 않는 곳인 눈의 한쪽 구석에서 감지되는 먼 곳의 빛을 보려고 애쓰고 있었지만, 그걸 제대로 볼 수는 없었다. 놈은 계속 움찔거렸다. 결국 놈은 투시경을 위로 뒤집어 시야에서 벗어나게 만들고는 맨눈으로 살폈다. 더 나은 시야를 확보하려고 뒤로, 왼쪽으로 걸음을 옮겼다. 리처는 앞으로, 오른쪽으로 걸음을 옮겼다.

한참 멀리 떨어진 곳에서 무엇인가가 불길에 휩싸여 있었다.

놈은 3미터쯤 떨어져 있었다. 오른쪽에, 그리고 약간 앞에. 건장한 체격이었다. 야간투시경을 위로 올린 놈은 영화배우처럼 미남이었다.

야간의 활 사냥꾼.

사냥 대상은 무엇일까?

항상 피해자가 있다고 뇌 뒷부분이 말했다.

리처는 몸을 움직였다.

놈이 소리를 들었다. 놈은 매끄러운 한 번의 동작으로 등에서 활을 벗겨냈다.

놈의 손에는 순식간에 화살이 들려 있었다. 놈은 화살을 메긴 시위를 절반쯤 당겨 화살이 아래쪽을 향하게 만들어서는 무기를 절반쯤 준비된 상태로 유지했다. 놈이 사방을 둘러봤다. 놈의 야간투시경은 여전히 위쪽에 있었다. 사용되지 않는 상태. 화살촉은 넓고 평평했다. 달빛을 받은 화살촉이 희미하게 빛났다. 용도에 알맞은 쇳덩어리였다. 그 화살로 맞추면 사냥감에게 어느 정도 피해를 줄 것이다. 도끼에 맞는 것과 비슷하겠지만, 피해는 그보다 더 심할 것이다.

그러더니 놈이 두 손으로 활을 높이 올렸다. 놈이 팔뚝을 써서 투시경을 제자리로 내렸다. 이제 놈은 다시 어둠 속을 볼 수 있었다. 놈이 얼굴 한쪽에 캔 커피 크기만 한 커다란 유리 눈을 단 그로테스크한 모습으로 주위를, 대체로는 전방을 응시했다. 놈의 고개가 천천히 움직이고 있었다.

리처는 뒤로, 왼쪽으로 걸음을 옮겼다. 그는 나무들과 나란히 줄을 맞췄다. 약간의 시야를, 그렇지만 좁은 시야를 확보하고 싶었다. 좁을수록 나았다.

놈은 계속 사방을 응시했다. 놈은 전방에 아무것도 없다는 걸 확인했다. 그러고는 측면에 있는 게 무엇인지 확인하려고 방향을 돌렸다. 그러고는 뒤에 있는 게 무엇인지 확인하려고 조금 더 몸을 돌렸다.

그가 리처를 똑바로 쳐다봤다. 텅 빈 유리 렌즈가 그에게 고정됐다. 놈이 활을 올리고는 시위를 당겼다. 리처는 오른쪽으로 몸을 흔들었다. 발사된 화살이 그의 앞에 있는 나무에 깊이 박히면서 단단한 나무가 줄기에서 꼭대기까지 텅텅 소리를 노래하게 만들었다.

도끼가 가격한 것과 비슷했지만 피해는 그보다 더 심했다.

놈이 훈련된 재빠른 몸놀림으로 화살을 다시 메겼다. 화살통에서 화살을 꺼내 시위의 윗부분부터 출발한 화살깃이 제자리를 잡게 만든 다음 시위를 당기는 것까지를 모두 오른손으로 했다. 수동식 노리쇠가 달린 라이플을 작동시키는 것보다 심하게 느리지는 않은 동작이었다. 동일한 종류의 몸놀림.

리처가 큰 소리로 물었다. "사람을 겨냥해서 활을 쏘고 있다는 걸 알고 있나?"

놈이 다시 화살을 날렸다. 시위가 풀리면서 공기에 큰 에너지가 퍼졌다. 날아가는 화살에서는 쉿 소리가 났고 화살이 나무를 때릴 때는 앞서와 똑같은 묵직한 텅 소리가 났다.

리처는 생각했다. 지금 화살은 그렇다는 대답으로 받아들여야겠군.

그럴 거라고 했잖아, 뇌 뒷부분이 말했다.

뇌 앞부분이 언급했다. 리처가 세계의 많은 지역에서 복무한 것을 비롯해 파란만장한 긴 인생을 살아오는 동안 활과 화살로 공격을 받아본 적은 한 번도 없었다는 사실을. 이건 생판 새로운 경험이었다. 그렇지만 현재까지는 조금도 재미있지 않았다. 야간투시경은 문젯거리였다. 리처는 엄청나게 불리한 처지였다. 그는 2세대 장비를 무척 잘 알고 있었다. 그는 다

양한 AN/PVS 모델들을 사용해봤었다. 육군 해군 휴대용 시각 수색Army Navy
Portable Visual Search. 대부분의 2세대 군용 장비처럼, 그것들은 1세대 장비에서
논리적으로 발전된 장비들이었다. 이미지들은 렌즈 가장자리 주위에서 대
단히 선명해졌다. 빛을 1천 배에서 2만 배까지 증폭시켰다. 화소가 고운
굉장히 상세한 이미지를 약간 회색기가 돌고 대체로는 녹색기가 도는 흑
백으로, 약간 차갑게, 약간 성기게 보여줬다. 약간 부드럽고 유령 같은 이
미지를. 현실성이 아주 높지는 않은, 어떤 면에서는 더 나은 이미지를.

　엄청난 전술적 이점. 2만 배는 큰 차이였다. 그의 입장에서 빛은 0배 증
폭된 셈이다. 그의 시야는 거의 칠흑처럼 깜깜했다. 나무와 나무가 아닌
것을 분간하는 것조차 안간힘을 쓰며 눈을 부릅뜨고 응시해야 했다. 아른
거리는 달빛이 이따금 깜빡였다. 실제로 그런 빛도 일부 있었지만, 대체로
는 그의 소망에 찬 마음이 빚어낸 거였다. 왼쪽 먼 곳의 하늘이 오렌지색
으로 밝아졌다. 더 밝아지고 있었다. 그는 다음 화살촉이 반짝이는 걸 볼
수 있었다. 허공을 관통할 준비를 마친 상태였다. 화살촉이 나무들 사이
에 난 일직선을 찾으려 애쓰면서 왼쪽으로 이동했다 오른쪽으로 이동했
다. 놈은 앞으로 발을 내디뎠다가 뒤로 발을 내디뎠다가 왼쪽으로 갔다가
오른쪽으로 갔다. 제대로 한 발 날리려 애쓰면서. 3차원의 문제. 그러다가
리처가 움직이기 시작하면서 4차원의 문제가 됐다. 리처는 일정한 패턴을
보이지 않으면서 왼쪽, 왼쪽, 오른쪽으로 움직였다. 이동이라기보다는 몸
을 흔드는 수준이었지만, 놈이 매번 화살의 궤적을 새로이 계산하게 만들
기에는 충분했다.

　리처가 큰 소리로 외쳤다. "더 가까이 와야겠는걸."

　놈은 움직이지 않았다.

리처가 말했다. "내가 있는 숲으로 들어와."

놈은 대답하지 않았다.

"내가 사슴이었다면 그렇게 했을 거잖아." 리처가 말했다.

놈은 그 자리를 고수했다. 캔 커피만 한 유리 렌즈의 끄트머리는 리처를 정확하게 노려볼 수 있었다. 리처는 렌즈의 오른쪽 가장자리를 간신히 보고 있었다. 기하학적인 용어로 말하면 현弦을. 동그라미에서 잘린 둘레. 놈이 리처의 오른쪽 눈만, 그리고 나무의 넓은 몸통과 어쩌면 그의 왼쪽 어깨의 일부를 보고 있다는 뜻이었다. 그리 좋은 표적이 아니었다. 리처는 다트부터 핵미사일까지 사이의 무엇으로건 표적을 명중시킬 수 있는 사람들을 잘 알았다. 그런데 그가 아는 사람들 무리에 활을 든 놈이 끼어 있지 않은 건 분명했다.

"내가 있는 숲으로 들어와." 리처가 다시 말했다.

놈은 대답하지 않았다. 놈이 철저하게 고민하고 있는 건 틀림없었다. 리처는 확신했다. 작고 북적대는 공간. 작전대로 몸을 놀리기에는, 특히 활을 들고 그러기에는 제한된 공간. 전술적으로 불편하다. 표적과 떨어진 거리의 관점에서는 특히 그렇다. 표적과 떨어진 거리가 팔 길이보다 길 경우는 주위에 있는 나무가 걸리적거렸다. 그런데 표적과 떨어진 거리가 팔 길이보다 짧으면 그걸로 게임 끝이었다. 상대가 활을 움켜쥘 수 있고, 야간투시경이 상대에게 맞아 벗겨질 수 있으며, 화살통에 있는 치명적인 무기들을 약탈당할 수 있기 때문이다. 화살은 막대기에 달린 칼이나 다름없는 무기였다. 놈은 그걸 스무 개쯤 갖고 있었다.

놈은 숲으로 들어오려 하지 않았다.

리처는 왼쪽으로 이동했다. 화살촉이 그를 따라왔다. 여전히 명확하게 조준할 수는 없었다. 그렇다고 세 걸음을 더 걸을 여유도 없었다. 그곳에서는 머리 위의 캐노피가 얇은 탓에 달빛이 비칠 것이기 때문이었다. 머리 위의 캐노피가 얇은 건 나무가 없기 때문이었다. 그러면서 구멍 같은 공터가 남았다. 놈들이 메르세데스를 돌린 곳보다 훨씬 작은 공터가. 너비도 절반쯤이고 깊이도 절반쯤 됐다. 그렇지만 공터인 건 똑같았다. 공터는 리처가 택한 경로의 바로 앞에 있었다. 가는 길에 나무가 한 그루도 없는 방 크기의 공간. 제대로 화살을 날릴 지점을 찾아내는 게 수학적으로 불가능한 일은 아니었다. 시도 가능한 대안들은 항공기 기내지의 뒤표지에 인쇄된 비행 경로 지도처럼 보일 것이다.

제일 중요한 요소는 스피드가 될 터였다. 달리는 남자가 그 공간을 가로지르는 데 걸리는 시간은 1초도 채 안 될 것이다. 그 사람에게 중요한 무게중심이 측면으로 쏠릴 것이다. 무게중심은 특정한 시점에 그 시간과 공간을 0.1초에 못 미치는 시간에 통과할 것이다. 화살은 빠르지만, 총알만큼 빠르지는 않다. 화살이 나무에 맞고 굴절돼 표적에 명중되도록 하려면 계산을 해야만 할 것이다. 표적보다 앞선 지점으로 화살을 날려야 할 것이다. 표적이 도착하려는 공간으로. 예측을 해서 화살을 날려야 할 것이다. 사전에. 놈에게는 달리 선택의 대안이 없었다. 투수가 던지는 속구에 스윙을 하는 것과 비슷했다. 놈은 몰두해야 했다.

리처는 왼쪽으로 잽싸게 달렸다. 성큼 한 걸음 내딛고, 두 걸음을, 세 걸음을 디딜 때마다 최대한의 가속도를 붙였다. 놈은 확실한 슬램덩크를 꽂겠다는 일념으로 그가 있을 지점으로 화살을 날렸다. 그러나 리처는 수비하는 상대 선수가 아무도 없는 필드를 달리는 러닝 백처럼 마지막 나무 바로 앞까지 쌩쌩 달려 나갔다. 그러고는 나무가 한 그루도 없는 방 크기만

한 공간으로 들어가는 대신, 화살을 다시 메기려고 더듬거리는 놈에게로 직행했다. '엄마 집 지하실에서는 누워서 떡 먹기였겠지'라고 리처는 생각했다. 그런데 지금은 그렇지가 않아. 그는 놈을 향해 곧장 질주하며 어깨를 앞세웠다. 최대한의 타격. 꼼꼼한 마무리는 필요하지 않았다. 놈이 큰대자로 쭉 뻗었으니까. 리처는 어디가 됐든 제일 가까이 있는 놈의 부위를 걷어찼다. 그러고는 활을 움켜쥐고는 놈의 머리에서 야간투시경을 벗겼고 화살통에서 화살 하나를 꺼냈다.

그러고는 잠시 멈칫했다.

표적과 떨어진 거리가 팔 길이보다 짧으면 그걸로 게임 끝이었다.

놈들도 그걸 알 것이다.

놈들은 짝을 이뤄 사냥할 것이다.

그는 놈의 멱살을 잡고는 오솔길에서 먼 쪽 측면의 숲으로 끌고 갔다. 놈의 활이 아스팔트에 부딪히며 덜거덕거렸다. 불행히도 활은 확 트인 공간에 누워 있는 신세가 됐다. 그 활은 또렷한 이야기를 들려줬다. 영화를 여는 오프닝 프레임처럼. 리처는 숲속 2미터 지점에서 걸음을 멈췄다. 놈을 끌어올려 똑바로 세웠다. 놈을 인간방패처럼 앞에 세웠다. 그러고는 놈의 뒤에서 화살 끝을 놈의 턱 아래로, 살점이 많은 부위로 밀었다. 놈은 까치발로 서서는 고개를 젖힐 수 있는 데까지 높이 젖혔다.

리처는 더 힘주어 밀었다.

그가 속삭였다. "누구를 사냥하고 있는 거야?"

놈은 한숨을 쉬듯 숨을 내쉬었는데, 현재의 긴장된 상태가 아니었다면, 그 소리는 해결하려면 엄청난 학식과 치열한 논쟁이 필요할 어마어마하게 복잡한 화두를 막 받아들고는 깊은 생각에 잠기는 소리로 들렸을 것이다. 놈이 자기 견해의 서두를 열 문장을 속으로 리허설하는 동안, 뒤에 서 있는 리처조차 놈의 입술이, 부분적으로는 잠재의식에 의해, 들썩이고 있다는 걸 감지할 수 있었다. 그렇지만 놈은 아무 말도 하지 않았다. 대신, 놈의 호흡은 한동안 패닉 상태로 빠져들었다. 그러고는 결심을 굳힌 듯했다. 무엇인가를 받아들였다는 듯이. 리처가 놈의 패닉이 극도로 복잡한 사안에서 비롯됐다는 걸 깨달았을 때는 이미 늦은 참이었다. 놈이 고민한 대상에는 출동한 경찰과 FBI와 케이블 TV, 세기의 재판, 공개적으로 진행되는 기괴한 프릭 쇼^{기형인 사람이나 동물을 보여주는 쇼}, 수치심과 굴욕감과 민망함과 혐오감이 포함돼 있었다. 확실하게 선고될 종신형도.

그가 받아들인 건 이제부터 하려는 일이었다.

이런 상황에서 관련자 모두를 위한 최선의 행동.

놈은 무릎 아래에 있는 두 발을 불가사리처럼, 항공기 출입구에서 뛰어내리는 낙하산 부대원처럼 뒤집었다. 그러고는 놈은 앞으로 돌진하면서 쓰러지는 무게 전체를 턱 아래에 있는 화살의 뾰족한 끝에 실었다. 화살 끝은 살을 헤집고 그의 입으로 들어와 혀를 꿰뚫고 입천장을 꿰뚫고 비강을 꿰뚫고 뇌로 들어갔다.

리처는 놈을 놔줬다.

뒷방에서 스티븐은 모니터가 하나씩 꺼지는 걸 보고 있었다. 카메라 대부분은 모텔에 설치돼 있었다. 빗물 배수관을 받치는 버팀대로 위장된 채 바깥쪽을 바라보고 있었다. 모텔이 불타는 동안, 그것들도 불탔다. 모든 통신용 허브도 지붕 공간에 있었다. 모든 무선 안테나도, 모든 전화선도. 누가 봐도 거기가 그런 걸 설치하기에 뻔한 위치였다. 숲 전체를 놓고 볼 때,

모텔은 중심에서 가장 가까운 곳에 있었다. 게다가 지대도 약간 높았다. 어쨌든 그들은 모텔을 재건했다. 모든 걸 거기에 투입했다. 그런데 지금 그곳이 불타고 있었다. 비밀 인터넷 계정을 위한 은폐된 위성접시를 포함해서. 그 IP 주소를 추적할 방법은 없었다. 그런데 이제 그게 사라졌다. 그들은 세상에서 홀로였다. 세상과 단절됐다.

손전등 속에 있는 GPS는 여전히 작동했다. 칩이 보내는 신호는 주택으로 직행하게 설정돼 있었다. 현재 GPS는 패티와 쇼티가 오솔길 어귀로 향하고 있다는 걸 보여줬다. 일직선으로. 틀림없이. 불타는 모텔을 바로 뒤에 두고는. 영리했다. 이건 전혀 생각하지 못했던 거였다. 그들이 가졌던 브레인스토밍 세션에서는 전혀 등장하지 않았던 계책이었다. 그들이 해본 시뮬레이션에서도 마찬가지였다. 사전에 이런 계책을 떠올렸어야 마땅했다. 야간투시경이 있건 없건, 날름거리는 밝은 불길을 등지고 있는 사람들을 보는 건 무척 어려운 일이다. 그 사람들이 무척 가까이 접근하기 전까지는 그렇다.

그가 처한 마지막 문제는 3번 고객의 심장박동 모니터였다. 거기서 나는 소리는 알람소리처럼 들렸다. 심박 모니터는 꼭 필요한 장비는 아니었지만, 계약 조건의 일부였다. 사냥할 때 느끼는 스릴은 사냥감을 추적하는 과정에서 느껴진다는 관념을 테스트하고 싶었던 로버트가 행하는 개인적인 실험. 그는 태국에서 했던 경험을 바탕으로 스릴이 꼭 추적 과정에서만 느껴지는 건 아니라고 생각했다. 그는 그런 스릴은 사냥감을 궁지에 몰아넣은 이후의 기분 좋은 시간에 찾아온다고 생각했다. 그는 숫자들이 그런 생각을 입증해주기를 원했다. 그래서 고객들은 모니터를 착용해야 했다. 데이터는 기록됐다. 3번 고객은 방금 전까지만 해도 갈수록 증가하는 흥분을 보여줬다. 그러다가 그의 심박이 그리는 그래프가 방금 엄청난 정점을 찍은 후 밋밋한 선을 그었다. 그 모니터에 따르면 그는 죽은 사람이었다.

38

패티와 쇼티는 손을 잡았다. 반드시 필요한 말을 해야만 할 때, 어쩐 일 인지 손바닥과 손바닥의 접촉이 말로 이야기를 나누는 것보다 나았다. 두 사람 다 정신이 마비될 것 같은 기분과 제정신이 아닌 기분 사이의 어딘 가에 있는 묘한 기분이었다. 세상의 안팎이 거듭해서 뒤집어지는 것 같은 기이한 느낌 때문에 가끔은 숨이 쉬어지지 않았다. 칠흑같이 어두웠다. 그 래서 두 사람은 안전했다. 야간투시경 때문에 두 사람은 안전하지 않았다. 그런데 놈들이 야간투시경을 사용할 수 없다면 두 사람은 안전했다. 두 사 람은 한 걸음을 내디디며 안도감을 느꼈다. 숨바꼭질을 하는 꼬맹이들처 럼. 두 사람에게는 아무도 보이지 않았다. 그러므로 아무도 두 사람을 볼 수가 없었다. 다음 걸음을 내디딘 두 사람은 어마어마하게 크고 기다란 활 주로를 걷고 있는 것만 같았다. 광활한 벌판에서 그들을 찾으려는 1천 개 의 서치라이트의 조명을 받으며 단 둘만 있는 미미한 인간들처럼.

두 사람은 어떤 느낌이 진짜인지 몰랐다.

양쪽 다 진짜가 아닐 것이다.

두 사람은 계속 걸었다.

두 사람은 화살들이 쏟아지기를 기다렸다.

아무것도 날아오지 않았다.

두 사람은 양 측면에 보초들이 넓게 퍼져 있을 거라 예상했다. 최선의 상황이 되기를 소망하는, 이른 접촉이 이뤄지기를 바라는 안달복달하는 유형들. 두 사람은 불길의 한가운데에 가까운 위치에서 전진하는 전략으로 놈들을 피하겠다는 계획을 세웠다. 멀리 떨어진 전초기지 두 곳 사이의 중간쯤에 있는 위치에서. 걸을 때마다 불길을 등에 지고. 그러다가 마지막 순간에는 불길의 모서리가 두 사람을 보호해주는 구역의 제일 끄트머리 지점까지만 경로에서 이탈하는 걸 계획했다. 그러고서는 숲에서 우회해서, 오솔길에서 약간 멀리 떨어진 곳에서 오솔길 방향으로 길을 잡을 작정이었다. 그게 오솔길을 향해 곧장 걸어가는 것보다 낫다고 두 사람은 생각했다. 오솔길 어귀는 무척 꼼꼼한 감시의 대상일 게 확실했다.

더불어 두 사람은 따로따로 갈 계획을 세웠다. 일시적으로만. 10미터 정도의 거리만 떨어져서.

"서로를 도와주기에는 충분히 가까운 거리야." 패티가 말했다.

그러고는 생각했다. 다른 사람이 살해당할 때 탈출할 수 있기에 충분히 먼 거리이기도 해.

그러면서도 입으로는 큰 소리로 말했다. "한 덩어리의 표적이 되지 않을 정도로 충분히 먼 거리이기도 해."

그들의 뒤쪽 멀리에서 모텔의 지붕이 무너졌다. 엄청난 불꽃의 구름이 피어올랐고, 허기진 새 불길들이 대들보 위에서 새로운 여행길에 나섰다. 화염은 어느 때보다도 밝았다.

"지금이야." 패티가 말했다.

두 사람은 남쪽으로 갔다. 두 사람의 오른쪽으로. 두 사람은 옆길을 따라 걸었다. 전방을 힐끔거리고 후방의 화염을 힐끔거리면서. 불길이라는 후광의 가장자리 바로 옆에 위치하는 것을 통해 보는 사람이 방향감각을 잃게 만들 정도로 타오르는 불길의 보호막 아래에 계속 머무르려 애를 쓰면서. 또한 과감하게도 넓은, 더 넓은, 여전히 더 넓은 경로를 택하는 것으로 한계를 초월하면서. 그러다가 두 사람이 합의한 대로 쇼티가 숲을 향해 뛰어갔다. 그가 숲에 도착했다. 패티는 기다렸다. 아무 소리도 들리지 않았다. 비명을 질러서 보내는 경고도 없었다. 그녀는 나무들 사이를 비집고 나가면서, 오솔길 방향으로 동일한 동그라미 4분의 1 크기의 꼭대기 부분을 겨냥하며 그를 따라갔다. 앞에 있는 그가 내는 소리를 들을 수 있었다. 그녀는 그를 돕기에 충분히 가까운 곳에 있었다. 그녀는 뒤를 힐끔거렸다. 그녀는 쇼티에게 무슨 일이 닥칠 경우 탈출하기에 충분히 멀리 있었다. 탈출해야 할까? 그녀는 생각했다. 내 입장에서 좀 생각해봐, 베이비. 누가 무슨 짓을 할지 그 누가 알겠어?

그녀는 계속 걸었다.

그러다가 두 가지 일이 너무나 빠르고 느닷없이 벌어지는 바람에 그녀는 넋을 잃었다. 그 일들은 난데없이 벌어졌다. 눈으로 포착하기에는 지나치게 빨리 벌어졌다. 두 가지 일이 벌어졌다. 그게 그녀가 아는 전부였다. 그러고는 아무 일도 일어나지 않았다. 쇼티가 난데없이 그녀 앞에 서 있다는 것, 그리고 어떤 남자가 땅바닥에 누워 있다는 걸 제외하면. 그러더니 정신적인 반응인 것처럼 머릿속에서 고통스러운 슬로모션 리플레이가 행해졌다. 정신적인 상처를 치유하려는 의도로 그러는 것처럼. 외상 후 장애. 그녀는 머릿속에서 한 남자가 나타나는 걸 봤다. 말 그대로 악몽 같은 모습으로. 남자는 온통 검은색이었다. 몸에 쫙 붙는 나일론 옷과 활, 화살, 흉물스러운 외눈 기계를 단 얼굴. 활이 오른쪽으로 휙 움직이더니 낮은 곳에 있는 그녀의 다리를 겨냥하며 기울어졌다. *그들은 화살을 쏴서 부상을 입히겠죠.* 그러더니 시위가 당겨졌고, 화살촉이 달빛 속에서 깜박거렸다. 그런데 쇼티가 땅에서 솟아난 것처럼 놈의 뒤에 나타나 시위 진압경찰처럼 기다란 금속 손전등을 휘둘러 놈의 귀 뒷부분을 제대로 강타했다. 쇼티의 스윙에는 감자 농사꾼의 육중한 덩치와 근육이 1그램도 빠지지 않고 다 실려 있었고, 거기에 그의 분노와 격분과 두려움과 굴욕감이 한 줌도 빠지지 않고 다 실려 있었다. 놈이 푹 쓰러졌다. 죽었다고 그녀는 확신했다. 소리만 들어도 알 수 있었다. 손전등 대 놈의 두개골. 그녀는 시골 아가씨였다. 황소가 죽는 소리를 충분히 많이 들어봤기에 그걸 알 수 있었다.

도움을 주기에 충분할 정도로 가까운 거리.

효과가 있었다.

"고마워." 그녀가 말했다.

"손전등이 망가졌어." 그가 말했다. "켜지지 않아."

"내 거 가져." 그녀가 말했다. "그게 내가 해줄 수 있는 최소한의 일이야."

"고마워."

"천만에."

"내 걸 무기로 갖고 있어." 그가 말했다.

두 사람은 손전등을 맞바꿨다. 우스꽝스러운 작은 의식.

"고마워." 그녀가 다시 말했다.

"천만에."

그녀는 시선을 돌렸다.

"그런데," 그녀가 말했다.

"그런데 뭐?"

"놈들은 우리 둘이 함께 있다는 걸 알아. 놈들은 우리가 이런 플레이를 할 거라는 걸 알았던 게 분명해."

"내 생각도 그래."

"이건 놈들 입장에서는 위험한 상황일 거야."

"내 생각도 그래."

"놈들은 사전에 그걸 알고 있었던 게 분명해."

"그렇지."

"그렇다면 놈들이 택할 명백한 전략은 짝을 이뤄 사냥을 하는 걸 거라고 생각해."

어떤 목소리가 말했다. "졸라 맞는 말이야, 꼬마 아가씨."

두 사람은 몸을 돌렸다.

또 다른 악몽 같은 모습. 피부에 쫙 달라붙는 번들거리는 검정 나일론, 여러 재질이 뒤섞여 구성된 탓에 정신 사나워 보이는 복잡한 활들, 서빙용 스푼만큼이나 큰 금속 화살촉, 표정이라고는 없는 유리 렌즈를 통한 키클롭스의 눈길.

악몽 같은 모습이 쇼티의 다리를 쐈다.

시위가 텅 소리를 냈고 화살은 쉿 소리를 냈으며 쇼티는 비명을 지르면서 트랩도어 아래로 추락하는 사람처럼 쓰러졌다. 화살이 그의 허벅지에 박혔다. 그는 허벅지를 붙잡고는 고개를 이리로 저리로 돌리고 이를 악물었다. 그래서 그의 비명은 고통 때문에 기관총처럼 쏟아지는 헐떡거리는 소리로 분절됐다. 그 소리는 질주할 때의 심장박동처럼 아 아 아 하는 숨소리보다 훨씬 빨랐다.

패티는 조용했다. 쇼티가 전에 그랬던 것처럼. 그녀는 넋이 나갔다. 이제는 그가 넋이 나갔다. 갑자기 그녀는 생각했다. 이게 우리 인생이 우리에게 안겨주기로 돼 있는 느낌이야. 그녀는 머릿속에 울리는 자기 목소리를 들었다. 그녀가 그녀 자신의 팀메이트인 것처럼. 그녀의 어깨에서 속삭이는 소리가 확실하게 말했다. 쇼티의 상태가 좋지 않지만, 앞으로 3초 안에 그의 상태가 더 심해지는 일은 없을 거야. 그건 의학적으로 가능하지 않은 일이야. 그러니까 기탄없이 다른 일을 먼저 신경 쓰도록 해.

그 일이란 활을 든 남자였다. 늙은이라는 걸 그녀는 알아봤다. 갑자기 두 번째 팀메이트가 그녀의 어깨에 올라서서는 확실하게 속삭였다. 너는 이제 더 많은 걸 훨씬 더 자세하게 인지하게 될 거야. 지금 너는 감각들이 더 예민해지는 높은 수준에서, 또는 더 원초적인 수준에서 활동하고 있으니까. 그래서 놈이 머리부터 발끝까지 반짝거리는 검은색 차림이고 얼굴에는 기계를 달고 있지만, 그래도 놈의 자세와 몸놀림을 보면 놈이 네 할아버지 연배라는 걸, 자세가 구부정하고 가슴은 참새처럼 비좁다는 걸 알 수 있을 거야. 우리가 아는 나이 많은 사내, 삼촌들과 종조부들 등을, 그리고 그들의 형편없는 체형을 다시 생각해봐. 그러고는 그들의 키와 몸무게에 맞춰 생각을 조정해보면, 이 남자에 대해 걱정할 건 그리 많지 않을 거야.

화살을 다시 메기는 놈의 몸놀림은 느렸다. 놈의 오른쪽 팔꿈치가 천천히 굽혀졌다. 어색해 보였다. 관절염인 것 같았다. 놈은 화살을 서둘러 찾으려고 허우적거리는 것으로 느린 동작을 벌충하려 애썼다. 놈이 화살을 잡으려고 더듬거렸다. 패티는 숨을 들이쉬었다. 그녀는 자신이 촘촘한 V자 대형의 꼭짓점에 있다고 느꼈다. 어쩐 일인지 대형이 움직이고 있었다. 요란한 음악이 흐르고, 그녀의 충직한 팀메이트들이 그녀의 어깨에서 그녀의 성공을 기원하며 행진하며 그녀에게 앞으로 나아가라고 재촉해서 그녀가 무게가 없는 사람처럼 허공을 둥둥 떠다니게 만들었다.

첫 팀메이트가 속삭였다. 모든 걸 고려해봤을 때, 무엇보다도 기억해야 할 일은 저놈이 쇼티에게 화살을 쏜 놈인 거라고 생각해. 그건 어느 기준으로 봐도 완전히 맛이 간 짓이야.

두 번째 팀메이트가 말했다. 야간투시경이 놈의 얼굴을 보호해줄 거야. 그러니 놈의 목을 겨냥하는 게 나아.

내 걸 무기로 갖고 있어, 쇼티가 말했었다.

그녀는 근사하게 그 일을 해냈다. 이전의 경험이 거의 없었음에도, 그녀의 몸을 이루는 모든 분자가 지금 일어나고 있는 일을 느꼈다. 그녀는 모든 화학물질이 뇌로 밀려드는 걸 감지했다. 그녀는 복잡한 감정들에 휩싸였다. 대체로는 쇼티에 대한 감정이었다. 원초적인 느낌들. 그녀가 예상했던 것보다 훨씬 더 강렬한. 일부 감정은 사전에 다운로드된 간단한 소프트웨어였다. 야만적이던 선사시대가 인류에게 남겨놓고 간 먼지 쌓인 오래된 행동 매뉴얼들. 그녀는 그것들을 모두 흡수했다. 그러자 그것들은 그녀에게 동물적인 우아함을, 힘을, 스피드를, 정교함을, 흉포함을 줬고, 거기에 그것들을 모두 능가하는 고요한 인간적인 자유분방함 같은 걸 줬다. 그리고 그 자유분방함 덕에 그녀는 본능에 철저히 굴복했다. 그녀는 춤을 추며 그 공간을 가로질렀다. 손전등을 등 뒤로 당기고 완벽한 걸음들을 성큼성큼 내디딘 후 낮은 위치를 유지하게 만든 손전등을 앞으로 스윙하며 힘껏 가속도를 붙였다. 키클롭스의 눈이 손전등을 쫓아 아래로 내려왔다. 그런 후 손전등은 야만적인 U자 모양의 커브를 그리며 솟구치면서 내려오는 턱과 아치 모양의 목 사이에서 좁아지는 각도를 파고들었다.

손전등이 강타하면서 으드득거리는 게 그녀의 팔꿈치까지 느껴졌다.

놈은 천으로 된 밧줄을 향해 질주하다 밧줄에 튕긴 사람처럼 쓰러졌다. 놈은 등부터 땅에 떨어졌다. 그녀는 놈의 활을 잡고는 멀리 던졌다. 놈의 야간 투시경이 두꺼운 고무 밴드로 놈의 머리에 걸려 있었다. 그녀는 그걸 벗겨 냈다. 놈은 마르고 창백하며 심술궂은 인상이었다. 일흔 살쯤 돼 보였다.

놈이 금붕어처럼 입을 빠끔거렸다.

놈의 눈에서 패닉 상태라는 게 읽혔다.

놈은 숨을 쉬지 못했다.

놈은 양손으로 긴급하다는 제스처를 필사적으로 취하면서 자기 목을 가리켰다.

숨을 못 쉬겠어, 놈의 입술이 말했다.

그것 참 안됐네, 그녀는 생각했다.

그러자 그녀의 귀에 쇼티가 훌쩍거리는 소리가 들렸다.

나중에 그녀는 변호사가 그녀에게 살의에 물든 격노에 불현듯 휩싸였다고 비난하더라도 방어할 수단이 없을 거라는 걸 알게 됐다. 또는 변호사가 그녀에게 '당신이 피해자를 손전등으로 죽을 때까지 구타한 게 사실입니까?'라고 준엄하게 묻는다면? 그녀가 그렇게 한 건 철저히 사실이었다. 전적으로 머리만 연달아 가격해서. 얼굴도 많이 갈겨서. 젖 먹던 힘까지 끌어내서. 놈의 두개골이 못이 잔뜩 담긴 봉지처럼 보일 때까지.

그런 후 그녀는 엉금엉금 기어 쇼티에게 돌아갔다.

쇼티는 조용했다.

그는 패티가 그러는 걸 봤다.

우선 중요한 일부터 해야 했다. 그녀는 그의 팔 밑에 손을 넣어 그를 숲 속 깊은 곳으로 끌고 갔다. 그를 나무에 기대 똑바로 앉혔다. 그의 두 다리를 앞으로 쭉 폈다. 그러고는 자신이 죽인 놈에게로 달려서 돌아갔다. 그녀는 놈의 야간투시경을 챙겼다. 그걸 머리에 둘렀다. 그게 싫었다. 장비에서는 놈의 숨결과 머리카락 냄새가 났고 금속은 지저분했으며 군용 고무는 싸늘했다.

그런데 이제 그녀는 앞을 볼 수 있었다. 환상적일 정도로 상세한 야광의 녹색으로. 모든 나무의 모든 이파리의 모든 잎맥이 핀처럼 선명했다. 내부에서 조명을 켠 것처럼 부드럽게 빛났다. 그녀는 발치에 떨어진 모든 잔가지와 나무껍질 조각을 무척이나 정확하게 봤다. 햇빛으로 보는 것보다 나았다. 이상야릇한 모습이었다. 빛이 증폭되고 부드럽게 매만져진 광경이었다. 슈퍼맨이 된 기분이었다.

그녀는 쇼티에게 달려가서는 일에 착수했다.

리처는 죽은 사내의 야간투시경을 챙겼다. 그걸 머리에 두르고는 버클을 조정했다. 세상이 밝아지면서 녹색으로, 무척 상세하게 변했다. 화살통 전체를 챙겼다. 그걸 어깨에 둘러멨다. 막대에 꽂힌 칼 스무 자루. 빈손인 것보다 나은.

숲속 깊은 곳으로 이동했다. 길을 잃을 위험은 없었다. 여전히 나무들 틈으로 오솔길을 볼 수 있었다. 오솔길이 그의 왼쪽으로 30미터쯤 떨어져 있기는 했지만, 그래도 여전히 선명하게 보였다. 오솔길이 빛나는 정도는 다른 모든 것이 그런 정도하고 정확하게 똑같았다. 야간투시경은 그림자와 거리를 무시했다. 모든 단일 물체가 똑같은 녹색이라서 세심하게 주의를 기울여야 분간이 됐다.

그는 네 걸음을 이동한 뒤 멈춰 섰다. 그는 두 번째 놈이 가까이에 있을 거라고, 그렇지만 지나치게 가까이 있지는 않을 거라고 판단했다. 황급히 반응하기에 충분할 정도로 가깝지만, 열차 사고에서 벗어나기에 충분할 정도로 멀리 있을 거라고. 목소리가 닿는 거리 이내에 있는 건 확실했다.

그는 길고 느린 동그라미를 그렸다. 모든 걸 자세히 검토했다. 야간투시경은 열화상 이미지하고는 달랐다. 둘은 전적으로 차원이 달랐다. 야간투시경으로 볼 때 어떤 사람이 성냥으로 담배에 불을 붙인다면, 그 사람이 갑자기 밝은 화염으로 보이는 건 확실하다. 그런데 그건 열 때문에 그런 게 아니라 전적으로 빛 때문에 그런 거였다. 야간투시경은 열하고는 아무런 관련이 없는 장비였다. 그 사람이 담배에 불을 붙이지 않으면, 그의 모습은 전혀 드러나지 않을 것이다. 체온 때문에 두툼한 오렌지색 소시지로 보이지 않는 건 확실했다. 기껏해야 그는 다른 모든 흐릿한 유령 같은 형체처럼 그렇게 보일 것이다. 아니면 모습이 보이지 않거나. 그는 자동으로 위장한 상태가 될 것이다. 만물이 녹색이기 때문에.

놈의 흔적은 보이지 않았다.

리처는 오솔길의 다른 측면을 확인했다. 나무들 사이로 그쪽을 보려고 앞뒤로 이동했다. 50미터 떨어진 곳에서는 쉬운 일이었다. 완벽하게 자세히 보였다. 햇빛으로 보는 것보다 나았다. 양달과 응달이 없었다. 얼룩덜룩한 건 보이지 않았다. 가까운 곳과 먼 곳의 분간은 없었다. 나무 한 그루 한 그루가 정확하게 똑같이 빛을 발했다. 몇몇 악몽 같은 미래세계에 등장하는 동등한 방사성 나무들인 것처럼. 각각의 덤불과 블랙베리나무는 지폐에 새겨진 판화처럼 불가능해 보일 정도로 가냘픈 별개의 정밀한 선이었다.

그러다가 놈을 봤다.

오솔길 가장자리에서 2미터쯤 떨어진 곳에 있는 나무에 기댄 놈을. 몸에 쫙 달라붙는 어두운 색 복장에, 손에는 활을 쥐고 있었다. 놈은 대체로 오솔길 앞쪽을 살폈지만, 그러는 내내 뒤쪽을, 오솔길 아래쪽을, 등 뒤를 힐끔거렸다. 초조해하고 있었다. 놈은 파트너의 소리를 들을 수가 없었다. 이제 놈에게는 선택의 여지가 없었다. 반응을 보여야 하나, 아니면 열차 사고를 피해야 하나?

놈은 리처에게서 40미터 떨어져 있었다. 몰래 조심조심 접근해야 한다는 뜻이었다. 어쨌든 놈들 중 한 명에게는 그렇게 해야 한다. 공을 들여야 하는 과업. 힘든 일. 리처는 가만히 서 있었다. 때때로 그는 다른 놈이 하고픈 일을 하게 놔두는 것도 괜찮다고 믿었다.

우선 리처는 화살통에서 두 번째 화살을 꺼냈다. 한 손에 화살 하나씩. 그러고는 나무를 선택했다. 두껍고 튼튼한 나무로. 그는 라이언타운을 기준으로 판단할 때 60년쯤 된 나무일 거라고 생각했다. 그는 그 나무에 어깨를 기댔다. 모로 기댄 그의 몸통 두께는 나무의 너비보다 약간 더 두꺼웠다. 그렇지만 거의 비슷했다. 그는 한 걸음을 내딛고는 쪼그려 앉았다. 오른손의 화살을 덤불을 두드리고 때리고 낫처럼 흔드는 데 썼다. 그의 팔이 극적으로 크게 빗질을 해댔다. 비틀거리는 남자가 앞으로 쓰러지는 듯한, 구르는 듯한, 허우적거리는 듯한 소리를 흉내 내려는 의도에서였다. 그럴듯하게 들렸다. 그렇지 않을지도 모르고. 희귀한 포유류들이 짝짓기를 하는 소리처럼 들릴 수도 있었다. 따라서 그런 환상을 완벽하게 가다듬기 위해 그는 끔찍한 고통에 시달리는 것처럼 목에서 터져 나왔다 끊겼다 하는 헐떡거리는 소리를 요란하게 냈다. 부분적으로는 인내하는 듯한 소리였고, 부분적으로는 애원하는 듯한 소리였다. 그는 영화배우처럼 잘생긴 남자의 목소리와 비슷한 소리이기를 바랐다.

그런 후 똑바로 일어나 그가 택한 나무 뒤에 모로 섰다.

기다렸다. 2분을 통째로. 놈이 속지 않았다고 생각했다. 그러다가 놈이 내는 소리를 들었다. 가까이에서. 무척 조용하게. 느리지만 안정적으로. 정확하게 일직선상에서. 놈은 은밀하게 접근하는 데 능했다. 아마도 오른손잡이일 것이다. 따라서 활은 놈의 왼쪽에 있을 것이다. 활은 절반쯤 준비를 마친 채로 몸의 앞쪽에 있을 것이다. 시위는 절반쯤 당겨졌을 것이다. 느슨하지도 않고 팽팽하지도 않게. 어색한 자세. 놈은 왼쪽 어깨를 내밀고 있을 거고, 몸을 반쯤 옆으로 향한 채로 걷고 있을 것이다.

리처는 기다렸다.

놈의 속도가 느려졌다. 이제 놈은 소음이 들린 곳이라고 생각되는 지점에 가까이 있었다. 놈은 초조했다. 그렇지만 조심스럽기도 했다.

놈이 사나운 소리로 속삭였다. "이봐, 3호실, 거기 있는 거야?"

리처는 움직이지 않았다.

놈이 말했다. "형씨, 어디 있는 거야? 오는 길에 어딘가에서 형씨를 놓친 것 같아. 우리는 계속 이동해야 해. 저기에 있는 뭔가에 불이 났어."

텍사스 남부라고 리처는 생각했다. 예의 바르고 진심 어린 목소리.

그는 블랙베리나무들을 걷어찼다.

놈이 물었다. "3호실, 거기 형씨 맞아?"

리처는 움직이지 않았다.

놈이 물었다. "다친 거야?"

리처는 응답으로 목 뒤쪽에서 낮은 소리를 냈다. 그는 지금 내는 소리와 제일 가까운 영어 단어는 헐떡거리면서 길게 발음하는 '공기(air)'가 될 거라고 짐작했다.

놈이 슬금슬금 다가왔다.

더 가까이로 왔다.

놈은 어깨를 앞으로 내밀고 배를 드러내고는 리처가 있는 나무로 왔다. 투시경을 통해 앞을 보면서. 투시경은 여러모로 기술적으로 경이로운 장비였지만, 중요한 단점이 하나 있었다. 극단적으로 주변은 보여주지 않는다는 거였다. 놈이 나무를 완전히 돌아가는 데 필요한 것보다 반 발짝을 더 내디뎠다는 뜻이다. 놈의 눈에 리처가 보이기 전까지. 얼어붙기 전까지. 리처는 화살로 놈을 찔렀다. 복부 위쪽 높은 곳으로 사납게 어퍼컷을 날렸다. 화살촉이 리처의 주먹까지 밀려 내려올 정도로 힘껏, 놈의 발이 땅에서 떨어질 정도로 놈을 높이 들어 올리기에 충분할 정도로 힘껏. 리처는 화살을 놓고는 손을 잽싸게 뒤로 뺐다. 놈이 무릎을 꿇었다. 화살은 놈의 창자를 뚫었다. 놈이 쓰러졌다. 화살대 15센티미터쯤을 내려가면서, 그러고는 화살깃 위까지 몸이 꿰뚫리면서.

놈이 얼굴을 앞으로 하고 고꾸라졌다. 깃털 위에 쭉 뻗었다. 화살촉이 놈의 등을 뚫고 나왔다. 축축하고 끈적끈적해 보였다. 빨간색이 아니라 녹색이었다. 당연히.

스티븐은 손전등 하나를 잃었다. GPS가 깜빡깜빡하다 꺼지더니 다시는 살아나지 않았다. 충격 때문일 공산이 컸다. 현재 살아 있는 손전등은 숲속 2미터, 오솔길 안쪽 60미터 지점에 있었다. 손전등은 오랫동안 이동하지 않았다. 이유는 알 길이 없었다.

그런데 더 큰 걱정거리는 심박 모니터들이었다. 이제는 4번이 그리는 선이 밋밋해졌다. 기술적으로만 보면, 이제 그들의 고객 중 네 명이 사망한 상태였다. 분명히, 말도 안 되는 상황이었다. 장비 오류일 터였다. 그래야만 했다. 그런데 나중에 후회하느니 미리 조심하는 게 나았다. 어쩌면 누군가가 살펴보러 갔을 것이다. GPS는 피터와 로버트가 양쪽 측면에, 숲의 가장자리에 멀리 떨어져 있는 걸 보여줬다. 여전히 게임에 개입하지 않는 중립 모드였다. 두 사람이 거기에 있는 건 손님들이 요청했을 때 조언을 해주고 안심시키기 위해서였지, 그 외의 목적은 없었다. 마크는 건물들 쪽으로 돌아오는 넓은 고리 모양을 그리며 이동하고 있었다. 빠르지는 않았다. 걷는 중이거나 바이크를 느리게 몰고 있을 것이다. 너무 느렸다. 모두 이동할 필요가 있었다. 그들에게 얘기를 전할 필요가 있었다. 그런데 그럴 수가 없었다. 무전 허브는 타버렸다. 그들의 이어피스는 쓸모가 없었다. 그들은 아무 소리도 듣지 못하고 있었다. 그래서 아무 일도 하지 않고 있었다. 그들은 그저 불길이 치솟는 것만 보고 있을 것이다.

그러더니 남아 있는 손전등이 이동하기 시작했다.

39

쇼티의 바지는 피로 흠뻑 젖어 있었다. 패티는 옷을 찢을 수가 없었다. 너무 축축했고, 너무 무거웠고, 너무 미끄러웠다. 그녀는 뛰어가서 화살을 가져왔다. 그녀는 첫 화살이 박힐 때 만든 틈을 넓히기 위해 화살촉을 사용했다. 새 화살은 날카로웠다. 주방용 칼처럼 훌륭했다. 그녀는 상처의 양쪽을 세로로 15센티미터쯤 펼쳤다. 끈적거리는 옷감을 뒤로 벗겼다. 상처를 살폈다. 상처는 세로로 나 있었다. 화살은 위쪽에서 아래쪽으로, 무릎에서 허벅지로 3분의 1쯤 올라간 지점에 꽂혀 있었다. 정확하게 한가운데에. 근육을 찢고 들어가 뼈를 때렸다. 그녀는 의사는 아니지만 용어들은 알고 있었다. 사두근을 뚫고 대퇴골로. 대퇴동맥에서 90도 각도로. 혈관과 가깝지는 않다. 그는 과다출혈로 죽지는 않을 것이다. 운이 좋았다.

화살의 충격으로 뼈가 부러졌다는 걸 그녀가 확신한다는 것만 제외하면.

그녀는 다리 주위를 더듬었다. 다리 뒤쪽에 불룩 튀어나온 선반 모양의 덩어리가 있었다. 전위轉位 골절처럼. 그의 햄스트링이 제자리에서 밀려났다. 그는 헐떡거리고 끙끙거렸다. 이를 악물면서 낮은 소리로. 부분적으로는 통증 때문에, 부분적으로는 두려움 때문에 신음하며. 야간투시경으로 본 그는 흐릿한 녹색이었다. 충격을 받았지만, 완전히 거기에 휩싸이지는 않은 상태였다. 심장박동은 빨랐지만, 안정적이었다.

그녀는 옷을 찢는 데 쓴 화살을 살폈다. 화살촉의 모양은 단순한 삼각형이었다. 날카로운 모서리 두 개가 꼭짓점 한 곳에서 만났다. 촉의 몸통은 화살대에 자리를 잡기 위해 가운데가 우아한 모양으로 두꺼웠다. 무게와 힘을 덧붙이기 위한 모양이었다. 모서리는 면도날 같았다. 무엇이건 가르고 나갈 것이다. 그렇지만 미늘은 없었다. 모서리들을 무척 수월하게 다시 빼낼 수 있을 것이다. 추가적인 상처나 피해를 입히지 않고도. 화살이 뚫고 들어간 길은 이미 갈라진 상태였다.

쇼티의 근육이 경련을 일으키면서 화살을 힘껏 물고 있다는 걸 제외하면, 근육은 화살을 바이스^(공작해야 할 가공품을 끼워서 고정시키는 장치)처럼 움켜쥐고 있었다.

그녀가 말했다. "쇼티, 다리에 힘을 빼야 해."

그가 말했다. "다리에 감각이 없어."

"부러진 것 같아."

"그건 좋은 일일 리가 없잖아."

"자기를 병원에 데려가야 해. 그런데 지금은 먼저 화살을 빼야겠어. 지금 자기가 움켜쥐고 있는 그거 말이야. 자기는 그걸 놔야 해."

"화살을 어쩌지를 못하겠어. 내가 아는 거라고는 지옥처럼 아프다는 게 전부야."

그녀가 말했다. "이걸 정말로 뽑아야 한다고 생각해."

"근육을 문질러봐." 그가 말했다. "내 다리에 쥐가 난 것처럼."

그녀는 문질렀다. 그의 허벅지는 싸늘하고 축축하고 미끄러웠다. 피가 떡이 져 있었다. 그는 끙끙거리고 헉헉거리고 훌쩍였다. 그녀는 상처의 양쪽을 쥐어짜면서 엄지를 조금씩 화살촉 가까이 이동시켰다. 그러고는 양쪽을 조금 더 힘껏 눌러 입을 벌리게 만드는 것처럼 상처를 벌렸다. 피가 벌컥 쏟아졌다. 그러고는 피가 가느다란 녹색 강물처럼 흘러나와 일부는 이쪽으로 일부는 다른 쪽으로 흘렀다.

"우리가 어디로 가는 중인지 말해봐." 그녀가 말했다.

"플로리다." 그가 말했다.

"거기 도착하면 뭘 할 거지?"

"윈드서핑."

"그것 말고."

"티셔츠." 그가 말했다. "돈이 되는 품목."

"어떤 디자인?"

그는 잠시 멈칫하고는 생각에 잠겼다. 뭔가 세련된 것으로. 그러자 그녀가 화살대를 움켜쥐고는 제재소 선반에 걸린 2×4인치 목재를 빼낼 때 그랬던 것처럼 재빨리 힘껏 뽑아냈다. 화살이 빠져나왔고 쇼티는 악문 이빨 사이로 고통과 격분과 배신의 비명을 질렀다.

"미안." 그녀가 말했다.

그는 헉헉거리고 헐떡거렸다.

그녀는 재킷을 벗어 깨끗한 화살촉으로 소매들을 잘라냈다. 소매들의 끝과 끝을 함께 묶어 넉넉한 매듭을 지었다. 재킷의 몸통 부위를 할 수 있는 한 가장 작은 패드가 되도록 팽팽하게 접었다. 그걸 상처에 대고 눌렀다. 소매 두 개로 그 위를 묶었다. 그녀는 그 상황에서 할 수 있는 가장 훌륭한 솜씨를 발휘했다. 패드의 정면은 출혈을 막기 위한 압박 드레싱이었고, 뒷면은 일종의 부목이었다. 큰 매듭은 패드를 안정적으로 붙잡아줄 것이다. 적어도 한동안은. 그게 그녀의 바람이었다.

"여기서 기다려." 그녀가 말했다.

그녀는 첫 악몽의 인물에게로 달려서 돌아갔다. 쇼티가 갈겼던 놈. 귀 뒤에 금이 간 놈. 그녀는 그의 야간투시경을 벗겨냈다. 고무줄이 피로 미끈거렸다. 화살통에서 다른 화살을 챙겼다. 쇼티에게로 달려서 돌아갔다. 그녀는 그에게 차고 있으라며 헤드셋을, 들고 있으라며 화살을 건넸다. 안전을 위해. 최후의 방어수단으로.

"이제 나는 사륜 바이크를 찾으러 갈게." 그녀가 말했다.

그녀는 작동하는 손전등을 한 손에, 깨끗한 화살을 다른 손에 쥐었다. 그녀는 쇼티가 쓰러뜨린 놈에게 달려서 돌아갔다. 전에 섰던 자리에 섰다. 머릿속으로 그 광경을 재연해봤다. 놈이 그녀 앞에 나타났다. 악몽 같은 모습. 그녀와 얼굴을 맞댄. 다른 말로 하면, 놈은 남쪽으로 걸어오고 있었다. 북쪽에서. 오솔길 어귀에서 가까운 어딘가로부터.

그녀는 놈을 넘어 걸음을 옮긴 후, 어둠 속에서 나온 목소리가 두 사람 주위를 맴돌았던 쪽으로 이동했다. *졸라 맞는 말이야, 꼬마 아가씨.* 두 사람은 몸을 돌리고 그를 봤다. 놈과 얼굴을 맞대고. 놈도 남쪽으로 걸어오고 있었다. 역시 북쪽에서 오고 있었다. 오솔길 어귀에서 가까운 곳에서. 둘은 짝이었다. 함께 활동하는. 상식적으로 보면, 놈들은 뒤에 각자의 바이크를 남겨놨을 것이다. 한참 뒤쪽에 바이크를 세워뒀을 게 확실했다. 그러고는 도보로 이동했을 것이다.

그녀는 자신이 쓰러뜨린 놈을 넘어 걷기 시작했다. 북쪽으로.

마크는 그녀가 가는 걸 봤다. 그는 그녀를 쫓아가려던 참이었다. 그런데 마지막 순간에 그녀가 건너서 넘어가는 물체가 살짝 시야에 걸렸다. 시체. 남자 두 명의 시체. 그러면서 상황을 완전히 다른 시각으로 보게 됐다. 모텔이 불타버리는 건 충분히 나쁜 일이었다. 아이러니한 건, 모텔은 보험에 들어 있다는 거였다. 그런데 보험금을 청구하는 위험을 감수할 수 없다는 건 명백했다. 조사를 대충대충 하더라도 이건 방화사건이라는 게 밝혀질 것이다. 실제로 그러니까. 같은 시각, 스티븐은 자신이 보고 있는 것을 이해하지 못했다. 정확히 말하자면, 그중 하나도 이해가 안 됐다. 그 시점에서 무전기는 여전히 작동하고 있었다. 그래서 스티븐은 타월 뭉치에 대해 알렸고, 쇼티가 각각의 차량 뒷부분 아래에서 차례로 하는 미스터리한 작업에 대해서도 알렸다. 그런데 카메라 앵글이 좋지 않은 탓에 쇼티가 하고 있는 망할 놈의 일이 대체 무엇인지를 정확히 볼 수가 없었고, 갑자기 타월들이 몽땅 불길에 휩싸이기 전까지는, 그리고 놈이 그걸 사방에 던져대기 전까지는 누구도 그게 뭘 하는 짓인지에 대한 의견을 내놓지 못했다.

그건 브레인스토밍 세션이나 시뮬레이션이나 전쟁 게임에서는 한 번도 일어나지 않은 일이었다. 이제 그는 그런 상황을 떠올렸어야 옳았다는 걸 확인했다. 이건 반드시 예상했어야 하는 상황이었다. 고객들이 더 나은 사냥감을 공급하라고 계속 요구할 경우, 이런 일은 필연적으로 일어날 수밖에 없었다. 조만간에. 언제든 정말로 대담한 행보가 취해질 터였다.

그럼에도, 보험금은 청구할 수 없었다. 경찰들이 올 것이다. 그들은 잔해를 뒤질 거고, 온갖 이상한 것들을 찾아낼 것이다. 현금을 주고서 재건 작업을 하는 데 그들이 그날 밤에 벌어들인 액수의 절반이 투입됐었다. 이건 심각한 피해가 될 터였다. 다른 애들에게 오늘 밤에 발생한 피해 액수는 나중에 벌게 될 거라고, 그보다 더 많이 벌게 될 거라고 말할 수 있을 거라 생각하기는 했지만.

그렇기는 해도, 심각한 피해였다. 대안들이 있었을까? 갑자기 있었다는 생각이 들었다. 갑자기 생각이 떠올랐다. 재건을 왜 해? 모텔은 쓰레기장이었다. 그건 그에게는 아무것도 아니었다. 모텔은 그가 알지도 못하는 죽은 사람한테서 물려받은 오래되고 괴상한 소유권의 쓸모없는 일부였다. 그는 모텔에 대해서는 신경 쓰지 않았다. 그는 바로 그 순간 그 자리에서 모텔을 폐허로 남겨두기로 결정했다. 본체의 1인용 방을 개조하는 게 더 싸게 먹힐 것이다. '모텔'이라는 간판을 '민박'으로 바꾸는 게 더 싸게 먹힐 것이다. 새 플라스틱 글자들, 약간의 황금색 페인트. 다른 종류의 호객. 잘 먹힐 것이다. 어쨌든 그들에게는 한 번에 두 명 이상의 투숙객은 필요치 않았다. 사냥하러 온 고객들은 텐트에서 잠을 잘 수 있을 것이다. 야외 활동 경험의 일환으로.

그런데 죽은 사람들은 완전히 다른 카테고리에 속했다. 마크는 자신이 현실적인 사람이라는 데 자긍심을 느꼈다. 그는 자신은 감정에 눈이 멀지도 않고 감상에 지배되지도 않으며 인지적인 편견에 오도되지도 않는 사람이라고 느꼈다. 자신은 감정에 좌우되지 않고, 순수하게 이성적인 판단을 내리는 사람이라고 느꼈다. 자기는 결과를 예측하는 데 뛰어난 사람이라고 느꼈다. 머릿속으로 스피드 체스를 두는 것처럼. 그는 자신은 다음에 무슨 일이 일어날지 안다고 느꼈다. 이번에 이런 일이 일어나면 다음에는 저런 일이 일어나고 그다음에는 이런 일이 일어날 것이다. 그리고 바로 그 시점에 그는 많은 도미노 전체가 쓰러질 거라고 예견했다. 죽은 사람들은 실종자가 될 것이고, 이런저런 탐문이 진행될 것이며, 데이터가 추적될 것이다. 로버트가 사람들을 찾아낼 수 있었다면, 정부도 그럴 수 있을 것이다. 아마도 더 빨리.

그는 생각했다. 플랜 B를 위한 시간이야.

감상 따위는 없이.

그는 바이크로 걸어서 돌아가 주택을 향해 천천히 바이크를 몰았다. 모텔은 불에 타 무너졌다. 10호실 주위에 둘렸던 금속 우리만이 여전히 서 있었다. 우리는 빨간 체리 같은 빛을 발하고 있었다. 열기는 엄청났다. 주차장을 가로지르는 내내 열기를 느낄 수 있었다. 밤중에 불어오는 산들바람에 잉걸불이 유령처럼 잔물결을 일으키며 빨갛고 하얗게 어른거렸다.

헛간을 지나 주택에 도착한 그는 총알같이 바이크를 몰아 계단을 올라가서는 현관에 바이크를 세웠다. 그는 정문으로 들어가 방으로 직행했다. 스티븐은 그가 문으로 들어오기 전부터 인사를 했다. 고개를 들지도 않고. 그는 GPS를 주시하고 있었다.

마크는 스티븐의 어깨 너머를 살폈다. GPS 화면을. 손전등 하나만 보였다. 피터와 로버트는 여전히 양 측면에서 움직이지 않고 있었다.

스티븐이 말했다. "심박 모니터 네 개가 멎었어."

"이제는 넷이야?" 마크가 물었다.

스티븐은 화면들을 교체해서 데이터를 보여줬다. 별개의 그래프 네 개가 펼쳐졌다. 심장박동 vs 시간. 각각의 그래프는 산악지형을 연필로 스케치한 것처럼 보였다. 그래프 전부는 기본적으로 동일한 걸 보여줬다. 처음에는 솟구치면서 지속적인 흥분을, 그러다가 극도의 스트레스로 짧은 안정기를 보여주고는 아무것도 없었다.

"장비 오류일지도 몰라." 스티븐이 말했다.

"아냐." 마크가 말했다. "내가 벌써 두 명이 죽은 걸 봤어."

"뭐?"

"둘 다 머리를 두들겨 맞았어. 패티하고 쇼티한테 당한 것 같아. 개들,

우리가 생각했던 것보다 뛰어난 애들인 게 확실해."

"어디서 일어난 일인데?"

"오솔길 남쪽."

"다른 둘은 어떻게 된 거야?"

"몰라." 마크가 말했다.

스티븐은 화면을 GPS 화면으로 다시 교체했다. 멀쩡한 손전등이 숲을 통해 오솔길 아래로 이동하며 가장자리에 가까워지고 있었다. 피터와 로버트는 여전히 움직이지 않고 있었다. 별개의 윈도우에서 살아 있는 고객 두 명이 솟구치는, 그러면서도 안정적인 심박을 보여주고 있었다. 흥분된 상태. 추적하는 스릴. 그렇지만 심박이 느닷없이 급증하지는 않았다. 아직까지는 사냥감과 접촉하지 않은 상태였다.

"누구누구야?" 마크가 물었다.

"카렐하고 월스트리트 사람."

"두 사람이 어디 있는지 알 수 있어?"

"두 사람 바이크가 있는 곳만 말아. 두 사람은 중간구역을 맡은 것 같아."

"전방의 두 명하고 후방의 두 명은 이미 저세상으로 갔어. 이제는 저 사람들한테 달렸군."

"후방의 둘은 누구한테 당한 걸까?"

"모르지." 마크가 다시 말했다.

"있잖아, 이러면서 모든 게 달라졌어. 이제는 전과 같지 않아."

"내 생각도 그래."

"어떻게 하고 싶어?"

"플랜 B." 마크가 말했다. "손전등이 가는 곳을 신중하게 살펴봐."

스티븐은 스크린에서 눈을 떼지 않았다.

마크는 재킷 아래에서 상자 모양의 검정 권총을 꺼냈다. 그의 팔꿈치가 높이 올라갔다. 권총이 길었기 때문이었고, 소음기가 달려 있었기 때문이었다. 그는 스티븐의 뒤통수를 쐈다. 스티븐의 몸뚱어리가 안정을 찾자 다시 한번 쐈다. 확실하게 끝을 맺으려고. 플랜 B는 확실함을 많이 요구했다.

그는 벽장에서 현금 가방들을 꺼내 복도 바닥에 내려놨다. 벽장 뒷벽을 열어 탈출용 키트를 꺼냈다. 현금, 신용카드, 운전면허증, 여권, 대포폰. 비닐봉지에 담긴, 완전히 새로운 신분.

그는 피터의 것과 스티븐의 것과 로버트의 것을 벽장 바닥에 던졌다.

그는 현금 가방들을 밖으로 운반해 멀리 떨어진 흙에 내려놨다. 현관으로 돌아와 현관문을 활짝 열었다. 현관문 앞에서 바이크를 타고 계속 앞뒤로 이동해 사륜 바이크를 쓰러뜨릴 공간이 생길 때까지 현관문을 부수었다. 연료탱크 뚜껑을 열고는 옆으로 던져버렸다. 역도선수처럼 쪼그려 앉아 프레임을 움켜쥐었다. 바이크를 위로 올려서는 넘어뜨렸다. 바이크가 모로 누웠다. 집 안을 향해. 열린 문 바로 옆에서. 열린 탱크에서 가솔린이 콸콸 쏟아졌다. 가솔린은 처음에는 얼룩을 만들더니, 결국에는 작은 호수를 만들었다.

마크는 성냥을 던지고 물러나 가방들을 움켜쥐고는 뛰었다. 헛간으로. 절반쯤 간 그는 멈춰 서서 뒤를 돌아봤다. 주택에는 이미 불이 붙어 있었다. 현관문 주위는 불에 다 먹혀 있었다. 벽과 현관의 널판들. 불길은 실내에서도 살금살금 이동하고 있었다.

그는 다시 몸을 돌려 전방으로 달려갔다. 그는 헛간에서 가방들을 메르세데스에 실었다. 차를 후진시켜 멀리 떨어진 곳에 세운 후 헛간으로 달려서 돌아갔다. 그의 오른쪽에서 주택이 멋지게 불타고 있었다. 화염은 2층 창문 높이까지 치솟았다. 헛간에 들어간 그는 잔디 깎는 트랙터가 세워진 곳으로 허겁지겁 달려갔다. 트랙터 위에 있는, 가솔린 통들이 보관돼 있는 선반으로. 누군가가 시내로 픽업을 몰고 갈 때마다 채웠던 가솔린 다섯 통이 나란히 서 있었다. 이미 준비가 된 채로. '풀밭은 근사하게 보여야 돼. 도로 경계석에서 모텔을 살펴보는 사람에게 어필하는 건 중요한 일이야.'

플랜 B. 이제 그런 건 더 이상 필요치 않다.

기름을 바닥에 쏟아 통을 비웠다. 피터의 메르세데스 밑에, 스티븐의 메르세데스 밑에, 로버트의 메르세데스 밑에. 성냥을 던지고 물러나 방향을 돌려 그의 차로 뛰어갔다. 비상 점멸등을 켰다. 피터와 로버트가 보도록. 비상상황을 알리는 신호. 두 사람은 무전기가 작동하지 않는다는 걸 이미 알고 있었다. 그들은 두 군데에서 새로 피어난 불길을 보고 있었다. 그들은 무슨 일이 벌어지고 있는지 감도 잡지 못하고 있었다. 그들은 황급히 달려올 것이다.

그는 오솔길 어귀 쪽으로 우아한 속도로 차를 몰면서 모텔의 환하게 불타는 폐허를 지나고 풀밭을 가로질렀다. 그러는 내내 오렌지색 점멸등을 깜박거렸다.

그는 풀밭 복판에 차를 세웠다.

로버트가 오른쪽에서, 숲에서 넓은 곡선을 그리면서 빠른 속도로 튀어나왔다. 이삭들을 마구 흔들고, 두꺼운 타이어 아래의 풀들을 납작하게 만들면서. 그가 아스팔트 가장자리를 올라와 조수석 옆에 바이크를 세웠다. 마크는 먼 쪽 창문을 내렸다. 로버트가 안을 들여다봤다. 마크는 그의 얼굴에 한 방을 쐈다.

마크는 창문을 다시 올렸다. 피터가 왼쪽에서 다가오고 있었다. 똑같이 넓은 곡선을 그리면서 풀밭을 가로질렀다. 로버트와 정확하게 대칭을 이루면서. 조수석 쪽이 아니라 운전석 창문에 도착하는 것을 목표로. 이건 그와 로버트가 남긴 바이크, 그리고 땅에 고꾸라진 시체 사이에 메르세데스가 있다는 뜻이었다.

마크는 운전석 창문을 내렸다.

피터가 옆으로 바이크를 댔다.

얼굴과 얼굴이 마주하는 위치로.

총은 너무 길었다. 소음기 때문이었다. 마크는 그걸 꺼낼 수가 없었다. 총이 차 문에 걸렸다.

피터가 엔진을 껐다.

그가 물었다. "얼마나 심한 거야?"

마크는 잠시 입을 열지 않았다.

"정말이지 이보다 더 나쁠 수는 없어." 그가 말했다. "모텔은 전소돼 무너졌어. 지금은 주택하고 헛간에 불이 붙었고, 그리고 손님 네 명이 죽었어."

이번에는 피터가 입을 다물었다.

그러더니 말했다. "상황이 완전히 다른 차원에 접어들었네."

"내 생각도 같아."

"내 말은 모든 게 끝났다는 거야. 너도 이해하지, 그렇지? 갖은 수를 써도 되돌리지 못할 거야."

"의심의 여지가 없어."

"탈출해야 돼." 피터가 말했다. "지금 당장. 너하고 나만. 그렇게 해야 해, 마크. 압박이 엄청 심할 거야. 여기에 머물렀다가는 살아남지 못할 거야."

"너하고 나만?"

"로버트하고 스티븐은 쓸모가 없잖아. 짐덩어리들이라고. 너도 알잖아."

"차 문을 열어야겠어." 마크가 말했다. "다리를 뻗고 싶어."

피터가 확인했다.

"차 내부 공간이 꽤 넓잖아." 그가 말했다.

마크는 문을 열었다. 그렇지만 차에서 내리지는 않았다. 대신, 그는 핸들이 소음기에 걸리지 않게 되기 무섭게, 그리고 이제는 삐딱한 각도를 이룬 창문의 프레임 안에 피터가 여전히 근사하게 서 있는 위치에서 열리는 문을 붙잡았다. 그는 피터의 가슴에 한 방, 목에 한 방, 얼굴에 한 방을 쐈다.

그러고는 문을 다시 닫고 창문을 올리고는 점멸등을 끈 후 숲을 향해 오솔길 아래로 차를 몰았다.

40

리처는 숲의 다음 구역을 무척 빠르게 통과했다. 야간투시경 덕이었다. 그는 오솔길에서 2미터 떨어진 거리를 유지했다. 은밀하거나 조용히 움직이려는 시도는 하지 않았다. 그는 화살 세례를 모면하기 위해 나무 분포의 수학적 무작위성에 의지했다. 먼 곳에서 쏴서 정확하게 명중시킬 확률은 항상 100분의 1이었다.

그는 어느 순간 먼 곳에서 별도로 나는 네 번의 빵 소리를 들었다. 그 소리는 두 개의 그룹으로 묶였다. 한 번, 그리고 세 번. 아주 미세하고 공허한 소리. 30초쯤 간격을 두고. 뇌 뒷부분이 말했다. 저건 소음기를 단 총으로 쏜 9밀리미터 탄환이야. 1마일쯤 떨어진 곳에서 확 트인 공중으로 발사한 거야. 뇌 앞부분이 말했다. 아니면 과열 때문에 뭔가가 자연적으로 터진 걸 거야. 살충제 통들이 불 속에서 터진 것일 가능성도 있어. 불길이 다시 환해지고 있었다. 불이 한 번 확 타올랐을 때, 그는 지붕이 무너져 내린 것으로 판단했다. 그러더니 불길이 약간 사그라졌다. 그러다가 빛이 다시 밝아지면서 널리 퍼졌다. 한 가지 물체 이상이 불에 타고 있는 것처럼.

그는 걸음을 멈췄다. 전방 왼쪽에 사륜 바이크 두 대가 나란히 세워져 있는 게 보였다. 비스듬히 세워진 바이크의 앞부분이 숲에 들어가 있었다. 바이크 전체는 절반은 숲에 들어가 있고 절반은 밖에 나와 있었다. 시골길 옆 술집 밖의 모습처럼. 야간투시경은 근처에 운전자는 없다는 걸 보여 줬다. 놈들은 그 앞쪽에 있는 것 같았다. 도보로 이동하면서. 작전 지역에 더 가까운 곳으로. 조금 전의 두 명처럼. 이놈들이 다음 두 명이었다. 놈들은 다층적인 방어 작전을 펼치고 있었다. 한 쌍씩 순서대로. 이게 리처가 보병이 되는 걸 회피한 이유였다. 그에게 한도 끝도 없는 지역을 터벅터벅 걷는 건 즐거운 일이 아니었다.

리처는 전보다 소리를 낮춘 채로 앞으로 이동했다.

그는 다시 멈춰 섰다.

전방에 남자가 보였다. 오솔길 건너편, 숲속 9미터쯤 되는 곳에. 멀리서 보기에는 작아 보였지만, 다른 모든 것들과 비슷한 정도의 빛을 받고 있었다. 고운 회색과 녹색 선들로 구성된 놈은 극도로 섬세하게 보였다. 스쿠버다이버 같은 복장, 활, 키클롭스의 눈.

놈의 파트너의 흔적은 보이지 않았다. 초조해한다는 흔적은 일부 보였다. 대부분은 하늘이 밝아진 것에 대한 초조함이라고 리처는 생각했다. 놈은 계속 그쪽을 쳐다보며 몸을 휙휙 숙이고 있었다. 하늘이 얼마나 밝아지고 있는지를, 그가 얼마나 이른 시간에 줄행랑을 쳐야만 하는지를 투박하게 측정하는 것 같았다. 놈은 키가 크고 몸이 건장했다. 머리는 꼿꼿이 세웠고 어깨는 떡 벌어졌다. 그렇지만 놈은 심기가 편치 않았다. 리처는 놈 같은 유형을 본 적이 있었다. 군에 있을 때는 아니었다. 놈이 능숙하게 수행하는 일이 무엇이건, 놈은 그 분야의 거물급 우두머리인 게 틀림없었다. 그렇지만 지금 이 순간에 놈은 무능한 존재일 뿐이었다. 놈은 혼란스러워하며 씰룩거리고 있었다. 또는 분개한 탓에 그러고 있었다. 놈의 내면 깊은 곳에서는 참모장교들이나 명령 수행 인력들이 더 나은 모습을 보여주는 쪽으로 업무를 처리하지 못하는 이유를 이해하지 못했다.

리처는 오솔길 맞은편의 숲속을 가르며 나아갔다. 그는 천천히, 조용히 이동했다. 그가 놈과 정확하게 나란히 서게 되는 지점까지 내내. 리처는 숲속 2미터 지점에 있었다. 그러다가 오솔길로 나왔다. 놈은 맞은편 숲속 9미터 지점에 있었다. 계획상으로는 일직선상에. 그러나 숲에서는 리처를 완벽하게 조준해서 쏠 수가 없었다. 놈은 너무 깊은 숲속에 있었다. 옴짝달싹 못하고 있었다. 지나치게 방어적이었다. 놈이 공격에 나설 자연스러운 방안은 없었다.

리처는 오솔길을 걸어서 가로질렀다. 일직선을 정확하게 유지하면서, 그와 놈 사이에 제멋대로 서 있는 나무 100그루를 두고서. 리처는 맞은편 숲으로 걸어서 들어갔다. 그러고는 나아갈 길을 냈다. 이제 놈하고는 일직선으로 6미터 거리였다. 하늘의 불빛이 2만 배 증폭됐고, 그 빛이 나뭇잎을 통과하면서 차에서 내리는 무비스타를 촬영하는 카메라 손전등처럼 깜박깜박 춤을 춰댔다. 놈은 전방에서 아래를 내려다보고 있었다. 광채 때문에 괴로운 것 같았다.

이제 놈은 3미터 떨어져 있었다. 리처는 천천히 속도를 줄이며 멈춰 섰다. 그는 주위를 제대로 둘러봤다. 360도 전체를. 그는 구역별로 상황을 검토했다. 화소가 고운 굉장히 상세한 이미지가 약간 회색기가 돌고 대체적으로는 녹색기가 도는 흑백으로 보이는 주위를. 약간은 차갑고 약간은 성긴. 약간 부드럽고 유령 같은 이미지를. 현실 같지 않은. 어떤 면에서는 현실보다 더 나은 이미지를.

놈의 파트너의 흔적은 보이지 않았다.

리처는 이동을 재개했다. 그는 늘 그랬듯 융통성을 유지하는 게 중요하다고 믿었다. 그런데 늘 그랬듯 그에게는 계획도 있었다. 이 경우에 그 계획은 화살로 놈의 목을 찌르는 거였다. 그건 꽤나 쉬운 일이 될 터였다. 팔길이 안으로 들어가면 그걸로 게임은 끝이기 때문이다. 그런데 융통성이 방해를 받았다. 가까이 다가가자, 나무들 사이로 조각조각 들어온 빛에 의해 슬쩍 드러난 것이기는 해도, 놈이 특별한 방식으로 상황을 걱정하고 있다는 게 명백했다. 근본적인 방식으로. 비행기가 무인도에 불시착하는 일을 당한 억만장자처럼. 또는 엉뚱한 동네에서 가벼운 교통사고를 당한 억만장자처럼. 먹이사슬. 사슬에서 놈은 자기 위치가 자신이 생각하는 것만큼 높지 않다는 생각이 불현듯 떠오른 것이다. 놈은 이제 협상을 타결할 준비를 마친 것처럼 보였다.

리처는 놈에게 달려들었고, 놈은 활을 높이 쳐드는 것으로 반응했다. 동물적인 본능 이상은 아니었을 것이다. 사려 깊은 결정은 아니었을 것이다. 결정을 한 끝에 그런 행동을 했다면 창피한 일일 것이다. 그런 경우에 대비했던 리처가 막대 끝에 달린 칼날 같은 화살을 아래쪽으로 낫질하듯 휘둘러 놈의 왼손 관절 네 개를 모두 베어버렸기 때문이다. 놈은 울부짖으면서 활을 떨어뜨렸고, 리처가 놈에게 바짝 다가가면서 두 사람의 야간투시경이 부딪혔다. 리처는 놈의 오금을 걸어찼다. 그래서 놈은 등부터 땅에 떨어졌고, 그 결과 리처는 발로 놈의 야간투시경을 밀어 올린 다음에 그 발을 놈의 목에 밀어 넣고는 화살 끝을 놈의 입술 사이에 우겨넣어 이빨을 톡톡 두드렸다.

"얘기를 하고 싶나?" 리처가 속삭였다.

놈은 말로는 대답할 수 없었다. 화살이 이빨을 밀어대고 있었기 때문이다. 그런데 몸짓으로 대답할 수도 없었다. 발이 목을 짓누르고 있었기 때문이다. 대신, 놈은 눈으로 끄덕이는 동작을 대신했다. 일종의 간절한 애원. 일종의 약속.

리처는 화살을 치웠다.

리처가 물었다. "누구를 사냥하고 있는 거지?"

놈이 말했다. "이건 보기와는 다른 일이에요."

"어떻게 그렇다는 거지?"

"나는 멧돼지 사냥을 왔어요."

"그런데 그 대신에 사냥하고 있는 게 뭐야?"

"나는 속았어요."

"무엇을 사냥하고 있는 거냐고?"

"사람." 놈이 말했다. "하지만 나는 사람을 사냥하려고 온 게 아니에요."

"몇 명이야?"

"두 명."

"어떤 사람들이야?"

"캐나다 사람들." 놈이 말했다. "젊은 커플이에요. 이름은 패티 선드스트롬하고 쇼티 플렉이에요. 여기서 오도 가도 못하게 된 사람들이에요. 나는 속아서 이 일에 끼어들게 됐어요. 멧돼지를 사냥하는 거라고 들었다고요. 놈들이 나한테 거짓말을 한 거예요."

"누가 거짓말을 했다는 거야?"

"마크라는 사람요. 여기 소유주예요."

"마크 리처?"

"그 사람 성은 몰라요."

"왜 경찰에 신고하지 않았지?"

"여기는 휴대폰이 터지지 않아요. 객실에 전화도 없고요."

"왜 도망치지 않은 거야?"

놈은 대답하지 않았다.

"참가를 거부하고 오늘 밤에 객실에 남아 있지 않은 이유가 뭐야?"

반응이 없었다.

"그런데도 활하고 화살을 들고 어둠 속을 슬그머니 돌아다니고 있는 이유가 뭐냐고?"

대답이 없었다.

"잠깐." 리처가 말했다.

전방에서 차 소리가 들렸다. 숲을 가로질러 다가오는 증폭된 빛의 삐죽삐죽한 밝은 파편들이 보였다. 헤드라이트를 켠 대형 차량. 그는 야간투시경의 튜브를 밀어 올렸다. 세상이 어두워졌다. 그의 오른쪽 9미터 지점에 있는 오솔길만 제외하고. 오솔길이 기다랗고 낮은 터널 내부처럼 환하게 밝아졌다. 쌍둥이 하이 빔이 전방을 마구 때려댔다. 메르세데스가 굴러왔다. 주먹처럼 생긴 반짝거리는 검은색 대형 SUV였다. 차의 미등이 한동안 빨갛게 보였다. 그러더니 차가 사라졌다.

리처는 튜브를 원래 위치로 떨어뜨렸다. 세상이 다시 녹색으로 물들고 무척 상세해졌다. 그는 놈의 목에 얹은 발을 옮겼다. 공간을 만들기 위해. 화살 끝을 들이밀 공간을. 화살을 신발에 기대 안정되게 만들고는 아래쪽으로 약간 압력을 가했다. 놈은 비명을 지르려 애썼지만, 리처는 발에 힘을 더 줘 놈이 소리를 내는 걸 막았다.

놈이 말했다. "내가 무슨 일에 끼어들고 있는지 몰랐어요. 맹세해요. 나는 금융인이에요. 저기 있는 놈들하고는 다른 사람이라고요. 나도 피해자예요."

"금융인이라고?"

"헤지펀드를 운영해요. 저기 다른 놈들은 나하고는 아무 관계도 없는 놈들이에요."

"세상이 변한 것 같군." 리처가 말했다. "네놈은 네가 금융인이라는 이유로 남들보다 나은 대우를 바라는 것으로 보여. 언제부터 그게 당연한 일이 된 거지? 내가 잠깐 눈을 감았다가 그걸 못 보고 놓쳐버린 것 같은데."

"놈들이 사람을 사냥하는 중이라는 걸 몰랐어요."

"나는 네가 그걸 알았다고 생각해." 리처가 말했다. "네가 여기에 온 이유가 그거라고 생각해."

리처는 화살 위로 몸을 힘껏 숙였다. 다시 힘껏. 화살이 피부를 찌르고 목을 뚫고 내려가 척추를 가르면서 다른 쪽으로 뚫고 나와 놈을 숲 바닥에 죽은 나비처럼 고정시킬 때까지. 리처는 화살이 나무뿌리에 박히는 걸 느꼈다. 단단한 나무 마디에. 그래도 리처는 더욱 힘을 주면서 몸을 숙여 화살이 탄탄하게 뿌리를 내릴 때까지 힘껏 밀었다. 기념비처럼 완벽하게 똑바로 설 때까지.

그런 후 그는 숲을 가로질러 이동했다.

마크는 메르세데스를 견인 트럭과 코와 코를 맞대게끔 세웠다. 그는 계산을 해봤다. 엄밀히 따지면 최대 네 명의 행방이 여전히 확인되지 않았다. 카렐과 월스트리트 사람, 거기에 패티와 쇼티. 거기에 가상의 다섯 번째 인물. 바깥에 널브러진 한 쌍이 제삼자에게 당한 거라면. 거구의 사내가 다시 돌아온 건지도 모른다. 뭔가를 알아챘기 때문에. 납득이 되지 않왔기 때문에.

피터의 실수.

네 명. 아니면 다섯 명. 모두 후방에 있다. 멀리 떨어져 있을 것이다. 그에게 필요한 건 단지 3분이었다. 그게 전부였다. 어쩌면 그보다 짧을지도 모른다. 견인 트럭을 도로 밖으로 고속으로 후진시킬 필요가 있었다. 필요하다면 배수로에 처박아야 한다. 길에 걸리적거리는 게 없도록 만들기 위해. 그러고는 전력 질주로 돌아와 차에 뛰어오르고는 세게 밟아야 했다. 어디로건. 북쪽이나 남쪽, 동쪽, 서쪽으로. 3분, 어쩌면 그보다 짧은 시간. 그게 전부였다. 그런데 위치 불명인 다섯 명의 각자의 위치가 여기까지 3분이 넘게 걸리는 거리에 떨어져 있으면 그들은 문제가 되지 않는다. 그런데 거리가 그보다 짧으면 문제였다.

하지만 그보다 거리가 짧기는 어렵다고 마크는 결국 판단했다. 현실적으로 볼 때 그랬다. 심지어 바이크를 타고 오더라도 그랬다. 그는 머릿속으로 화면을 돌려봤다. 스피드 체스처럼. 처음에는 이렇게, 다음에는 저렇게, 그러고는 요렇게. 그는 자기는 무슨 일이 일어날지를 잘 안다고 느꼈다. 이 트럭의 엔진은 요란한 디젤 엔진이었다. 누구나 멀리서도 그 소리를 들을 것이다. 손님들은 처음에는 경계선이 느슨해지고 있다고 추측할 것이다. 경기의 재미를 유지하기 위해 경기 중에 즉흥적으로 하는 작전이 변경되는 거라고 생각할 것이다. 패티하고 쇼티도 똑같은 생각을 할 것이다. 두 사람은 지금까지는 잘해왔다. 그래서 두 사람은 이제는 골포스트 ^goalpost들이 그들에게 불리한 방향으로 옮겨지고 있다고 추측할 것이다. 두 사람 중 누구도 의혹을 품지 않을 것이다. 3분은 문제가 되지 않았다. 그들 중 누구도 반응하지 않을 것이다.

카렐은 빼고. 이건 그의 트럭이었다. 그는 뭔가 괴이한 일이 벌어지고 있다는 걸 알아차릴 것이다. 지난 이틀을 보낸 후에 넉넉한 할인 혜택을 받은 것에 반영됐듯, 지금 카렐은 자기는 어느 정도는 돌아가는 상황하고 무관한 팀 멤버라고 생각하기 때문에 상황을 그냥 방치할지도 모른다. 그는 이 문제에 대해 약간은 '내 집이다 생각하고 편히 지내세요' 분위기를 느낄지도 모른다. 심지어 그는 게임에서 제외되지 않은 것을 예의범절을 차린 걸로 받아들일지도 모른다. 결국, 그는 거기에 심판이 아니라 손님으로 있었다. 즉흥적으로 작전을 변경하는 것은 그가 할 일이 아니었다. 그는 상황을 방치할 것이다.

또는 그렇지 않을지도 모른다.

그는 3분 거리보다 멀리 떨어져 있을지도 모른다. 그가 즉시 반응을 보이더라도 말이다. 그는 바이크를 세워둔 곳이 어디건 60미터는 족히 될 거리를 돌아가려고 숲을 요리조리 빠져나가며 이동할 필요가 있을 것이다. 그 지점에 도착하는 데만 3분이 걸릴 수도 있다.

그렇지 않을 수도 있고.

현실을 직시하라. 감정에 휘둘리지 마라. 마크는 종합적으로 보면 성공 확률이 꽤 높다고 판단했다. 카렐이 상황을 방치할 것이냐 말 것이냐는 그가 가까이 있느냐 그렇지 않으냐에 크게 좌우될 것이다. 연달아 두 번의 동전 던지기. 재앙 같은 상황이 일어날 확률은 4분의 1이고, 성공 확률은 4분의 3이었다. 숫자는 거짓말을 하지 않는다. 숫자에는 인지 편향이 없다.

마크는 뛰어서 메르세데스를 떠났다. 그러면서 차 문은 열어뒀다. 나무들과 트럭의 거대한 후드 사이를 비집고 들어갔다. 위에 있는 운전석으로 안간힘을 써서 올라갔다. 손잡이를 움켜쥐고는 사다리를 올랐다.

문은 잠겨 있었다.

예상하지 못한 일. 마크는 이번에는 무슨 일이 일어날지 모르고 있었다. 이렇게 간단한 일을. 그에게 이런 일이 생긴 적은 없었다. 100만 년 이내에는. 마크는 한 발은 사다리에 올리고, 한 손은 손잡이를 붙잡은 채 거기에 매달렸다. 자유로이 그네를 타고 나무들에 찔려가며. 처음에는 화가 났다. 카렐은 문을 안 열어두고 키도 안 꽂아둔 채 트럭을 떠날 정도로 멍청한 놈이었다. 도대체 어떤 놈이 그런 짓을 하겠는가? 정신 나간 짓이었다. 이런 일에는 융통성이 가장 중요했다. 그들은 어느 시점엔가는 트럭을 이동시켜야 할지도 몰랐다. 경기 진행을 관리하는 것은 늘 유동적인 일이었다. 모두 그걸 잘 알고 있었다.

그러다가 마크는 걱정이 됐다. 메스껍고 공허한 느낌. 키가 차에 없으면 어디 있는 거지? 제일 좋은 경우조차 상당히 심각했다. 제일 좋은 경우는 키가 카렐의 주머니에 있는 건데, 이건 놈을 찾아서 키를 받아야 한다는 뜻이었다. 그러려면 일이 지연될 터였다. 오래 지연될 가능성이 있었다. 이건 결국 그가 잔존하는 적대적 요소들에 더욱더 많이 노출된다는 뜻이었다. 좋은 일이 아니었다.

그런데 그나마 그게 최악의 경우보다는 나았다. 카렐의 주머니는 몸에 쫙 달라붙어 있다. 신축성이 있는 옷감, 번들거리는 검은색. 놈은 키를 갖고 다니고 싶었을까? 손님들 중에 그러려는 사람이 있었을까? 결정적으로 그들은 자기들 객실의 문을 열어두고 갔다. 그러면서 쇼티는 타월들에 불을 붙이면서 엄청난 이점을 누렸다. 손님들은 각자의 특별한 키를 소지하고 싶어 하지 않았다. 불룩 튀어나온 주머니는 꼴불견일 거라고 생각했을 것이다.

최악의 경우는 카렐이 견인 트럭의 키를 2호실 서랍장에 놔둔 거였다. 아침에 챙기려고. 이제는 결코 챙기지 못하겠지만. 운이 좋으면 미래의 몇 년 안에 재가 묻고 녹아내린, 모양이 이리저리 뒤틀린, 용도를 알 길이 없는 물건으로 발견될 터였다.

마크는 사다리를 내려가 후드를 따라 힘겹게 그의 차로 갔다. 10미터쯤 후진한 뒤 숲에 있는 공터로 들어가 방향을 돌리고는 왔던 길로 되돌아갔다.

패티는 그가 다시 지나가는 걸 봤다. 그녀는 몇 분 전에 그가 떠나는 걸 봤었다. 그게 진짜로 그였다면. 그녀는 차에 타고 있는 사람은 마크일 거라고 추측했을 뿐이었다. 야간투시경 때문에 운전자를 직접 쳐다보지는 못했기 때문이다. 차는 헤드라이트를 켜고 있었다. 지나치게 밝았다. 그렇지만 그녀는 몸을 숙이는 동안 엔진에서 나는 소리를, 그리고 타이어에서 나는 쉭 소리를 들었다. 그녀는 그게 평범한 승용차 유형이라는 걸 알았다. 또는 왜건이나 SUV거나. 그녀는 차에 마크가 타고 있을 거라고 직감했다. 그녀는 그가 도망치는 중이라고 생각했다. 처음에 그가 지나갔을 때는. 그런데 아닌 게 분명했다. 그가 다시 돌아왔으니까.

결국에는 마크가 아니었을지도 모른다.

그녀는 사륜 바이크를 찾지 못했다. 그녀는 바이크가 숲속 깊은 곳에 있을 거라고는 생각하지 않았다. 거기는 공간이 너무 촘촘했다. 거기 들어 갔다가는 영원토록 못 빠져나오기 십상이었다. 그래서 그녀는 오솔길 가장자리 근처로 수색 범위를 제한했다. 그녀는 그것들이 나란히 세워져 있을 거라고, 절반쯤은 덤불에 들어와 있을 거라고, 비스듬히 세워져 있을 거라고 예상했다. 작전을 벌일 준비를 마치기 위해, 또한 다른 이들이 원할 경우 지나갈 공간을 예의상 남겨 두기 위해 그렇게 세워뒀을 수 있었다. 그런데 그녀는 한 대도 찾아내지 못했다.

그녀는 걷는 걸 중단했다. 그녀는 이미 쇼티에게서 멀리 떨어져 있었다. 앞으로 얼마나 더 가야 옳은 건지 알 길이 없었다. 그녀는 신중하게 앞을 살폈다. 그녀는 야간투시경에 점점 더 익숙해지고 있었다. 그녀는 몸을 돌려 뒤를 살폈다. 하늘이 다시금 환하게 밝아졌다. 직접 쳐다보기에는 너무 밝았다. 그녀는 절반쯤 몸을 돌리고는 남쪽을 확인했다. 확 트인 땅바닥을 2미터 잽싸게 가로질러 나뭇잎 무더기로 몸을 날리는 작은 야행성 동물이 보였다. 그것은 창백하고 파리하며 허둥지둥하는 녹색의 다른 모든 물체와 똑같이 밝게 빛났다. 아마도 실제 색깔은 회색일 것이다. 쥐일 것이다.

그녀는 완전히 뒤쪽으로 몸을 돌렸다.

그러고는 다시 전방을 살폈다.

그녀 앞에 한 남자가 있었다.

전과 똑같이. 똑같은 악몽 같은 모습. 땅에서 솟아난 듯. 하늘에서 떨어진 듯. 눈 깜짝할 새에 거기에 있는. 활을 준비된 상태로 들고. 시위를 당긴 채. 화살을 겨눈 채. 그러나 전과 똑같지는 않았다. 겨냥된 곳은 그녀의 다리가 아니었다. 이번에는 더 높은 곳이었다.

놈의 뒤에 쇼티는 없었다.

전과 똑같지 않았다.

악몽 같은 모습이 말했다.

"다시 만났군." 놈이 말했다.

아는 목소리였다. 카렐이었다. 견인 트럭을 모는 족제비 새끼. 유고슬라비아군 출신. 전쟁범죄자 사진의 뒤쪽에 흐릿하게 보이는 얼굴처럼 생긴.

일찌감치 알아차렸어야 했다. 그녀는 멍청했다.

카렐이 물었다. "낭군님은 어디 계신가?"

그녀는 대답하지 않았다.

"살아남지 못한 거야? 아니면 너도 확실하게는 모르는구나. 둘이 따로 따로 다녔을지도 모르겠네. 그래서 지금은 한 쌍이 아닌 거지. 걔는 앞쪽에 있지 않아. 확인해봤거든. 걔가 네 뒤에 있을 수는 없어. 그래 봐야 소용도 없고 더 보기 좋아지는 것도 아니니까."

그녀는 시선을 돌렸다.

"재미있네." 카렐이 말했다. "걔가 이유가 있어서 저 뒤에 있는 거야?"

그녀는 대답하지 않았다.

놈의 번들번들한 코 밑에 웃음이 번졌다.

기쁨에 찬 환한 웃음이.

그가 물었다. "부상당한 거야?"

그녀는 대답하지 않았다.

"이거 짜릿짜릿한걸." 그가 말했다. "너는 약초뿌리하고 베리를 모으러 나온 거야. 낭군님 치료할 약을 만들려고. 걱정이 되겠지. 돌아가고 싶어 안달이 날 거고. 이거 정말로 유쾌한 상황인걸. 너하고 나는 끝내주게 재미를 보게 될 거야."

"사륜 바이크를 찾는 중이었어." 그녀가 말했다.

"찾아봐야 소용없어." 그가 말했다. "내 트럭을 길에 세워놨어. 그래서 나보다 먼저 여기서 벗어날 수 있는 사람은 없어. 나는 바보가 아냐."

그가 화살을 낮췄다.

그녀의 다리로.

"안 돼." 그녀가 말했다.

"뭐가 안 된다는 거야?"

"그래. 쇼티는 부상을 당했어. 그래서 나는 그에게 돌아가야 해."

"부상이 얼마나 심한데?"

"꽤 심해. 허벅지 뼈가 부러진 것 같아."

"안됐군." 카렐이 말했다.

"내가 지금 가서 그를 돌봐야 해."

"게임 규칙에 따르면 움직임의 자유는 술래한테 잡히지 않았을 때만 가능해."

"제발." 그녀가 말했다.

"제발 뭘 해달라는 거야?"

"나는 게임이 싫어."

"어쩌나, 나는 게임이 좋은걸."

"우리는 게임을 끝내야 한다고 생각해. 상황이 걷잡을 수 없어졌어."

"아니. 나는 게임이 재미가 쏠쏠한 부분으로 접어들었다고 생각해."

패티는 다시 입을 열지 않았다. 그녀는 한 손에 손전등을, 다른 손에 화살을 들고는 거기에 가만히 서 있었다. 그건 무기가 아니라 작동하는 손전등이었다. 화살은 베거나 찌르는 데 쓸모가 있을 것이다. 그런데 놈은 3미터 떨어져 있었다. 유효범위 밖에.

놈이 시위를 3센티미터쯤 당겼다. 화살촉이 같은 거리만큼 뒤에 있는, 손잡이를 꽉 움켜쥔 그의 손을 향해 이동했다. 활이 더 휘어졌다. 긴장된 활이 노래를 불러댔다.

이건 작동하는 손전등이야.

그녀는 단 한 번의 몸놀림으로 화살을 떨어뜨리고는 스위치를 찾아내 불을 켰다. 그녀가 처음에 혼다의 히터 호스들을 확인하던 것에 대한 기억이랑 비슷했다. 눈부신, 집중된 밝은 흰색 빔. 그녀는 그걸 놈에게 조준했다. 놈의 얼굴에. 놈의 커다란 유리 눈에. 손전등을 켜서 야간투시경을 정확하게 겨눴다. 놈이 움찔하면서 화살이 저쪽 낮은 곳으로 날아가 덤불을 때리면서 뚫은 다음 땅에 둔탁하게 박혔다. 놈은 몸을 숙이고 꿈틀대고 비틀었다. 그녀는 물리적인 무기나 되는 양 불빛으로 놈을 쫓으면서 잽을 날리고 밀어댔다. 계속 놈의 얼굴을 겨냥하면서. 놈은 바닥에서 데굴데굴 구르며 머리에서 기계를 벗겨냈다.

　그녀는 손전등을 끄고는 숲으로 달려 들어갔다.

41

패티는 카렐이 자신을 붙잡느냐 마느냐에 따라 뜀박질한 게 영리한 선택인지 멍청한 선택인지 판명될 거라는 걸 알았다. 그렇게 간단한 문제였다. 처음에 그녀는 희망에 차 있었다. 그녀는 뜀박질을 잘했다. 게다가 놈의 움직임이 둔할지도 모른다고 판단했다. 놈은 전방에 혹시 있을, 빛으로 공격하는 매복이 약간 걱정될 것이다. 쇼티의 TV에서 방송되는 우주를 배경으로 한 영화에서 그러는 것처럼.

그런데 나쁜 소식이 찾아왔다. 그녀는 뒤에서 나는 요란한 발소리를 들었다. 가까워지고 있는 소리를. 그녀는 방향을 바꿔 오른쪽으로 쏜살같이 움직였다. 카렐은 방향을 틀려면 움직임이 둔해질 것이다. 그녀는 놈보다 앞에 있었다. 놈이 다시 따라잡았다. 놈이 그녀의 바로 뒤까지 따라붙었다. 통통 튀는 야간투시경 전방에 오솔길이 보였다. 오솔길이 다가오고 있었다. 더욱더 가까이. 밝고 선명하게. 그녀는 비스듬한 각도로 오솔길을 향해 뛰고 있었다. 뒤에서 요란한 발소리가 들려왔다. 그녀는 오솔길 위로 튀어나왔다. 카렐이 그녀를 쫓아 튀어나왔다. 그가 두 발을 땅에 단단히 고정시켰다. 그러고는 활을 들었다.

헤드라이트 빔이 두 사람을 비쳤다. 2만 배 증폭된 빛이. 핵폭탄처럼. 두 사람 다 몸을 수그렸다. 카렐은 튜브를 젖혀 올렸다. 패티는 장비 전체를 머리에서 벗겼다. 온 세상이 새까매졌다. 차만 빼고. 검정 메르세데스. 불빛을 한껏 켠. 속도를 늦춘. 마크가 운전석에 앉은. 그가 차를 세웠다. 문을 열었다. 차에서 내렸다. 헤드라이트에서 먼 곳에 자리를 잡았다. 어둠 속으로 걸어왔다.

카렐이 다시 활을 들었다.

놈이 패티에게 화살을 겨눴다.

그런 자세로 마크에게 말을 걸었다.

카렐이 물었다. "저기에 난 불은 뭐야?"

마크는 한동안 말이 없었다.

"몽땅 다 타버렸어." 그가 말했다. "우리는 이제 완전히 새로운 국면에 접어들었어."

"우리?"

"당신도 관련된 셈이잖아. 당신 입으로 그렇게 말했잖아? 사람들이 죽었어. 무슨 수를 써도 되돌릴 수 없는 상황이야. 우리는 여기를 벗어나야 해. 지금 당장. 당신하고 나하고만. 그래야 한다고, 카렐. 압박이 어마어마할 거야. 계속 여기 머무르다가는 살아남지 못할지도 몰라."

"너하고 나하고만?"

"당신은 내가 뽑은 1번 타자였어. 다른 애들은 쓸모없는 놈들이야. 짐 덩어리일 뿐이지. 당신도 그걸 알잖아."

카렐은 대답하지 않았다.

마크가 말했다. "시간이 많지 않아."

"시간은 많아." 카렐이 말했다. "여전히 초저녁이야. 누구도 우리를 방해하지 못해. 누구도 우리 일에 끼어들 수 없어."

"그 문제는 나중에 상의할 일이야. 지금 당장 당신 트럭을 이동시켜야 해."

"왜?"

"전술적인 행보야. 게임 중 작전 변경이지."

"우리는 전술적인 게임 중 작전 변경을 할 필요가 없어. 지금은. 더 이상은 그럴 필요 없어. 쇼티는 부상을 당했고, 패티는 바로 여기에 잡혀 있어. 게임은 끝났어."

"좋아. 쟤를 쏴버리고 같이 떠나."

"남자애부터 먼저 해치우고 싶어."

"그러면 시간이 자꾸 지연되잖아."

"뭐라고?"

"키를 갖고 있기는 한 거야?"

"무슨 키?"

"트럭 키." 마크가 말했다. "어디 있어?"

"무슨 놈의 질문이 그따위야? 내 트럭은 엄청 비싼 거야."

마크가 끄덕였다.

"바로 그래서 묻는 거야." 그가 말했다. "나는 당신의 제일 친한 친구야. 당신을 걱정하는 친구라고. 당신이 침대 옆 탁자에 키를 두고 오지 않았기를 바라. 만약에 그랬다면, 견인 트럭을 부르는 게 나아. 당신 견인 트럭을 견인해달라고 말이야. 모텔은 전소돼서 무너졌어. 불이 처음 잡아먹은 게 거기였다고."

"키는 바로 여기에 있어." 카렐이 말했다. "내 주머니에."

"그걸 알게 돼서 다행이군." 마크가 말했다. 그가 다리 뒤에서 기다란 검은 총을 꺼내 카렐에게 네 방을 쐈다. 모두 활을 들고 있는 팔 아래 흉곽에다.

총소리는 요란하면서도 둔탁했다.

총의 앞부분에 달린 긴 튜브는 소음기라고 패티는 생각했다.

카렐이 풀썩 쓰러지는 포대처럼 갑작스럽게 오솔길에 쓰러졌다. 아스팔트에 나일론이 쓸리는 소리와 활이 달가닥거리는 소리와 두개골이 갈라지는 소리를 내면서.

마크는 총구를 패티에게 돌렸다.

그가 말했다. "가서 놈의 주머니에서 키를 꺼내."

패티는 잠시 멈칫했다. 그러다가 시키는 대로 했다. 그녀는 쇼티의 다리에서 화살을 뽑아내는, 이보다 더 심한 일도 했었다고 생각했다. 키는 따뜻했다. 혼다의 키보다 크지는 않았다.

"그걸 여기로 던져." 마크가 말했다.

"그러고 나면 나를 쏠 거잖아." 그녀가 말했다.

"언제든 너를 쏠 수 있어. 죽어서 싸늘해진 네 손에서 키를 챙길 수도 있고, 나는 비위가 약한 사람이 아냐."

그녀는 키를 던졌다.

키는 그의 발치에 떨어졌다.

마크가 물었다. "쇼티의 부상이 얼마나 심해?"

"꽤 심해." 그녀가 말했다.

"움직일 수 있어?"

"다리가 부러졌어."

"그럼 너하고 내가 최후의 2인인 것 같군." 마크가 말했다. "가여운 쇼티는 나 때문에 운이 졸라 나쁘다는 말을 해야겠군. 나는 그를 도우러 돌아갈 생각이 눈곱만큼도 없거든. 내가 보기에, 걔는 지금 있는 자리에 계속 머무르게 될 거야."

패티는 아무 말도 하지 않았다.

"순전히 궁금해서 묻는 건데, 걔가 얼마나 오래 살아 있을 거라고 생각해?"

패티는 대답하지 않았다.

"알고 싶어." 마크가 말했다. "진심이야. 같이 해답을 구해볼까? 보자, 물이 없으면 닷새, 먹을 게 없으면 5주던가? 그런데 걔는 몸이 끝내주게 좋은 상태로 시작하지는 않았다는 것까지 고려해야지."

"내가 가서 걔를 도울 거야." 패티가 말했다.

"네가 그렇게 못한다고 생각해봐. 걔는 지금 있는 곳을 기어서 벗어나려고 기를 쓸 수 있을 거야. 그런데 그렇게 하다가는 탈수가 빨리 올 거고 지금쯤은 허약해졌을 거야. 포복을 하면 감염 위험도 높아지겠지. 포식자들한테 노출될 확률이 높아지는 건 확실할 거고. 벌어진 상처를 씹어 먹는 걸 좋아하는 짐승들이 있지."

"가서 그를 돕게 해줘."

"안 돼. 걔는 지금 당장은 혼자 남겨져 있어야 옳다고 생각해."

"네가 왜 그런 데 신경을 쓰는 건데? 너는 다른 사람들의 지저분한 욕망에 봉사할 뿐이라고 말했잖아. 지금 다른 사람들은 그림에서 제외됐어. 그리고 너는 끝장났어. 키 가져가서 트럭을 옮긴 다음에 여기서 도망가도록 해. 우리는 남겨두고."

마크는 고개를 저었다.

"쇼티가 내 모텔에 불을 질렀어." 그가 말했다. "그래서 내가 신경을 쓰는 거야. 내가 복수심을 느끼는 걸 용서해줘."

"네가 우리를 게임 속에 던져 넣었잖아. 불을 지른 건 정당한 행보였어."

"그리고 걔를 죽게 놔두는 건 정당한 반응이지."

패티는 시선을 돌렸다. 퍼져나가는 헤드라이트 불빛에 사로잡힌, 아스팔트 위에 활력도 없이 누운 카렐에게로. 온통 눈에 거슬리는 흰 빛과 들쭉날쭉한 시커먼 어둠뿐이었다.

그녀는 시선을 원래 자리로 돌렸다.

그녀가 물었다. "나를 어떻게 할 작정이야?"

"항상 똑같은 소리만 하는군." 마크가 말했다. "네가 하는 말은 깨진 레코드처럼 들려."

"나한테는 알 권리가 있어."

"너는 목격자야."

"나는 네가 우리를 이기게 놔두지 않을 거라고 내내 말했어. 이 게임은 헛소리라고."

"게임의 목적에 봉사한 거야. 내 차 뒤에 실린 걸 네 눈으로 직접 봐야 해."

"가서 쇼티를 볼 수 있게 해줘. 나랑 같이 가. 거기서 손을 쓰도록 해. 우리 둘 다를."

"로맨틱하네." 그가 말했다.

그녀는 대답하지 않았다.

"걔가 정확히 어디에 있는데?" 마크가 물었다.

"저 뒤에."

"너무 멀어. 미안. 정말로 가야 해서 말이야. 여기서 손을 쓰게 해줘. 너만."

그는 권총을 겨눴다. 그녀는 쏟아지는 헤드라이트 불빛 속에서 그걸 뚜렷하게 봤다. 그녀는 시청했던 TV 드라마들에 나온 그 총의 브랜드를 알아봤다. 글록. 확실했다. 상자 모양으로 오밀조밀하고 정교하게 만들어진. 앞부분의 총신은 새틴으로 마무리돼 있었다. 정밀한 부품. 가격이 1천 달러는 돼 보였다. 그녀는 숨을 내쉬었다. 패트리샤 마리 선드스트롬, 25세, 칼리지 2년 재학, 제재소 노동자. 술집에서 만난 감자 농사꾼하고 짧은 기간 행복했다. 평생 예상했던 것보다 더 행복했다. 그녀가 알던 행복보다 더 행복했다. 그를 다시 보고 싶었다. 딱 한 번 더.

마크의 왼쪽 어깨 뒤에서 무엇인가가 움직였다.

그녀는 눈 한쪽 구석에서 그걸 봤다. 헤드라이트 불빛 너머의 시커먼 어둠 속에서. 뭔가 하얀 것이 번뜩거렸다. 3미터 뒤에서. 공중에 걸려 있었다. 눈동자라고 그녀는 생각했다. 이빨이거나. 미소를 짓는 것처럼. 그녀는 귀를 쫑긋 세웠다. 아무 소리도 들리지 않았다. 공회전하는 차의 엔진에서 나는 소리와 끈질기게 뱉어내는 배기가스에서 나는 부드럽게 젖은 졸졸거리는 소리만 들렸다.

그러다가 그녀는 형체를 감지했다. 마크의 등 뒤에서. 어두운 공허. 나무 한 그루가 움직이고 있는 듯한.

말도 안 돼.

그녀는 시선을 딴 데로 돌렸다.

마크가 물었다. "준비됐어?"

"네 모텔이 불타 무너졌다니 기뻐." 그녀가 말했다. "너도 그 안에 있었으면 좋았을 텐데."

"착한 아가씨가 그런 말을 해서는 안 되지." 그가 말했다.

그녀는 그를 다시 쳐다봤다.

놈의 바로 뒤에 한 남자가 있었다.

거인. 그는 헤드라이트 불빛 속으로 발을 디딘 뒤였다. 그의 왼손에는 화살 하나가 들려 있었다. 머리에는 튜브를 위로 젖힌 야간투시경을 차고 있었다. 키는 마크보다 15센티미터쯤 컸고, 너비는 두 배쯤 돼 보였다.

그는 엄청나게 컸다.

그는 아무 소리도 내지 않았다.

그가 마크의 등 바로 뒤로 다가왔다. 두 사람 사이의 거리는 채 30센티미터도 되지 않았다. 두 사람은 하키 경기에 입장하거나 비행기에 탑승하려고 기다리는 북적거리는 줄에 선 사람들 같았다. 그가 오른손을 뻗어 마크의 팔목을 감쌌다. 그는 마크의 팔을 계속 쭉 뻗은 자세로 유지하면서 힘들이지 않고 천천히 옆으로 옮겼다. 천천히, 안정적으로 문을 여는 것처럼. 완벽한 90도 각도를 이뤄 글록이 옆쪽에 있는 허공을 조준하게 될 때까지. 그는 왼손을 뻗어 굽힌 팔꿈치로 마크의 상체를 고정시키고는 마크를 자기 가슴 쪽으로 꽉 끌어당겼다. 그는 화살 끝을 마크의 목의 움푹 팬 곳에 댔다. 두 남자 중 누구도 움직이지 않았다. 두 사람은 꼭 껴안은 사람들처럼 보였다. 탱고를 출 준비를 마친 것처럼. 마크가 엉뚱한 방향을 바라보고 있다는 것만 빼면.

거구의 남자가 말했다. "무기 내려놔."

그윽한 목소리였다. 그렇지만 차분했다. 친밀감이 느껴질 정도로. 불과 몇 센티미터 떨어진 마크의 귀에만 들리라고 낸 소리 같았다. 목소리 톤을 들어보면 명령이라기보다는 권고에 가까웠다. 그렇지만 그 뒤에는 으스스한 암시가 있었다.

마크는 총을 내려놓지 않았다.

패티는 거인의 오른 팔뚝의 근육이 단단해지는 걸 봤다. 눈에 거슬리는 밋밋한 불빛이 근육의 윤곽을 과장했다. 근육은 자루에 든 자갈들처럼 보였다. 그의 얼굴은 무표정했다. 그녀는 남자가 마크의 팔목을 우그러뜨리고 있다는 걸 깨달았다. 천천히, 안정적으로, 냉혹하게. 지체 없이. 마크는 아파서 비명을 내지르며 숨이 빨라졌다. 그녀는 뼈들이 딸깍거리고 삐걱거리고 움직이는 소리를 들었다. 마크는 몸을 홱홱 돌리면서 몸부림쳤다.

덩치 큰 남자는 마크를 계속 쥐어짰다.

마크가 총을 떨어뜨렸다.

"잘 선택했어." 덩치 큰 남자가 말했다.

그렇지만 그는 마크를 놔주지 않았다. 탱고 자세를 바꾸지 않았다.

그가 물었다. "이름이 뭐지?"

마크는 대답하지 않았다.

패티가 대답했다. "그놈 이름은 마크예요."

"마크 뭐?"

"몰라요. 당신은 누군가요?"

"사연이 깁니다." 덩치 큰 남자가 말했다.

그의 근육이 다시 단단해졌다.

마크가 꿈틀거렸다.

"네 성이 뭐야?" 덩치 큰 남자가 물었다.

뼈들이 딸깍거리고 삐걱거리고 움직였다.

"리처." 마크가 헐떡거렸다.

42

리처는 100미터 떨어진 곳에서 여자가 사냥꾼에게 손전등 불빛을 비추고는 미친 듯이 질주하는 걸 봤다. 사냥꾼이 그녀를 쫓는 걸 봤다. 그는 두 사람의 뒤를 쫓았다. 그가 두 사람을 따라잡을 무렵 메르세데스가 도착했다. 그는 메르세데스 뒤의 어둠 속에서 오솔길을 가로질러 먼 쪽 측면에서 슬금슬금 앞으로 이동했다. 그는 오가는 대화의 대부분을 들었다. 견인 트럭 키, 쇼티, 불에 탄 모텔. 남자가 자기와 여자를 최후의 2인으로 생각한다고 말하는 걸 들었다. 금융인이 죽기 직전에 한 말에 따르면 여자의 이름은 패티 선드스트롬이었다. 쇼티는 쇼티 플렉일 것이다. 캐나다사람들. 오도 가도 못하게 된.

"나한테 돈이 있어." 마크가 말했다. "당신은 그걸 가질 수 있어."

"돈은 원치 않아." 리처가 말했다. "필요하지 않거든."

"이 문제를 해결할 수 있는 방법이 있을 거야."

리처가 말했다. "패티, 이놈 총을 들어요. 정말로 조심해서. 엄지와 나머지 네 손가락으로 손잡이를 잡아요." 그녀는 그렇게 했다. 그녀는 다가와 몸을 숙이고는 총을 쥔 후 종종걸음으로 물러났다. 리처는 마크의 팔을 팔꿈치까지 90도 각도로 꺾었다. 마크는 손을 흔드는 사람처럼 보였다. 리처는 마크의 팔을 더 꺾었다. 놈의 팔뚝이 팔꿈치 윗부분까지 바짝 접힐 때까지. 놈의 손이 어깨에 닿을 때까지.

그러고는 더 꺾었다. 리처는 마크의 손을 수평선 아래로 당겨 견갑골의 뒤쪽을 쏠어내리게 만들었다. 3센티미터, 10센티미터, 15센티미터. 그러면서 온갖 관절에 온갖 스트레스가 가해졌다. 대부분의 스트레스는 팔꿈치에 집중됐다. 그렇지만 어깨도 스트레스를 받았다. 그 사이에 있는 모든 인대와 힘줄도.

리처는 마크의 목에서 화살을, 놈의 가슴에서 팔꿈치를 뗐다. 그러자 마크는 팔에 가해진 압박을 줄이기 위해 고마운 심정으로 두 무릎을 꿇었다. 리처는 그립을 바꿨다. 그는 놈의 팔목을 놔주고는 주먹으로 놈의 멱살을 잡고 움켜쥐고 비틀어 팽팽한 8자를 그리면서 놈의 단추 부위에서 목을 졸랐다.

그러고는 패티를 보고 물었다. "직접 하고 싶소? 아니면 내가 해야 할까?"

"뭘요?"

"놈을 쏘는 것."

그녀는 대답하지 않았다.

"놈이 불에 타버렸으면 좋았을 거라고 말했잖소."

"당신은 누구죠?" 그녀가 다시 물었다.

"사연이 깁니다." 그가 다시 말했다. "아침에 여기의 남쪽에서 약속이 있소. 밤에 묵을 모텔이 필요했지. 여기가 내가 찾을 수 있는 유일한 곳이었소."

"경찰에 신고하는 게 옳아요."

"어디로 가는 길이었소?"

"플로리다요." 그녀가 말했다. "우리는 새 삶을 살고 싶었어요."

"뭘 하면서?"

"윈드서핑 장비를 임대하면서요. 제트스키도 취급하고요. 쇼티한테는 티셔츠를 팔자는 아이디어도 있었어요."

"어디에 살면서?"

"바닷가 판잣집에서요. 아마도 가게 2층에 있는."

"근사하게 들리는군."

"우리도 그렇게 생각했어요."

"당신들은 그러는 대신 뉴햄프셔 어딘가에 있는 체인 호텔에 살면서 3년을 보낼 수도 있소. 무척이나 기분 나쁜 사람들을 상대로 떠들어대면서. 절반쯤은 지루해서 죽고 싶을 거고, 남은 절반은 겁이 나서 죽을 지경일 거요. 플로리다에 가는 대신에 그렇게 하고 싶소?"

"아뇨."

"그게 우리가 경찰에 신고하면 일어날 일이오. 당신들은 형사들과 검사들과 변호사들과 정신과 의사들을 상대로 얘기를 하고 또 하게 될 거요. 그러는 와중에 꽤나 힘든 질문들도 듣게 될 거고. 그 사람들도 내가 했던 것하고 똑같은 계산을 할 테니까. 나는 도로에서 여기로 왔소. 상황은 이미 내 앞에 펼쳐지고 있었소. 지금까지 나는 놈들 중 넷을 확인했소. 원래는 더 많은 놈들이 올 거라고 짐작하고 있었소."

"처음에는 여섯 명이었어요."

"맨 처음 두 명은 어떻게 된 거요?"

그녀는 대답하지 않았다. 그저 숨을 들이쉬고 내쉬기만 했다.

"당신들은 결국 재판에서 이길 거요." 리처가 말했다. "아마 그렇게 되겠지. 정당한 살인이었다거나 자기방어 차원에서 한 짓이라면서. 그렇지만 확실한 건 하나도 없소. 게다가 당신들은 외국인이오. 종합해보면, 당신들은 롤러코스터를 타게 될 거요. 당신들이 이 나라를 떠나는 건 허용되지 않을 거요. 이 지역에 있는 건 레드삭스뿐이오. 이 문제를 정말로 신중하게 고민해봐야 하오."

그녀는 아무 말도 하지 않았다.

리처가 말했다. "경찰을 부르지 않는 편이 나을 거요."

마크가 몸부림치기 시작했다.

리처가 패티에게 말했다. "이놈은 쇼티가 죽게 놔두고 싶어 했소."

그녀는 오랫동안 입을 다물었다.

그녀는 손에 있는 권총을 내려다봤다.

"이리 와요." 리처가 말했다. "나한테서 먼 쪽으로 총을 겨누도록 해요."

그녀가 와서 그의 옆에 섰다.

마크는 몸부림을 치면서 허우적거렸다. 미친 듯이 힘껏. 리처가 놈을 똑바로 세워 명치에 힘껏 주먹을 날릴 때까지. 리처는 그러고는 놈을 내려놨다. 놈은 정확하게 얌전히 있는 건 아니었지만, 적어도 잠시 자유의지로 근육을 통제하지 못했다.

리처가 말했다. "소음기를 놈의 등에, 양쪽 견갑골 사이에 바짝 붙여요. 내가 놈을 붙잡고 있는 위치에서 15센티미터쯤 밑에. 안전장치는 방아쇠 앞에 튀어나온 작은 단추요. 손가락이 올바른 위치에 놓이면 그걸 딸깍거릴 수 있을 거요. 그러고 나서 할 일은 방아쇠를 당기는 게 다요."

그녀는 끄덕였다.

그녀는 20초쯤으로 느껴지는 시간 동안 가만히 서 있었다.

그녀가 말했다. "못하겠어요."

리처는 마크의 멱살을 놔주고는 밀어서 놈을 대 자로 뻗게 만들었다. 그는 패티에게서 글록을 받았다. 그가 말했다. "당신한테 기회를 주고 싶었소. 그게 전부요. 그렇지 않았다면 당신은 평생 궁금해했을 거요. 그렇지만 이제 당신은 잘 알게 됐소. 당신은 착한 사람이요, 패티."

"고마워요."

"나보다 착한 사람이지." 그가 말했다.

리처는 몸을 돌려 마크의 머리를 쐈다. 두 방을. 빠르게 힘껏 당긴 두 발 연발사격이 두개골 뒷덜미에 가해졌다. 육군학교에서는 암살용 사격이라고 부르는 것이. 육군이 그런 게 존재한다는 사실을 결코 인정하지 않을 사격이.

그들은 쇼티를 찾으려고 메르세데스를 썼다. 리처는 먼저 견인 트럭 기사를 오솔길 한쪽의 숲으로, 다음에는 마크를 다른 쪽으로 끌고 갔다. 길을 치우려고. 그는 놈들의 시체 위로 차를 몰고 싶지는 않았다. 쇼티의 다리가 부러졌다면 그러고 싶지 않았다. 차가 덜컹거리면 그의 몸이 흔들릴 테니까.

패티가 운전을 했다. 그녀는 차를 돌려 헤드라이트를 하이 빔으로 놓고 뒤쪽으로 향했다. 그녀는 오솔길 어귀에서 나왔다. 그러고는 거기에서 잠시 멈칫했다. 전방 2,400평 너머에 있는 모텔은 낮게 쌓여서 빛을 발하는 잉걸불 무더기였다. 그 앞에 있는 차들은 불에 타서 잿더미가 됐다. 헛간은 격렬히 타고 있었다. 주택은 더 심한 불길에 휩싸였다. 화염은 15미터 높이까지 치솟는 것 같았다.

탑승자가 없는 사륜 바이크 두 대가 풀밭 복판 근처에 버려져 있었다. 그 옆 땅바닥에 혹처럼 보이는 형체 두 개가 있었다.

"전부 네 명이었어요." 패티가 말했다. "마크, 피터, 스티븐, 로버트."

"총소리를 들었소." 리처가 말했다. "얼마 전에. 소음기를 단 9밀리미터 총알. 방금 마크가 동업 관계를 해지한 것 같소."

"네 번째 놈은 어디 있는 걸까요?"

"아마도 주택에 있을 거요. 거기서 나는 총소리는 듣지 못했소. 저기에 남은 건 그리 많지 않을 거요."

두 사람은 1분 더 화염을 지켜봤다. 그러고는 패티가 급하게 좌회전을 해서 울퉁불퉁한 풀밭을 가로질러 숲의 가장자리에 접근했다. 그녀는 세심하게 주위를 살폈다. 그녀는 두 개의 별개의 장소에서 속도를 늦추고 오랫동안 뚫어져라 쳐다봤지만, 두 번 다 시선을 돌리고는 차를 계속 몰았다. 결국 그녀가 차를 세웠다. 그녀는 운전석에 두 손을 그대로 두고 있었다.

그녀가 말했다. "지금은 다 거기가 거기 같아요."

리처가 물었다. "얼마나 깊은 숲속에 있었소?"

"기억을 못하겠어요. 우리는 조금 걸었고, 그다음에는 내가 그를 더 끌고 갔어요. 그가 안전할 거라고 생각한 곳으로요."

"어디로 들어갔소?"

"나무 두 그루 사이로요."

"그건 도움이 안 되는 정보요."

"제 생각에는 여기였던 것 같아요."

두 사람은 시동을 끄고 차에서 내렸다. 헤드라이트가 없는 세상은 칠흑같이 어두웠다. 패티는 헤드세트를 다시 찼고, 리처는 튜브를 원위치로 떨어뜨렸다. 무한한 녹색의 상세한 세상이 돌아왔다. 패티는 고개를 왼쪽, 오른쪽으로 돌렸다. 그녀는 앞에 늘어선 나무들을 쳐다봤다. 그 사이에 있는 공간을.

"여기였던 것 같아요." 그녀가 다시 말했다.

그들은 숲으로 밀고 들어갔다. 그녀가 선두에 섰다. 두 사람은 동쪽으로, 북쪽으로 느린 커브를 그리며 걸었다. 오솔길을 따라 놓인 30미터쯤의 범위를 훑는 게 목적이라는 듯. 어귀에서 30미터쯤을. 나무들을 돌아 왼쪽으로, 오른쪽으로 걸음을 옮겼다. 덩굴과 덤불이 두 사람의 발목을 움켜쥐었다.

패티가 말했다. "아무것도 분간을 못하겠어요."

리처가 큰 소리로 외쳤다. "쇼티! 쇼티 플렉!"

패티가 큰 소리로 외쳤다. "쇼티, 나야! 어디 있어?"

아무 반응도 없었다.

그들은 계속 걸었다. 열 발짝을 걸을 때마다 멈춰 서서는 소리를 치고 고함을 질렀다. 그러고는 가만히 서서 숨을 멈추고는 귀를 기울였다.

아무 반응도 없었다.

그들이 세 번째로 그렇게 할 때까지는.

무척 작은 소리가 들렸다. 멀리서, 조용하게, 금속성으로, 느리게. 팅, 팅, 팅. 동쪽으로 40미터쯤 떨어진 곳이라고 리처는 생각했다.

그가 큰 소리로 외쳤다. "쇼티 플렉?"

팅, 팅, 팅.

그들은 방향을 바꿨다. 서둘렀다. 나무들, 덩굴들, 블랙베리나무들, 덤불들. 두 사람은 걸음을 내디딜 때마다 그의 이름을 불렀다. 처음에는 패티가, 다음에는 리처가 차례차례. 걸음을 걸을 때마다 더 커지는 팅, 팅, 팅 소리가 들렸다. 그들은 소리를 따라갔다.

그들은 나무에 기대 쓰러져 있는 그를 찾아냈다. 통증 때문에 기진맥진한 상태였다. 그는 야간투시경을 하고 있었다. 손에는 화살을 쥐고 있었다. 그 화살로 투시경의 금속 튜브를 두드린 것이다. 팅, 팅, 팅. 그게 그가할 수 있는 전부였다.

리처는 그를 데려가 메르세데스 뒷좌석에 눕혔다. 다리는 심하게 망가져 있었다. 부상 부위는 엉망이었다. 그는 피를 많이 흘렸다. 창백하면서도 열이 심했다. 땀으로 몸이 축축했다.

패티가 물었다. "어디로 데려가야 하나요?"

"카운티에서 벗어나는 게 나을 거요." 리처가 말했다. "맨체스터로 가는 게 좋겠소. 거기가 여기보다 더 큰 고장이니까."

"저희랑 같이 가시지 않을 건가요?"

리처는 고개를 저었다.

"계속 같이 갈 수는 없소." 그가 말했다. "아침에 약속이 있소."

"병원에서 꼬치꼬치 캐물을 거예요."

"오토바이 사고가 났다고 대답해요. 그러면 믿을 거요. 병원들은 오토바이하고 관련된 얘기는 뭐든 믿으니까. 그들은 당국에 이 사건을 신고할 필요가 없을 거요. 이건 총상이 아닌 게 분명하니까. 저 친구가 금속 위로 넘어졌다고 말해도 좋소."

"알았어요."

"그를 입원시키고는 어딘가 조용한 곳으로 주차를 하러 가시오. 문은 잠그지 말고 키는 꽂아둬요. 그러고는 재빨리 사라져야 하오. 그러고 나면 성공이오."

"알았어요." 그녀가 다시 말했다.

그녀가 운전석에 앉았다. 리처는 조수석에 앉아 쇼티를 지켜보느라 몸을 비스듬히 돌렸다. 패티는 울퉁불퉁한 땅 위에서 느리고 넓은 커브를 그리며 차를 돌렸다. 쇼티의 몸이 들썩거리고 떠밀렸다. 그가 헉헉거렸다. 패티가 오솔길 어귀를 향해 차를 돌렸다.

쇼티가 옆에 있는 좌석을 두드렸다. 한 번, 두 번, 힘없이 약하게.

리처가 물었다. "왜 그러시오?"

쇼티가 입을 열었다. 말은 한마디도 나오지 않았다. 그가 다시 시도했다. 그가 속삭였다. "여행 가방."

패티는 느리고 안정적으로 차를 몰았다.

"여행 가방은 방에 뒀었어." 그녀가 말했다. "다 타버렸을 거야."

쇼티가 다시 좌석을 두드렸다.

"내가 밖에 꺼내놨어." 그가 속삭였다.

패티는 차를 세웠다.

"어디에다?" 그녀가 물었다.

"풀밭에." 그가 말했다. "주차장 건너에."

그녀는 서툰 솜씨로, 약간은 나선형을 그리며 후진을 했다. 그러고는 오솔길 어귀에서 차를 돌려 풀밭을 가로지르기 시작했다. 버려진 바이크들과 시신을 지나쳤다.

"피터하고 로버트예요." 그녀가 말했다.

그녀는 계속 차를 몰았다. 그녀는 주차장에 차를 세웠다. 창문을 통해 열기를 느낄 수 있었다. 리처는 숯덩이들이 깔린 카펫에서 삐죽하게 튀어 나온 금속 우리를 봤다. 철제 창살과 철망. 그을리고 휘어버린. 10호실. 쇼 티가 팔뚝을 앞뒤로 딱 한 번 움직였다. 축도를 하는 늙은 성직자처럼, 또 는 여정을 몸짓으로 표현하는 부상병처럼 약하고 맥없고 기운 없이. *저기 에서 저기까지*. 리처는 차에서 내려 금속 우리와 나란히 걸었다. 그는 몸 을 돌려 풀밭 가장자리로 걸어갔다. 일직선. 두 지점 사이의 최단거리. 그 는 야간투시경 튜브를 제자리로 떨어뜨렸다.

리처는 곧바로 여행 가방을 찾아냈다. 밧줄이 묶여 있는 커다랗고 낡은 가죽 가방이었다. 풀밭에 납작 누워 있었다. 그는 그리로 가서 그걸 들었 다. 무게가 1톤은 되는 것 같았다. 2톤인지도 몰랐다. 리처는 한쪽으로 몸 을 기울여가며 힘겹게 그걸 가져왔다. 패티가 내려서 리처를 위해 트렁크 를 열었다. 그는 가방을 땅바닥에 내려놨다.

리처가 물었다. "도대체 가방에 뭐가 들어 있는 거요?"

"만화책이에요." 그녀가 말했다. "1천 권이 넘어요. 하나같이 굉장한 것 들이에요. 『슈퍼맨』 초기 판본이 많아요. 우리 아버지들하고 할아버지들 한테 물려받은 거예요. 그걸 뉴욕에 가서 팔아서 플로리다로 가는 비용을 마련할 작정이었어요."

트렁크에는 이미 가방 두 개가 들어 있었다. 불룩하게 지퍼가 채워진 부드러운 가죽 더플 백 두 개. 리처는 안을 들여다봤다. 둘 다 돈이 가득했 다. 둘 다 깔끔하게 쌓인 돈뭉치로 가득했다. 대부분이 100달러 지폐였고, 대부분이 3센티미터 두께의 뭉치로 묶여 있었다. 인쇄된 레이블에 따르 면, 뭉치 하나에 1만 달러였다. 가방 하나에 50뭉치쯤 있었다. 그러니 전 부 100만 달러쯤 됐다.

"만화책은 갖고 있도록 해요." 리처가 말했다. "대신 이 돈을 써요. 원하는 윈드서핑 장비들을 몽땅 구입할 수 있을 거요."

"그럴 수 없어요." 패티가 말했다. "이건 우리 돈이 아니에요."

"내 생각에는 당신들 돈 같은데. 당신들은 게임에서 이겼소. 이건 놈들이 챙긴 판돈 전부일 거요. 달리 누가 이걸 가져야 옳을 것 같소?"

"이건 돈벼락이에요."

"당신들이 번 돈이오." 리처가 말했다. "그렇게 생각하지 않소?"

그녀는 아무 말도 하지 않았다.

그러더니 그녀가 물었다. "선생님도 조금 필요하지 않나요?"

"나는 그럭저럭 살아가기에 충분한 돈이 있소." 리처가 말했다. "더 필요하지는 않소."

리처는 여행 가방을 들어 올려 트렁크에 밀어 넣었다.

메르세데스의 스프링이 축 처졌다.

"성함이 어떻게 되세요?" 패티가 물었다. "알았으면 좋겠어요."

"리처."

그녀가 멈칫했다.

그녀가 말했다. "그건 마크의 성이었어요."

"그놈은 우리 집안 족보의 다른 가지에 속하는 놈이었소."

그들은 차에 다시 탔고, 그녀는 풀밭을 가로질러 숲으로 들어가도록 차를 몰았다. 견인 트럭까지 2마일 정도를. 리처는 키를 꺼내 트럭에 올라가 안으로 들어갔다. 엄청난 압박감. 그는 어쨌든 솜씨가 형편없는 운전자였다. 게다가 제어장치도 익숙하지 않은 거였다. 그래도 그는 1분 후에 불을 켜는 데 성공했다. 그러고는 엔진에 시동을 걸었다. 기어 변환기를 찾아내고는 그걸 후진으로 밀었다. 후방 카메라가 달린 대시보드의 스크린이 밝아졌다. 광각 렌즈. 컬러 화면. 화면은 낡아빠진 스바루를 보여줬다. 트럭 바로 뒤에 주차한 채로 기다리고 있는 스바루를.

43

리처는 운전석에서 내려와 패티에게 1분간 기다리라는 수신호를 보내면서 그녀가 무슨 뜻인지 이해하기를 바랐다. 그러고는 트럭의 측면을 비집고 내려가며 뒤쪽으로, 공기가 확 트인 곳으로 나갔다.

버크가 그곳에서 리처와 만났다. 패트릭 G. 목사. 그가 '알아, 안다고'라는 뜻의 달래는 듯한 몸짓으로 손바닥이 그를 향하게끔 두 손을 올렸다. 공기를 두드리는 듯. 미리 사과하는 듯.

버크가 말했다. "아모스 형사가 내 휴대폰으로 전화를 했어. 반드시 자네를 찾아 10-41이라는 말을 전하라더군. 그게 무슨 뜻인지는 모르겠네."

"그건 헌병의 무전 암호입니다." 리처가 말했다. "즉각 회신 요망이라는 뜻이죠."

"여기는 휴대폰이 터지지 않아."

"남쪽으로 가야겠죠. 그런데 우선 트럭을 이동시킬 수 있게 목사님 차를 빼주세요. 저 뒤에 역시 남쪽으로 향하는 사람들이 있습니다. 저 사람들은 굉장히 급한 상황입니다."

리처는 운전석으로 비집고 돌아가면서 사다리에서 패티에게 안도해도 된다고 이해했으면 싶은 손짓을 보냈다. 그는 기어를 후진으로 놨다. 버크가 차를 후진시키는 걸 라이브 화면으로 봤다. 그래서 그를 따라 후진을 했다. 약간은 덜컹거리고 가끔은 직선을 벗어나기도 하는 트럭은 여기저기서 나무들과 싸우고 그들 대부분을 두들겨 팼으며 한두 번은 무척 심하게 덜컹거렸다. 도로로 벗어난 그는 운전대를 힘껏 돌렸다. 그러고는 맞은편 갓길 뒤쪽에 차를 세웠다. 차를 완전히 똑바로 세운 건 아니었지만, 창피해할 수준도 아니었다.

검정 메르세데스가 그를 따라 도로로 빠져나왔다.

그는 운전석에서 내려갔다.

메르세데스가 그의 옆에 멈췄다.

패티가 창문을 내렸다.

리처가 말했다. "나는 스바루를 타고 온 분과 같이 갈 겁니다. 만나서 반가웠어요. 플로리다에서 행운을 빕니다."

그녀가 앉은 자리에서 목을 길게 빼고 도로 아래쪽을 살폈다.

"저기서 벗어났네요." 그녀가 말했다. "드디어. 고마워요. 진심이에요. 선생님한테 큰 신세를 졌어요."

"내가 아니었어도 당신 스스로 해결했을 겁니다." 리처가 말했다. "당신은 여전히 손전등을 갖고 있었잖소. 그 작전은 꽤나 잘 먹혔을 거요. 커다란 배터리 네 개, 온갖 LED들. 그건 야간투시경으로는 감당 못할 상황이니까. 놈이 쏜 첫 총알은 빗나갔을 거요. 그러고 나면 당신은 숲속에 들어가 있었을 거고."

"그러고 나면 무슨 일이 벌어졌을까요?"

"똑같은 상황이 반복됐겠지. 놈은 예비 탄창을 갖고 있지 않았을 거라고 장담하오. 급하게 짐을 꾸린 것으로 보이니까."

"고마워요." 그녀가 다시 말했다. "진심으로요."

"플로리다에서 행운을 빕니다." 그가 다시 말했다. "미국에 온 걸 환영합니다."

리처는 도로를 건너 스바루가 기다리고 있는 곳으로 갔다. 패티는 남쪽으로 차를 몰고 떠났다. 그녀가 열린 창문을 통해 손을 내밀어 올렸다. 손을 흔드는 것 같았다. 그러고는 그 상태로 100미터를 더 갔다. 손을 벌린 채로, 손바닥을 때리면서 밀려드는 밤중의 공기를 느끼면서.

버크는 시골길을 통해 남쪽으로 차를 몰았다. 리처는 폰에 뜨는 신호들을 지켜봤다. 버크는 시간에 늦었을까 봐 걱정했다. 그는 아모스 형사가 그 무렵이면 침대에서 빠르게 잠에 빠져들었을 게 확실하다고 말했다. 리처는 그녀가 10-41을 말했을 때는 진심으로 그런 말을 한 게 확실하다고 말했다. 즉각 회신 요망. 그녀는 다른 암호를 사용할 수도 있는 상황이었는데도 그 암호를 썼다.

막대 하나가 떴다. 그러고는 두 번째 막대. 그러자 그들이 전에 이용했던 자갈 깔린 넓은 갓길이 나타났다. 버크가 차를 댔다. 리처가 번호를 눌렀다. 아모스가 즉각 전화를 받았다. 잠들어 있지는 않았다. 차에서 나는 소음이 들렸다. 그녀는 운전 중이었다.

그녀가 말했다. "보스턴 경찰이 4번 타자가 한밤중에 집에 도착했다고 알려왔어요."

"캐링턴을 데리고?"

"조사 중이에요."

"엘리자베스 캐슬은 어떻소?"

"두 사람 다 여전히 실종 상태예요."

"내가 보스턴에 가야겠군."

"선배님이 거기보다 먼저 들를 데가 있어요."

"어디?"

그녀가 말했다. "스탠 리처를 찾았어요."

"오케이."

"그 사람은 30년 전에 나타났어요. 꽤 오랫동안 혼자 살다 이사를 해서 젊은 친척하고 같이 살아요. 유권자 등록을 했고 여전히 운전면허도 갖고 있어요."

"그렇군." 리처가 다시 말했다.

"제가 그 사람 집에 전화를 했어요. 그 사람이 선배님을 보고 싶어 해요."

"언제?"

"지금이요."

"늦은 시간인데."

"불면증이 있대요. 보통은 TV를 본다더라고요. 선배님이 그리로 와서 밤새 얘기를 하면 반갑겠다고 했어요."

"그 사람이 사는 데가 어디요?"

"래코니아요." 그녀가 말했다. "바로 여기 시내예요. 선배님이 그 사람 집 옆을 걸어서 지나갔을 가능성이 있어요."

리처는 두 번째 호텔에 묵었을 때 그 집에서 두 블록 떨어진 곳을 지나 갔던 것으로 밝혀졌다. 호텔에서 나와 왼쪽으로 꺾고 오른쪽으로 꺾은 다음에 왼쪽으로 꺾으면 칵테일 웨이트리스가 사는 곳과 비슷한, 오른쪽과 왼쪽에 각각 출입문이 있는 골목이 나타났다. 그런데 이 경우에 양쪽에 있는 주택들은 위층에 있는 아파트가 아니라 양옆에 안뜰이 있는 3층짜리 깔끔한 타운하우스였다.

스탠은 왼쪽에 있는 집에 살았다.

아모스는 골목 입구의 도로 경계석에 주차된, 경찰차 표식이 없는 평범한 차에서 두 사람을 맞았다. 그녀는 버크와 악수를 하고는 만나서 반갑다고 인사했다. 그러고는 리처에게 몸을 돌려 기분은 괜찮으냐고 물었다. 그녀가 말했다. "무척 이상한 상황이 될 수도 있어요."

"심하게 이상하지는 않을 거요." 리처가 말했다. "약간은 그렇겠지만. 내가 이 상황의 대부분을 짐작해냈다고 생각하오. 사람들이 하는 이야기에는 늘 뭔가 잘못된 게 있으니까. 이제는 그게 뭔지를 알겠소. 모티머 씨가 들려준 얘기 덕분이오."

"모티머 씨가 누구죠?"

"요양원에 사는 어르신 말이오. 옛날에 라이언타운에 사는 사촌들을 틈틈이 찾아갔었다는 얘기를 하더군. 새를 관찰하는 소년들을 기억한다고 말했소. 자기는 종전 무렵에 징집이 됐다는 얘기를 했고, 군에서는 그를 필요 없어 했다고 말했소. 군에 병력이 이미 넘쳐흘러서 말이오. 그는 자기는 한 일이 하나도 없고 그래서 독립기념일 퍼레이드를 할 때마다 사기꾼이 된 기분이었다고 했소."

아모스는 아무 말도 하지 않았다.

그들은 현관문까지 함께 갔다. 버크는 지금 시각을 감안하면 그게 그 상황에서 제일 적절한 처신이라고 고집했다. 리처는 전사통지서를 전달하는 것 같다고 생각했다. 헌병 두 명과 성직자 한 명.

리처가 초인종을 눌렀다.

1분 후, 복도의 불이 켜졌다. 리처는 문 높은 곳에 설치된 반투명유리를 통해 그걸 봤다. 그는 그 유리를 통해 차분한 크림색과 벽에 가족사진들이 걸려 있을 가능성이 큰 길고 좁은 공간을 조각조각 부서진 모자이크로 봤다.

리처는 노인이 발을 끌면서 시야에 들어오는 걸 봤다. 부서진 모자이크. 구부정하고 잿빛이고 느리고 불안정한. 노인은 관절들을 꺾어가며 벽에 설치된 나무 난간을 잡고 걸어오고 있었다. 점점 더 가까워진 노인이 마침내 문을 열었다.

44

　문을 연 노인은 90대쯤으로 보였다. 지나치게 큰 옷을 입은 노인은 마르고 구부정했다. 그의 옷은 오래전에, 그러니까 그가 활기찼던 70대 시절에 구입해서 지금까지 즐겨 입는 옷처럼 보였다. 한창때는 키가 185센티미터에 체중이 86킬로그램쯤 나갔을 것 같았다. 그러다가 오래전부터 키와 몸무게가 줄어들기 시작했을 것이다. 지금 그의 몸은 물음표처럼 구부정했다. 피부는 늘어지고 반투명했다. 눈에는 물기가 그렁그렁했다. 머리카락은 비단처럼 고운 회색이었다.

　그는 리처의 아버지가 아니었다.

　아버지가 30년 더 나이를 먹었을 때 모습이 아니었다. 아버지가 아니었으니까. 그걸 알아내는 건 정말로 간단한 일이었다. 법의학적으로 보더라도 마찬가지였다. 코가 부러졌던 흔적도, 파편이 뺨에 남긴 흉터도, 눈썹에 있어야 할 꿰맨 자리도 없었다.

　벽에 걸린 사진들은 새를 찍은 것들이었다.

　노인이 흔들리는 손을 내밀었다.

　"스탠 리처요." 그가 말했다. "만나서 반갑소이다."

　리처는 노인과 악수를 했다. 손이 얼음장처럼 차가웠다.

　"잭 리처입니다." 그가 말했다. "저도 마찬가지입니다."

"우리가 친척지간인가?"

"충분히 멀리까지 거슬러 올라가면 세상 사람은 모두 친척지간 아니겠습니까."

"들어오게."

아모스는 자기와 버크는 차에서 기다리겠다고 말했다. 리처는 노인을 따라 복도를 내려갔다. 장례 행렬보다 느리게. 반걸음 걷고 한참 쉰 후에 또 다른 반걸음. 두 사람은 거실과 식당 겸용으로 쓰는 주방 사이의 중간쯤 되는 지점에 도착했다. 거기에 안락의자 두 개가 있었고, 양옆에는 각각 커다란 술이 달린 갓이 씌워진 램프가 있었다. 독서하기에 좋은 램프가.

늙은 스탠 리처가 앉으라고 청하는 것처럼 떨리는 손으로 안락의자 하나를 손짓했다. 그러고는 맞은편에 앉았다. 그는 이야기하는 걸 좋아했다. 질문들에 대답하는 걸 좋아했다. 그는 리처가 하는 질문들을 이상하게 여기지 않는 듯 보였다. 그는 자기는 라이언타운에서, 주석공장 현장감독의 아파트에서 자랐다고 확인해줬다. 주방에 깔린 타일을 기억했다. 아칸서스 잎, 마리골드, 만개한 아티초크. 제임스 리처와 엘리자베스 리처가 그의 부모였다. 주석공장 현장감독과 침대 시트 마무리작업자. 그는 부모님이 좋은 사람들이었는지 아니었는지를 궁금해한 적은 한 번도 없었다고 말했다. 부분적으로는 그게 그가 아는 전부였기 때문이고, 부분적으로는 어쨌든 그는 그런 걸 인지하지 못했기 때문이었다. 그 시점에서 그는 조류관찰의 세계에 입문한 상태였는데, 조류관찰은 그가 들어가 거주할 완전히 다른 세상을 그에게 제공했다. 그는 중요한 건 새로 발견한 조류를 명단에 기입하는 게 아니었다고 말했다. 조류관찰이라는 명칭에 실마리가 있었다. 조류관찰에서 중요한 건 관찰이었다. 무엇을, 어떻게, 왜, 어디에서, 언제 관찰하느냐가 중요했다. 중요한 건 자기 자신이 완전히 새로운 문제들과 완전히 새로운 능력들을 갖고 완전히 새로운 차원들에 진입했다고 생각하는 거였다.

리처가 물었다. "어르신을 입문시킨 게 누구였나요?"

"사촌인 빌이었지." 스탠이 말했다.

"어떤 사람이었나요?"

"당시는 힘든 시절이었어. 왜 그런지는 몰라도 사내아이들 대부분은 사촌들하고 밖에서 소일했지. 그게 인간이라는 종족의 본능이었던 것 같아. 사람들은 겁에 질려 있었어. 힘든 시절이었으니까. 한동안은 세상 전체가 무너져 내릴 수도 있을 것처럼 보였지. 그래도 사촌들이 있어서 안도할 수 있었던 것 같아. 어떤 아이건 제일 친한 친구는 사촌이 될 거야. 빌은 내 사촌이었고 나는 걔의 사촌이었지."

"그는 어떤 종류의 사촌이었나요?"

"우리 둘 다 그렇게 뛰어난 아이들은 아니었어. 우리가 아는 거라고는 나는 스탠 리처고 걔는 윌리엄 리처라는 것, 그리고 우리 둘 다 다코타 지역에 있는 동일한 조상의 후손이라는 것밖에는 없었지. 빌은 못 먹어서 삐쩍 말랐고 툭하면 옆길로 새는 아이였다는 게 진실이라고 생각해. 걔네 집은 캐나다 국경인 것 같았어. 걔는 늘 이리저리 떠돌아다니고 있었지. 걔는 라이언타운에서 많은 시간을 보냈어."

"그가 처음에 왔을 때 몇 살이었나요?"

"내가 일곱 살이었으니까, 걔는 여섯 살이었지. 걔는 1년 내내 머물렀어."

"그 애한테 부모가 있었나요?"

"우리는 그렇다고 생각했어. 걔는 부모님을 한 번도 뵙지 못했지만. 그래도 그분들이 돌아가셨거나 그런 건 아니었어. 걔한테 해마다 생일축하 카드가 왔거든. 우리는 그분들이 외국에서 활동하는 비밀요원들이거나 첩보원인 게 분명하다고 생각했어. 나중에는 조직범죄에 연루된 사람들일 가능성이 더 크다고 생각했고. 어느 쪽이건 엄청나게 은밀하게 살아야 하잖아. 그런 사실을 입 밖에 내기도 어렵고."

"그 애가 여섯 살 나이에 이미 조류를 관찰한 건가요?"

"육안으로 그랬지. 걔는 육안으로 관찰하는 게 제일 좋은 관찰이라고 항상 생각했어. 왜 그런지 설명하는 데는 서툴렀지만. 그래 봐야 어린애였을 뿐이야. 우리는 나중에야 이해하게 됐지. 쌍안경을 입수한 후에야. 육안으로는 더 큰 그림을 얻게 돼. 클로즈업으로 본 새의 아름다움에 주의가 산만해지는 일이 없지."

"쌍안경은 어떻게 입수하셨나요?"

"그건 꽤 나중의 일이었어. 그 무렵에 빌은 열 살 아니면 열한 살이었을 거야."

"그걸 어떻게 얻게 됐나요?"

노인은 시선을 1초간 아래로 떨궜다.

그가 말했다. "이건 기억해야 해. 당시는 힘든 시절이었다는 걸."

"그가 그걸 훔쳤나요?"

"정확히 말하면 훔친 건 아니지. 그것들은 전리품이었어. 멍청한 복수심에 불타는 애들이 있었거든. 빌은 인내심이 바닥났고. 우리는 고대의 무용담을 읽고 있었어. 그는 자기가 뭔가를 압수해야 옳은 일이라고 느낀다고 말했지. 쌍안경하고 31센트가 그 아이가 가진 전부였어."

"어르신은 털발말뚱가리에 대한 글을 쓰셨죠."

노인은 끄덕였다.

"우리가 그렇게 했지." 그가 말했다. "잘 쓴 글이었어. 나는 지금도 그 글이 자랑스러워."

"1943년 9월을 기억하시나요?"

"두리뭉실하게 몇 가지 일만."

"뭔가 특별한 사건이 있었나요?"

"그건 오래전이잖아." 노인이 말했다.

"길거리에서 벌어진 입씨름에 대한 옛날 경찰 보고서에 어르신 존함이 나옵니다. 늦은 밤중에 벌어진 일이었죠. 여기서 그리 멀지 않은 곳에서요. 어르신이 친구랑 있는 게 목격됐습니다."

"그때는 길거리에서 늘 입씨름이 벌어지던 시절이야."

"이 입씨름은 그로부터 2년 후에 구타로 사망한 이 지역 양아치가 관련된 거였습니다."

스탠 리처는 아무 말도 하지 않았다.

"1943년 9월의 그 밤에 어르신과 같이 있는 게 목격된 친구가 어르신의 사촌 빌일 거라고 짐작합니다. 저는 2년 후에 마무리된 어떤 일이 그 밤에 시작됐다고 생각합니다."

"다시 얘기해 봐. 댁은 정확히 뉘신가?"

"저도 확신을 못하겠습니다." 리처가 말했다. "지금 현재 생각으로는 저는 어르신의 사촌인 빌의 차남인 것 같습니다."

"그렇다면 너는 무슨 일이 일어났는지를 아는 게로구나."

"저는 헌병이었습니다. 이런 사건을 몇십 번은 봤습니다."

"내가 지금 곤란해진 건가?"

"저 때문에 곤란해지신 건 아닙니다." 리처가 말했다. "지금 저를 화나게 한 유일한 사람은 저 자신입니다. 저는 이런 종류의 일은 남들에게나 일어나는 거라고 생각해왔으니까요."

"빌은 영리한 애였어. 늘 남보다 한발 앞섰지. 부분적으로는 다채로운 삶을 살았기 때문이었어. 요즘 말로는 세상 물정에 통달한 애였지. 그런데 걔는 다른 것도 잘 알았어. 갖고 있는 책에 빠삭했지. 과학에 대해 아는 게 많았어. 새를 무척 좋아했고, 혼자 있는 걸 좋아했어. 좋은 애였는데, 그 시절에 그건 특별한 의미가 있는 표현이었어. 그렇지만 옳고 그른 것에 대한 걔의 인식에는 얽혀들지 않는 편이 좋았어. 걔 안에 들어 있는 폭탄은 터질 때만을 기다리고 있었으니까. 걔는 그 폭탄을 잘 통제하고 있었어. 무척이나 수련이 잘된 아이였지. 걔한테는 규칙이 있었어. 어떤 애가 못된 짓을 할 경우, 걔는 그 아이한테 그런 짓은 이번 딱 한 번으로 그치겠다고 다짐을 시키고는 했어. 계속 그러다가는 무슨 일을 당할지 모른다면서. 걔는 싸움을 잘했어. 미친 사람처럼 용감하기도 했고."

"목숨을 잃은 청년 얘기를 해주시겠습니까?."

스탠은 고개를 저었다.

"그래서는 안 되지." 그가 말했다. "범죄를 털어놓는 꼴이 되니까."

"어르신도 관련되신 건가요?"

"나중 사건에는 아니었을 거야."

"어르신을 불시 단속할 사람은 아무도 없을 겁니다. 백 살이나 된 분이니까요."

"아직 그 나이는 아냐."

"관심을 갖는 사람은 아무도 없습니다. 경찰은 이 사건을 NHI로 분류했습니다."

"그게 무슨 뜻이지?"

"관련자 없음(No Human Involved)."

스탠은 끄덕였다.

"나도 그 사람 생각에 동의해야겠구나." 그가 말했다. "그놈은 인간이라고는 보기 어려운 양아치였거든. 자기보다 눈곱만치라도 똑똑한 사람은 가만히 두고 보지를 않았지. 세상에는 그런 사람이 많았는데 말이야. 고등학교를 졸업하고 4년 정도를 빈둥거리고 돌아다닌 놈이었어. 자기보다 한참 어린 피해자들을 상대로 똑같은 짓거리를 해대면서 말이야. 그런데 놈은 근사한 차를 몰고 근사한 구두를 신었어. 아버지가 부자였으니까. 놈의 뇌는 안쪽 어딘가가 썩어 문드러지고 있었어. 놈은 결국 변태가 돼버렸지. 사내아이 계집아이 할 것 없이 어린애들을 건드리기 시작한 거야. 놈은 덩치가 정말로 크고 강했어. 그런 놈이 애들을 괴롭히고 있었던 거야. 놈은 애들한테 역겨운 짓들을 시키고 있었어. 그 시점에 빌은 놈에 대해서는 모르고 있었지. 그러다가 그날 밤에 시내에 왔다 그걸 알게 된 거야."

"무슨 일이 일어났나요?"

"빌이 라이언타운에 나타났어. 자주 그랬듯이 하늘에서 뚝 떨어진 것처럼. 걔가 여기에 온 첫 밤에 우리는 같이 여기에 있는 재즈 라운지에 갔었어. 우리가 좋아하던 밴드가 있었거든. 라운지에서는 우리를 들여보내주는 게 보통이었지. 우리는 숨겨둔 자전거로 걸어서 돌아가던 중이었어. 그런데 느닷없이 그놈이 우리 쪽으로 걸어오고 있는 거야. 놈은 빌은 무시하고 나를 괴롭히기 시작했어. 나하고는 안면이 있었으니까. 놈은 지난번에 나를 괴롭히다 만 그 부분부터 다시 시작하려던 심산이었을 거야. 그런데 빌은 이 일을 난생처음 듣는 거였어. 믿지를 못하는 눈치더구나. 나는 도망갈 수 있는 곳까지 도망갔지만, 빌은 나와 함께 오지 않았어. 폭탄이 터진 거야. 빌은 놈을 쉽게 쓰러뜨렸어."

"그래서 어떻게 됐나요?"

"그러면서 상황이 완전히 다른 차원이 됐지. 그놈은 사형 집행 영장 같은 걸 발부했어. 빌은 브라스 너클을 소지하고 다니기 시작했지. 다른 일도 두어 번 있었어. 범죄조직에 가입하기 위해 살인을 저지르려 애쓰는 놈들이 빌을 건드린 거야. 우리는 그 부잣집 놈이 그 일에도 많이 관여했다고 판단했어. 빌 때문에 응급실이 계속 분주했었지. 빌은 자기를 건드린 놈들을 응급실로 보내버렸어. 그러면서 그 일은 한동안 묻힌 일이 돼버렸지. 빌은 라이언타운을 들락거렸어. 그러다가 다시 폭발한 거야. 어느 날 밤에 둘이서만 얼굴을 맞대는 상황이 벌어진 거지. 내가 아는 첫 일은 빌이 나중에 나타나서 부탁 하나를 들어달라고 한 거였어."

"어르신의 출생증명서를 빌리고 싶어 했군요. 해병대에 입대하려고."

스탠이 끄덕였다.

"걔는 윌리엄 리처라는 이름을 땅에 묻어야만 했어. 그렇게 해야만 한다고 느꼈지. 과거의 흔적을 끊어버려야 했어. 정황이야 어쨌든 그건 살인이었으니까."

"그리고 아버지는 실제 나이보다 한 살 더 많은 것으로 받아들여져야 할 필요가 있었으니까요." 리처가 말했다. "아버지가 들려주신 이야기에 틀렸던 점이 그거였습니다. 아버지는 열일곱 살에 집에서 도망쳐 나와 해병대에 입대했다고 했습니다. 그 얘기 자체는 맞는 말인 게 틀림없습니다.

그렇지만 아버지가 열일곱 살이라는 걸 해병대가 알았다면 그런 일은 일어날 수 없었겠죠. 해병대는 아버지를 받아주지 않았을 테니까요. 그 시절에는 그러지 않았을 겁니다. 병력이 이미 지나치게 많았으니까요. 그때는 1945년 9월이었습니다. 전쟁이 끝난 뒤였죠. 해병대는 열일곱 살짜리는 원치 않았을 겁니다. 2년 전이었다면, 얼씨구나, 무슨 문제가 있냐고 했겠죠. 2년 전만 해도 해병대는 태평양에서 싸우고 있었으니까 컨베이어벨트를 계속 돌려야 할 필요가 있었죠. 그러나 더 이상은 아니었습니다. 한편으로, 열여덟 살짜리에게는 늘 입대를 자원할 자격이 있습니다. 그래서 아버지는 어르신 신분증이 필요했던 겁니다."

스탠이 다시 끄덕였다.

"우리는 그렇게 하면 걔가 안전해질 거라고 생각했어." 그가 말했다. "그리고 실제로 그랬던 것 같아. 경찰이 두 손을 들었거든. 나는 얼마 안 있어 라이언타운을 떠났어. 남미로 조류관찰을 하러 가서는 40년을 거기에서 머물렀고. 귀향했을 때는 온갖 새로운 서류에 서명을 해야 했어. 나는 똑같은 출생증명서를 썼어. 시스템에서 스탠 리처라는 이름은 이미 등록돼 있다고 말하면 무슨 일이 일어날지 궁금하더구나. 그런데 모든 일이 아무 문제없이 잘 돌아가는 거야."

리처는 고개를 끄덕였다.

"설명해주셔서 감사합니다." 그가 말했다.

"너희 아버지는 어떻게 됐지?" 스탠이 말했다. "이후로는 한 번도 못 봤어."

"꽤 뛰어난 해병이 되셨습니다. 한국하고 베트남에서 싸우셨죠. 다른 여러 곳에서 복무하셨고요. 프랑스 여자랑 결혼했습니다. 어머니 이름은 조세핀이었습니다. 두 분은 잘 어울려 살았습니다. 아들을 둘 두셨죠. 아버지는 30년 전에 돌아가셨습니다."

"행복하게 살았어?"

"아버지는 해병이셨습니다. 해병대 야전 매뉴얼에 행복은 들어 있지 않았죠. 때때로 흡족해하기는 하셨습니다. 그게 아버지가 누릴 수 있는 제일 좋은 기분이었죠. 그렇지만 불행하셨던 적은 결코 없었습니다. 소속감을 느끼셨죠. 의지할 수 있는 조직이 있었으니까요. 그 사건이 아니었더라도 아버지가 달리 다른 선택을 했을 거라고는 생각하지 않습니다. 조류관찰은 계속하셨습니다. 가족을 사랑하셨죠. 가족이 있다는 사실을 기뻐하셨고요. 우리는 모두 그걸 알았습니다. 가끔은 아버지가 제정신이 아니라고 생각했습니다. 당신 생일이 언제인지 확신을 못했으니까요. 지금은 왜 그랬는지 이해가 됩니다. 어르신 생일은 7월이고, 아버지는 원래 6월생이었죠. 아버지는 생일 축하카드 때문에 그걸 기억했을 겁니다. 때로는 아버지가 혼동을 했던 것 같습니다. 이름을 혼동하는 일은 결코 없었지만요. 아버지가 이름 때문에 실수를 한 걸 들은 적은 한 번도 없습니다. 아버지는 늘 스탠이었습니다."

두 사람은 한동안 더 얘기를 주고받았다. 리처는 모텔에 대해, 그리고 이론적으로는 그들의 친척인 마크에 대해 물었다. 그렇지만 옛날에 가족들이 전후 호황기에 부자가 됐고 부동산을 매입한 후에 아들과 손자와 증손자를 비롯한 엄청나게 많은 자손을 둔 다른 먼 사촌에 대한 얘기를 들었던 어렴풋한 기억 말고는 스탠에게 더 이상의 정보는 없었다. 아마 마크는 그 후손 중 한 명일 거였다. 스탠은 자기는 모르고, 알고 싶지도 않다고 말했다. 그는 자기에게 있는 사진 앨범들과 기억들만으로도 행복하다고 했다.

그런 후 그는 한 시간 정도 선잠을 자야겠다고 말했다. 그는 불면증에 대처하려면 그렇게 해야 한다고 말했다. 그는 할 수 있을 때마다 한 시간씩 선잠을 잤다. 리처는 얼음장처럼 차가운 그의 손과 악수를 하고는 집에서 나왔다. 동이 트고 있었다. 아침 태양은 그리 멀리 있지 않았다. 버크와 아모스는 골목 입구의 도로 경계석에 세워진 아모스의 차에 나란히 앉아 있었다. 두 사람이 그가 나오는 걸 봤다. 버크가 창문을 내렸다. 아모스가 소리를 들으려고 몸을 기울였다. 리처는 다시 하늘을 확인했다. 그러고는 말을 하려고 허리를 굽혔다.

리처가 말했다. "라이언타운에 가봐야겠습니다."

버크가 말했다. "교수는 거기에 몇 시간씩 있지는 않을 거야."

"그래서 가는 겁니다."

아모스가 말했다. "저는 캐링턴 문제를 생각해봐야 해요."

"그가 라이언타운에 있을 거라고 생각해보게. 거기도 다른 곳 못지않게 좋은 곳이니까."

"뭐 아시는 게 있나요?"

"우리는 캐링턴만큼이나 엘리자베스 캐슬도 찾아봐야 옳소. 두 사람은 대단히 로맨틱한 사람들이오. 두 사람은 오전에 가진 커피 브레이크를 그들의 두 번째 데이트로 치는 사람들이니까. 그들은 틀림없이 같이 있을 거요."

"그렇다고 쳐요. 그런데 어디에요?"

"나중에 얘기해주겠소. 먼저 라이언타운에 다시 가봤으면 하오."

45

그들은 아무 표식도 없는 아모스의 차에 올랐다. 그녀가 운전을 했고, 버크는 그녀 옆에 단정히 앉았다. 리처는 뒷자리에 퍼져 앉았다. 그는 두 사람에게 스탠에게 들은 얘기를 모두 들려줬다. 두 사람은 그에게 기분이 어떠냐고 물었다. 그건 짧은 대화였다. 리처는 대단히 사소한 역사적인 세부 사실 몇 가지 말고는 변한 건 하나도 없다고 말했다. 그의 아버지가 한때, 오래전에, 꼬마였을 때 다른 이름으로 불렸었다. 아버지는 처음에는 빌이었고, 다음에는 스탠이었다. 똑같은 사람. 터지기를 기다리는 똑같은 폭탄. 그렇지만 규율이 잡힌. 아버지는 옳은 일을 한 사람은 건드리지 않았다. 좋은 싸움꾼, 미친 사람처럼 용감한 사람.

아버지는 당신 가족을 사랑했었다.

평생 조류를 관찰했다.

더 큰 그림을 얻으려고 육안으로 자주.

"어머님도 아셨을까요?" 아모스가 물었다.

"좋은 질문이군." 리처가 말했다. "모르셨을 거요. 어머니도 어머니만의 비밀들이 있었던 걸로 밝혀졌소. 두 분 다 상대의 비밀은 몰랐던 것 같군. 두 분은 그런 일들이 있어도 된다고 생각하셨던 것 같소. 크게 흠잡을 구석은 없는 과거. 아무 문제없음. 그래서 두 분이 잘 어울려 사셨던 것 같소."

"어머님은 아버님한테 부모님이 없는 이유를 궁금해하셨을 텐데요."

"그랬을 거요."

"지금 선배님은 궁금하세요?"

"약간은. 생일 축하카드 때문에. 그건 특별한 분위기를 풍기니까. 정부 기관의 잘 알려지지 않은 부서 같은 느낌 말이오. 조직원이 출장을 갔을 때 잡다한 일들을 처리해주는, 임대료를 확실하게 지불하는 식의 일들을 하는 부서 말이오. 아니면 두 분이 교도소에 있었을 수도 있소. 보내는 사람 주소를 알아봐야 할 거요."

버크가 말했다. "그걸 알아낼 작정인가?"

"아닙니다." 리처가 말했다.

그들의 오른쪽 하늘에 새벽빛이 퍼졌다. 차는 낮게 비치는 황금색 빛으로 채워졌다. 아모스는 라이언타운으로 이어지는 굽잇길을 찾아냈다. 부드럽게 왼쪽으로 돌아 과수원들을 관통하는 길을. 태양이 그들 뒤에서 이글거렸다. 뒷유리의 한복판에 낮게 자리를 잡을 때까지. 아모스는 백미러에 반사된 빛 때문에 눈을 가리고는 울타리에 차를 세우러 갔다.

"5분만 주시오." 리처가 말했다.

그는 차에서 내려 울타리를 넘어갔다. 과수원을 가로질러 걸었다. 새벽빛이 그의 등을 데웠다. 그의 그림자는 한없이 길었다. 다음 울타리를 넘었다. 라이언타운 경계선. 더 짙은 색 이파리들, 더 눅눅한 냄새. 해가 뜨지 않은 상태에서 진 그늘.

그는 앞서 그랬던 것처럼 메인 스트리트를 걸어 내려갔다. 가느다란 나무들 사이로 뒤집어진 돌들을 밟으며 교회를 지나고 학교를 지났다. 거기서부터 나무들은 더 가늘어졌고, 해는 슬금슬금 높아졌다. 어른거리는 햇빛이 반짝거렸다. 세상은 새로이 태어났다.

앞쪽에서 목소리들이 들렸다.

얘기 중인 두 사람. 경쾌하게, 그리고 행복하게. 뭔가 유쾌한 주제에 대해, 햇빛 같은 주제에 대해 얘기 중인. 만약에 그렇다면, 리처의 생각도 두 사람과 같았다. 이곳은 근사해 보였다. 고급 카메라를 위한 광고 같았다.

리처가 큰 소리로 외쳤다. "이봐요, 두 분. 경찰관이 그리로 가고 있습니다. 옷 입고 침대 옆에 서세요."

리처는 두 사람을 민망하게 만드는 걸 원치 않았다. 아니면 자신이 민망해지는 걸. 잘못될 수 있는 일이 많았다. 그녀는 알몸일 수 있었다. 그가 의족을 벗고 있는 상태일 수도 있었다.

리처는 1분을 기다렸다. 아무 일도 일어나지 않았다. 그는 네 세대 거주용 아파트로 걸어 내려가 카터 캐링턴과 엘리자베스 캐슬이 시냇물까지 절반쯤 가는 위치에, 도로의 흔적 위에 나란히 서 있는 걸 발견했다. 두 사람은 그를 응시하고 있었다. 두 사람 모두 옷을 다 차려입은 상태였다. 캐주얼 복장이기는 했지만. 그는 소매 없는 티셔츠와 운동복 바지 차림이었다. 그녀는 군데군데 찢어진 청바지, 그리고 바지와 전혀 어울리지 않는 티셔츠 차림이었다. 그들 너머에는 산악용 바이크 두 대가 나무에 기대 세워져 있었다. 두꺼운 타이어들, 뒤에는 무거운 짐들을 싣기 위한 튼튼한 선반들. 자전거들 너머에는 2인용 텐트가 공장 현장감독의 거실이 있던 자리의 모래땅에 설치돼 있었다.

캐링턴이 말했다. "좋은 아침입니다."

"그쪽도요."

그러고는 아무도 입을 열지 않았다.

"선생님을 보면 늘 기분이 좋군요." 캐링턴이 말했다.

"나도 그쪽을 보면 그렇군요."

"그런데 이게 순전히 우연의 일치인가요?"

"정확히 말하면 그렇지 않소." 리처가 말했다.

"우리를 찾고 계셨던 거로군요."

"일이 좀 있었소. 아무것도 아닌 걸로 판명됐지만. 지금은 모두 괜찮소. 하지만 어쨌든 두 사람한테 들러야 옳다는 생각이 들었소. 작별인사를 하려고 말이오. 나는 떠나는 중이오."

"우리를 어떻게 찾으셨나요?"

"내 뇌의 앞부분이 하는 얘기에 귀를 기울였소. 이게 어떤 기분인지 기억이 난 것 같소. 어쩌면 두 사람의 지금 기분도 그럴 거요. 뭔가가 내 옆을 지나가고 있다고 생각했는데, 쾅 하면서 누군가를 만났을 때 기분 같은 거 말이오. 두 사람은 평소에는 절대로 할 수 있는 기회가 없을 거라고 생각했던 지독히도 감상적인 일들을 몽땅 하고 있잖소. 두 시간마다 새로 기념할 일들을 궁리해내고 있으니까. 두 사람이 함께한 일들을 축하하고 말이오. 어떤 사람들은 정말로 괴상한 일을 하오. 두 사람은 스탠 리처처럼 살아보는 놀이를 하고 있소. 당신은 이미 데이트를 하는 중에 내 아버지에 대한 얘기를 했다고 나한테 말했소. 두 사람이 마지막으로 목격된 곳은 카운티 청사였소. 거기서 두 사람은 아버지의 출생 기록을 쫓고 있었소. 아버지에 대한 기록의 매 단계를 정당하게 쫓고 싶었던 거요. 제대로 된 사람이라면 마땅히 그래야 하는 것처럼 엄격하게, 꼼꼼하게. 아버지의 기록을 당신들 것으로 만들기 위해. 감상적인 가치가 있는 일이오. 두 사람은 마지막으로 알려진 아버지의 주소를 얻었소. 엘리자베스는 이미 그게 어디인지를 알고 있었을 거요. 그녀하고 내가 그녀의 폰으로 함께 알아냈으니까. 그래서 당신은 그곳을 찾으러 간 거요. 역사유산 투어를 간 거지. 사람들이 하는 일이 그거니까."

두 사람은 미소를 지으며 손을 잡았다.

리처가 말했다. "두 사람이 행복해하는 걸 보니 기쁘군요."

엘리자베스 캐슬이 말했다. "고마워요."

"그런데 두 사람의 역사유산 투어 때문에 공공기록이 수정되는 일이 있어서는 안 되오."

"뭐가 안 된다는 거죠?"

"모든 걸 완전히 공개한다는 차원에서 말하자면, 스탠 리처는 내가 찾던 사람이 아니라는 게 밝혀졌다는 얘기를 두 사람에게 해야겠소."

"그분은 선생님 아버지잖아요."

"아버지가 출생증명서를 빌렸다는 게 밝혀졌소."

"무슨 말인지 알겠어요."

"그 사실이 두 사람의 관계에 불운을 안겨주지 않기를 바라오."

"출생증명서를 빌린 게 누군가요?"

"아무도 조상을 모르는 정체가 모호한 사촌이오. 가계도에는 빈칸으로 존재하는 집안이오."

"그걸 알게 됐는데 기분이 어떠세요?"

"엄청나게 좋소." 리처가 말했다. "아는 게 적을수록 더 행복하니까."

"그리고 이제 떠나시는 거군요."

"두 사람을 만나서 반가웠소. 두 사람 다 행운이 있기를 바라겠소."

캐링턴이 물었다. "사촌의 이름은 뭐였나요?"

"윌리엄."

"우리가 그분을 찾아도 괜찮을까요? 재미있는 일일 수도 있을 것 같아서요. 우리가 즐기는 종류의 일이거든요."

"최선을 다해 즐기도록 하시오." 리처가 말했다.

그러고는 말했다. "이제는 그러면서 두 사람이 나한테 진 신세에 대한 답례를 할 차례요."

"그게 뭔가요?"

"와서 내 친구들하고 인사해요. 5분만 걸으면 됩니다. 두 사람도 그녀를 알 거라고 확신해요. 래코니아 경찰의 아모스 형사."

"브렌다요?" 캐링턴이 물었다. "그녀가 왜 여기에 있는 거죠?"

"이론적으로는, 당신한테 위협이 될 상황이 있었을지도 모르오. 그녀는 직접 확인할 때까지는 상황이 종료됐다는 걸 믿지 않을 거요. 당신이 가서 그녀에게 무사히 살아 있다고, 잠시 휴식을 취하는 중이고 언제든 시내로 돌아갈 거라는 말을 해줬으면 하오."

"어떤 종류의 위협이었나요?"

"당신은 암흑가에서 살해를 시도한 표적하고 약간 닮았소. 아모스 형사의 지독한 철저함과 문제 해결을 위해 발휘한 상상력이 그 사건을 경찰의 관심사로 만들었지."

"브렌다가 내 걱정을 했다고요?"

"당신은 경찰을 도와주는 사람이오. 경찰은 당신을 좋아하는 것 같소. 그건 당신이 그들에게는 연약한 존재로 비친다는 걸 보여주는 징표요. 당신은 앞으로는 더 터프한 모습을 보여줄 필요가 있소."

그들은 메인 스트리트를 함께 걸었다. 학교를 지나. 교회를 지나. 질서 정연하고 화창한 과수원 속으로. 아모스와 버크가 멀리 있는 울타리에서 기다렸다. 그들은 맨 위 난간을 사이에 두고 악수를 했다. 안전이 확인됐다. 해명이 이뤄졌다. 휴가를 왔는데 휴대전화가 터지지 않았어요. 사과드려요. 아무 문제없다고 아모스가 말했다. 그냥 후속 조치를 취한 것뿐이에요.

캐링턴과 캐슬이 걸어서 돌아갔다.

리처는 그들이 가는 걸 지켜봤다. 그가 울타리를 넘어 두 사람 옆에 섰다. 리처가 말했다. "교수는 건너뛰기로 결심했습니다. 목사님이 그 사람한테 전화를 주실 수 있을 것 같은데요."

"그러지." 버크가 말했다.

"이제 시내로 돌아갈 건가요?" 아모스가 물었다.

리처는 고개를 저었다.

"샌디에이고로 갈 거요."

"여기서요?"

"여기가 적절한 곳으로 보이는군. 내 아버지는 여기에서 여러 번 출발했소. 여기는 아버지가 살았던 곳 중 한 곳이오. 여섯 살 때 1년 내내."

"우리가 인적도 없는 곳에 선배님을 놔두고 가기를 진심으로 원하시는 거예요?"

"차를 얻어 탈 거요. 전에도 그렇게 해왔소. 여러 조건에 기초했을 때 40분쯤 기다리면 될 거라는 게 지금 당장의 추측이오. 최악의 경우는 50분이고. 이제 두 분은 이만 가보세요. 만나서 반가웠습니다. 진심입니다. 두 분의 친절에 감사드립니다."

그들은 잠시 아무 일도 하지 않고 서 있었다. 그러다가 모두 악수를 했다. 갑작스럽고 어색한 악수를. 헌병 두 명과 성직자 한 명이. 모두 입을 꼭 다물고.

버크와 아모스가 차에 올랐다. 리처는 두 사람이 탄 차가 떠나는 걸 지켜봤다. 낮은 아침 햇빛이 그들 주위에서 이글거렸다. 그러다가 두 사람이 사라졌다. 그는 그들이 떠난 것과 같은 방향으로 걷기 시작했다. 똑같은 부드럽게 굽은 길을 따라. 그러는 내내 태양이 그의 눈을 비췄다. 그는 남북으로 놓인 시골길에 도착했다. 그는 한 곳을 골라 배수로에 섰다. 그러고는 엄지를 치켜들었다.

하드보일드 액션스릴러의 진수, 리 차일드의 잭 리처 컬렉션

출입통제구역 Blue Moon   리 차일드 지음 | 정세윤 옮김

우크라이나인과 알바니아인 갱단이 동서로 구역을 나눠 지배하는 마을. 리처는 이들에게 위협받는 노인을 대신해 사채 문제를 해결해주려다가 의도치 않게 두 갱단에 오해를 불러일으키면서 조직 간에 난투극이 벌어지게 만든다. 이 틈을 타 갱단들을 박살 내려던 리처는 이들 뒤에 더 큰 세력이 존재함을 알게 되고 코어 집단을 파괴하기 위해 출입통제구역으로 향한다.

웨스트포인트 2005 The Midnight Line   리 차일드 지음 | 정경호 옮김

잠시 들른 휴게소에서 산책길에 나선 리처는 전당포 앞을 지나가다 진열창에 놓여 있는 반지를 보고 걸음을 멈춘다. 웨스트포인트의 2005년도 졸업 반지. 4년에 걸친 혹독한 훈련을 이겨낸 자만이 가질 수 있는 영광스러운 반지를 전당포에 맡길 졸업생은 아무도 없다. 리처는 반지의 주인인 여자 생도에게 심각한 문제가 생겼음을 직감하고 추적에 나선다.

나이트 스쿨 Night School   리 차일드 지음 | 정경호 옮김

1996년의 어느 날 아침, 펜타곤이 리처를 정체불명의 '학교'로 보낸다. 그곳에는 FBI 요원 워터맨과 CIA 분석전문가 화이트가 먼저 와 있다. 왜 그곳에 있는지 영문도 모른 채 앉아 있던 그들 앞에 국가안보위원회의 두 거물이 찾아와, 독일 함부르크 신흥 불법조직에 심어둔 CIA 스파이가 보내온 의문의 메시지를 전한다. '그 미국인이 1억 달러를 요구합니다.' 1억 달러의 어마어마한 가치를 지닌 것은 대체 무엇인가.

메이크 미 Make Me   리 차일드 지음 | 정경호 옮김

"Mother's Rest"라는 독특한 마을 이름에 끌려 기차에서 내리게 된 잭 리처. 그때 리처를 자신의 동료로 착각한 사설탐정 장이 다가와 말을 건네고, 그녀는 리처에게 예전 FBI 동료였던 키버가 이 마을에서 실종되었다며 도움을 청한다. 리처는 키버가 묵었던 객실에서 버려진 종이 뭉치를 발견한다. 거기에는 『LA 타임스』 기자의 전화번호와 "사망자 200"이라는 뜻 모를 메모가 적혀 있다.

퍼스널 Personal   리 차일드 지음 | 정경호 옮김

파리에서 벌어진 프랑스 대통령 저격 사건. 다행히 총알은 빗나갔지만 수사를 진행하는 과정에서 실수가 아니라 일부러 빗맞혔다는 사실이 드러난다. 대통령 저격 사건은 연습에 불과했고, 범인의 진짜 목표는 얼마 후 개최될 G8 정상회담에 참가하는 세계 각국의 정상들이라는 것. 사건을 파헤치던 리처는 이 모든 사건에 국제 범죄조직들이 연루되어 있음을 알게 된다.

1030 Bad Luck And Trouble   리 차일드 지음 | 정경호 옮김

잭 리처의 진두지휘 아래 각종 임무를 수행했던 최정예 특수부대원 8명. 그 일원이었던 동료가 고도 900미터 상공에서 산 채로 내던져진다. 사건의 전모를 밝히기 위해 리처는 예전 부대원들을 모으고 죽은 동료의 복수를 거행한다.

원티드맨 A Wanted Man   리 차일드 지음 | 정경호 옮김

오래전 폐쇄된 펌프장에서 벌어진 미스터리한 살인 사건. 이를 해결하기 위해 CIA와 국무성에서도 특수요원을 파견한다. 대체 살해당한 사람은 누구인가? 설상가상으로 목격자마저 자취를 감춰버리고 사건은 점차 미궁으로 빠져든다.

악의 사슬 Worth Dying For   리 차일드 지음 | 정경호 옮김

25년간 미제로 남은 한 소녀의 실종 사건과 맞닥뜨리게 된 리처는 마을 전체를 장악한 던컨 일가에게서 악의 기운을 감지하고 사건을 파헤쳐나간다. 단단히 꼬여버린 악의 사슬은 어디서부터 시작된 것인가. 밝히려는 자와 막으려는 자, 이들의 피 튀기는 혈투가 시작된다.

하드웨이 The Hard Way   리 차일드 지음 | 전미영 옮김

한가롭게 커피를 마시던 리처는 카페에서 우연히 창밖으로 펼쳐지는 장면을 목격하면서 납치 사건의 중심에 들어선다. 리처에게 사건 해결을 의뢰한 사람은 전직 특수부대원들을 모아 민간 용병 사업을 하는 에드워드 레인이다. 백화점에 쇼핑을 하러 나갔다가 납치된 레인의 아내와 딸. 짐작조차할 수 없는 납치범으로부터 이들을 구출하기 위한 위험한 거래가 시작된다.

61시간 61 Hours   리 차일드 지음 | 박슬라 옮김

갑작스러운 버스 사고로 낯선 마을에 머물게 된 잭 리처. 평화로워 보이는 마을에서는 마약 밀매가 성행하고 경찰들은 그저 속수무책이다. 우연히 마약 거래 현장을 목격한 한 노부인이 증언에 대한 굳은 의지를 보이며 증인으로 나서지만 적들은 시시각각 그녀의 목숨을 노린다. 노부인의 안전을 지킬 수 있는 사람은 잭 리처뿐이다.

사라진 내일 Gone Tomorrow   리 차일드 지음 | 박슬라 옮김

군 출신 유명 정치인의 수많은 훈장 속에 숨겨진 테러 집단과의 경악할 만한 비밀. 수수께끼에 싸인 우크라이나 출신의 미녀와 잭 리처의 만남, 이 모든 것들의 종착지에는 과연 어떠한 내일이 기다리고 있는가.

10호실

초판 1쇄 발행 2021년 6월 30일
초판 3쇄 발행 2024년 1월 5일

지은이 | 리 차일드
옮긴이 | 윤철희
펴낸이 | 정상우
편집 | 이민정
디자인 | 김해연
관리 | 남영애 김명희

펴낸곳 | 오픈하우스
출판등록 | 2007년 11월 29일 (제13-237호)
주소 | (03496)서울시 은평구 증산로9길 32
전화 | 02-333-3705 팩스 | 02-333-3745
페이스북 | facebook.com/openhouse.kr
인스타그램 | instagram.com/openhousebooks

ISBN 979-11-88285-93-8 04840
     979-11-86009-19-2 (세트)

VERTIGO는 (주)오픈하우스의 장르문학 시리즈입니다.